* 이 도서의 국립중앙도서관 출판예정도서목록(CIP)은 서지정보유통지원시스템 홈페이지(http://seoji.nl.go.kr)와 국가자료공동목록시스템(http://www.nl.go.kr/kolisnet)에서 이용하실 수 있습니다. (CIP제어번호: CIP2019002588)

나를 놔주세요

11월 25일.

탁 트인 공간에 차분한 클래식 음악이 은은하게 흐른다. 고아한 이 브닝드레스를 입은 신부가 신랑의 손을 잡고 테이블을 돌며 인사하고 있었다. 연우는 신부의 환한 미소에 한 번, 그리고 두 사람이 맞잡은 손에 또 한 번 깊이 눈길을 주었다.

진짜 결혼은 저렇게 행복해 보이는 거구나.

연우는 자신의 처지와는 사뭇 달라 보이는 신부가 새삼 신기했다. 부럽기도 했다.

"육촌 결혼식이야. 우리 결혼식 때 와준 친척이라 가긴 해야 돼. 하우스웨딩이고 집이 예뻐서 볼 만할 거야."

남편 선재는 그렇게 말했다.

그러나 연우는 내내 이 예쁜 풍경을 보면서 마음이 울적했다. 결혼을 하는 신랑 신부가 부러운 것 외에도 이유는 또 있었다. 앉은 자리가 불편해서였다. 어쩌다 보니 시댁 쪽 사람들과 한 테이블에 앉게 된 것이 문제의 시작이었다. 이들에게 결혼식 참석은 비즈니스와 다르지 않았다. 사업이 잘되는 이야기, 안 되는 이야기, 주식 이야기, 경쟁업체 이야기, 정치인 이야기까지. 그런 이야기를 듣노라면 밥이 입으로 넘어가는지 코로 넘어가는지 모르겠다. 하지만 곧 차라리 그런 얘기가 낫겠단 생각이 들었다.

"선재네는 아직도 아이 소식이 없네. 결혼한 지 이 년이나 됐는데."

앗…… 맞은편에 앉은 시고모의 말에 연우는 집어 들었던 포크를 떨어뜨렸다. 포크에 묻어 있던 소스가 연우의 베이지색 원피스 치마에 주홍빛 흔적을 남겼다. 연우는 허리를 굽혀 떨어진 것을 주우려다가 포기했다. 옆에서 그녀를 쏘아보는 시선이 느껴졌다. 이 화려하게 북적거리는 결혼식 자리에서도 단연 돋보이는 빼어난 외모의 남자. 그녀의 남편, 강선재의 눈빛이다. 조심하라는 뜻이 담긴 선재의 따끔한 눈빛에 연우는 허리를 꼿꼿이 폈다. 백설기처럼 뽀얗던 그녀의 두 뺨이 금세 붉어졌다. 고모가 건넨 말에는 선재가 대답했다.

"이제 겨우 이 년이죠. 아직 신혼이라서요. 아이 생각은 별로 없어요."

부족하지도, 넘치지도 않도록 은은하게 띤 미소, 차분한 말투. 이런 환경에서 나고 자란 사람만이 가질 수 있는 선재의 그 여유가 옆에 앉은 연우를 더욱 주눅 들게 했다.

"여태 신혼이라고 하면 너흰 권태기는 없겠어. 하하."

옆에 앉은 고모부가 화통하게 웃었다.

반드시
해피엔딩

1

플아다 장편소설

은행나무

차례

1

"권태기가 뭔데요?"

"하하, 강선재 이 녀석 능청 좀 보게."

선재가 여유롭게 답하자 이번엔 숙부가 웃음을 터트렸다.

와. 이 남자는 진짜 연극을 잘한다. 물려받을 사업이 없었다면 배우가 됐을 거야. 마음의 소리가 연우의 속에서 둥둥 울린다. 아까까지는 음식을 꾸역꾸역 입에 넣기라도 했는데 이제는 뭘 더 먹으면 체할 것만 같은 상태가 되었다.

연우가 민망해하는 것에 아랑곳없이 고모 윤미는 계속 이죽거렸다.

"아직 아이 가질 생각이 없으면 일이라도 배우는 게 어때? 제이백화점 부사장 안주인 명색에 걸맞게 자선사업이라도 해야지."

"고모, 연우 이제 겨우 스물다섯이에요. 좀 더 공부하고 싶어 하고요."

선재가 연우를 두둔하며 그녀의 어깨에 손을 올렸다. 그 미적지근한 손에 열기라도 있는 양, 연우는 잠시 어깨를 움츠렸다가 펴고는 선재를 보며 생긋 웃었다. 입술 끝만 올려 지은 미소였다. 연우도 이젠 이런 연극에 익숙하다.

"하지만 넌 서른이잖아."

고모가 떨떠름하다는 듯 한 소리 했다.

"무슨 공부 한다고 그랬더라?"

지켜보고 있던 숙모가 별스럽잖게 물었다.

"고고미술사학이요. 숙모님."

선재가 대답했다.

"고고…… 미술사학?"

고모는 조롱하는 투로 되물었다.

"그게 공부할 게 있니? 그거 그냥 맨땅에 삽질하고 돌 캐는 거 아니니?"

연우를 무시하는 게 분명한 막말이었다. 그 태도에 연우는 기분이 상했다. 하지만 말대답을 할 수는 없었다.

"그것도 공부라면, 공부는 언제든 할 수 있지만 출산은 때가 있잖아. 젊을 때 결혼한 득이 있어야지."

고모의 말에 옆에 앉은 숙모가 끄덕였다.

"어휴, 이 좋은 자리에 와서 왜 조카며느리 기를 죽이고 그래. 다들 그만해."

보다 못한 숙부가 나섰다. 이들의 언쟁이 계속되든 말든, 어떤 화제로 이야기가 흘러가든, 연우는 끝내 입도 벙긋하지 못했다.

꿔다 놓은 보릿자루처럼 앉아 있는 연우는 그들과 어울리지 않는 사람이었다. 그들과 함께 있으면 절로 기가 눌리는 느낌이라, 가만히 앉아 있는 것만으로도 벅찼다.

식사 자리가 마무리된 후, 연우는 화장실로 갔다. 치마에 묻은 얼룩을 손봐야 했다. 비누를 묻혀 거듭 비벼대니 감쪽같지는 않아도 지저분해 보이는 느낌은 덜게 되었다.

'오늘 옷을 잘못 골랐어.'

그녀의 하얀 피부에 잘 어울리는 곱고 단정한 베이지색의 원피스였지만 연우는 자신의 선택을 후회하게 되었다. 저녁때가 되니 추워지는 것도 문제였다. 연우의 원피스는 쇄골이 드러나는 스쿠프 넥라인의 옷이었다. 카디건도 걸쳤지만 목을 따뜻하게 감싸주지는 못했다.

'밖으로 나가기 싫은데. 집에 가자고 할 때까지 여기 있을까?'

연우는 꾀를 생각해내며 혼자 히죽 웃었다. 그러나 웃음은 오래 머물지 못했다. 그녀의 공간에 시댁 식구가 들어온 것이다. 아무 말 없이 옆에 자리 잡은 시숙모는 연우의 모든 것이 못마땅한 듯 깐깐한 눈으로 그녀를 훑었다.

"무슨 문제 있는 건 아니지?"

연우가 동그랗게 뜬 눈으로 시숙모를 바라보았다.

"네?"

"여자가 잘해야지. 남자 휘어잡는 것도 능력이야."

시숙모가 까슬까슬하게 말했다. 이런 거북한 얘기를 아무렇지 않게 할 수 있는 것도 능력이다. 하늘 같은 시부모님도 이런 말씀은 안 하시는데. 연우는 답하지 않은 채로 공손하게 인사하고 자리를 빠져나왔다.

시댁 식구들이 왜 이렇게 자신을 탐탁지 않아 하는지는 잘 알고 있다. 연우가 워낙 별 볼 일 없는 집의 딸인 데다, 선재가 연우와 덜컥 결혼을 해버리는 바람에 좋은 자리를 중매하지도 못했기 때문이다.

남자를 휘어잡는 것도 능력이라고? 그래. 휘어잡기는커녕 끌려 다니고 있으니 할 말은 없다.

한숨을 거듭 내쉬며 한참을 힘없이 걷던 연우의 발이 멈췄다. 멍하게 정처 없이 걷다 보니 뒷마당에까지 와버린 것이다. 그리고 외따로 떨어져 있는 낡은 개집에서 홀로 낑낑대고 있는 개 한 마리를 발견했다. 온몸이 가을 들판처럼 노란빛인 녀석이었다.

"너도 혼자인가보네."

가만히 누렁이에게 다가간 연우가 말을 걸었다. 사람보다 개가 더 말 걸기 편하구나.

"너두 추워? 왜 낑낑대."

개도 사람 손이 그리운지, 누렁이는 그녀를 조금도 경계하지 않고 계속 구슬픈 숨소리를 냈다.

너나 나나, 너무 처량하다. 이 넓은 곳에서 의지할 데가 없다는 게 참 막막하고도 헛헛하구나. 연우는 그런 누렁이가 가엾어 한 번 쓰다 듬어주려고 더 가까이 다가갔다. 그러다가 개집 앞에 유리가 깨져 있는 것을 발견했다.

"허억, 세상에. 누가 이런 거야!"

누렁이의 발을 보니 피가 묻어 있었다. 오른발이 유리조각을 밟고 약간 찢어진 것 같았다.

"어떡해."

누렁이가 가엾어진 연우는 그 자리에서 발을 동동 굴렀다. 다행히 멀찍이 지나가는 관리인 한 명이 보였다.

"저기요! 잠깐 좀 와주시면 안 될까요?"

"무슨 일이십니까?"

야외홀 쪽으로 가려던 관리인이 방향을 틀어 그녀에게 다가갔다.

"여기 유리조각이 잔뜩 있어요. 개가 발을 다친 것 같은데 상처 좀 치료할 수 있을까요?"

관리인은 개가 다쳤다는 사실보다 개를 딱하게 여기는 연우를 더 난감해하는 것 같았다. 미간을 찌푸리고 누렁이를 바라보던 관리인이 말했다.

"유리는 치울 수 있는데 당장 병원에 데려갈 수는 없는 입장이라…… 그냥 두셔도 됩니다. 행사가 마무리되면 내일 병원에 데려가겠습니다."

"내일은 늦어요. 지금 당장 응급처치만이라도 해야 되지 않을까요?"

연우는 관리인에게 간절히 청했다. 조금 전 결혼식이 열린 야외홀에서의 태도와는 사뭇 다른, 끈질기고도 적극적인 모습의 이연우다.

"제가 할게요. 응급치료 할 거 있는 곳만 알려주시겠어요? 발에 유리가 박힌 것 같지 않고 상처 부위도 크지는 않으니까, 상처 소독하고 드레싱만 해줘도 일단은 괜찮을 것 같아요."

연우의 끈덕진 요구에 관리인은 구급함을 들고 다시 나타났다. 연우는 누렁이의 털에 묻은 피를 닦아내고 상처를 소독한 뒤 상처 부위에 붕대를 감았다.

"다 됐네요. 도와주셔서 고맙습니다."

"아닙니다. 제가 감사드릴 일이죠, 손님."

일을 마무리 짓고 나서야 관리인은 홀가분하게 웃었다.

"집 어딘가에 잡종개가 있다는 얘기는 들은 것 같은데 여기 있는 줄은 몰랐습니다. 개들을 키우는 곳은 따로 있거든요. 사모님이 순종을 좋아하셔서요. 그래서 이 개는 여기서 키우는 모양이네요."

사정을 알고 나니 연우는 누렁이에게 더욱 감정이입을 하게 되었다. 연우는 관리인이 돌아간 뒤에도 한참 동안 누렁이를 지켜보았다.

말 못하는 짐승이, 얼마나 외로웠을까. 믹스견으로 태어난 게 네 잘못은 아닌데.

연우는 누렁이의 등을 쓰다듬으며 마음속으로 곱게 위로했다. 세상이 각박하겠지만 꿋꿋하게 살아가라고. 사람의 손이 닿으니 누렁이 또한 더 기대고 싶어지는지 연우에게로 좀 더 몸을 움직였다. 좋다며 더 기대어 오니 연우 또한 발이 쉽게 떨어지지가 않았다.

"그냥 이대로 너랑 같이 가만히 있어야겠다."

입술을 길게 늘여 미소 지은 연우는 누렁이 앞에 무릎을 모아 쪼그려 앉았다. 같은 눈높이가 되어 마주 보니 또 새로웠다. 짐승의 눈이 어쩜 이렇게 깊고 고울까. 그녀의 마음까지 꿰뚫어보는 듯한 까맣고 커다란 눈동자였다. 그 눈을 잠잠히 바라보니 왠지 그 안으로 빨려들 어갈 것만 같았다.

고마워. 우린 또 만날 거야.

이명처럼 그녀의 귓가 가까이에서 공기를 울리며 이상한 소리가 들 렸다.

"뭐지?"

흠칫 놀란 연우는 주위 사방으로 고개를 돌려보았다. 주변에는 누 렁이 외에 아무도 없는데, 이상했다.

"이상한 소리 들리지 않았어?"

대답할 리 없는 누렁이에게 물었다.

"이상해. 뭐지?"

소름이 돋을 일인데 눈앞에 눈이 예쁜 누렁이가 있으니 크게 무섭게 느껴지지는 않았다. 연우는 자신이 잘못 들은 모양이라고 생각했다.

"뭐 해."

그러는 사이 누렁이의 반대편에서 다른 목소리가 들려왔다. 이번 진원지는 명확했다. 남편 선재의 목소리였다. 언제 왔는지, 멀리서 선 재가 한심하단 표정으로 연우를 보고 있었다.

"찾았잖아."

저벅저벅 걸어오는 그의 발소리에 맞춰 심장이 반응했다. 그녀의 표정이 다시 경직되었다. 선재가 나타나자 곧바로 소심녀 이연우로 돌아간 것이다.

다가와 날카로운 시선으로 연우를 훑어낸 선재는 인상을 잔뜩 찌푸렸다.

"뭐야, 옷이 왜 그래?"

치마를 알아본 것이다. 베이지색의 원피스에 피가 묻어 있었다. 개를 치료하다가 묻은 듯했다.

"여기, 개가 다쳐서요. 상처 좀 치료해주느라고……."

연우의 대답에 선재의 미간이 더 찌푸려졌다. 선재는 곧 등을 돌려 먼저 걸음을 옮겼다.

"이만 가."

연우는 선재의 매정한 반응에 풀이 죽었지만 더 내색하지 못한 채 쪼르르 그를 따라 나섰다.

두 사람은 결혼식이 열린 야외홀로 돌아왔다. 그사이 하객이 많이 빠졌다. 선재는 야외홀에 당도해서야 연우 쪽으로 뒤돌았다. 그러고는 연우를 다시 훑어보았다. 자신에게 내리꽂히는 시선에 왠지 어색해진 연우가 고개를 내렸다. 선재가 떫은 표정으로 말했다.

"그런 오지랖은 좀 아니지 않아? 옷에 피까지 묻혀가면서."

조명 아래에서 연우의 옷이 더욱 엉망으로 보였던 것이다. 연우는 그 뒤끝 있는 타박에 고개를 들었다. 그녀는 그녀대로 억울해졌다.

"다친 걸 알면서 어떻게 그냥……."

그러나 흥분한 듯 튀어나왔던 말은 금세 꼬리를 감추었다. 연우의 반박이 거슬린다는 듯 그의 눈이 매서워졌기 때문이었다.

"어떻게 그냥 지나쳐요……."

이 순간이 제일 무섭다. 연우는 조용히 마른침을 삼켰다. 그 날카로운 눈빛은 내려앉은 밤공기를 베어낼 듯하다. 껑충 큰 키로 그녀를 내려다보느라 가늘어진 눈. 눈꺼풀을 내리면 나타나는 얇은 쌍꺼풀과 곧고 오뚝한 코가 조명을 받으며 음영을 만든다. 그냥 서 있는 것만으로도 존재감이 넘치는데 이 수려한 외모로 자신을 빤히 바라볼 때는 눈을 어디다 둬야 될지 모르겠다. 저도 모르게 연우가 어깨를 앙당그리니 선재가 한 발짝 더 다가온다.

"오늘은 집에 늦게 갈 거야. 먼저 들어가."

묵직하게 중저음으로 속삭이는데, 음성에도 그림자가 지는 것 같았다. 그는 주변을 자신이 내뿜는 분위기로 바꿀 수 있는 사람이다. 그 분위기에 압도되어 아무 말도 하지 못하고 있을 때 뒤로 몇 명이 지나갔다. 연우도 얼굴을 아는 이들이었다. 그 무리 중에는 그 여자, 배우 유사라도 끼어 있었다.

"강선재, 얼른 와라."

그중 한 남자가 선재에게 말했다.

"잠깐 연우랑 얘기 좀 하고."

"어휴, 하여튼 저 팔불출. 제수씨 나중에 또 봐요."

"형수님이라고 하라니까."

선재가 농담하듯 가볍게 타박했다. 연우는 스산한 공기에 노출된 목을 슬쩍 매만졌다. 저들은 모른다. 우리 사이가 얼마나 형편없는지. 내가 이 사람을 얼마나 무서워하는지. 내가 어떻게 살고 있는지. 어떤 마음으로 시간을 버티고 있는지.

그녀의 답답한 속을 아는지 모르는지, 무심하게 더 가까이 다가온 선재가 가만히 물었다.

"숙모님이 따로 뭐라고 하셨나?"

"그냥 뭐. 무슨 문제 있는 거 아니냐고요."

허……. 선재의 입술을 타고 흘러나온 한숨이 그녀의 여린 속눈썹을 촘촘하게 건드렸다.

"그 사람들한테 독하게 좀 쏘아붙일 수는 없어?"

"……."

"이것 봐. 나한테는 그 눈빛 할 수 있잖아."

"……얼른 가세요. 다들 기다리는 것 같은데."

연우는 선재와 더 이상 말하고 싶지 않아 고개를 돌렸다. 그녀도 집으로 돌아가야 했다. 집에 가서 할 일이 많다.

"잠깐."

그렇게 그에게서 떠나려는데 갑자기 선재가 그녀의 팔을 붙들었다. 가느다란 팔목은 그의 손아귀에 가볍게 들어간다.

"고모랑 숙모가 지켜보는데?"

연우의 팔에서 떨어져 나간 손이 곧장 그녀의 허리를 지그시 감쌌다. 그는 자신의 커다란 손으로 그녀의 허리를 단단히 잡아 제 쪽으로 당겼다. '흐읍' 하며, 신음이 나오려는 것을 연우는 급히 삼켰다.

"나한테는 뭐라는 줄 알아? '너무 피임만 하는 것도 보기 안 좋다'."

다가붙은 선재가 입가에 조소를 머금었다. 연우의 시야에는 시숙모와 시고모가 보이지 않았다. 하지만 고개를 돌려 찾아볼 수는 없었다.

"홋, 우리가 어떤 사이인 줄 알고."

그가 다시 쓰게 웃었다. 그 웃음은 숙모와 고모의 눈엔 부인에게만 보여주는 자상한 웃음처럼 보일 수도 있겠다.

"계속 보고 계세요?"

"확인하고 싶은 게 있겠지."

그의 대답에 연우는 심장이 철렁 내려앉는 것 같았다. 자신을 바라보는 그의 까만 눈동자에 온몸이 잠식해 들어갈 듯했다. 그러나 또한, 그 눈동자에는 어떤 감정도 보이지가 않는다. 휘둘리고 싶지 않아 그녀가 몸을 틀었으나, 선재는 그녀의 허리를 더 단단히 잡았다.

연우의 행동을 예측해낸 후 지은 미소는 잔인하리만치 고혹적이다. 그는 자신의 매력을 제대로 알고 있는 사람이었다. 숨이 턱 막히게 너른 그의 어깨로, 그녀에게 내리비쳤던 그윽한 조명은 좀 더 차단되었다.

"왜 피해? 내가 뭐라고 할지 알잖아."

그녀의 하얗고 투명한 피부 곳곳에 조명 대신 그의 눈빛이 따갑게 박힌다.

"고개 들고 내 목 감아."

요청이 아니라 요구. 진심이 아니라 가식.

귀에 닿은 그의 목소리가 그녀의 연약한 피부를 찢어낼 듯이 아찔하게 울렸다. 연극의 시간이다. 의심의 눈초리로 두 사람을 지켜보고 있는 시댁 식구들에게 보이기 위한 연극.

연우는 두 손을 올려 그의 목을 감쌌다. 그가 그녀의 허리를 잡고 있던 한쪽 손을 올려 그녀의 머리카락을 쓸었다. 그의 손가락이 차츰 내려가 귀고리를 착용한 귀를 스치자 상처라도 새겨지는 듯이 귓불이 화끈거렸다. 연우의 뒷머리를 가만히 쥔 선재가 천천히 입술을 내렸다. 가까이에서 눈빛이 얽혔다. 살짝 벌어진 그의 입술이 무언의 요구를 했다. 그녀가 요구에 응하지 않자 선재는 입술을 맞대기 직전에 짧게 한 번 눈을 찡긋거렸다. 그리고 그녀의 작고 도톰한 입술을 모두 삼켜낼 듯이 크게 베어 물었다.

그렇게 그는 자신의 입술 안쪽 공간에서 그녀의 입술을 진득하게 빨며 괴롭혔다. 결국 연우는 자기 공간을 내어주게 되었다. 이렇게 될 줄 이미 알고 있었다는 듯, 거칠게 몰아붙이던 숨결이 그녀의 안쪽에서 풀리며 안정되어갔다. 그녀의 눈에 찔끔, 새삼스런 이슬방울이 앉았다.

감정이 없는 키스만큼 비참한 것도 없다. 아니, 차분하면서도 아릿할 만큼이나 뜨거운 숨결은 그에게도 일말의 감정 같은 게 있는 걸까 생각해보게 한다. 생각할수록 더 비참해질 뿐인데도 키스를 하는 순간만큼은 끌려들어가듯 빠져들고야 만다. 그런 자신이 싫어 연우는 그의 안에서 옅게 몸부림친다.

그는 그녀가 이를 싫어하는 것을 알고 있기에 더욱 즐기는 것 같기도 하다. 둥둥둥. 달음박질치는 심장도 붙들리는 것 같다. 도망치면 쫓아오고, 도망치면 쫓아오고. 그녀의 숨을 모두 앗아가버릴 듯이 무섭게 삼켜대는 남자. 그녀는 이런 남자와 살고 있다. 그저 '살아내고' 있다.

결혼생활 이 년 동안 했던 키스가 지금의 것을 포함해도 열 번이 채 되지 않는다는 것을 누가 믿을까. 더구나 그는 이렇게 능숙하게 여자를 다루는 남자인데.

그가 밉다. 그가 원망스럽다. 그의 움직임에 반응하는 자신도 너무 싫다. 하지만 오늘은 그의 뜻에 모두 따라줄 생각이다. 왜냐하면 오늘이 마지막이니까. 더 이상 그와 함께 있지 않을 거니까. 이제 이혼할 테니까.

굳게 먹은 마음은 그의 날카로운 키스로 더욱 단단해진다. 이게 마지막 입맞춤일 것이다.

* * *

나의 남편 선재 씨에게.

당신에게 편지를 쓰는 게 처음이네요. 이제 우리의 이 인연을 끝낼 때가 되어 처음이자 마지막으로 이렇게 글을 남겨봅니다.

처음 내게 결혼을 제안할 때, 당신은 이런 얘기를 했었죠. '일단 결혼식과 혼인신고만 하자. 정 힘들면 이 년 뒤에는 네 맘대로 해도 좋다.'

언젠가부터 그 기억이 희망이 되었습니다.

우선 제가 이 결심을 하게 된 이유가 당신의 탓도, 주변의 탓도 아닌, 그저 제 문제라는 것을 알아주시기 바랍니다. 누구의 탓도 하고 싶지 않아요. 내가 이 생활을 즐기지 못했으니까요.

나는 결혼을 한 후에 조금도 행복하지 않았습니다. 이 집이 조금도 편하지가 않았어요. 당신도 마찬가지였습니다. 나는 우리가 부부라고 생각하지 않아요.

내가 끝내지 않으면 이 잘못된 결합이 내내 무의미하게 이어질 거라는 걸 잘 알기에 먼저 제안합니다. 이건 내가 당신에게 하는 유일한 청이 될 거예요.

이혼해주세요. 나를 놔주세요. 제발 부탁드립니다. 나도 이제 행복해지고 싶습니다.

(위자료를 원한다면 청구해주세요. 빚진 것에 대해서는 시간이 걸리더라도 꼭 갚도록 하겠습니다. 하지만 저도 이 년 동안 당신의 아내로 지내느라 꽤 노력했으니 그 노력만큼은 헤아려주세요.)

이연우 드림.

결혼식에서 돌아오자마자 연우는 편지를 다듬었다. 일주일 전부터 열심히 하던 일이었다. 여덟 번을 고쳐 쓴 끝에 편지가 완성되었다. 제법 절절하면서도 무정하며 싸가지 없는 글이 꽤 마음에 들었다.

"너무 경어체인가?"

하지만 이번에도 연우는 감정에 사무쳐 눈물을 떨구고야 말았다. 그를 사랑했던 것도 아닌데, 정도 없는데, 관계를 매듭지으려니 눈물이 났다.

"그래도 이 정도로 정중하게 제발 이혼해달라고 하면 안 들어줄 수 없겠지."

코를 훌쩍이며 편지를 반으로 접었다. 그러고 먼저 도장을 찍은 이혼서류와 함께 서류봉투에 넣었다.

남편의 방은 오른쪽 맨 끝, 연우의 방은 왼쪽 맨 끝. 연우와 선재는 고층 아파트 펜트하우스를 나누어 살고 있다. 서로의 영역에 발을 들이는 일은 거의 없고, 있다 해도 삼 분 이상 머무르는 일은 없다. 그건 이 집에 발을 처음 들인 날부터 정해진 일이었다.

"이쪽은 내 구역이고 저쪽은 네 구역이야. 내 방엔 함부로 들어오지 마. 특히 아침엔 절대."

신혼집에 처음 발을 들인 날, 선재가 한 말을 연우는 여태껏 그대로 기억하고 있다.

남편은 처음부터 철저하게 자신의 영역에 경계를 지었다. 그래서 연우 또한 선재에게 가까이 갈 수가 없었다. 그가 설정한 경계를 거스를 순 없었다. 이번에도 연우는 남편의 침대 위에 서류봉투를 놓아두고는 곧장 방을 나왔다. 남편은 오늘 늦게 온다고 했으니 그의 침실에 더 머물러 있어도 상관없는데, 연우에게는 마치 그곳이 출입 금지구역처럼 여겨졌다.

후다닥 자신의 방으로 도망치듯 뛰어 돌아온 연우는 하아, 한숨을 내쉬고는 커다란 트렁크 가방을 열었다. 자신의 의지를 보여주기 위해서였다. 만약 선재가 이혼을 거부한다면 싸놓은 짐을 보여줄 생각이었다. 이혼을 승낙한다면 짐을 가지고 바로 나갈 수도 있다.

결혼 후 남편에게 가장 처음으로 하는 부탁이 이혼 요구라니. 연우도 이렇게 되리라고는 생각지 못했다.

한때는 이 사람이 자신의 구원자라고 생각했었다. 결혼하기로 약속했던 날은 잠 못 이룰 만큼 설레기도 했었다. 그러나 그 설렘이 무너지는 데는 한 달이 채 걸리지 않았다. 연우는 선재의 앞에서 몸이 움츠러들었고 이제 그의 눈빛 한 번, 목소리 하나에도 움찔하게 되었다. 제대로 맞서려고 노력하지만 그의 포스에는 계속 기가 눌리고 만다. 이렇게 되려고 결혼한 것이 아니었다. 이대로 결혼생활을 이어가는 것은 자신에게뿐 아니라 그에게도 옳지 않은 일이었다.

그는 그와 어울리는 사람을 만나야 한다. 나는 그와 어울리는 사람이 아니야. 그와 어울리는 사람은……

"후우……"

상념이 흐르자 절로 한숨이 길게 내쉬어졌다.

친정에서 들고 온 물건은 얼마 없어서 짐이 단출했다. 그 외에 결혼한 이후에 산 것들은 모두 버리거나 업체를 시켜서 기증하라고 할 계획이다.

짐을 모두 챙기고 나니 피곤이 밀려왔다. 연우는 간절히 바라는 마음으로 침대에 누웠다. 오늘이 이 거대하고도 갑갑한 감옥에서의 마지막 밤이 되었으면 한다. 내일, 부디 그가 요구에 응해주길.

다음 날. 11월 26일.

연우는 달그락거리는 소리에 잠에서 깼다. 일요일이라 청소해주시는 이모님이 오시진 않았을 테니, 분명 소리의 주인은 선재였다.

오오. 드디어! 연우는 곧장 일어나 침실을 나섰다.

선재는 거실에서 창밖을 내다보며 물을 마시고 있었다.

"저기."

그런 그에게 조용히 다가간 연우는 은근슬쩍 소리를 내어 그를 불렀다. 그가 단번에 고개를 돌려 자신을 쳐다보자 연우는 또 근육이 위축되는 것을 느꼈다. 하지만 마음을 다잡았다. 지금 똑바로 하지 않으면 평생 후회할 일이 생겨날 수도 있다. 이혼 요구는 그녀의 삶을 바로 세우기 위한 것이다.

"봤어요? 내가 놔둔 서류."

그녀는 용기 있게 질문을 던졌다. 선재는 그녀를 빤히 바라볼 뿐 대답하지 않았다. 화가 난 것인지 아무 생각이 없는 것인지를 가늠할 수가 없는 눈빛이었다.

"서류랑 편지요."

"봤어."

선재가 뒤늦게 대답했다.

"요약하자면, 이 년 채웠으니까 기분 좋게 이혼해달라는 말이잖아."

높낮이 따위 없이 가지런한 음성이었다.

"아니야?"

이혼 얘기를 하면서도 그는 조금의 미적거림도 없이 오연했다. 결함이 발견된 물건을 반품하듯이 당당했다.

"맞아요."

연우가 대답했다.

"마지막 덧붙인 말은, 위자료는 청구하지 말아달라는 뜻이던데?"

그가 비아냥거렸다. 그의 해석이 잘못됐다고 할 수는 없기에 연우는 입을 닫았다.

"직접 말로는 못해?"

그가 테이블에 컵을 내려놓으며 언짢은 표정을 지었다. 연우의 귀에는 그 말이 '너는 꿀 먹은 벙어리야? 말을 못해?'라는 구박처럼 들렸다.

"꺼내기 어려운 얘기라서요."

기가 눌리는 기분이었지만 연우는 착실하게 답했다.

"숙모님이랑 고모님이 뭐라고 해서 그래? 앞으로 그 사람들 안 만나게 할게. 이번만 이해해."

"아니에요. 그건 아니라고 편지에 써놨잖아요."

"그럼 어제 내가 뭐라고 해서 그래?"

"그런 거 아니에요……."

"아니면 키스해서?"

거듭 아니라고 하는데도 선재는 계속 질문을 던졌다. 연우는 그를 빤히 바라보았다.

"그건 늘 하던 거잖아."

그는 정말로 왜 그녀가 이혼을 요구하는지 모르는 것 같았다. 편지에 그토록 절절하게 써놨는데!

"늘 하던 건 아니죠."

언짢아진 연우의 목소리도 점점 담대해졌다.

"아무튼 그게 이혼 사유는 아니고요."

그러나 그의 달라지는 눈빛을 보니 더럭 겁이 났다. 마주한 그의 눈동자가 파르르 흔들렸다.

한 대 맞나? 나 혼나나?

그가 사람을 때리는 걸 본 적이 있다. 단 한 번이었지만 그 뒤로는 그가 가까이에서 움직이기만 해도 움찔하게 된다. 요즘 같은 시대에 남편을 무서워하는 부인이라니. 그것부터가 잘못된 거다. 그의 눈빛에 잔뜩 쫄아버린 연우는 잠시 말을 더듬거렸다.

"처, 처음으로 용기내서 내 주장 하는 거예요. 선배한테 이 년 동안 맞춰줬잖아요."

"맞춰줬다고? 네가?"

선재는 다시 비아냥거렸다. 그러나 대답을 요구하지는 않았다. 선재는 두 손으로 허리를 짚고 길게 몸을 늘이며 하아, 다 들리도록 한숨을 쉬었다.

"이혼을 하는 게 너에겐 더 이득이라는 거지? 결혼생활을 유지하는 것보다."

다시 바라본 그의 눈엔 원망과 질타의 그림자가 있었다. 그 또한 연우를 미워하게 된 것이 분명하다.

"네."

"일주일만 더 생각해봐. 그 뒤에도 결심이 안 변한다면 그때 다시 얘기해."

"일단 서류 먼저 제출하면 안 돼요? 숙려기간이라는 게 있대요. 도장을 찍는다고 바로 이혼이 되는 게 아니라, 서로 생각할 수 있는 시간을 또 일 개월 준대요. 그러니까 일단 도장 찍고 생각해도 돼요."

"단 며칠도 허비하기 싫다는 거야? 반드시 기필코 이혼을 하겠다고?"

이혼이 아니라 혼인무효로 했으면 딱 좋겠다고 말하고 싶지만, 그녀 또한 결혼하여 얻은 게 있었으니 그렇게까지는 하지 않을 것이다. 물론 그가 혼인무효를 주장한다면 흔쾌히 그의 뜻에 따라줄 생각이다.

"사랑하지 않으면 헤어져야 된다고 생각해요."

연우가 침착하게 말했다. 그가 이 말의 뜻을 제대로 알아들었으면 좋겠다고 생각하며.

"지금부터라도 할 수 있잖아. 사랑."

하지만 역시 그는 그녀의 말을 조금도 알아듣지 못하고 억지를 부렸다. 연우의 미간이 찌푸려졌다. 그가 발음한 '사랑'이란 단어가 외계 문명의 어휘인 것마냥 낯설었다.

"반드시 기필코 이혼을 해야겠어요."

덕분에 그녀는 더 독하게 마음을 먹을 수 있게 되었다.

"노력하지 않아도 돼요. 우리는 차 한잔 제대로 같이 마신 적도 없는걸요. 지금 와서 선배가 뭘 한다고 해서 그게 제대로 보일 리도 없고요. 일단 서류 먼저 제출하고 숙려기간을 가져요."

"이 개월만 참아."

그녀가 강하게 주장하니 그는 한 걸음 물러났다.

"곧 계열사를 분리할 계획이야. 그룹 안팎으로 혼란스러울 것 같아서 이상한 소문이 나면 곤란해."

회사 때문이었다. 이유가 찜찜했지만 연우는 이해해주어야 했다.

"늦어도 그때까지는 다 마칠 테니까 그다음엔 네 뜻대로 해도 돼. 원하는 대로 이혼해줄게."

드디어 이혼해주겠다는 말이 나왔다. 그는 쿨했다. 그가 쿨해서 다행이었다.

"서류를 미리 써주세요. 제가 갖고 있을래요. 이 개월 뒤에 같이 내러 가요."

"알았어."

"그럼 그동안은 이 집을 떠나 있을게요."

"이혼확정 될 때까지 그냥 있어. 사람들 눈도 있잖아."

"아니에요. 나가 있는 게 여러 모로 좋을 것 같아요. 안 들키도록 잘 숨어 다닐게요. 중요한 행사에는 얼굴 비치도록 할게요. 미리 연락만 주세요. 참석 안 하도록 해주면 더 좋고요."

연우는 야무지게 대꾸했다.

한 시간 뒤, 선재가 도장을 찍은 이혼서류가 거실 테이블 위에 놓였다. 연우는 서류를 가방에 넣고 선재의 방으로 향했다. 선재는 서재에서 컴퓨터 앞에 턱을 괴고선 마우스를 딸깍거리고 있었다.

"이제 가려고요."

연우가 마지막 인사를 하기 위해 선재를 불렀다.

"가져갈 게 그것밖에 안 돼?"

"선배가 몸만 오라고 해서 몸만 왔었던 건데요, 뭐."

"선배……."

그가 떫은 듯 입술을 비틀었다.

"그 호칭은 이 년 동안 들었는데도 참 적응이 안 된다."

이제 억지로 적응하실 필요 없어요. 이혼할 거니까요. 한 번 더 쏘아붙일까도 싶었지만 그런 용기는 없었다. 연우는 피식 웃고는 손에 쥐고 있던 반지를 책상 위에 내려놓았다. 그러나 선재는 반지를 집어 연우의 손에 다시 쥐어주었다.

"이건 끼지 않아도 가지고는 있어. 언제 필요해질지 모르니까. 법정 나서기 전까지는 부부잖아, 우리."

'부부'라는 말도 '사랑'만큼이나 여전히 낯선 단어다. '우리'라는 말은 또 어떻고. 그런데 왠지 이게 마지막이라고 생각하니 약간 서러워지기도 했다. 연우는 눈물을 보이기 전에 뒤돌아섰다.

"밖이 불편하면 돌아와."

등 뒤에서 나긋한 목소리가 들렸다. 밤 시간 라디오 디제이들의 클로징 인사만큼이나 매력적이고 고요한 저음이다. 그러나 감정이 느껴지지 않는 말.

그의 목소리, 그의 모습 하나하나에 설렜던 날도 있었다. '내가 어떻게 저렇게 멋있는 사람의 아내가 된다는 거지?' 떠올려봐야 우습기만 하지만 한때는 그랬었다. 그의 아내 자리가 얼마나 처절하게 외로운 것인지를 그땐 몰랐다.

이제 완벽하게 혼자가 되는 거다. 혼자 살아가야 할 날들이 막막하지만 저 집에서도 혼자가 아니었던 적은 없었기에 왠지 완벽한 혼자라는 것이 새삼 멋지게 느껴졌다.

이제부터가 진짜 인생의 시작. 연우는 몸과 마음이 자유로운 미래를 기대하며 힘차게 걸었다.

***

사람 위에 사람 없고 사람 밑에 사람 없다고 하지만, 연우는 사람에게 서열과 계급이 있다고 믿을 수밖에 없는 어린 시절을 보냈다. 결혼하기 전까지 계속 그랬다.

연우의 집안 전체는 다른 집안에 예속되어 있었다. 연우네는, 현재 제이그룹 계열사 제이내추럴의 사장으로 있는 마진태 집안의 식솔, 아니 하인들이었다. 연우의 아버지는 마진태 집안의 만년 운전기사였고 어머니는 그 집의 가정부로 일했다. 집은 마진태 집 안의 창고를 개조하여 만든 반지하였는데 마진태의 부인 옥승혜 여사는 이 집을 방세 칸짜리 집으로 만들어준 것을 감사히 여기라고 매번 말했다.

그런 환경에서 나고 자란 연우는 살아남기 위해 강해지고 독해질 수밖에 없었다. 다행히 연우도, 연우의 동생 태우도 공부를 잘해서 연우의 부모님은 자식들 키우는 뿌듯함으로 고단한 삶을 이겨낼 수 있었다. 어느 집보다도 해가 늦게 뜨고 일찍 지는 반지하 작은 집에 살며 연우의 가족들은 누구보다 서로를 아끼고 사랑했다.

그렇게 가난하지만 훈훈하게 흐르던 어느 날. 연우가 스물세 살. 대학교 생활 마지막 학기를 맞이한 해였다.

"엄마, 나 학교 가요. 공부하다가 밤에 올 거야."

아침 일찍 집을 나서려던 연우는 엄마 순정이 설거지를 하다 말고 팔목을 쥐는 것을 보게 되었다. 연우의 발이 우뚝 멈췄다.

"왜 그래?"

"팔목이 좀 뻐근하네."

순정이 팔목을 주무르며 대답했다. 연우는 가방을 내려놓고 순정을 개수대 옆으로 밀었다.

"엄마, 설거지 내가 할게. 엄마는 팔목 찜질하고 있어."

"아유. 얼른 학교나 가."

"일찍 준비가 끝나서 일찍 가려고 했던 거야. 이거 하고 가도 돼."

딸의 고집을 아는 순정은 이를 말리지 못했다. 미안한 마음과 고마운 마음을 반반씩 가지고 순정은 개수대에서 물러났다. 연우는 금세 설거지를 끝내고 순정에게 다시 다가갔다.

"어디 봐."

순정은 팔목을 움직이는 것을 부담스러워했다. 염증이 심한 모양이었다. 허구한 날 직원이 바뀌는 마진태 집에서 그토록 오래 일해왔으니 몸이 망가질 만도 하다. 마음 아파진 연우가 순정에게 당부했다.

"엄마, 이따가 병원 좀 갔다 와. 더 아파지기 전에 가야 돼."

"괜찮아. 갈 시간도 없고. 오전에는 사모님네 가구 새로 들어오는 거 봐야 되고 오후에는 사모님 쇼핑하는 데 따라가줘야 돼."

"나 오늘 오후 수업 없으니까 내가 쇼핑 따라갈게. 엄마는 병원 갔다 와."

"어휴. 됐어, 됐어. 어떻게 우리 S대 대학생한테 일을 시켜."

자식을 끔찍이도 아끼는 엄마의 말에 웃어 보이며 연우는 아무렇지도 않은 듯이 답했다.

"아니야, 엄마. 나 너무 책상 앞에만 앉아 있어서 몸도 좀 움직여줘야 돼. 허리랑 목이 굳어간다니까."

연우는 제 허리를 뻣뻣하게 돌려가며 순정을 설득시켰다. 그 우스운 액션에 순정은 살짝 젖은 눈시울로 연우의 머리를 가만히 쓸어주었다.

"우리 딸은 왜 이렇게 예쁘고 착할까."

"엄마한테만 예쁘고 착한 거야."

엄마의 눈빛에 고마움과 안쓰러운 마음이 가득 담겨 있어서, 연우는 괜히 머쓱해졌다. 반지하 작은 집에 종종 있는, 애틋한 아침이었다.

연우는 학교 수업을 듣고 바로 옥승혜 여사와 만날 제이백화점 프리미엄라운지로 갔다. 옥승혜가 연우보다 먼저와 기다리게 된다면 어떤 불호령이 떨어질지 알 수 없기 때문에, 연우는 집에 들를 새도 없었다. 다행히 연우가 도착한 뒤에 승혜가 왔다.

"안녕하셨어요, 오늘은 제가……."

"알아."

연우가 깍듯이 인사하며 자신이 대신 온 이유를 밝히려 했다. 그러나 승혜는 듣기 싫다는 듯 연우의 말을 잘라내고는 곧장 매장 쪽으로 향했다. 바로 쇼핑이 시작됐다. 명품 매장 두어 군데만 돌아도 금방 짐이 쌓일 것을 예감한 연우는 매장 직원에게 다가가 조용히 종이가방을 하나 요청했다. 도서관에서 빌린 책이 가방에 들어가지 않아 따로 들고 있어야 해서 움직임이 불편했던 것이다.

"아, 책 때문에 불편해서 그러시는구나. 당연히 드려야죠."

연우가 조용히 요청했는데도 직원의 목소리는 컸다. 구두를 보고 있던 승혜가 흘깃 눈치를 주었다. 그러나 직원의 오지랖은 이에 그치지 않았다. 책표지에 붙은 S대학교 스티커를 확인한 직원은 승혜를 향해 신이 난 목소리로 말했다.

"그렇게 따님 자랑을 하시더니, S대생이었구나! 얼굴도 이렇게 예쁘시고! 사모님께서는 따님 얼굴만 봐도 배부르시겠어요."

승혜의 날카로운 눈빛에 모골이 송연해졌다. 연우는 조심스럽게 직원에게 말했다.

"아, 저는 따님이 아니고요. 그냥 일하는 직원입니다."

직원도 난처한 표정을 지었다.

"아…… 학생인데 일하시는 거예요?"

"네……."

일은 그렇게 수습했지만 승혜의 표정은 여전히 좋지 않았다.

"잘 봤어."

승혜는 구두를 신어보려다 말고 자리에서 일어나 매장을 떠났다. 연우는 직원에게 종이가방을 얻어갈 새도 없이 후다닥 뒤따라 나갔다.

그다음 승혜가 향한 곳은 다른 명품 매장이 아니었다. 엘리베이터 쪽이었다. 승혜의 기분이 상해 쇼핑이 끝나버린 것이다. 눈치가 보이기는 했지만 이대로 쇼핑을 마칠 것인지 승혜에게 묻지 않을 수 없었다.

"더 둘러보시지는……."

짜악! 연우의 말이 채 끝나기도 전에 승혜의 손바닥이 아주 세게, 연우의 뺨을 갈겼다. 승혜의 우악스런 힘에 밀려난 연우가 휘청거렸다. 입술 끝에서 피가 터졌다. 승혜는 거기서 멈추지 않고 연우가 들고 있던 책을 빼앗아 저편으로 던져버렸다. 책이 벽에 맞아 떨어지며 너덜너덜하게 펼쳐졌다.

"S대 갔다고 유세를 떨어? 참 같잖아서."

승혜가 사납게 쏘았다.

"네까짓 게 그 대학 나왔다고 출셋길에라도 오를 줄 알아? 분수도 모르고 어딜 나대는 거야! 염치가 있어야지."

연우는 억울한 상태에서도 고개를 들 수 없었다. 그저 맞은 뺨을 감싼 채로 굳어 있었다. 여기서 따졌다간 그 피해는 모두 부모님에게로 돌아간다는 걸 잘 알고 있었다.

"운전기사, 식모살이나 하는 주제에 네 부모가 월급을 얼마나 타가는 줄 알아?"

소리를 버럭 지른 승혜는 그대로 연우를 두고는 엘리베이터에 올랐다. 이로써 쇼핑은 끝나버린 것이다.

승혜가 떠난 후, 연우는 천천히 책이 떨어진 쪽으로 걸음을 옮겼다. 널브러진 책이 자신의 인생 같았다. 승혜의 말처럼 자신이 아무리 노력한다 해도 가난은 해결되지 않을 것 같고 영원히 마진태의 집 반지하에서 살아갈 것만 같았다. 처량한 삶을 생각하며 책을 주워들었다. 책표지가 찢어져서 이대로 도서관에 반납하면 변상하라는 소리를 듣게 될 터였다.

그렇게 물끄러미 그 자리에 서서 책을 내려다보고 있는데 눈앞에 그림자 하나가 멈추는 것이 보였다. 연우는 천천히 고개를 들어 제 앞을 보았다. 그녀의 시야를 막고 서 있는 남자의 껑충 큰 키에 연우는 목을 뻐근하게 들어 올려야 했다.

긴 팔다리와 떡 벌어진 어깨, 그리고 눈이 마주치는 순간 머리보다도 먼저 심장이 반응하게 하는 뇌쇄적인 눈매. 몸에 잘 맞는 슈트를 근사하게 소화하는 남자, 강선재.

그를 알고 있었다. 아주 오래전 단 한 번 인연이 있었지만 잊을 수 없는 외모라, 연우는 여태 그를 기억하고 있었다. 삼 년 전 대학교 홍보대사로 선발되어 사진 촬영을 하던 날 잠깐 마주친, 같은 학교의 선배였다. 그때의 그가 자신의 앞에 서 있었다.

그녀는 그를 기억하지만 아주 오래전 스친 것뿐. 그러니 그가 그녀를 기억할 리는 없을 것이다. 봤을까? 자신을 기억할 리는 없다는 확신하에, 궁금한 것은 그것밖에 없었다.

궁금해 초조해진 그녀의 앞에 선재는 뜬금없이 손수건을 내밀었다.

"피. 닦아."

봤구나.

"손수건은 돌려줘. 이연우."

세상에. 상황을 보았을 뿐만 아니라, 그녀를 여태 기억하고 있었던 것이다.

그는 그렇게 손수건만 전해주고는 뒤돌아 떠나버렸다. 연우는 받은 손수건을 물끄러미 내려다보았다. 뒤늦게 손수건 위로 눈물이 툭 떨어졌다. 맞은 뺨이 아파서가 아니었다. 옥승혜 여사가 새삼 미워서도 아니었다. 옥승혜가 그런 사람이라는 건 잘 알고 있었다. 이렇게 되리란 건 가게 문을 나섰을 때 어느 정도 예상했었다. 눈물이 난 이유는 비참함 때문이었다. 오래전, 학교에서 내내 웃고 지냈던 그 노력이 물거품이 돼버려서. 사랑만 받고 자란 아이처럼 보여온 가면이 벗겨지고 타인에게 민낯을 들킨 것 같아서. 그게 그렇게 비참할 수가 없었다.

선재에게 받은 손수건의 사이에는 명함이 있었다. 명함에 있는 연락처로 연락을 해서 손수건을 돌려달라는 얘기인 모양이었다.

"되게 비싼 손수건인가보다."

눈물을 거둔 연우는 혼잣말하며 명함을 살폈다. '제이백화점 강남점장 강선재'라는 글씨가 심장에 전율을 일으켰다. 오래전 홍보대사 촬영 때도 촬영장에 그가 도착하자마자 모든 학생들이 아우성쳤었다. 재벌 2세라는 둥, 졸업 이후의 장래가 정해진 남자라는 둥. 지금쯤 20대 후반일 텐데 그 나이에 점장이라니. 듣던 대로 재벌 2세인 것이 틀림없었다. 조금 전보다 더 어깨가 위축되었다. 손수건은 손빨래를 하는 것보다 드라이를 맡기는 게 나은가 싶기도 했다.

집에 도착한 연우는 집 안 분위기를 살폈다. 승혜가 엄마에게 한 소리 했을까봐 걱정되었다. 다행히 승혜는 모습을 보이지 않았고 연우의 엄마 순정은 병원에 갔다가 손목보호대와 약을 받아 돌아왔다. 순정의 표정도 괜찮은 걸로 보아 승혜에게 아무 얘기도 듣지 못한 듯했다. 방에 들어온 연우는 손수건과 명함을 쥐고 앉아 다시 골몰했다.

"전화를 걸어도 되나?"

제이백화점 강남점 점장의 비서를 찾아가 손수건을 전해주면 될 일이었지만 너무 예의 없다 느낄까 싶어진 것이다. 또한 한 가지 더 걸리는 것이 있었다. 그가 옥승혜 여사가 한 일을 모두 목격했고 지켜보는 것만으로도 불쾌했다면 다른 소문을 내거나 신고할 수도 있었다. 그 일을 막기 위해서라도 어쨌든 용기를 내야 했다. 연우는 휴대폰 문자 키를 톡톡 눌렀다.

—안녕하세요. 이연우라고 합니다. 손수건 빌려주셔서 감사했습니다. 세탁해서 돌려드리겠습니다.

전송.

이 정도면 꽤 예의 바르게 인사한 편이지? 그는 바쁜 사람일 테니까, 또한 나까짓 것은 신경도 쓰지 않을 테니까 답문은 기대하지 않는다. 스스로의 담백한 문자가 마음에 드는 듯, 연우는 지그시 웃었다. 그런데, 오래 지나지 않아 휴대폰 진동이 울렸다.

—내일 저녁 8시.

방금 문자를 보낸 곳에서 답문이 돌아온 것이다. 강선재, 그였다. 그런데 문자가 참 뜬금없었다. 연우는 다시 문자를 보냈다.

—무슨 말씀이세요?

—백화점 건물로 들어와서 나 만나러 왔다고 하면 안내해줄 거야. 그때 봐.

역시 이번에도 답문은 빨랐다.

"날 만나겠다고?"

손수건은 그냥 전달하면 되는데 왜? 그가 왜 자신을 만나려고 하는지 도무지 짐작이 가지 않았다.

'아니, 예의상 그러는 거겠지. 그냥 손수건을 빨리 받기 위해서 날짜랑 장소를 못 박아준 거야.'

그리 생각을 정리하면서도 심장은 두근거렸다. 무엇 때문에 그런 건지도 알 수 없이 계속.

다음 날 저녁 8시. 연우는 열심히 손빨래한 후 빳빳하게 다린 손수건을 들고 다시 백화점을 찾았다. 역시 그가 문자로 일러준 대로 안내원에게 점장님을 만나러 왔다고 얘기하니 안내원은 반갑게 인사하며 엘리베이터 문을 열어주고 어디로 찾아가면 되는지 알려주었다. 백화점 건물의 십 층. 긴 복도를 따라가는 동안 사무실 몇 개가 보였고 곧이어 '점장실'이라는 표지가 보였다. 표지를 보니 기껏 안정된 맥박이 다시 세차게 뛰는 느낌이었다. 연우는 긴장한 마음을 들키지 않기 위해 주먹을 꽉 쥐었다.

이윽고 점장실 앞에 당도하여 연우는 똑똑 노크했다. 딸린 부속실에는 비서가 없었다. 퇴근을 한 모양이었다. 그래서 연우는 선재 또한 자리에 없었으면 좋겠다고 생각했다. 자리에 없으면 손수건만 놓고 나와야지, 그런 계산이었다. 그런데 기대와는 달리 문이 안쪽에서 벌컥 열렸다.

"헉."

"여기 온 거 아니야? 왜 그렇게 놀라?"

문이 열리고 얼굴을 보인 사람이 뚱하게 물었다. 강선재였다.

"아, 네. 안녕하세요."

잠시 주춤했던 연우가 뒤늦게 인사했다. 선재는 연우가 안으로 들어오도록 해줄 뿐 따로 인사를 건네지는 않았다.

"거기 앉아."

그는 눈빛만으로도 남을 괜히 숙연하게 하는 존재감이 있었다. 말은 짧았지만 지시나 명령 같은 말투는 아니었는데 연우는 이에 이끌리듯 따르게 되었다. 연우가 자리에 앉자마자 그가 물었다.

"나 기억하지?"

웬일로 그 목소리가 꽤나 다정했다. 그래서 연우는 속마음을 그대로 드러낼 수 있었다. 전날의 일에 대해 고맙게 생각하고는 있었다. 딱 손수건만 건네주고 지나쳐준 것은 참 고마웠다.

"네. 선배님을 어떻게 잊겠어요. 존재감이 엄청나서, 선배님을 스쳐 간 사람은 다들 기억할 거예요."

"그래. 고마워."

"여기, 손수건이요. 빌려주셔서 감사했습니다."

"그래."

그는 연우가 내민 손수건을 받아 그대로 책상에 던져버렸다. 그토록 돌려받고 싶어 했던 손수건을 이렇게 팽개치다니. 조금 의외였다. 덕분에 연우는 꽤 이성적인 태도로 돌아왔다.

"드릴 말씀이 있어요. 그럴 리는 없겠지만, 소문내지는 않으셨으면 좋겠어요."

그녀는 지하철을 타고 오며 내내 생각했던 내용을 청했다.

"혹시라도 엄마 귀에 들어가면, 많이 속상해하실 거예요. 부탁드립니다."

"알았어. 모른 척해줄게. 단 조건이 있어."

조건이라니? 의아해진 연우가 동그란 눈으로 그를 쳐다보았다.

"결혼."

엥. 이게 무슨 소리래요.

"네?"

그녀는 곧장 되물었다. 자신이 뭔가 잘못 들은 것 같았다.

"결혼하자고."

"네에?"

"결혼할 사람이 필요한데, 그쪽 정도면 딱 좋겠어."

"네에에?"

연우의 윗입술이 비뚤게 들어 올려졌다. 뭐야, 이 사람.

"결혼이요? 우리 둘이요?"

"그럼 누구 한 사람 더 끼워서 셋이 할까?"

연우는 전날 그의 배경에 대해 알아보았었다. 인터넷으로 검색하면 나오기 때문에 어렵지 않게 선재의 아버지가 제이그룹의 회장이라는 것을 알게 되었다. 제이그룹은 백화점과 인터넷 쇼핑몰을 비롯하여 국내의 큼지막한 쇼핑기업들을 거느린 그룹이었다. 그런 집안의 사람이 대체 왜 나를? 도무지 이해할 수가 없었다.

"지금 저 놀리는 건가요?"

"농담하는 거 아니야."

"그럼 선배 저 좋아하세요?"

그의 대답에 미간에 한가득 주름을 단 채로 뚱하게 물었다. 그와 이렇게 마주 앉아 제대로 된 대화를 나누는 것도 처음이었는데 자신을 좋아하냐고 물어야 했다. 뜬금없는 질문이었지만 결혼하자는 말의 충격적인 무게 때문에 이 정도는 아무것도 아닌 것이 되었다. 그때만 해도 그녀는 그런 걸 물어볼 용기가 있는 사람이었다.

"아니."

그러나 그 질문에 대한 대답이 참으로 담백하고 기막히다. 결혼 얘기를 꺼냈으면 적어도 '첫눈에 반했어' '오래전에 널 만났지만 잊지 못했어' 같은 말을 하는 게 모양이 좀 그럴듯하지 않을까. 그의 태도는 여전히 담담하다. 마치 청혼을 하는 게 아니라 영화관에서 재미없는 영화를 보는 표정이다. 그녀는 암울해지는 마음으로 이어 물었다.

"그럼, 제가 불쌍해서요?"

"내가, 결혼한다는 의미가 뭔지도 모르는 사람으로 보이나?"

"......"

"상대가 불쌍하다고 해서 결혼을 결심하는 사람은 없어."

불쌍해 보이긴 한다는 건가? 그의 생각을 도통 따라갈 수가 없었다.

"그럼 왜요?"

"당장 결혼했으면 하는 상황인데 신부가 없어."

당장 결혼했으면 하는 상황? 그는 결혼이라는 절차가 필요한 모양이었다.

"그러니까, 신부가 없는데 왜 저냐고요."

"일단은 학벌이 좋고."

거기에서 말은 한 번 멈췄다. 그래, 난 학벌 빼고는 아무것도 없지.
연우는 낮게 한숨을 쉬었다.

"보기 드물게 입이 무거운 것 같아서."

그사이에 그의 말이 이어졌다.

"대충 결혼해서 잘 넘어갈 수 있을 것 같아서."

대충 결혼해서……

"피곤하게 하지 않을 것 같아서."

그에게 결혼은 그런 것인 모양이다. 대충 해서 피곤하지 않게 살기 위해 필요한 절차.

"윈윈하자는 거지. 나는 결혼이라는 제도가 필요하고, 넌 거기서 도망칠 곳이 필요하고."

그의 말이 하나도 달갑지 않았지만 윈윈이라는 말에는 눈을 깜빡이게 됐다. 그는 이미 그녀가 어떻게 사는지 파악을 마친 상태였던 것이다. 부끄러웠고, 한편으로는 귀가 솔깃했다.

"덤으로 네가 우리 집안 사람이 되면 옥승혜 여사가 너를 얕보는 일도 없겠지. 다시는 뺨 같은 거 맞지 않을 세계로 오라는 거야. 부모님도 그 집에서 나오게 해드리고."

"거기도 감옥인 건 똑같을 것 같은데요?"

그의 달콤한 유혹에 넘어가지 않겠다는 듯 연우가 쏘아댔다. 그러나 역시나 선재는 당황하지 않았다.

"그걸 알면 됐어. 똑똑하네."

"……"

"연극 무대가 달라지는 것뿐이야. 그쪽에서는 착한 딸 연기를 하고 이쪽에서는 좋은 아내 연기를 하고. 사실 좋은 아내일 필요도 없어. 그냥 아내라는 존재감만 있어도 돼. 하던 공부 그대로 하면 되고. 대학원 가고 싶은 거잖아."

잠깐 솔깃해졌다.

"그리고 적어도 이쪽은 때리지는 않아."

하지만 이어진 말, 때리지는 않는다는 그 말이 연우의 심장을 아프게 때렸다.

이 사람의 눈에 내가 대체 어떤 사람으로 보이는 걸까. 진심으로 궁금해졌다. 아무리 생각해도 자신을 그냥 불쌍하게 여기는 것 같은데, 불쌍해서 결혼하는 건 아니라 하니 어떤 꿍꿍이인지 모르겠다.

"그게 다예요?"

눈물이 차오르려는 듯이 그녀의 눈동자가 번들해졌다. 연우는 서러운 마음을 누르며 냉하게 물었다. 어느덧 그의 차가움이 그녀에게 전염되었다.

"청혼은 그게 다냐고요."

비극적이다. '사랑해'라는 그 흔한 말도 없는 결혼 제안을 덥석 움켜쥐고 싶은 심정이라니. 잠시 후 그가 말했다.

"갖고 싶은 게 있으면 말해."

"됐어요. 생각은 해볼게요."

그녀는 더 머무르고 싶지가 않아 소파에서 몸을 일으켰다. 그가 싸늘하게 가늘어진 눈초리로 물었다.

"되게 좋은 자린데 그렇게 길게 생각할 게 있나?"

어쩌면 저렇게 당당하지?

"결혼식 하고 혼인신고만 하면 돼. 정 힘들면 이 년 뒤에는 네 맘대로 해도 좋아. 외국에 나가서 평생 돌아오지 않아도 되고 이혼하자고 해도 돼."

세상에. 그에겐 결혼이라는 말만큼이나 이혼이라는 말도 쉬운 모양이었다. 어떻게 인륜지대사가 그렇게 쉽지? 검색해봤을 때 가정에는 별 문제가 없는 것 같았는데. 대체 어떤 사고방식으로 세상을 사는 거지? 그러나 혼란스러운 생각과 함께 '이혼'이라는 단어는 그녀의 귀에 달게 감겼다.

"제안 받아들이죠, 뭐."

연우는 눈물을 삼키고 꿋꿋한 목소리로 대답했다. 그녀의 인생에서 가장 중대하고 용감한 결정이었는데, 무엇인가에 홀린 듯 이상하게도 쉬이 대답이 나왔다.

"잘 생각했어."

연우가 제안을 수락하자 그의 표정이 미세하게 달라졌다. 그가 처음으로 웃은 것이다. 웃은 듯 안 웃은 듯 희미하게. 웬일인지 그 미소를 보니 심장이 콩닥거렸다. 정말 그가 말한 대로 자신이 좋은 선택을 해서 칭찬받은 것처럼 여겨졌다.

아유. 안 되지. 조금 더 정신을 차리고 의심스러운 것들을 확인해야지. 연우는 그의 미소에 함락당하지 않으려 애쓰며 겨우겨우 목소리를 냈다.

"저, 저기, 그런 건 아니죠? 무슨, 하자가 있거나, 게이라거나……."

풋. 그가 더 크게 웃었다. 어우. 정신 못 차리겠어!

"아, 아니, 그렇잖아요. 다른 데 훨씬 더 좋은 혼처를 찾으실 수 있는 분이 대뜸 이러시니까."

"내게 원하는 게 많은 사람이랑은 결혼하고 싶지 않아."

그의 대답에 다시 부풀었던 풍선엔 바람이 빠지고 만다.

"넌 나한테 원하는 거 없잖아. 아니야?"

원하는 게 문제가 아니라 아예 관심도 없었다고요!

그는 그저 쉽고 편한 결혼을 위해 신분상승이 가장 절실한 사람을 찾아낸 것이다. 몇 번 확인해봐도 같은 얘기였기에 연우는 더 이상 질문을 할 마음이 생기지 않았다. 선재는 용건을 마무리 지으려는 듯 자리에서 일어났다. 연우도 따라 일어났다.

"주말에는 부모님께 인사드리러 가도록 할게. 부모님이 뭘 좋아하시는지는 문자로 알려줘. 우리는 삼 년 전 학교 홍보대사 촬영 때 처음 만나서 몰래 사귄 걸로 하자."

연우가 끄덕이자 그가 대뜸 손을 내밀었다. 연우는 그가 내민 손을 물끄러미 바라보며 눈을 끔뻑거렸다.

"손수건은 아까 저기 돌려드렸는데요."

"악수하자고."

아, 악수하자는 얘기였구나. 악수하자며 손을 이렇게 절도 있게 내미는 사람도 있구나. 연우는 그가 내민 손을 향해 느릿느릿 오른손을 올렸다. 너무 긴장한 나머지 그녀의 손은 그의 손바닥까지 미처 닿지도 못하고 손끝에서 멈췄다. 그의 기다란 손가락을 붙잡은 그녀는 뒤늦게 당황한 표정을 지었다. 그 또한 잠깐 멈칫했다.

"아아, 죄송……."

그러나 무안해하며 잡은 손을 놓으려는 찰나, 선재가 제 왼손으로 그녀의 팔목을 확 낚아챘다. 그가 손에 힘을 준 느낌도 아니었는데 단숨에 휘어잡아 거머쥔 손길에는 역시나 절도 있는 악력이 느껴졌다. 끌려간 손은 선재의 손바닥에 안착되었다. 그제야 제대로 악수하는 모양새가 되었다. 그는 밀착된 손을 가볍게 흔들었다. '이게 바로 악수야' 하듯이.

연우는 악수를 생전 처음 해보는 사람처럼 어색해했다. 악수를 하니 이번에는 그의 체온이 그대로 전해져 왔다. 커다란 손에 붙들려 있으니 악수를 한다기보다는 그에게 감싸인 기분이었다. 낯선 안락함이었다. 손이 찬 자신과는 달리 따뜻할 정도의 온기를 가진 사람이었다. 눈과 표정은 이렇게나 냉랭한 남자인데. 그의 체온을 의식하자 손에서 심장이 뛰는 듯 무지막지하게 떨려 왔다. 중압감을 덜어내고자 조심스레 목소리를 냈는데.

"······손이 예쁘시네요."

아, 꺼내지 않느니만 못한 소리를 해버렸다. 뭐 이런 바보 같은 말을. 당황하면 헛소리를 하는 버릇이 나온 것이다. 결혼이고 뭐고 당장 도망가고 싶은 마음이었다. 그렇게 제 실수를 깨닫고 참담한 표정으로 고개를 숙였다. 그런데 낮고 고요한 목소리가 들려왔다.

"너도 예뻐."

그가 그리 말을 하니 심장이 더욱 요동쳤다. 얼굴이 후끈 달아오르는 것이 느껴지자 연우는 선재에게서 급히 손을 뗐다. 그리고 그 손을 등 뒤로 감췄다.

"더, 더 이상 용건 없으면 이만 가보겠습니다."

당황한 연우는 꾸벅 인사하곤 뒤돌아 도망치듯 떠났다. 점장 집무실을 벗어나 한참 걸음을 옮겨서야 발을 멈춘 그녀는 뒤늦게 탄식을 내뱉었다.

마지막 인사도 바보 같았던 것이다. 용건 없으면 가보겠다니. 그녀 역시 인륜지대사를 '용건'으로 처리해버리고 말았다. 손수건을 돌려주러 가서 뜬금없이 결혼을 하게 생겼는데! 남자 한 번 안 사귀어본 내가! 공부만 할 줄 아는 내가! 이런 경우가 또 있을까 싶다.

"돌아가서 역시 결혼은 아닌 것 같다고 말할까?"

머리를 쥐고 번민하던 연우는 금방 돌아섰으나 곧 멈칫했다. 그 와중에 그가 마지막에 했던 말이 왜 떠오르는지.

"너도 예뻐."

내 손이 예쁘다는 말인지 내가 예쁘다는 말인지 그것조차 알 수 없는데. 아니, 그건 그냥, 결혼할 사람한테 하는 인사치레의 칭찬 같은 걸 텐데. 왜 설레지? 왜 두근거리지? 왜 그 말에 기대고 싶지?

연우는 가슴에 가만 두 손을 얹으며 다시 돌아섰다. 이건 운명 같은 걸지도 몰라. 하늘이 내게 내린 동아줄 같은 것일지도 몰라. 가족들이 마진태의 집안에서 해방되고, 옥승혜 여사에게서 뺨 같은 거 맞지 않을 세계…… 그 희망의 끈을 믿어보고 싶었다. 연우에게는 다른 두근거림이 생겨났다.

그 후 선재는 마치 연우가 약속을 파기해버릴 수도 있다는 것을 예상한다는 듯이, 연우가 딴생각을 할 틈도 없이 결혼 준비에 박차를 가했다. 결혼 준비는 일사천리로 이루어졌다. 선재는 연우의 대학교 졸업에 맞추겠다며 모든 일정을 강행했다. 무지막지하게 진행되었는데도 연우에게 불편한 점은 별로 없었다. 시부모님도 생각보다 훨씬 좋은 분들이었다. 드라마에서 보던 눈치와 핍박과 돈봉투 신공을 생각하며 마음을 굳게 다졌던 연우는 예상보다 훨씬 유연하게 흘러간 결혼 준비가 신기하기만 했다. 시부모님 외의 다른 시댁 식구들의 반응은 역시나 예상과 다름없이 서릿발처럼 차가웠지만 시부모님이 중간에서 잘 중재해주었기에 별다른 사건 없이 잘 넘어갔다.

그렇게 결혼식까지의 절차가 순식간에 끝나버렸다. 그사이 연우네 집이 마진태 집안에게 진 빚은 모두 청산되었다. 마진태가 떼어먹으려 했던 부모님의 퇴직금도 제대로 받았다. 자유로워진 부모님은 오래전의 꿈대로 시골에 땅을 얻어 농사를 지을 수 있게 되었다. 두 사람의 결혼 덕에 연우네 집안은 완전한 자유를 얻게 되었다. 단 한 가지만 인정하면 모든 것이 괜찮은 결혼이었다.

마음의 부재.

강선재라는 인물은 독할 정도로 속을 비치지 않는 사람이었다. 일로 얽힌 사람들에게는 예의 바르고 곧잘 농담도 던지는 듯한데, 연우에게는 싸하기 그지없었다. 또한 서로 마음을 나눌 만큼 자주 만나지도 못했다. 선재는 미국과 한국을 오가며 바쁜 생활을 했다. 한국에서의 기업 활동과 더불어 미국 대학원의 MBA 과정까지 밟고 있었던 것이다. 본업도 바쁜 사람이 공부까지 하느라 선재는 집에 들어오지 않는 날이 많았고, 집에 들어온들 두 사람의 공간엔 경계가 그어져 있었기에, 집 안에서도 두 사람은 마주칠 일이 별로 없었다. 정말로, 법적인 관계 외에는 아무것도 없는 결혼생활. 그렇게 허울뿐인 결혼생활이었다.

남들은 서민 이연우가 신데렐라가 되었다며 입에 침이 마르도록 얘기하겠지만 연우는 남들이 차마 짐작할 수 없는 결혼생활 속에서 조용히 고립되어갔다. 그녀는 그 안에서 천천히 깨달았다. 그때의 그, '너도 예뻐'란 말은 역시 그냥 인사치레였다는 걸. 그 말에 바보같이 설렐 필요는 없었다는 걸.

***

별거기간과 숙려기간 동안 선재는 연우에게 별다른 연락을 하지 않았다. 연우가 집을 나온 후 이혼서류가 처리될 때까지 약 삼 개월의 시간 동안 두 사람은 단 세 번 만났다. 한 번은 시아버지의 회갑연, 또 한 번은 이혼신청서를 제출하던 날, 또 한 번은 선재가 그녀를 직접 찾아온 일이었다.

회갑연 때, 그는 어디서 다친 건지 팔에 붕대를 감고 있었다. 연우는 이에 대해 물어보고도 싶었으나 마음을 닫았다. 두 사람은 영혼 없는 새해 인사 외에 어떤 말도 나누지 않았다. 별거를 한 지 이 개월하고도 일주일 후, 이혼서류를 제출하던 날도 두 사람은 잠잠했다. 선재네 회사가 내내 혼란스러웠기에 연우가 약속한 이 개월에서 일주일을 더 기다려준 것이다. 연우가 선재의 편의를 봐주어서인지, 선재도 이혼신청서를 제출하기까지 별 군말이 없었다.

연우는 이상하게도 회갑연 때나 이혼신청서를 제출하던 날보다 숙려기간 중 그녀를 만나러 온 그가 더 기억에 남았다. 그가 그녀의 집 앞에 머물렀던 시간이 오 분도 채 되지 않는데도 왠지 그랬다.

이혼서류를 제출하고 나서 보름 뒤. 선재는 연우가 머무르는 곳으로 찾아왔다. 당시 연우는 자취를 하는 동생 태우의 집에서 머무르며 학교를 오가고 있었다. 담당 교수의 프로젝트에 참여하게 되어 바빠져서 따로 집을 구하러 다닐 새가 없었다.

딩동. 차임벨 소리가 나서 비디오폰으로 밖을 내다보니 선재였다.

"헉. 여기는 어떻게 알고 왔지? 내가 여기서 지낸다고 얘기한 적 없는데?"

연우는 비디오폰 앞에서 저도 모르게 소리를 높였다.

"아니, 근데 왜 찾아왔지? 연락도 없이 이렇게 갑자기 왜? 가정방문이야? 왜? 왜?"

연우는 울상이 된 얼굴로 현관에 다가서면서 발을 동동 굴렀다. 당최 그가 찾아온 의도를 추측할 수가 없었다. 이제 와서 이혼을 못하겠다고 할까봐 불안하기도 했다.

"안 돼. 안 돼. 난 반드시 기필코 혼자 살 거야."

연우는 마음을 굳게 다지며 문을 열었다. 역시 그와 마주한다는 긴장감에 그를 바라보기 직전에 두 눈을 질끈 감았다 떴다.

오랜만에 마주한 남편은 여전히 참…… 잘났다.

"어떻게 알고 온 거예요? 여기서 지낸다고 말한 적 없는데."

연우는 그의 기에 눌리지 않으려 노력하며 뚱하게 물었다. 그녀의 물음에 그는 바로 대답하지 않았다. 이상하게도, 침묵을 지키는 눈동자가 유난히 어둡게 보였다. 늘 자신의 앞에서 거만하다고 느껴질 만큼 오연한 표정을 짓던 사람인데.

"오래전에 처남한테 들었어. 그리고 네가 여기 올 거라는 건, 사실 뻔하지."

오랜 기다림 끝에 그가 입을 열었다. 목소리의 끝이 옅게 떨리는 것 같기도 했다. 눈빛과 표정과 목소리가, 마치 사연 있는 남자 같았다.

아, 사연이 있기는 하지. 이혼을 앞두고 있으니까.

'막상 이혼할 때가 다가오니 안 되겠다는 생각이 들어서 전략을 바꾸는 건가?'

그의 그런 표정에 의도가 있을 거라고 생각하게 되는 연우였다.

"선배가 갑자기 이런다고 해서 내 마음이 달라질 수는 없어요. 아시죠?"

연우는 그의 눈빛에 약해지지 않으려 노력하며 강건하게 말했다.

"그래."

"진짜 그건 아니에요. 그럴 수는 없어요."

하지만 그의 눈과 마주하기가 곤란해졌다. 거듭 말한 연우는 고개를 슬며시 내렸다. 선재는 결혼반지를 끼고 있지 않았다. 결혼반지를 빼고 있는 그를 보는 건 처음이었다. 그런데 그가 오른쪽 주먹을 꽉 쥐고 있는 것이 마음에 덜컥 걸렸다.

치려는 건가? 저 주먹으로 나를 때리려고?

오래전, 그가 친구처럼 보이는 웬 남자를 퍽퍽 때리던 날을 기억하고 있는 연우는 마른침을 삼켰다. 당장이라도 저 주먹이 자신의 얼굴로 날아올 것만 같아 두려웠다.

"하, 할 말 있어서 온 거 아니에요?"

연우는 당장 대화를 끝내고 싶은 마음에 재빠르게 물었다. 그녀의 질문을 받은 그의 눈빛이 흔들렸다.

낮술을 한 건가? 여러모로 회한에 젖은 그 눈동자가 그녀의 가슴속으로 허락 없이 파고들었다. 떽! 안 돼! 이연우, 약해지지 마! 어쩌다 보니 연우 또한 그와 마찬가지로 두 주먹에 힘을 주게 되었다.

"그냥. 잘 사나 해서."

마침내 그가 다시 입을 열었다.

"그래. 잘 살아."

그 말을 끝으로 돌아서버리는 그. 분명 그는 지금까지와 달랐다. 그녀의 이야기를 비꼬지도 않았고 비뚜름하게 입술을 올려 조소하지도 않았다. 그럼에도 불구하고 그의 주먹이 펴지지 않아서, 무엇이라도 움켜쥐고 있는 듯한 커다란 주먹이 어쩔 수 없이 무서워서 연우는 선재와 더 이야기를 나눠볼 생각을 하지 못했다. 그저 왜 그가 갑자기 그렇게 찾아왔을까 의문만 가득 남았던 하루였다.

3월 2일. 시간이 흘러 드디어 이혼확정 기일이 되었다.

연우는 가정법원에 비교적 일찍 도착하여 선재를 기다렸다. 선재가 일 분의 여유도 없이 제시간에 도착하는 바람에 법원에 들어서기 전에 대화를 나눌 틈은 없었다.

아무튼 무사히 이혼확정! 판사에게 이혼확정을 받기까지의 절차는 의외로 아주 간단했다. '이혼하시겠습니까?'라는 질문에 '네'라고 대답하기만 하면 되는 것이었다. 마지막 대답을 할 때 연우는 왠지 몸에 전율이 일었다. 오래 미뤄왔던 숙제를 끝낸 느낌이었다. 스물여섯 살에 이혼 경력을 갖게 됐다. 이 소식이 세상에 알려지면 어떤 파장을 일으키게 될지 감도 오지 않는다. 이혼녀 딱지와 버림받은 신데렐라 타이틀을 평생 달고 다녀야 될지도 모르겠다. 하지만 속은 훨씬 편할 것이다. 이혼확정과 동시에 그녀의 긴장한 표정이 풀리는 것을 지켜본 선재가 피식 웃었다. 이런 순간에도 혼자 여유 부리고 있는 '전남편'이 마음에 들지 않았다.

모든 일이 마무리되고 가정법원의 계단을 내려오며

"그동안 잘 있었어?"

그제야 선재는 그녀의 안부를 물었다.

"네, 잘 있었어요."

연우는 무심하게 답했다. 이제 이 계단을 내려가 법원을 빠져나가면 그와는 더 이상 얽매이지 않을 것이라는 사실이 그녀의 머릿속을 장악하고 있었다.

"난 많이 아팠어."

그런데 그가, 묻지도 않았던 그간의 안부를 전한다. 연우는 멀뚱하게 선재를 올려다보았다.

"팔에 화상도 입었고, 계단에서 떨어져서 다리가 골절되기도 했고. 이혼신청서 내고 오는 길에 다리를 다쳐서 깁스생활을 하다가 나흘 전에야 풀었어."

그의 이야기는 무언가 이상했다. 거짓말. 보름 전 집에 찾아왔을 때, 그땐 멀쩡했으면서. 깁스 따위 하고 있지 않았으면서! 하지만 연우는 따져보려던 마음을 거두어들였다. 마지막 날까지 이상한 논쟁으로 실랑이를 하고 싶지는 않았다. 그냥 빨리 그와 헤어져서 집으로 가고 싶을 뿐이었다.

"너도 멀쩡하진 않았나보네."

선재가 또 말을 걸어왔다. 그녀의 손가락에도 붕대가 감겨 있었다.

"아, 이건 그냥 친구랑 장난치다가 다친 거예요."

"조심 좀 해."

이제 남남인데 뭔 상관? 속으로 투덜대는데 그가 또 말을 걸었다. 오늘 그는 참 시간이 많은 모양이다.

"내가 이혼을 결심한 이유는 처음부터 지금까지 이거 하나야. 네가 이혼을 원했기 때문에."

그 말에는 슬쩍 빈정이 상하여 연우도 다른 트집을 잡았다. 여태 그가 반지를 끼고 있는 것이, 반지마저 잘 어울리는 그 손가락이 그렇게나 미울 수가 없었다.

"결혼반지 빼도 되잖아요."

보름 전엔 끼고 있지도 않았으면서. 남들 앞에서 키스를 하듯, 그는 그녀에게도 보여주기 식으로 결혼생활을 해왔다. 그걸 다 아는데, 이제 와서 아닌 척할 필요 없는데.

하지만 또다시 대화는 엇나간다.

"차나 한잔 마실까?"

연우는 자신이 신혼집을 나오던 날 그에게 했던 말이 생각났다.

"우리는 차 한잔 제대로 같이 마신 적도 없는걸요."

그 얘기가 미안했던 모양이었다. 우리 사이가 그간 얼마나 정이 없었는가를 에둘러 상징적으로 말한 거였는데 그걸 마음에 담아두고 있었다니. 그건 조금 귀여워서 연우는 속으로 조금 웃고는 답했다.

"죄송해요. 약속이 있어서."

이혼 당일에 더 같이 있고 싶지는 않았다.

"나중에 따로 만나요. 몇 달 정도 시간이 지난 다음에요. 일이 없으시다면."

선재도 곧 고개를 끄덕였다.

"잘 살아. 그 후련한 마음으로."

그리고 악수를 청하는 듯 손을 내밀었다. 연우는 보름 전에 그가 저 손을 꽉 쥐고 펴지 않았던 게 생각났다. 그래, 처음부터 이렇게 좀 하지 그랬어. 연우는 선재가 내민 손을 기분 좋게 맞잡았다. 그가 지닌 따끈한 온기가 손바닥을 통해 전해져 왔다.

"미안했다."

치. 왜 멋있는 척을 하나 몰라, 왜. 이 상황에서 그런 말을 하면 나는 뭐가 되냐. 흥.

"저는 고마웠어요."

연우가 영혼 없는 미소를 지으며 화답했다. 왠지 그가 손을 놓지 않아서 조금씩 팔에 힘을 주게 됐다. 선재는 손이 떨어진 것이 아쉬운 듯 연우의 힘에 살짝 딸려 왔다.

"네 생일 다가오네. 꽃바구니라도 보내줄까?"

생일을 기억하고 있다니. 놀랍다. 이혼과 동시에 새로운 면모를 보게 된다. 하지만 그 꽃바구니에 감정은 하나도 없지. 남에게 보이기 위한 그런 겉치레들, 이제는 조금도 원하지 않는데.

"웃으라고 한 말이죠?"

연우가 좀 전보다 더 세게 웃었다. 어느새 법원 입구가 가까워지고 있었다. 연우가 빨리 헤어지자는 의미로 중요한 사실을 지적했다.

"주차장은 저쪽인데."

"차 안 가지고 왔어."

"차를 안 가지고 왔다고요?"

"택시 타고 가면 돼."

웬일로 그가 차를 안 가져왔을까. 그러고 보니 기사도 대동하고 오지 않은 것이다. 역시 남에게 소문이 날 것을 의식해서인가 하는 생각을 하며 갸웃거렸다. 그사이에 두 사람은 법원 입구에 다다랐다.

"가. 택시 잡아줄까?"

"아뇨. 저는 걸어갈 거예요."

"멀지 않아?"

"네. 괜찮아요."

"그래. 그럼 잘 가."

아쉬운 듯 쿨한 듯 그가 손을 흔들었다. 그러나 연우가 몸을 돌리기 무섭게 그가 다시 불렀다.

"아, 이혼 기념으로 선물 보냈어. 오늘 도착할 거야."

이혼 기념 선물?

"뭔데요?"

"잘 가."

하지만 뭐냐고 물어보는 질문에는 또 대답이 없다! 정말, 정말, 정말 소통이 되지 않는 남자다! 오늘 하루만 보더라도 이혼하길 잘했다는 생각이 들어야 되는데, 왜 마음이 잔뜩 무거워지는지 모르겠다.

등진 그의 모습이 점점 멀어졌다.

'사실 나보다 더 기뻐해야 하는 거 아니야? 나 덕분에 자유로워진 건데.'

그리 후련해 보이지는 않는 뒷모습에 심통이 났다. 그의 반대편으로 뒤돌아 한참 투덜거리며 걷는 사이에 문자메시지 한 통이 왔다. 은행에서 온 메시지였다.

―○○은행 입금 10,000,000,000원 강선재

처음에는 이 숫자가 과연 뭘까 했다. 통장에 이런 숫자가 찍힌 건 한번도 본 적 없었기에, 손가락으로 하나씩 숫자를 짚어 0의 개수를 세었다.

"배, 백 억?"

그리고 연우는 휴대폰을 떨어뜨릴 뻔했다.

"허어. 미쳤어!"

이혼 기념 선물이 백 억이라니! 아니, 얼마나 기뻤으면, 이혼하자고 한 사람한테 백 억이나 주는 거지?

이런 돈을 원해서 이혼하자고 한 게 아니다. 재산기여도도 전혀 없었기에 재산분할을 요구하지도 않았다. 웬만하면 어떤 빚도 없이 깔끔하게 나가고 싶었다. 이 년간 옥죄었던 것들로부터 완전히 벗어나고 싶었다. 인생에서 그를 지운 채로 말끔하게 살고 싶었다. 누구의 부인이 아닌, 허울뿐인 신데렐라가 아닌 이연우로서 살아가고 싶었다. 그런데 왜 그걸 못하게 하는 거지?

연우는 뒤돌아 달렸다. 선재에게 이 돈을 받을 수 없다고 말해야 했다. 차를 가지고 오지 않았다고 했으니 아직 택시를 잡지 못했다면 만날 수 있을 것이다. 이 끔찍한 것을 얼른 정리해야 했다.

이혼확정을 받고 돌아가는 길.

선재는 오랜만에 담배를 샀다. 이 년 만인가. 그즈음 결혼약속을 한 후 세부 의견을 조율하기 위해 연우를 만났던 날, 그녀의 옆에서 아무렇지 않게 담배를 빼물었지만 이내 끄고 말았다. 불편해하는 연우의 얼굴을 알아본 것이었다. 그 뒤로 담배를 꺼낼 때마다 연우의 얼굴이 떠오르더니 그다음에는 담배를 피우고 싶지 않아졌다. 이혼과 동시에 잊었던 담배 연기가 생각났다. 그러나 얼마 태우지 않은 채로 담뱃불을 꺼버렸다. 여전히 그녀의 불편해하던 얼굴이 생각났다.

물끄러미 내려다본 왼손에 아직 결혼반지가 끼워져 있었다. 샤워를 할 때에도 빼는 법이 없었다. 귀찮아서였다. 하지만 가끔 세척을 위해 뺄 때에는 손가락이 허전했다. 이제는 피부처럼 느껴질 정도였는데. 한숨을 길게 쉬며 반지를 빼냈다.

쉽게 빠진 반지는 그의 손에서 벗어나 바닥으로 떨어져 떼구루루 굴러갔다. 선재는 반지를 잡기 위해 급히 허리를 굽혔다. 그러나 반지는 아슬아슬하게 그의 손을 비껴갔다. 그는 재빠르게 몸을 더 움직여 기어이 반지를 잡았다. 그러고는 허리를 폈다. 저편에서 달려오던 연우의 얼굴이 순식간에 굳어지는 게 보였다.

그리고…….

연우는 선재를 놓칠까봐 숨이 차오르도록 뛰었다. 마침내 그를 발견했을 때 그는 차도에서 몸을 숙이고 있었다. 저편에서 버스가 그를 향해 오고 있는데!

그런데 그 순간 그가 고개를 들고 바라본 건 다가오는 차가 아니라 연우였다.

스무 걸음 정도. 가깝다면 가깝지만 그래도 먼 거리. 그동안 절대 좁힐 수 없었던 그 거리에서 어찌된 일인지 그의 눈동자가 선명히 잡혔다. 마치 그녀에게 말을 거는 것처럼.

"안 돼……."

그를 쳐다보는 연우의 하얀 얼굴이 더욱 새하얗게 질렸다.

그가 다가오는 버스를 알아챘을 때는 이미 늦었다.

끼이이이이이이이이익!

잠시 튕겨졌다가 무참히 가라앉는 시간은 찰나였다. 버스는 뒤늦게 멈췄고 여기저기에서 비명소리가 터졌지만 연우의 귀에는 아무 소리도 들리지 않았다. 그에게로 달려가는 시간이 영원처럼 길었다.

도대체 무슨 일이

장례식장.

기자들은 사흘 내내 건물 앞에 진을 쳤다. 제이그룹 차기 대표의 갑작스런 사망 소식은 연일 방송과 신문의 헤드라인을 장식했다. 조문객도 많은데 기자들 또한 넘쳐나서 내내 분향소는 어수선할 수밖에 없었다.

연우는 이혼한 사실을 숨기고 선재의 부인으로서 계속 자리를 지켰다. 두 사람이 이혼했다는 사실은 선재의 부모님만 알고 있었다. 하필이면 또, 사고가 일어난 곳이 가정법원 앞이라 잠깐 두 사람의 이혼에 대한 소문이 났었다. 하지만 선재의 아버지가 그럴듯한 알리바이로 기사를 모두 막았고 다음 날이 되자 소문은 깨끗이 사라졌다.

장례는 수목장으로 진행되었다. 넓은 어깨와 긴 팔다리를 가졌던 그는 작은 묘목이 되었다. 부슬부슬 비가 와서 사람들은 우산을 쓰는데, 그는 이제 이 비를 흠뻑 맞고 있어야 한다는 게, 흠뻑 맞아야만 키가 큰다는 게 안타까웠다. 그러나 연우는 끝까지 눈물을 흘리지 않았다.

장례식을 치른 날은 3월 4일. 연우의 생일이었다. 연우는 그것을 장례를 다 치른 후 시어머니가 말해줘서야 알았다.

"아가."

"어머님."

"고생했어."

"아니에요."

"생일날 이렇게 힘들게 해서 미안하고."

"정말 아니에요. 제가 있고 싶어서 있었던 거예요."

시어머니 정미현 여사는 장례를 치르는 동안 너무 많이 울어 눈이 통통 부어 있었다. 미현은 맨몸으로 시집 온 연우를 구박하는 시어머니가 아니었다. 그렇다고 살갑게 챙기지도 않았지만 어쨌든 연우가 시어머니 때문에 스트레스를 받은 적은 없었다.

"이건 네가 가질래?"

미현이 내민 것은 뜻밖에도 남성 지갑이었다. 연우는 물끄러미 바라보다가 그게 누구의 것인지 짐작하고는 고개를 저었다.

"아, 아니에요. 제가 어떻게 이걸…… 선재 씨 유품인데."

"떠난 사람 물건을 남기는 게 좀 그렇지만, 그래도 네가 한 번은 봐줬으면 좋겠어. 자."

곤란했지만 연우는 지갑을 건네받았다. 망자의 물건이라 꺼리는 것이라고 여길까 싶어서 어쩔 수 없었다.

"열어 봐."

미현의 요청으로 슬며시 지갑을 열어 보았다. 지갑의 앞면에 연우의 사진이 들어 있었다. 이 년 전의 결혼식날 사진이었다. 웨딩드레스를 입고서 수수하게 웃고 있는 독사진. 내가 언제 이렇게 웃었더라? 기억도 나지 않는 미소였다.

"이게 왜 여기…….."

지갑을 든 연우의 손이 파르르 떨렸다.

"선재가, 그 지경이 되어서 세상을 떠나면서, 오른손에 결혼반지를 꽉 쥐고 있었다는구나. 실은 이혼하기 싫었던 게 아닐까, 생각했어."

연우는 천천히 고개를 들어 미현을 바라보았다. 미현의 쓸쓸한 미소가 뻐근하게 심장을 죄었다.

"사실 선재와 오래전에 약속한 게 있었단다. 선재 사촌형 은혁이 알지? 은혁이가 정략결혼을 하게 됐다는 소식을 듣고 나서였어. 자기는 평생 부모님 뜻에 순종하면서 살 테니까 단 하나, 결혼만은 간섭하지 말라고 하더구나. 그러고 데려온 아가씨가 새아가, 너였단다."

생전 처음 듣는 이야기였다. 선재는 그런 사연에 대해서는 내색조차 한 적이 없었다.

"그 애, 좀처럼 마음을 열지 않아. 가끔 제 엄마, 아빠한테도 벽을 칠 때가 있었어. 싫어한다고 내색하는 것도 없지만 좋아한다는 내색은 더 없었지. 친하게 지내는 친구는 많은데 그 친구들에게도 제 마음은 잘 터놓지 않는 것 같았어. 그랬던 애가 떡하니 너처럼 예쁜 아가씨를 데려온 거지. 그래서 난 네가, 고맙고 좋았단다."

과거를 추억하는 미현의 눈이 반짝 빛을 내며 젖었다.

"하지만 선재가 나한테 협박을 했어. 네게 쓴소리 절대 하지 말고 귀찮게도 하지 말라고 말이야. 그래서 너한테 연락 한번 편하게 못 했어."

그래서 그랬구나. 쌀쌀맞진 않았지만 그렇다고 다정하지도 않았던 시어머니. 그 무뚝뚝함 때문에 서먹서먹하게 대했던 시어머니에게도 이런 비밀이 있었던 거였다.

"하아. 이 얘기를 이제야 하게 되는구나."

한숨을 푸욱 쉬는 미현의 표정에 회한의 감정이 서려 있었다.

"사는 게 힘들어서 이혼했겠지만, 선재, 너무 미워하지는 않길 바라."

연우의 가슴도 왠지 먹먹해졌다.

"너에게만은 그래도 좋은 기억으로 남았으면 좋았을 텐데. 미안하구나."

"아니에요. 어머님."

미현은 연우의 손등을 툭툭 토닥였다.

"생일 축하해."

그 다정한 온기가 오래 연우의 가슴에 남았다.

사흘간의 장례가 마무리되고 모두와 인사를 했다. 남편을 잃은 연우를 다정하게 위로하는 사람이 있는가 하면 여전히 그녀를 굴러온 돌처럼 쳐다보며 눈엣가시로 여기는 사람들도 많았다.

집으로 돌아갈 때는, 여러모로 기진맥진해진 연우를 수지가 챙겨주었다. 수지는 연우와 같은 중고등학교를 졸업한 연우의 친구로 가족을 제외하고 그녀의 이혼 사실을 알게 된 유일한 사람이었다.

"여기까지 와줘서 고마워. 이제 너도 가. 회사로 돌아가야 하잖아."

"알았어. 너 집에 들어가는 것만 보고 갈게."

올해 연예기획사에 취직한 새내기 직장인 수지는 회사 일이 바쁜 와중에도 매일 장례식장을 찾아왔다. 그리고 장례식이 끝난 후에는 연우가 혹시라도 쓰러질까 염려하며 이렇게 살뜰하게 챙겼다.

연우는 수지에게 고마운 마음이 컸지만 자신의 아픔이 더욱 커서 제대로 표현하지 못했다. 사흘 동안 몸과 마음이 많이 지쳤기에 누우면 그래도 잠은 잘 이룰 수 있을 것 같았다. 팔다리에 힘이 하나도 없어 오피스텔 복도를 걸어가는 길도 힘겹게 느껴졌다. 수지가 곁에 없었다면 아무 데서나 주저앉았을 것이다.

"어? 저게 뭐지?"

오피스텔 건물 복도를 걸어가던 와중에 수지가 뭔가를 발견하고서 먼저 현관문 쪽으로 뛰어갔다. 현관문 앞에 무언가가 놓여 있었다.

힘없이 걷던 연우의 발이 멈췄다. 설마. 연우는 뒤늦게 후들거리는 발걸음으로 천천히 다가갔다. 커다란 바구니를 가득 채운 분홍빛 장미였다. 가까이 갈수록 꽃향기가 짙어졌다. 어지러울 정도였다.

"꽃바구니야."

꽃바구니 앞에 무릎을 접고 앉은 수지가 말했다. 연우는 천천히 허리를 굽혀 바구니 안의 별모양 막대에 끼워진 카드를 꺼냈다.

'생일을 축하합니다. 강선재.'

그의 손글씨도 아닌, 프린트된 메시지. 이맘때쯤 늘 받던 그 꽃바구니 그대로다. 수지도 연우가 들고 있던 카드를 보고는 놀란 목소리로 말했다.

"세상에. 미리 예약해뒀었나봐……."

아무것도 아닌 축하. 열 글자도 채 되지 않는, 매번 같았던 그 건조한 메시지가 왜 가슴을 짓누르는지.

"허……."

눈물이 빠르게 차올라 후드득 떨어졌다. 옆에서 지켜보던 수지도 이를 막지 못했다.

"연우야, 어떡해……."

그동안 울지 않았던 건 울면 안 될 것 같아서였다. 눈물을 흘릴 자격이 없는 것 같아 필사적으로 가두어놓고만 있었는데.

"허억. 윽. 윽."

가슴이 꽉 죄여드는 듯이 아팠다. 가슴을 부여잡고 몸을 접은 채로, 바닥에 이마가 닿을 듯 꺽꺽 통곡했다.

"으어어엉. 어어엉. 허억허억……."

당신은 왜 내게 아무 얘기도 안 했지? 왜 당신은 늘 내게 날카로웠지? 왜 내가 당신을 포기하게 만들었지? 그렇게 만들고서 그런 사진만 남기고 떠나는 게 어디 있어. 왜 이런 꽃바구니를 보낸 거야. 왜!

"어억. 흑. ㅎㅇㅇㅇㅇㅇ윽……."

할 수만 있다면 시간을 되돌리고 싶다. 살아 있는 그를 붙잡고 죄다 물어보고 싶다.

"흑ㅇㅇㅇㅇ윽……."

"연우야. 흑흑. 으흑흑……."

수지도 연우를 따라 엉엉 울고 말았다. 오피스텔 복도에 울음이 가득 찼다.

현관 앞에서 펑펑 울고 난 후 집 안으로 들어온 연우가 수지에게 인사했다.

"덕분에 울었더니 좀 개운하다. 옆에 있어줘서 고마워."

"아니야. 어휴. 일단은 좀 자. 내가 회사 끝나고 또 올게."

"아니야. 저녁때는 태우도 올 텐데 뭘. 너도 집에 가서 쉬어. 고생했어."

"아무튼 연락할게. 얼른 자."

수지가 떠난 후, 연우는 쓸쓸하도록 비어버린 공간에 한숨을 털어냈다. 사실 개운하지 못했다. 수지에게 걱정을 끼치고 싶지 않아서 했던 말이다. 여전히 가슴 속 머릿속은 안개가 낀 듯 탁했다.

장미 향기가 방 안을 그득 채우고 있다. 꽃바구니 같은 건 그냥 밖에 두고 싶었는데 그러지도 못했다. 침대에 누워 이불을 뒤집어썼다. 장미 향기가 이불 속까지 들어왔다. 머리가 지끈거려서인지, 실성한 여인처럼 헛말을 하게 되었다.

"아니야. 날 사랑해서 그랬던 게 아니야."

그 사람은 군말 없이 이혼을 해준 사람이잖아. 그 사람은 날 사랑하지도 않았어.

스스로에게 암시를 걸어도 이상한 마음이 튀어나온다. 그 사람에게 나는 과연 뭐였을까, 이제 와서 그런 게 궁금해봤자 아무 의미도 없는데 왜 자꾸 울컥하게 되는 걸까.

"그건 아무 마음도 아니야."

마음을 가라앉히는 방법은 생각에 쐐기를 박는 것밖에 없었다. 그가 자신에게 조금도 마음을 쓰지 않았다고 여겨야 앞으로를 살아갈 수 있을 것 같았다.

"아무 마음도 아니라고!"

하지만 머리가 아파와서 결국엔 버럭, 이불을 뒤집어쓴 채로 미친 사람처럼 소리쳤다. 마음은 조금도 안정이 되지 않는다. 왜 그는 마지막 순간에 날 바라봤을까. 물론 버스를 바라보고 있었더라도 사고를 피하긴 어려운 순간이었을 것이다. 하지만 그와 눈이 마주쳤기 때문에 더 죄책감이 남는다. 마치 살려달라고 호소한 듯해서.

"그날 왜 날 찾아온 거야."

대답이 없을 그에게 또 묻는다. 다 말랐다고 생각한 눈물샘이 다시 터졌다.

"왜 이혼해줬지?"

눈물이 베갯잇을 쉽게 적셨다.

"왜 마지막 날 미안하다고 말했어. 왜 마지막 순간에 결혼반지를 잡은 건데, 왜……."

왜 그 반지를 그렇게 꼭 쥐고 놓지 않았을까…… 궁금한 게 흐르고 넘쳐 이불까지 홀딱 적신다 해도 영원히 대답을 들을 수는 없을 것이다. 한 번도 겪어본 적 없는 비통한 상실감이다. 온 세상이 이불 속처럼 어두운 듯하다. 그 어둠 속에서 떠오르는 눈동자, 다가오는 차가 아니라 지금 막 이혼한 전 부인을 향해 애달프게 흔들리던 그 눈, 그 표정.

일 분, 아니 십 초. 십 초만 더 빨리 그에게로 뛰어갔다면 어떻게 됐을까. 왜 더 빨리 뛰어가서 그를 붙잡지 못했을까. 왜 그 순간 그는 미련하게 날 바라보았던 것일까. 왜.

그때의 그 눈이 가슴에 각인되어 미칠 것만 같다. 그렇게 몸도 마음도 아파 몸부림치며 흐느끼다가 진이 빠져 잠이 들었다.

* * *

새벽.

연우는 눈꺼풀에 내려앉는 빛에 눈을 떴다. 불을 켜고 잔 것이다. 휴대폰은 분명히 끄고 잔 것 같은데 켜져 있었다. 켜져 있는 대로 시각을 확인하니 오전 6시. 얼마나 곤히 잤는지 간밤에 한 번도 깨지 않았다. 낮에 잠들어서 밤을 홀랑 까먹고 아침이 다 되어서 일어났다.

뭔가 상쾌한 꿈을 꾼 것 같긴 한데 기억은 나지 않는다. 머리도 개운했고 얼굴이 부은 느낌도 없었다. 눈물에 정화작용이 있다던데 너무 많이 울어서 속이 깨끗해진 모양이었다.

'그래. 오늘부터 난 또다시 살아가야지.'

마음을 다잡고 자리에서 일어났다. 그런데.

"어어?"

침대가, 이상하다. 신혼집의 그 침대다. 뿐만 아니라 자신을 둘러싼 공간이 딱, 예전의 신혼집 침실이었다. 왜 내가 이 방에 누워 있지?

옷 또한 이상하다. 신혼집에서 입었던 잠옷을 입고 있다. 분명히 장례식장에서의 차림 그대로 누워버렸는데, 더군다나 이 잠옷은 버렸는데. 꿈속인가 하는 바보 같은 생각을 했다. 뺨을 툭툭 때려보고 손등을 때려보고 꼬집어보고 다리를 쿡쿡 찔러보았다. 감각들이 모두 살아 있는데 눈에 보이는 것들은 왜 이렇지? 그를 그리워하게 돼서, 그를 잃은 아픔 때문에, 죄책감 때문에 미친 건가, 하는 생각도 잠시 했다.

이상해!

"이게 뭐야아!"

그녀는 방이 떠나가라 소리를 질렀다. 옆에 놓아둔 휴대폰을 다시 들어 날짜를 확인해보았다.

11월 25일.

"어? 어?"

난 3월 4일에 잠이 들었다고! 내가 구 개월 가까이 잠을 잘 리 없잖아! 귀신이 곡할 노릇이다.

"휴대폰이 맛이 갔나?"

그래. 휴대폰은 맛이 갔다고 치고, 이 달라진 풍경은 어떻게 설명해야 되지?

"어머어머, 내가 진짜 미쳤나봐. 감각들은 다 살아 있지만 아직 꿈속인가봐. 더 자야겠다."

연우는 허허허허, 넋 나간 웃음을 지으며 다시 자리에 누워 눈을 감았다. 그러나 더 이상 잠은 오지 않았다.

"이상하잖아!"

침대에서 벌떡 일어난 그녀는 골몰히 생각하다가 친정 엄마, 순정에게 전화를 걸었다. 뚜르르르 뚜르르르. 신호 대기음이 흐르는 시간이 어쩐지 초조했다.

[어어. 우리 딸. 웬 일이야. 이 아침부터.]

새벽이라 낮게 내려앉은 엄마의 음성이 다정하게 그녀의 귀를 감쌌다. 그런 엄마에게 대뜸 물었다.

"엄마. 오늘이 며칠이야?"

[오늘? 어디 봐…… 오늘이 며칠이더라…… 어제가 24일이었으니까 오늘은 25일이지. 왜?]

"며, 몇 월?"

[얘가, 얘가. 너무 공부만 한다고 시간 흘러가는 것도 모르면 안 돼!]

"……11월 맞아?"

[그럼 1월이겠어?]

허억. 말도 안 돼!

"엄마, 이거 몰래카메라야?"

떠올릴 수 있는 건 그 정도였다. 혹시 이것도 그녀의 생일 기념으로 선재가 남긴 깜짝쇼라든가 그런 게 아닐까 하고.

[무슨 소리야. 너야말로 몰래카메라야? 왜 그래? 새벽부터 전화해서는. 잘 지내? 강 서방도 잘 있지?]

허. 엄마가 죽은 사람을 찾는다…… 아무리 몰래카메라라도 그건 예의가 아니다. 몰래카메라가 아니라 사람 미치게 만드는 지독한 장난이다.

허어. 말도 안 돼. 연우는 들고 있던 휴대폰을 떨어뜨렸다. 팔다리가 후들거려 털썩 주저앉았다. 그 채로 엉금엉금 기어가 문고리를 잡고서야 겨우 일어났다.

문을 열고 밖으로 나왔다. 방 밖 또한 신혼집 풍경 그대로였다. 심장이 요동쳤다.

'설마, 설마…….'

한 걸음, 한 걸음. 처음에는 다리가 후들거려 내딛기 힘들었던 걸음이 서서히 빨라졌다.

"설마……."

점점 초조하게 빨라지는 발로 급하게 거실을 지났다. 그 너머는 출입 금지구역. 신혼집에 처음 발을 들인 그날 선재가 자기 구역으로 사납게 선포했던 곳이다. 그러나 연우는 그 경계를 아무렇지도 않게 넘어버렸다. 그게 중요한 게 아니었다. 정말로 한달음에 그의 침실에 닿았다. 그리고 벌컥 문을 열어젖혔다.

넓은 침대 위, 이불을 뒤집어 쓴 커다란 형체가 눈에 들어왔다. 형체는 미동이 없었다. 쿵쿵쿵쿵쿵쿵쿵쿵. 심장이 두근거리다 못해 속에서 난타 공연을 벌이는 듯했다. 하지만 연우는 용감하게 이불을 뒤집어쓴 형체에 다가섰다. 그리고 침대 위에 살포시 올라 이불을 조금씩 걷어내려는 순간, 홱!

쿵! 침대에 엉덩이를 걸치고 앉아 있던 몸이 빠른 속도로 내려앉았다. 깜빡 하고 눈을 감았다 뜨니 그녀는 침대에 눕혀진 채였다.

"무슨 짓이야?"

그녀를 그렇게 만든 사람이 저승사자 같은 말투로 물었다.

"꺄아아아아아아아아아아아!"

연우의 드높은 비명소리가 침실을 쩌렁쩌렁 울렸다.

"네가 왜 소리를 질러? 습격당한 건 난데."

잠에서 갓 깨어난 듯 갈라진 목소리가 낮게 침대 바닥에 내려앉았다.

이 얼굴. 이 표정. 이 목소리.

허어, 허어, 허어.

귀, 귀, 귀, 귀, 귀, 귀, 귀, 귀, 귀신?

"어, 어떻게, 여기 있어요?"

"내 침대야!"

선재는 기가 막힌다는 듯 소리를 높였다. 그 짜증에도 아랑곳없이 연우는 그의 몸을 더듬었다. 살아 있는 사람이 맞아? 귀신이 아니고? 진짜 살아 있다고?

"……어딜 만져."

허억. 그가 질책을 하고서야 연우는 자신이 그의 살을 마구 만져대고 있다는 걸 깨달았다.

너른 어깨, 탄탄한 가슴, 선명한 복근, 늘씬한 허리…… 모든 것이 생생한, 살아 있는 강선재, 그는 완전히 맨몸이었던 것이다.

"흐억."

연우는 기겁하며 손을 떼었다.

"아침에 건드리지 말랬지."

정말 현실이었다!

"잠옷 바람으로 용감하다?"

그리고 그는 단단히 화가 난 듯했다.

연우는 그를 마구 만지던 손을 제 엉덩이 옆으로 내려 감췄다. 그러나 이미 깨진 그릇, 엎질러진 물이었다. 새벽 댓바람부터 형식상의 아내에게 무분별하게 접촉을 당한 선재는 노기 서린 얼굴로 그녀를 바라보고 있었다. 모양새는 또 어떻고. 그는 연우의 위에 엎드린 채로 긴 팔을 뻗어 그 사이에 연우를 가두고 있었다. 그 자세로 팔굽혀펴기라도 한다며 몸을 아래로 내려버리면 연우는 꼼짝없이 압사될 수도 있다. 아니, 몸통으로 누르지 않더라도 모든 것이 가능한 공격수의 자리였다. 팔 하나를 들어 올려서 때려도 그만이다.

맞으면 죽을 거야. 저 근육들이 장식이겠니?

맞을 것이 예상되어 두려웠지만 연우는 피하지 않고 눈을 꼬옥 감았다. 목구멍으로 침이 꿀떡, 크게 넘어갔다. 그 와중에도 잠깐 생각했다. 한 대 정도는 맞아도 괜찮으니까 제발 이 받아들이기 힘든 상황이 진짜였으면 좋겠다고. 이 사람이 정말 귀신이 아니고 살아 있는 것이라면 좋겠다고.

그녀는 눈을 꼭 감은 채로 말했다.

"때려도 돼요."

그 아픔이 격하게 느껴진다면 정말로 현실로 냉큼 받아들일 테니까.

"뭐?"

"한 대 쳐도 된다고요."

"뭐어?"

그런데 그는 그렇게 화를 냈으면서, 정작 멍석을 깔아주니 께름칙한 반응이다. 연우는 꼬옥 감고 있던 눈을 슬그머니 떠보았다. 미간에 주름이 단단하게 박힌 선재가 생전 처음 보는 짐승을 관찰하는 표정으로 자신을 바라보고 있었다. 연우 또한 멍해진 눈으로 선재를 향해 눈을 깜빡였다.

그렇게 서로 마주 본 채로 얼음이 되어 가만히 있는 사이 휴대폰 진동이 울렸다. 선재의 휴대폰이었다. 휴대폰 화면을 들여다본 선재는 곧장 자리에 고쳐 앉았다. 누가 보면 영상통화라도 하려나보다 하고 여길 만큼이나 자세가 곧아졌다. 무척 어려운 전화인 모양이었다. 그리고 이윽고 통화버튼을 누른 선재가 휴대폰에 대고 말했다.

"네, 어머님."

어, 어머님? 선재의 목소리에 연우의 눈이 동그래졌다. 연우도 뒤늦게 침대에서 천천히 몸을 일으켰다.

"네, 잘 있습니다. 어머님도 안녕하시죠?"

선재는 연우를 한 번 흘깃 보고는 계속 통화를 이어갔다. 아마도 연우의 이야기를 하는 모양이었다. 그렇게 잠자코 휴대폰에서 들려오는 소리를 듣던 그가 잠깐 귀를 떼고는 연우에게 물었다.

"어머님께 전화 드렸었어?"

아! 연우의 입이 멍하게 벌어졌다. 엄마와의 통화를 제대로 마치지 않았단 사실이 그제야 떠오른 것이다. 그사이에 선재는 다시 휴대폰의 상대에게로 돌아갔다.

"놀라셨겠네요. 죄송합니다."

선재는 통화를 이어가며 계속 연우를 노려보았다. 눈빛 발사가 자못 따끔하여 연우는 제 몸 여기저기에 가시가 박히는 듯했다.

"옆에 있는데 바꿔드릴까요?"

선재는 몇 마디 나누지 않은 통화 후에 휴대폰을 연우에게로 내밀었다.

"받아. 어머님 전화야."

목소리는 나긋했는데 눈빛은 살벌하기 그지없었다. 이 통화를 마무리 지으면 정말로 한 대 맞을 수 있겠단 생각이 들었다. 연우는 마른 입술에 침을 바르며 전화를 받았다.

"여보세요."

[이놈아!]

휴대폰을 귀에 갖다 대자마자 순정의 따끔한 호통이 쏟아졌다.

[새벽부터 왜 안 하던 짓을 하고 그래! 엄마 놀라게!]

'엄마, 이거 몰래카메라야?' 하는 뜬금없는 질문을 끝으로 애가 말이 없었으니 얼마나 놀라셨을까. 얼마나 놀랐으면 그 어려운 사위에게 아침부터 전화를 하셨을까. 그 심정을 이해할 수는 있을 것 같아서 연우는 미안해졌다.

"미안……."

[정말 아무 일도 없는 거야? 너도, 강서방도 괜찮아?]

"응. 아무 일 없어. 미안. 꿈꾸다가 일어나서 설쳐버렸네."

[꿈 한번 거하게 꿨나보네. 왜 안 하던 짓을 하고 그래.]

그러나 엄마의 따끔한 불호령은 금세 누그러지고 만다. 딸을 염려하는 마음이 지극해서다.

[무슨 걱정 있어? 힘든 일이라도 있었어?]

"에이. 그런 거 아니야."

[힘든 일 있으면 언제라도 엄마한테 얘기해. 혼자 고민하지 말고.]

"알았어. 엄마."

엄마의 걱정스런 목소리가 연우의 흥분을 가라앉혀갔다. 엄마에게 걱정을 끼칠 수는 없었다.

[그래. 주말 잘 보내고.]

"엄마도요."

먼저 전화를 끊은 연우는 선재의 휴대폰을 잠시 맹하게 바라보다가 고개를 들었다. 통화를 하는 동안 연우의 시야에서 잠시 사라졌었던 선재는 어느새 옷을 걸쳐 입고 협탁에 걸터앉아 있었다. 팔짱을 낀 채로 자신을 노려보고 있는 표정은 무척이나 무서웠지만, 그래서 연우는 모든 것이 실감났다.

그저 하염없이 쳐다보게 하는 저 얼굴, 자석처럼 끌려가게 만드는 저 눈빛, 붉은 핏기가 도는 저 입술.

"뭐 하자는 거야, 아침부터."

적당히 낮으면서도 탁한 것이 없어서 자연스레 귀를 사로잡던 목소리까지. 그리고 저, 저 긴 손가락에 군림하고 있는 망할 놈의 결혼반지까지, 분명히 그 사람이다. 강선재가 맞다. 그를 바라보는 연우의 눈이 촉촉이 젖어 들어갔다.

"거기 계속 앉아 있을 거야?"

"아…… 죄송해요."

선재의 지적에 연우는 뒤늦게 침대에서 내려왔다. 침대에서 벗어난 거리만큼 그녀는 그와 가까워졌다.

머리카락, 이마, 코, 턱선, 어깨, 팔, 손가락…… 이토록 생생한데 꿈은 아니겠지. 그가 움직인다는 사실에 신기하고 놀라워서 자꾸 손을 뻗어 확인하고만 싶어진다. 나는 시간을 거슬러온 걸까. 아니면 긴 악몽을 꾼 걸까.

"대체 무슨 꿈을 꾸면 이 난리를 칠 수 있게 되는 거지?"

그러나 그의 목소리는 그녀의 먹먹한 마음과 조금도 어울리지 못한다. 연우와 선재는 감정의 온도부터가 달랐다. 선재는 아침 시간을 방해받아 무척이나 불쾌한 듯했다.

"이건, 이건 우발적인 사고……."

"이게 우발적이면, 평소엔 정신을 안 차리고 살아?"

연우의 변명에 되묻는 음성이 날카롭다. 그녀가 더 감상에 젖을 틈도 없이 대답을 요구하는 눈빛, 이 무미건조한 싸가지 없음까지 딱 강선재다. 연우는 그가 납득할 만한 답을 들려주어야 했다.

"아니, 제가 나쁜 꿈을 좀 꿔서요."

"몽유병 있어?"

"그런 건 아니고요. 나쁜 꿈을 정말 생생하게 꿔버려서 본의 아니게 실수를 했네요."

이것으로 말을 마칠까 했는데 그의 미간이 더욱 구겨졌고 눈빛은 더 강렬해졌다. '그걸로는 납득이 안 되니 뭐라도 좀 더 지껄여봐라' 하는 무언의 압력이 전해졌다. 연우는 그의 포스에 이끌려 또다시 입을 열게 되었다. 그러나 준비된 말은 아니었으니.

"자, 장자가 말씀하시기를, 꿈이 나비인지, 나비가 꿈인지……."

"내가 나비인지 나비가 나인지, 겠지."

정신이 없으면 쓸데없는 말을, 그것도 엉뚱한 말을 해버리는 버릇이 그의 앞에서 나타난 것이다. 그저 '여기 약점 하나 추가요' 하듯 당당히 자신의 약점만 밝히는 꼴이 되었다.

"아, 그러니까 그게요."

"잠이 덜 깨긴 했나보네."

하지만 그 약점이 의외로 먹혀 들어갔다.

"그러니까, 악몽을 꿨다고?"

거기다가 그는 생각지도 않게 그녀의 사정에 관심을 보였다.

"힘들어?"

"네?"

"악몽 때문에 힘드냐고."

다시 멍하니 그를 바라보게 되었다. 여전히 조금도 바뀌지 않은 싸늘한 무표정이었지만 이상하게도 그의 목소리가 상냥하게 들렸다. 마치 그녀를 정말로 걱정해주는 것처럼.

"트라우마가 있는 거라면 일찍 병원 가보는 게 좋아."

그 말을 끝으로 등을 돌리려던 그는 무언가가 생각난 듯 연우에게 다시 말을 걸었다.

"오늘 오후에 결혼식 있는 거 알지? 4시에 차 보낼게. 육촌 결혼식이야. 우리 결혼식 때 와준 친척이라 가긴 해야 돼. 하우스웨딩이고 집이 예뻐서 볼 만할 거야."

말을 마친 선재는 곧장 침실에서 나가버렸다. 아침의 소란으로 잠이 달아나버려 더 이상 침실에 있을 필요가 없어진 것이다. 혼자 남겨진 연우는 둥둥, 크게 울리는 심장을 붙들 듯이 가슴 위에 손을 얹었다. 육촌 결혼식에 대해 일러두는 그의 말을 통해 오늘이 어떤 날이었는지를 기억해내게 되었다. 결혼식장에서 시댁 식구들에게 보이기 위해 키스를 했던 그날, 이 집에서 보낸 마지막 날, 그때로 돌아온 것이다!

선재가 출근을 한다며 떠난 후, 혼돈의 시간을 보내던 연우도 정오 즈음 집을 나섰다. 집에 혼자 있는 것보다는 밖에 나가는 게 나을 것 같았다. 연우는 학교 행을 택했다. 오늘이 11월 25일이라는 건 수십 번 확인했고 결혼식에 갔었다는 것도 대강 기억해냈으니 자신이 집보다 더 오래 머무르는 곳, 학교에서 하던 일도 확인해볼 필요가 있었다.

연우가 지내는 사무실은 S대학교 인문학관 건물 오 층 고고미술사학과 조교 연구실이다. 연구실에는 총 다섯 명의 대학원생이 있는데 주로 담당 교수님의 프로젝트를 돕고 있다.

'아, 이때 내가 유물역사도감 만드는 일을 하고 있었지.'

자리에 도착한 연우는 자신의 책상 위에 쌓여 있는 유물 리스트를 확인하고는 조용히 끄덕였다. 이곳 또한 11월 말 즈음의 풍경이다. 영화 「트루먼쇼」처럼 그녀를 위한 거대한 세트가 만들어진 게 아니라면 이 세계는 확실한 11월 25일이다.

연구실에는 아무도 없었다. 토요일 오전이라 출근하지 않아도 되는 날이었다. 그래도 자리를 지키고 있으면 누군가 찾아오는 경우가 더러 있다. 연우는 자신이 하고 있던 일도 다시 숙지할 겸, 잠깐만 앉아 있기로 했다.

과거로 돌아왔다니…… 선재가 세상을 떠난 후, 시간을 되돌리고 싶다고 생각했었다. 정말 그 바람대로 이루어진 걸까? 지금 맞닥뜨린 현실은 정말 제대로 된 과거일까?

"오늘도 나온 거야?"

컴퓨터를 켜놓은 채로 멍하니 생각에 잠겨 있을 때, 문이 열리고 사람이 들어왔다. 같은 연구실의 선배, 신희진이었다. 희진은 연우보다

두 살이 많은 선배인데 중간에 군대에 다녀오느라 휴학을 해서 대학원 진학 때에는 동기가 되었다. 동기인 데다가 전공 교수도 같아서 어쩌다 보니 연우는 희진과 가장 자주 보는 사이가 되었다. 일주일에 두어 번 얼굴을 스치듯 볼까 말까 했던 남편과 성격도 천지차이인 선배. 그는 상대의 마음을 편안하게 하는 재주를 가지고 있는 남자다. 또한 섬세한 부분도 있어서 간혹 엉뚱한 실수를 하는 연우를 챙겨주고 감싸주기도 한다.

"선배."

이 낯익으면서도 낯선 세계에서, 드디어 편하게 여기던 존재를 발견한 연우의 눈이 반가움으로 초롱초롱해졌다.

"토요일에 웬일이야? 일 있다고 하지 않았어?"

"아, 네. 정리할 게 있어서요."

"쉬엄쉬엄 해. 너무 열심히 하다가 병나겠다."

선배가 그리 말해주니 염려해주는 그 다정함에 기대보고 싶은 마음도 든다. 고미술품조사를 할 때마다 시간을 되돌려서 과거로 찾아가 미술품의 창작 과정을 눈으로 직접 보고 싶다는 말을 곧잘 하던 선배였다.

'아니지. 그래도 이 얘기를 할 수는 없지.'

연우는 냉큼 도리질 쳤다. '선배, 이건 비밀인데요. 사실 저는 미래에서 왔어요'라고 말할 수는 없지 않은가.

"무슨 일 있어?"

제자리로 가려다가 연우가 괴로운 표정으로 고개를 흔드는 것을 흘깃 보게 된 희진이 물었다.

"선배."

"응. 얘기해."

그녀의 이야기를 들을 준비가 되었다는 듯 희진의 대답은 금방 돌아왔다. 연우는 뭘 물어볼까, 하며 잠시 눈을 굴리다가 목소리를 냈다.

"혹시 집 구하셨어요?"

이때쯤 선배가 자취집을 구했던 것 같다. 그래서 자신도 은근슬쩍 집에 대한 정보를 얻었던 것을 기억해낸 것이다. 연우의 질문을 받은 희진이 아리송한 듯 고개를 갸웃거렸다.

"내가 집 나오게 됐다는 얘기를 너한테 했던가?"

아직 그때가 아닌 모양이다. 연우는 곧장 자신의 질문을 수습했다.

"그런 투로 말했던 것 같아서요. 하하."

"그래? 내가 어지간히 거기서 살기 싫었나보다."

희진도 어깨를 으쓱하며 빙긋 웃어넘겼다.

"오늘 내일 집 좀 보러 다니려고. 서림동 쪽이 괜찮을 것 같은데."

그제야 조금 더 기억났다. 희진은 서림동의 원룸으로 이사를 하고 나서 옆집의 소음 때문에 괴롭다는 호소를 간혹 했었다. 옆집 사는 사람이 밤낮없이 음악을 틀어놓는데 방음이 되질 않는다는 것이었다.

"거긴 좀 그렇지 않아요?"

"왜? 학교랑 가깝고 좋잖아."

"아……."

연우가 알고 있는 미래의 모습 그대로 흘러갈지 장담할 수는 없다. 하지만 그렇다고 아무 말도 하지 않는다면 이 착한 선배가 집 계약기간 내내 고통받을 수도 있다.

"그럼 방음이 확실한지를 꼭 확인하세요. 옆방 소음이 얼마나 들리는지."

난감해하던 연우는 그나마 괜찮아 보이는 선택을 했다.

"그래. 맞아. 방음 그거 중요해."

"네, 맞아요. 중요하죠."

"고마워. 꼭 확인할게."

희진은 늘 그랬던 대로 다정히 미소 지어 보였다. 연우는 어색하게 따라 웃었다. 이걸로 내가 한 번 경험한 미래는 달라질 수도 있을 것이다. 이런 걸 하기 위해 내가 과거로 돌아온 건 아닐까, 미래를 바꾸기 위해.

"연우야. 전화 온다."

연우가 상념에 젖어 있을 때 희진이 말했다. 그제야 휴대폰 진동을 느낀 연우가 부랴부랴 전화를 받았다.

"여보세요."

[고객님, 오늘 필요하다고 하신 옷 드라이했는데요. 부탁하신 시간에 갖다드리러 왔는데 지금 댁에 안 계셔서요.]

아파트 내의 세탁소에서 온 연락이었다. 오늘 선재의 육촌 결혼식에 갈 때 입을 옷을 세탁소에 맡겼던 것도 떠올랐다. 아마도 베이지색 원피스였을 것이다. 그리고 결혼식에 가서 그 원피스가 더러워졌었지. 음식물을 쏟았던 것 같기도 하고……

'아! 발을 다친 개를 치료해주다가 피가 묻었었어!'

점차 기억이 새록새록 떠오르자 눈이 밝아지는 느낌이었다. 할 일을 깨달은 그녀는 서둘러 연구실을 나섰다.

집으로 돌아온 연우는 세탁소에 맡겼던 원피스를 침대 위에 놓아두고 고심했다.

'이걸 입고 가서 엄청 추웠어. 옷도 더러워져서 힘들었고.'

그리고 선재도 무어라 핀잔을 주었던 것 같다.

"다른 걸 입자. 뭘 입는 게 좋을까……."

연우는 드레스룸으로 가 지금의 날씨에 입을 만한 옷들을 살폈다. 그중 라인이 날렵한 검은색 원피스를 잡았다. 그러고는 부지런히 갈아입고서 거울 앞에 섰다.

"아아…… 가슴이 너무 파였어."

검은색이라 얼룩이 묻어도 잘 보이지는 않겠지만 라인이 너무 강조된 데다가 가슴 쪽은 휑했다.

이번에는 보라색의 원피스를 꺼냈다. 치마가 길고 점잖아 보이는 스타일이었다.

"후우. 너무 답답해 보이나?"

몇 벌의 옷을 입어보며 고민하는 동안에도 시간은 계속 흐르고 있다. 그렇게 하나씩 살피던 중 갈색 배경에 꽃무늬 프린팅이 된 벨벳 소재의 원피스가 눈에 들어왔다. 시어머니께서 결혼할 때쯤 대량으로 사 주신 옷 중 하나일 것이다.

"이거라면 얼룩이 묻어도 별로 눈에 안 띄지 않을까? 원래 얼룩덜룩하니까!"

베이지색 원피스와는 달리 목까지 바짝 올라오는 넥라인도 마음에 들었다. 입어보니 몸에도 꼭 맞았다. 늘 입던 스타일과는 다르게 꽃이 큼지막하게 툭툭 박혀 있어 부담스럽긴 했지만.

"됐어. 옷은 이걸로 하면 되고…… 엄마야! 시간이 미쳤나봐!"

옷을 갈아입고 만족스러운 마음으로 거울을 확인한 연우는 그 옆의 탁상시계를 보고는 화들짝 놀라고 말았다. 벌써 3시 반이 된 것이다. 과거로 돌아오니 시간이 두 배로 더 빨리 흐르는 것 같았다.

"빨리 준비하고 가자."

다짐하는 사이에 화장대 위에 놓아둔 휴대폰이 울렸다. 이번엔 선재의 문자메시지였다.

―4시에 내려오면 돼. 주차장에서 기사님이 대기하고 있을 거야. 타고 와.

연우는 부지런히 치장을 마저 했다. 화장 자체는 단정했지만 옷이 화려하니 베이지색 원피스를 입었을 때보다 더 눈에 잘 띌 것 같았다. 차림새가 달라지니 마음가짐도 달라지는 기분이었다.

사십여 분 혼자 차를 타고 와 도착한 곳은 100일 전의 결혼식장이 맞았다. 넘치는 하객들을 모두 수용할 만큼 커다란 야외홀의 하우스웨딩. 그날의 풍경 그대로다. 한참 두리번거리는 동안 선재가 다가왔다.

"왔어?"

"네."

아침에 보았던 모습 그대로였는데도 이런 곳에서 보니 새삼 남편의 미모를 실감하게 된다. 아니, 한 번 세상을 떠났던 사람이 자신의 눈앞에 서 있으니 새삼 매 순간이 반가운 것인지도 모르겠다. 선재도 연우의 차림을 확인하고 잠시 멈칫한 모습을 보였다. 아마도 그 또한 그녀가 평소와 다른 차림새를 하고 온 것을 낯설게 여기는 것일 게다. 그러나 그는 그녀에 대해 어떤 말도 덧붙이지 않는다.

"저쪽으로 가자. 고모님네하고 숙부님네랑 같이 있게 됐어."

선재가 가리킨 자리에는 시댁 쪽의 고모와 고모부, 숙부와 숙모가 있었다.

'그때의 그 자리구나.'

그에게 다른 데 앉자는 말을 할까 했지만 연우는 이내 끄덕였다. 저 테이블에서 많은 말들이 오갔었다. 그때의 경험이 그대로 반복될지 확인할 필요가 있었다.

"안녕하셨어요?"

"그래. 앉아."

고모는 연우의 인사에 쌀쌀맞게 답했다. 숙부와 고모부는 지그시 미소만 지었고 숙모는 냉랭하게 연우를 바라보다가 말했다.

"둘이 따로 왔나보네."

"제가 아침에 일이 있어서요."

선재가 숙모의 말에 답했다. 사람들과 함께 있는 자리에서 선재는 대체로 연우에게 다정하다. 연우는 그런 선재가 불편하지만 다른 사람들의 눈에 선재의 태도는 꽤 바람직한 모습으로 보일 것이다. 감정을 느낄 수 없는 건조한 다정함이건만, 이제 연우에게는 이런 것도 귀하게 느껴진다.

시간이 찬찬히 흐르고, 결혼식 행사의 본식은 탈 없이 마무리되었다. 이윽고 2부 행사가 시작되어 하객 테이블 위에 식사가 놓였다. 그리고 테이블 위로 오가는 낯설면서도 왠지 익숙한 이야기들. 사업이 잘되는 이야기, 안 되는 이야기, 주식 이야기, 경쟁업체 이야기, 정치인 이야기…… 그 이야기들의 틈을 비집고 맞은편에 앉은 시고모 윤미가 입을 열었다.

"선재네는 아직도 아이 소식이 없네. 결혼한 지 이 년이나 됐는데."

"앗……."

연우가 들고 있던 포크가 아래로 떨어졌다. 연우는 냉큼 몸을 피했다. 다행히 치마에 흔적은 남지 않았다. 하지만 선재는 그녀를 슬쩍 쏘아본다. 그 눈을 마주한 심장이 뜨겁다. 모든 것은 역시 과거의 질서 그대로 움직이고 있다.

그렇다면, 내가 이 질서를 깨뜨린다면, 내가 다른 선택을 하게 된다면 미래는 어떤 모습이 될까. 달라질까? 어떻게 달라질까? 변화를 상상해보는 연우의 심장이 쿵쿵 뛰며 마음에 시동을 건다.

그 와중에, 고모가 건넨 말에 유연하게 대답하는 선재.

"이제 겨우 이 년이죠. 아직 신혼이라서요. 아이 생각은 별로 없어요."

"여태 신혼이라고 하면 너흰 권태기는 없겠어. 하하."

그다음 화통하게 웃는 고모부.

"권태기가 뭔데요?"

"하하, 강선재 이 녀석 능청 좀 보게."

숙부의 웃음까지. 그녀의 기억과 똑같다. 고모 윤미의 말은 계속 이어진다.

"아직 아이 가질 생각이 없으면 일이라도 배우는 게 어때? 제이백화점 부사장 안주인 명색에 걸맞게 자선사업이라도 해야지."

"고모, 연우 이제 겨우 스물다섯이에요. 좀 더 공부하고 싶어 하고요."

선재가 연우의 어깨에 손을 올렸다. 연우는 잠시 어깨를 움츠렸다가 폈다. 머릿속으로는 계속 이 테이블에서 오갔던 대화들을 떠올려보는 중이다.

"하지만 넌 서른이잖아."

떨떠름한 고모의 목소리.

"무슨 공부 한다고 그랬더라?"

별스럽잖게 묻는 숙모.

"고고미술사학이요. 숙모님."

남편의 대답.

"고고…… 미술사학?"

조롱이 가득 담긴 말투로 묻는 고모 윤미.

"그게 공부할 게 있니? 그거 그냥 맨땅에 삽질하고 돌 캐는 거 아니니?"

"저기."

그리고 드디어, 연우는 타이밍을 잡을 수 있게 되었다.

"고모님께서 너무 부정적으로만 생각하고 계시는 거예요. 제가 공부하는 건 돌 캐는 게 아니라 역사적 상징물을 발굴하고 해석하고 이해하는 거고요."

하아, 말했다. 약간의 변화가 일어난 건가? 테이블이 잠시 잠잠해졌다. 하지만 그들을 설득한 건 아닌 듯하다. 윤미는 끼어든 연우가 껄끄럽다는 듯 눈썹을 찌푸렸다.

"네가 연구하는 학문을 그렇게 포장해도, 현실이란 게 그렇단다. 고고…… 그런 거 해봤자 뭐가 발전하는 게 아니잖아. 쓰잘데기 없는 거지."

고모는 여전히 색안경을 끼고 바라보고 있었다. 연우를 인정하기 싫은 것일 게다. 연우는 더욱 강수를 둘 수밖에 없었다.

"언젠가 고모님 댁에서 청자를 본 적이 있는데요. 고모님께서는 고려청자라고 말씀하셨지만 실은 중국에서 찍어낸 모조품이었어요. 알고 계세요?"

"뭐?"

오만한 표정을 짓고 있던 시고모의 얼굴이 일순간 흐트러졌다.

"얘, 그건 내가 중국에서 이 억에 사 온 거야."

"밑바닥 바로 위에 찍힌 심조(深彫)만 보셔도 확인하실 수 있을 거예
요."

연우는 기죽는 일 없이 똘똘하게 말을 이어갔다.

"쉽게 말씀드려서, 그런 것들의 가치를 증명해주는 게 고고미술사
학이에요. 그 유물에 대한 예술적 창작 배경과 역사를 모른다면 사실
청자든 백자든 가치가 없죠. 제 연구실로 가지고 오시면 증명해드릴
게요. 스케줄 맞춰볼 테니 미리 말씀 주시고요."

의외로 떨지 않았다. 마지막엔 희미하게나마 미소 지을 수도 있었다.
이게 무언가를 움직이게 할까. 아직 아무것도 모른다. 하지만, 호기심
과 용기로 내뻗은 미약한 한 발은 인생 2회전 만에 느껴보는 창대한
희열이었다.

"큽."

귓가 가까이, 바로 옆에서 터진 웃음 참는 소리가 들렸다. 급하게 제
입을 막은 선재의 옆모습이 연우의 시야에 걸렸다. 입을 가리고 있는
데도 왠지 그의 입꼬리가 올라가 있는 것이 보이는 것 같았다.

선재는 이런 엄청난 말을 내뱉은 연우를 자제시키지도 않았다. 고
모와 숙모가 눈이 동그래져서 그녀를 바라보고 있는데 말이다. 게다
가 고모 윤미는 분한 듯이 턱까지 부들부들 떨고 있는데.

"그 중요한 걸 왜 지금까지 말 안 했어?"

한 술 더 떠서 선재는 윤미의 분노를 더 돋우려는 듯이 그 문제를 더

욱 파고들어가는 질문을 했다. 그건 마치 연우에게, 조금 더 막말해도 된다고 힘을 실어주는 것처럼 들렸다. 연우는 어렴풋이 그가 자신에게 핀잔을 주었던 기억이 났다.

"그 사람들한테 독하게 좀 쏘아붙일 수는 없어?"

그녀가 한 번 경험해본 미래에서, 오늘의 자리가 마무리된 후 선재는 연우에게 그렇게 말했었다. 시댁 식구들 앞에서는 꿀 먹은 벙어리가 되는 그녀를 나무라는 말이었었다. 그는 연우가 대범한 사람이 되길 내내 기다리고 있었는지도 모르겠다.

'그럼, 나도 좀 더 분발해볼까?'

그 추측이 맞는다면, 좀 더 그의 기대에 부응할 수도 있지 않을까.

"고모님께서 이미 잔금은 다 치르신 것 같고, 돌이킬 수도 없는 듯해서요. 사실 청자를 확인한 다음에 따로 업자에 대해서 찾아봤거든요. 업자는 등록이 안 된 사람이더라고요."

연우는 면접시험을 치르는 느낌으로 선재의 질문에 성실하게 답했다. 그녀의 목소리는 모두 들을 수 있을 정도로 또랑또랑했다.

"그걸 왜 지금 와서, 여기에서 얘기하지?"

윤미가 눈을 치켜뜨며 물었다. 그 목소리 끝의 떨림이 맞은편에 앉은 연우에게도 고스란히 느껴졌다.

"염려돼서요."

하지만 연우는 기죽지 않고 답했다.

"고모님, 숙모님께서도 염려하는 마음으로 저희들의 아이 문제까지 생각해주시는 것처럼, 저도 염려돼서 말씀드렸어요."

지켜보는 선재가 아무 말도 하지 않는다는 것, 그리고 한 번 겪어본 인생을 다시 살고 있다는 것, 이 두 가지가 그녀의 용기를 돋우었다. 제가요 사실, 할 말이 없어서 가만히 있었던 건 아니에요. 그냥 나름대로의 평화를 지켜온 거라고요.

"고모님께서 이렇게 친지들만 모인 자리가 아닌 다른 데에서 무안을 당하실까 걱정되어서요."

연우가 말을 잇는 동안 그간 그녀를 얕보던 시고모 윤미와 시숙모의 눈초리가 달라졌다. 윤미는 떨리는 손목을 테이블 아래로 감추었고 시숙모는 조용히 마른침을 삼켰다. 보통 애가 아니다, 우리가 잘못 알고 있었다, 연우가 말을 마친 후 이어진 침묵은 그런 의미를 담고 있었다.

"오오, 언제 우리 집에 와서 우리 컬렉션도 좀 확인해주면 안 되나?"

잠자코 듣고 있던 숙부가 가장 먼저 목소리를 냈다. 그녀의 실력을 신뢰해주는 거였다.

"숙부님, 연우 바쁜 사람입니다."

그러나 선재가 먼저 그 요청을 차단했다. 선재는 연우가 시댁 식구들과 긴하게 엮이는 일이 없도록 매번 손을 쓴다. 선재에게는 거절당했지만 숙부는 여전히 기분이 나쁘지 않은 듯 눈을 빛냈다.

"이것 봐. 우리 조카며느리가 최고로 필요한 인재잖아. 나 같으면 미술관을 운영해보라고 할 텐데. 어때, 정말 생각 없어?"

"저는 아직 공부를 더 해야 돼서요."

이번에는 숙부의 물음에 연우가 답했다.

"그래. 우리 집안엔 전문성 있는 학자가 필요해. 경영학 밀고 인문학을 해야 된다고, 인문학을."

갑자기 인문학 예찬론을 펼치는 숙부 덕에 식사 자리는 금세 평화를 되찾았다. 또한 조용히 기회를 얻은 선재도 다시 한 번 고모와 숙모에게 당부했다.

"고모님, 숙모님, 아이 문제는 저희가 알아서 하겠습니다. 거기까지 신경 쓰시지 않으셔도 됩니다."

이 부드러우면서도 단호한 음성은, 연우가 오래전 한 번 겪었던 상황에서는 듣지 못했던 말이었다.

먼저 식사를 마친 시고모와 시숙모가 나란히 화장실을 가겠다고 일어난 후, 숙부와 고모부도 아는 사람들에게 인사를 하겠다며 자리를 떠났다. 어쩌다 보니 테이블엔 연우와 선재만 남게 되었다. 연우는 그제야 긴 한숨을 내쉬었다. 말을 후련히 내뱉은 것까지는 좋았으나 후유증이 있었다. 여전히 심장이 쿵쿵거렸다.

'이제 앞으로 어떻게 해야 되지?'

다들 지켜보는 자리에서 시고모에게 당돌하게 굴었으니 뒷말이 나올 것이 뻔했다. 그렇게 된다면 자신에게는 물론 선재에게도 안 좋은 영향을 미칠 수도 있었다. 시고모 앞에서 그토록 똘망똘망하고 당당하던 그녀의 눈빛은 어느새 어둡게 가라앉았다.

"잘했어."

그런데, 시무룩하게 고개를 숙이는 연우에게 뜻밖의 목소리가 들려왔다. 놀랍게도 선재의 칭찬이었다. 연우는 다시 고개를 들었다.

"앞으로 계속 그렇게 해도 돼."

"네?"

"고모나 숙모 얘기는 그렇게 쳐내면 된다고. 기죽을 필요 없어."

선재는 아무렇지 않은 표정으로 말했다. '기죽을 필요 없어……' 그

묵직한 목소리가 연우의 가슴에 차분히 내려앉았다. 어느새 콕콕 따끔하게 뛰었던 가슴은 진정되고 새로운 설렘이 생겼다.

'내가 바뀌는 만큼, 이 사람도 바뀔 수가 있어.'

아주 작은 변화를 확인했다. 칙칙하고 메말랐던 가슴에 새순이 돋는 것 같았다. 수학자가 새로운 함수를 발견하는 게 이런 기분일까. 입력값에 따라 달라지는 결과값을 확인하는 것이 막연히 그 자체로도 재미있었다. 또한 소중했다.

'그래, 하나씩 해보자. 마음에 안 들었던 걸 하나씩 바꿔보는 거야.'

작게나마 자신감을 얻은 연우는 눈을 굴렸다. 다행히도 이날의 기억은 머릿속에 어느 정도 남아 있다. 그리고 생각을 조금 더 더듬어가니 누렁이도 다시 떠올랐다.

'아 맞다! 누렁이도 찾아야지.'

이날 뒷마당의 개집에 묶여 있던 누렁이. 깨진 유리조각을 밟아 발에 상처를 입은 누렁이를 구해주어야 한다. 연우는 벌떡 자리에서 일어났다.

"이따가······."

조용해진 틈을 타 무언가 말을 하려던 선재가 자리에서 휙 몸을 일으킨 연우를 멀거니 보았다.

"왜 그래?"

"저는 저쪽에 좀 다녀올게요."

선재가 뭐라 더 말을 붙일 틈도 없이 연우는 줄행랑치듯 자리를 떠나버렸다.

한달음에 뒷마당까지 뛰어온 연우는 거칠어진 숨을 고르며 주위를 살폈다.

'어? 어디 있지?'

넓은 뒷마당에는 꽃과 나무가 우거져 있을 뿐 누렁이는 보이지 않았다. 아니, 개집의 흔적조차 없었다.

"분명히 여기가 맞는데?"

그녀의 기억으로는 분명히 뒷마당이었다. 뒷마당의 풍경 또한 개집을 제외하곤 달라진 것이 아무것도 없었다. 개집이 있던 자리도 확실히 기억나는데.

"이게 어떻게 된 일이야⋯⋯."

원래대로라면 이곳에 개집이 있어야 했고 개집 앞에는 깨진 유리를 밟고 낑낑대는 누렁이가 있어야 했다.

"뭐 찾으세요?"

"여기에 낡은 개집이 있어야 되고 개가 묶여 있어야 되거든요. 털은 이렇게 누런색이고 눈은 맑은⋯⋯."

연우는 자신에게 무언가를 묻는 다정한 목소리에 기계처럼 곧장 답하며 뒤로 돌았다. 그리고.

"누렁이?"

사람을 보고 누렁이냐며 헛말을 해버렸다. 그도 그럴 것이, 누렁이의 털 빛깔을 설명하기 딱 좋은, 노랗게 탈색된 머리를 한 남자가 눈앞에 있었던 것이다. 묘한 미소를 짓고서 그녀를 바라보는 눈 또한 멍뭉미가 느껴지도록 맑은 남자였다.

"네?"

"아, 아니에요."

연우는 자신의 실수를 덮을 요량으로 남자에게 물었다.

"혹시 여기 주변에서 개 한 마리 못 보셨어요?"

"글쎄요. 개들 사는 곳은 따로 있다고 들었는데."

"이상하다. 여기 있어야 되는데."

"잘못 보신 건 아니고요?"

"그럼 말이 안 되는데…….'"

연우는 말끝을 끌며 걱정스러운 눈으로 주위를 더 둘러보았다. 대체 어딜 갔을까. 어딘가에서 누렁이가 낑낑거리며 고통을 호소할 거란 생각에 답답했다. 그런데 두리번거리던 와중에 남자의 손에 난 상처가 연우의 눈에 들어왔다.

"손, 다치셨어요?"

남자의 손바닥 옆으로 길게 난 상처 부위에 검붉은 피가 맺혀 있었다. 남자는 별일 아니라는 듯 휴지로 상처를 감쌌다.

"돌아다니다가 유리조각을 건드려서요."

"여기요!"

연우가 벽이 꺾이는 쪽을 향해 소리를 높였다. 때마침 멀찍이 지나가는 관리인이 있었던 것이다. 야외홀 쪽으로 가려던 관리인이 방향을 틀어 다가왔다. 그때의…… 그 관리인이다. 관리인을 바라보는 연우의 입술 사이로 자그마한 탄성이 몰래 빠져나왔다.

"이분이 다치셔서요. 간단하게 치료할 수 있을까요?"

연우는 떨리는 목소리를 감추려 애쓰며 물었다.

"다치셨습니까? 병원에 가지 않으셔도 될까요?"

관리인의 반응은 누렁이를 대할 때와는 달랐다.

"네, 괜찮습니다. 그냥 살짝 베였어요. 그냥 두면 피도 멎을 텐데 괜한 걱정을 끼치네요."

남자가 머쓱하게 답했다.

"잠시 계세요. 구급함을 가져오겠습니다."

관리인은 재빨리 움직였다. 관리인이 남자의 손에 난 상처를 소독하고 반창고를 붙이기까지 흐른 시간은 누렁이가 다쳤을 때와는 비교도 할 수 없이 빨랐다. 그것은 무척이나 다행스런 일이긴 했지만, 연우는 왠지 석연치 않은 감정이 남았다.

누렁이가 있어야 되는 자리에 누렁이가 없다. 대신, 누렁이 대역이라도 되듯 머리가 노란 남자가 손을 다친 것을 발견했다. 과거로 돌아온 지금이, 한 번 겪어본 과거의 모습과 완벽하게 일치하진 않는다. 그럼에도 누군가는 다치고, 누군가는 반드시 찾아온다. 이걸 어떤 의미로 받아들여야 할까.

"다친 사람을 그냥 지나치지 못하시나봅니다."

머릿속이 뒤죽박죽이라 남자와 관리인이 나누는 대화에도 끼지 못하고 조용히 정리를 하고 선 야외홀로 돌아가려 할 때, 남자가 쫓아와 말을 붙였다.

"네, 그런 편이에요."

"고맙습니다. 덕분에 병원도 안 가고 치료했네요."

"아뇨. 그래도 병원은 바로 가보셔야 돼요. 꼭 가보세요."

남자는 연우가 고맙다는 듯 다정하게 미소 지었다. 그러나 연우는 남자의 미소에 따라 웃을 수는 없었다.

"전화번호라도 가르쳐주시겠어요? 따로 감사인사를 하고 싶은데."

"아니에요. 괜찮습니다."

타이밍 좋게, 연우가 남자의 청을 거절한 그 순간에 멀찍이 서 있다가 다가오는 선재가 보였다.

"저는 이만 가볼게요. 얼른 회복하시길 빌고요."

연우는 꾸벅 인사하고는 남자에게서 벗어나 선재에게로 다가갔다. 연우가 낯선 남자와 함께 있는 것을 발견한 선재는 남자의 뒷모습을 향해 잠시 매서운 눈길을 주었다. 그러고는 연우를 향해 물었다.

"누구야?"

"그냥, 손을 다쳤길래 좀 도와줬어요."

"보는 눈이 많아. 네가 뭘 하든 상관없는데 친인척들도 있는 자리에서는 조심해."

"그래도 다친 걸 알면서 그냥 지나칠 수는 없잖아요."

합. 연우는 말을 내뱉음과 동시에 입술을 단단히 붙였다. 그래. 그때도 이 말을 했었다.

'나도 모르게, 한 번 겪어본 대로 몸이 움직이는 건가?'

그런 생각은 하기 싫었다. 모든 것이 기억 그대로 다시 재생된다면 그 마지막이 무엇인지는 잘 알고 있다. 그의 사고를 다시 떠올리는 것만으로도 끔찍했다.

그녀의 혼란스런 마음을 알 리 없는 선재는 한숨을 옅게 쉬고는 다시 무정하게 말했다.

"네가 아니더라도 도와줄 사람은 많아."

"그건 아닐 것 같은데요."

연우는 시고모에게 말대꾸를 했을 때처럼 똘망똘망한 눈으로 선재와 맞섰다.

"내가 아니면 안 돼요."

왠지 그 말은 반드시 해야만 할 것 같았다. 내가 아니면 안 된다는 확신으로 움직여야만 무얼 하든 길이 열릴 것 같았다. 미래를 훤히 알고 있는데, 그게 왜 까마득하고 암담하게 느껴지는지 그 이유를 당신은 알 수 없을 거야.

그 조용한 저항이 먹혔는지 선재는 곧 매서운 눈빛을 거두었다. 그러곤 더 이상 그 일에 대해 논하지 않겠다는 듯 말을 돌렸다.

"오늘은 집에 늦게 갈 거야. 먼저 들어가."

선재의 말이 떨어지기가 무섭게 그의 뒤로 그의 친구들 몇 명이 지나갔다. 그중 한 명이 무리를 따라 이동하며 선재에게 말을 걸었다.

"강선재, 얼른 와라."

"잠깐 연우랑 얘기 좀 하고."

"어휴, 하여튼 저 팔불출. 제수씨 나중에 또 봐요."

"형수님이라고 하라니까."

이 대화, 이 농담. 이것도 죄다 기억 나. 그리고 유사라. 저 여자가 지나가는 장면까지. 여러 가지가 변했는데 그래도 거의 모든 것이 그대로다. 변한 것은 변한 것대로 두려움을, 변하지 않은 것은 변하지 않은 것대로 불안함을 가져온다.

나는 이제 어떻게 해야 하지? 연우는 스스로에게 몇 번을 거듭하여 묻는다.

"잠깐. 고모랑 숙모가 지켜보는데?"

그사이 그의 손이 곧장 그녀의 허리를 지그시 감쌌다. 그는 자신의 커다란 손으로 그녀의 허리를 단단히 잡아 제 쪽으로 당겼다. 밤공기에 섞여든 그의 숨결이 함께 그녀를 잡아당기는 듯했다. '흐읍' 하며, 신음이 나오려는 것을 연우는 급히 삼켰다.

"확인하고 싶은 게 있겠지."

한 번 들었던 것인데도 처음 듣는 말인 듯 철렁 가슴이 내려앉는다. 마주한 그의 눈동자는 심해처럼 깊고도 고요하다. 그 안에 완전히 잠겨 아무것도 할 수 없을 것처럼 캄캄하기도 하다.

연우는 그때처럼 저항하지 않는다. 그러나 동시에 주춤한다. 확인하고 싶은 것, 연우는 그것이 무엇인지 알고 있다. 다음 순간 이 어두운 공간에서는 기나긴 키스가 이어진다. 여기에서 미래를 바꾸는 방법은 키스하지 않는 것이다. 키스를 하겠다며 다가오는 그를 밀어내는 것이 다른 경험을 얻는 법이다. 하지만 이곳에서 다정한 모습을 연기하지 않을 수는 없다. 그건 생각지도 못한 리스크를 낳을 수도 있다. 그렇다면. 이 상황에서 다른 선택을 해야 한다면…….

연우는 그가 목소리를 내기도 전에 먼저 그에게 바짝 다가섰다. 팔을 위로 들어 올려 그의 목을 감싸듯 잡아 끌어당겼다. 그녀가 까치발을 들었음에도 입술이 완전히 닿지는 않을 만큼 껑충 큰 사람이었지만, 선재는 연우의 팔에 끌려오며 고개를 내리게 되었다. 짜릿하게 가까이에서 눈빛이 얽히고, 연우는 그가 찡긋거리는 것을 언뜻 보았다. 그 눈에 떠오른 감정을 읽을 새도 없이 그의 입술에 도장을 찍듯 입술을 갖다 붙였다. 지난 과거에서는 키스의 주도권이 그에게 있었다. 입술을 속절없이 점령당하여 묶인 듯 끌려다녔었다. 그때의 경험을 거스르는 방법은 지금으로선 이것뿐이었다.

안타깝지만, 내가 이 순간에 할 수 있는 발악은 이런 것뿐이야. 하지만 어떻게든 내게 주어진 시간이 그때 그대로 흐르게 하지 않을 거야. 나는 미래에서 왔으니까. 나는 어차피 시간에 역행하는 사람이니까. 질서를 깨뜨리는 사람이니까.

간절한 마음으로 그의 입술에 꼬옥 제 입술을 붙이고 나름대로의 노력이라는 것을 했다. 선재처럼 능숙한 키스를 한 건 아니었지만 역량껏 인공호흡 같은 숨결을 불어넣었는지도 모르겠다.

그렇게 부랴부랴 준비한 솜씨자랑 시간 같은 키스를 마치고 까치발을 내렸다. 그리고 쑥스러웠지만 그의 눈을 똑바로 바라보았다. 소심한 그녀로서는 엄청난 짓이었다. 그의 눈동자에서 옅은 지진이 일어나고 있었다. 그 또한 놀랐으리라.

"뭐야, 너."

그의 목소리에서 당황스러워하는 기색이 읽혔다.

"고모님이랑 숙모님이 확인하고 싶어 하는 거요."

인생을 두 번 살면 심장도 간도 두 개쯤 되는 모양이다.

"가세요, 이제."

하지만 지금 할 수 있는 것은 이 정도다. 과거와 행동이 엄청나게 달라진 것도 아니고, 키스를 이 정도로 주도해보았다고 해서 뭐가 얼마나 바뀌겠는가. 연우는 체념하며 그에게서 손을 뗐다. 그냥 키스를 거절해보는 게 더 좋은 결과값을 얻는 길은 아니었을까 하는 생각에 약간은 후회도 되었다. 하지만 이미 한 키스를 무를 수도 없으니, 후회해도 소용없는 일이다.

"차 조심하고요."

시무룩해진 그녀가 먼저 인사했다. 그러나 선재는 곧장 뒤돌아서지 않았다. 이상하게도 그의 눈동자는 집요하게 그녀의 표정을 좇고 있었다. 잠시 후, 의미를 알 수 없는 탄식 같은 한숨이 주변의 공기를 흐트러뜨렸다.

"안 되겠다."

높낮이 없이 흘러나온 결의 있는 음성.

"오늘 일찍 들어갈 테니까 기다려."

"……"

"집에서 봐."

그의 반응이 달라진 것이다.

어제 선재는 빡빡한 스케줄을 소화한 후 밤늦게 집에 돌아왔다. 다음 날 오전에는 공식 스케줄이 없었기에, 오랜만에 늦잠을 즐겨볼까 생각했었다. 그러나 새벽부터 자신의 침실로 뛰어든 침입자 덕에 잠이 홀딱 깨버렸다.

악몽을 꿨다는 아내. 그녀가 그런 소동을 벌인 건 처음이었기에 그 또한 당황했다. 더는 잠을 잘 수 없게 된 그는 결국 아침 출근을 강행했다. 취미 기업운영, 특기 기업운영. 취미와 특기가 같은 남자의 중독적 완벽주의는 이럴 때 더욱 빛을 발하는 것이다. 회사 안팎으로 일이 많은데 자신이 너무 안일하게 늦잠을 자려고 해서 하늘에서 벌을 내린 건가 하고 반성하며 선재는 업무에 집중했다. 조용히 업무를 보며 그는 이따금 아침의 장면을 떠올렸다.

쇼윈도 부부이긴 해도 결혼생활 이 년째인데, 여전히 이연우는 알다가도 모를 여자였다. 오늘은 특히나 그 거리감이 크게 와닿았다. 무서운 꿈을 꿨다며 침입해서는 자신의 몸을 마구 만져대던 과감한 손. 손을 잡는 것도 부끄러워했던 것 같은데 그새 변한 건지 아니면 그게 본모습인지 헷갈렸다.

'그래, 그건 꿈 때문에 그랬다 치고.'

그를 더 당황스럽게 한 것은 침대를 벗어나서였다. 눈물을 떨어뜨릴 듯 반짝이는 눈으로 자신을 바라보던 시선. 집요하게 톺아보는 눈길은 그녀에게서 한 번도 받아보지 못했던 것이었다.

"훗. 내가 죽는 꿈이라도 꿨나."

그럴 수도 있겠단 생각이 들었다. 하지만 이내 고개를 저었다. 자신이 꿈에서 죽는다 한들 어디 이연우가 충격을 받기야 하겠는가. 선재는 피식 쓰게 웃었다. 다시 업무로 돌아가려 하고 있을 때 휴대폰이 울렸다. 선재와 가장 친한 사촌형, 은혁에게서 온 전화였다. 선재는 반갑게 전화를 받았다.

"형. 오랜만이네."

[그러게. 오랜만이다. 잘 지내지?]

"응. 형은?"

[나도 뭐 똑같지.]

은혁은 선재가 결혼하기 이 년 전, 정략결혼을 한 사촌형이다. 지금이야 아기도 낳고 잘 살고 있지만 처음 결혼을 하게 되었을 때 은혁은 신부와 마찰이 많았다. 은혁의 결혼 과정을 지켜본 선재는 부모님께 제 결혼만큼은 간섭하지 말아달라고 요청했다. 그 덕에 선재는 연우와의 결혼을 제 뜻대로 밀고 나갈 수 있었다. 결과적으로 은혁은 선재와 연우가 아무 탈 없이 결혼하게 해준 사람이 된 것이다. 또한 선재가 삼 년간 비밀연애를 해왔다고 알고 있는 은혁은 선재가 연우와 결혼하기 위해 그런 물밑 작업을 펼친 것이라고 믿고 있었다. 그러니 두 사람이 잘 살기를 더욱 응원하기도 한다.

[오늘 태준이 결혼식 가?]

"응. 가야지. 형은? 형도 태준이랑 친하잖아."

[그치. 가야 되는데 나는 지금 공항이다. 출장 갔다 오래. 네가 내 몫까지 잘 보고 와.]

"그래? 아쉽네."

[제수씨도 가나?]

"말해놓긴 했는데. 왜?"

[선재 너, 요즘 제수씨랑 무슨 문제 있어?]

은혁의 질문에 선재는 뜨끔했다. 이상하게도 '문제'라는 말에 곧장 떠오른 것은 아침에 보았던 그녀의 눈이었다. 눈물을 뚝 떨어뜨릴 듯이 위태롭게 자신을 바라보던 눈.

"아니. 왜?"

선재는 마음을 감추며 되물었다.

[우리 어머니랑 고모가 약점 좀 잡아보려고 벼르고 계신 눈치야. 지난번 할아버지 기일에 너랑 제수씨랑 서로 아무 말도 안 하더라면서. 어휴, 그런 것만 눈에 들어오나봐.]

은혁은 좋은 사람이었지만 은혁의 어머니, 숙모는 선재의 입장에서 좋은 사람은 결코 아니었다. 선재의 고모와 숙모는 어머니도 시키지 않은 시집살이를 연우에게 시키려던 사람들이었다. 다행히 어머니가 계신 상황에서는 고모와 숙모가 아무 말도 못하지만, 오늘 결혼식장에는 어머니가 없을 것이다. 연우를 보호할 수 있는 사람은 남편인 강선재뿐이었다.

[둘이 뭔가 잘못되길 바라는 사람처럼, 꼭 그러시더라. 무슨, 아침드라마 보는 느낌이야. 그러니까 인마, 넌 제수씨랑 보란 듯이 잘 살아야 돼.]

은혁은 아무 말 하지 않는 선재를 힘껏 격려해주고는, 비행기를 타야 한다며 전화를 끊었다. 통화가 끊어진 휴대폰을 바라보며, 선재의 잇새로 한숨이 흘러나왔다.

'또 연극 한번 해야 되나……'

연극을 떠올리는 그의 마음은 다시 씁쓸해졌다.

선재는 그렇게 개운치 않은 마음으로 결혼식 자리에 참석했다. 일부러 일찌감치 고모와 숙모의 테이블에 자리 잡았다. 그들의 앞에서 연우와의 다정한 모습을 연출하여 뒷말을 막아보고 싶었다. 하지만 걸리는 게 있었다. 아침에 그런 일이 있어서인지 연우가 여전히 악몽의 후유증에서 헤어나지 못했을까봐 마음이 불편했다. 그런데, 결혼식이 시작되기 전에 도착한 연우의 얼굴은 생각보다 밝았다. 또한 왠지 차림도 여느 때와는 달랐다. 이런 자리에는 늘 단색에 단정한 옷을 입고 오던 그녀가 밝은 색의 꽃들이 큼지막하게 박힌 옷을 입고 온 것이다. 그녀가 한층 산뜻하고 발랄해 보였다. 그 미묘한 변화가 잠시 선재의 시선을 붙들었다.

그리고 이어진 식사 자리. 은혁에게 한차례 들었던 대로 고모와 숙모는 기회를 벼르고 온 듯 날카로운 말들을 했다. 선재는 적당히 고모와 숙모의 잔소리를 받아치며 연우와 사이좋은 모습을 연출했다. 물론 말뿐인 연출이었다. 연우의 표정이 그다지 좋은 것은 아니었기에, 역시 작전은 실패한 모양이라고 생각했다. 그런데 잠자코 듣고 있던 연우가 고모의 무례함에 반격을 가했다. 뜻밖이었고 놀라웠다.

"그 유물에 대한 예술적 창작 배경과 역사를 모른다면 사실 청자든 백자든 가치가 없죠. 제 연구실로 가지고 오시면 증명해드릴게요. 스케줄 맞춰볼 테니 미리 말씀 주시고요."

긴장하면 늘 하던 말실수도 하지 않고 처음부터 연습해온 사람처럼 또박또박 반박하는 그녀의 기지에 놀랐다. 또한 막혔던 것이 쑤욱 빠지는 것만 같은 통쾌함이 있었다. 앞뒤 없이 군소리를 했다가 한 방 먹은 고모의 얼굴이 푸르딩딩해진 것을 보니 선재는 웃음을 참기가 힘들었다. 그래, 지렁이도 밟으면 꿈틀한다는데, 그런 얘기를 듣고만 있는 게 얼마나 고역이었을까, 얼마나 힘들었으면 이 얌전한 아이가 폭발해버렸을까 싶어서 좀 더 쏟아내게 해주고픈 마음도 생겼다.

그녀가 하고픈 말을 충분히 쏟아낸 후. 고모와 숙모는 연우의 흉이라도 볼 듯이 나란히 화장실에 간다며 일어나고 숙부와 고모부도 떠난 뒤에 슬쩍 아내를 바라보았다. 그녀는 말을 마구 쏟아낸 것이 뒤늦게 부끄러워진 듯 붉어진 얼굴로 고개를 숙이고 있었다. 그게 왜 그렇게 귀여워 보였는지 모르겠다.

그녀를 이성으로서 여겼던 마음은 결혼 이전에 잠깐이었다. 결혼 이후에는 그냥 말없는 이웃 동생 정도로 생각하기로 했는데. 그래서 남들에게 보여주기식 키스를 할 때는 슬쩍 죄 짓는 느낌도 들었는데. 이렇게 성큼, '나는 여자요' 하며 그녀의 존재가 쑥 들어와버린 것이다. 몇 겹의 벽을 쌓고서 살고 있다고 생각했는데 그 벽의 어디쯤 문이 있었던 건지도 모르겠다.

헤어지기 직전에 그녀가 했던 행동은 더 놀라웠다. 다가가 키스를 하려던 순간에 먼저 자신을 끌어당겨 입을 맞춰버리는 도발. 그 생각지도 못한 기습에 첫 키스라도 당하는 듯이 어쩔했다. 어디에서 영혼 체인지라도 당하고 온 건가, 부인의 탈을 쓴 마녀인가 싶었다. 그 마녀에게 홀리듯 멍해진 뒤에, 바짝 이성을 붙들어야겠다는 생각이 들었다.

지난 이 년의 시간과는 완전히 달라진 하루. 그녀에게 뭔가 변화가 일어난 것이다.

"오늘 일찍 들어갈 테니까 기다려. 집에서 봐."

남편으로서, 그녀의 보호자로서 제대로 확인해볼 필요가 있었다. 그는 계획을 틀어 연우에게 집에 일찍 들어가겠노라 말했다.

그가 연우와 함께 집으로 돌아가지 못한 건 이어진 친목 모임에서 사업상 관계자를 소개받기로 했기 때문이었다. 글로벌 온라인 쇼핑업체의 임원을 만나기로 한 것이다. 임원이 이미 선재를 알고 있었기에 대화는 쉬웠다. 짧은 만남에서 선재는 다음 공식적인 약속까지 이끌어냈다. 들인 시간에 대비하여 성과가 좋았다.

"오랜만에 보네. 강선재 재능."

짧은 미팅을 마치고 친구들에게로 돌아가려는 선재의 어깨에 기준이 제 팔을 척 얹었다.

선재의 절친 중 한 명인 기준은 선재의 고등학교, 대학교 동기로, 현재 제이그룹의 제이홈쇼핑 마케팅 본부장이다. 냉랭한 선재와는 달리 웃음이 많고 서글서글한 친구인데 선재보다 일찍 결혼을 하여 벌써 딸이 네 살이다.

"내 재능?"

"상대를 은근히 몰아붙여서 네가 원하는 대답을 하게 만드는 거."

기준은 늘 사람 좋은 웃음을 지으면서도 뼈 있는 말을 곧잘 하는 친구였다. 아마도 선재의 기에 휘둘리지 않는 유일무이한 친구일 것이다.

"재수 없어."

재수 없다는 기준의 농담에 선재는 그저 픽 웃고 말았다. 기준이 콧방귀를 뀌며 말했다.

"재미없게 그게 뭐냐. 반박을 해야지."

"왜?"

"내가 재수 없다고 그랬잖아. 딴 애들은 '네가 더 재수 없어, 새끼야' 이런다고."

"넌 그렇게 재수 없진 않아."

농담에 진담으로 반응하는 진지함에 기준은 잠시 할 말을 잃었다. 하지만 금세 선재를 쫓아가 그 앞에 한쪽 턱을 괴고 앉아 꿰뚫을 듯이 쳐다보며 다시 말문을 열었다.

"선재야. 널 지켜본 세월이 벌써 십 년이 훨씬 넘었는데 말이야. 아직도 우리 사이엔 뭔가 벽이 있는 것 같다. 내가 보는 너는 말이야. 모든 사람을 대하는 데에 실은 감정이 없어."

"……."

"너는 늘 어디까지의 선을 정해놓고 거길 넘지 않으려고 애쓰면서 사는 것 같다고."

사사롭게 진실을 간파당한 선재는 잠시 눈을 감았다 떴다. 그런 이야기를 대놓고 하는 사람도 기준뿐일 것이다. 어쩌면 모두가 느끼고 있을 수도 있는 사실이라는 얘기다.

"그게 가끔 서운해. 친구들한테는 너를 좀 놔도 되잖아."

기준의 지적에도 선재는 아무 말도 하지 못했다. 실은 자신을 놓는 법이 무엇인지 모르는 게 문제였다. 강선재의 뇌는 일에만 비상하게 특화되어 있었다. 그 외에 감정을 다루는 모든 일에 약하다는 것을 스스로도 인정한다. 하지만 그게 큰 문제가 된 적은 없었다. 생각지도 않게 골몰하는 표정의 선재를 보고선 얘기를 꺼낸 것이 괜스레 미안해진 기준이 말했다.

"그래도 제수씨한테는 솔직하겠지?"

"난 너한테도 솔직해."

"와, 톡 때려주고 싶다."

기준의 농담 섞인 한탄에 선재의 표정이 잠시 굳었다. 저편으로 거둬두었던 생각이 다시 펼쳐졌다.

"때려도 돼요."

오늘 아침, 아내는 그렇게 말했다. 어떤 심한 꿈을 꿨길래 그런 말을 했을까. 옥승혜 여사에게 당했던 일에 대한 잔상이려나, 아니면 더 심한 것?

그래도 그렇지, 때려도 된다니. 얼마나 폭력이 체화되었으면 그런 말을 할까. 그녀의 상처에 대해서는 감도 잡히지 않는다. 오늘 저녁에 했던 일만 보더라도, 무언가 불안한 상태인 게 분명해 보였다.

"나 이만 갈게."

선재는 더 생각할 틈 없이 자리에서 일어났다.

"한 잔도 안 마셔?"

"집에 일찍 들어가기로 했어."

"오, 그럼 들어가야지. 가정이 제일이다."

선재의 대답에 기준은 더는 묻지 않고 엄지를 들어 보인다. 기준이 타의 추종을 불허하는 애처가였기에, 그가 있는 한 이런 자리에서 빠지는 것은 어려운 일이 아니었다.

"선재 벌써 가? 그래도 오랜만에 만났는데."

맞은편에 앉은 친구들이 서운한 내색을 했지만 선재의 결심이 달라지지는 않는다.

"미안. 나중에 내가 자리 마련할게."

"와이프 없는 사람은 서러워서 살겠냐."

그 말에 수긍할 만큼 부인과 친하지는 않았지만 변명하지도 않았다. 머릿속에 풀어야 할 수수께끼들이 많았다. 오늘은 부인과 대화라는 걸 해볼 생각이다.

"나 먼저 갈게, 잘 놀다 가."

자리를 돌아 반대편으로 간 선재가 사라에게 말했다. 팬이라며 옆에 붙어 앉은 동기 녀석에게 빙긋 웃어주다가 선재 쪽으로 돌아보는 그녀의 모습이 영화의 한 장면 같다. 길게 붙인 속눈썹을 가지런히 감았다 뜨기만 해도 시선을 불러 모으는 그녀는 명실상부 아름다움의 대명사였다.

"응. 잘 가."

사라는 고고한 표정으로 손을 흔들었다. 알고 지낸 지 이십 년이 넘은 친구, 유사라는 어렸을 때부터 꿈꿔왔던 대로 한국을 넘어 할리우드에서까지 러브콜을 받는 톱배우가 되었다. 겉으로 보이는 것만큼이나 도도하고 낯가림이 심하지만 선재와는 허물없이 지내는 사이. 그러다 보니 선재의 친구들과도 곧잘 어울리게 되어 이제는 선재보다도 그들과 더 잘 어울리는 사이가 되었다.

선재의 친구들과 거리낌 없이 지내게 되었지만 그럼에도 선재의 빈자리는 크게 느껴지나보다. 선재가 떠난 후 얼마 지나지 않아 앞에 놓인 맥주잔을 비운 사라도 곧 자리에서 일어났다.

"나도 내일 일정이 있어서 먼저 일어나려고."

억지로 지은 미소였지만 역시 다들 칭송하는, 말 그대로 아름다운 여배우였다.

연우와 헤어진 후 두어 시간 만에 집에 도착한 선재는 거실에 들어선 뒤 연우에게 전화를 걸었다. 집 안에서 그녀에게 전화를 한다는 게 우습지만 그는 소리를 내어 그녀를 찾는 성격은 아니었다. 하지만 연우는 전화를 받지 않았다.

'집에 있을 텐데.'

연우가 방에서 나올 때까지 잠자코 기다릴 수가 없어 그녀의 공간에 진입했다. 그녀 또한 아침에 그의 공간에 침입했으므로 이걸 가지고 뭐라고 할 수는 없을 것이다. 선재는 복도 끝까지 성큼 걸어가 연우의 침실에 닿았다. 침실 문은 활짝 열려 있었다.

'방이 왜 이래…….'

선재는 미간을 좁히며 침실에 들어섰다. 방이 난장판이다. 침대 위에 옷가지가 잔뜩 널려 있고, 화장대의 화장품들은 모두 널브러졌으며 서랍 몇 개도 열려 있었다. 그녀의 방에 들어와본 적은 별로 없지만 그래도, 그가 방문했을 때는 언제나 깔끔한 상태였기에 지금의 풍경이 무척이나 낯설었다.

설마, 이상한 일을 당한 건 아니겠지. 이 방에 침입자가 들어와 방 구석구석을 뒤지고 그녀를 납치했다거나, 그런 건 아니겠지.

그녀가 있어야 할 곳에 없으니 괜스레 불안한 마음이 생긴다. 다시 전화를 해봤으나 통화대기음이 길게 이어지도록 그녀는 전화를 받지 않았다. 그렇게 통화를 끊고, 열려 있는 서랍이 성가셔서 서랍을 닫고 돌아서려는 찰나, 서랍의 틈, 세로로 끼워진 종이 몇 장에 '협의이혼'이라고 쓰인 글자가 팔랑거리는 것이 보였다. 눈에 덜컥 걸려 종이를 문득 집어 들고야 말았다. 그러고는 한 번 접혀진 종이를 펴 그 안에 쓰인 글자를 확인한 선재의 표정이 딱딱하게 굳어갔다.

'협의이혼 의사확인신청서'와, 맨 윗줄에 '선재 씨에게'라고 적힌 편지 한 장이었다. 선재는 자신의 이름 아래, 한 줄 한 줄 써 내려간 손글씨들을 찬찬히 확인했다. 행간을 따라가는 그의 심장이 쿵, 쿵, 무겁게 뛰었다.

선재 씨에게.

이런 편지를 쓰는 게 처음이라 놀랄 수도 있겠네요. 중요한 얘기다 보니 직접 말로 하기는 힘들 것 같아서 우선은 편지를 남깁니다. 이제 우리의 인연을 끝낼 때가 되었다고 생각해서요.

처음 이 결혼생활을 시작할 때, 당신은 내게 이런 얘기를 했습니다. '일단 결혼식과 혼인신고만 하자. 정 힘들면 이 년 뒤에는 네 맘대로 해도 좋다.'

언젠가부터 그 기억이 희망이 되었습니다. 저는 이렇게 요구할 수 있는 날만 손꼽아 기다려왔어요. 나는 결혼을 한 후에 조금도 행복하지 않았습니다. 줄곧 이혼하고 싶었어요. 숨이 꽉 막히는 생활, 그 답답한 상황에도 늘 웃어 보여야 하는 자리…… 모든 게 지긋지긋합니다. 선배의 모든 것이 싫은 건 말할 것도 없고요. 선배와 결혼을 하게 된 것을 얼마나 후회하는지 몰라요. 차라리 옥승혜 여사님 집에서 계속 살다가 적당히 취직해서 적당히 결혼했다면 좋았을 텐데, 생각할 정도로.

내가 끝내지 않으면 이 잘못된 결합이 내내 무의미하게 이어질 거라는 걸 잘 알기에 먼저 제안합니다. 이건 내가 선배에게 하는 유일한 청이에요. 이혼해주세요. 제발, 제발 부탁드립니다. 나도 이제 제대로 좀 살고 싶습니다.

이연우 드림.

편지를 읽어 내려가는 동안 선재의 손에는 점점 힘이 가해졌다. 손에 든 종이는 반 이상이 구겨져버렸다. 편지의 내용을 모두 담아낸 눈이 따갑다. 진실은 이런 거였다. 이연우는, 이제 아내의 역할을 때려치우자 싫었기에 그토록 막나갈 수 있었던 것이다. 무슨 일인가 걱정하여 서둘러 집으로 달려온 마음이 우스웠다.

하. 하도 기가 막혀 헛웃음을 지었을 때 탁탁탁 부지런히 내려앉는 발소리가 들렸다. 잠시 후 침실 문 앞으로 연우의 모습이 보였다. 그의 손에 들려 있는 편지를 곧장 알아본 연우의 눈이 동그래졌다. 백자처럼 하얀 얼굴도 더욱 창백해진 것만 같았다. 그녀가 쓴 게 맞는다는 사실이 증명되는 순간이다.

"이것 때문에 그랬어?"

그녀를 바라보는 그는 그저 허탈할 뿐이다.

"목표가 이혼이야?"

결혼식장에서 선재와 헤어져 집으로 혼자 돌아오는 길. 연우는 절친 수지에게 연락이 오는 바람에 도중에 차에서 내렸다. 과거로 돌아와 멘붕에 빠져 아침부터 수지에게 마구 전화를 걸었었던 것이다. 수지는 그 무렵 회사의 소속 배우 화보 촬영 때문에 해외 출장을 갔다가 오후 늦게야 귀국했다. 수지 또한 연우의 불같은 전화에 걱정이 되어 귀국하자마자 바로 연락한 것이다.

"아니, 난 그냥…… 오늘 결혼식에 뭐 입고 갈지 고민이 돼서."

연우는 무슨 일이냐며 놀라 묻는 수지에게 대강 둘러댔다. 과거로 돌아왔다고 말할 수는 없었으므로.

"헐. 그것 때문에 일본에서 열심히 일하는 애를 아침부터 그렇게 불렀다고?"

"미안. 출장 가 있는 거 잠깐 잊어버렸었어."

"어제도 통화했잖아!"

"아, 하하하……."

"그래도 뭐, 옷은 잘 입었네. 결혼식 중요한 자리였어?"

"응. 시고모랑 시숙모도 오셨었어."

"너 별로 안 좋아하신다는 그분들?"

"응. 근데, 내가 한 건 했어."

연우는 결혼식 자리에서 있었던 일을 수지에게 이야기했다. 수지는 흥미로운 듯 눈을 빛내며 연우의 말에 귀를 기울였다. 연우의 이야기를 모두 들은 수지는 통쾌하게 깔깔 웃었다.

"와! 시원하다! 진작 좀 그래보지 그랬어. 너도 결혼생활 이 년 정도되니 그런 배짱이 생기는구나!"

"응. 근데 뒤탈이 좀 걱정되긴 해."

"신랑이 앞으로도 그렇게 하라고 했다며. 그럼 알아서 잘 방어해주겠지."

"응……."

과연 그렇게 될까.

'아, 맞다. 오늘 일찍 오겠다고 했는데.'

선재를 떠올리니, 그가 마지막에 했던 말이 함께 생각났다. 친구들과의 모임이니 바로 빠져나오긴 힘들겠지만 그래도 일찍 온다고 했으니 그녀 또한 일찍 들어갈 필요는 있었다. 오늘 하루 동안 예전과 다른 모습을 많이 보였으니 그가 너무 이상하게 여기지 않도록 잘 둘러대야 한다.

"나 일찍 들어가봐야 될 것 같아. 선배가 집에서 보자고 했거든."

"오오. '너 어디 집에서 봐, 후훗' 이런 거야? 그래그래. 그럼 얼른 들어가야지."

"아니, 그런 건 아닐 텐데."

수지는 연우와 선재의 사이가 원래 어떤지 잘 모르고 있었다. 수지뿐 아니다. 두 사람이 쇼윈도 부부라는 것을 아는 사람은 아무도 없다.

"근데 넌 왜 아직도 신랑을 선배라고 불러? 신랑이 서운해하지 않아?"

수지가 지적했다. 두 사람의 벽에 대해 말할 수는 없었으므로 연우는 그냥 가볍게 웃어넘겼다. 선배라고 부를 뿐인가. 이맘쯤 두 사람의 사이는 이혼이라는 말을 꺼내도 받아들일 수 있을 만큼 연결고리가 약했다.

이혼…… 그래, 이혼하자고 했었지. 그리고 그게 바로 받아들여졌어.

선재의 회사 문제 때문에 이혼신청서를 내는 것은 늦추었지만 그래도 아주 쉽게 이혼했었다. 그리고 그가 사고를 당했다. 미래의 가장 절망적인 사건을 떠올리니 이제부터 해야 할 일은 무엇보다도 명백해지는 느낌이다.

이혼하지 않으면 돼. 그럼 사고는 일어나지 않을 거야.

두 사람이 그날 이혼하게 되어 선재가 그 장소에서 사고를 당했다. 그건 명확한 인과관계다. 그렇다면 지금으로서는 목표로 삼을 수 있는 것이 그것뿐이다. '이혼하지 않으며, 이혼당하지 않는다.' 또 어떤 변수가 생길지는 알지 못하지만 일단은 그것을 조심해야 한다. 타도 이혼!

다른 것들은 좀 더 고민해보자. 희망찬 기합을 가득 넣은 연우는 금세 집에 도착했다. 그렇게 씩씩하게 걸음을 옮겨 방에까지 들어섰는데, 들이닥친 상황은 기대와 달리 너무나도 당황스러웠다.

남편이 그녀의 방에 있었던 것이다. 주위를 모두 얼려버릴 듯 냉기가 가득한 눈빛을 하고선.

"이것 때문에 그랬어?"

선재는 반쯤 구겨진 종이를 들어 보였다. 구겨졌지만 연우는 바로 알아볼 수 있었다. 쉽고 빠른 이혼을 위해 구구절절하게 써내려갔던 그 편지, 이혼을 하고픈 마음이 너무나도 간절하여 여덟 번이나 고쳐 썼던 그 편지. 아마도 저건 대여섯 번째 버전쯤 될 것이다. 그가 그 편지를 발견한 것이다. 그렇다면 그 뒤로 보이는 종이는 이혼신청서일 터였다.

"목표가 이혼이야?"

눈앞이 캄캄해지는 것 같았다. 너무 당황스러워 뇌가 작동하질 않았다.

"그래. 원한다면 해줄게. 이혼."

그사이에 그의 말은 계속 이어졌다.

"힘들겠지만 두 달만 참아봐. 곧 계열사를 분리할 계획이야. 그룹 안팎으로 혼란스러울 것 같아서 이상한 소문이 나면 곤란해."

"……."

"늦어도 그때쯤에는 다 마칠 테니까 그땐 네 뜻대로 해도 돼. 원하는 대로 이혼해줄게."

상황은 다르지만 그때와 똑같은 말이었다. 소름 끼치는 기시감. 아니, 진짜 경험에 의한 기억이 겹쳐진다. 이 정도로 그때와 똑같은 반응이라면 역시 이 사람은 이혼을 흔쾌히 받아들일 준비를 하고 있었던 것일까. 눈물이 나올 것만 같았다.

"그건 오래전에 쓴 거예요."

당황스럽고, 또한 정신이 아득해지는 마음에 떨리는 목소리가 나왔다.

"확실히 그때는 그런 마음이 들었는지도 몰라요. 하지만 지금은 아니에요."

"왜? 그새 위자료가 더 많이 필요해졌어?"

"그게 아니라……."

몇 시간 전의 결혼식 때는 그래도 뭔가 감정이 보이는 듯했는데, 지금 그의 표정은 완전히 정을 뗀 듯해 보였다. 그녀는 자신이 겪은 일의 극히 일부를 솔직하게 털어놓았다.

"악몽을 꿨어요. 그래서 선배가 얼마나 중요한 사람인지 깨달음을 얻었어요."

하지만 마음을 닫아버린 그에게 그런 말이 통할 리 없었다. 오늘 연우는 그에게 너무나도 일관성이 없는 모습을 보였던 것이다.

"속된 말로 해도 돼. 그냥 눈이 트이고 계산이 밝아졌다고 해."

"그런 게 아니라고요!"

연우의 목소리가 높아졌다.

"아무튼 이혼 안 해요. 그건 그냥, 그냥 써본 거라고요."

"이혼신청서까지 직접 프린트해서 그냥 써보신 거고?"

"네! 그냥이에요!"

"애쓸 필요 없어. 위자료는 두둑이 줄게. 재산분할도 괜찮아."

위자료나 재산분할 같은 건 이혼 때에도 원하지 않았는데. 아니 오히려 위자료는 선재 쪽에서 청구한다면 고려해보겠노라, 그런 말도 했던 것 같은데. 그는 돈 때문에 이혼을 원한다는 식으로 오해하고 있었다.

"지금 변호사 불러서 각서 써도 돼요. 저는 절대 돈 요구 같은 거 안

해요. 지금도, 앞으로도 없을 거예요, 그런 건."

"돈이 아니면 뭐야. 정말로 그냥 이 생활이 지긋지긋해서?"

"이혼 안 한다니까요."

"내가 하고 싶어졌어. 해도 돼."

"안 돼요! 안 해요!"

연우가 더욱 언성을 높이니 선재도 기가 막힌다는 듯이 그녀를 바라보았다. 연우에게는 절대 이혼을 할 수 없는 다른 구실이 필요했다. 잠시 머리를 굴린 연우가 덧붙였다.

"이, 이 집에서 나갈 수 없어요."

"그래. 위자료는 이 집으로 할게. 됐어?"

"안 돼요!"

안 먹힌다. 안 먹힌다…….

"안 한다고 했잖아요. 이혼 안 한다고요."

"왜? 왜 예전엔 제발 하고 싶던 그 이혼을, 지금은 안 하겠다는 건데."

그가 추궁했다. 물질적인 건 안 된다. 이 사람은 돈으로 갈음이 가능한 것이라면 뭐든 주겠다고 할 거야. 과거에도 이혼 선물로 백 억을 송금해줬던 사람이니까. 물질이 아닌 것, 정신적인 것, 사람 사이의 정, 뭐 그런 것. 생각지도 못한 것이어야 된다. 근데 대체 그런 게 뭐가 있단 말이냐! 우리 사이엔 어떤 감정도 없었는데. 키스할 때조차도 아무것도 없었는데.

그렇게 막다른 곳까지 몰린 연우가 겨우 생각한 궁여지책은…….

"키스가 좋아서요!"

그런 거였다. 본인이 내뱉고서도 이게 뭔 소린지 싶은 말.

"……쓸 만하잖아요."

매일 밤 잠들기 전에 오늘의 이 시간을 떠올리며 이불킥을 하게 될 지라도, 오늘 당장 숨넘어가게 생겼으니 일단 살고 보자는 마음가짐 으로 내뱉는다.

"선배 키스."

소름 끼치도록 싸늘한 정적이다. 이게 우주 공간인가, 소리가 퍼지 지 않는 진공상태인가 싶다.

"아주 웃기는 소리를 잘하네."

오랫동안 그녀를 빤히 보고만 있던 그가 읊조리듯 입을 열었다.

"말이 되는 소리를 해라. 네가 좋아한 적이 있었어?"

"무, 물론 없었죠. 하지만 쓸 만했다고요."

신이시여.

"조금만 더 부드러우면 좋겠다, 하는 희망이 있는 거였어요."

아무래도 제 입이 미친 것 같습니다. 빨간 구두처럼 제멋대로 춤을 추네요.

하지만 제대로 마법에 걸린 입은 멈출 생각을 하지 않는다.

"그러니까, 첫 키스부터 다시 시작해요."

그녀는 한 발 더 나아가 새 시대의 문을 열었다.

"우리 사이는 리셋이 필요해요. 나도 편견이 많았고 선배도 많았으 니까, 그러니까 다시 시작해요."

다시 시작하자고 말해버렸다. 너무 부끄러워 손가락이 안으로 오그 라드는 건지, 힘주어 얘기를 하느라 주먹을 꽉 쥐게 된 건지 모르겠다. 체면 따위 던져버린 그녀의 열변이 통한 건지 선재의 눈이 휘둥그레 졌다. 화난 얼굴이 조금은 풀어진 것 같았다. 지금 얘가 뭔 소리를 하고 있는 건가 하며 쳐다보는 넋 나간 표정이었다.

흐름을 탄다, 탔어!

선재의 반응을 파악한 연우는 신내림을 받은 것처럼 계속, 잘도 말을 지어냈다.

"키스를 한 뒤에는요. '강요하는 건 아무것도 없을 거야. 이 정도만 해주면 돼' 이런 말은 하지 말고요. 좀 더 착한 말을 해주세요. 넌 키스할 때가 제일 예쁘구나. 이런 거요."

연우야 힘내. 지금 부끄러운 건 한때, 그의 목숨은 평생이다.

"아, 첫 키스에는 어울리지 않는 말인가?"

넌 지금 생명을 구하는 일을 하고 있단다.

"그럼 그건 나중에 하시고요."

그런데 왜 조곤조곤 말만 하는데 숨이 찬단 말인가. 목표를 달성하기 전에 혼절해버릴지도 모르겠다. 사람이 마음먹고 성격을 바꾸는 데는 엄청난 에너지가 필요하다.

"첫 번째는, 약간 수줍어하면서요. 음, 음, 미안, 네가 예뻐서 했어. 이렇게 해주시면 좋아요."

신이시여. 저를 용서하세요. 저는 지금 제가 하는 말을 스스로도 알지 못합니다. 내가 지금 뭔 소릴 하는지. 하지만요, 신이시여. 당신은 저를 도와야 하는 겁니다. 하늘은 스스로 돕는 자를 돕는 거니까요. 제발, 이 몹쓸 위기만 넘기게 해주세요.

마음으로 애절한 기도를 하며 연우는 마무리를 향해 달려간다.

"제가 정답까지 말해줬어요. 자, 이제 시작."

숨차게 말을 마친 그녀는 심판을 기다리는 마음으로 눈을 감고서 그가 입 맞추기 편하도록 입술을 살짝 내밀었다. 벼랑 끝에 서 있는 것만 같은 긴장감 속에서 눈을 감고 있으니 어지럽다. 키스는 고사하고 한 대 맞을 것 같다는 생각도 들어서 차츰 어깨가 움츠러들며 고개가 숙여졌다. 연우는 마음을 다잡으며 눈을 감은 채로 고개를 번쩍 들었다.

"하세요."

그러나 아무것도 다가오지 않는다. 멍석을 깔아주는데 안 한다. 어쩌면 당연한 반응일지도 모르겠다.

"……내가 할까요?"

한쪽씩 서서히 눈을 뜬 연우가 그에게 물었다. 반은 화난 것 같고 또 반은 멍한 것 같고, 그런 눈으로 선재가 자신을 보고 있었다.

잠시 후 그가 결연하게 말했다.

"아니. 안 해."

통한 건가? 화제를 바꾸고자 한 나의 의지가.

"그만하자."

"아, 아니, 아직 얘기가……."

"이혼, 안 해."

짧은 말들을 내뱉는 그의 목소리는 높낮이가 전혀 없었다. 얼굴에도 감정이 드러나지 않았다. 아니, 질린 표정이었는지도 모르겠다.

"그럼 되잖아. 아니야?"

"……네. 그럼 됩니다."

겨우겨우 원하는 대답을 들은 연우가 꽉 쥐고 있던 주먹을 풀고 조용히 고개를 거듭 끄덕였다.

탁. 선재는 들고 있던 종이들을 그녀의 화장대 위에 소리 나게 내려놓았다. 그러고는 바로 방을 떠났다. 떠나는 선재의 발소리가 점점 희미해졌다가 완전히 사라진 후, 연우는 그제야 숨이 트이는 듯 크게 한숨을 내쉬었다.

"하아아아…… 심장 떨려……."

몸이고 마음이고 하얗게 불태운 느낌이다. 그래도.

다행이다. 다행이야.

무서웠다. 살얼음판 위에 서 있는 기분이었다. 너 같은 거 필요 없으니 당장 나가라고 할까봐, 바짓가랑이를 잡고 매달리게 될까봐, 붙잡고 매달려도 소용없을까봐 무서웠다. 연우는 그가 화장대 위에 내려놓은 편지를 집어 들었다.

"세상에. 내가 이런 말을 썼었구나……."

편지의 내용을 확인한 연우는 한탄하게 되었다. 그렇지, 이런 글을 보면 당장 이혼하자는 말을 하고 싶겠지. 내가 쓴 걸 다시 읽는 나도 나한테 정이 뚝 떨어지는데.

아마도 이게 가장 악독한 버전이 아닌가 싶다. 하지만 완성 버전이라고 크게 다르지는 않을 것이다. 조금도 행복하지 않았다는 말을 거침없이 썼으니까. 나는 글로써 그 사람에게 비수를 꽂았던 거구나. 그 사람은 이 잔인한 글을 보고, 이혼 당일 내게 미안했다는 말을 한 거였구나. 그날을 생각하니 금세 눈물이 차올랐다. 편지의 글씨 위로 눈물이 뚝 떨어졌다. 단단히 뿌리박힌 줄 알았던 글씨들이 흐무러진다.

과거의 나는 이 결혼생활을 지키기 위해 어떤 노력을 했던가. 왜 스스로는 조금도 노력하지 않고서 그의 탓이라고만 했을까. 그때의 자신을 원망하게 되었다.

둥, 둥, 둥둥, 둥둥둥둥.

심장에서 북소리가 나는 건 아주 오랜만이다. 아니, 이건 예상치를 홀쩍 넘어섰다. 심장이 머리까지 지배하려는지, 머리 또한 저린 느낌이다. 선재는 편두에 손을 얹으며 숨을 내뱉었다. 저 방 안에서 들었던 말이 대체 뭔지 모르겠다.

"미치겠네……"

조용히 읊조렸다.

"왜 이러지?"

연우의 방에서 나와 긴 복도를 걸어가 제 침실로 성큼성큼 돌아가는 동안, 그녀가 저 공간에서 했던 말이 모조리 입력되어 머릿속에서 계속 메아리쳤다. 짜증이 났다.

혼란스럽다. 오늘의 그녀는 일관성이 결여되어 있었고 지금 막 그 일관성 없음의 정점을 찍은 것으로 보인다.

뭐? 뭐? 키스가 좋아? 키스가 쓸 만해? 첫 키스부터 다시 시작해? 그리고 뭐?

"제가 정답까지 말해줬어요. 자, 이제 시작."

'자, 이제 시작'이란다. 준비, 땅, 하면 시작하는 운동회 달리기 시간도 아니고. 아침엔 침대로 기습하여 잠을 깨우더니, 결혼식장에서는 고모, 숙모 앞에서 사이다를 뻥 터트리고, 그러고서는 먼저 기습키스를 하고, 서명까지 한 이혼신청서와 이혼 요구 편지를 숨겨놓고 있고, 이혼하자고 하니 절대 이혼은 안 하겠다고 하고. 뭐? 키스가 좋아?

속이 탔다. 하지만 물이 필요한 게 아니라 답이 필요했다. 이 황당한 하루에 대한 답. 아직 얘기가 끝나지 않은 느낌이다. 아니, 시작도 하지 않았다. 아무것도.

우뚝 서 있던 선재는 다시 뒤돌았다. 그리고 다시 연우의 방을 향해 걸었다. 성큼성큼 걸음을 옮길수록 발은 더욱 빨라졌다. 금세 그녀의 방에 다시 닿았다. 연우는 문을 등진 채로 조용히, 어질러진 방 안을 정리하고 있었다. 곧장 연우의 어깨를 돌려 세웠다. 그리고 그녀와 다시 마주했다. 선재는 처음보다 더 당황스런 상태가 되었다. 그녀의 눈가에서 부풀어 오른 물방울이 뚝, 빠르게 추락한다. 동시에 그의 심장이 철렁 내려앉았다.

그녀는 울고 있었다.

이연우를 제외한 세상이 장막 쳐지듯 암흑이 되고 오로지 그녀의 눈물방울만 또렷이 그의 동공에 담긴다. 이 년 전, 인생에 '결혼'이란 두 글자가 없었던 강선재가 선뜻 청혼하게 만들었던 그때의 그 눈물과 지금이 겹쳐진다.

이 여자에게…… 내 아내에게 도대체 무슨 일이 일어나고 있는 것인가.

반드시 해피엔딩으로 해줄 거예요!

연우는 전혀 알지 못하는 모양이지만 대학교 재학 시절 홍보대사 촬영이 끝난 후 며칠간, 선재가 그녀에게 집착했던 적이 있었다. 그게 벌써 오 년 전이다.

그때의 그녀는 아주 도도했고 조금도 흔들림이 없었다. 그래서 선재는 그녀를 더 알아보고자 했던 마음을 아예 지워버렸다. 자신이 찾던 사람은 아닌 것 같다고 생각했다. 인연이 없나보다 생각했다.

그렇게 삼 년이 지나고, 대학교를 졸업한 후 아버지 회사에 취직하여 제이백화점 강남점 점장이 된 그는 근무처의 매장들을 지나다가 소란스런 소리를 듣게 되었다. 엘리베이터 쪽에서 나는 소리였다. 처음에는 '짜악' 하는, 수면을 때리는 소리였고 그다음에는 물건이 둔탁하게 떨어지는 소리였다.

"S대 갔다고 유세를 떨어? 참 같잖아서. 네까짓 게 그 대학 나왔다고 출셋길에라도 오를 줄 알아? 분수도 모르고 어딜 나대는 거야! 염치가 있어야지."

그리고 이어진 험악한 말들. 사건이 일어나면 책임져야 하는 사람은 자신이었기에, 선재는 소동을 수습해보고자 급히 걸음을 옮겼다. 그리고 소리의 진원지에서 두 사람의 얼굴을 모두 확인할 수 있었다. 마진태 사장의 부인 옥승혜 여사, 그리고 이연우.

대학교 홍보대사 촬영 때 만난 그녀는 티 없는 미소를 지을 줄 아는 여자였다. 그다지 말이 많거나 붙임성이 좋은 것도 아니었는데 남들보다 더 밝아 보였던 것은 그 미소가 너무나도 편안해 보였기 때문일 것이다. 그래서, 저 여자의 인생에 내가 끼어들 틈이 없겠구나, 내가 괜히 끼어들어서 저 여자의 미소를 흐트러지게 할 수는 없겠구나, 생각했다.

그런데, 그게 착각이었다는 것을 알게 되었다.

"운전기사, 식모살이나 하는 주제에 네 부모가 월급을 얼마나 타가는 줄 알아?"

그 잔인한 말에 아무 대꾸도 하지 못하고 고개를 숙인 연우의 모습은 폭력이 체화된 유기견 같았다. 이연우네 가족들이 마진태 집안의 식솔들이라는 것은 선재도 알고 있었다. 하지만 그것이 이상하다고 생각하지는 못했다. 장기근속이라는 타이틀의 맹점이었다. 그녀의 부모님이 이십 년 넘게 마진태 집안의 직원으로 지내고 있다는 사실에 근무환경이 훌륭한가보다, 마진태 집안의 사람들이 잘해주나보다, 인품이 좋은가보다, 하고 착각했던 것이다. 그들은 그 일이 좋아서 안주하고 있는 것이 아니라 선택의 여지가 없이 잡혀 있는 것일 수도 있겠다는 생각을 해본 적이 없었다. 생각이 짧았던 것이다. 선재는 뒤통수를 얻어맞은 듯했다.

하루 빨리 이연우를 구해야 했다. 옥승혜에게 백화점에서 그런 꼴을 당할 정도의 대접을 받으면서도, 가족들이 알게 되면 가슴 아파 할까봐 혼자 끙끙 앓고서 살아가는 아이. 어떻게든 그녀를 구해야겠다는 생각에 사로잡혀 내놓은 최선의 아이디어가 결혼 제안이었다. 그러나 딱히 애정이 있는 것은 아니었다. 그녀가 좋아서 그녀를 구해줘야겠다는 생각이 들었던 게 아니다. 결혼 제안은 정말로 충동적인 것이었다. 그저 낯선 의무감이었다.

그렇게 이연우와 결혼하기로 약속한 후, 결혼 세부 사항을 조율하기 위해 연우를 다시 만난 선재가 그녀에게 물었다.

"연애해본 적 있어?"

"네?"

이상하게도 그녀는 그의 한마디 한마디에 과민반응을 보였다. 그의 질문에 매번 흠칫 놀랐고 놀란 토끼눈을 했다. 삼 년 전의 홍보대사 촬영 때와는 사뭇 달랐다. 대뜸 청혼을 했던 이전의 만남과도 또 달랐다.

"남자친구 사귀어본 적 있냐고."

"아, 아뇨, 없어요······."

목소리는 매번 작았고, 한기를 느끼는 사람처럼 늘 어깨를 움츠리고 있었다. 그녀가 자신을 경계하고 있다는 것을 잘 알 수 있었다. 연애를 해본 적이 없으면 그런 반응을 보일 수도 있을 거라고 여겼다. 그렇다고 해서 선재가 그녀에게 먼저 다가가려 노력하는 일은 없었다. 언젠가, 시간이 흐르면 좀 나아지겠지, 하는 안일한 생각을 했다.

그리고 또 며칠이 흐른 후. 선재는 오랜만에 대학교 동기모임에 나가게 되었다. 동기모임은 결혼 소식을 알리기 딱 좋은 자리였다. 하지만 먼저 얘기하기도 전에 선재가 결혼을 한다는 소식은 파다하게 퍼

진 상태였다. 다들 먼저 축하한다는 인사를 해 왔다. 그렇게 축하한다
는 말만 하면 좋을 텐데.

"선재야, 너 괜찮은 거냐?"

한 녀석이 껄렁하게 다가와 물었다. 김경환. 선재하고 그리 가까운
사이는 아니지만 부모님들이 알고 지내고 있어서 그나마 가벼운 연락
정도는 하고 지내는 녀석이다.

"뭐가?"

"너 결혼할 여자 말이야. 안 좋은 소문이 있던데."

선재가 혼자 있게 된 틈을 타 말을 걸어온 경환은 자신이 알고 있는
것을 고급 정보인 양 긴하게 말했다.

"그 여자가 너에 비해 좀 태생이 그렇잖아. 너네 회사 월급사장으로
있는 집안에서 일하는 사람들 딸이라며."

"태생이 그렇다니. 그건 너무 실례되는 말인 것 같은데?"

선재를 위하는 척하며 연우의 험담을 하는 경환의 가벼움에 기분이
상한 선재가 싸늘하게 지적했다. 경환은 손사래를 저으며 자신이 알
고 있는 정보를 더 털어놓았다.

"그게 문제가 아니야. 고등학교 때부터 질이 안 좋았다더라. 남자 한
명이랑 좀 진하게 놀았나봐. 사건도 있었데. 애가 공부를 좀 해서 학교
에서 수습해주고 쉬쉬해서 그렇지 아는 애들 사이에서는 알음알음 퍼
진 얘기라는데."

선재는 전혀 알지 못하는 이야기였다.

"네가 퍼뜨린 건 아니고?"

불쾌한 마음으로 툭 내뱉었다. 경환은 어색하게 웃었다.

"내가 그런 걸 왜 퍼뜨려. 그냥 너도 아는 얘긴가 해서 물어보는 거

지. 결혼은 중요한데 쉽게 하면 안 되잖아."

"이상한 얘기 퍼뜨리고 다니지 마."

선재는 경환에게 사납게 당부하고는 자리를 벗어났다. 불쾌한 소문이었다. 연우는 남자친구를 사귄 적이 없다고 했다. 선재 또한 그것을 믿는다. 아마도 이상한 소문이 난 듯했다. 선재도 근거 없는 지라시의 주인공이 된 적이 더러 있었다. 그가 가본 적도 없고 들어본 적도 없는 게이바의 단골이라는 지라시부터 대학교는 건물을 하나 지어주고 입학했다는 소문, 또 어떤 지라시에는 인기 걸그룹의 멤버 전부를 돌아가며 사귀어봤다는 내용도 있었다. 한국에서 손꼽히는 기업의 유일한 후계자이다 보니 말을 옮기길 좋아하는 사람들의 표적이 되기 쉬웠다. 어쩔 수 없이 감내해야 하는 부분이었다. 하지만 이연우는 이런 소문을 감당할 수 있을까. 내가 말 한마디 건네는 것에도 바르르 떠는 아이인데.

그런데 연우가 자신의 앞에서 긴장을 놓지 못하던 것이 떠오르자 다른 생각이 들었다. 사람을 경계하는 여자, 그녀에게 다른 비밀이 있는 건 아닐까.

다음 날 선재는 절친 기준을 통해 오래전의 수사 기록을 받아보았다. 기준의 중학교 친구들 몇몇이 경찰이어서 어렵지 않게 연우에 대한 사건을 알아볼 수 있었다. 정말 '사건'이 있었던 것이다.

"이연우 씨 고등학교 2학년 때 있었던 일이야. 데이트 폭력이었대. 흥분하지 말고 봐."

피해자의 자리에 '이연우'라는 이름이 적힌 문서에는 당시 사건의 경위와 함께 어깨와 팔, 다리, 허리 등에 멍이 든 사진이 첨부되어 있었다. 흑백이었지만 그것이 피멍이라는 것을 선재는 금방 알아볼 수 있었다. 분노하여 뜨거워진 피가 온몸을 휘돌아가는 것이 느껴졌다. 폭력의 주범을 찾아 죽여버리고 싶었다. 선재가 피의자의 사진을 가리키며 물었다.

"이 새끼는 지금 어디 있는데."

"원래 미국 영주권이 있는 녀석이라 사건 터지자마자 미국으로 간 모양이야."

"잡으려면 어떻게 해야 되지?"

"이미 교도소에 있어. 미국에서 다른 사건으로 재판 받고 넘겨졌대."

선재는 피의자의 얼굴을 머릿속에 각인시켰다.

"사귀는 동안 연우 씨가 한 번도 말 안 했어? 그럼 말하고 싶지 않은 게 아닐까?"

연우와 선재가 삼 년 동안 비밀 연애를 했다고 알고 있는 기준이 물었다. 선재는 머릿속으로 그간 연우의 행동을 되짚어보고 있었다. 그제야 좀 알 것 같았다. 그 꽃 같은 외모로 이제껏 연애 한 번 못 해보았다는 것이 선뜻 이해가 가지 않았다. 자신이 손을 내밀었을 때 주저하며 손가락 끝만 겨우 잡았던 것도 기억이 났다. 매번 과민반응을 보이던 것이 어떤 의미였는지 깨닫게 되었다. 무서워서. 힘들어서. 과거가 아파서.

묵혀둔 상처가 어떤 것인지 선재 또한 잘 알고 있다. 보통의 사람처럼 지내며 시간을 유유히 흘려보내다가도 비슷한 일에 부닥치게 되면 지표에서 성큼 솟아올라 발목을 잡고 놓아주지 않는 족쇄 같은 것이다. 그녀와 결혼을 하기로 한 것이 과연 잘한 일인가. 충격에 빠져 있을 때 기준이 물었다.

"그 사실이 네 결혼에 영향을 미치나?"

"아니."

선재는 출렁이는 감정을 감추며 덤덤하게 말했다.

"그래. 그럴 줄 알았다. 네가 든든하게 감싸주면 되는 거야."

든든하게 감싸주는 게 어떤 거지? 난 그 애를 감싸주기 위해 이 사건을 수면 위로 끄집어내야 하나? 그건 아니다. 위로해주는 것은, 위로가 되지 않는다.

"기준아, 부탁이 있는데, 내가 이런 기록 찾아본 거…….'

"알아. 아무한테도 말 안 해."

기준은 선재의 마음을 알고 있다는 듯 고개를 끄덕였다. 기준은 가장 믿을 만한 친구였다.

"연우 씨 가족들도 모르는 것 같더라. 이건 그때 담당 경찰이 했던 말이라는데, 연우 씨가 경찰서에 찾아와서 그렇게 말했대. 다 이겨낼 수 있으니까 가족들 귀에는 안 들어가게 해달라고. 조용히 처리해달라고."

기준의 말로 선재의 결심은 더욱 굳어졌다. 아무에게도 말이 나오지 않도록 해놓으면 된다. 사건을 묻고, 사람들의 입을 막고. 그녀가 떠올리지 않도록 차단시켜놓으면 된다.

소동이 일어난 건 그로부터 한 달 후다.

제이그룹의 자선 행사에서였다. 결혼식을 앞두고 있던 선재와 연우는 나란히 행사에 참석했다. 선재의 가족, 친지들을 비롯하여 유명 재계 인사들이 참여한 자리였기에 연우도 많이 긴장한 모양이었다.

"긴장할 필요 없어."

"네? 네. 네. 후우…….'

연우는 마음을 다잡는 듯 거듭 한숨을 쉬었다. 그녀의 부푼 볼이 귀여웠다. 그래도 점점 이런 일에도 적응해가는 것 같아서 다행이라고 생각했다. 선재는 연우를 보호하고 싶었지만 따로 인사를 다닐 곳도 많았기에 어머니 미현에게 연우를 부탁하는 수밖에 없었다.

"연우한테 이상한 거 시키지 마세요. 사람들이 예의 없이 굴면 차단해주시고요."

선재는 연우를 떠나기 전에 미현에게 몰래 단단히 일러두었다. 며느리가 생겨서 부푼 마음을 안고 있던 미현이 서운한 목소리로 대답했다.

"알았어, 알았어."

"어머니도요. 며느리라고 너무 편하게 대하지도 마세요. 저한테 하는 것처럼 하시면 안 돼요. 연우는 어머니 딸이 아니에요."

"그걸 내가 모르니…… 난 네가 하지 말라면 안 해……."

아들이지만 너무 무섭다는 생각을 자주 하는 미현은 이번에도 아들의 성화에 주눅 든 얼굴이 되어 터덜터덜 연우에게로 갔다. 그렇게 연우와 헤어져 한 시간여 동안 이곳저곳에 인사를 다니다가 화장실을 가게 된 선재는 화장실 안에서 들려오는 소리를 듣게 되었다.

"그렇다니까. 선재 와이프 될 사람이 좀 놀았다잖아."

"그래? 난 처음 듣는 얘긴데."

"생각해봐라. 찢어지게 가난한 집에서 하루아침에 신데렐라가 됐는데 선재가 약점 잡힌 거 아니면 뭐겠어. 강선재가 좋아서 결혼을 하겠냐. 그 소문만으로도 정이 뚝 떨어지는데."

놈들은 화장실에서 나오면서도 계속 주절거렸다. 그중 한 녀석은 역시 한 달 전 자신의 앞에서 입을 나불대던 녀석, 경환이었다. 이제 가만 둘 수 없게 된 선재가 서늘한 표정으로 경환의 앞에 섰다. 선재와 마주한 경환의 얼굴이 하얗게 질렸다.

"선재야……."

"내가 너한테 한 번 경고하지 않았나?"

"아니, 난 걱정돼서 그랬지. 네가 와이프 될 사람을 좋아하는 것 같지도 않고. 왠지 약점 잡힌 것 같길래 말이야."

퍽. 머리보다 먼저 반응한 주먹이 경환의 턱에 내리꽂혔다.

"네가 날 얼마나 봤다고 그런 평을 해."

퍽.

"또 허튼소리 지껄이면 그땐 죽여버릴 줄 알아."

선재는 경환을 쳤던 오른손을 짧게 털어내며 말했다. 이 정도로 말하면 알아들을 수밖에 없을 것이다. 그렇게 뒤돌아선 선재는 잠시 바닥에 발을 붙이고 섰다. 그새 사람들 몇몇이 몰려왔다. 몇몇의 사람들 틈 사이로, 겁먹은 표정의 연우가 눈에 들어왔다. 선재 또한 눈앞이 아득해지는 것 같았다. 그녀가 대화를 들었을까. 들은 게 아니었으면 하는데.

"……무슨 일 있어요?"

그냥 넘기고 싶었는데, 종종걸음으로 따라온 그녀가 물었다. 다행히도 대화는 듣지 못한 듯했다.

"아무것도 아니야."

선재는 안도한 목소리로 대답하며 그녀의 손을 잡았다. 끌고 가듯 단단히 잡아당겼지만 그녀가 손을 빼지는 않았다. 뒤에서 사람들이 수군거리는 소리가 희미하게 그를 압박했다.

행사가 거의 끝나갈 즈음, 먼저 다가온 경환은 선재에게 깍듯이 사과했다. 선재에게 크게 밉보였다간 제 집안의 사업에 차질이 생길 수도 있다는 계산을 한 걸 것이다. 소심한 사과를 한 경환이 연회장을 떠난 후, 잠시 연우와 둘만 있을 수 있게 된 선재는 그녀를 따라 연회장 로비의 구석으로 갔다.

오늘 그녀는 군말 없이 일정에 따라주었다. 적당히 웃고 적당히 예의 바르게 행동했다. 어머니와도 적당히 가까워진 느낌이다.

다만 오늘 가장 빛날 수도 있는 위치에 있었음에도 그녀는 조금도 나서는 법 없이 이렇게 어둡고 구석진 자리를 택했다. 인형 같았다. 자존감이, 자신이 사랑받을 만한 가치가 있는 사람이라고 생각하는 마음이 거의 없는 것 같았다. 마음을 주는 말을 조금도 하지 못했던 그의 탓이다. 그가 끔찍하게 아끼고 사랑하고 있다는 것을 사람들에게 알리지 않으면 그녀 스스로는 계속 주눅 들어 있을 것 같았다.

화가 나는 건지 안달이 나는 건지 모르겠다. 누구도 이 여자에게 함부로 하지 않도록 수를 써야 했다.

"와이프 될 사람을 좋아하는 것 같지도 않고."

거짓말 탐지기처럼 사실을 간파해낸 김경환의 지적이 자꾸 쓰게 뇌어졌다. 고개를 숙인 연우의 모습은 왠지 애처로워 보였다. 너를 따뜻하게 감싸줄 수는 없다. 나는 너를 위로해줄 수 없다. 위로하는 방법 같은 건 모르고, 마음에 없는 위로를 하지도 못한다. 다만 나름의 방법으로 지켜줄 수는 있다.

"연극 한 번 해야 되는데, 할 수 있어?"

꿔다 놓은 보릿자루처럼 쭈뼛거리며 서 있는 연우에게 덤덤하게 물었다.

"네?"

역시나 토끼눈을 뜨며 그녀가 바라보았다. 하얀 얼굴이 눈꽃처럼 청초하다.

"저 사람들을 믿게 해야 되거든."

"뭘요?"

"우리 결혼이 진짜라는 걸."

선재는 계략을 떠올렸다. 한 번에 모든 것을 정리할 수 있게 하는 가장 빠르고 효율적인 수단.

"가만있어봐."

한 발 내딛어 그녀에게 가까이 다가간 그가 조용히 속삭였다. 그녀의 뺨을 지그시 쓸어내린 손이 턱에 닿았다. 그 짧은 순간마저도 그녀는 길 잃은 강아지마냥 바들거렸다. 그녀가 피할 수 있는 여지는 주고 싶어서, 최대한 상냥하게 말했다.

"싫으면 말해."

이게 유약한 너에게 나름의 갑옷이 되겠지만 또 한편으로는 너를 옥죄는 쇠사슬이 되기도 할 것이다.

"싫다고 하면 안 할 테니까."

아무 말도 하지 않는다. 고개를 돌리지도 않는다. 그 반응을 확인한 후에 아주 천천히 다가갔다. 자신을 향해 동그랗게 커져 있던 눈에 스르르 힘이 풀린다. 눈꺼풀이 내려가는 떨림이 느껴진다. 처음엔 입술의 말랑한 촉감을 확인하듯 짧게 맞대었다 돌아갔다. 희미한 물기가 생긴 입술이 새삼 간지러웠다. 그다음 다시 찾아갈 때는 좀 더 고개를 기울여 틈을 줄였다. 그리고 낙인을 찍듯 입술을 포갰다. 각오하고 있었을 텐데, 그녀는 다시 움찔했다. 하지만 온기가 맞는 입술은 금방 다른 세계로 몰입하게 했다.

하앗. 그녀의 입술 사이로 옅은 숨소리가 터지자 그는 기다렸다는 듯 그 안으로 침범해 들어갔다. 더, 깊이, 더. 몰래 지켜보는 이들이 진짜라고 확신하게 만드는 탐닉. 깊숙이 파고들어가는 숨결에 그녀의 숨이 탁해진다. 소리가 간지럽다. 이연우는 마치 키스를 처음 하는 사람처럼 서툴렀다. 그런 반응을 보이니 온몸의 말초신경들에 찌릿한 자극이 전해졌다.

그녀는 다리에 힘이 풀리는지 휘청거렸다. 선재는 그녀를 더 가까이 끌어당겨 단단히 붙잡았다. 손에 힘이 들어가니 그녀를 원하는 대로 움직이기가 더 쉬워졌다. 그녀가 마음 하나를 잃었을 수도 있겠다는 생각이 들었다. 머릿속에는, 미안하다고 얘기하는 목소리가 있는가 하면, 이 정도는 이겨내라고 다그치는 악마도 있다. 다 집어치우고 갑옷만을 떠올린다. 오로지 한 가지만 생각하는 서툰 마음은 이따금 잘못된 선택을 한다. 그녀의 숨 조각들이 느껴지는 혀끝은 달면서도 쓰다.

자극적인 연극 한 편을 선보이는 동안 몇 번의 인기척이 지나갔다. 이 정도면 관심 있는 사람들은 보았으리라 생각한 선재는 입술을 뗐다. 얼굴이 홍시처럼 붉어져 고개를 천천히 내리는 연우의 모습은 영락없이 첫 키스를 한 여자였다. 이전보다 더 도톰해 보이는 그녀의 입술에 제 것이었던 물기가 남아 있다. 갓 씻은 체리 같다. 그런 그녀에게 속삭이듯이 낮은 소리로 말했다.

"강요하는 건 아무것도 없을 거야. 이 정도만 해주면 돼. 다른 건 바라지 않아."

손으로 그녀의 머리카락을 가지런히 쓸어내리며, 만져지는 모든 것들이 소중한 '척'. 다른 건 필요 없다, 이 정도만 해주면 된다, 하며 안심시키듯 벽을 쌓아올린다.

그녀가 고개를 번쩍 들어 그를 쳐다보았다. 꼭 다물어진 입술을 안으로 깨물고 있는 것이 짐작되었다. 원망하는 건지도 모르겠다. 선재는 그 눈빛을 피하기 위해 그녀의 손을 잡고 연회장으로 다시 들어갔다. 입안 가득 퍼지던 단맛은 이내 사라진다. 그것이 두 사람의 아릿한 첫 키스였다.

자선 행사가 모두 끝난 후. 선재는 연우를 먼저 집으로 보내고, 친구들과 모임을 갖게 되었다.

"너네 야하더라."

모인 자리에서 그는 자연스럽게 놀림의 대상이 되었다. 두 사람이 진한 키스를 나누는 장면을 보게 된 친구들이 하나 둘 목격담을 털어놓았다.

"강선재가 제수씨 잡아먹는 줄 알았어."

"나도 모르게 신고할 뻔했다."

"선재 원래 야하잖아. 얘는 아무것도 안 해도 야해."

"그치 손가락만 봐도 야하지. 복 받은 자식. 나쁜 자식."

그중의 한 명은 눈을 흘기며 놀려댔다. 무슨 얘기를 하는지 알 것 같았다. 몇 개월 전 배우 유사라와 만났을 때 찍힌 사진을 가지고 한 말이었다. 그저 식당에 함께 들어가는 사진일 뿐이라고, 유사라와 자신은 친구일 뿐 아무 사이도 아니라고 했더니 그걸 가지고 놀리는 거였다. 그도 그럴 것이 사라를 식당으로 안내하느라 손을 뻗었을 뿐인데 사진상에서는 사라의 허리에 손을 얹은 것처럼 보인 것이다.

"야하다고 하지 말고 섹시하다고 해줘."

선재는 대강 친구들의 장단에 맞춰 함께 농담해주었다. 친구들은 짜증난다며 이를 갈면서도 잘 웃는다. 어느새 연회장에서 경환에게 주먹질을 했던 소동은 다들 잊은 모양이었다. 연극은 소동을 덮어내기에도 탁월한 수단이었다.

"강선재한테 섹시함을 붙여주다니 신의 실수야. 나한테 있다면 좀더 효율적으로 사용할 텐데. 만나고 싶은 여자들 다 만나보고."

"강선재처럼 올인하는 게 진짜 남자지. 선재랑 제수씨랑 같이 있는 거 보니까 나도 결혼하고 싶더라."

소기의 목적을 달성한 선재는 비틀린 미소를 지었다. 그는 얻은 것만을 생각하기로 했다. 이미 멀어진 것에 대해선 더 이상 안타까워하지 않기로 했다. 강요하는 건 아무것도 없을 거라고 했으니, 다른 건 바라지 않는다고 했으니 앞으로 잘 지키면 된다.

그 후에도 역시나 그녀는 언제나 그가 손을 내뻗을 때 그게 처음인 양 두려운 눈빛을 보였다. 그때마다 그녀가 속으로 비명을 지르는 것 같아서 선재 또한 행동을 아꼈다.

그래도 내 가족이 된 사람이니까 지켜야지. 상처받았겠지. 내가 내 과거에 가시나무를 심었듯이 너도 네 상처를 보호하고 싶겠지.

그따위 과거는 다 지워버리고 새로 시작하라고 윽박지르고 싶은 마음이 들다가도 혼자 있을 때조차 어깨를 움츠리고 있는 그 모습이 씁쓸해서 아무 말도 할 수가 없었다. 그녀가 억지웃음을 지을 때는 이상한 애증이 피어올랐다. 키스 정도는 받아준다는 확신이 생기고부터는 키스하는 것으로 괴롭히고 싶은 생각도 들었다. 이 여자가 과연 어디까지 받아줄까, 얼마나 더 감내할까, 울릴 수도 있지 않을까, 울리면 그다음은 어떻게 될까, 궁금하기도 했다.

사랑은 아니다. 모든 마음은 비정상이었다. 일반적이지는 않은, 가학적인, 못된 마음들. 그 마음을 차단하고자 스스로 벽을 세웠다.

"이쪽은 내 구역이고 저쪽은 네 구역이야. 내 방엔 함부로 들어오지 마. 특히 아침엔 절대."

처음 그녀가 신혼집에 발을 들인 날에도 그는 공간을 확실히 구분 지었다. 네 공간, 거기에서라도 편하게 지내라. 침범하지 않을 테니. 그녀를 지키며 또한 자신의 흑심들을 경계하는 말이었다.

연우는 그 말을 계명처럼 지켜주었다. 다가오지 않아서 좋았다. 적당히 거리를 둬줘서. 적당히 무서워해줘서.

네가 다가오지 않으면 난 중심을 잡을 수 있다. 흔들리지 않을 수 있다. 그런 면에서 운명인지도 모르겠다는 생각을 했다. 인생에 '결혼'이라는 단어가 없었던 내게, 네가 온 것이. 어쩌면 그녀는 가장 탁월한 파트너인지도 모르겠다는 생각을 했다. 그녀를 그저 좋은 파트너라고 여기며 시선이 부딪힐 때마다 대화를 나눌 때마다 손을 잡게 될 때마다 키스를 하는 순간마다 마음을 지워나갔다. 그리고 어느 순간 정말로 키스에 아무 감정도 담기지 않게 되었다.

* * *

'아아아. 잠을 잤어. 잠이 들고 말았어!'

연우는 자신이 잠이 든 사이에 아침이 온 것을 확인하고는 베개에 얼굴을 폭 파묻었다. 어제, 선재에게 우는 모습을 들켰지만 선재는 아무 말도 하지 않았다. 그럴 땐 서로 거리가 있는 것이 꽤 도움이 되었다. 왜 우느냐고 따져 묻는다면 무어라고 대답해야 할지 정리하지 못한 눈물이었다.

선재가 침실로 돌아간 후 밤새 연우는 한 시간에 한 번꼴로 선재의 방문 앞을 서성거렸다. 혹시라도 선재가 사라질까봐, 밤 시간 동안 다시 100일 후로 돌아가버릴까봐 불안했던 것이다. 선재의 모습을 확인해야 마음이 놓였다. 다행히 선재의 침실 문이 열려 있어 그 틈으로 그가 침대 위에서 뒤척이는 모습을 확인할 수 있었다. 그러기를 네 번 정도 반복하니 새벽 4시가 되었다. 너무 피곤해서 선재 방 앞을 오가는 동안에도 꾸벅꾸벅 고개를 떨어뜨린 그녀는 한 시간만 잘까 하는 생각으로 침대에 누웠고 그대로 세 시간을 자버린 것이다.

"핸드폰, 핸드폰……."

베개에 얼굴을 파묻었던 연우는 곧장 일어나 침대를 더듬어 휴대폰을 찾았다. 11월 26일! 7시! 날짜와 시각을 확인한 연우는 안도의 한숨을 내쉬었다. 다시 100일 뒤로 돌아가지 않았다. 그것만으로도 피로를 씻어낼 수 있었다. 연우는 그길로 일어나 냉큼 선재의 방으로 향했다. 세 시간 동안이나 확인하지 못한 남편의 생사가 걱정되었다. 총총총 달려가 세 시간 전에 그러했듯 문이 열린 틈으로 침실을 들여다보았다. 그런데 그의 모습이 보이지 않았다.

"어, 없네?"

"나 찾아?"

"헉."

등 뒤에서 남편의 목소리를 확인한 연우가 휘청거렸다. 선재는 이미 일어나 있었던 것이다.

"여기 있다. 왜."

선재는 떨떠름한 눈빛으로 연우를 흘겨보며 말했다. 이 일관성 있는 화난 얼굴, 로봇 말투의 목소리. 강선재가 맞다.

"이제 구역 침범은 일도 아니지?"

연우는 어둠의 기운을 내뿜는 그의 얼굴을 마주하고서도 예전처럼 주눅 들지 않았다. 이 남자의 모습이 사라지지 않았으면 좋겠다, 내내 화만 내도 좋으니까 늘 이렇게 아침마다 확인할 수 있었으면 좋겠다, 그런 마음뿐이다.

"할 말 있어요."

그 바람을 이루기 위하여 연우는 오늘 또 한 발을 내딛는다.

"구역 같은 거 나누지 말고 살았으면 좋겠어요."

당차게 내뱉었으나 그가 미간에 주름이 잡힌 얼굴로 뚫어지게 노려보자 금세 목소리는 작아지고 만다.

"집 안이 무슨 감옥도 아니고. 할 말 있을 때 같은 집에서 전화를 하는 것도 우습고······."

시고모님, 시숙모님보다 남편이 훨씬 더 무섭고 어려우니 원. 아직은 면역력이 강하지 못하다. 아무래도 여기에는 꽤 적응이 필요할 듯하다.

"저도 여기 출입하게 해주세요."

무너질 수는 없기에 용기를 내어 그의 철벽을 두드려보기로 한다.

"내 구역에?"

"네."

"그래. 좋아."

그런데 생각보다 쉽게 허락이 떨어졌다. 세상에. 이렇게 쉬울 줄 알았으면 진작 요구해볼 것을. 어떤 노력도 하지 않고 그를 겁내기만 했던 지난날이 또다시 원망스러웠다.

"그럼 나도 네 구역에 마음대로 들어가도 되지?"

"그럼요."

"그래. 그렇게 하자."

그는 가볍게 수긍했다. 흔쾌히 알았다고 하니 연우는 이상한 기분이 들었다. 이 남자가 강선재가 맞나? 강선재의 탈을 쓴 귀신인가?

'만져봐도 되나?'

살아 있는 사람이 맞는지 확인할 필요가 생겼다. 대뜸 만지면 어제처럼 치한 취급을 받을 수 있으므로 최대한 자연스럽게 그의 티셔츠에 손을 가져가보았다.

"이 옷이요, 좀…… 이상한 거 같지 않아요? 색이 좀…….."

"왜."

"갈색인지 검은색인지 분명하지가 않아서……."

가슴께에 아주 가볍게 손을 올리니 그의 흉근이 오르내리는 것이 느껴진다.

"옷을 만지는 거냐, 내 몸을 만지는 거냐."

"옷이요. 옷."

그렇게, 그녀가 한 손을 더 뻗어 그의 맥박 확인까지 탐내는 찰나, 턱, 선재는 그녀의 두 손목을 붙잡아버렸다. 가느다란 손목은 손쉽게 한 아귀에 들어간다. 손목을 잡힌 그녀는 겁먹은 눈으로 침을 꿀꺽 넘기면서도 시선을 거두지 않는다. 어떻게 하루아침에 이렇게 똘끼 발랄한 여자가 됐지? 선재는 도무지 이해할 수가 없었다.

어제 선재는 아내의 갑작스런 변화에 무슨 일인가 싶어 일찍 집에 들어왔고, 이혼신청서를 확인했고, 이혼을 하지 않겠다고 외치는 아내의 임시변통을 눈감아주었다. 그러고 돌아가는 길에 그 임시변통이 너무 기가 막혀 대체 왜 그러냐고 물어보고자 그녀의 방으로 다시 돌아왔다가 '여자의 눈물'이라는 봉변을 맞이하였다. 자신을 답답하게 했던 궁금증들이, 답답해 미치게 하는 혼란스러움으로 몸집을 키웠다. 그런데도 아무 말도 할 수 없었다. 우는 여자에게 무슨 말을 할 수 있는가. 그만큼 눈물의 힘은 강력했다. 위로라는 걸 해본 적이 없는 그는 그저 그 공간을 벗어나는 것밖에는 도리가 없었다.

그 후, 혼란스러움으로 잠을 이루지 못했다. 그렇게 침대에서 뒤척이는 그의 방에 몇 번 아내가 왔다갔다. 연우는 탐정놀이라도 하듯 문틈 사이로 그저 슬며시 그의 모습을 확인하고 돌아갔다. 대체 그건 또 뭔지. 대체 이 여자가 왜 이러는지. 너무 이상하니 불안한 생각도 들었다. 귀신이 이연우를 잡아먹고 이연우의 모습으로 변신술을 한 건가 싶기도 했다. 연우의 이상한 행동은 새벽 4시까지 이어졌다. 그래도 울고 있는 것보다는 저 이상한 짓을 하는 게 낫겠지 싶어 선재는 어떤 내색도 하지 않았다.

그리고 7시. 당연히 선잠을 잘 수밖에 없었던 선재는 오늘 또다시 이 여자를 대체 어떻게 해야 하나, 하는 생각에 머릿속이 복잡해져 있었다.

"아야……."

연우는 선재에게 잡힌 손이 아파 끄응 앓는 소리를 냈다. 하지만 그의 힘이 생생하게 전해지는 만큼 그의 존재도 실감이 났다.

"죄송합니다. 안 그럴게요."

내일 또 그럴지도 모르겠지만 당장은 살기 위해 넙죽 사죄했다. 당장 잡아먹을 듯 노려보던 선재가 손을 툭 놓았다. 그의 손아귀에서 빠져나온 손목이 살짝 알알하다. 또 다른 무서운 소리를 들을까 두려워진 그녀는 그대로 줄행랑을 치기로 했다.

"그럼, 이만 실례할게요."

꾸벅 인사하고 침실로 쌩 도망갔다. 다행이다. 이혼 위기도 극복했고, 100일 뒤로 돌아가지 않는다는 것도 확인했고. 달라진 모습을 많이 보였지만 남편은 워낙 관심이 없어선지 그럭저럭 적응해가는 것 같고. 이 년 동안의 경계 구역을 허물어버리는 쾌거도 있었고. 연우는 다시 생존의 한숨을 내쉬었다.

'후우. 이렇게 100일 뒤로 돌아가지 않는다는 걸 확인했으니, 이제 좀 적응해봐야지.'

연우는 여러 가지 생각을 하며 갈아입을 옷을 찾고 잠옷의 앞단추를 풀었다. 그런데 방이 왠지 점점 어두워지는 느낌이다. 스산한 느낌에 연우는 잠옷을 벗다 말고 고개를 돌렸다.

"아아아아악!"

그리고는 뭐가 그리 당당한지 조금의 표정 변화도 없이 우뚝 서 있는 남편을 발견하고는 집이 떠나가라 소리를 질렀다. 갈아입으려고 옆구리에 끼고 있던 옷은 선재의 발아래로 떨어졌고 그녀는 그대로 자리에 주저앉으며 벌어진 앞섶을 가렸다.

선재가 확인한 그녀의 비명은 이번이 두 번째다. 어제가 처음, 그리고 하루가 지나 오늘이 두 번째. 진짜, 비명이 나오게 달라진 이 여자를 선재도 어떻게 해야 할지 모르겠다.

"왜, 왜, 왜, 왜, 왜 그러는데요!"

"그냥 와본 거야. 마음대로 와도 되니까."

"옷 갈아입을 거예요."

"갈아입어. 누가 못 갈아입게 해?"

"나가야 갈아입죠."

"너도 그냥 갈아입어."

어제 오늘 한 짓은 생각도 못하고, 자기가 옷을 갈아입을 때가 되어서야 내외를 하겠다는 주장이 어처구니가 없다. 하지만 우리 사이에 존재했던 그 견고한 벽에 먼저 폭탄을 던진 건 너다. 점점 잠자고 있던 세포들이 깨어난다. 당황하여 어쩔 줄을 모르는 그녀의 모습은 잘 숨겨놓은 가학성을 건드린다.

"왜, 갈아입혀줘?"

연우는 움직일 수가 없었다. 그는 정말로, 전부 다 확 갈아입혀버릴 것 같은 눈빛이다.

"어제 오늘 네가 한 짓을 생각해봐라. 나만 다 보여줬지. 나만 마구 만져지고."

연우는 그의 적나라한 말을 따라 그때의 상황들을 다시금 떠올려보았다. 선재의 맨살을 마구 더듬을 때, 그때 그녀는 되살아난 그가 귀신일지도 모른다는 생각에 사로잡혀 다른 생각은 조금도 하지 못했다.

"죄송해요. 근데 그건 얘기했잖아요. 어제 악몽을 꿔서."

"어제 그 악몽을 오늘도 이어서 꿨어?"

선재가 연우의 말을 끊어내고서 따졌다.

"그런 건 아니지만 후유증이 꽤 길어요."

눈꺼풀을 내려 눈을 가리는 그녀의 속에 무엇이 들었는지 도통 알 수가 없는 선재였다. 드러난 그녀의 어깨는 여전히 앙당그러져 있다.

선재는 몸을 일으켜 뒤돌았다. 더 이상 겁을 줄 수는 없었다. 그녀가 겁을 내며 우는 것은 다시 보고 싶지 않다.

"병원 가."

그녀에게 등을 돌린 채로 말했다. 그제야 그녀가 주섬주섬 옷을 제대로 입는 소리가 들려온다.

"예약 잡아놓을 테니까 병원 가서 상담 좀 받고 와. 오늘."

"……."

"같이 가줘?"

"아뇨!"

대답이 없어서 문득 고개를 돌리니, 그녀가 소리를 높이며 다시 앞섶을 막는다. 다 갈아입었으면서 뭘 가리려는 건지 모르겠다. 가뜩이나 석연치 않은 마음에 불쾌함까지 스윽 올라온다. 그녀의 팔은 잠시 후에 내려갔다.

"이건 병원을 가야 되는 게 아니에요."

그의 표정이 무서워지자 그녀는 또 입술을 샐그러뜨리며 고개를 내린다. 이렇게 겁이 많으면서 어제 오늘 어쩌면 그리도 맹랑할 수 있었는지 모르겠다. 그녀를 조금도 종잡을 수가 없어서 물었다.

"너, 다시 태어났어?"

컥, 컥. 어, 어떻게 그걸…… 놀란 연우가 사례 들린 듯 콜록댔다. 정작 선재는 그 소름 끼치는 말을 하고선 픽 조소를 지을 뿐이다.

"흠흠. 하루만 시간을 주세요."

놀란 기도를 잠재운 연우가 말했다. 자꾸 병원에 가라며 부추기는 선재를 돌려보내야 했다. 또한 정말로 생각을 정리할 시간이 필요하기도 했다.

"내일 다시 얘기해요. 그동안 마음 좀 추스르고, 생각을 정리할게요."

선재의 눈썹이 휘었다. 생각을 정리한다는 게 대체 무슨 의미인가! 머릿속에 오만 가지 상상이 떠오른다. 생각을 정리한다는 건, '우리 잠시만 떨어져서 생각할 시간을 가져요.' 그럴 때 쓰는 말 아닌가? 그럼 그다음 수순은 당연히 헤어지는 거다. 풍랑을 만난 선재의 눈동자가 좌우로 흔들흔들 요동치는 사이에도 연우는 또박또박 말했다.

"도움이 필요한 게 있으면 그때 얘기할게요."

"……내일 아침."

심장이 덜커덩거리는 속을 억누르며 그 또한 약속을 견고히 했다. 내일 회사에 가서까지 '이 여자가 대체 어떤 생각을 하는 건가' 하는 근심을 안고 있을 수는 없기에 아침이라고 말했다.

"네. 내일 아침. 선배 회사 가기 전에요."

그녀가 씩씩하게 고개를 끄덕였다. 욕실로 쏙 들어가버리는 연우의 뒷모습을 따라가며, 선재는 빠져나가려는 혼을 붙잡듯 머리를 짚으며 뒤돌았다.

무슨 작당을 하려는지 어떤 음모를 꾸미는지, 날 어떻게 이용하려는지. 결혼생활을 한 지 이 년이 다 되어가는데 그녀에 대해서는 여전히 백지 같은 기분이다. 매사에 나서는 법이 없고 그저 우직하게 제 할일만 하는 여자라고 생각했는데 그 선입견을 하루아침에 깨버리고 그를 놀리기라도 하듯 이상한 모습을 잔뜩 보여준다. 그리고 이제는 생각을 정리하겠다고 한다. 대체 무슨 생각을 정리하겠다는 건지…….

도통 속이 보이지 않는 아내가 내일 어떤 말을 꺼낼지 벌써부터 불안해지는 마음으로 침실에 누워 뒤척거리다가 다시 거실로 나왔다.

집은 휑했다. 이제 경계구역이란 게 없어진 김에 다시 그녀의 침실 쪽까지 쭉 걸어가보았다.

"밥도 안 먹고 나갔나?"

혼자서라도 밥은 먹고 나갈 줄 알았는데 홀연히 떠나버린 것이다. 그러고 보니 집에서 함께 밥을 먹은 적이 한 번도 없었다. 집에서뿐인가. 집 밖에서도 식사를 함께 한 건 손에 꼽을 정도다. 그나마도 둘이서 개인적으로 한 게 아니라 누구누구의 초청 모임이나 행사와 같은 격식 있는 자리에서뿐이었다. 서로를 알려고 노력해본 적이 없으니 이런 일이 발생한 거겠지. 그녀의 '생각 정리'에 대한 답은 내일이면 들을 텐데 왠지 듣기 두려운 마음과 얼른 듣고 싶은 마음이 혼재했다.

집을 나선 연우는 이른 아침 문을 연 카페의 구석에 가 앉았다. 앞으로 어떻게 살아가는 것이 현명할지 고민해볼 시간이었다. 궁극적으로는 남편의 사고를 막는 것이 목표다.

남편은 이혼 당일 결혼반지를 주우려다가 달리는 버스에 치인 것이니 어떻게 생각해보면 사실 이미 거의 목표를 이룬 것과 다름없었다. 어제 선재는 이혼을 하지 않겠다고 말했다. 그 말이 진심이라면 이제 그가 그날 가정법원 앞에 갈 일도, 굴러가는 결혼반지를 줍겠다고 차도에 뛰어들 일도 없는 것이다. 그런데, 그렇게만 생각하면 찜찜하다.

'꼭 똑같은 상황이 아니더라도, 같은 말을 듣거나 비슷하게 흘러가는 때가 있었어.'

결혼식장에서 유리조각에 발을 다친 누렁이 대신 유리조각에 손을 다친 남자. 이혼신청서와 편지를 우연히 읽은 선재. 계열사를 분리할 계획이라 두 달 뒤에 이혼을 해주겠다던 선재의 말…… 입력값이 달랐으니 분명 출력값도 달라야 하는데 묘하게 일치하는 상황과 말 들에 몇 번 소름이 돋았었다. 세상에 정말 운명이란 게 있는 건가? 그래서 다들 결국엔 운명에 따라 움직이게 되는 건가? 그 생각을 하니 끔찍하다.

"안 돼……."

남편이 또다시 세상을 떠나게 할 수는 없다.

'이혼만 안 하면 된다는 안일한 생각을 넘어서, 생각보다 많은 걸 준비해야 되는 건지도 몰라.'

운명이 순리라면, 그녀가 원하는 건 그 순리를 거스르는 것이었다. 순리를 거스르는 게 쉬운 일이겠는가. 생각보다 더 엄청난 설계와 더 엄청난 마음가짐이 필요한 것일 수도 있다. 안일한 마음을 가지고 살 수는 없다. 미래를 제대로 준비할 필요가 있었다.

연우는 가져온 노트를 펼쳤다. 한 번 다녀온 미래에서 자신에게 무슨 일이 있었는지, 남편이 그 100일 동안 어떻게 지냈는지 죄다 떠올려봐야 했다. 그나마 기억이 멀어지지 않았을 때 정리해놓는 게 좋겠다는 생각이었다. 나는 미래를 아는 사람. 미래를 다녀온 사람. 알고 있는 것을 유용하게 써먹으려면 내용을 정리해 꿰고 있어야 한다.

'잊어버리면 안 돼. 다 기억해야 돼.'

학교에서 유물역사도감 작업을 했던 경험은 이럴 때 빛을 발했다. 연우는 망설이지 않고 도표를 그리고 날짜를 구분하고 개인사와 집단사를 나누었다. 그리고 자신이 했던 일, 자신의 신체상태, 그간 있었던 개인적인 사건들 등을 생각나는 대로 모두 기록했다. 선재의 회사에서 있었던 일도 함께 기록했다. 과거로 돌아오기 전의 미래에서, 연우는 선재의 회사 일에 꾸준히 관심을 두었다. 선재의 회사가 안정되어야 이혼을 할 수 있었기에 어쩔 수 없이 관심을 기울였던 것이다. 그것은 기록에 큰 도움이 되었다. 하지만, 선재의 신체상태에 대해서는 거의 아는 게 없었다.

그가 이혼 당일에 뭐라고 했더라…….

"팔에 화상도 입었고, 계단에서 떨어져서 다리가 골절되기도 했고. 이혼신청서 내고 오는 길에 다리를 다쳐서 깁스생활을 하다가 나흘 전에야 풀었어."

선재가 했던 말이 기억에 남긴 했지만 그의 말에는 구멍이 있었다. 이혼신청서를 제출한 후 보름 뒤, 그가 연우를 찾아왔을 때 그는 다리에 깁스를 하고 있지는 않았던 것이다.

"선배를 구하는 게 목표인데 선배에 대해서는 아는 게 없네."

매일 그의 건강상태라도 제대로 확인할 수 있으면 좋으련만, 그는 절대 먼저 아프다는 말을 할 위인은 아니었다. 다 지나고 나서 '그때는 아팠어'라고 얘기할 수는 있겠지만.

고심 끝에 연우는 시어머니, 미현에게 전화를 걸었다.

"어머니, 안녕하세요. 저 연우예요."

[어, 그래. 새아가…… 잘 지내지?]

미현은 연우가 연락을 한 것이 자못 낯선 듯 어색하게 인사했다. 연우 역시 어색하긴 했다.

"네, 잘 있습니다."

[그래. 밥 잘 챙겨먹고 즐겁게 지내. 힘든 일은 없고?]

"네, 없어요."

[그래. 다행이다. 혹시라도 불편한 게 있으면 말해.]

"네."

침묵이 이어지고, 잠시 후 망설이던 연우가 먼저 입을 열었다.

"그런데요, 어머님."

[응. 얘기하렴.]

"선재 씨는 아픈 걸 얘기하나요?"

미현의 한숨 소리가 크게 들렸다.

[아니, 얘기 안 해. 나한테는 아무 얘기도 안 해.]

무뚝뚝한 아들을 둔 엄마의 한이 서린 목소리였다. 그 후 미현이 곧 장 물었다.

[선재, 혹시 어디 안 좋아?]

"아니아니, 그런 건 아니고요. 선재 씨 성격에 그런 얘기 안 할 것 같 아서요. 미리 좀 신경 쓰려고요."

미현이 오해하는 것 같아 연우는 급히 수습했다.

[고맙다. 연우야.]

둘러댄 연우에게 미현의 자상한 목소리가 들려왔다.

[선재랑 잘 지내줘서 내가 항상 고마워.]

그다지 잘 지내는 건 아닌데. 연우는 시어머니가 고마워하는 그 마 음이 고맙고도 미안해서 숙연해졌다. 통화를 하는 동안 계속 선재의 장례식날 미현이 했던 말이 떠올랐다. 미현은 선재가 하도 협박을 해 서 연우에게 연락 한번 편하게 못했었다는 말을 털어놓았었다.

그래. 어머님과 친해지는 것도 내 과제 중 하나겠지.

"어머니. 제가 조만간 뵈러 가도 될까요?"

연우가 처음으로 시어머니께 한 살가운 말이었다. 이걸 미현이 귀엽게 받아들일지는 미지수이지만 말이다. 통화를 마치며 연우는, 선재가 미래에 잘 살아 있을 거라는 확신만 있다면 이런 것쯤이야 하는 생각을 했다.

이연우, 네가 제일 잘하는 게 뭐야. 그건 바로 천릿길을 한 걸음부터 착실하게 걸어가는 우직한 성실함이야. 이건 박 터트리기 게임 같은 것일지도 몰라. 지금의 주머니 던지기는 바구니를 터트려버릴 그 어떤 힘도 없을지 모르지만, 너는 계속 주머니를 던지는 거야. 계속, 계속 그렇게 우직하게 던지다 보면. 언젠가 박이 펑 터지게 될 거야. 이연우, 열심히 살아보자. 네가 하는 일은 한 사람의 생명을 구하는 일이야.

'강선재 씨, 걱정 마시죠. 이번 생은 내가 반드시 해피엔딩으로 해줄 거예요!'

파이팅! 연우는 희망찬 기합을 넣으며, 길게 정리한 표의 맨 위에 '다른 미래'라고 썼다. 앞으로 회귀 이전, 미래를 경험한 기억들을 '다른 미래'라고 부를 것이다. 남편이 살아 있는 지금이 진짜, 이전의 기억은 '다른 미래'. 반드시 그대로 흐르지 않게 하겠다는 연우의 의지가 담긴 이름이었다.

다음 날. 약속한 대로 선재와 연우는 식탁 앞에 마주 앉았다. 이 식탁 앞에 마주 앉아본 적이 단 한 번도 없는데 애석하게도 그 처음 역시 식사나 차를 마시는 친목의 시간이 아니다. 두 사람은 마치 휴전 협상을 하는 장군들처럼 표정이 근엄했다.

"이제 말해봐. 정리한 네 생각."

선재가 먼저 말했다. 표정과 자세에 알맞게 근엄하게 말했지만 그제와 어제, 그는 제대로 잠을 이루지 못했다. 연우가 무슨 말을 할지 궁금하고 답답하여 시간이 더디 흐르는 것만 같았던 주말이었다.

"선배가 저를 이상하게 느끼시는 건, 다 악몽 때문이에요. 선배한테는 되게 변명처럼 들리겠지만, 정말이에요."

그런데, 그토록 기다려온 대답이란 게, 이전과 다르지가 않았다.

"그 악몽을 꾸고 나서 지금까지의 생활을 모두 반성하게 되어서, 그래서 달라지기로 한 거예요."

후우. 한숨만 나오는 말이다. 그래도 믿으라면 믿을 수밖에 없다. 그녀가 토요일 아침부터 달라진 것은 부정할 수 없는 사실이니 믿는 것이 정신건강에 좋았다. 그런데 어제 하루 종일 생각 정리를 한 결과가 그거란 말이냐. 선재는 그 사실이 허무했다.

"말할 건 그게 다야?"

"아뇨. 그래서 부탁하고 싶은 게 있어요."

선재는 일단 귀를 기울여보기로 했다. 이런 나를 좀 지켜봐달라는 요청일 게 뻔했지만, 그래도 그녀의 입에서 나오는 말을 듣고 싶었다.

"일단은요……."

그런데.

"만질 권리를 주세요."

뭐라고? 선재의 눈썹이 반대로 휘었다.

"선배가 건강한 게 저한테 되게 중요한 것 같아요."

"내 건강에 언제부터 그렇게 관심이 많았다고."

"그러니까 지금까지의 생활을 모두 반성한다고요. 그냥 선배는 건강관리사 한 명 들였다고 생각하고 선배의 건강상태를 확인하게 해주면 돼요."

선재는 팔짱을 끼고는 냉랭하게 조소를 지었다.

"무리할 필요 없어."

그녀가 딱해 보인다. 애쓰는 노력이 애잔하다.

"사람의 기질이라는 게 옷 갈아입듯이 확확 바뀌겠어?"

다시금 그저께 밤의 일이 떠올랐다. 그녀가 왜 이 난리를 치는가. 그 출발점은 악몽이 아니라 이혼신청서와 그 편지일 수도 있겠다는 생각이 들었다. 그때 그는 단번에 이혼을 받아들이겠다고 했으니까. 이혼이 두려운 나머지 그녀가 다른 일을 꾸미는 것일 수도 있다.

"네 의지를 가상하게 여겨서 이혼 얘긴 다시는 안 할 테니까 그 기괴한 노력은 좀 넣어두라고. 너도 피곤할 거 아니야. 마음에도 없는 행동을 하면 탈만 나는 거야."

선재가 싸늘하게 말했다. 그 냉랭한 반응에 연우는 선재에게 원망의 눈빛을 마구마구 쏘았다. 자신이 치열하게 생각한 결과가 조금도 먹히지 않아서 서러웠다. 이 사람은 어쩌면 이렇게 차가울까. 내가 괜히 그래요? 다 이게 댁 목숨 구하는 일인데, 왜 이 정도도 협조를 안 해줘요? 버럭 소리 지르고 싶은 마음을 누르고서 원망스레 대꾸했다.

"선배는 잘하잖아요. 마음에도 없는 행동."

"그래서, 너도 나랑 똑같이 살아보겠다고?"

"왜요. 황새가 뱁새 쫓아가다가 가랑이 찢어질까봐서요?"

"뱁새가 황새를 쫓아가는 거겠지."

아…… 또 실수했다. 왜, 왜, 긴장상태에서는 말이 이렇게 헛나오는지 모르겠다. 연우는 속으로 이를 부득 갈았다. 말싸움에서 완벽하게 밀린 느낌이었다. 황새가 뱁새를 쫓아가는데 가랑이가 어떻게 찢어지냐, 하며 그가 눈빛으로 조롱하고 있는 것 같았다.

"이연우."

그 눈빛이 얄미워 노려보는데, 그가 웬일로 진지한 목소리를 냈다.

"편지 보여준 게 민망해서 사후약방문 차원으로 그러는 것 같은데 이제 그만해도……."

"그런 말 쓰지 마요!"

그가 늘어놓기 무섭게 그의 말을 뚝 끊어내며 정말로 버럭 화를 냈다.

"사후약방문이라는 말 쓰지 말라고요."

"뭐?"

선재는 황당한 표정으로 연우를 바라보았다. 얘가 왜 갑자기 화를 내는지 또다시 혼란스러워졌다.

"그럼 뭐라고 그래. 사후청심환이라고 그래?"

"아뇨! '사후'라는 말 쓰지 말라고요!"

"……"

"재수 없어요."

아아…… 쟤가 나한테, 재수 없다고 말했다. 이제는 거리낌이라는 게 없는 모양이다. 친구 기준이 그랬다. 이럴 땐 '네가 더 재수 없어, 새 끼야'라고 해주는 거라고.

"네가 더 재수 없어."

기준이 재수 없다고 했을 때는 이 말이 나오지 않았는데, 그녀의 앞에서는 속 시원하게 나왔다. 그제, 어제, 그리고 오늘의 이연우는 여러모로 기록을 갱신하고 있다. 근데 연우는 재수 없다는 말을 듣고도 선재보다 더 초연한 모습을 보였다.

"네. 그럼 그건 그렇게 넘어가고요."

그걸 그렇게 넘어간다니!

"만질 권리. 건강상태 확인. 그것만 제대로 되면 됩니다."

"대체 그 의중이 뭐야."

이 자리는 이연우의 '생각 정리'를 듣는 자리였다. 그 생각 정리가 선재의 혼란을 가중시키는 것이라면 안 듣느니만 못한 것이었다. 선재의 추측은 무시무시한 상상에 가닿았다.

"혹시, 날 빨리 죽여야 되는 문제야?"

"어후! 왜 자꾸 죽는 얘길 해요! 재수 없다니까!"

또 또 재수 없다고 했다. 그 재수 없는 놈을 죽이지 왜, 왜 내 건강상태를 확인하는데! 내가 소야? 돼지야? 건강할 때 잡아먹어야 효과가 좋아?

"자꾸 화내서 죄송합니다. 화내고 싶지 않아요. 아무튼 재수 없게 죽는다는 말은 하지 마세요."

그는 답답해 죽을 것 같은데, 그녀는 재수 없게 죽는다는 말을 하지 말라고 한다. 재수 없다는 말을 세 번씩이나 들은 선재는 머릿속이 멍했다.

"아무것도 안 바라고요, 돈이 필요한 것도 아니고, 선배 마음도 필요 없고, 선배를 좋아하는 것도 아니니까 그 어떤 부담도 갖지 말고 그냥 확인만 하게 해주세요. 기계한테 몸을 맡기듯 스캔만 하게 해주시면 돼요."

하지만 역시 말을 들으면 들을수록 기가 막힌다. 마음도 필요 없고 좋아하는 것도 아닌데 건강은 확인하겠다니.

"내 몸이 탐나?"

"징그럽게 만지는 게 아니고요, 되게 진지하게 확인하는 거예요."

"그럼 관음증인가?"

"어우. 아니라니까요. 저는 완전 순수하다니까요. 아무 마음도 없어요!"

"그럼 너의 빅 픽처는 뭐야, 대체."

"그런 거 없어요!"

연우는 강하게 부정했다. 다 포기한 선재는 그냥 그녀의 요구를 그대로 받아들이기로 했다.

"그래. 다 네 마음대로 해."

"고맙습니다."

"고맙기는."

"……."

"나도 똑같은 권리를 가지면 되는데."

"네?"

"나한테도 줘야지. 너랑 같은 거. 만질 권리."

눈에는 눈, 이에는 이, 만짐에는 만짐. 그렇게 정리하면 되는 거다.

"난 너랑은 달라서 징그럽게 만지게 될 거야, 아마."

아주 징글징글하게. 네가 만지는 데마다 똑같이 만져줄게.

"그건 아니죠……."

선재의 '만질 권리' 요구에 연우는 못마땅한 반응을 보이며 말끝을 끌었다. '만질 권리'는 선재의 건강상태 확인과 더불어 연우 자신의 마음을 안정시키는 수단이었기에 포기하기가 힘든 문제였다. 그가 살아 있는 것을 매일 눈으로 확인하고 만져봐야 마음을 놓을 수 있을 것 같아서였다.

"그럴 거면 왜 허락을 받겠어요. 그냥 되는 대로 살자고 하지."

하지만 선재의 입장에서는 기가 막힐 뿐이다. 뭐 이런 경우가. 선재는 울컥 올라오는 억울함을 꾹 눌렀다.

"왜 나는 안 되는데?"

"나는 목적이 뚜렷해서 그러는 거지만 선배는 목적이 없잖아요."

"목적이 왜 없어. 나도 너의 건강상태를 체크하겠다는 거잖아."

"나는 건강해요."

"나도 건강해."

선재가 목소리에 힘을 주자 연우는 입을 다물었다.

"그래. 당장 검사 받으러 가자. 네가 더 건강한가, 내가 더 건강한가. 내가 너보다 덜 건강하면 마음대로 만져. 내 몸을 스캔하든 복사하든 네 맘대로 다 해."

"……."

"단, 내가 더 건강하면, 두고 보자, 너."

가늘어지는 선재의 눈이 비축해둔 먹이를 바라보는 맹수처럼 위험한 빛을 발산했다. 자신의 몸을, 세포 하나하나를 꽉 조이는 듯 압력이 있는 눈빛이었다. 그가 이렇게 나오면 누구든 깨갱 할 수밖에 없을 것이다. 그의 눈빛에 서린 독기를 읽어낸 연우는 그 눈을 피하다가 잠시 후 마지못해 사과했다.

"제가 잘못했어요. 만지는 건 안 할게요. 그냥 그날그날 컨디션만 솔직하게 말해주세요."

"뭐 그렇게 쉽게 발을 빼. 의욕이 샘솟았는데."

선재는 그녀를 골리듯 한쪽 입꼬리를 말아 올리며 비뚜름한 미소를 지었다.

"못 들은 걸로 해주세요. 대신 다른 요청이 있어요."

"뭐야, 원하는 게 또 있어?"

그런데 그게 다가 아니었다. 그녀가 요구하는 것이 하나 더 있었던 것이다. 선재도 웬만하면 들어줄 생각으로 귀를 기울였다.

"결혼반지 빼주세요."

순간 그의 입술 끝에 매달려 있던 미소가 사라졌다. 그가 불쾌해할 거라는 걸 연우 또한 예상했었다. 하지만 그렇다고 그 요구를 하지 않을 수는 없었다.

그날의 사고는 그 반지 때문에 일어났다. 그가 반지를 주우러 도로에 뛰어들지만 않았어도 그는 죽지 않을 수 있었다. 하지만 그 얘기를 선재에게 모두 털어놓을 수는 없다. 그저 조금 더 이상한 여자인 척하는 수밖에는 도리가 없는 것이다.

"반지 낀 손가락이 답답할 것 같아서요."

"난 답답했던 적 없어."

"제가 그 손을 보는 게 답답해요."

"보기만 해도 지긋지긋해? 우리가 결혼했다는 사실을 상기시켜줘서?"

크게 소리를 치는 것이 아닌, 푹 가라앉아 있는 싸늘한 목소리. 그의 감정이 뚝 잘려나갔다는 것이 느껴졌다.

"아니, 그런 게 아니라…… 결혼했다는 사실 자체는 부정 안 해요. 그런 적도 없고요. 그냥 그 반지가 좀 그래요. 나는 불편해서 못 끼는데 선배만 끼니까 그 손을 보면 미안해서 자괴감이 들고 괴롭다고요."

이상한 논리로 둘러대서 미안하지만, 그녀는 계속 그래야만 했다.

"꼭 반지가 아니어도 우리가 결혼한 사이라는 걸 알릴 수 있는 방법은 많잖아요. SNS 프로필 사진을 같이 찍은 사진으로 한다든가 커플 티를 입…… 아니, 그건 아니고."

그녀의 변명에는 틈이 있었지만 그가 웃는 일은 없었다.

"그냥, 이해해주면 안 돼요?"

"네가 이해받을 만한 행동을 해."

그렇게 말로는 질책하면서, 그는 그 자리에서 반지를 빼 식탁 위에 올려놓았다. 아주 질렸다는 얼굴로.

탁. 반지를 내려놓는 소리가 따끔했다.

"됐어?"

"네."

"그 외에 또 다른 게 있나?"

"다른 반지도 끼지 말았으면 좋겠어요. 손에는 아무것도 끼지 말았으면 해요."

"용건은 그게 끝?"

"네."

그녀의 대답이 떨어지기가 무섭게 그는 자리에서 일어났다. 온기라 곤 조금도 없는 눈빛이 잠시 그녀를 향했다가 떠났다. 그는 그길로 저 벅저벅 걸어 나가버렸다.

"다녀오세요."

그녀가 그를 천천히 쫓아가며 인사를 건넸지만 그가 그 작은 목소리를 들었을 리 없다.

연우의 조교 연구실. 일찍 출근한 연우는 자리에 턱을 괴고 앉아 마우스를 딸깍거리다가 책상 위에 엎어져버렸다.

'내가 잘못했나보다.'

선재의 실망한 표정이 머릿속에서 떠나질 않았다. 죄책감도 크게 일었다. 건강 확인 얘기를 할 때까지만 해도 분위기가 괜찮았다. 그런데 반지 얘기를 하는 순간 그의 표정은 싹 변해버렸다. 반지 때문에 이전의 건강 얘기 또한 모두 묻혀버렸다. 악몽을 꾼 뒤에 지금까지의 생활을 반성하게 되었다는 말은 어느 정도 사실에 가까운 축에 속했는데 그 마음 또한 의심받게 된 듯하다.

하지만 그렇다고 해서 그대로 반지를 끼게 둘 수는 없었다. 반지는 사고의 가장 큰 원인이었다. 반지만 없었어도 그가 차도로 뛰어드는 일은 없었을 것이다. 그 요구를 무를 수는 없다. 그래도 역시, 그의 반응은 걱정스럽다.

"오늘은 또 무슨 생각해?"

옆자리에 앉은 선배, 희진이 다정하게 물었다. 연구실엔 연우와 희진 둘뿐이었다. 연구실 구성원 중 두 사람의 출근이 가장 빠른 편이다.

"선배."

"응?"

"선배는 과거로 돌아가고 싶은 순간이 있어요?"

"있지. 물론."

"언제요?"

"글쎄…… 오 년 전 3월쯤?"

"그럼 선배가 3학년 때네요."

"그치. 넌 신입생 때고."

"콕 짚으시네요. 조선 시대나 고려 시대로 가고 싶다고 하실 줄 알았는데. 왜 그때예요?"

계속 다정하게 대답해주던 희진은 웬일인지 입을 닫았다. 무슨 슬픈 사연이 있는가보다. 연우는 더 추궁하지 않고 다른 질문을 던졌다.

"그럼 그때로 돌아간다면요. 선배가 미래에서 온 사람이라는 걸 아무한테도 얘기 안 할 거예요, 아니면 누군가한테 얘기할 거예요?"

"믿을 만한 사람이라면 얘기할 수도 있겠지만, 그런다 한들 상대가 과연 그걸 믿을까?"

"그렇죠? 아무도 안 믿겠죠?"

연우는 아쉬운 표정으로 웃어 보였다. 그래, 그런 얘기를 할 수는 없다. 그건 혼란을 가중시킬 뿐이다. 그런 얘기를 섣불리 했다가는 남편이 그녀의 손목을 잡고 병원으로 직행할 수도 있다. 시름에 잠긴 연우는 다시 책상에 길게 엎드리듯 몸을 기댔다.

외근을 끝내고 집무실로 돌아온 선재는 피곤한 듯 의자에 길게 몸을 기댔다. 며칠 동안 잠이 부족했다. 사무실에서 짬이 날 때마다 눈을 붙여보았지만 잠에 빠져들지는 못했다. 이연우 때문이었다. 더 정확하게는 반지를 빼라는 요구에 실망했다. 자신의 건강상태를 매일 확인하고 싶다고 할 때만 해도 우습다고만 생각했다. 얘가 무슨 꿍꿍이가 있는 건가 싶긴 했지만 그냥 넘어가줘야겠다고 생각했다. 정말로 악몽을 꾼 뒤에 큰 깨달음을 얻어 자신의 안위를 신경 쓰게 된 것이라면 그건 고마운 일이었다. 그렇게 일말의 희망을 갖고 두 번째 요구도 들어줄 생각이었는데. 반지를 빼라고 할 줄은 몰랐다.

대체 왜 그러는 걸까. 건강상태 확인과 반지의 상관관계는 무엇일까. 정말 날 죽여버리려고? 나와 헤어질 계획이니 반지 따위 일찍 빼두게 하는 게 마음 편해서? 하지만 아무리 생각해도 그건 아니다. 아내에 대해 여전히 제대로 아는 것이 없지만 자신을 없애버릴 만큼 독한 여자는 아니라는 확신이 있다. 아내에 대한 최소한의 믿음 같은 것이다.

그럼 혹시 그 반대인가? 사람이 떠날 때가 되면 변한다고 했다. 어제는 병원에 데려다준다는 말에 싫다며 소리를 높이기도 했다. 그제부터 그녀가 했던 기이한 일을 하나씩 되짚어보던 선재는 휴대폰을 들었다. 응축된 불안감이 가슴 한편에 고이 자리를 만들었다. 어딘가로 전화를 건 선재는 정중히 목소리를 냈다.

"네, 배우자 병원 기록을 좀 살펴보……."

그러나 말은 끝맺음을 하지 못했다.

"아닙니다. 죄송합니다."

선재는 전화를 끊었다. 직접 물어보면 그녀가 의외로 솔직하게 대답해줄지도 모른다. 대답을 직접 들을 수도 있을 텐데 따로 몰래 알아보려는 것은 좀 아니지 않나 생각했다.

'대답을 들을 수 있도록 다그쳐봐야겠어.'

다짐하고 나니 다른 걱정이 되었다. 혹시, 생각지도 못한 중병이면 어쩌나. 상념에 빠진 사이에 이번에는 전화가 울렸다. 어머니 미현의 연락이었다.

"네. 어머니."

[아들.]

"네. 무슨 일 있으세요?"

선재는 건조한 목소리로 물었다. 그는 편한 사이일수록 상냥하지 않은 경향이 있다. 자신을 꾸밀 필요가 없기 때문이다. 저편에서, 약간은 들뜬 것 같은 목소리가 들려왔다.

[어제 내가 누구한테 연락을 받았는지 알아?]

"누구한테요?"

[우리 새애기란다. 연우가 우리 집에 놀러오겠다고 하는 거 있지.]

"혹시 저 몰래 연우한테 압박 넣으셨어요?"

[애. 엄마를 뭘로 보고.]

그녀가 시어머니한테 전화를 할 일이 뭐가 있나 싶어 궁금한 그대로 물었는데 미현이 기분 상한 듯이 말했다.

[내가 어디 아들 무서워서 며느리한테 연락이나 제대로 한 적 있는 줄 알아? 석 달 만에 새아기 목소리 들어봤다. 석 달.]

한이 느껴지는 목소리다. 그래도 어쩔 수 없다. 마음에도 없는 결혼을 한 아내가 공식행사 이외의 자리까지 신경 쓰게 할 수는 없었다. 쇼윈도 부부이니 고부관계 또한 쇼윈도인 것이 옳다.

그런데 이상하다. 이연우가 먼저 어머니께 전화를 했다니.

[그냥 며느리한테 살가운 전화 온 게 신기하기도 하고 오랜만에 아들 목소리 좀 들어볼까 해서 연락했는데, 넌 엄마한테 어쩜 그렇게 매정하니. 연우한테는 잘하긴 하는 거야?]

이어진 어머니의 걱정에 대답하기 곤란한 와중에 문밖에서 소리가 들렸다. 부속실의 비서가 손님을 반기는 소리였다. 좋은 핑곗거리를 찾은 선재는 자리에서 일어났다.

"사무실에 손님이 왔네요. 나중에 다시 연락드리겠습니다."

[어. 그래그래. 일 보렴.]

미현이 서둘러 전화를 끊었다. 밖에서 들려오는 소리는 밝았다. 누군지는 모르겠지만 아무래도 반가운 손님이 온 모양이었다. 선재는 옷을 단정히 하고 문을 열었다. 그리고 이 가라앉은 기분의 원흉, 연우와 마주했다.

의자에 무릎을 모으고 앉은 연우는 머쓱한 듯 먼저 입을 열지 못했다. 그녀가 찾아온 용건을 모르는 선재는 먼저 퉁명스레 말을 뱉었다.

"난 사무실을 비울 때가 더 많아. 이렇게 다짜고짜 찾아오면 못 만날 수도 있어."

"네."

그녀는 꾸벅 끄덕이고는 테이블 위에 놓아둔 커피트레이를 슬쩍 밀었다.

"차 드실래요? 이것저것 사 왔는데."

트레이에는 아직 김이 폴폴 나는 네 잔의 차가 있었다.

"커피는 안 사 왔고요. 이건 카페인 없는 루이보스, 이건 고혈압에 좋은 메밀차, 이건 스트레스를 완화시켜주는 카모마일, 이건 정신안정에 좋은 천일홍차예요."

선재는 고맙다는 말없이 천일홍차를 들었다. 그녀는 선재의 손이 가는 곳을 확인하고는 "정신안정……" 하고 혼잣말하며 고개를 끄덕였다. 선재가 차를 두 모금 삼킬 때까지도 연우의 입에서 흘러나오는 말은 없었다. 이렇게 회사까지 찾아올 정도면 정말 큰일이긴 한데…… 가슴에 불안감이 새겨진 선재는 넘겨짚는 쪽을 택했다. 가장 큰 폭탄을 염두에 두고 대답을 요구해야 진실을 알 수 있을 것 같았다.

"솔직하게 얘기하는 게 너한테도 좋아. 직접 찾아볼 수도 있는데 너한테 듣는 게 나을 것 같아서 참았어."

그런데 그가 먼저 말문을 연 것에 놀란 연우는 눈을 깜빡이고만 있다. 선재는 더 확실하게 요청했다.

"무슨 병인지 얘기해. 무슨 수를 써서라도 세계 최고의 의료진으로 꾸려서 낫게 해줄 테니까."

"무슨 말이에요?"

아, 아닌가?

"낫기 힘든 병 같은 거 아니었어?"

"네?"

"……아니면 됐어."

그녀의 얼굴색과 표정을 보아하니 역시 그건 아니었던 듯하다. 하나의 가능성은 제쳐둘 수 있게 되었다. 하지만 또다시 사무실 안은 미궁과 같은 침묵에 빠진다. 눈을 깜빡이기만 하던 연우의 고개도 다시 아래로 축 처졌다.

"용건을 말해. 괜히 오지는 않았을 거 아냐."

참다못한 선재가 다그쳤다. 그럴 수밖에 없었다. 이제 곧 다음 일정을 소화하러 떠나야 했다. 연우는 그제야 조용히 그를 불렀다.

"선배."

"선배……."

선재가 연우의 말을 똑같이 따라 중얼거렸다.

"그 호칭은 이 년 동안 들어도 참 적응이 안 된다."

말을 시작하기 전에 입술을 축이려 컵을 들었던 연우의 손이 멈칫했다. 다시 재생되는 기억의 오싹함. '다른 미래'에서도 그는 이 말을 했었다. 그녀는 감정의 동요를 내보이지 않으려 애쓰며 조용히 말을 이었다.

"반지 때문에 기분 상하셨죠? 죄송해요."

잠시 연우를 빤히 쳐다보던 선재는 컵을 내려놓고는 대답했다.

"그래. 난 네가 결혼반지를 끼든 안 끼든 상관없어. 여자들 반지는 알이 크고 알 표면이 거칠어서 계속 끼기에 지장이 있을 수도 있다는 거 알아. 이해해."

내심 그는, 그녀가 그 이야기를 꺼내주어 다행이라는 생각을 했다.

"그래서 너한테도 결혼반지를 끼라고 요구한 적 없었어. 내가 네게 그런 요구를 하지 않듯이 너도 선은 지켜야지. 난 결혼생활 이 년 동안 반지를 끼던 사람이야. 그런 사람이 갑자기 반지를 빼버리면 발견한 사람들에게는 일일이 설명해주는 수밖에 없어. 어쩌면 이상한 기사가 나는 수도 있고."

감정을 알아내기 어려울 만큼 조용하고 잔잔한 목소리가 이어지는 동안 연우는 잠자코 듣고만 있었다. 그녀의 요구로 그가 많이 실망했다는 것을 짐작할 수 있었다. '이상한 기사'라는 말은 곧장 머리에 와 닿았다. '제이 백화점 강선재 부사장, 결혼 이 년 만에 반지를 빼다'라는 제목의 기사가 인터넷에 돌아다닐 수도 있다는 생각을 하니 기분이 싸했다.

"거기까지는 생각을 못 했어요."

"그리고 또 하나, 네가 하지 않은 일로 미안해하고 자괴감 느끼고 괴로워할 필요도 없어."

그는 더없이 진지한 목소리로 말을 덧붙였다.

"난 너한테 그런 기분을 안겨주려고 결혼이란 걸 한 게 아니야."

내뱉는 말 자체는 조금의 달콤함도 없는데.

"난 네가 너무 많은 것들에 의미를 두지는 않았으면 좋겠다. 이상한 걸로 힘들어하지 마."

그의 말은 지금까지 겪어온 모든 것들에 대한 위안이 되는 듯 마음을 적셨다. 그래도 마음이 약해질 수는 없어서, 연우는 주먹을 꽉 쥐며 주장했다.

"그래도 반지는 양보할 수 없을 것 같아요."

그에겐 미안하지만 그게 최선이었다. 역시 그는 몹시 답답해했다.

"진짜 이유가 뭐야. 그 악몽에서, 내가 반지 때문에 다치기라도 했나?"

아아아, 소름…… 슬퍼지려던 그녀의 눈이 별안간 커졌다. 그의 목소리로 내뱉어진 질문은 기억을 재생하는 것 같은 현실감이 있었다. 마음은 뜨끔한데, 기억을 떠올리니 심장이 쿵쾅거리고 눈물이 날 것 같았다.

"……울지 마, 너."

그녀의 반응에 선재 또한 당황한 듯했다. 잔뜩 커진 눈에서 그의 눈동자가 요동쳤다.

"울기만 해봐."

그러면서도 허둥지둥 연우의 앞으로 휴지를 밀어놓는 선재였다. 곧장 그는 벌떡 일어나 속이 타는 듯 한숨을 푹 쉬고는 문을 열었다.

"스케줄 삼십 분씩만 뒤로 미룰 수 있습니까? 빼주면 더 좋고."

"네, 그렇게 하겠습니다."

선재와 비서의 대화가 연우의 귀에 또렷하게 들렸다. 그사이에 연우는 눈가에 맺힌 눈물을 소매로 닦아냈다. 결혼생활 동안 단 한 번도 남편 앞에서 눈물을 보인 적이 없으니 그저께와 오늘의 눈물에 그가 당황하는 것도 이상한 일은 아니다.

선재는 비서에게 스케줄 조정을 요청하고 다시 돌아와 연우의 앞에 앉았다.

"죄송해요. 저 때문에 일정이……."

"별거 아니야."

연우가 말을 채 끝내기도 전에 선재는 냉큼 답했다. 그 후 선재는 연우의 안색이 괜찮아질 때까지 아무 말도 하지 않았다. 다음 질문이 이어진 건 또 꽤나 시간이 지나서였다.

"뭐야, 꿈속에서 내가 반지에 맞아서 다쳤어?"

연우는 고개를 도리도리 저었다.

"그럼 반지에 불이라도 났어?"

연우가 거듭 고개를 젓자 선재도 답답한 듯 고개를 갸웃하다가 다시 물었다.

"그럼 뭐, 반지가 데굴데굴 굴러가서 내가 그걸 잡으려다가 교통사고라도 났나?"

흐으으읍. 그의 족집게 같은 말에 연우는 숨을 크게 들이켰다. 또 눈물을 보일 수는 없어서 마인드컨트롤이 필요했다. 풉. 그 모습이 우스운지, 선재의 웃음 참는 소리가 들려왔다. 아니 이건 웃을 일이 아닌데 이 남자 왜 이래. 연우가 슬며시 눈을 흘기니 선재가 대꾸했다.

"그건 반지를 빼야 일어나는 사고잖아. 난 반지 안 빼. 잘 때도 안 빼고 세수할 때도 안 빼."

"……거짓말."

선재의 대답을 믿을 수 없는 그녀가 미간을 좁히며 목소리를 냈다.

"진짜야. 증명해줘?"

그는 연우의 앞에 자신의 휴대폰을 내려놓았다. 들여다본 휴대폰 화면에는 클라우드 폴더가 연결되어 있었다. 사진첩이었다.

"비서가 정리하는 사진들이야. 행사 때마다 찍은 것, 찍힌 것, 별게 다 있지. 동영상도 있어. 아마 잘 찾아보면 화장실에서 나오는 사진도 있을 거야. 비즈니스 스쿨에서 수업 듣는 사진도 있고 기내식 먹는 사진도 있을 걸."

그의 안내에 따라 연우는 사진을 하나하나 훑었다. 정말로, 그는 한국에서는 말할 것도 없고, 미국에서 수업을 받을 때도, 비행기에서 잠을 잘 때도 반지를 빼놓지 않았다.

"정말 안 빼요?"

"안 빼. 봐봐."

이번엔 그가 대뜸 제 왼손을 그녀의 눈앞에 내밀었다. 급작스럽게 그의 손이 제 앞으로 불쑥 다가오자 놀란 연우는 숨을 꿀꺽 들이켜며 눈을 깜빡 감았다 떴다. 그는 그녀의 눈앞에서 제 손바닥이 보이는 손을 한 번 뒤집었다. 손이 커다랗다 보니 그 군더더기 없는 움직임도 크게 느껴졌다. 그 아무것도 아닌 움직임에 연우는 벌써 멀미가 나는 듯했다. 힘줄이 선 손등을 그녀의 앞에 바짝 갖다 대고선 그가 말했다.

"반지 낀 자리는 피부색이 다르잖아."

왠지 모르게 괜히 섹시한 그의 손을 영문도 모르고서 홀린 듯이 쳐다보던 연우는 '아' 하며 탄식했다. 기다랗게 뻗은 손가락들의 사이에서 왠지 더 섹시하게만 느껴지던 왼손 약지의 비밀은 그 끝에 하얀 띠가 둘러져 있다는 거였다. 그가 반지를 끼는 사람이라는 표식이었다. 가만 보니 반지에 맞게 손가락의 모양이 살짝 변한 것도 같고. 이런 여러 가지 증거를 보여주면 당연히 수긍할 수밖에 없게 된다. 다른 의미로 대단하다는 생각이 들었다. 백기를 들듯 한숨을 내쉬었다.

"그런 이상한 게 걱정되면 내가 반지를 뺄 만한 일을 안 만들면 되잖아."

"하지만 피치 못할 사정이라는 게 생길 수도 있잖아요."

그러나 역시 반지를 보는 것은 마음 아픈 일이라서, 연우는 만에 하나를 염두에 두며 투정 부리듯 대꾸했다.

"이연우. 그런 걱정까지 사서 하면 집 밖으로 나갈 수도 없어."

그는 묵직하게 그녀의 이름을 불렀으나 말미에는 희미하게 눈웃음을 지었다. 걱정하지 말라는 듯이, 믿어보라는 듯이. 이토록 편안하게 풀어진 눈웃음을 보는 게 얼마 만인지 싶었다. 아니, 없었는지도 모르겠다. 그 미소와 모든 말들이 연우의 마음을 약하게 만들었다.

"약속하세요. 절대 반지 안 뺀다고."

하지만 단단한 약속을 받아내는 것을 잊지 않았다.

"무슨 일이 있어도요."

끝내 울먹이는 목소리를 내고 말았다. 그만큼 그녀는 필사적이었다.

"난 처음부터 그랬어."

선재가 대답했다. 답을 들은 연우는 주머니에서 주섬주섬 손수건을 꺼냈다. 손수건을 펼치니 그 안에서 선재의 결혼반지가 빼꼼 모습을 드러냈다.

"돌려줄게요. 그런 얘기를 해서 미안했어요."

선재는 연우에게서 반지를 받자마자 손가락에 고스란히 끼웠다. 그의 괜히 섹시한 손에서 반지는 그제야 다시 빛을 낸다.

"마음은 안정이 됐어?"

"네."

"정말로 내가 끼고 다녀도 되겠어?"

"조심해준다면요."

"건강 확인도 매일 할 거고?"

"그건 이미 통과된 안건 아니에요?"

"그놈의 악몽 때문에, 참……."

하지만 그놈의 악몽 때문에 둘 사이에 이렇게 허심탄회한 대화를 나눌 기회가 생겼으니 고마워해야 하는 게 맞는 것 같다.

"아, 그건 진심이야?"

"네? 뭐가요?"

"키스가 좋아서 이혼을 안 하겠다고 한 거."

흐흐흐흐흐흥······ 선재의 물음에 연우가 고개를 숙이고 이상한 소리를 냈다. 이상한 웃음, 아니 흐느낌, 아니 웃음······ 한 가지라고 표현할 수 없는 목소리가 그의 가슴속을 간질였다. 그녀는 웃는 건지 우는 건지 모호한 표정으로 말했다.

"그 말은 잊어주세요······."

그것도 뻥이냐. 그럴 줄 알았다만. 기대한 것도 아닌데 왜 씁쓰름한 마음이 생기는지 모를 일이다. 선재는 그런 자신에게도 어이가 없어 픽 웃어버렸다. 어느덧 다음 일정을 위해 움직일 때가 되었다. 왠지 함께한 삼십 분이 짧았다. 연우와 함께 자리에서 일어난 선재는 그녀의 머리 위로 손을 가져갔다. 흠칫. 그냥 토닥여주려는 것이었는데, 연우는 맞을 거라고 생각하는 사람처럼 몸을 움츠렸다. 그 바람에 선재의 손도 허공에서 잠시 멈췄다. 하지만 이내 그 손을 그녀의 머리 위로 살며시 내렸다. 괜찮아. 때리려는 거 아니야.

토닥토닥 쓰담쓰담. 자신이 위험한 사람이 아니라는 걸 이제 좀 알아줬으면 하는 마음으로 그는 손짓에 공을 들였다. 그사이 그녀의 얼굴은 천일홍처럼 붉어졌다. 그녀가 너무 힘들어하는 것 같아 그는 곧 손을 뗐다. 이 정도도 무리인가 하는 생각에 아쉽기도 했다.

연우가 힘들어하는 것은 맞았다. 폭력의 체화와 남성에 대한 두려움 때문에 긴장하고 있다고 생각한 선재의 추측과는 달랐지만.

'아아, 손이 왜 이렇게 커!'

왜 이 남자는 이런 손놀림마저도 섹시하단 말이냐! 그가 머리를 쓰담쓰담하니 말 잘 듣는 강아지라도 된 듯이, 주인에게 사랑받고 싶어 얌전을 떠는 강아지라도 된 듯이 마음이 순순해지는 느낌이었다. 마음은 순순하지만 심장은 두근두근하고. 저 유려한 손가락들이 뺨을 매만진 양, 몸을 쓸어내린 양 두근거렸다. 아니아니, 키스도 몇 번이나 했는데 그깟 쓰담쓰담에 이토록 긴장해버리니 변태가 된 느낌이다.

"이, 이만 나갈게요."

어색하게 쭈뼛거리던 연우는 입구로 발걸음을 옮겼다. 얼른 그에게서 벗어나고자 했는데 선재는 배웅을 하려는 듯 따라 나왔다. 선재가 함께 나오는 것을 본 부속실의 비서가 자리에서 일어나며 말했다.

"부사장님, 스케줄은 삼십 분 미뤘습니다. 빼지는 못했습니다."

"알았어요."

비서가 이번엔 연우에게 인사했다.

"사모님, 케이크 고맙습니다. 동료들이랑 맛있게 먹었어요."

"아, 네."

"케이크?"

선재가 둘의 대화를 듣고는 뚱하게 물었다.

"네, 사모님이 케이크 먹으라고 주셨거든요."

"내 건?"

연우와 비서의 움직임이 동시에 굳었다. 그가 그런 걸 묻는 사람이 아니었기에 놀란 것이었다. 거기에 더하여 비서는 케이크를 다 먹어버려 민망한 것도 있었다. 무안해하는 비서의 표정을 읽어낸 연우가 재빨리 화제를 틀었다.

"어, 언제 들어올 거예요?"

왜, 케이크 주게? 라고 묻고 싶지만 선재는 일이 많았다.

"오늘은 늦어. 먼저 자."

연우는 고개를 끄덕이고는 인사했다.

"네. 그럼 가보겠습니다."

이번엔 선재의 등 뒤로 식은땀이 주룩 흐른다. 남들 보는 앞에서 내 아내가 나에게 꾸벅 구십 도 인사를 하고 뒤돌았다. 아주 깍듯이 자연스럽게. 이를 바라보는 비서는 이게 무슨 조선 시대인가 구한말인가 싶은 표정이다.

"인사하는 거, 귀엽죠?"

"……."

"밖에서는 꼭 저럽니다."

선재는 비서가 묻지도 않은 일에 대해 주르르 변명을 했다. 괜찮아. 자연스러웠어.

선재를 만나고 집으로 돌아가는 길. 연우의 발걸음은 선재를 만나러 갈 때와는 비교도 할 수 없을 정도로 가벼웠다.

새로운 사실을 알아간다. 이 년간의 선입견이 우습게도, 그는 엄청나게 무서운 사람은 아니었다는 것. 여전히 눈빛이나 표정을 마주할 때는 그에게 휩쓸려가는 경향이 있지만 그래도 그렇게 겁낼 필요는 없었던 거였다. 오늘은 그 무서운 표정으로 뭐랬더라?

"무슨 병인지 얘기해. 무슨 수를 써서라도 세계 최고의 의료진으로 꾸려서 낫게 해줄 테니까."

그 당시에는 별 생각을 하지 못했는데 다시 떠올리니 웃음이 났다. 요 며칠 동안 이어진 그녀의 기행을 가지고 그 역시 나름의 추측을 했던 것이다. 또한 무슨 수를 써서라도 병을 낫게 해주겠다는 의지도 드러냈다. 그녀가 중병에 걸린 줄로 착각하여 불쌍하게 여겨서 한 말이겠지만 그 자체로 무엇보다도 믿음직한 말인 것이다.

나는 그동안 모든 것에 왜 그렇게 주눅 들었던 걸까.

"그 저주의 첫 키스 때문이야. 그때 그렇게 독기운 뿜뿜 하지만 않았어도 이 정도로까지 벽이 생기진 않았을 텐데."

하지만 역시, 그와 제대로 된 대화를 나눌 생각을 하지 않았던 자신의 책임 또한 크다. 이제부터라도 하나씩 노력해봐야겠다고 생각하며 연우는 집으로 발을 옮겼다.

* * *

대기업과 중견기업 총수 아내들의 골프 회동. 오랜만에 모임에 참여한 선재의 고모 강윤미는 그간 가꾼 실력을 뽐내볼 마음이었으나 그러질 못했다. 토요일의 결혼식 때 연우가 말했던 고려청자 문제를 확인하기 위해서였다. 그리고 몇 통의 통화 끝에 청자의 판매자가 사기꾼이라는 것을 알게 되었다. 중국 여행에서 이 억에 사 온 청자가 가품이었을 줄이야.

[어쩐지 싸구려다 했어. 인증 보증서까지 가짜였대. 제대로 사기당한 거지 뭐.]

함께 여행했던 친구가 전화로 말했다. 이 억 정도야 그냥 몇 푼 손해본 셈치고 털어내면 되는데, 체면이 구겨진 것이 애통했다. 청자를 단

돈 이 억에 구입해서 횡재한 느낌이었고, 고려청자를 한국으로 다시 들여오게 되어서 애국한 기분이었기에 그만큼 자랑도 많이 했다. 자랑을 많이 한 만큼 부끄러운 소문이 날까봐 걱정되었다.

"소문이라도 나면, 이게 무슨 망신이야……."

전화를 끊은 윤미는 혼잣말로 중얼거렸다. 더불어 이 중요한 사실을 한눈에 알아본 조카며느리에게 처음으로 관심이 생겼다.

가진 건 쥐뿔도 없으면서 선재의 부인이 된 것이 마음에 들지 않아 쓴소리를 많이 했었다. 그랬는데, 지난 토요일에는 기죽는 일 없이 또랑또랑 자신에게 대꾸했다. 돌이켜보면 그때 연우가 했던 말이 모두 옳은 말이었다. 어쩌면 멀리하며 험담을 하는 것보다는 이제부터라도 거리를 줄여보는 것이 나을지도 모르겠다는 생각이 들었다.

"이동 안 하시나요?"

상념에 잠겨 있을 때 옆에서 누군가 말을 붙였다. 윤미는 말을 거는 사람을 알아보고 반갑게 알은척했다.

"두 번 만난 적 있죠?"

"네, 오늘이 세 번째네요. 안녕하셨어요?"

제이그룹 계열사 제이내추럴 마진태 대표의 아내 옥승혜. 이 골프 모임에 매주 출석을 하는 듯했지만 왜인지 그리 나서지는 않는 경향을 보이는 여자다. 외모에서 풍기는 느낌은 그다지 기품 있다고 할 수는 없으나 노력하여 쟁취한 자리를 지키는 능력은 어느 정도 있는 것 같았다. 생각해보니 이 년 전 반짝하며 이 여자가 세간의 화제가 된 적이 있었다. 조카며느리 연우의 결혼식 즈음에서였다. 윤미는 오래된 사실 하나를 기억해냈다.

"그러고 보니 우리 조카며느리가 마 사장님 집에 살았었죠, 아마?"

그녀는 반갑게 말을 붙였다. 오래된 인연을 만났으니 조카며느리에 대한 정보를 좀 더 얻을 수 있을 것이다.

"연우, 공부도 잘했다고 그러던데. 어렸을 때부터 엄청 똑똑했다고요."

윤미는 그렇게 운을 뗐다. 그런데 별안간 승혜는 조용히 한숨을 내쉬었다.

"그랬죠. 연우네하고는 이십 년 넘게 정말 가족처럼 지냈어요. 서로 믿고 의지했죠. 남들이 부러워할 만큼 끈끈한 사이였어요."

승혜는 옛정을 떠올리는 아련한 표정을 지었다.

"그렇구나. 그렇게 친했으니 잘돼서 흐뭇하죠?"

"흐뭇한 것도 있고, 서운한 것도 있고. 만감이 교차하더라고요."

"음. 상실감도 있겠네요."

"제 딸이 연우랑 동갑이거든요. 그때는 둘이 아주 절친이었죠."

"지금은 아니라는 말인가요?"

"연우가 결혼하고 나니 서서히 연락이 뜸해지더라고요. 어쩔 수 없죠. 사모님이 되었으니 얼마나 바쁘겠어요."

"……."

"서로 절친이었을 때 제 딸애가 강선재 부사장 학교 다니던 시절에 좀 마음에 두고 있었나봐요. 그 얘기를 지금 사모님이 된 연우한테 했었죠. 둘이 꽤 친했으니까 그런 얘기도 곧잘 했거든요. 그런데 그 뒤에 연우가 연애를 하고 있었다지 뭐예요? 우리 딸애가 연우한테 제 마음을 털어놓고, 한 달도 안 되어서 둘이 사귀기 시작한 것 같아요."

승혜의 이야기에 윤미는 콧등을 찡긋거렸다. 자신이 알고자 했던 방향과는 다른 이야기였다. 승혜의 이야기는 막힘없이 흘러갔다.

"근데 생각해보니 이상한 점이 또 있더라고요. 우리 딸애가 고등학교 시절에, 동네 어떤 남자가 죽자 살자 따라다녔었거든요. 정말 딸애한테 목매던 녀석이라 걱정이다 싶었는데 어느 순간 연우랑 그 애랑 사귀고 있더라고요. 저는 뭐, 애들 문제니까 그땐 그런가보다 했지만 강선재 부사장님이랑 둘이 사귄다는 얘기 들었을 때는 뒤가 좀 싸하더라고요."

윤미 또한 등골이 싸해지는 기분이었다.

좋아합니다. 좋아하게 됐어요

"아. 너무 오래 잤다."

요즈음 연우가 아침에 눈을 뜨자마자 입버릇처럼 하는 말이다. 그다음 하는 일은 "오늘은 며칠이지?" 시간이 그대로인지 확인하는 것.

11월 29일.

'제대로 가고 있구나.'

시간이 어긋남 없이 제대로 흐르고 있다는 것을 확인하면 그다음엔 침대 밖으로 나와 남편의 방 쪽으로 총총총 뛰어간다.

"안녕하셨어요, 밤새."

더불어 남편의 건강상태 확인까지 마쳐야 그날의 아침 미션 클리어.

"안녕하지 못해."

그런데 남편의 건강상태에 빨간불이 들어온 모양이었다.

"어디 안 좋으세요? 잠깐만요. 목이……."

선재가 목에 손을 얹고 있는 것을 이상하게 여긴 연우가 대뜸 다가

가 그의 목과 손 사이에 제 손을 갖다 댔다. 하지만 그 손은 곧장 그에게 저지당하고 만다.

"적당히 좀 해."

그의 집무실에서 대화를 나눌 때의 훈훈함은 저 멀리 도망가버린 지 오래. 며칠 만에 선재는 내추럴 본 까칠남으로 돌아와 그녀를 싸늘하게 쳐다보고 있다. 이에 굴하지 않는 건강 지향녀 연우는 불안한 바를 확인하기 위해 그대로 손을 직진시켰다가 아예 붙잡혀버렸다.

"건드리면 똑같이 만져준다고 했지."

흡, 연우는 숨을 들이마셨다. 가까이 다가온 까만 눈동자가 매섭게 자신을 노려본다.

"확 묶어버릴 수도 없고."

그의 눈이 차츰 가늘어지며, 손에 들어갔던 힘도 풀렸다. 선재는 그녀의 손을 확 놓아버리고는 매정하게 돌아섰다. 연우는 그의 태도가 다시 예전으로 돌아간 것에 서운한 투로 말을 걸었다.

"오늘의 건강상태 확인이요. 그건 매일매일 제대로 얘기하겠다고 했잖아요."

"내가 언제. 네가 한 약속이지."

자기도 받아들여놓고는. 매정한 그가 미웠지만 그렇다고 그냥 돌아갈 수는 없었다. 매일매일 제대로 하지 않으면 언젠가는 건강을 확인한다는 일과 자체가 해이해질 수도 있다. 그녀는 입을 삐죽 내밀고는 그 자리에 동그마니 서서 그를 원망스레 보았다. 잠시 후, 흘깃 연우를 본 선재가 못 말리겠다는 듯 다시 뒤돌아 진실을 말했다.

"잠을 잘못 잤어. 그래서 목이 뻣뻣해. 됐어?"

"자주 있는 일이에요?"

"아니."

그럼에도 연우가 돌처럼 서 있어서 선재는 한숨을 크게 쉬게 되었다.

"이게 다야. 이건 내일 자고 일어나면 싹 나을 거고."

"오늘 직접 운전해서 출근할 거예요?"

연우는 그가 운전을 하다가 목이 불편해서 사고를 낼까봐 걱정인 것이었다. 회사에서 집까지가 그리 멀지는 않아 선재는 기사를 부르지 않고 혼자 차를 몰아 출근하는 경우가 많았다. 오늘도 그런 날이 될 터였는데.

"기사 불러서 갈게."

잔소리가 더럭 두려워진 선재는 그녀가 원하는 대답을 해주었다.

"네."

그녀의 입술이 지그시 길어지며 곱게 누운 초승달 모양이 되었다. 아침햇살이 조각조각 부서지며 빛난다. 선재는 그녀의 입술에서 눈을 떼지 못하고 있는 자신을 발견하곤 괜히 목을 가다듬었다. 왠지 그녀에게 조련당하는 느낌이 드는 선재였다.

하루의 끄트머리에도 이연우표의 건강검진은 계속 이어진다. 거실에 앉아 있다가 현관문 열리는 소리에 맞춰 벌떡 일어난 연우는 일을 끝내고 지친 몸으로 들어온 선재에게 쪼르르 달려간다.

"표정이 안 좋네요."

"직장인 표정은 다 이래."

"목은 괜찮아요?"

"자고 일어나면 나을 정도로 풀렸어."

"네. 그리고……."

"오늘 하루 아무 일도 없었고 아픈 데도 없었고 적당히 졸리고."

연우의 레퍼토리를 파악한 선재는 그녀가 묻기 전에 자신의 상태를 먼저 읊었다.

"말짱하다."

"……."

"됐어, 주치의?"

"네."

"통과?"

연우가 둘도 없이 진지한 표정으로 끄덕인다. 통과 판정을 받은 선재의 기분은 썩 좋지가 않다. 왠지 매일 질병 유무와 건강을 확인받는 가축이 된 느낌이다. 씁쓸한 마음으로 장난치듯 한마디를 더 건넸다.

"만지지 그래?"

"아, 아뇨."

연우는 사실 만져보고 싶기도 했지만 후환이 두려웠다. 아침에, 그가 건드리면 똑같이 만져주겠다고 으름장을 놓았던 것이 떠올라서였다. 월요일에는 징그럽게 만질 거라는 얘기도 했었지, 아마. 그녀의 눈동자가 자신을 피해 사방으로 움직이는 것을 보니 선재는 코웃음이 났다. 읽힌다, 무슨 생각을 하고 있는지.

"내가 넌 줄 아냐. 안 건드려."

생각을 들킨 연우가 헉, 하며 놀라는 소리를 냈다가 수줍게 웃었다. 살짝 드러났다가 날름 숨어버린 혀끝이 선재의 상상력을 야릇하게 자극했다. 적당히 피곤했던 몸에 다시 빠르게 피가 도는 기분. 내가 안 건드린다 했다고 그렇게 금세 마음을 놔버리면 안 돼. 아침에 그녀가 그랬던 것처럼 확 건드려보고 싶은 충동이 일기도 했다. 그렇게 생기가 생겨나고 있는데, 오늘의 미션을 모두 클리어하고 만족감에 젖은 이 여인은 곧장 이별을 고한다.

"네, 그럼 안녕히 주무세요."

이별이 아쉬워졌는데.

"잠깐."

"네?"

"아니다. 잘 자."

"네."

정말, 내 속마음에는 눈곱만치도 관심이 없고 그저 내 건강만 중요한 모양이로세.

선재의 한숨이 흐르는 방향으로 연우의 뒷모습이 멀어져간다.

다음 날. 선재는 새벽에 집을 나서게 되었다. 부산 출장이 잡혀 있는 날이었다. 당일 출장이라 연우에게는 아무 말도 하지 않았다. 그렇게 그녀가 자는 것 같아서 조용히 나왔는데 비행기에서 내려 문자를 확인하니 전날에라도 일러둘걸 그랬나 싶었다.

─출근했어요?

그 짧은 문자가 도착한 시각은 8시. 그녀는 집 안 구석구석을 누비며 자신을 찾았을까.

'없다고 불안해하지는 않았겠지.'

별걸 다 걱정한다는 생각을 하며 선재는 고개를 절레절레했다.

그녀가 악몽을 꾼 지 일주일이 다 되어간다. 처음에야 이토록 예민하지, 점점 시들해질 것이다. 그리고 언젠가 다시 이전의 말없던 관계로 돌아갈 수도 있을 것이다. 이연우는, 그에게 조금도 마음이 없다고 했으니까.

조용히 한숨을 내려놓으며 답문을 보냈다.

—어.
—목은 괜찮아요?

십 초도 안 되어 답문이 돌아왔다. 그 문자에 선재는 다시 멈칫하고 말았다. 내가 아프다고 하면, 이 여자는 부산까지 쫓아오려나? 그래서 마구 만져보려고 손을 뻗으려나?

'설마 그렇기야 하겠어.'

그러지 않을 거라고는 생각하지만 왠지 헐레벌떡 그녀가 쫓아오는 모습을 상상하게 되었다.

—다 나았어. 아픈 데도 없고 건강하다.

선재는 그녀가 만족해할 만한 답을 보냈다. 다시 그녀의 답문이 돌아왔다.

—언제 와요?
—늦을 거야.

선재도 연우의 속도에 맞춰 메시지를 전송했다. 그런데, 보내놓고 나니 이번엔 연우의 시무룩해진 얼굴이 떠올랐다. 아, 그녀가 자신을 제 손바닥 위에 앉혀놓고 주물럭주물럭하는 것 같긴 한데, 그럼에도 그는 다시 휴대폰을 들어 답문을 고쳐 보내고야 말았다.

—11시 안에는 갈게.

'늦을 거야'라는 투박한 문자 뒤에 시각을 못 박은 문자가 왔다. 연우는 선재의 마지막 문자메시지를 거듭 확인하며 뿌듯하게 웃었다. 만족스러운 마음으로 캠퍼스를 걷고 있을 때, 뒤에서 누군가가 그녀를 불렀다.

"연우."

옆 조교실의 남자 선배다. 감자 같은 외모 때문에 '감자'라는 별명으로 불리는 선배였다.

"그제 단체메일 받았지? 오늘 학과 조교들 월례 회식."

"네, 근데 저는 일찍 들어가려고요. 죄송해요."

연우는 미안한 표정으로 양해를 구했다. 월례 회식은 학기 초에 한 번 간 이후로 계속 빠지고 있다. 회식 자리에 참석하지 않는 것은 그녀 나름의 사정이 있었다.

"교수님들도 안 오시고 우리끼리만 편하게 노는 자린데. 같이 가자."

"죄송해요. 총무 선배한테는 어제 얘기했어요."

"에이, 유부녀 찬스야? 신랑이 일찍 오라고 그래? 그래도 이런 날이 매번 있는 게 아닌데."

난처해진 연우가 어색한 웃음을 짓고 있을 때 희진이 다가왔다.

"감자야, 왜 내 동기 괴롭히냐. 괴롭히지 마."

희진은 냉큼 감자 선배의 부추김을 저지했다. 그는 감자 선배와 대학 동기라, 편하게 지내고 있는 사이였다. 감자 선배는 툴툴거렸다.

"너야 연우를 매일 만나니까 아쉬울 게 없지만 우리는 사정이 다르잖아. 연우한테 잘 보여야 제이그룹재단 지원 같은 것도 받지."

"하하, 그런 건 저랑 상관없어요."

실은 그런 문제였다. 연우가 회식을 거르는 진짜 이유. 연우가 결혼을 한 후 동료들이 딴 조교들과 연우를 다른 시선으로 보게 된 것이다. 그 시선과 대우가 거북해진 연우에겐 회식이 늘 불편한 자리였다.

"아니면 연우, 남편도 데리고 와. 그럼 우리 회식 장소 물색부터 싹 다 다시 한다. 고오급으로 모실게."

"야, 연우 남편이 어디 한가한 분이냐?"

"그래도 부인이 좋으면 뭔들 못 하냐. 색시가 고우면 처갓집 말뚝에도 절을 한다는데."

하하하. 제 남편은 설사 한가해도 그럴 분은 아니에요, 제가 남편이랑 그리 고운 사이가 아니라서요. 연우는 어색한 웃음을 지었다. 희진이 감자가 더는 연우를 귀찮게 하지 못하도록 잘 막아내어 곧 제 풀에 지친 감자는 떠났다. 연우는 희진에게 인사했다.

"고맙습니다. 덕분에 잘 피했네요."

"뭘. 그래도 매번 회식을 같이 못 하니까 서운하긴 하다. 너랑 같이 맥주 마셔본 게 언제인지 모르겠네."

희진은 쓸쓸한 웃음을 지었다.

"하긴 네 술버릇 생각하면, 내가 신랑이라도 절대 밖에서 술 못 마시게 하겠다."

연우가 자신의 술버릇 때문에 몸을 사린다고 생각하고 있는 희진이 말했다. 연우는 그저 하하 웃었다. 신랑은 제 술버릇 알지도 못할 텐데 요. 괜히 맥주 생각이 돌며 입속에 침이 고이는 연우였다.

자정이 막 넘은 시각. 선재는 그제야 집에 돌아왔다. 일이 늦어져 연 우에게 말했던 귀가 시간을 지키지 못했다. 지금쯤이면 그녀가 잠들 었겠지 생각하며 느리게 열리는 현관문. 하지만 집 안엔 불이 환하게 켜져 있었다. 그리고 현관 앞에 쓰러져 있는 여인 한 명.

"뭐야, 이연우!"

선재는 연우를 발견하자마자 그 앞에 엎드려 그녀의 머리를 들어 올리고 몸을 흔들었다.

"이연우!"

월요일에는 병 같은 거 없는 척했잖아! 대체 왜 이러는 건데! 그때 제대로 알아보는 거였다. 이런 식으로 아내의 쓰러진 모습을 발견하 고 싶지 않았다. 남 건강이나 신경 쓰더니, 제 몸은 돌보지도 못하고 이게 뭐 하는 짓이야!

그런데, 겨우겨우 실눈을 뜬 채 의식을 제대로 회복하지도 못하고 서 그녀가 하는 말이란.

"맥주를 못 먹었어요…… 먹고 싶었는데…….'

"뭐?"

"잠들까봐요."

"뭐어?"

연우는 현관 앞에서 선재를 오매불망 기다리다가 깜빡 잠이 들어버 린 것이다. 그녀는 겨우겨우 목소리를 내었다가 다시 눈을 감아버렸다. 크으응, 코가 막힌 듯 잠시 거친 숨소리가 났다.

하…… 선재는 롤러코스터를 타고 내려온 듯 멍한 상태가 되었다. 붕 떠 있다가 곤두박질친 심장을 다스려 다시 평온하게 만드는 데는 시간이 걸렸다.

"너, 지금도 잠들어 있는 것 같은데?"

"……오늘의 건강은요?"

"이 와중에도 그걸 물어?"

"건강……."

"아주 건강하다."

"네."

"그거 물어보려고 여기 이러고 있었어?"

기가 막혀서 헛웃음을 함께 내뱉으며 물었다.

"여기 있어야 만나니까."

눈을 감은 채로 꼬박꼬박 대답하는 목소리는 참 평화롭다.

"직접 확인하려고."

"뭘 확인해."

"오늘의 건강."

"……."

"그리고 집에 들어오나 안 오나."

제법 아내다운 말이었다. 그는 일러둔 시각보다 한 시간이 늦었는데 미리 연락하지 않은 것이 미안해졌다.

"하루에 한 번은요. 눈으로 확인하게 해주세요."

"뭘."

"오늘의 건강."

그녀는 그가 늦은 것을 원망하는 대신 하루에 한 번은 얼굴을 보자고 말한다. 그의 건강을 눈으로 확인하겠다고.

"네 건강이나 좀 신경 써라."

선재는 가슴이 뜨끈해져 오는 이상한 경험을 하게 되었다. 악몽이 아무리 충격이었기로서니 이렇게 갑자기 내 건강에 관심을 가질 수가 있는 건가? 너무 오버다 싶지만 그 마음만은 순수하게 여겨주어야 하는 건가 하는 생각도 든다. 갑자기 이상한 행동을 해서, 너무 변해버려서 이용당하는 건가 싶어서 씁쓸했는데, 이용당하지 않으려고 날을 세웠는데, 너의 이런 모습을 계속 볼 수 있다면 계속 이용당하는 것도 괜찮겠구나 싶다.

선재는 그녀의 앞에 앉아 좀 더 시간을 보내게 되었다. 그녀는 잠든 아기 사슴처럼 어여쁘다. 아기 사슴을 어여쁘다고 생각해본 적이 없는데 그녀는 그렇다. 여기저기 다 연약해 보여서 톡 부러질 것 같은 몸인데 의외로 골격이 바르고 몸의 굴곡들이 정확하다. 불룩 나온 가슴도 여리게 들어간 허리도, 탄력이 상상되는 엉덩이도, 매끈하게 뻗은 다리도 모두. 고운 선을 만드는 굴곡과 보드라움이 느껴지는 살결은 손으로 가만히 쓸어보고픈 충동을 만든다. 아내에게 이런 마음을 느끼는 게 평범한 사람들에게는 건강하고 당연한 일일 텐데 선재에게는 그런 것들이 위험한 세계였다.

"너야말로 감기 걸리겠다. 들어가서 자."

"네. 조금 있다가요……."

"얼른 안 일어나? 들어가서 자라고."

그녀가 걱정되어 침실로 가서 편히 잤으면 하는 마음에서 팔을 툭툭 쳤다. 그랬더니 칭얼거리는 목소리가 돌아온다.

"흐응. 자는 거 아니에요오."

그 목소리가 새삼 귀엽게 여겨져서 머리에서 나사 하나가 픽 빠지는 것 같았다.

감정을 지운 키스를 하기까지 난 그토록 오랜 시간이 걸렸는데, 넌 어떻게 그 노력들을 단번에 부술 수가 있는 건지.

"선배 들어가면…… 들어갈게요오……"

사라져가는 목소리가 애처롭다. 사라지지 말라고 붙잡고 싶을 만큼. 선재는 연우를 깨우는 것을 포기하고 번쩍 안아들었다. 잠든 얼굴은 희미하게 미소를 머금고 있다. 혹시 제 발로 걸어가기 싫어서 자신을 이용하는 건가 하는 생각도 든다. 그래도, 그냥 이용당하기로 했다. 그녀의 방으로 옮겨 가는 걸음이 무거워진다. 그녀가 무거워서가 아니라 다른 이유였다.

너, 내일도 내가 먼저 나가버리면, 그리고 늦게 오게 되면, 이렇게 또 문 앞에서 날 기다리며 잠들 거야?

그것이 기대되면서도 한편으로는 너무 걱정되는 밤.

"그냥 같이 자자."

그는 몸을 틀었다. 무거웠던 걸음에 다시 힘이 실렸다.

연우를 가뿐하게 안고서 복도 끝까지 걸어온 그는 침실 문을 밀고 들어가 제 침대 위에 그녀를 눕혔다. 곯아떨어진 아내는 눈을 뜰 생각을 하지 않는다. 숨을 죽이고 움직임까지 멈추고서 가만히 그녀를 바라보았다. 방 안이 우주처럼 고요해지니 새근새근, 그녀의 옅은 숨소리가 들려온다. 왜 홀리듯 그 소리에 집중하게 되는 건지 모를 일이다. 살포시 가라앉은 눈꺼풀, 가지런한 속눈썹, 함초롬히 다물어진 입술…… 몇 번 키스를 해본 사이인데도 이토록 자세히 그녀의 얼굴을 살펴본 적이 별로 없었다. 잠든 모습마저 시선을 붙드는 고운 얼굴인데, 아니, 시선을 붙든다는 것을 알고 있기에 더 조심했었던 듯하다.

그는 자신도 모르게 그녀의 얼굴 가까이로 손을 가져가게 되었다. 보송보송해 보이는 뺨이 손을 끌어당기는 것 같았다. 하지만 그는 그녀를 깨울세라 뺨을 만져보는 대신 흐트러진 머리를 가지런히 넘겨주는 쪽을 택했다. 머리를 넘겨놓으니 하얀 얼굴이 좀 더 환하게 드러났다. 피부는 우윳빛인데 입술은 또 핏기가 묻어날 듯 붉다. 그 입술에 초점을 두니 어질어질한 갈증이 생겨났다. 선재는 빨려들듯 어깨를 낮추어 그녀에게로 다가갔다.

"흐으응."

따끈한 숨이 입가에서 느껴질 만큼 바짝 다가간 순간 그녀가 갑작스럽게 앓는 소리를 내며 한 번 뒤척거렸다. 선재는 부리나케 그녀의 옆으로 폭 엎어져버렸다.

"안 했다. 안 했어."

아직 아무것도 안 했어. 제 발이 저린 선재가 작은 소리로 중얼댔다. 정신이 확 들었다. 선재는 매트리스의 파동을 조심하며 천천히 몸을 일으켜 침대 아래로 내려갔다. 움직이는 동안 꾹 참았던 숨을 한 번에 내뱉으니 자괴감이 밀려왔다. 와, 강선재. 잠든 여자한테 뭘 하려고 한거냐. 쓰레기 다 됐네. 잠에서 깬 이연우가 얼마나 어이없어할까 생각하니 스스로가 참 한심했다. 그녀의 방에 데려다놓으면 좋겠지만 다시 안아들 수는 없었다. 섣불리 건드렸다가 깨면 잠을 깨울 테고, 그랬다가 갈등이라도 생겨나면 밤이 홀랑 날아가버릴 수도 있고. 아니면, 또 칭얼거리게 된다면 이번엔 다른 쪽의 나사가 빠져버릴지도 모르고.

"네 입장이 참 좋네."

너는 날 마음대로 만질 수 있고, 나는 널 마음대로 만질 수 없고.

늘 갑을관계에서는 최고 갑의 위치에만 있었다. 자신에게 불리한 거래에는 응해본 적이 없고 딱히 타인의 기분을 신경 쓰지도 않았다. 그랬는데 이상하게도 그녀에게만은 모든 것이 약해지고 만다.

네가 뭔데, 대체 네가 뭐길래, 하는 억울함이 남지만 그래도 저 단잠을 방해할 수는 없겠다는 생각이 들었다. 선재는 조용히 갈아입을 옷을 챙겨가지고서 침실 밖으로 나왔다. 그냥 같이 자자며 데려와놓고 도망가게 된 것이다. 생전 안 하던 짓을 해버려서 오늘 그의 침대는 거실 소파가 되었다. 바보가 다 됐다.

"후우, 덥다."

더운물로 샤워를 해서인지, 난방이 잘 되어서인지. 아니면 부인이 제 침대에서 잠들어 있다는 사실 때문인지 뭔지. 이유를 알 수 없이 더워서 딱히 이불이 필요하지가 않았다. 겨울이 시작되었는데, 여기 이곳은 이상기온현상이다. 내내 겨울이었던 이 집에서, 처음으로 눈이 녹고 있다.

햇살이 눈꺼풀을 간질여 눈을 뜬 포근한 아침.

"아. 너무 오래 잤다."

연우는 침대에 누운 채로 몸을 길게 늘여 기지개 켜며 버릇처럼 침대 바닥을 짚어갔다. 휴대폰으로 오늘의 날짜를 확인하는 것으로 일과를 시작하기 위하여.

"어? 내 핸드폰 어디 있지……."

그런데, 휴대폰은 손에 잡히지 않고, 손바닥이 이불을 짚는 촉감도 어째 이상하다.

"헉. 여기가 어디야!"

연우는 자리에서 벌떡 몸을 일으켜 앉았다. 재빠르게 훑어본 사방은 다행히도 아는 곳이다. 남편의 침실. 그럼 내가 또 타임리프를 한 건가? 오늘은 대체 며칠이지? 한 번도 그의 방에서 잠든 적이 없었기에 고개를 갸웃거릴 수밖에 없었다. 과거는 아닐 텐데. 그럼 미래야? 근데 내가 왜?

"어머, 혹시! 어머!"

알 건 다 알고 있는 성인 이연우는 붉어진 양쪽 뺨에 손을 얹었다. 혹시 그와 동침을 하게 되는 어느 미래로 간 건가 싶어서.

'아니, 옷은 제대로 입고 있는데?'

착각의 늪에 빠져 있다가 고개를 아래로 내려 보니 옷은 제대로다. 그제야 연우는 문득 지난밤에 자신이 무엇을 하고 있었는지가 떠올랐다.

'아, 현관 앞에서 선배를 기다리고 있었는데, 거기에서 잠든 건가?'

기억이 흐릿하니 아리송했지만 그게 맞는 것 같다…… 헐. 이연우, 기억에도 없는 걸 추측하면서 뭘 아쉬워하는 거니. 세기의 변태일세. 연우는 상상의 나래를 폈던 자신을 반성하며 냉큼 침대에서 내려와 침실 밖으로 나갔다. 어쨌든 남편을 찾아야 했다. 살아 있는지. 말짱한지.

다행스럽게도 거실로 달려가 두리번거린 지 얼마 안 되어 남편을 만날 수 있었다. 선재는 피트니스룸에서 운동을 하고 나온 것 같았다. 호흡에 따라 크게 오르내리는 흉곽이 성실한 운동량을 짐작게 했다. 은근히 불안함을 느끼고 있던 연우의 맥박이 그를 확인하고서야 편안히 가라앉아갔다. 선재는 자신을 향해 편안해지는 눈동자를 말없이 바라보고만 있을 뿐이다. 연우가 먼저 말을 걸었다.

"오늘이 며칠이에요?"

"12월 1일."

다행이다. 제대로 흘러가는 시간에 감사하며, 연우는 오늘도 깊은 한숨을 조용히 내뱉었다. 그제야 자초지종을 물을 수 있게 되었다.

"그럼 제가 왜 선배 침실에서 잤어요?"

선재는 그녀의 질문에 이맛살을 슬쩍 찌푸렸다. 오늘이 며칠이냐는 물음에 짜증내지 않고 착실하게 대답해주었는데 그 대답과 새로운 질문 사이에 '그럼'이라는 접속사가 끼어 있다. '그럼' 제가 왜 선배 침실에서 잤어요, 는 대체 어떤 의도의 질문인가. 12월 1일이 아니면 내 침실에서 자는 걸 이해할 수 있다는 건가? 앞으로는 데려가도 된다는 건가? 깊게 생각하려 하니 다시 어젯밤처럼 머릿속이 복잡해졌다. 이제 별것도 아닌 말도 사람 속을 긁는다. 그는 말을 툭 내뱉고 말았다.

"내가 거기에 갖다놓은 거야."

선재의 퉁명스런 말에 연우 또한 기분이 상했다. 댁 때문에 엉뚱한 장소에서 깨어나 또 타임리프라도 한 줄 알고 가슴을 졸였는데, 갖다 놨다고 했어? 짐짝 취급하듯?

"왜요? 갖다놓을 거면 내 방에 갖다놓지."

따지듯 물었지만 혹시라도 혼날까 소심해진 마음에 목소리를 크게 내지는 못했다.

"현관 앞에서 자다가 병날까봐 옮겨놓은 거야. 어디에 갖다놓든 따뜻하기만 하면 됐지."

"그럼 선배는 어디서 잤어요? 혹시 제 방에서 잤어요?"

"내가 네 방에서 왜 자!"

그의 호통에 깜짝 놀란 연우가 움찔했다.

"……왜 자꾸 짜증을 내요."

"내 말투가 원래 이래."

그 또한 그녀의 반응에 너무했다 싶었는지 머쓱하게 뒤돌았다.

"놀랐잖아요. 내가 선배 침대에서 자고 있어서."

"나도 놀랐다. 네가 현관 앞에서 자고 있어서."

"……."

"앞으론 거기서 기다리고 있지 마. 아무 데서나 잠들지도 말고."

선재는 툭 내뱉듯 일러두고는 침실로 향했다. 하지만 금세 연우에게 따라잡혔다.

"또 왜."

"오늘의 건강은요?"

아아. 그놈의 건강.

"아주아주 건강해."

선재는 이를 악물고서 대답했다. 잘 벼린 칼날을 세우듯 매서운 눈빛에 연우는 마른침을 삼켰다. 이 남자가 왜 아침부터 이렇게 저기압인지. 남편이 독살스러운 것은 진작 알고 있었지만 오늘은 한층 더 독살스러워진 느낌이다. 연우는 선재에게 더 이상의 질문을 건네지 못하고 풀이 죽은 채 돌아섰다. 방으로 돌아와 시각을 확인하니 8시다.

"뭐야. 진짜 8시?"

평소보다 한 시간 반이나 늦게 일어났다. 남의 침대 신세를 지고서 엄청나게 푹 자버린 것이다. 눈을 떴을 땐 개운하기까지 했는데. 이러니 그가 짜증을 내지. 침대를 빼앗긴 그의 심정을 알 것도 같아서 미안한 마음이 생겨났다. 또한 그에게 고마웠다. 어쨌든 그가 옮겨준 덕분에 오랜만에 단잠을 자게 되었으니.

'출근할 때 가서 인사해야겠다. 옮겨줘서 고마웠다고.'

마음속으로 다짐하며 부지런히 학교 갈 준비를 했다. 씻고 나와 옷을 갈아입은 직후, 그가 집을 나서려는 소리가 들려왔다. 연우는 냉큼 현관으로 달려가 그를 불렀다.

"저기!"

코트를 걸치려던 선재의 움직임이 느릿해졌다. 그는 그녀의 얼굴을 빤히 쳐다보며 눈빛으로 용건을 물었다. 연우도 잠시 일시정지 상태로 그를 쳐다보게 되었다. 어쩔 수 없는 시각적 자극이었다. 세상에 이런 사람이 있다. 세상에.

슈트를 갖추어 입는 것만으로 비즈니스맨의 섹시함을 드러내는 남자가 이젠 거기에 코트까지 걸쳐 어른남자의 원숙미까지 물씬 풍긴다. 왜 출근길에 화보를 만들어버리냐고, 괜히 설레게. 이 년 동안 부부로 지냈으면 이제 좀 익숙해질 만도 한데 그와 친하지 않아서인지 여전히 그의 외모는 적응 불가다. 내가 졸라서 결혼한 것도 아닌데, 내가 이 사람의 아내인 것이 괜히 미안해지는 그런 아침.

"……병 안 나게 침대로 옮겨줘서 고마웠어요. 덕분에 편하게 잤어요."

그의 외모에 자극을 받아 자연스레 착해지는 음성으로 조용히 고마움을 표했다. 그러고 늘 하던 대로 꾸벅 인사하려는데 그가 대뜸 물었다.

"학교 갈 거야?"

"네."

"언제?"

"이제 갈 거예요."

"태워다줄게. 같이 나가자."

"네?"

갑작스런 제안에 연우의 눈이 커졌다. 그는 어떤 표정도 없이 그녀를 빤히 보고 있을 뿐이다. 거절하면 혼낼 것 같은 눈빛으로.

"태워다준다고."

"왜……요?"

"왜라니. 이유가 있어야만 태워다주나?"

"아니, 기사님이 태워다주셔서 늘 잘 다니고 있어요."

"오늘은 내가 운전해서 태워다주겠다고."

"아니에요. 그럴 필요 없어요. 바쁘실 텐데."

혼낼 것 같은 눈빛이었지만 그녀는 사양했다. 출근 시간에 폐를 끼치는 것만 같은 느낌이었다.

"태워다줄 테니까 당장 나와."

하지만 그의 제안이 더 거셌다. 이 정도면 제안이 아니라 그냥 명령인 것이다. 말을 마친 그는 먼저 현관문을 열고 나가버렸다. 멍하니 서 있던 연우는 잠시 후 부랴부랴 학교 갈 채비를 하여 밖으로 나왔다. 주차장으로 내려가니 그가 가까이에 차를 세워놓고 기다리고 있는 것이 보였다.

"죄송해요. 오래 걸렸죠."

"어. 오래 걸렸네."

"바쁘실 텐데 그냥 회사로 가세요. 저는 제가 알아서 갈게요."

"그냥 해본 말이야. 정색하긴."

그냥 해보는 말도 참 진지하게 던지는 남자다. 이런 식으로 말해버리니 모든 말들이 조롱처럼 느껴지기도 한다. 이러니 친해지기가 어렵지. 연우는 뾰로통해지는 마음으로 안전벨트를 버클에 끼웠다. 곧

선재가 차를 출발시켰다. 차 안이 조용해진 뒤에 연우는 그의 옆모습을 몰래 도둑처럼 훔쳐보았다. 한쪽 팔로 운전대를 잡고 능숙히 돌리는 모습은 광고의 한 장면 같다. 그가 자신에게 뭘 어떻게 한 것도 아닌데 그냥 운전하는 모습만 보고 있어도 설레게 된다.

"왜?"

그녀의 시선을 느낀 그가 정적을 깨고서 물었다. 도둑처럼 훔쳐볼 생각이었는데 연우는 어느덧 홀린 듯 그를 보고 있었던 것이다. 그가 묻는 바람에 연우는 고개를 홱 돌려버리게 되었다.

"아니에요."

관심 없는 척, 반응하지 않는 척. 아무것도 아닌 척하는 것은 힘에 부친다. 말짱한 척을 해도 심장은 쿵쾅대고 얼굴은 달아오르게 되기 때문이다. 연우는 제 얼굴과 심장의 소리를 듣기지 않으려 노력하며 몸을 좀 더 선재의 반대쪽으로 틀었다. 그런데, 이번엔 다른 기관이 말썽이다.

꾸르르륵.

으악. 아침부터 너무 많은 생각을 해서 몸속의 기관들도 열심히 운동을 한 모양이다. 창피해 죽겠다. 그래, 그래도 방귀가 나온 것보다는 꾸르륵이 낫지, 하며 정신승리하고 있는데 한참 뒤에 그가 먼저 말을 걸었다.

"어디 가서 아침 먹자. 근처에 호텔 레스토랑에서 먹으면 돼. 9시까지만 데려다주면 되지?"

놀리는 일 없이 식사를 제안하는 그 진지함이 고맙긴 하지만 그래도 창피한 건 창피한 거였다. 연우는 제안을 거절했다.

"괜찮아요. 학교 가서 학식 먹으면 돼요."

"학식?"

"네. 학관밥 맛있어요."

"혼자?"

"네. 희진 선배 불러서 같이 먹어도 되고요. 아니면 매점에서 삼각김밥 사다 먹으면 돼요."

그 대답이 못마땅한 듯 선재는 신호를 기다리는 동안의 짧은 틈에 그녀를 빤히 보았다.

"그냥 나랑 지금 먹어."

'태워다줄 테니까 당장 나와'에 이어 오늘의 두 번째 요구다. 왜 이 남자는 이렇게밖에 말을 못 할까. 결국 선재의 뜻대로 두 사람은 인근 호텔의 한식당에 마주 앉게 되었다.

"뭐 먹을래?"

"황태미역국이요."

식당의 조식 메뉴는 국 또는 탕 종류로 간소한 편이었는데 연우는 그중에서도 가장 조촐한 메뉴를 골랐다.

"맛있는 거 먹어."

"황태미역국이 맛있어요."

"황태미역국으로 둘이요."

선재는 직원에게 메뉴를 요청했다. 직원이 떠난 후, 연우는 작은 목소리로 웅얼댔다. 투덜거리는 말투였는데 내용은 그를 염려하는 말이었다.

"아침 안 먹잖아요. 탈 나면 안 되는데."

"가끔은 먹어. 괜찮아."

선재가 편안히 말했다. 입술을 비쭉거리면서도 성실하게 자신의 건강을 염려하는 그녀의 우직함에는 혀를 내두를 정도다.

"무슨 할 얘기 있으세요?"

"아니, 없는데. 왜?"

"같이 밥을 먹자고 하니까 무슨 일이 있나 해서요."

"꼭 무슨 일이 있어야만 밥을 같이 먹나?"

"둘이서만 같이 먹는 게 처음이니까 그러죠."

그녀 또한 이것이 둘만의 첫 식사라는 것을 인지하고 있었다. 그런데 그 의미 있는 자리에서 연우는 선재에게 다른 속내가 있을 거라고 추측하고 있는 것이다. 그녀가 어떻게 달라지든 그가 어떤 제안을 하든, 둘 사이는 고질적인 평행선이다.

"넌 정말 내 건강상태밖에 관심이 없구나."

그녀에게 식사를 함께 하는 반가움 따위는 없는 것 같아서 그는 싸늘하게 지적했다.

"그런데 그 건강상태 확인이라는 게 너무 수박 겉핥기 같다는 생각은 안 들어? 그 어떤 소울도 없고 그저 몸 상태만 확인하겠다는 거잖아. 그럼 내가 네 의도를 의심하게 되지 않겠어?"

그녀가 미간을 구겼다. 억울하다는 듯.

"정말 날 중요하게 여겨서 그러는 건지, 아니면 날 서서히 죽일 계획을 밟아가는 중인 건지."

"죽이다뇨! 재수 없게!"

또 또 재수 없다는 말을 들었다. 그 와중에 음식이 나와서 두 사람은 잠시 입을 다물었다. 직원이 떠나자마자 선재가 곧바로 말을 수습했다.

"정말로 마음은 조금도 없는 것 같은데 내 건강 확인에 대한 의욕만 이상하게 넘쳐나서 해본 말이야. 얼른 먹어."

연우도 흥분을 가라앉히고 차분히 말했다.

"건강 확인을 평생 할 거라고 생각하진 않아요. 정말 선배가 말짱하다, 이제 내가 신경 쓸 필요 없겠다, 나도 악몽에서 좀 벗어날 수 있겠다 싶은 생각이 들면 저도 그만두게 되겠죠. 잘 먹겠습니다."

연우도 숟가락을 들었다. 진지하고도 심각한 말과 함께 첫 식사가 이루어진다.

"그런 날이 저도 좀 왔으면 좋겠네요."

미역국을 한 술 떠 후루룩 넘기며 그녀는 말을 보탰다. 진심이었다. 그녀가 노력한다면 언젠가 그는 운명의 어두운 그림자에서 완전히 탈출할 수 있게 될 것이다. 그게 연우의 소원이다. 그녀가 달리 걱정하지 않아도 그가 편안히 살아 있는 것. 내년에도 후년에도 계속 그렇게 살아가는 것. 그렇게 되길 간절히 바란다.

"내가 널 잘못 본 것 같다."

그녀가 고개를 푹 숙인 채로 숟가락을 부지런히 움직이고 있을 때 선재가 다시 입을 열었다. 선재는 그동안 그녀가 악몽을 꾸어 깨달음을 얻고 나서 성격을 바꾸게 되었다고 생각했었다. 그런데 이제는, 이 년 동안 그 본성을 누르고서 살아간 것일 수도 있겠다는 생각을 하게 되었다.

"마냥 순하고 소심한 줄 알았는데 전투력도 제법이고."

그리고, 사람 마음을 쥐고 흔들 줄도 안다. 그의 진솔한 평에 그녀는 또 입을 샐쭉 내밀었다.

"구렁이도 밟으면 꿈틀하는 거죠."

"지렁이겠지."

"……"

"그래. 구렁이도 꿈틀은 하겠네."

툭툭. 젓가락 움직이는 소리만 들리는 고요한 식사. 그러나 잠시 후 끝내 그의 입에서 웃음이 삐쳐 나오고야 만다. 그녀의 얼굴이 자몽의 속살처럼 빨개진 것이다. 그녀의 창피해하는 모습을 즐기듯 그는 강선재답지 않게 한참 쿡쿡쿡 웃었다. 그 모습을 지켜보는 연우는 더욱 열이 오르고.

"친구들이 허당이라고 안 놀려?"

"안 놀리는데요. 저 되게 완벽주의잔데요."

연우는 분한 마음으로 툭 내뱉고선 샐러드를 한 젓가락 크게 집어 입에 넣었다. 웃지 말라고 말해주고 싶다. 저 얼굴, 기분 나빠. 날 놀리고 웃으면서 잘생뻠 멋뻠을 팡팡 터트리는 것이 너무 기분 나쁘다. 재수 없어! 마음속으로 그의 재수 없음을 씹으며 채소를 꼭꼭 씹어 넘겼다.

오물오물 움직이는 입술이 앙증맞다. 그 모습을 미소 머금은 얼굴로 빤히 보던 선재가 테이블 위의 휴지를 집었다. 연우의 입술에 참깨가 붙은 걸 발견한 것이다. 그러나 그녀의 입술 가까이까지 다가간 손은 그 앞에서 딱 멈추었다. 그녀가 흠칫하며 머리를 슬쩍 뒤로 뺐기에.

"닦아. 완벽주의자답게."

그는 연우와의 거리를 새삼 실감했다. 그녀가 너무 삐친 것 같아 놀리는 것은 그만두고 화제를 바꾸어 질문했다.

"친구는 수지랑 제일 친하고, 학교에서는 희진 선배랑 제일 친하고?"

문득 자신이 그녀에 대해 알고 있는 것을 제대로 확인해보고 싶어졌다.

"절친이 수지인 건 맞고요. 학교에서는 두루두루 친해요. 희진 선배

랑은 전공 교수님이 같아서 같이 일하다가 자주 같이 밥 먹는 편이고
요."

연우도 그의 질문에 성실하게 답했다.

"선배는 제이홈쇼핑 현기준 본부장님이랑 제일 친해요?"

또한 그녀도 같은 성격의 질문을 그에게 던졌다. 서로에게 어떤 친
구가 있는지 대강 알고는 있었지만 한 번도 이런 질문을 해본 적이 없
었다.

"글쎄. 그 친구도 그렇게 생각할지는 잘 모르겠네."

그의 대답에는 많은 의미가 들어 있을 것 같았다. 연우는 '다른 미
래'에서 시어머니 미현이 했던 말이 떠올랐다.

"그 애, 좀처럼 마음을 열지 않아. 가끔 제 엄마, 아빠한테도 벽을 칠
때가 있었어. 싫어한다고 내색하는 것도 없지만 좋아한다는 내색은
더 없었지. 친하게 지내는 친구는 많은데 그 친구들에게도 제 마음은
잘 터놓지 않는 것 같았어."

친구들에게도 자기 마음을 잘 터놓지 않는 사람. 감정의 출구 어디
쯤이 꽉 막혀 있는, 무섭고 또한 가엾은 남자. 연우는 그 내면이 얼마
나 쓸쓸할까를 떠올려보았다. 처음으로, 그가 살아 있는 것에 그치지
않고 좀 더 행복했으면 좋겠다는 생각을 했다.

"언젠가요 우리, 집에서도 같이 밥 먹어요."

"그래."

기약 없는 제안과 승낙. 그 언약한 약속이 언제 현실화될지는 알 수
없지만 연우의 가슴속에는 희망이 몽글몽글 생겨났다. 그와 조금은

친해진 느낌이었다. 조금 옥신각신하긴 했지만 그래도 두 사람만의 첫 아침식사로서 유익한 시간이었다.

배 속을 뜨끈하게 채운 후, 연우를 학교 인문학관 앞까지 태워다준 선재는 함께 차에서 내렸다. 한적한 곳에 차를 세웠는데 그가 차에서 내리니 멀리 지나가는 사람들까지도 그를 쳐다보는 것이 느껴졌다. 연우 역시 그에게 후광이 나는 것만 같다는 생각을 했다. 낙엽이 많이 떨어져 나무들이 앙상한 가지를 드러낸 캠퍼스가 밝아지는 느낌.

"태워다주셔서 고맙습니다. 아침밥도 감사하고요."

하지만 연우는 주위의 시선들이 부담스러워서 그를 돌려보내고자 곧장 인사했다. 더 이상 그의 시간을 빼앗지 않기 위해서이기도 했다.

그녀의 인사를 들은 선재는 조금 서운해졌다. 연우에게 서운한 것이 아니라 시간이 흐르는 것이 서운한 거였다. 이상하다. 그녀와 함께 있으면 시간이 두 배는 빨리 가는 느낌이다.

"오늘은 언제 와요?"

자신의 인사에도 그가 장승처럼 서서 움직이지 않자 연우가 먼저 입을 다시 열었다.

"오늘도 늦을 거야."

일찍 들어가고는 싶은데 늦게까지 스케줄이 잡혀 있는 것은 어쩔 수가 없었다. 그래도, 오늘 일정을 성공적으로 소화하게 된다면 내일은 좀 쉴 수 있을지도. 그럼 너와 함께 집에서 밥을 먹을 수 있을지도 모르겠다. 네가 아까 제안한 대로.

"네."

연우가 고개를 끄덕였다. 그녀의 얼굴에 아쉬운 기색은 보이지 않는다. 선재도 이제 정말 떠나야겠다는 생각을 하며, 연우에게 한마디 더 일러두기 위해 입을 열었다. 어제처럼 현관 앞에서 잠들지 말라는 당부를 해두어야 했다.

"오늘은 현관 앞에서 잠들……."

"이연우."

그런데 건너편에서 누군가 아내를 부르는 목소리가 들렸다. 선재는 말을 마치지 못하고 소리가 들리는 쪽으로 고개를 돌렸다. 웬 남자가 걸어오고 있었다.

"선배."

연우도 고개를 옆으로 빼고서 손을 흔들며 인사했다. 자신을 향해서는 인형처럼 눈만 동그랗게 뜨고 있던 그녀의 얼굴에 화색이 돌자 선재는 심기가 불편해졌다. 게다가, 선배라고 했다. 선배라고. 나도 선배, 쟤도 선배. 그녀에게는 나와 쟤가 똑같이 선배인 것이다.

"아……."

면전으로 다가온 선배라는 녀석은 그의 얼굴을 금방 알아보았다. 강선재는 굳이 스스로 소개하지 않아도 남들이 알아보는 사람이다. 남자는 그에게 까딱 목인사를 하며 자신을 소개했다.

"안녕하세요. 신희진입니다. 연우랑 같은 연구실 조교예요."

오연하게 남자를 내려다보고 있던 선재의 눈이 순간 커졌다.

……신희진? 신희진이…… 남자? ……왜?

오래전, 선재는 학교 직원에게 부탁하여 연우의 연구실 멤버들의 명단을 몰래 받아보았었다. 연우를 감시하려는 의도는 아니었다. 그녀가 남자를 불편해한다고 생각하고 있었기에 걱정되는 마음에서 알아본 것이었다. 그때 그는 연구실 멤버가 모두 여자라는 사실을 다행스럽게 여기며 아내에 대한 걱정을 거두었다.

그때 명단에 '신희진(女)'라고 쓰여 있던 것이 아직도 기억나는데. 아무리 봐도 이 작자는 여자가 아니다. 면도한 흔적하며, 어깨하며, 납작한 가슴하며, 아까 그, 아내를 부르던 목소리까지. 머리가 팽글팽글 도는 것 같았다. 꽤 만족스럽게 먹었던 미역국이 도로 확 나와버릴 것도 같았다. 신희진이 남자라니. 이놈의 직원, 응징하리라.

"강선재입니다."

선재는 부글부글 끓는 속을 감추고서 희진에게 손을 내밀었다. 희진은 편안한 미소를 지으며 그 손을 맞잡았다. 보통 녀석들 같으면 그의 매서운 눈빛에 기가 눌려 눈을 피하며 고개를 숙여버리는데, 희진이라는 녀석은 조금도 피하는 일 없이 그대로 그 얼굴을 마주하며 당당히 미소 짓는다.

"연우한테 얘기 많이…… 못 들었어요. 연우가 집 얘기는 잘 안 하더라고요."

희진의 말이 선재의 귀에는 어쩐지 '연우는 네 얘기 따위 안 해'라는 말로 들렸다.

"부부 얘기를 할 게 뭐가 있겠습니까."

선재는 피식 영업용 스마일을 털어내며 그 신경전에 응했다.

"저는 조금은 얘기를 들었습니다. 신희진 씨."

그리고 '조금은'이라는 단어를 강조해보았다. 연우의 인생에서 댁과 같은 사람은 '일개 선배'일 뿐이라고 못박아주어야 했다.

"이렇게 뵙게 될 줄은 몰랐는데. 이쪽에 일이 있으신가보네요."

"그런 건 아니고, 그냥 연우 데려다주러 왔습니다."

연우는 그저, 자신이 서로를 소개시킬 틈 없이 둘이 알아서 통성명을 끝낸 것에 신기해하며 눈만 깜빡이고 있다. 그 모습을 보니 더욱 발이 떨어지지 않는 선재였다. 이 순박하고 순진한 아내를, 저렇게 속이 시커먼지 시뻘건지 모르겠는 놈이랑 한 공간에 두었단 말인가. 앞으로도 계속 그 연구실에서 지내야 한다고? 밥도 같이 먹고, 일도 같이 하고?

"오늘 집에 일찍 들어갈 거야. 연우도 일찍 올 거지?"

화딱지가 나는 마음을 꾹 누르고서 연우에게 물었다. 멀뚱하니 있던 연우는 선재를 향해 토끼눈을 떴다.

"네? 아까는 늦게 온다고……."

"일정이 변경돼서."

선재가 그녀의 물음을 제 목소리로 덮었다. 지금까지 나랑 같이 있었는데 언제 일정이 변경됐다는 연락을 받은 건가, 어안이 벙벙한 얼굴로 고개를 갸웃거리던 연우는 이어진 선재의 인사에 바짝 소름이 돋았다.

"그럼 이따가 집에서 봐, 여보."

그러고선 자신을 비스듬히 품으로 감싸고 토닥이는 그의 기이한 행동에 연우는 제대로 된 반응도 내놓지 못하고 굳어버렸다. 이게 대체 뭔가요.

선재는 연우를 학교까지 데려다주고 평소보다 늦게 출근했다. 일정이 빠듯하게 잡혀 있어 계속 움직이는 와중에도 한 가지 생각이 줄곧 그를 괴롭혔다.

신희진이 남자…….

학교에서 만난 신희진이라는 녀석의 그 편안히 풀어진 태도가 은근히 그의 심기를 건드렸다. 왠지 그보다 더 이연우를 잘 알고 있다고 으스대는 것처럼 느껴졌다.

그런 녀석이랑 단둘이 밥도 자주 같이 먹는다는 거지? 나하고는 오늘 처음 먹었으면서.

참 이상한 기분이다. 연구실에 남자가 있을 수도 있지. 남자랑 일할 수도 있지. 그게 뭐 어때서. 그렇게 생각하면 별거 아닌 일인데 왜 이렇게 심란한 건지, 왜 괜히 이렇게 초조해지는 건지 알 수 없는 일이다. 복잡한 마음으로 다음 스케줄을 위해 서류를 훑어보고 있는 와중에 노크 소리가 들렸다.

"부사장님, 손님 오셨습니다."

"선재야."

선재가 누군지를 묻기도 전에 손님은 문 사이로 불쑥 얼굴을 내밀었다. 고모 윤미였다.

"네, 안녕하셨어요."

"백화점에 들렀다가, 네가 자리에 있다고 해서 한번 와봤다. 많이 바쁘니?"

"바쁘긴 해요. 아무튼 앉으세요."

선재는 솔직하게 말한 뒤에 집무실 안으로 안내했다. 고모가 집무실을 방문한 것은 처음 있는 일이었다. 괜히 왔을 것 같지는 않고, 뭔가 긴한 용건이 있는 모양이라고 생각했다. 지난 토요일, 육촌의 결혼 식장에서 연우가 했던 말들이 떠올랐다. 그 일에 대해서 연우에게 자문을 구하고자 하는 게 아닐까 추측했다.

"선재야."

"네."

고모의 용건을 짐작한 선재는 담담하게 대답했다.

"이건 내가 노파심에서 하는 말인데, 너 혹시 그 얘기 들어봤니? 네 처 말이야."

그런데 조심스럽게 운을 떼는 뉘앙스가 좀 이상했다.

"고등학교 때 무슨, 사고를 쳤다더라. 이상한 남자애하고 죽고 못 사는 사이였대. 너 혹시, 그걸 모르고서 결혼한 건 아니지?"

선재의 얼굴이 점점 불쾌한 표정으로 변해갔다. 가뜩이나 껄끄러운 기분이었는데 이제는 분노가 훅 밀려들었다.

"누가 그러던가요?"

그의 매섭도록 싸한 태도에 섬뜩해진 윤미가 버벅거렸다.

"어…… 그냥 난, 어쩌다가 알게 됐어."

"누가 그런 말을 했는지 말씀해주세요. 없애버리게."

그의 발언에 흠칫 놀란 윤미가 잠시 숨을 멈췄다. 스무 살 넘는 나이 차가 무색하게도 윤미는 선재의 기에 눌려 꼼짝하지 못했다. 그 순간 윤미를 비웃듯 선재의 입술이 비뚜름하게 올라갔다.

"유언비어에 낚이지 마세요. 자꾸 그렇게 넘어가니까 사기까지 당하시는 거예요."

"얘. 나도 알아볼 만큼 알아봤어. 다 알아보고서 걱정되어서 말해주는 건데 넌, 넌 어쩜 고모한테 그렇게 버릇없이 말하니."

잠깐 당황했던 윤미도 동시에 발끈했다.

"그리고 나 아직 말 다 안 했다. 사실은 다른 소문도 들었는데 제일 중요한 거 하나만 얘기한 거야. 그 애 소문이 어떤 줄 아니? 질투심이 하늘을 찌른다더라. 남 잘되는 꼴을 못 본대. 너한테도 계획적으로 접근한 거였을 거라고."

"후우. 고모."

선재는 울컥 올라오는 화와 억울함을 억누르며 차분히 말했다.

"계획적으로 접근한 사람은 저예요. 연우가 아니라."

자신이 지라시의 주인공이 되었을 때엔 아무 느낌도 없었는데, 그녀가 이런 피해를 입고 있으니 답답하기 그지없었다. 이 마음이 대체 무엇인지.

"찾아내서 따라다닌 것도 저고, 결혼하자고 한 것도 저예요."

질투심에 초조해하는 것도. 모든 마음의 출발은 나다. 억울하게도.

"뭐? 아니야?"

"아시잖아요. 연우 조용한 거. 웬만해서는 안 나서는 거."

"하지만 고등학교 때 사고 친 건 진짜라고 하던데."

"사고 친 게 아니라……!"

답답해진 선재의 목소리가 높아지려 했다. 그때의 사건에 대해 알아본 적이 있는 선재는 그 이야기를 하려다가 입을 닫았다. 섣불리 연우의 상처에 대해 이야기할 수는 없다. 사람을 감싸준다는 것은 쉬운 일이 아니다.

"아무튼 고모가 생각하시는 그런 사건이 아닙니다. 설사 그렇다고 해도 저희 둘 사이가 잘못되거나 그런 건 없어요. 그러니까 고모도 좀 조심해주세요. 조카 불행하게 만들고 싶지 않으시다면."

"내가 널 불행하게 만든다니, 무슨 말이 그래."

"연우한테 상처 주지 마시고요."

선재는 그 어느 때보다도 단호하게 말했다.

무리하여 일을 빨리 끝낸 선재는 연우에게 얘기한 대로 집에 일찍 돌아왔다. 연우의 기척은 들리지 않았다. 그래도 혹시나 방 안에 있을까 하여 연우의 영역 쪽으로 걸음을 옮겼다. 집 안에서 그녀와의 경계를 없앤 것이 잘한 일인지 모르겠다. 그녀에 대해 더 알게 될수록 더 간섭하고 통제하고 싶어진다. 자신에게 이런 집착이 있다는 것을, 연우를 통해 알게 되는 선재였다. 한참 연우의 방 쪽으로 걸음을 옮기고 있을 때 현관문 열리는 소리가 들렸다. 선재는 걸음을 돌려 바삐 거실 쪽으로 다시 나갔다. 자신이 그녀의 침실로 가고 있었다는 것을 드러내기가 싫은 좀스러운 마음이었다.

"어? 정말로 일찍 왔네요?"

현관문을 열고 들어온 연우가 반갑게 인사했다. 거실로 들어선 그녀는 마냥 밝은 얼굴이다. 선재의 억눌려진 감정이 다시 피어오른다. 저렇게 예쁘게 하고 갔었나? 그녀를 누가 결혼 이 년 차의 유부녀로 보겠나 생각하니 이상하게도 초조해진다.

"오늘은 몸이 좀 어때요?"

"춥지 않아? 앞으로는 바지 입어."

자신의 건강에 대해 묻는 그녀의 질문에는 답하지도 않고서 무뚝뚝하게 내뱉었다. 그리고 무심한 것처럼 주방으로 향했다. 목이 탔다.

"네. 그래서 두꺼운 타이즈 신고 갔어요. 따뜻해요."

연우가 외투를 벗어 팔에 두른 후에 제 다리를 가리켰다. 외투를 벗으니 그녀의 보기 좋은 굴곡을 은근하게 보여주는 니트 원피스가 드러났다. 그 차림으로 제 다리를 가리키는 동작은 무척이나 요염하게 보였다.

"그리고 밖에서만 잠깐 춥지 연구실 안은 따뜻해서 괜찮아요. 기사님이 태워다주시기도 하고. 그래서 추울 새가 없어요."

"따뜻해서, 연구실에선 벗고 일해?"

아침에 함께 식사할 때 그녀는 외투를 벗지 않았다. 맞은편의 그가 불편해서 그랬는지 레스토랑의 공기가 쌀쌀해서 그랬는지는 모르겠다. 선재는 무심한 척, 컵에 물을 따라 마시며 물었다.

"뭐, 외투를 벗고 일하긴 하죠."

연우는 '벗고' 일한다는 말에 담긴 오해의 소지를 정정했다.

"좀 편한 걸 입어. 달라붙지 않는 거. 엄청 불편해 보여."

"이거 니트라서 보기보다 엄청 편해요. 선배 셔츠보다 편할걸요?"

무심한 표정으로 내뱉는 남편의 말투는 왠지 신경을 톡톡 건드렸다. 눈빛이 싸늘하게 느껴지기도 해서, 연우는 생수를 마시려던 마음을 접고 유리포트에 물을 올렸다.

"선배라고 부르지 마."

쉬이이, 전기 유리포트가 작동하는 낮은 소음을 그의 목소리가 내리누른다.

"내가 네 선배였던 적이 있나?"

"그래도, 같은 학교를 잠깐은 다녔으니까요."

남편에게 선배라고 부르는 것이 잘못되었다는 것 정도는 연우도 알고 있었다. 하지만 두 사람에게는 그 말을 정정할 기회가 없었다. 오늘 아침에 선재가 그녀에게 '여보'라고 불러주긴 했지만, 그것에 소름이 끼칠 만큼 둘은 아직 서먹한 사이였다.

"같은 학교를 다니는 동안 우리가 서로 알고 지내긴 했나?"

연우의 눈동자가 아래쪽으로 향했다. 남편에게 꾸중을 듣는 것만 같아 기분이 상했다.

"남들이 듣고서 이상하게 생각할 수도 있으니 조심하라는 거야."

"그래도 남들 앞에서는 선배라고 안 부르잖아요."

"남들 앞에서는 아예 날 부르지도 않지."

뾰로통해진 연우가 고개를 들고서 물었다.

"그럼 선배가 아니면 뭐라고 불러요?"

"그건 네가 알아서 해야지."

'선배'라고 부르지는 말라고 하고선 답을 말해주지도 않는다. 스스로 생각하라고 자꾸 다그치는 것만 같다. 이럴 땐 너무 얄미워서 그를 지키는 일이고 뭐고 확 다 그만둬버리고 싶지만.

"선배도요……."

마음 약한 그녀는 다른 데에 화풀이를 할 뿐이다.

"선배도 그 눈, 하지 마세요."

"무슨……."

"그 눈이요. 지금 그 눈."

삿대질까지 해가며 연우는 그의 눈을 가리켰다. 그녀를 향해 날카롭게 번뜩이는 눈빛을 연우도 불평스럽게 쏘아보았다. 선재는 더욱 기가 막힌 듯 소리를 한 톤 높였다.

"눈을 어떻게 해. 원래 이렇게 생겨먹은 걸."

"누가 생겨먹은 걸 어떻게 하래요? 눈에 힘을 좀 빼시라고요. 그런 눈빛으로 노려보면 무슨 말을 하든지 들어야 될 것 같단 말이에요. 반항하면 죽을 것 같고. 너무 고압적이잖아요."

"내가 언제 노려봤다고."

"지금도 노려보잖아요!"

연우도 바락 소리 높여 대들었다. 연우의 호통에 멈칫한 선재의 눈빛에 싸늘한 기운이 사라졌다. 그는 그녀의 달라진 모습에 다시 한 번 놀란 듯했다.

후우. 소리를 바락 지른 연우는 그제야 울혈이 씻겨 내려간 듯 시원해졌다. 이연우, 잘했어. 나이스. 만족스러워진 그녀는 적당한 온도로 데운 물을 유리포트에 채우고 통통한 티백 주머니를 넣었다. 이거, 수지가 일본 출장 가서 사 온 건데 당신은 안 줄 테다. 나만 먹을 테다! 소심한 마음으로 돌아선 연우의 등 뒤로 목소리가 들렸다.

"너랑 얘기하는 거, 너무 기운 빠진다."

"누구는 뭐 힘이 남아도는 줄 아나?"

"뭐라고 했냐."

그녀가 웅얼대는 말에 선재가 가까이 바짝 다가왔다. 그가 몰고 오는 어둠의 기운은 디멘터와 나즈굴 뺨치게 싸하다. 곁에 붙어 있으면 왠지 행복을 잃을 것 같아 연우는 그가 만드는 그늘을 냉큼 피했다.

"아무 말도 안 했는데요?"

무슨 이유에선지 선재가 연우를 잡고자 팔을 뻗었다. 그러나 그 손끝은 금세 목표를 잃었다. 그의 팔꿈치가 바닥이 좁은 유리포트를 툭 쳐버린 것이다. 유리포트는 쓰러졌다가 가볍게 구르며 조리대 아래로 추락했다. 선재는 무심코 유리포트를 잡기 위해 다시 손을 뻗었다. 그러나 연우가 먼저 선재를 밀어내며 감쌌다.

쨍그랑!

날카로운 파열음. 따끈하게 데워진 물과 유리조각들이 사방으로 튀었다. 찰나에 벌어진 일이었다.

"허억. 괜찮아요?"

깨지기 직전의 유리포트를 피해 선재를 밀어내며 그를 감싼 연우가 숨을 몰아쉬며 물었다. 졸지에 연우에게 경호를 받은 선재가 멍해진 얼굴로 연우를 바라보았다. 연우의 눈엔 벌써 눈물이 가득 고여 있다.

노려보지 말라며 똑같이 부라리던 그 눈이 잔뜩 순해져서는 그렁그렁한 채로 그의 몸을 훑는다. 바닥에 핏자국이 보였다.

"피 나잖아요!"

연우가 그의 손등에 난 상처를 발견하고는 울먹이며 소리쳤다. 유리조각에 긁힌 듯, 그의 손등에 길게 피가 묻어났다.

"이연우……."

"봐봐요…… 하아아. 씨이, 그거 하나 조심 못 하나?"

선재가 불렀지만 그 목소리는 들리지도 않는지, 연우는 흥분한 채로 그를 질책할 뿐이다. 이 집에서 한 번도 겪어본 적 없는 소란과 그의 손등에 난 작은 상처가 그녀의 정신을 무너뜨리는 모양인데.

"움직이지 말아봐요. 위험하니까."

"이연우."

"다른 덴 괜찮아요? 아파요?"

"야! 이연우!"

결국 선재도 소리를 내지르고 말았다. 강선재답지 않게 그 목소리가 밖으로 터져나가도록 컸다. 연우의 머릿속에도 번쩍 섬광이 지나갔다. 그제야 혼돈의 표정을 풀고서 멍하니 남편을 바라보게 되었다.

"정신 좀 차려!"

"……."

"네가 다쳤잖아, 네가!"

바닥의 피는 연우의 것이었다. 그녀의 무릎 아래쪽. 그 두껍다던 타이즈가 찢겨 있었고 그 사이로 피가 맺힌 것이 보였다.

연우의 상처는 크지 않았으나 깊었다. 선재는 연우를 데리고 곧장 병원으로 갔다. 연우는 상처를 봉합하고 항생제 주사까지 맞고서야 병원 문을 나설 수 있었다.

"바보야? 본인이 아픈 것도 몰라?"

연우를 차에 태운 선재의 따끔한 질타가 이어졌다. 제 다리에 유리 조각이 박혔던 것도 모르고서 상대만 살핀 연우에게 아주 단단히 화가 난 듯했다. 연우는 다친 것이 부끄러워져서 고개를 푹 숙였다.

"앞으로 오늘의 건강 같은 거 물어보기만 해봐. 내 걱정할 시간에 너나 스스로 잘 돌봐."

그래도 남편이 아니라 자신이 다친 게 훨씬 다행인 것 같은데, 그가 자꾸 화를 내어 속상했다. 난 괜찮은데. 아무렇지도 않은데. 속으로는 실컷 투덜댔지만 그의 분노가 거세어 겉으로는 아무 반발도 하지 못하고 입만 삐죽거렸다.

"너 같은 성격을 제일 싫어해."

집에 가까워졌을 무렵, 한참 말없이 차를 몰던 선재가 툭 내뱉었다.

"참기만 하고 스스로에게는 둔감한 애들. 본인 한 사람 가만히 있는 게 세상에 분란을 일으키지 않는 길이다, 생각하는 애들."

사실 그것은 모든 극악한 상황에서 믿기지 않는 인내심을 보였던 그녀의 과거에 대한 지청구였다.

"선배는 그런 내 성격을 이용했잖아요."

그의 말이 매정하게만 들리는 연우는 억울한 목소리로 대척했다. 차를 세운 선재가 동그래진 눈으로 연우를 빤히 바라보았다.

"내가 잘 참아서 나랑 결혼한 거면서. 후딱 해치우기 편해서 나한테 결혼하자고 한 거잖아요."

원망스레 그를 노려보던 연우는 차가 선 김에 차 문을 열어버렸다.

그와 함께 주차장까지 이동하면서 그 꾸지람을 계속 듣고 싶지가 않았다.

"이제 내가 알아서 할게요. 선배는 선배 몸이나 잘 돌보세요."

쾅. 연우는 팔에 온갖 혼을 실어 차 문을 세게 닫고서 떠나버렸다. 선재는 연우의 반응에 어이없어 한숨을 털었다. 주차장에 들어가려는 차들이 뒤에서 빵빵거렸다. 그는 연우를 붙잡지 못하고 차를 움직여야 하는 처지가 되어버렸다.

대체 왜 이렇게까지 되어버린 건지. 속은 답답해 터지는데 또한 혼자서 훌쩍 떠나버린 그녀의 안위가 걱정이다. 다쳤으니 무리해서 뛰기라도 하면 안 되는데. 대체 그녀의 머릿속엔 뭐가 들어 있는지 모르겠다. 사람이 어떻게 이렇게 달라질 수가 있는지. 예전 같았으면 그가 툭툭 내뱉는 말에 대답 한마디 못 하고 주눅 들어 있었을 텐데, 이젠 노려보지 말라며 삿대질을 한다. 그렇게 따져대다가도 그가 다칠 만한 상황에서는 서슴없이 몸을 날린다. 제 몸을 날려 상대를 감싸고서 상대의 안위를 먼저 묻고 살피는 그녀의 행동은 놀라움을 넘어선 충격이었다. 어떻게 그럴 수가 있지? 도무지 이해할 수가 없었다.

다음 날 아침까지 두 사람의 냉전상태는 계속 이어졌다. 일주일간 매일 아침 총총 달려와 오늘의 건강을 확인하던 청아한 목소리가 그제야 끊겼다. 그놈의 건강 확인 행사는 해프닝으로 막을 내릴 모양이다.

어제 일찍 퇴근하는 바람에 미룬 일을 하러 집을 나서는 길. 선재는 연우의 방문 앞까지 걸어갔다가 그냥 뒤돌았다. 그녀의 방문은 굳게 닫혀 있었고 방 안에서는 기척도 들리지 않았다.

연우와 아침 인사를 하지 못하고 회사에 도착한 선재는 줄곧 업무에만 집중했다. 그래도 목요일에는 그녀에게서 출근했느냐는 문자가 왔었는데 이번엔 아무런 연락이 없었다. 이렇게 서서히 예전으로 돌아가는 걸까. 언젠가는 그렇게 될 거라고 예상했는데 왜 가슴 한구석이 따끔해지는지 모를 일이다.

마음을 다잡고 업무에 집중한다고 하는 동안에도 몇 번 괜히 휴대폰을 확인하게 되었다. 하지만 찾아오는 연락은 죄다 업무 용건이거나 시시콜콜한 것뿐. 시간이 조금 더 지나니 괜히 진동이 울리는 모든 일들이 시시하게 여겨졌다.

그렇게 마음에 굳은살을 만들어가고 있는데 또 진동이 울렸다. 흘 깃 화면을 들여다보니 웬일로 아버지가 문자메시지를 보내신 거였다. 아버지는 선재 못지않게 무뚝뚝한 남자로, 전화 연락도 업무 관련이 아니고서야 좀처럼 하지 않는 분이다. 의아한 마음으로 휴대폰을 끌고 와 화면을 터치했다. 아버지는 사진을 보내셨다. 웬지 밝은 얼굴인 어머니의 옆모습과, 그 옆의 익숙한 뒷모습의 여인이다.

—새아가 왔다고 네 엄마가 좋아한다. 올 들어 이렇게 웃는 걸 처음 본다.

사진 아래에 짧게 적힌 메시지가 선재의 심장을 쿵 내려앉게 했다.

아침에 일어나니 선재는 없었다. 출근한 모양이었다. 과거로 돌아온 후 처음으로 연우는 선재의 건강상태가 궁금한 마음을 참아냈다. 오늘의 건강은 어떠냐고 물어보면, 또다시 그가 화를 낼까 무서워진 것이다. 소심한 천성은 어쩔 수가 없다. 시간은 어제에 이어 그대로 흘러가고 있으니 그걸로 되었다고 생각했다. 다만 어제 그에게 마구 쏘아붙이고 대든 것은 걱정되었다. 질려버렸다며 이혼 얘기를 다시 꺼내지는 않을까, 그녀가 가식적이라고 여기지는 않을까.

치. 그래도 다친 사람한테 그렇게 화를 내면 안 되지. 그리고 내가 괜히 그랬나? 나름 보호본능으로 몸이 움직인 건데. 내가 나 살자고 그랬나? 당신 살리려고 그런 거잖아!

"자꾸 그렇게 화만 내면 안 살려준다. 확 모르는 척해버린다."

심통이 나서 그가 집에 없는 김에 아무 말이나 내뱉었다. 그러나 내뱉고 나니 그의 얼굴이 보름달처럼 둥그렇게 떠오르며 울컥하게 된다. 떠오른 얼굴은 왠지 불쌍미가 넘치고.

"아니야. 그럼 안 되지."

연우는 제 이마를 찰싹찰싹 때리며 나쁜 말을 한 자신을 질책했다.

"신이시여. 나쁜 생각해서 죄송합니다. 그 사람 데려가지 마세요. 절대 안 돼요."

강선재의 성격만 생각하면 그렇게 밉광스러울 수 없는데. 그런 그가 그녀에게 더없이 불쌍한 존재로 거듭나게 되었다. 인생이란 신비한 것이다.

마음을 다잡은 연우가 속행한 일은 시부모님 댁을 방문하는 것이었다. 상대하기 어려운 사람과 친해지려면 그 주변 사람을 공략해야 한다는 조언을 어디선가 들은 기억이 났다.

시어머니 미현은 예상보다도 더 반갑게 연우를 맞았다. 그녀는 앞마당까지 달려와 연우의 손을 잡았다.

"어머니, 안녕하셨어요."

"어서 와! 오는 길이 춥진 않았어?"

"네, 편하게 왔어요. 아버님은 안에 계세요?"

"잠깐 나갔는데 조금 있으면 올 거야. 여기까지 와줘서 고마워, 정말."

연우가 가장 최근에 본 시어머니 미현의 모습은, '다른 미래'에서였다. 선재의 장례식 이후 처음으로 깊이 감추어놓았던 마음을 털어놓았던 시어머니. 그때의 모습이 떠올라서인지 미현의 얼굴을 마주하는 것만으로도 연우는 가슴이 먹먹했다. 그간 시어머니를 살갑게 대하지 못한 것 또한 미안해졌다.

"그런데 어머니, 어디 다녀오시는 길이에요?"

"아니, 그냥. 화원 좀 가볼까 해서. 요새 바빠서 화원 관리를 제대로 못 했거든."

미현이 저택의 뒤편을 가리키며 말했다.

"저도 가도 돼요?"

연우는 화원이 어디 있는지는 알고 있었지만 그 안까지 들어가본 적이 없었다.

"그럼, 당연하지."

미현이 반가워하며 활짝 웃었다.

저택의 뒤편에 마련된 화원은 천장이 유리로 된 온실이었다.

"와아. 정말 예쁘다. 동화 속 같아요!"

"연우는 여기 처음 와보겠구나."

연우가 잘 꾸며진 화원을 돌아보며 환호하자 미현이 다정히 연우의 이름을 불렀다. 미현이 만들어내는 따뜻한 발음들이 화원의 온기처럼 좋았다. 연우가 화원의 신선한 공기를 들이켜며 평화로움을 만끽하고 있을 때, 미현이 넌지시 그녀를 불렀다.

"그런데 새아가……."

"네?"

"저기, 선재는 안 오니?"

응당 처음부터 물었어야 할 것이었는데, 미현은 연우를 맞은 지 한참 지나서야 질문했다. 그런 질문조차 미안하게 느껴질 만큼 연우와 미현은 서먹한 사이였다.

"아, 네. 회사에 갔어요."

"아…… 그렇구나……."

"일찍 말씀 못 드려서 죄송해요."

"아니야. 아니야."

연우의 사과에 고개를 도리도리 젓던 미현은 잠시 후 다시 한 번 조심스럽게 물었다.

"혹시 둘이 싸운…… 건 아니지?"

연우가 홀로 시댁을 방문한 것이 미현에게는 은근히 마음에 걸리는 일이었던 것이다.

"아니에요. 선재 씨는 일하러 간다고 해서 혼자 온 거예요."

연우는 거듭 태연하게 대답했다. 실은 양심에 찔렸다. 선재가 이 소식을 들으면 어떻게 대처할지도 걱정되었다.

"힘든 건 없어? 뭐든 얘기해도 돼."

거짓 미소를 짓는 속내가 읽히는 건지, 시어머니는 은근슬쩍 다른 방향으로 연우의 마음을 묻는다. 미현이 이상한 근심을 갖게 할 수는 없어서 연우는 부러 더욱 밝게 대답했다.

"없어요. 다 좋아요."

"그래, 다행이야. 그래도 힘든 일이 생기면 얘기하렴."

"네, 고맙습니다."

아주 예의를 차린 대화였다. 두 사람 다 서로를 어렵게 생각하고 있는 것이다. 이 거리는 누군가 일부러 노력하지 않으면 절대 좁힐 수 없다. 그럼 어떻게 해야 되지? 몰래 고심하던 연우는 미현에게 새로운 질문을 던졌다.

"어머니, 정말 선재 씨 수능 만점이었어요?"

비록 손가락이 손바닥 안으로 다 말려들어갈 만큼 오글오글한 말이긴 하지만 지금의 서먹서먹한 공기를 타개하기에 좋은 화제였다. 시어머니께 아들 자랑할 기회 주기.

"선재가 제 입으로 그런 얘기를 해?"

"아, 아니, 학교 친구 분이 얘기해줬어요."

실은 인터넷 정보의 바다를 헤엄치다가 대학교 대나무숲에서 들려오는 이야기를 주워들은 거지만 어쨌든 기분을 둥실 떠오르게 하는 데는 성공한 듯하다. 크게 흥분한 모습을 보이지는 않았으나 미현은 부드러운 미소를 띠었다.

"친구 덕이지. 애가 좀 승부욕이 있어. 기준이 알지? 지금 제이홈쇼핑 본부장으로 있는 선재 친구 말이야. 기준이를 만나기 전에는 공부 같은 거 설렁설렁 해도 충분히 1등 할 수 있다면서 자만했었는데 기준이한테 한 번 1등을 뺏긴 후에는 정말로 노력이라는 걸 하더라고. 고등학교 내내 둘이 엎치락뒤치락하다가 둘 다 막판에 좋은 성적을 냈어."

"와아…… 대단하네요."

"아니야. 그게 뭐가 대단해."

추켜세우는 연우의 감탄사에 미현은 손을 내저었다.

"선재는 마음 편히 공부만 할 수 있는 환경에서 살았는데 뭘. 스스로 알아서 열심히 공부한 연우가 훨씬 더 대단하지."

연우의 칭찬으로 마무리되었지만 미현은 기분이 좋은 듯했다. 연우도 덩달아 기분이 좋아졌다. 남편의 세상으로 조금은 전진한 것 같았다. 대화가 훈훈하게 이어질 즈음, 뒤에서 '찰칵' 하는 소리가 들렸다. 카메라 셔터음 같았다. 뒤돌아보니 시아버지 운호가 어색하게 서서 두 사람을 향해 있었다.

"아버님."

연우가 먼저 반갑게 시아버지를 불렀다. 시아버지 운호는 지금의 상황이 자못 어색한 듯 목을 가다듬으며 인사했다.

"흠흠, 새아가, 오랜만이다."

"무슨 소리야? 뒤에서 응큼하게 사진을 찍었어요?"

미현이 운호가 손에 든 휴대폰을 내려다보며 뚱하게 물었다.

"꽃이 예뻐서 찍은 거예요."

운호가 대답했다. 두 사람은 서로 공대를 하고 있었다. 말끝이 예쁘니 그 아무것도 아닌 대화 자체가 예쁘게 들렸다. 연우의 부모님도 꽤나 잉꼬부부인 편인데 부모님을 보는 것과는 또 느낌이 달랐다. 운호는 두 사람의 대화를 방해하지 않겠다는 듯 뒤돌아 가까운 화단에 앉았다.

"둘이 계속 얘기해요. 나는 방해 안 하고 여기서 잡초나 뽑고 있을 테니……."

"난! 그거 난이잖아요!"

난초를 잡아 뜯으려는 운호의 행동에 식겁한 미현의 목소리가 커졌다. 운호는 움찔하며 풀을 잡았던 손을 놓았다.

"어째 사람이 난초랑 잡초도 구별 못 해요? 어쩜 이렇게 제대로 하는 게 없을까."

한국 최고의 쇼핑그룹, 제이그룹의 회장님이 혼나시고 있다……

"난이 중요해요? 새아가까지 있는 데에서 그렇게 나한테 지청구를 줘야 돼요?"

"난이 중요해요. 새아가가 있었으니 이 정도만 한 거지."

미현이 거듭 타박했다. 미현의 이런 모습을 처음 보는 연우는 슬금슬금 몸을 피했다.

"새아가가 놀라서 도망가잖아요."

연우가 몰래 조금씩 발을 옮기고 있는 것을 알아챈 운호가 놀리듯 말했다.

세 사람이 함께 화원에 다녀온 후, 연우는 저녁 준비를 자처했다. 연우에게 일을 시킬 생각이 없었던 미현이 미안해했으나 연우는 도리어 꼭 하고 싶었다. 사실 웬만한 반찬들은 다 준비되어 있어서 국만 끓이면 되는 수준이었으니 힘들 것도 없었다. 초반에는 미현이 옆에서 도와주었다. 음식 재료들이 어디 있는지, 기구는 또 어디 있는지 찾아줘야 했다. 화원에 다녀온 사이에 많이 친해진 시어머니는 곧잘 연우에게 말을 붙였다.

"선재가 편하게 해주니?"

연우는 이 질문에 미현의 시름이 담겨 있는 것을 알아챌 수 있었다. 그녀는 미현이 안심하길 기대하며 밝게 답했다.

"그럼요."

"다행이야. 둘이 잘 맞는 것 같아서."

연우의 바람대로 미현은 안도한 표정을 지었다.

"선재가 워낙 마음을 내비치지 않아서 네가 마음고생을 많이 할 수도 있겠다 생각했거든. 그래도 엄마 아빠보다는 제 짝이 훨씬 편한 모양이지."

그 표정의 끝에 쓸쓸함이 묻어났지만 뿌듯함 또한 내비쳐졌기에 연우도 미현을 따라 미소 지었다. 그리고 잠시 후, 미현은 연우에게 새로운 이야기를 들려준다.

"결혼하기 한참 전에 말이야. 그 애가 나랑 제 아빠한테 뭐라고 그랬는지 알아? 다른 건 다 순종할 테니까 결혼만은 내 마음대로 하게 해 달라, 그랬단다."

이 세계에서는 새로운 이야기이지만 연우는 아는 이야기. 그의 장례식날 한 차례 들었던 이야기다.

"아니, 제 엄마 아빠를 자식 결혼으로 장사라도 하는 사람으로 보는 건가 싶어서 기가 막혔어."

하지만 약간은 다른 이야기. 좀 더 감정이 풍부해진 이야기다. 심경을 늘어놓는 미현의 표정도 그때와는 완전히 다르다.

"시간이 지나고 보니 다 너를 데려오려고 그랬구나, 하는 생각이 들어서 조금 누그러졌는데, 그게 또 서운한 거야."

그가 살아 있는 세상에서 그때의 사연은 이토록 재미나게 변한다. 연우의 눈망울이 반가움에 젖어 반질반질해졌다.

"아니, 아들 녀석이 결혼하겠다고 데려온 아가씨한테 우리가 뭐라고 할 거라고 생각했단 말인가 싶어서. 우리는 언제나 그 애 편이었는데."

미현은 억울한 듯 한숨을 푹푹 쉬며 물기 어린 목소리로 이야기했다. 연우는 괜히 가슴이 뛰며 마음이 벅차다.

"아, 내가 이런 얘기 했다는 거, 선재한테 말하면 안 돼. 선재는 내 아들이지만 정말 너무 무서워."

미현은 넌더리가 난다는 듯 고개를 가로저었다. 연우는 시어머니와의 사이가 한 꺼풀 벗겨진 것 같은 친근한 느낌이 들어서 고개를 크게 끄덕이며 웃었다.

"아이고. 호랑이도 제 말 하면 온다더니."

잠시 후 미현이 주방 너머를 보며 중얼거렸다. 음식 준비에 열중하고 있던 연우는 뒤늦게 고개를 들었다. 세상에. 회사에 있어야 할 남편이 자신을 향해 성큼성큼 걸어오고 있는 것이 아닌가.

"왜 여기 있어?"

단숨에 연우의 바로 옆까지 다가온 선재가 세상 심각한 표정으로 대뜸 묻는다.

"이 녀석아, 엄마한테 인사는 안 해?"

그 옆에 서 있던 미현이 선재에게 핀잔을 주었다.

미현이 눈치껏 자리를 피해주고. 주방에는 연우와 선재 두 사람만 남게 되었다.

"아버지가 연락 주셔서 왔어."

연우는 선재 쪽을 쳐다보지도 않고 대답도 하지 않는다. 똑똑똑똑. 무를 자르는 소리만 주방에 가득하다. 선재는 다시 한 번 연우에게 말을 걸었다.

"오늘은 내 건강, 안 궁금해? 왜 안 물어봐."

"물어보지 말라면서요."

연우는 새침하게 대답했다. 사실 간밤에 몰래 가서 그가 제대로 침대에 누워 있는지 확인하긴 했지만, 그런 얘기를 할 필요는 없다.

"내가 하지 말라면 다 안 할 거야?"

"……."

"여기서 왜 저녁 준비를 하고 있어. 하지 마."

자신도 어렵게 생각하는 아내가 시댁에서 요리를 하고 있는 것에 몸이 단 선재가 말했다. 연우는 그저 콧방귀만 뀔 뿐.

"그만하라고."

"왜요? 내 맘이에요. 내가 자발적으로 하겠다는데 선배가 왜 화를 내요?"

"다리도 다친 애가 이렇게 서서 일을 하는데 화가 안 나겠어?"

"화낼 필요 없어요. 상처도 다 아물었고 아프지도 않거든요."

그녀는 불퉁스럽게 말했다. 그의 고압적인 태도에는 늘 불만이 많았다. 그녀의 마음은 묻지도 않고 늘 제 기준으로 생각하는 것 또한 불만이었다. 어제는 뭐라고 했더라? 나 같은 성격을 제일 싫어한다고 했지, 아마? 누구는 뭐 댁 같은 성격을 좋아하는 줄 아나? 그냥, 미래를 생각해서 받아주고 있는 거지. 어쨌든 사람은 살리고 봐야 되니까. 다소 까칠한 연민을 보내며 썰어낸 무를 끓는 물에 우수수 집어넣고 있는데, 그가 낮은 소리로 말했다.

"미안하다."

헉. 동요한 티를 내면 안 되는데, 기대하지도 않았던 사과가 살짝 당황스럽다.

내가 잘못 들은 건가? 이 사람이 사과를 한다고?

"유리는 내가 깨뜨린 건데, 너한테 화내서 미안해."

세상에. 사과다. 사과가 맞다.

"미안하다고."

그 사과에 영혼 따위 없는 것 같긴 하지만.

"네. 알았어요."

연우는 도도하게나마 그의 사과를 받아들였다.

"그러니까 이제 집에 가자. 그만."

그런데 그다음 이어진 말에 다시금 기분이 상했다. 저녁 준비를 하고 있는데 대뜸 집에 가자니. 저녁은 먹고 가야지.

"날 집으로 데려가려고 사과한 거예요, 지금?"

선재는 어제에 이어 오늘까지 계속 심통을 부리는 연우를 이해할 수가 없었다. 아니, 왠지 속이 터졌다. 미안하다고 사과까지 했는데, 내가. 그런데 이 여자는 그 사과를 타박의 수단으로 이용한다. 상대를 제 뜻대로 움직일 수 없다는 것이 이렇게나 속이 터지는 일인지 처음 알았다.

"그건 아니지만 네가 이러는 거 싫어."

"나도 선배가 이러는 거 싫어요. 가고 싶으면 선배나 가세요."

"후우, 너 계속……."

심호흡을 크게 하고, 그녀의 통명스런 대답들에 경고를 해줄까 하는데.

와락!

아주 찰나에 벌어진 일이었다. 별안간 그녀가 제 가슴에 돌진하듯 폭 안겨 온 것이다.

"야…… 야."

예고도 없이 맥락도 없이. 이, 이건 또 대체 무슨 일이란 말이냐.

"뭐야……."

"쉿. 어머님 지나가시잖아요."

그의 허리에 팔을 두르고는 그의 턱 아래에 머리통을 쏙 집어넣은 그녀가 그의 가슴 안에서 속삭였다.

"둘이 싸웠나 하시던데 화해한 것처럼 보여야죠."

그녀의 목소리가 새의 깃털처럼 간지러웠다. 기침이 날 것 같았다. 그런데 그녀는 끌어안는 것에 그치지 않았다.

"빨리 내 등을 토닥토닥 하세요."

"……."

"빨리이!"

그녀가 그의 허리를 감은 팔에 더욱 힘을 주며 앙탈을 부렸다. 그가 액션을 보이지 않으면 당장 꼬집기라도 할 것처럼 손을 꼼지락거리면서 말랑한 몸을 틈 없이 붙여 온다…… 머리가 팽그르르 도는 것 같다.

그러나 당황스러운 와중에도 아내의 재촉에 군말 없이 응하는 올바른 남편의 모습이다. 토닥 토오닥 토오……닥…… 천하의 강선재답지 않게 세상에서 가장 어색한 토닥질을 해 보였다. 갑작스레 들이닥친 고통과 번뇌의 시간이다.

이연우…… 이따 어디 봐.

한편 사이좋은 부부의 모습을 연출하기 위하여 몸을 날린 연우는 의외의 행복을 알게 되었다. 이런 신세계가 있을 줄은 몰랐다. 사람의 몸이 어쩌면 이렇게 넓고 탄탄하고 아늑할 수가 있는지. 셔츠의 매끈한 질감은 피부를 흡수해버릴 듯이 부드러웠고 얇은 옷감의 두께는 그 안의 올찬 근육들을 상상케 했다.

그리고, 두둥 두둥 두둥 두둥, 힘차게 뛰는 그의 심장 소리는 가히 감동적이었다. 그의 가슴에 귀를 대고 심장 소리를 듣는 것은 처음이었기에 더욱 가슴이 찡해진 것인지도 모르겠다. 그가 살아 있는 사람이라는 게 확실히 증명되는 순간, 건강한 사람이라는 게 확인되는 순간. 지금까지 화가 났던 모든 것들이 스르르 풀리며 과거로 돌아왔다는 것에, 그가 살아 있다는 것에 감사하게 되는 순간이다. 이 심장 소리를 지켜야겠다는 생각을 하는 연우의 팔에 힘이 실린다. 연우는 저도 모르게 그의 허리를 더욱 꽉 끌어안았다. 아 좋다, 이 남자의 심장 소리가. 계속 이렇게 있고 싶다…….

"떨어져."

그러나 감동의 시간은 오래가지 못했다. 시어머니 미현이 떠나자마자 선재는 그녀의 팔을 냉큼 풀어버리며 어깨를 밀어냈다. 감동에 폭 젖어 있던 표정이 풀리며, 그녀 또한 다시 뚱한 얼굴이 되었다. 허전해진 연우는 들릴 듯 말 듯한 소리로 빈정거렸다.

"치. 연극 잘하시는 분이……."

"옹알거리지 말고 크게 말해."

연우는 보라는 듯이 입술을 샐룩거리며 다시 요리사의 자세로 돌아왔다. 국물 맛을 보는 그녀의 손이 야무지다. 졸지에 아내를 밀어낸 야박한 남편이 되어버린 선재는 새삼 미안해졌다. 싫어서 밀어낸 게 아니라 기분이 이상해서 그런 거였다. 그녀가 먼저 돌진해 온 것은 지난주의 육촌 결혼식 때 이후로 처음이었다. 그때는 키스였지만 키스라고 부르기도 뭣한 어정쩡한 인공호흡 같은 것이었다면, 지금은 정말로 제대로 된 포옹이었다. 완전히 밀착된, 꽉 찬 포옹. 그녀의 신체 여기저기, 불룩 나온 곳, 쏙 들어간 곳, 여린 곳을 그대로 느끼고 짐작할 수 있는 체험 삶의 현장이었다. 거기에 더하여 자신의 허리를 감은 팔에 가해지는 귀여운 힘과 가슴에 쏟아지는 간지러운 숨보따리를 무슨 수로 이겨내겠는가. 충동적으로 다음 욕구가 생겨나는 순간, 이성의 힘으로 그녀를 떨쳐냈다.

그렇게 위험 신호를 막아냈으나 바로 직전에 미안하다는 사과를 한 보람도 없이, 그녀는 다시 토라지고 만 듯하다.

"요리도 할 줄 알아?"

그는 조심스레 말을 걸었다. 얼른 화해하고 집으로 데려가고 싶었다.

"못할 건 없죠."

아내의 대답에는 가시가 가득하다.

"방해되니까 나가요."

연우가 그렇게 말했지만 선재는 그녀의 곁을 떠날 수 없었다. 한참 지나니 그녀가 또 불퉁스러운 말을 내뱉는다.

"나는 결혼한다고 요리라도 배워 왔는데 선배는 배워 온 게 뭐예요?"

그녀가 요리까지 배워 왔을 줄은 몰랐다.

"예의 없이 아무것도 안 배워 왔어요?"

톡톡 쏘아대는데도 하나도 얄밉지가 않았다. 그녀는 조금 화가 풀렸는지 재잘거리기 시작했다.

"결혼식 올리고 일주일 동안 내가 아침 차려냈던 거 알아요? 겸상은 안 하는 것 같아서 혼자 편히 드시라고 내 수저는 놓지도 않았는데."

이것 또한 새롭게 알게 된 사실이다. 어렴풋이 그때가 기억났다.

"난 원래 아침 잘 안 먹어. 그리고 네 밥상인 줄 알았지. 네 말대로 수저가 한 쌍뿐이기에."

"내가 밥 먹고 가라고 얘기도 했다고요!"

"지금처럼 큰 소리로 얘기했나? 옹알거린 게 아니라?"

그게 사실이었다. 막 결혼했을 무렵의 그녀는 소심하기 이를 데 없고 목소리도 작았다. 정곡을 찔렸음에도 연우는 더욱 눈을 부라린다. 선재는 그녀의 눈빛에 굴복하게 되었다.

"알았어. 미안하다. 앞으로 아침 꼬박꼬박 먹을게."

"헐. 앞으로 꼬박꼬박 아침상 차리라고요?"

아아. 그녀의 분노 지수는 점점 더 높아지고 있는 것 같다.

"그럼 원하는 게 뭐야? 그 얘기를 지금 와서 왜 꺼내는데."

"선배는 여자 마음을 요만큼도 모르는 것 같다고요."

기운 빠진 선재의 호소에 연우는 엄지와 검지를 조그맣게 겹쳐서 들어 보였다. 남들이 보면 손가락하트처럼 보일 테지만 연우의 표현은 그게 아니다.

"이건 손가락하트가 아니고 진짜로 요만큼을 말하는 거예요. 예를 들어 소금 한 꼬집 정도."

손가락하트, 소금 한 꼬집. 아무 생각이 없었는데 그녀가 그렇게 말을 하니 그녀의 손가락이 더욱더 하트처럼 보였다. 심각한 와중에 피식 웃음이 난다. 손가락하트, 소금 한 꼬집. 아, 꼬집어주고 싶을 만큼 귀여운 게 이런 거구나. 그녀의 진지한 표정에 그의 온 신경이 반응한다. 정말로 꼬집어버릴 뻔했던 선재의 충동을 막아낸 건 적시에 들이닥친 미현의 활약 덕분이다.

"새아가!"

"네, 네, 어머니."

'소금 한 꼬집'을 급하게 등 뒤로 감추며 연우가 대답했다. 그 손가락의 뜻이 '소금 한 꼬집'일 거라고는 꿈에도 생각지 못할 미현은 연우가 그랬던 대로 엄지와 검지를 겹쳐서 그들에게 보였다.

"새아가, 나도 너를!"

하하하…… 어머님, 그 뜻이 아닌데요. 참으로 아름다운 오해가 아닐 수 없다. 벌어진 일은 수습해야 하기에 연우는 웃픈 마음을 다독이며 손가락하트도 알고 계신 센스 넘치는 시어머니께 피드백을 드렸다.

"네. 어머니. 저도 어머님을!"

허공에서 빛나는 귀염둥이 하트들. 선재는 아무런 말도 하지 못하고 연우의 애교 넘치는 대응을 멍하니 바라보고만 있었다.

"선배도 하세요."

흘깃 노려본 연우가 이를 악물고서 선재에게 조용히 지시했다. 선재도 속닥였다.

"나보고 이걸 하라고?"

"하세요. 돈 드는 거 아니잖아요."

쩝. 별수 있나. 아내가 하라면 그냥 닥치고 하는 거다. 어머니, 저도 어머니를…….

선재는 난생처음으로 어머니께 애교라는 것을 부려보았다. 생각지도 않게 효자가 되었다.

연우와 선재, 그리고 미현과 운호가 둘러앉은 식탁. 연우가 시집을 와 처음으로 차린 식사를 함께 하는 시간이다. 반찬은 다 준비되어 있어 연우가 한 일이라곤 국을 끓인 것과 계란말이밖에 없지만 그래도 혼자 준비했다는 뿌듯함이 있었다.

"소고기뭇국이에요. 제가 제일 잘하는 건데 입맛에 맞으실지 모르겠네요."

그런데 식탁 앞에 앉은 미현과 운호는 미소를 머금고 있으면서도 웬일인지 의아한 표정들이었다. 시아버지 운호가 먼저 입을 열었다.

"선재, 소고기뭇국 싫어하지 않았나?"

"그러게요. 무가 물컹하게 씹히는 게 싫다고 했었잖아."

미현도 거들었다. 뜨끔. 식탁 위로 올라갔던 연우의 손이 흠칫 멈췄다. 차린 음식을 함께 먹는 것도 처음인데, 남편의 호불호 따위 당연히 알 리 없었다. 억울했다. 이 남자, 귀띔이라도 해주지, 내가 소고기뭇국을 준비하는 걸 알고도 아무 말도 안 했어. 어제 오늘 그녀가 일으킨 모든 일에 대한 보복인가 싶다.

선재는 멍한 눈으로 소고기뭇국을 바라보다가 천천히 고개를 들어 연우를 향했다. 아내가 흰자로 노려보고 있었다. 나보고 그런 눈 하지 말라며. 그러는 너의 눈빛은 엄청 부드러운 줄 알아?

그녀의 눈이 텔레파시를 걸어오고 있었다. 이봐요 남편 양반, 싫어한다고 진저리를 쳐서 나를 망신 줄 셈인가? 나를 남편 취향도 모르는 머저리 아내로 만들 셈인가?

아내의 눈치를 파악한 선재는 기계처럼 읊었다.

"……좋아합니다. 좋아하게 됐어요."

진심 따위 느껴지지 않는 목소리였지만 워낙 감정표현을 안 하던 남자라, 그의 부모님은 조금도 의심하지 않았다. 선재는 자신의 말에 책임을 지기 위해 소고기뭇국의 건더기를 마구 퍼 입에 날랐다. 어느덧 바닥을 보이는 선재의 소고기뭇국.

"여보, 국이 너무 맛있다."

"또 줄까요?"

"응……."

결국 선재는 한 그릇 더 들이켜게 되었다. 그런 선재의 노력 덕분에 아름다운 저녁시간.

"세상에. 선재가 무를 썹어 먹네. 역시 결혼이 좋긴 좋다. 네가 이렇게 변할 줄은 몰랐어."

미현이 뿌듯한 표정으로 말했다. 운호가 이를 거들었다.

"뭇국 좋아하게 될 만하네. 우리 새아가가 이렇게 음식을 잘할 줄 몰랐네."

"그러게요. 연우는 못하는 게 뭐야?"

미현이 살갑게 물었다.

"아니에요. 이것만 끓일 줄 알아요."

연우의 대응은 참하기 그지없다. 선재는 눈물을 삼키며 연우를 흘깃흘깃 바라본다.

아니. 넌 타고난 천재야.

저녁식사를 마친 후, 뒷정리는 효자가 된 선재가 하기로 했다. 그런 선재에게 조용히 미현이 다가와 물었다.

"너희, 진짜 싸웠었니?"

그냥 가벼운 호기심이었다. 싸웠다는 대답을 듣게 된다면 아내의 말을 진지하게 들어주라는 조언을 해줄 생각이었다. 그런데 선재의 대답은 주제를 비껴 나 있었다.

"어머니, 연우랑 친해졌다고 너무 함부로 하고 그러시면 안 돼요. 저도 함부로 못 하는 사람이에요."

뿐만 아니라 매정하기까지 하다.

"싸웠냐니까 그 말엔 대답도 안 하고 얘가 또…… 네 엄마를 뭘로 보고!"

미현이 서운한 티를 냈다. 그러나 선재는 표정 하나 바꾸지 않았다.

"다들 그래요. 나는 좋은 시어머니인 줄 알고 하는 모든 행동을 돌이
켜보셔야 돼요."

"치. 연우는 좋아하더라."

"그게 문제예요. 어머니가 먼저 뭐 하자, 하자, 하면 연우는 좋다고
다 해드릴 거라고요. 그러면서 스스로한테는 소홀해지는 거죠."

"흥."

"어머니, 연우는 자기한테는 이만한 상처가 나도 제가 요만큼 다친
걸 먼저 보는 애예요."

선재는 어젯밤에 있었던 일을 짧게 털어놓았다. 상대에게 집중하면
자신을 돌보는 일을 잊게 되는 아내의 특이점을 파악해가고 있었다.
그런 점에 마냥 고마워할 수는 없다.

"그래서 어쩔 땐 무서워요."

선재의 목소리를 따라 미현도 묵묵해졌다.

"그러니까 어머니도 연우가 예뻐도 너무 자주 부르지는 마세요. 연
우는 자기를 희생해가면서 어머니한테 맞출 테니까."

매정한 말이라는 걸 알지만 선재는 그것이 최선이라고 생각했다.

뒷정리를 끝낸 선재는 연우가 보이지 않아 집 밖으로 나왔다. 연우
는 마당의 화덕 앞에 앉아 불을 쬐고 있었다. 이 집의 야외 화덕에 불
을 피우는 건 손가락으로 꼽을 수 있을 만큼 드문 일이다. 오늘은 며느
리가 놀러 온 기념으로, 운호가 특별히 불을 피운 것이다. 화덕 안에서
익어가는 고구마를 바라보는 그녀는 호기심 가득한 아이의 눈을 하고
있다. 폭 빠져 있는 상태인 듯하여 말을 걸기가 미안해졌다. 한참 그렇
게 그녀를 바라보고 있을 때, 그녀의 고개가 그에게 잠시 향했다.

흥. 여전히 그에게 삐친 상태인지 그녀는 짧게 콧방귀를 뀌고는 다

시 화덕 쪽으로 고개를 돌린다.

"이 집엘 왜 혼자 왔어?"

연우가 자리에서 일어나며 새침하게 따졌다.

"그럴 때는 나무라는 게 아니라, 수고했어, 잘했어, 우리 엄마랑 사이좋게 지내서 좋다. 그런 말을 해줘야 되는 거 아니에요?"

"아니, 그래도……."

선재는 걱정하고 있었던 마음을 전달해볼 요량이었으나 그녀의 눈빛에 입을 다물었다. 어제 그녀가 '그 눈빛' 하지 말라고 했으니, 똑같이 노려보아 맞설 수도 없고. 하아.

"그래, 수고했다, 잘했어. 우리 어머니랑……."

그가 뒤늦게 고맙다고 하려는데, 그녀가 그의 말끝을 툭 잘라낸다.

"됐습니다."

그러고선 하는 말이 가관이다.

"엉덩이 찔려서 절 받긴 싫네요."

미치겠다. 엉덩이를 왜 찔러. 엉덩이를. 우스운 말을 내뱉고서도 그녀는 여전히 토라진 얼굴이다. 말실수를 파악하지 못한 거다. 아, 웃지 말자. 이 아인 지금 진지해…… 하지만 선재는 터지려는 웃음을 참아내는 것이 힘들었다. 입술 끝이 의지와는 상관없이 자꾸 하늘로 치솟으려 하고 있었다. 공부도 잘하는 애가 왜 이렇게 관용구에는 약한 건지. 귀엽게 보이려고 일부러 그러는 건지. 혼신의 힘을 다하여 웃음을 참아내고서는 나직이 그녀를 불렀다.

"이연우."

어제부터 엮인 매듭들을 이제 좀 풀어야 할 것 같아서.

"결혼, 후딱 해치우기 편해서 한 거 아니야. 그때는 그렇게 말했지만 꼭 그런 건 아니야. 너랑 결혼하고 싶어서 한 거야."

그녀의 뾰로통한 표정이 조금씩 풀려간다.

"치. 그게 뭐야."

투정을 부리지만 싫지는 않은 모양이다.

"네가 아니었으면 안 했을 거야, 결혼."

그녀의 입술이 점점 보기 좋게 길어진다.

"네. 빈말이겠지만 기분은 회복되는 것 같네요."

잠시 후, 그 이상의 화제를 떠올려보는 선재에게, 그녀의 목소리가 곱게 내려앉는다.

"저도 미안했어요. 어제 병원에도 같이 가줬는데 화내서요."

그는 조금도 신경 쓰지 않았던 문제에 대해 사과를 받으니 떨떠름했다. 그녀의 마음속만큼이나 맑은 사과다. 그리고 또 잠시 후, 그녀의 목소리가 더욱 작아진다. 웅얼거리듯.

"그리고 선배라고 부르는 건 언젠가……."

그 목소리가 너무 작아 그녀에게 집중하지 않을 수 없었다.

"언젠가 다른 대안을 찾을 수 있겠죠?"

수줍게 머뭇거리며 작은 목소리를 내던 그녀가 반짝반짝 미소 지으면서 자신을 바라본다. 미소가 오래 머문다. 그 미소를 계속 지켜주고도 싶지만 다른 잠재된 욕망 또한 꿈틀한다. 가슴이 애절하게 울렁거렸다.

"연극 말고 진짜로 해볼까?"

단번에 그녀에게 다가가 틈을 없앴다.

갑작스럽게 좁혀진 거리에 놀란 연우가 휘청거렸다. 선재는 그녀가 흔들리지 않도록 붙들었다. 이윽고 깨끗한 눈망울에 자신의 모습이 온전히 떠오른 것을 확인한 그는 그녀의 부드러운 머리카락들을 지그시 쓸어내다가 고운 턱선을 간질이듯 더듬었다. 뭘 연극 말고 진짜로 하자는 건지 제대로 말해주지 않아 영문을 알 수 없는 채로, 연우는 그의 손길을 받아들이고 있었다. 화덕의 온기를 간직한 몸은 그의 시원한 손끝에 매료된 듯 움직일 수 없었다. 그 순간 그가 성큼 고개를 내렸다.

에……에? 그의 얼굴이 불쑥 다가오며 뜨거운 숨을 터트리자 그녀의 입술이 멍하게 벌어졌다. 그 벌어진 틈으로 그는 제 것의 열기를 서서히 밀어 넣었다. 조심스럽게, 놀라지 않게.

그러나 연우의 양손은 그 당황스러움을 이겨내지 못하고 허공으로 흔들거렸다. 선재는 그녀의 팔을 따라, 여린 팔목을 지나 파닥이는 그녀의 두 손을 고이 붙잡았다. 그의 커다란 손안에 잡힌 그녀의 손이 몇 번 꿈틀거렸다. 놀란 그녀를 다독이듯 두 손을 지그시 감싸니 그녀의 움직임이 잦아들었다. 말캉한 혀가 녹아버릴 듯 달게 감겼다. 자신의 안으로 꿀꺽 삼켜지는 그녀의 호흡이 신음처럼 야릇했다. 머리가 징, 울렸다. 그의 뜨거운 숨이 다시금 폭발했다. 그녀가 안겨주는 습기가 아득하고 감질났다. 현기증과 동시에 갈증이 강하게 느껴졌다. 더, 더 깊은 곳을 탐하고 싶은 본능이 울컥 움직였다.

이제껏 어찌 연극을 해왔나 믿어지지 않을 만큼, 이 순간을 더 이상 남에게 보이고 싶지 않아졌다. 아무도 없는 곳으로. 둘만 있을 수 있는 곳으로 당장 가버리고 싶어졌다.

진짜 부부

"연극 한 번 해야 되는데, 할 수 있어?"

"네?"

"저 사람들을 믿게 해야 되거든."

"뭘요?"

"우리 결혼이 진짜라는 걸."

이 년 전의 첫 키스. 그때 그가 했던 말은 아직도 가슴에 그대로 박혀 있다.

하지만 그 건조한 말들과는 달리 이어진 입맞춤은 몹시도 매혹적이었다. 서툰 그녀의 사정을 봐주고 다독이면서도 열망을 드러내는 키스. 침착하면서도 갈급한 움직임이 왠지 애틋하게 느껴져서 서러울 정도였다. 그렇게 휘말렸다. 입술이 떨어진 뒤에는 그가 자신의 혼을 삼켜버린 듯이 멍한 상태가 되었다.

그때 들려온 따끔한 말.

"강요하는 건 아무것도 없을 거야. 이 정도만 해주면 돼. 다른 건 바라지 않아."

입술을 뗀 뒤에 선재가 처음 한 말은 그런 거였다. 그게 저주가 되었다. 잠시 매혹되었던 연우의 마음은 가차 없이 버려졌다. 그래서 놀랐다. 이 사람은 마음이 없는데도 이런 키스를 할 수 있구나. 마음이 닿지 않은 결혼을 한다는 게 어떤 의미인지 실감하게 된 밤이었다. 그래도 스스로 선택한 일이었기에 연우는 울지 않았다.

* * *

그가 선사하는 감각에는 늘 정신을 차릴 수가 없다. 방금 전까지는 그를 마주 보고서 참새처럼 짹짹거리고 있었던 것 같은데, 언제 이렇게 손이 붙들리고 입술을 맞대게 된 건지 모르겠다. 그의 숨결이 화덕보다도 뜨겁게 자신을 감싼다. 달래듯 부드럽게 점점 옭아매어 결국엔 꼼짝도 할 수 없게 만든다. 절대 다른 생각 할 수 없게, 다른 데 눈돌릴 틈도 없게, 그에게만 집중하도록. 그런 키스가 마음과는 다르게 버릇이 되어버려서, 또 그렇게 끌려가고 만다.

연우의 움직임이 안정되자 그녀의 손을 고이 잡았던 커다란 손이 다시 그녀의 팔을 타고 올라가 어깨를 쓸었다가 뒷목을 지그시 감쌌다. 조금이라도 더 피부에 맞닿으려는 듯 옷깃의 안으로 파고드는 손가락들은 조금 위험했다. 그녀가 흠칫 놀라며 발을 뒤로 뺐다. 입술이 떨어졌다. 그러나 선재는 그녀의 빠진 자리만큼 제 걸음을 채워 넣었다. 고개를 비스듬히 기울이고 눈꺼풀을 내린 채로 자신에게 다가오는 그의 표정엔 아직 씻어내지 못한 욕구가 보였다. 그녀를 잡기 위해 그가 다시 손을 뻗었다.

연우의 눈엔 그의 손이 깊은 우물로 들어가는 미끄럼틀 같았다. 저 손아귀에 들어가면 찰나의 열락과 긴 어두움이 다시 시작될 것 같았다. 과거로 회귀하여 그의 안위에 집중하던 시간들이 흩어질 것 같았다. 말 한마디 제대로 못했던, 휘둘리기만 하던 예전으로 돌아가버리게 될 거야. 슬픈 예감에 휩싸인 연우는 그를 피하기 위해 고개를 돌렸다. 그리고 그런 그녀의 시야에, 열려 있던 저택의 현관문이 닫히는 것이 걸렸다. 어머님 아니면 아버님이 지켜보았던 듯하다.

'연극 맞잖아. 진짜가 아니잖아.'

펑, 하며 현실로 돌아왔다.

"선배는 좀 못됐어요."

그간 내가 신선하게 굴었으니까 날 만만히 봤겠지. 하지만 나도 밟으면 꿈틀은 해. 그녀의 원망에 그의 눈이 커졌다.

"그래도 이러면 안 돼요. 내가 선배 무서워하는 거 알잖아요."

목소리에는 어쩔 수 없이 물기가 묻었지만 연우는 덤덤하게 말했다. 아까 주방에서는 내가 끌어안았더니 떨어지라고 했으면서. 감정도 없이, 연극 말고 진짜로 하자는 말을 눈도 깜짝 안 하고 할 수 있는 남자. 그녀는 그가 여전히 무섭다. 진짜가 아닌 것을 진짜라고 느끼게 만들어서.

그녀의 까슬까슬한 말에 선재 역시 탐닉의 마법에서 빠져나와 현실로 돌아왔다. 행복해지려 붕 떠올랐던 마음이 순식간에 바닥으로 툭 내려앉았다.

"내가 그저 무섭기만 해?"

"무서우니까 못 움직이죠. 선배가 붙잡으면 난 못 움직여요."

그녀는 이제껏 스스로 회복시킨 관계에 다시 벽을 세우듯 딱딱하게 말했다.

"마음과는 다르게 선배한테 완전히 휩쓸려가게 된다고요."

설레지 마. 넘어가지 마. 기대하지 마. 그가 뜨겁게 입맞춤해 올 때마다 제 가슴에 외쳤던 말들이 살아나 머릿속에서 아우성쳤다. 두 사람에게는 이 년의 벽이 있었다. 그 긴 시간 동안 두 사람은 철저한 쇼윈도 부부였다. 선재가 자신의 입맞춤에 감정을 쏙 빼기까지의 시간, 연우가 선재에게 아무것도 기대하는 것이 없게 되기까지의 시간이다. 연우는 선재가 하는 연극에 상처 입어가면서, 더는 다치지 않기 위해 심장에 굳은살을 만들어갔다. 그런데 그 굳은살을 잘라버리겠다는 말로 다가오면 아무리 나라도 다시 상처받을 수밖에 없어. 제발, 내가 당신에게 딴맘 품지 않고 그저 당신의 안위에만 집중하게 해줘.

두려운 마음만큼 몸이 굳은 사이에 그가 한 발 더 다가왔다. 그러나 이번에 연우는 두 걸음 더 도망쳤다. 그리고 한 걸음 더, 한 걸음 더. 뒷걸음질 치던 연우는 곧 뒤돌아 집 안으로 들어가버렸다.

"저희 이제 가보려고요."

집으로 들어온 연우는 미현을 향해 말했다.

"가게? 자고 가도 되는데."

"아니에요. 나중에 또 올게요."

"고구마는 먹었어?"

미현의 질문에 화덕의 고구마가 생각났다. 불과 오 분 전까지만 해도 얼른 고구마를 꺼내 먹고 싶은 생각이 가득했는데, 이제 입맛이 싹 달아났다. 연우가 대답하지 않자 미현이 운호를 흘겨보았다.

"여보, 고구마 빼내러 가서 그냥 왔어요?"

괜히 거실을 어슬렁거리고 있던 운호가 쉰 목을 가다듬으며 밖으로 나갔다. 연우는 화덕 앞에서 일어난 일을 본 사람이 시아버지 운호라는 것을 알게 되었다. 무안했다.

연우는 미현과 함께 밖으로 나가 운호가 화덕에서 고구마를 꺼내는 것을 지켜보았다. 선재가 운호를 거들었다. 종이봉투에 담긴 군고구마들은 미현의 손을 거쳐 연우의 가슴에 안겼다.

"며느리 사랑은 시아버지지. 연우야, 네 시아버지는 나한텐 이런 거 해준 적이 없어."

"왜 없어요. 한 번은 있었겠지."

운호의 뚱한 말에 미현이 피식 웃고는 질문했다.

"아차, 새아가 다음 주에 시간 있니?"

"어머니."

입을 닫고 가만히 있던 선재가 미현의 물음에 다그쳤다. 다음 약속을 잡으려 하는 어머니가 못마땅했던 것이다. 그러나 미현도 지지 않았다.

"며느리 드레스 좀 몇 벌 사 주고 싶어서 그래. 얼마 뒤에 네 아빠 회갑잔치도 있고 그렇잖아. 연우야, 시간 있으면 같이 숍에 들르자."

"네, 좋아요, 어머님. 저 금요일 오후에 시간 괜찮을 것 같아요."

"그래? 그럼 내가 금요일 오후에 숍 예약해둘게."

미현은 연우의 대답을 반기며 선재에게 눈치를 주었다. 선재는 그 앞에서 더 말하지 않았다.

부모님과 헤어져 연우를 데리고 저택에서 나온 선재는 차를 몰고 간 지 몇 분 지나서야 입을 열었다.

"금요일에 어머니 만나러 가지 않아도 돼. 내가 어머니한테는 잘 얘기할게."

"가고 싶어서 간다고 한 거예요."

감정이 쏙 빠진 메마른 대답이었다. 조수석에 앉은 연우는 아예 창밖으로 고개를 돌리고 있었다. 선재도 더 이상 말을 할 수 없었다. 화덕 앞에서 그녀가 했던 말이 계속 머리에 맴돌았다.

"마음과는 다르게 선배한테 완전히 휩쓸려가게 된다고요."

정말로 그간 그녀의 행동에는 다른 감정이 없었다는 사실을 확인받는 말이었다. 서로의 사이가 가까워졌다고 생각한 건 착각일까. 선재는 그 착각을 인정하고 싶지 않았다. 집에 도착하여, 연우는 먼저 올라갔다. 차를 주차시킨 뒤 연우를 따라 올라간 선재는 곧장 연우의 침실로 향했다. 연우도 머릿속이 복잡한지 외투도 벗지 않은 채로 침대에 걸터앉아 있었다.

"미안하다."

선재가 사과했다. 오늘만 벌써 두 번째 사과다.

"하지만 키스가 좋아서 이혼을 못 하겠다고 억지 부리던 적도 있었잖아."

얼굴이 붉어진 연우가 서러운 눈으로 그를 바라보았다. 하지만 그는 한 발 디 밀어붙였다. 기껏 유연해진 관계가, 다시 굳어가게 할 수는 없었다.

"넌 날 무서워하면 안 돼. 난 네 남편이니까."

선재도 가슴에 담아두었던 말을 했다. 네가 날 무서워해서 나 또한 멈출 수밖에 없었지만 이제 이대로 등을 보일 수는 없다.

"네가 변했듯이 우리 사이도 변해야 돼. 이대로 있을 수는 없어."

그녀가 또 겁을 낼까 싶어 찬찬한 목소리로, 그러나 힘을 주어 말했다. 연우의 맑은 눈동자가 왠지 애처로웠다. 그의 마음처럼.

"그러니까 너도, 날 받아들이는 노력을 해야 돼. 힘들더라도 이겨내 봐. 내가 도와줄 테니까."

더 밀어붙이고 싶었지만 그녀의 마음을 헤아려 나긋하게 말했다. 그러나 그녀가 받아들이는 마음은 또 다른 모양이었다.

"뭐, 뭘 이겨내라는 거예요?"

뭘 이겨내라는 건지 모르겠다는 얼굴로 연우가 물었다. 정말로 하나하나 다 짚어줘야 될 모양이다.

"날 이겨내라고. 내가 하는 모든 것들. 내가 할 모든 것들."

"뭘 하려고요?"

정말로, 정말로 다 짚어줘야 될 모양이다.

"네가 무서워했던 것."

"……."

"키스. 그리고 언젠가 그 이상이 되겠지."

그는 욕망껏 모두 털어놓았다. 에둘러 말할 줄은 몰랐다.

"왜요?"

연우의 대답 역시 가차 없다.

"연극만 하면 되잖아요."

그녀의 표정엔 지금의 위치를 견고히 지켜가겠다는 매몰찬 의지가 담겨 있다.

"선배가 그랬잖아요. 연극 정도만 해주면 된다고. 다른 건 바라지 않는다고."

연우는 다시 한 번 이 년 전의 그 말을 끄집어내었다.

"더 바라는 게 생기면 안 되나?"

그 또한 간절했다. 그러나 마음이 행동에 닿지는 못했다. 그는 지금껏 그래왔던 습관대로 제 주장만 밀고 나갈 뿐이다.

"너도 날 흔들었잖아."

"선배는 흔든다고 흔들리는 사람이 아니잖아요."

"네가 흔드는데 어떻게 안 흔들려."

그는 표현이 서툰 사람이었다.

"네가 내 아내잖아. 옆에 있는 게 당연하고 끌어안을 수도 있고 키스할 수도 있고."

"그러니까, 성욕을 풀어달라는 거예요?"

연우는 원망스러운 표정으로 단어 하나를 내뱉었다.

선재는 그게 아니라고 소리칠 수는 없는 암담한 입장이 되었다. 그 뜨거운 갈망은 성적 욕구가 맞다. 하지만 제 마음을 단어 하나에 가두어버리는 건 좀 억울하다.

"맞는 얘기긴 하지만."

좀 더 명확한 어휘가 없다는 것이 답답했다.

"하지만 나 혼자 즐기는 건 의미가 없어."

그는 발열된 서로의 속을 식히고자 거기에서 말을 마쳤다.

"일단 자라."

아무것도 얻은 것 없이, 그녀를 조금도 설득하지 못하고 뒤돌았다.

"요즘 제가 많이 달라져서 오해의 여지를 줬다면 죄송해요."

그런 그에게 또다시 무정한 목소리가 들려왔다.

"선배한테 잘 보이려는 것처럼 보였을 수도 있겠네요. 근데 그게 제 원래 성격은 아니고 그냥 노력의 산물이에요. 일주일 전에 말했던 대로 선배한테 딴마음은 없어요. 그저 선배가 건강하게 잘 살았으면 좋겠다는 마음이에요."

그가 잘 사는 미래에 그녀는 없을 거라는 말처럼 들린다. 아직도 그녀는 이혼을 염두에 두고 있는 것일까. 언젠가 가뿐하게 멀어지기 위해 더 깊은 관계는 사양하겠다는 말일까.

"갈게."

선재는 연우의 말에 더는 답하지 못하고 방을 떠나버렸다.

소란 없이 사흘이 지나고. 선재는 근무시간에 잠깐 짬을 내어 한 건물을 찾았다. 반해 엔터테인먼트. 연우의 절친 수지가 일하는 연예기획사가 있는 건물이다.

사흘 전, 연우에게 모진 말들을 들었지만 그는 포기하지 않았다. 포기할 수 없었다. 그는 연우가 남자를 무서워하게 된 근원부터 제대로 파헤쳐야 한다고 생각했다. 그러나 연우에게 직접 물어볼 수는 없었기에 친구 찬스를 이용했다. 수지의 연락처도 알지 못했기 때문에 선재는 무턱대고 사무실로 찾아갔다. 입구에서 명함을 내미니 데스크 직원은 군말 없이 사무실 안으로 들여보내줬다. 그의 명함은 프리패스카드와 진배없었다. 이 층의 사무실로 들어서니 수지가 보였다. 수지는 한 손에는 휴대폰, 또 한 손에는 종이 뭉치를 들고 통화를 하며 사무실 안을 바쁘게 돌아다니고 있었다. 열심히 일하는 직장인의 모습이었다.

　수지가 일어나 돌아다니던 덕에 누구보다도 더 빨리 선재를 발견할 수 있었다. 그러나 수지는 선재의 얼굴을 알아보고서도 눈만 깜빡였다. 설마 자신에게 볼일이 있을 거라고 생각지는 못한 것이다. 그래도 절친의 남편이니까, 수지는 알은체를 하러 다가갔다.

　"안녕하세요? 저 연우 친구예요."

　"네, 압니다. 김수지 씨."

　"아, 아시는구나. 어떻게 여기까지 오셨어요? 누구 불러드릴까요?"

　"김수지 씨 만나러 왔습니다. 연우 얘기를 좀 했으면 해서."

　선재가 자신을 알아본 것에 반가운 기색을 띠던 수지의 표정이 맹하게 변했다. 바쁘신 분이 아내 얘기를 하러 친구에게까지 찾아올 이유는 대체 무엇일까. 직접 물어보면 될 텐데.

　"시간 가능합니까? 지금 좀 얘기했으면 하는데."

　난감했지만 수지는 왠지 거절할 수가 없었다. 그의 앞에 서니 기가 바짝 눌리는 기분이었다. 매사에 온연한 연우가 이런 남자를 만났다는 게 사실 여전히 믿기지 않는다. 아닌가, 이연우라서 이런 남자와 잘 맞는 건가? 이 남자의 날카로움을 연우가 무디게 해주나? 여전히 아리송하지만 솔직히 정말 매력 있는 사람인 건 맞다. 연예기획사에 취직하여 기막히게 잘생긴 친구들을 허구한 날 보아 미남에 대한 면역력이 아주 강한 수지에게도 이 남자는 안구정화의 새 영역을 개척해주니 말이다.

　수지는 할 일이 많았지만 사무실을 빠져나가기가 수월했다. 강선재가 누구인지 잘 알고 있는 상사가, 수지가 처리해야 할 일은 다 자기가 해놓을 테니 우리 회사 가수들이나 좀 소개시켜주고 오라며 프로필

문서를 한 다발 들려주었다. 수지는 여러모로 어깨가 무거워졌다. 수지가 프로필 자료를 내놓기가 창피하여 쭈뼛거리는 것을 알아본 선재가 먼저 물었다.

"들고 있는 건, 제게 주실 겁니까?"

오. 수지는 무안해하면서도 이 기회를 덥석 잡지 않을 수 없었다.

"아, 진짜 이러면 안 되는데, 부장님한테 부탁을 받아서요…… 저희 회사 연예인들 프로필인데, 그냥 가져가시기만 하면 돼요. 잠깐 사무실 빠져나오는 조건으로 받은 거라서…… 절대 부담 갖지 마시고요."

"고맙습니다. 광고 찍을 일이 있을 때 참고하겠습니다."

선재는 수지가 내미는 자료를 흔쾌히 받았다. 광고 얘기까지 먼저 꺼내며. 오. 뭐가 이렇게 쉽지? 수지는 일이 쉽게 해결된 것이 얼떨떨했다. 뭔가 엄청나게 긴한 부탁을 하러 온 걸까?

"저도 고맙습니다. 그런데 무슨 일로 찾아오신 거예요?"

수지는 궁금한 것을 물었다. 선재는 쉽게 입이 떨어지지 않는 듯 힘들게 질문을 던졌다.

"연우가 제 얘기 많이 합니까?"

"네…… 아니, 아뇨……."

수지는 자신의 대답이 연우를 난처하게 할까봐 걱정되는 마음에 말을 더듬게 되었다.

"편하게 말씀하셔도 됩니다."

"많이 하지는 않아요. 제가 물어보는 것만 짧게 대답하고요."

수지는 사실대로 말했다.

"정말이에요."

"네, 짐작하고 있습니다. 연우는 말이 없는 편이죠. 마음을 여는 데도 한참 걸리고."

선재는 곧 진짜 용건을 꺼냈다.

"저는 그게 칠 년 전의 일 때문이라고 생각합니다."

수지가 멀뚱하게 선재를 보았다. 선재는 수지의 눈치를 보아가며 천천히 말했다. 혹시 수지가 모르는 일이라면, 자신이 큰 실수를 하게 되는 것이기 때문에.

"……연우 고등학교 2학년 때 있었던 사건 얘기입니다."

"하아…… 네, 그렇죠……."

선재의 말을 알아들은 수지가 한탄을 쏟아내며 고개를 크게 끄덕였다. 다행히 수지가 아는 이야기였던 것이다.

"마상희 걔가 한 짓을 생각하면 제가 자다가도 화가 뻗쳐요."

그런데, 왠지 이야기가 전개되는 방향이 선재의 생각과는 달랐다.

수지는 주먹을 불끈 쥐며 이를 갈았다. 억울해 죽겠다는 듯.

"데이트폭력? 웃기지도 않아, 연애는 자기가 해놓고 정말……. 길 가다가 마주치면 머리털을 확 다 뽑아놓을 거예요, 제가."

흥분하여 이야기를 늘어놓는 수지를 보며 선재는 이맛살을 찌푸렸다.

"……마상희요?"

마상희. 마진태와 옥승혜의 외동딸이라고 기억하고 있는 여자의 이름이 수지의 입에서 나온 것이다. 뜬금없이.

"헉. 연우가 그 얘기 안 했어요?"

수지는 당황스러운 표정으로 물었다. 그렇지만 이내 고개를 끄덕였다.

"하긴, 연우라면 충분히 그럴 수 있어요. 굳이 제 입으로 옛날 얘기를 꺼내지는 않을 거예요."

"저한테 얘기해주실 수 있습니까? 제대로 알고 싶은데. 이 일에 대해 제대로 얘기해줄 수 있는 사람은 김수지 씨밖에 없을 것 같습니다."

이야기를 꺼내길 망설이던 수지는 선재의 절박한 설득에 힘입어 다시 조심스럽게 입을 열었다.

"지금은 어떻게 사는지 모르겠는데, 고등학교 때의 마상희는 정말 속수무책이었어요. 걔네 아빠가 연우랑 같이 학교에서 공부한다고 하면 그냥 넘어가주니까 연우 팔아먹어서 엄청 놀러 다녔었죠. 고딩이 술이 떡이 되어서 연우 집에 기어들어온 적도 많았대요. 아, 이 얘긴 들으셨겠네요."

마상희의 아빠, 마진태 사장. 제이그룹의 계열사 제이내추럴의 사장이다. 선재와는 일 년에 대여섯 번 마주치는 사이다.

"하루는, 마상희가 학교 강당에서 웬 남자애랑 찐하게 애정행각을 벌이다가 수위 아저씨한테 발견돼서 난리가 났어요. 학교에 불려온 마상희 엄마는 집으로 돌아와서 연우를 엄청 구박했죠. 어떻게 중요한 친구도 하나 못 챙기냐고."

마상희 엄마, 옥승혜 여사. 이 년 전 백화점에서 연우에게 손찌검을 했던 여자. 두 사람의 관계는 아주 뿌리 깊은 거였다.

"그런 일이 있고 나서 얼마 뒤에, 연우가 하굣길에 웬 남자한테 두드려 맞은 거예요. 이유도 없이요."

수지의 코가 붉어졌다. 금세 그녀의 눈에서 닭똥 같은 눈물이 뚝뚝 떨어졌다.

"죄송해요, 흑흑. 제가 좀 원래 이런 주책이 있어요."

선재는 묵묵히 수지의 앞에 휴지를 밀어주었다. 누군가를 위로하는 법도 모르거니와, 그 또한 먹먹한 마음이었기에 아무 말도 할 수 없었다. 눈물을 닦고서 마음을 진정시킨 수지는 잠시 후 다시 목소리를 내었다.

"여기저기 멍들고 상처 나고 피 나고 그렇게 돼서 병원에 가면서 집에 연락했는데 연우 어머니가 전화를 받은 게 아니라 상희네 엄마가 받더래요. 병원에 찾아온 것도 상희네 엄마였어요. 연우 어머니한테는 연락을 못 하게 하더래요. 충격받으신다고. 그러고선 마상희네 엄마가, '데이트폭력'으로 신고를 해야 될 것 같다고 하더래요. '묻지 마 폭행'으로 해버리면 우발적인 사고라고 판결이 날 수도 있다고요."

선재는 현기증이 났다. 진실은 데이트폭력이 아니었다. 오래전 찾아보았던 사건 기록은 표면적인 것이었다. 그 이면에는 이런 조작이 있었다.

"변호사고 뭐고 그쪽에서 알아봐줘서 연우는 그들이 하라는 대로 했대요. 늘 1등을 하는 애니까 시험도 부담되고 해서 가족들 귀에만 안 들어가고 잘 마무리되었으면 했나봐요. 그렇게 상처도 회복되고 사건 처리도 끝나고, 그러고 나서야 사실을 알게 된 거죠. 연우를 폭행한 놈이 마상희랑 그렇고 그랬던 놈이라는 걸."

허어. 몇 가지의 감정이 묶인 한탄이 흘러나왔다. 선재는 떨리는 손으로 입을 쓸었다.

"마상희네 엄마는 딸이 남자애랑 강당에서 어쩌구 하는 소문이 나게 생겨서 전전긍긍했던 거죠. 그러다가 상희 사건을 연우로 덮은 거예요. 그래서 데이트폭력으로 처리하라고 설득한 거였어요. 그놈은 상희가 아니라 연우랑 사건 거라고 할 마음으로요. 그럼 안 좋은 소문이 나도 다 연우 이름을 갖다 붙일 수 있겠죠."

그 악마 같은 사람들이, 연우를 어떻게 이용해먹었을까 생각하니 참담하고 또한 가슴이 욱신거렸다.

"어쩌면, 연우를 폭행한 건 마상희네 엄마 아니면 아빠였을 수도 있다고 생각해요. 마상희 남자친구였던 그놈을 매수했을 거예요, 아마."

"연우는…… 그 사실을 알고도 가만히 있었습니까?"

선재는 겨우 소리를 내어 질문했다.

"곧 고3이 되니 그런 걸 따져볼 틈이 없었어요. 부모님이 알면 곤란한 것도 있고요. 처리는 그럭저럭 되었으니까 됐다고 했어요. 연우 때린 그놈도 미국으로 도망갔다고 들었고."

놈이 미국으로 가 다른 죄목으로 교도소에 수감되었다는 것은 선재도 알고 있는 일이다.

"아시다시피 연우는 멘탈 갑에 엄청 독해요. 삼 년 동안 연애하는 걸 베프인 저한테도 숨겼을 정도니까 말 다 했죠."

뜨끔. 선재는 수지의 말에 바늘이 박혀 있는 것처럼 움찔했다. 수지 또한 연우와 선재가 연애결혼을 했다고 생각하고 있었다. 연우는 두 사람의 결혼에 대한 비밀을 수지에게도 말하지 않은 것이다. 역시 독한 여자임에는 틀림이 없다.

"아무튼 그때는 엄마가 걱정한다고 그래서 퇴원하고서도 며칠 저희 집에서 지냈어요. 그래서 여전히 아줌마 아저씨는 모르시니까, 말씀하시면 안 돼요."

수지는 연우의 친구답게 독하게 당부했다.

수지와 헤어진 후, 선재는 회사로 가 처리해야 할 일을 마무리 짓고 나서 다시 또 길을 나섰다. 이번엔 연우의 동생, 태우를 만나기 위해 움직였다. 태우의 귀가시간에 맞추어 차를 움직인 선재는 오피스텔 앞에서 잠시 대기했다가 태우를 만날 수 있었다.

"처남."

"매형."

태우가 반가운 목소리로 달려왔다. 연우와 한 살 터울의 남동생 태우는 연우만큼이나 눈매가 착한 얼굴이다. 연우와 같은 대학교의 학부생이니 선재와도 선후배 관계인데 선재는 좀처럼 자주 만나질 못했다. 오늘도 선재는 처남을 만나러 왔다는 말 대신 핑계를 댔다.

"근처에 일이 있어서 왔다가 생각이 나서. 잘 지냈어?"

"네."

"공부하긴 괜찮아?"

"네. 덕분에요. 여기까지 오셨는데 들어오시겠어요?"

태우는 선뜻 선재를 오피스텔 안으로 안내했다. 선재와 친하게 지내고 싶은 마음은 늘 있었는데 매형이 바쁘고 또한 어려운 사람이라 섣불리 연락하질 못했었다. 그랬던 태우에게 매형이 직접 찾아와주었으니 고마울 수밖에 없다.

"그럴까? 고마워."

선재도 태우의 제안을 고맙게 받아들였다. 태우의 오피스텔은 크지 않지만 갖출 건 모두 갖춘 아늑한 공간이었다.

"남자 혼자 사는 집인데 지저분하지가 않네."

"안 치우면 누나한테 혼나니까요."

"연우는 가끔 다녀가지?"

"네. 반찬 갖다 주러 오거나 폭풍 잔소리를 하러 오죠."

"연우가 잔소리도 해?"

"매형은 잔소리 안 들어보셨어요?"

"……아니, 나한테도 해."

당황한 선재의 대답이 조금 늦었다. 뭐, 건강하게 지내라고 하는 말도 잔소리라면 잔소리니 거짓말은 아니다. 선재는 급히 화제를 돌렸다.

"이렇게 둘이서 얘기하는 게 거의 처음이네. 처남 군대에 있을 때 내가 연우랑 결혼했으니."

"그러네요. 그때는 누나 결혼식만 보고 바로 복귀해야 돼서 제대로 인사도 못 했네요."

"제대하고 나서 달라진 게 많아서 힘들었겠어. 어머님, 아버님도 서울에서 시골로 내려가시고, 제대하자마자 혼자 살게 되고."

"편해진 건데요 뭐. 다 좋아요."

"이전의 집에서는 불편했나?"

"아무래도 마진태 사장님 집안에 매여 사는 처지였으니까요."

화제는 선재가 원하는 방향이 되었다.

"마진태 사장 집에 살 때…… 연우는 어땠어?"

"누나는 그런 얘기 잘 안 하죠?"

연우의 성격을 잘 알고 있는 태우가 선재를 위로하듯 물었다.

"응."

선재의 대답에 태우는 알 만하다는 듯이 끄덕였다.

"마진태 사장님 딸이……."

"마상희?"

선재는 이야기의 틈에 끼어들어 물었다.

"네. 마상희 누나요. 그 누나가 우리 누나랑 동갑이거든요. 그래서 옥승혜 여사님이 콤플렉스가 좀 있었어요. 마상희 누나가 우리 누나보다 뭐든 더 뒤처지니까. 둘이 같은 초중고를 나왔는데 아마 마상희 누나 숙제는 다 우리 누나가 해줬을 거예요. 부탁받으면 그냥 군말 없이 해줬어요. 어머니랑 아버지가 그 집 일을 하고 있으니까 아무래도 눈치를 봤던 것 같아요."

이야기를 전해 듣는 것만으로도 마음이 아프다.

"연우가 힘들어하지는 않았어?"

"그런 내색은 원래 잘 안 해요. 집안일 가지고 저한테 짜증내는 건 좀 있었죠. 청소나 빨래 같은 거…… 괜히 유치한 싸움을 걸 때도 있고요. 그런데 엄마 아빠한테는 또 되게 생글거려요. 여우예요, 여우."

태우는 자리에 없는 연우를 놀리듯 말했다.

"아, 죄송해요."

실컷 험담을 하고는 뒤늦게 매형의 눈치를 보는 태우가 우스워 선재도 픽 웃었다.

"아니야."

사실은 자신이 모르는 이연우의 모습들에 대한 이야기를 좀 더 듣고 싶었다. 동생에게는 폭풍 잔소리에 유치한 싸움을 걸고, 부모님 앞에서는 생글생글하는 여우가 되는 여자. 상상 속에서 그 모습은 괜스레 사랑스럽게 포장되어버린다.

"얘기해줘서 고마워."

선재는 처남을 따뜻하게 바라보았다. 앞으로도 이렇게 함께 이야기할 기회가 많았으면 좋겠다고 생각하며.

"근데 매형. 예전부터 물어보고 싶었던 게 있었는데요."

그런데 태우가 대화의 말미에 긴하게 그를 불렀다.

"응. 얘기해."

"우리 누나가 왜 좋아요?"

태우는 도통 알 수가 없단 눈빛으로 물었다. 누나를 좋아하는 모든 남자를 이해할 수 없는, 평범한 남동생의 표정이었다.

퇴근시간. 연구실을 나선 연우는 추워진 날씨에 몸을 움츠리며 발걸음을 재촉했다. 일 층까지 내려오니 복도에서도 입김이 났다. 불현듯 추우니 바지를 입고 다니라고 했던 선재의 조언이 떠올랐다. 선재와는 벌써 나흘째 냉전상태다. '다른 미래'를 다녀오기 전과 다를 것이 없으므로 익숙한 상황인데 왠지 점점 초조하고 마음이 무거웠다.

'내가 너무했나?'

얼마 전에는 그가 살아 있는 것만으로도 감사했으면서 그깟 일에 자존심을 세우다니. 그가 이혼해주지 않은 것만으로도 감지덕지해야 할 판에.

'욕구를 해결하지 못하니 이혼하자고 하면 어쩌지?'

급기야는 그런 생각까지 들었다. 그가 그저 욕구불만이라고 생각하는 연우는 그 틀에 맞는 상상만 하고 있었다. 그래도 아침저녁으로 살아 있는 것을 확인시켜주는 그에게 나름 고맙게 생각하고는 있다.

'그럼 이제 그만 냉전을 끝낼까? 인사는 하고 지내는 게 마음 편하니까.'

또한 그와 친한 관계를 유지해야 그의 건강이든 안위든 관리하기가 쉽다.

"하아. 근데 어떻게 화해하냔 말이야. 내가 밀어낸 건데."

건강 확인은 계속하고 싶고, 키스를 하겠다며 다가오는 건 거부하고 싶고. 자신의 욕심은 채우면서 그의 욕심은 차단하는 관계를 이어나가기가 참 곤란하다. 하지만 그건 모두 궁극적으로는 그의 삶을 위한 것, 다른 것 없이 순수하게 그가 살아 있기를 바라는 것뿐인데 그게 어려워서 속상하다. 길바닥에 상념을 담은 한숨을 뿌리며 걸어가 기사님과 매번 만나는 길에 닿았다. 그런데, 그녀를 기다리고 있는 사람은 뜻밖에도 기사님이 아니었다.

"왜 여기 계세요?"

연우는 자신을 향해 고요히 하얀 입김을 보이는 선재를 향해 물었다.

"기다렸지."

"왜요? 무슨 일 있어요?"

"그냥. 기다려보고 싶었어."

선재는 연우의 모든 것을 흡수하듯 제 눈에 담아냈다. 연우와 가장 가까운 두 사람을 만나고 왔을 뿐인데 긴 여정을 끝내고 돌아온 듯했다.

"어떤 기분인지 궁금해서."

연우는 생각했다. 궁금할 것도 차암 없다고.

"기사님은요?"

"그냥 들어가시라고 했어."

"저녁은요? 저는 먹었어요."

"알아."

선재의 태도는 며칠 전 시어머니 댁의 화덕 앞에서 성큼 다가올 때를 떠올리게 했다. 그의 우수에 젖은 눈빛에서 왠지 정염이 느껴진다. 거기에 자연스레 매혹되어버리는 것은 말할 것도 없고. 연우는 그런 자신을 외면하며 뚱하게 물었다.

"차 안 탈 거예요? 추운데."

"타자."

그의 대답에 연우는 벤치 옆의 차 쪽으로 걸음을 옮겼다.

"아아."

그런데, 선재가 갑자기 제 한쪽 눈을 손으로 감싸며 앓는 소리를 내었다.

"왜요?"

"눈에 뭐가 들어간 것 같다."

그는 벤치에 다시 주저앉게 되었다. 그의 대답은 그녀를 다시금 후다닥 달려오게 했다.

"손 좀 치워봐요."

"따가워."

연우는 눈을 감싸고 있는 선재의 손을 떼어냈다. 그리고 찡그리고 있는 쪽의 눈을 손가락으로 애써 벌렸다.

"아아, 왜, 왜."

"웬 엄살이에요. 가만있어봐요."

연우는 입에 바람을 모아 선재의 눈앞에서 후, 불었다. 그리고 한 번 더, 후.

"괜찮아요? 보여요?"

선재는 눈을 깜빡였다. 따끔하니 통증을 주며 세상의 것들이 사라졌다가 다시 흐릿하게 눈에 담긴다. 그 와중에 그녀의 얼굴은 선명하게 잡힌다. 선재는 자신에게 바짝 붙어선 연우의 얼굴을 하염없이 바라보았다.

"그러게 괜히 또 왜 여기까지 와가지고. 시키지도 않는 짓을 하니까 이렇게⋯⋯."

흥분하여 목소리를 높이던 연우는 더는 말을 못 하겠는지 말끝을 급히 흐렸다. 선재 또한 가슴이 뻐근하게 조여 온다.

어떤 게 진짜냐. 날 이렇게 걱정하는 네가 진짜일까, 날 밀어내는 네가 진짜일까.

두 모습 다 진심 같아서 그 어떤 말도 할 수가 없다. 그간 버려둔 것이, 그간 아무것도 묻지 않은 것이 너를 지키는 일인 줄로만 알았는데 나는 아무것도 지키지 못했다.

"이제 잘 보인다."

이제야 그게 보여. 이제야 네가 제대로 보인다.

"놀랐잖아요."

그녀는 선재를 가볍게 흘겨보았다.

"운전할 수 있겠어요? 기사님 다시 부를까요?"

자신을 위해서는 도통 움직이지 않아도, 타인을 위해서는 몸을 던질 수 있는 여자. 너를 정의할 수 있는 단어가 세상에 없다.

"미안하다."

그는 마음을 담아 사과했다.

"됐습니다. 무사하면 됐어요."

그녀는 방금 전 일어난 일에 대한 사과려니 하며 대충 넘긴다. 그런 그녀에게 물었다.

"속상하지 않았어?"

"네?"

"네 첫 키스를 그렇게 만들어버렸는데."

뜬금없는 이야기에 당황한 듯, 그녀의 눈동자에 미세한 지진이 일었다.

"그, 그렇게 만들다니요? 뭘 어떻게 만들었는데요?"

정말 당황한 듯 목소리도 커졌다.

"전 아무렇지도 않은데요?"

그러면서도 과거의 상처에 대해서는 아무렇지도 않은 척하는 여자.

"정말 정말 아무렇지도 않은데요?"

"너, 그때 내가 했던 말까지 마음에 담아두고 있었잖아."

"그건 그냥…… 내 기억력이 뛰어나서 그런 거죠!"

"그럼 왜 그랬어. 아무렇지도 않은데, 왜."

남자에게 상처를 받아 남자를 기피한다고 생각했다. 그래서 더 다가가지도 못했다. 그렇게 바보 같았다. 아니, 어떤 원인으로 만들어진 상처였든지 간에 널 그렇게 버려둬서는 안 되는 거였는데.

"뭘요?"

"내가 가까이 가면 너 떨었잖아. 날 제대로 쳐다보지도 않았잖아."

이제야 묻는다. 이 년이나 늦은 질문이다. 우리 사이에 필요한 건 시간이 아니라 질문이었다.

"그, 그건, 신체적인 이유가 좀 있어요."

연우는 찔리는 구석이 있는 듯 말을 더듬었다.

"내가 무서웠어?"

"……얘기했잖아요."

무언가 질문에 답을 때려 맞힌 듯하지만.

"표정만 봐도 무서웠다고요."

그래도 유순히 대화가 흘러간다. 참 오랜만이야.

"그럼 내가 어떻게 해야 되겠어. 눈을 감고 얘기할까?"

"왜 그렇게 나긋하게 말해요, 무섭게."

"나긋하게 말하는 거까지 무서워하면 안 돼."

"왜 다그쳐요, 무섭게."

너의 겁먹은 모습에 겁을 먹었던 지난날의 나를 반성하며 한 걸음 나아가본다.

"여전히 내가 무서워?"

"옛날처럼은 아니지만……."

그녀가 또 옹알거린다. 그 입술이 앙증맞아서 먹먹한 와중에 웃음이 조금 났다.

"그래. 천천히 고쳐보자."

"뭘요?"

"너. 그리고 나."

더없이 찬찬한 목소리였는데 연우는 마른침을 삼켰다.

"네가 날 무서워하지 않도록."

그렇게 말하며 다가오니 더 무섭다. 이 사람은 온갖 착한 말을 해도 카리스마 넘치는 얼굴이 문제다. 이 순간 가장 위험한 사람인 것만 같은 얼굴로.

"내가 안전한 사람이라는 걸 네가 믿을 수 있도록."

도무지 납득할 수 없는 주장을 하는 것이다.

"네가 날 믿고 따라올 수 있도록."

"왜요?"

그의 존재감에 저항하며, 연우가 불퉁스럽게 물었다.

"고칠 게 있으면 선배만 고치면 되지 왜 나까지 고치려고 하는데요?"

"너랑 하고 싶은 게 많으니까."

그리고 지켜주고 싶으니까. 선재는 모든 것이 확실해진 목소리로 대답했다.

"진짜 부부가 되자, 우리."

네가 다가왔던 것처럼. 나도 간다. 네게로.

'아…… 나도 참 큰일이야.'

진중히 공기를 울리는 선재의 목소리에 연우는 또 가슴이 콩닥거렸다. 그가 이렇게 진솔한 척 눈을 빛내면 거기에 또 휩쓸리고 만다. 이런 것 하나하나에 설레면 안 되는데. 여태 그녀는 첫사랑을 하는 소녀 같았다. 그녀는 이성과는 달리 반응하는 마음을 다잡고서 그에게 물었다.

"……뭐 부탁할 거 있어요?"

"없어."

그가 담백하게 답했다.

"있다면 그런 거지. 날 무서워하지 말라고."

다정해. 다정해도 너무 다정해.

무섭도록 다정하니 소름이 쫙 끼친다. 혹시 복수인가? 그간 달라진 나를 대하기가 이토록 힘들었다는 걸 깨우쳐주려는 건가? 그가 이토록 참신하게 복수를 하니 그간 자신이 했던 행동을 반추해보게 되었다.

'그렇지. 하루아침에 변한 나를 선배는 그럭저럭 받아주었는데, 그에 반해 나는 너무 예민하게 굴었지.'

연우는 지난날을 반성하며 쓴웃음을 보였다.

"그럼 집에 갈까요?"

그가 내놓은 진솔한 말들에 해줄 수 있는 대꾸는 이런 것이었다. 그는 그녀의 시들시들한 대답에 엷은 미소를 지었다.

"그래. 집에 가자."

오늘의 그는 더없이 온화하다. 그가 대체 왜 이러는지 도통 알 수가 없어 찜찜한데 왜 괜히 두근거리는지 모르겠다. 연우는 그에게 농락 당하는 기분이 들어서 도망치듯 조수석 쪽으로 후다닥 뛰어갔다. 연우가 조수석에 들어와 착석하자 선재도 운전석 문을 열고 들어와 앉았다. 연우는 예의상 고맙다는 말 정도는 해야 될 것 같아서 내키는 대로 목소리만 냈다.

"데리러 와주셔서 고맙습니다."

선재는 그나마 냉전상태는 조금 풀린 듯한 느낌에 감지덕지한 마음으로 옅게 웃었다. 차를 출발시키고 나서 힐끔 보니 옆에 앉은 연우는 두 손을 가지런히 모아 무릎 위에 올려놓은 채로 창밖을 보고 있었다. 문득 그녀의 손을 잡아보고 싶다는 생각이 들었다. 두 사람에게는 자연스러운 절차가 없었다. 선재는 연우와 처음 독대한 자리에서 대뜸 결혼하자고 했고 이후 감정의 교류 없이 키스까지 했었다. 남들에게 보이기 위해 가볍게 손을 잡거나 어깨를 감싸거나 안아준 적은 있지만 그의 의지로, 마음이 동하여 손을 잡아본 적은 없는 것이다. 마음을 열지 못하는 그녀를 위하여, 선재는 백 보 후퇴하여 거기서부터 시작해야겠다는 생각을 했다. 거기서부터 하나씩 고쳐가보자. 설마 손 잡는 것 정도에 정색을 하지는 않겠지.

희망을 품은 마음으로, 선재는 왼손으로 운전대를 잡고서 자연스럽게 오른손을 그녀의 손 위에 얹었다. 턱. 혹시나 그녀가 거부할까 하여 긴장했는지 조금은 동작이 빨랐던 듯하다. 근데 뭔가 이연우의 손보다는 느낌이 묵직하다.

선재는 뒤늦게 홀끔 고개를 내렸다. 그리고 자신의 커다란 손이 아주 가뿐히 연우의 허벅지를 움켜쥔 것을 알게 되었다. 연우의 두 손은 선재의 기대와는 달리 다리 위에서 떨어져 휴대폰을 쥐고 있었던 것이다. 연우는 얼음처럼 굳어 있었다. 그녀의 허벅지에 들러붙어 있던 선재의 손이 흠칫 떨어져나갔다.

"목표는……."

그녀는 떨려오는 목소리로 물었다.

"성욕이에요?"

차근차근 단계를 밟아가보려 했던 선재의 마음이 우습게 되어버렸다. 차를 타기 이전에 '진짜 부부가 되자'라고 했던 그 순수한 의도가 성욕으로 귀결되는 순간이다.

"아니야!"

선재는 당황한 마음에 저도 모르게 큰 소리를 냈다. 아니라고 크게 외치고 나서 연우의 표정을 보니 또 아차 싶었다.

"소리를 지르려면 내가 질러야지 왜 선배가 질러요?"

"……."

"성욕 때문이 아니면 소리를 지를 게 아니라 미안하다고, 손이 미끄러졌다고 해야죠. 다시는 이런 일 없을 거라고."

그러나 연우가 답을 설정해주었음에도 선재는 그녀의 말대로 사과할 수가 없었다. 그녀에게 어떤 진실로 대응해야 할지 난감했다. 다시는 안 만지겠다는 말을 할 수는 없었다. 만지고 싶지 않은 건 아니라서. 사실은, 어디든 만지고 싶은 욕망이 잠재하고 있어서. 그렇다고 내가 성욕의 노예인 건 아니야! 나를 그런 눈으로 보지 말아줘…….

선재는 차에 오르기 전보다 더욱 절망스러운 입장이 되었다.

차 안에서의 소동 이후, 연우는 까칠해졌다. 선재와 눈을 마주치는

가 싶으면 바로 고개를 돌려버렸고 선재가 말을 걸어도 단답형으로 대답하거나 볼멘소리를 했다.

"나 회사 다녀왔어."

"네, 보여요."

"건강상태 안 물어봐?"

"딱 보기에도 건강하시네요."

그래도 무언가 반응을 보여주니 아예 냉전인 것보다는 낫다고 해야 하나? 선재는 이 정도의 변화에 다행이라 생각해야 하는 처지가 되었다.

"오늘은 어제보다 더 춥대. 따뜻하게 입고 가라."

"선배나 신경 쓰세요."

계속 듣다 보니 연우의 불퉁스런 말들도 어느 정도의 중독성이 있었다. 매번 달라지는 대답이 꽤 흥미롭지 않은가. 어쨌든 이 주 전과 비교하여 그녀는 장족의 발전을 이루어낸 것이다. 그녀의 다채로운 대답들은 그에게 다음에는 어떤 용건으로 말을 붙일까 생각하게 하는 묘한 힘이 있었다.

그렇게 이틀이 지나고. 선재는 회사에서 가져온 기념품을 연우의 앞에 내밀었다.

"이거 가져."

작고 동그란 원목 상자 위에 작은 트리 모형이 올라가 있는 장식품이었다.

"너 주는 거야."

"이게 뭐예요? 오다 주웠어요?"

역시 이번에도 그를 실망시키지 않고 참신한 반응을 내놓는 연우.

사실 연우는 마음을 단단히 다지는 훈련을 하는 중이다. 그의 말 한마디, 행동 하나에 너무 휘둘리는 것 같아서였다. 이 사람에게 휘둘리지 않으려면 맞먹어야 돼. 나도 까칠하고 독해질 수 있다는 걸 보여줘야돼. 그 마음으로 제 행동에 제동을 걸었다. 실은 매일 아침 그의 존재를 확인하고 또 만져보고 싶은 마음이 가득했지만 견뎌냈다. 여전히 말을 툭 내뱉고 난 다음에는 그가 화를 내진 않을까 심장이 벌렁벌렁하지만 그래도 할 만했다.

그렇게 독기 다지기 훈련을 하고 있는데 이번에는 그가 웬 앙증맞은 장식품을 건넨다.

"아니야."

장식품이 꽤 예뻐서 마음속의 소녀소녀한 감성이 살아난다. 이러면 안 되는데.

"회사에서 기념품으로 오르골을 제작했어."

"오르골도 제작해요?"

"응. 크리스마스 기념 선물이지."

아, 또 설렐 뻔했네. 날 위해 사 온 줄 알고. 연우는 입술 사이로 가느다란 바람을 빼며 픽 웃었다.

"그럼 기념품을 가져온 거예요?"

"아니."

선재는 재빨리 답했다. 기다려온 질문이었다.

"음악은 기념품이랑 달라. 특별히 주문 제작한 거야."

널 위해서. 너만을 위해서. 내가 이렇게 노력이란 걸 하고 있다. 알아주라, 좀.

그의 대답에, 도도하게 눈을 깜빡거리던 연우의 입술이 서서히 길어졌다. 그리고 심금을 울리는 맑고 고운 소리.

"고마워요."

아, 이 맛에 선물하는구나. 솔직히 그녀가 좋아해주길 내심 기대했지만 실제로 반응을 확인하니 더욱 감동적이다. 그 웃는 얼굴에 또 다른 갈증을 느낀다. 키스를 해주고 싶어서. 하지만 여기서 이 분위기를 깼다가 저 예쁜 표정이 사라질까 싶어져 가만히 있었다.

연우는 곧장 어린아이의 호기심 가득한 눈빛으로 오르골 상자를 들어 태엽을 감았다. 선재가 준비한 곡은 'You light up my life'라는 제목의 오래된 팝송이었다. 결혼하기 전, 연우의 집을 방문했을 때 장모님께서 기분 좋은 듯 이 노래를 흥얼거리던 기억이 나서 고른 것이다. 곡의 후렴구가 유리알 부딪히듯 맑은 소리로 울리며 기계가 돌아가자 연우는 그간의 도도한 표정을 풀고 탄성을 냈다.

"오오!"

그 모습에 선재의 입술 끝도 보기 좋게 올라간다. 저렇게 좋아할 줄 알았다면 더 많은 걸 해줄 것을. 감정을 지우며 함께 지운 날들이, 그녀를 외면했던 시간들이 그의 가슴을 먹먹하게 만들었다. 이제 많은 것들을 바꾸어줄 참이다.

그러나 잠시 후, 선재의 희망찬 의지는 뜻밖의 난관에 부닥쳤다.

"……아직도 거기 있냐."

"네, 여기 있습니다."

세 시간째 아내가 오르골에 중독된 사람처럼 그 앞에 멍하게 앉아 같은 행동을 반복하고 있는 것이다. 음악을 듣고 태엽을 감고 다시 음악을 듣고 다시 태엽을 감고. 이제 자정이 되어가는데.

"내가 오르골인지 오르골이 나인지."

계속 중얼거리면서도 연우는 행동을 멈추지 않는다. 그녀야말로 태엽이 감겨 있는 사람이 된 듯했다. 술 한 방울 안 마시고도 취하는 사람이 여기 있었다.

"그만 좀 봐……."

"오르골과 물아일체된 것 같아요. 기분 좋네요."

그런데 선재의 기분은 좀 이상하다. 그녀의 이런 풀어진 눈빛을 보는 것은 또 처음이라서. 후아. 아아아. 난 너를 믿었던 만큼 오르골도 믿었기에 난 아무런 부담 없이 네게 선물로 오르골을 줬고…….

"세상에 이렇게 예쁜 소리가 있을까요?"

"네가 더 예뻐. 자라. 좀."

이제 오르골한테도 질투를 하게 생겼다. 무려 내가 선물한 오르골한테. 그런데, 그가 불쑥 내뱉은 말이 그녀의 무한동력에 무언가 제재를 가한 모양이었다. 또다시 오르골의 태엽을 감으려던 연우의 손이 우뚝 멈췄다. 드디어 그녀가 자리에서 일어섰다.

"그거 분명히 해주세요."

오르골을 향해 빈틈 가득 풀어져 있던 눈이 다시 꽉 조여져서는 선재를 향했다.

"뭐?"

"내가 예쁘다는 건지, 내 소리가 예쁘다는 건지."

연우는 자못 진지했다. 그녀가 왜 이러는지 알 수 없는 선재는 당황스러웠다.

"둘 다 예뻐. 둘 다."

"정확히 해달라고요. 정확히. 정확히."

연우는 '정확히'를 몇 번 되풀이하며 집요하게 대답을 요구했다. 왜 이런 데에 집념을 보이지? 꼭 둘 중에 하나를 골라 말해야 돼? 그냥 둘 다 예쁘면 안 돼?

"네가 예쁘다고. 네가 예쁘니까 네 목소리도 예쁜 거지."

……이게 아닌가? 그녀가 즉각 반응을 보이지 않으니 불안하다. 선재는 말을 고쳐서 그녀의 예쁨을 명확히 풀어 얘기했다.

"아니, 목소리도 따로 예뻐. 그래서 둘 다 예쁜 거야."

"뭐가 먼저예요?"

헉.

"내 목소리가 먼저예요, 내가 먼저예요?"

뭐지……?

"……너. 네가 예뻐."

"그럼 내 손이 예뻐요, 내가 예뻐요?"

이번엔 또 뜬금없이 제 손을 들어 보이는 아내.

"너. 네가 제일 예뻐."

선재는 그 집요함에 홀린 듯이 대답했다. 그리고 드디어 그녀의 눈이 편안히 풀어졌다. 주위의 온 공간이 환해지는 본격 미소다. 아아아아.

"네."

미치도록 요망한 미소. 처남의 말이 맞다. 여우야 여우. 이연우는 여우야.

"이제 잘 수 있을 것 같아요."

"같이 잘까?"

"네?"

"아니야. 얼른 자."

혼이 쏙 빠지며 같이 자자는 말을 홀린 듯이 해버렸다. 앞으로 그녀에게 끌려다닐 앞날이 훤하고도 아득해지는 그런 밤이었다.

하루가 더 지나 금요일이 되었다. 연우가 시어머니 미현과 함께 드
레스숍에 들르기로 한 날이다.

―어머니 만나기 불편하면 말해. 내가 어머니 오해하시지 않게 잘
얘기할 테니까.

뭐가 그렇게 걱정인지, 약속 시간 즈음 선재에게서 문자메시지가
왔다.
'치. 자기가 픽도 잘 얘기하겠다. 까칠이 습관이면서.'
연우는 그렇게 생각하면서도 픽 웃었다. 어젯밤 그가 한 말은 까칠
남답지 않게 훈훈했다.

"너. 네가 제일 예뻐."

큭큭큭. 어제 그가 내놓은 대답이 생각나 또 가슴속이 간질간질했
다. 설레면 안 되는데, 안 되는데 하면서도 기분 좋은 마음은 어쩔 수
가 없다. 이 년 전 선재와 결혼을 약속했던 그날, 연우는 선재에게 비
슷한 말을 들었었다. 손이 예쁘다는 연우의 당황스런 칭찬에 '너도 예
뻐'라는 대답을 남겼던 선재. 그 말에 설렜던 시간들과, 그 말에 설레
서 역으로 상처받았던 시간들이 이제야 부드럽게 뭉그러지고 있다.
'제 걱정은 마시죠. 저는 아무래도 선배보다 어머님이랑 더 친해질
것 같으……'

장난스러운 답문을 보내려는 와중에 휴대폰 화면이 바뀌며 진동이 울렸다. 시어머니 미현에게서 온 전화였다.

"네. 어머니. 지금 가고 있어요."

[새아가. 숍으로 가고 있니? 근데 이거 어떡하지? 먼 친척의 시아버지가 갑자기 돌아가셔서 조문을 가게 되었어.]

"아, 네…… 괜찮아요, 어머니. 그럼 저도 어머님이랑 같이 갈까요?"

[아니야, 아니야. 그건 괜찮고, 혹시 숍에 혼자라도 갈 수 있다면 가서 옷 보고 올래? 내가 예약 잡을 때 얘기는 다 해두었으니 예쁜 옷 많이 보여줄 거야.]

"네. 그럼 그렇게 할게요."

[약속 지키지 못해서 미안해.]

"아니에요. 저는 정말 괜찮아요."

연우는 괜찮다고 거듭 말한 후 전화를 끊었다. 전화를 끊고 나서 얼마 뒤에는 다시 선재에게서 문자가 왔다.

—바람 맞았다며. 내가 같이 가줄까?

'그새 그것까지 알아봤나 봐. 엄청 빠르네.'

큭큭. 어머님께는 괜찮다고 했지만 조금은 아쉬웠던 찰나에 선재의 문자는 그 자체만으로도 반가웠다. '말만으로도 고맙습니다.' 연우는 담백하게 답문을 전송하고 차에서 내렸다.

청담동에 있는 드레스숍은 삼 층짜리 건물 전체를 사용하고 있었다. 연우는 곧장 삼 층으로 안내받아 올라가게 되었다.

"어머, 사모님! 어서 오세요. 말씀 많이 들었어요. 직접 뵈어서 너무

나 영광이에요.”

엘리베이터에서 내리자마자 한 여자가 다가와 인사했다. 드레스숍의 오너로 보이는 사람이었다. 그 뒤로 몇몇의 직원들도 따라와 고개를 숙였다.

“안녕하세요…… 처음 뵙겠습니다. 이연우라고 합니다.”

사실 결혼식 드레스를 맞출 때 빼고는 드레스숍에 들러보는 것이 처음인지라, 연우는 이런 환대가 익숙지 않았다. 게다가 사모님이라는 호칭은 영 적응이 되지 않는다. 그렇게 어색하게 인사를 마치고 숍의 안쪽으로 들어섰을 때.

“어? 이연우!”

몇 걸음 앞에서 그녀를 부르는 소리가 들렸다. 얼떨떨한 표정으로 나아가던 연우의 발이 거기서 멈췄다. 자신을 부른 상대를 확인하는 그녀의 눈이 커졌다. 마진태 사장과 옥승혜 여사의 철없는 외동딸, 마상희가 가까이 다가와 가볍게 눈을 흘겼다. 그래도 상희는 연우가 반가운 듯했다.

“야, 넌 결혼했다고 연락 한 번이 없어?”

“어…… 안녕.”

그러나 연우는 크게 반갑지는 않은 마음이었기에 상희의 타박에도 미안하다는 말은 하지 못했다. 그런 연우의 앞으로 또 다른 목소리가 들려왔다.

“오랜만이다.”

끝을 묘하게 비꼬는 듯한 까슬까슬한 음성. 그 목소리를 기억하고 있는 연우의 심장은 얼어붙는 듯했다. 옥승혜 여사도 함께였던 것이다.

“안녕하셨어요?”

“그래. 너도 잘 지냈지?”

“네.”

“보고 싶었다.”

보고 싶었다는 말이 달갑지가 않았다.

“잘됐네. 우리가 한 시간 전에 예약을 잡았는데 아직 상희가 옷을 다 못 입어봐서 말이야. 원장님, 연우랑 나랑 잘 아는 사이예요. 그러니 예약시간 상관없이 같이 더 머물러도 되겠죠?”

원장은 대답하기 곤란한 듯 연우의 눈치를 살폈다.

“연우야, 괜찮지?”

승혜가 거듭 대답을 요구했다.

“그러세요.”

연우는 기어들어가는 대답을 했다. 자신이 빨리 옷을 대강 보고 이 장소를 먼저 떠나야겠다고 생각했다. 이후 원장과 옷에 대한 이야기를 하느라 승혜네 일행과 말을 더 주고받지 않아도 되어 그나마 다행이었다. 상희와 승혜도 다른 직원의 시중을 받아 부지런히 움직였다. 그렇게 흐른 십여 분. 한참 이 옷이 예쁘네 저 옷이 예쁘네 하며 바삐 돌아다니던 상희가 탈의실에 들어갔다 나오며 소리쳤다.

“어? 어? 엄마! 없어. 내 목걸이!”

“너 오늘 하고 온 목걸이 말이니?”

“옷 입고 벗을 때마다 불편해서 빼놨는데 탈의실에 없어. 어디 갔지?”

상희는 분주하게 방정을 떨며 울상이 된 채로 두리번거렸다.

“누가 가져가지 않으면 탈의실에 놔둔 게 왜 없어져.”

“그거 엄마가 내 생일 때 사 준 거잖아. 오천만 원짜리라며. 흐잉. 어떡해애."

옷을 고르던 연우의 손이 멈췄다. 왠지 모를 불안감에 공기가 답답하게 느껴졌다. 발밑으로 먹구름이 밀려드는 기분이었다. 그 와중에 승혜가 연우를 불렀다.

"잠깐, 연우야. 이런 말해서 미안한데……."

"네?"

"네 옷 주머니랑, 가방 좀 보여주겠니?"

승혜의 요청에 연우는 온몸의 솜털이 오소소 일어나는 것 같았다.

"너, 어렸을 때도 도벽이 있었잖아."

다가온 승혜는 귀엣말을 하듯 목소리를 낮추었다. 그러나 충분히 정확한 발음이었기에, 연우의 곁에 있던 두 명의 직원에게는 분명하게 들렸으리라. 연우는 숨이 잘 쉬어지지 않았다. 덜컥 두려운 마음이 앞섰다. 왠지 승혜가 자신의 가방에 몰래 목걸이를 넣어놓았을 수도 있겠다는 생각이 들었다. 승혜는 악랄한 쪽으로 머리를 굴리는 데 탁월한 사람이었다.

서서히 굳어가는 연우의 표정을 즐기며 승혜는 입술을 길게 늘였다. 이 년 동안 조용히 사느라 힘들었는데. 다시 날개를 펼칠 때가 된 것이다. 승혜가 오늘 이곳을 찾은 것은 우연이 아니었다. 지난 주말에 한 차례 숍을 방문했던 승혜는 원장의 통화 내용을 듣고 연우의 시모 미현이 금요일 오후에 예약을 잡았다는 것을 알게 되었다. 원래의 계획은 연우의 시어머니와 친분을 제대로 쌓는 것이었는데 생각지도 않게 더 괜찮은 기회가 만들어졌다. 이연우를 우습게 만들 기회.

"괜찮아. 악의로 그런 건 아니잖아. 그냥 버릇 같은 거지. 탐나는 것들을 그냥 허락 없이 가져가는 걸로 쾌감을 얻는 거잖아."

"……무슨 말씀 하시는 거예요?"

"연우야."

나지막이 속삭이는 섬뜩한 소리에 연우는 저도 모르게 발 한쪽을 뒤로 뺐다.

"그럼, 가방이랑 주머니를 보여줄 수 있겠니? 난 확신하지 않는 건 함부로 얘기하지 않아."

맞구나. 내 가방에 목걸이를 넣었구나. 덫에 걸려들었다는 걸 확신한 연우는 주변을 살폈다. CCTV가 없는 방이었다. 이 방에서 일어난 일을 증명할 수가 없으니 그녀의 가방에서 목걸이가 나온다면 그대로 누명을 쓰게 된다. 숍의 원장도 난처하게 바라보고만 있고 직원들은 그 사이에 끼기 버겁다는 듯이 일거리를 찾아 다급히 몸을 움직였다. 그러면서도 연우 쪽을 흘깃흘깃 보았다.

"왜 망설이니, 연우야."

마른침을 삼키는 연우에게 승혜가 더 다가갔다.

"말씀 나누시는 중에 죄송합니다만."

그때 누군가 목소리를 냈다. 남자였다. 주변의 사람들은 일제히 고개를 돌렸다. 인기척도 없었는데 언제 왔는지, 탈의실의 가까이에 웬 남자가 서 있었다.

함께 고개를 돌렸던 연우의 눈이 커졌다. 저 남자, 한 번 만난 적 있는 남자다. 이 주 전, 선재의 육촌 결혼식장에서 만났던 그 누렁이 같은 노랑머리의 남자. 그 남자가 거기 있었다, 여전한 노랑머리로. 그의 손에는 웬 목걸이와 드레스가 들려 있었다.

"혹시 이거 찾으십니까? 드레스에 이런 게 걸려 있는데."

"엇! 제 목걸이예요!"

상희가 뛰어갔고 승혜는 움찔했다. 연우는 뒤늦게 숨을 몰아쉬었다. 남자는 상희에게 목걸이를 건네주고는 웃음기를 싹 거둔 얼굴로 승혜를 빤히 보았다. 이 공간에서 방금 일어난 일을 모두 파악한 듯했다.

"소중한 것이라면 관리를 잘하셨어야죠. 제대로 찾아보지도 않고 애먼 사람을 의심하신 겁니까?"

그러고는 금세 또 표정을 바꾸어 피식 비웃음을 날렸다.

"몹쓸 사람들이네."

남자의 조롱은 따끔했다. 그 와중에도 한 직원은 남자의 길쭉한 기럭지와 훈훈한 외모에 소리 없이 탄식하고 있었다.

"그럼 이만 실례하겠습니다."

그런 직원에게 보답하듯, 남자는 접대용 미소를 씨익 지어주고는 계단을 통해 아래층으로 내려갔다. 잠시 후, 원장이 맹해진 눈으로 남자가 떠난 방향을 바라보며 직원에게 조용히 물었다.

"지금 그 남자 누구니?"

"아까 거래처에서 오셨어요. 되게 모델 포스죠!"

남자의 외모에 감탄하던 직원이 불쑥 끼어들며 대답했다. 그러다가 제게 모인 시선에 쑥스러워하며 흠흠, 목을 가다듬었다. 승혜는 떨떠름한 표정으로 상희에게 물었다.

"상희야. 그거 네 목걸이 맞니?"

"어. 맞아, 엄마. 여기 내 이니셜 있는 것도 확인했어."

아무 생각이 없는 상희는 그저 목걸이를 다시 찾은 것이 다행스러워서 마냥 가벼운 목소리로 대답했다. 그제야 승혜가 쓸쓸하게 연우를 보며 잘못을 인정했다.

"미안하다, 오해해서. 난 또 옛날 생각이 나서 말이야."

"옛날의 어떤 생각이요?"

그러나 이미 연우는 화가 난 상태였다.

"저는 도벽 같은 거 없습니다. 여사님 집안의 물건은 건드린 적도 없고요."

옛날 생각이 났다니. 어떤 식으로든 자신을 깎아내리려는 승혜의 의도가 너무나도 훤히 보였다. 옛날에도 연우는 승혜네 집의 물건을 손댄 적이 없다.

"이번엔 오해로 벌어진 일이니 넘어가겠지만 앞으로 또 이렇게 함부로 얘기하신다면 저도 가만있지 않을 거예요."

이제 그때처럼 맞고 당하고, 그것을 당연하게 여기진 않을 것이다. 연우는 강건한 목소리로 경고했다.

"그 집안에서 했던 짓을 모두 폭로할 겁니다."

연우의 말을 들은 승혜는 움찔했다. 승혜의 얼굴 근육이 파르르 흔들렸다. 이연우, 많이 컸구나. 말로 겁줄 줄도 알고. 하지만 그래봤자 너는 허수아비 신데렐라일 뿐이야.

"상희야, 이만 가자. 옷 주문은 나중에 전화로 하지."

원장에게 짧게 이른 승혜가 먼저 엘리베이터 쪽으로 가자 상희가 뒤늦게 승혜를 따랐다. 승혜가 완전히 떠난 후에야 연우는 숨이 트이는 듯 깊은 한숨을 내쉬며 마련된 의자에 앉았다. 원장이 울상이 된 얼굴로 달려왔다.

"사모님, 죄송합니다. 놀라셨죠. 죄송합니다."

"아닙니다."

거듭 사죄를 하는 사람을 나무랄 수는 없어 연우는 힘없이 웃어 보였다. 실은 더는 누구를 상대할 에너지가 없었다.

"오늘은 이만 돌아가봐야겠어요. 나중에 어머님이랑 다시 올게요."

연우도 가방을 챙긴 후, 엘리베이터를 잡았다. 원장이 함께 엘리베이터를 타고 내려오며 무어라 계속 사죄의 말을 건넸지만 연우의 귀에는 제대로 들어오지 않았다.

연우가 떠난 후, 얼마 뒤 드레스숍에 선재가 방문했다. 안으로 들어온 선재는 오래전 어머니의 소개로 한 차례 인사를 나눈 적 있는 원장을 알아보고는 다가갔다. 원장도 선재를 금방 알아보았다. 그러나 바로 이전에 소동이 있었던 터라 긴장할 수밖에 없었다.

"부사장님, 안녕하셨어요……."

"제 아내가 있을 것 같아서 왔는데, 일찍 떠났나보네요."

"그게, 저……."

어디가 불편하기라도 한 듯 머뭇거리는 원장의 태도를 알아본 선재가 물었다.

"무슨 일이 있었습니까?"

"소동이…… 있어서요."

원장이 조심스레 이야기를 꺼냈다. 원장을 통해 그사이의 모든 사연을 들은 선재 또한 불쾌해졌다. 거친 한숨을 토해낸 선재는 원장을 질타했다.

"그런 일이 일어났으면 고객들이 서로 의심하고 불쾌해하지 않도록 중간에서 신중히 대처해야 하지 않습니까? 그저 보고만 있었습니까?"

"아, 그게…… 다른 고객 분 주장이 너무 강해서요……."

"주장이 강해서 억지를 부렸다면 그건 고객의 횡포죠. 그런 횡포도 차단하지 못하십니까."

"죄송합니다…….."

"그 무례한 손님 이름이 뭐죠?"

원장은 선재의 추궁에 기가 빨려나가는 느낌으로 목소리를 겨우 내며 대답했다.

"옥승혜 여사님이라고, 사모님과는 안면이 있으신 것 같더라고요……"

원장이 손님의 이름을 털어놓은 뒤 몇 초간 싸한 정적이 만들어졌다. 마주 선 선재의 눈에서 한순간 살기가 빛났다. 원장은 심장이 얼어붙는 것만 같았다.

"못 봐주겠네."

낮게 읊조린 선재가 원장에게 싸늘한 목소리로 물었다.

"혹시 더 하실 말씀 있습니까?"

"아, 아니, 그런 건 없고요, 죄송합니다…….."

"그럼 나중에 뵙죠."

이렇게 상황 대처 능력이 떨어지는 사람과 더는 볼 일이 없을 것 같지만 선재는 인사치레로 말하고는 건물을 나왔다.

그녀의 동화

지금으로부터 십구 년 전. 연우와 상희가 여섯 살 때의 이야기다.

책을 읽으라고 다그칠 요량으로 딸 상희의 방에 들어간 승혜는 텅 빈 책장을 보고 물었다.

"마상희. 여기 있던 동화책들 다 어디 갔어?"

"연우 다 줬어."

여섯 살 난 상희가 말했다.

"엄마, 나는 글씨 모르잖아. 연우는 한글 다 안대. 책도 되게 잘 읽 어."

이연우. 아랫집에 살게 된 오순정과 이명식의 딸. 순정과 명식이 꽤 일을 잘하여 집안일을 모두 맡길 생각으로 아래층 창고를 개조하여 집을 만들어준 지 한 달도 안 되어서 이런 일이 생겼다.

승혜는 연우를 볼 때마다 씁쓸했다. 그녀의 딸 상희는 겨우 제 이름 을 쓰려고 하고 있는데 연우는 벌써 한글을 깨쳤다 하니 기분이 상했다. 남편 진태가 연우와 비교되는 상희를 보며, 자신에게 애 교육을 똑바로 시키라고 타박을 줄 것 같기도 했다. 승혜는 바로 문을 나서서 연우네 집으로 갔다.

여섯 살 난 연우는 아파 누워 계신 할머니 옆에서 책을 읽다가 동생 태우를 재우고, 잠시 후 할머니까지 눈을 붙이게 해드리고는 거실로 나왔다. 승혜가 상희에게 사 준 그 동화책 중 한 권을 들고서. 나오는 길에 승혜를 알아보았다. 연우는 반갑게 불렀다.

"아줌마."

차악! 그러나 어린 연우가 승혜를 부르기가 무섭게 승혜가 연우의 머리통을 후려쳤다. 체구가 작은 연우가 두어 걸음 남짓 날아갈 만큼 승혜의 힘이 거셌다. 바닥에 엎어진 연우는 충격을 받은 얼굴로 제 옆통수에 손을 올렸다. 승혜가 만들어낸 공포에 어린 연우의 표정이 크게 일그러졌다. 어린 연우가 바닥을 짚고 일어나자마자 승혜가 다시 다가왔다.

"다시 한 번 불러봐."

그 마녀 같은 목소리에 어린 연우는 몸서리치면서도 살기 위한 본능처럼 목소리를 냈다. '아줌마'의 높임말이 '아주머니'라는 것을 들은 기억이 났다.

"아주머……."

짝! 이번에는 말을 마치기도 전에 아까와 반대쪽으로 나가떨어졌다. 어린 연우는 머리가 팽글팽글 도는 느낌에 한동안 정신을 차리지 못하고 엎드려 있다가 일어났다. 손을 짚어 기어와 제자리로 돌아왔다. 울컥 눈물을 쏟으면서도 울음소리를 꿀꺽 삼켰다. 왠지 소리를 냈다가는 더 맞을 것 같았다. 엄마가, 상희네 아줌마 말씀을 잘 들어야 한다고 했던 기억이 났다.

"네 엄마가 교육 안 시켰어?"

승혜가 무서운 목소리로 물었다. 정답이 무엇인지 알지 못하는 어린 연우는 고개를 푹 숙인 채 눈물만 뚝뚝 떨구었다.

"눈물 닦아."

이어 떨어진 승혜의 명령에 어린 연우는 후다닥 눈물을 닦았다. 연우의 울음 삼키는 소리가 잦아들자 승혜는 우악스럽게 어린 연우의 팔을 잡아끌었다. 연우는 승혜의 손에 이끌려 집을 나서서 계단 위를 올라와 마당에 당도했다.

"봐라. 한 번만 알려줄 테니까 똑바로 봐."

승혜가 경고하듯 말했다. 승혜의 시선이 향한 곳에는 직원 한 명이 낙엽을 쓸어내고 있었다. 승혜가 직원에게 말했다.

"청소, 이리 좀 와 봐."

"네, 사모님."

청소를 하던 직원이 빗자루를 바닥에 두고 허둥지둥 승혜 앞으로 왔다.

"됐어. 가서 일해."

"아…… 네……."

직원은 승혜가 왜 자신을 불렀는지 아리송한 표정으로 다시 뒤돌아 빗자루가 있는 곳으로 뛰어갔다. 이후, 승혜가 연우에게 싸하게 물었다.

"들었어?"

어린 연우는 곧장 대답하지 못하고 움찔했다.

"들었냐고."

"······네."

"그럼 어떻게 불러야 되지?"

"사모님······이요."

"머리에 새겨."

승혜는 다시 어린 연우의 팔을 잡아끌고 연우의 집으로 내려가 지시했다.

"훔쳐간 상희 동화책들 가지고 나와."

승혜의 명령에 연우는 방으로 재빨리 뛰어가 책 무더기를 가지고 나왔다. 하지만 훔쳤다는 누명에는 억울하여 한마디 저항했다.

"훔친 거 아니고요. 상희가 갖다 준 거예요. 가방에 담아서요······."

어린 연우의 말대답이 거슬려서, 승혜는 다시 연우에게 다가갔다. 또 맞을 것이 두려워진 연우가 눈을 꼭 감은 찰나에.

"사모님, 여기 계셨어요······."

연우의 엄마, 순정이 왔다. 승혜의 집에서 집 안 정리를 하고 뒤늦게 아이들과 시어머니의 점심을 챙기러 온 것이다. 승혜가 들어 올렸던 손을 거두고서 대답했다.

"우리 딸 동화책을 무더기로 이 집 애가 가져갔어. 한두 권이 아니라 전부 다."

"아이고, 어쩌다가 이런 일이. 죄송해요, 사모님. 제가 얼른 다시 갖다 놓을게요."

"어린 애들은 잘 모르지. 내가 따로 책 몇 권 사 줄 테니까 원래 것들은 원상 복귀시켜줘."

"안 사 주셔도 돼요. 얼른 제대로 해놓겠습니다."

승혜는 싸늘하게 연우를 쏘아보다가 돌아서서 떠났다. 부랴부랴 집

안으로 들어온 순정은 거실에 쌓인 동화책들을 보며 안타깝게 한숨을 쉬었다.

"어쩌자고 이걸 다 가지고 왔어. 힘도 좋지. 상희 물건 손대면 안 돼. 알았지?"

연우 또한 놀란 것 같아서, 순정은 연우를 혼내지 않고 조용히 다그 쳤다.

"우리 연우는 엄마가 좋은 걸로 사 줄게."

연우는 그동안 있었던 일들을 토로할 기회를 잃었다.

아이들은 말하지 못한다. 나쁜 짓을 해서 혼난 것이 아니라 혼났기 때문에 나쁜 짓이라는 것을 알게 된다. 나쁜 짓을 하지 않기 위해 노력 하는 것이 아니라 혼나지 않기 위해 나쁜 짓을 하지 않는다. 여섯 살, 작고 어렸던 아이 이연우. 어린 연우도 그랬다. 혼났기 때문에 혼났다 는 것을 말하지 못했다. 혼날 만큼 나쁜 말을 했기 때문에 그렇게 혼난 것이라고 생각했다. 그리고 그날. 모두 잠든 밤. 어린 연우는 이불을 폭 뒤집어쓰고 혼자 흐느껴 울었다. 짧았던 연우의 꿈에는 옥승혜가 백설 공주에 등장하는 마녀의 모습으로 나타났다. 그러나 해피엔딩은 없었다. 연우의 동화는 그날 모두 뒤집어졌다.

* * *

드레스숍을 다녀와 집에 도착한 연우는 옷도 갈아입지 못하고 침실 에 멍하니 앉아 있었다.

내 인생에 옥승혜라는 사람이 더는 나타나지 않았으면 했는데 또 이렇게 마주칠 줄이야. 사실 그간 마주치지 않았던 게 이상한 거였다.

옥승혜 여사는 마진태 사장의 부인이고 마진태 사장은 제이그룹의 계열사 제이내추럴의 대표이니 말이다. 앞으로 또 어떤 식으로 마주치게 될까. 연우는 벌써부터 그것이 두려워졌다. 오늘은 하늘에서 뚝 떨어진 것만 같은 남자의 도움으로 위기에서 벗어났지만 다시 또 그런 일이 일어날 수는 없을 것이다.

그렇게 상념에 빠진 지 얼마나 지났을까. 똑똑똑. 노크 소리가 들렸다. 선재가 이미 열린 문에 노크를 하며 자신을 바라보고 있었다.

"드레스숍에서 소동이 있었다며."

"어떻게 알았어요?"

"잠깐 들렀었어. 원장이 얘기하던데."

연우는 선재의 대답에 고개를 푹 숙였다. 선재는 생기를 잃은 것 같은 그녀의 모습에 안타까웠다.

"많이 놀랐어?"

의도한 것도 아닌데 목소리가 부드럽게 나왔다.

"아뇨. 괜찮아요."

"또 괜찮냐."

뭐가 그렇게 괜찮아. 뭐가 그렇게 매번 괜찮아. 넌 왜 모든 걸 내게 털어놓지 않는 걸까. 내게 기대면 네 마음도 조금은 편해질 텐데. 그게 무엇이든 내가 대신 싸워줄 텐데.

"많이 당황했겠네."

선재는 말이 없어진 연우를 위로하듯이 말했다. 연우는 푹 숙이고 있던 고개를 서서히 들어 올렸다.

"못된 사람들은 다 제대로 벌 받게 될 거야."

자업자득. 권선징악. 다분히 동화 같은 결말의 단언이다. 그렇지 않은 현실도 세상엔 넘칠 텐데.

그런데, 그렇게 말해주는 목소리가 마치 동화책을 읽어주는 것처럼 포근하고 따스해서 연우는 괜히 울컥했다. 아, 목소리 사기꾼. 그런 목소리로 얘기하니 괜히 기대고 싶어지잖아.

"나가서 뭐 좀 먹을까?"

입술을 샐룩거리는 그녀를 바라보던 선재가 상냥하게 물었다. 연우는 그런 그를 비관주의자의 눈빛으로 쳐다보다가 대답했다.

"소고기뭇국이요."

종로에서 뺨 맞고 한강에서 화풀이하기.

"그래, 먹으러 가자. 나가자."

그러나 선재는 거리낌 없이 이를 받아주었다. 어떻게든 그녀에게 뭐든 먹여야겠다는 생각이 앞서서, 자신의 입으로는 무엇이 들어가든 상관없을 것 같았다.

잠시 후, 두 사람은 밖을 나섰다. 차 없이 집 밖을 나선 것은 처음이었다. 길을 나란히 걸으면서도 두 사람은 남남인 듯 옷깃도 스치지 않는다. 선재는 슬며시 눈을 내려 연우의 손을 바라보았다. 제 손과는 비교도 안 되게 작고 가느다란 손이 주머니에 들어갔다가 다른 쪽 손을 주물렀다가 외투를 만지작거리다가 잠시 올라가 머리카락을 쓸기도 한다. 그냥 순수하게, 저 손을 잡아보고 싶다는 생각을 한 지 며칠이 지났더라. 유부남치고 나처럼 순수한 사람 없을 거다. 더 이상 뜸 들이기가 힘들어진 선재는 주머니로 들어가려던 그녀의 손을 낚아채듯 잡았다. 연우가 놀란 눈으로 그를 올려다보았다.

"손이 너무 차네."

막상 잡고 나니 또 머쓱하기도 해서 그는 그녀의 체온을 핑계댔다.

네 손이 차가워서 내가 따뜻하게 해주는 거야, 하며. 연우는 자신의 차가운 손이 부끄러운 듯 선재의 손에서 냉큼 제 손을 빼냈다. 선재는 갈피를 잃고 허공에서 방황하는 손을 다시 잡았다. 더 직진하고 싶은 마음을 우회하는 것이 얼마나 답답한 일인지 그녀가 잘 모르는 것 같아서, 좀 알려줘야겠다.

"손 한번 잡는 게 왜 이렇게 힘드냐."

선재는 연우의 손을 냉큼 제 주머니에 그대로 넣었다. 그러고는 주머니 안에서 그녀의 손을 자신의 손으로 감쌌다.

"이제부터는 계속 여기에 넣어."

코트 주머니 안에서 꼼지락대는 그녀의 손가락들이 간지러우면서도 부드럽다. 이제는 놓지 말아야겠다는 생각을 했다. 네가 있어야 할 곳은 여기야.

"내 집이다, 생각하고 넣어."

선재에게 손을 잡힌 연우는 또다시 울컥하게 됐다. 그의 손에 감싸인 자신의 손에 온기가 가득 전해졌다. 콩닥콩닥. 손끝에서 심장이 뛰었다. 그래서 그가 자신의 마음을 어루만지는 것만 같았다. 이게 아닌데. 두 번째 인생을 살고 있으니 이번 생은, 적어도 보너스로 얻은 100일간은 그의 생명을 위해 살아야겠다고 마음먹었는데. 생각지도 않게 그에게 위로를 받으니 기분이 이상해졌다. 이상했지만, 포근했다.

처음으로 손을 잡고 밤거리를 거닐게 된 두 사람. 손을 잡힌 것이 부끄럽기도 하고 어색하기도 해서 아무 말도 못하던 연우가 한참 만에 입을 열었다.

"근데 어디서 소고기뭇국을 먹어요?"

"아는 요리사가 있어. 바쁠 테지만 백만 원 정도면 해줄 거야."

말투가 진심이었다. 이 남자는 정말로 밥 한 끼에 백만 원을 쓸 생각인 것이다. 선재의 대답에 연우는 기가 막혔다. 백만 원이 뉘 집 개 이름이냐.

"그냥 아무거나 먹어요…… 뭇국 안 먹어도 돼요."

"안 돼. 소고기뭇국 먹어."

"괜찮다니까요! 무슨 소고기뭇국에 백만 원을 들여요! 요리사가 대체 누군데."

"여국대라고, 유명한 요리사야. 원래 전문 분야는 도시락인데 못하는 요리가 없어."

선재에게 끌려 움직이던 연우의 발이 잠깐 멈췄다. 놀란 거였다. 여국대 셰프를 모를 수는 없었다. 몇 년 전 한국에서 스타 요리사 붐이 일면서 TV에 소개된 몇몇의 요리사들 중 단연 최고였던 남자. '천상의 요섹남'이라는 타이틀을 거머쥔 그 눈 돌아가게 잘생긴 요리천재 아닌가.

"꽤 유명한 정도가 아니잖아요. 최고잖아요!"

연우는 한껏 고조된 목소리로 외쳤다.

"개인적으로 알고 지내는 거예요? 여국대 셰프님을?"

갑자기 눈이 초롱초롱 빛나는 부인을 보고, 선재는 기분이 이상했다. 나도 유명한 사람인데, 왠지 밀리는 느낌.

"……그렇지."

"그럼 말씀을 먼저 하시지. 완전 팬인데! 당장 가요!"

"가지 말자."

"왜요오! 사람 잔뜩 바람만 넣고."

"바람이 너무 들어갔어."

몹쓸 질투심에 사로잡힌 선재는 금방 말을 번복했다. 치사하긴 했지만 부인을 여국대 셰프의 작업실로 데려갔다간 오늘 하루를 여국대 셰프의 멋있음에 모두 빼앗겨버릴 것만 같았다.

"잠깐 기다려봐. 소고기뭇국 파는 맛집 검색해서 가자."

"됐어요. 정말 아무거나 먹어도 돼요."

토라진 연우가 입술을 쑤욱 내밀고는 대답했다. 선재는 연우의 대답에도 소고기뭇국을 포기하지 않고 휴대폰을 꺼내어 검색을 시작했다. 두 손으로 검색하면 될 텐데 그녀의 손을 잡은 오른손은 주머니에서 꺼낼 생각도 하지 않고 왼손 엄지를 서툴게 움직여 검색하는 모습이 애처롭다. 연우는 한숨을 푹 쉬고는 맞은편의 한식 전문점을 가리켰다.

"저기 가요. 저기도 맛집이라고 어디서 봤어요. 사실은 선배가 소고기뭇국 안 좋아하는 거 알고 그냥 심술부린 거였어요. 저기로 얼른 가요."

연우는 선재의 휴대폰을 빼앗고서 부지런히 선재를 잡아끌었다. 결국 두 사람은 맞은편의 한정식 전문점으로 들어가게 되었다. 식당에 들어서니 한복을 입은 직원이 정중히 인사하며 따뜻한 방으로 안내했다. 대강 간단한 코스 요리를 시킨 후, 직원이 문을 닫고 떠나자 방은 단둘만의 공간이 되었다. 맛집이라는 얘기를 분명히 들었는데, 사람들 소리가 조금도 들리지 않았다.

"되게 조용하네요."

"그러게."

식당에 들어와 두 사람의 손은 떨어진 상태. 손이 허전해진 데다가 분위기까지 어색하니 뭐라도 해야 될 것 같은 느낌이다. 연우는 침묵을 채워줄 물건을 찾아 가방 안을 뒤졌다. 이 여자가 대체 뭘 하려나 싶어 선재는 가만히 보고만 있었다. 그리고 잠시 후 그녀가 주섬주섬 꺼내 테이블 위에 놓은 것은 다름 아닌…….

"그걸 가져왔어?"

트리 오르골이었다.

"심심할 때 들으려고요."

뭐 이런 골 때리는 준비성이 다 있나.

"오르골 중독이냐."

선재의 한마디에 연우가 입술을 샐룩거린다.

"태엽을 왜 돌려. 심심해?"

"네."

"나랑 있는 게 심심해?"

"네."

그의 따지는 듯한 질문에 맞서는 도전적인 대답.

"심심하지 않게 해줘?"

그러나 그의 눈이 가늘어지고 목소리가 낮아지면 그 도전정신은 금세 맥을 못 추고 만다.

"……넣을게요."

연우의 오르골은 그 예쁜 소리 한번 제대로 내지 못하고 다시 가방으로 들어갔다. 그나마 음식이 빨리 나와 주어서 다행이다. 한 상 소담하게 차려진 음식들을 보니 식욕이 돌았다. 드레스숍에 들렀다 집에 올 때만 해도 모든 게 귀찮고 싫었는데. 어느새 그 당시의 스트레스를 거리에서의 대화가, 그리고 이 조용한 저녁식사가 차분히 밀어내고 있다.

"선배는 거의 차로 움직여서 이 동네는 오히려 잘 모르죠? 가본 데는 있어요?"

젓가락이 오가는 틈에 연우가 물었다.

"바로 옆 술집은 가봤어."

"한문 간판 걸려 있는 집 말하는 거죠? 거기 좋아요? 거기도 맛집이라던데."

"밥 먹고 가볼래?"

"술집이잖아요. 저는 술 안 마셔요."

"자주 마시잖아."

선재의 지적에 연우는 눈을 깜빡였다.

"냉장고에서 없어지는 맥주캔들은 뭔데."

그걸 보다니. 사실 연우는 술버릇 때문에 밖에서는 술을 마시지 못한다. 그러나 맥주를 좋아해서 종종 잠들기 전에 한두 캔씩 따 마시곤 한다.

"가끔 혼자 마시는 거예요."

"혼자 마시지 말고 나랑 먹어."

"싫어요. 그냥 선배가 두 배로 드세요."

"너도 안 마시는데 내가 왜 마시냐."

"치. 어울리지도 않게 무슨 눈치를 보고 그래."

"뭐라고?"

"아니에요."

웅얼거리던 연우는 스스로 입을 막듯이 밥을 크게 한 술 떠 입에 넣었다.

"그럼 뭐 할까?"

"네?"

"어디 가고 싶은 데 없어?"

오늘따라 퍽이나 상냥한 그가 그녀의 의견을 또 물었다. 너무 상냥하니 낯설다는 생각이 들면서도 이 기회를 놓치면 안 될 것만 같아서 연우는 뭐라도 떠올려볼 생각에 눈을 굴렸다. 이 남자가 내 응석을 받아주고 있구나. 이 낯선 확신은 꽁꽁 갇혀 있던 생각의 폭을 확장시켰다.

"크리스마스트리 보고 싶어요. 무역센터 쪽에 있다는 것 같은데. 걸어가도 사십 분이면 가지 않을까요?"

"추우니까 택시 타고 가자. 사십 분은 안 돼."

"사십 분 걷는다고 얼어 죽진 않아요."

"난 얼어 죽어. 너 내 건강관리인 아니었어?"

"치."

그는 종잡을 수가 없다. 상냥한 말투를 하다가도 어느 순간 싸늘한 눈빛으로 단호하게 말하면 그녀는 그대로 주눅이 들어버린다. 어쨌든 그는 못 가겠다고는 하지 않았다. 종잡을 수는 없지만 자신의 말을 어떻게든 들어주려고 하는 그가 신기하게 느껴지는 연우였다.

식사를 마친 후 두 사람은 트리가 설치된 백화점 앞까지 택시를 타고 이동했다.

"조심해. 바닥이 얼었어."

택시에서 먼저 내린 그가 연우를 붙잡아주며 말했다. 그가 내민 손이 또 따뜻하게 그녀의 손을 감쌌다. 누가 보아도 영락없이 다정한 남편의 모습. 게다가 그의 목소리는 음절마다 설렘 포인트가 된다. 다시 두근거림이 시작된 연우는 차에서 내린 후 자연스럽게 그의 손을 놓았다.

"잡아."

연우가 손을 놓자 그가 말했다. 연우는 또다시 웅얼댔다.

"목소리 사기꾼."

"뭐?"

"목소리 사기꾼 몰라요? 목소리 사기꾼?"

드디어 연우의 웅얼이가 혼잣말을 벗어났다. 그녀는 그를 놀리듯 짓궂게 말했다. 아주 미약하게나마 그녀는 점점 발전하고 있다.

"착한 노래를 부르는 사람은 착하게 살고, 시원시원한 목소리를 가진 사람은 성격도 시원시원해요. 선배도 그런 목소리를 가졌으면 그 목소리에 맞게 진중하고 묵직하게 살아야죠."

"넌 편견이 진짜 대단하다. 유괴범한테 유괴되기 딱 좋은 사상이네."

어허. 내 말에 공감하지 않고 나를 놀린다는 거지. 더 비뚤어질 테다.

"선배는 목소리가 열일한 거예요. 그 목소리로 결혼하자고 해서 내가 넘어간 거라고요."

연우는 더욱 올차다.

"진짜 아무것도 모르고 결혼했어. 나는 내가 어떤 스타일의 남자를 좋아하는지 생각해볼 새도 없었어요."

그저 투정이었다. 어찌 내가 이 결혼의 피해자이겠는가. 그와 결혼하여 온갖 수혜를 입었는데. 그녀는 이제 결혼이 억울하지 않았다. 그가 고마운 사람이라는 것도 잘 알고 있다. 지금의 투정은 장난에 가까웠다. 그가 어느 정도까지 자신의 심통을 받아줄지 궁금한 마음이 있었는지도 모르겠다. 또한 이 낯선 설렘에 대한 몸부림이기도 했다.

"그냥 인생 흐르는 대로 온갖 처음이란 처음은 다 선배랑 하고 있다고요."

그런데, 뜬금없이 그의 입술이 길게 늘어났다. 웃을 타이밍이 아닌 것 같은데? 어어? 손잡을 타이밍이 아닌 것 같은데? 선재는 다시 그녀의 손을 낚아채듯 잡고는 자신의 주머니에 그 손을 품었다. 내 집이다 생각하라더니 정말로 집처럼 아늑한 온기가 그녀의 손을 감쌌다. 아, 왜 분위기가 이렇게 흐르는 거지? 더 설레고 싶지 않은데. 연우는 난감해졌다.

"더 얘기해도 돼."

"좋은 얘기는 안 나올 텐데요."

"다 포용할 수 있어."

선재는 그녀의 마음에 쌓인 것들을 털어내게 하고 싶었다. 그저 스트레스를 풀어줄 생각이었는데 기대치 않게 그녀의 말들이 사랑스러워서 이따금 웃음이 났다. 그의 웃음 포인트를 파악하지 못한 연우는 그가 멍석을 깔아준 대로 좀 더 까불어보기로 했다. 그의 주머니에 손을 집어넣고서.

"날 그렇게 유부녀로 만들어놓고 구박이나 하고."

"내가 뭘 구박해."

"집에 잘 들어오지도 않고요."

"미국에서 수업 들을 때 빼고는 꼬박꼬박 집에 들어왔어. 네가 나한테 관심이 없었겠지."

"아닌데? 아닌데?"

이제 제법 콧방귀도 뀔 줄 아는 여자가 되었다.

"미국에서 돌아와도 집엔 잘 안 왔잖아요. 이 박 삼 일 동안 안 들어온 적도 있었으면서."

"내가 언제."

"작년 여름, 8월 보름에!"

그 또한 그 일이 떠오르는지 크게 탄식했다.

"그땐 예비군 간 거잖아!"

그의 목소리가 높아졌다. 그는 정말로 억울한 듯했다.

"국방의 의무를 다하고 온 사람을 벌레 보듯 한 건 너야."

이렇게 투덕거리면서도 잡은 손은 놓지 않는다. 너무 웃기지 않은가. 연극녀, 연극남이 따로 없다. 우리는 정말 세기의 쇼윈도 부부 커플이지.

"……내가 언제요."

'예비군' 주장에 숙연해진 연우의 목소리가 낮아졌다. 그때 그 외박이 예비군이었는지는, 정말 몰랐다. 역시 사람은 대화를 하고 살아야 해.

"너 그랬어. 내 머릿속에 그때 네 표정이 사진처럼 남아 있어."

"선배 쫌생이 같아요."

"뭐?"

막말을 했으니 도망갈 타이밍.

"어딜 가. 어딜."

그러나 제 손에서 빠져나가려는 연우를 그가 그냥 둘 리 없다. 선재는 그녀의 손을 더욱 꽉 쥐었다. 그리고 다른 한 손은 그녀의 정수리 위로 뻗어 그녀의 머리통을 꽉 쥐었다. 그의 커다란 손이 그녀의 머리를 잡는 데는 별 어려움이 없었다.

"때리려고 손잡고 있는 거예요? 붙잡아서 때리려고?"

"아니. 내가 널 왜 때려."

"때리는 거랑 비슷한데요."

"무슨 소리야. 예뻐해주는 거잖아."

이제 그녀의 머리를 마구 흩트리는 선재의 험악한 손. 연우는 표정을 구겼다.

"아닌 것 같은데?"

"맞는데?"

선재는 그녀의 머리를 좀 더 흩트린 후 만족스럽게 미소를 짓고서는 다시 가지런하게 정리해주었다. 몽글몽글. 연우의 가슴에 무언가 부드러운 것이 뭉쳐진다.

"계속 얘기해."

"뭘 자꾸 얘기하래요?"

"힘들었던 거."

자꾸 '목소리 사기꾼' 목소리를 내니 연우는 혼란스럽다.

"내일 아침에 일어나서 보복하는 거 아니죠?"

"보복? 무슨 보복."

"내쫓아버린다거나, 이혼 사유에 덧붙인다거나."

헉. 그런데 추측이 너무 과했던 듯하다. 이혼. 그 금기어를 쉽고도 가볍게 내뱉고 말았다. 하아. 그러게 왜 자꾸 나한테 말을 시켜서.

"이혼이라니."

그의 목소리도 단번에 어두워졌다.

"넌 아직도 내가 그런 걸 할 거라고 생각해?"

"……못 들은 걸로 해주세요."

"들은 걸 어떻게 못 들었다고 하냐."

"시간을 되돌린다고 생각해보세요."

"시간을 어떻게 되돌려."

"되돌릴 수 있어요!"

진짜 시간을 되돌릴 수 있는 것처럼 진지하게 눈을 빛내는 그녀의 엉뚱한 대답에 선재는 얼떨떨해졌다.

"시간도 되돌릴 수 있고, 운명도 바꿀 수 있고."

그 눈빛은 이 주일 전 절대 이혼을 할 수 없다며 집이 좋다 키스가 좋다 억지를 부리던 그때와 비슷하다. 이제 그녀는 이혼하지 않는 것에 이토록 필사적이다.

"이혼하려던 우리도 친하게 지낼 수 있어요!"

그리고 언어의 마술사다. 이혼 얘기를 꺼내기가 무섭게, 이토록 사랑스러운 궤변을 늘어놓으니 결국엔 또 웃음만 나온다.

"그래, 바라던 바야. 네 말이 맞네."

그의 호평에 연우도 다시 한시름 놓은 얼굴이 되었다.

"참 아름다운 결말이네."

"네, 해피엔딩이 진리죠."

"그래, 그렇지."

그는 대화를 정리하듯 한마디 더 덧붙였다.

"그리고 괜히 불안해하지 마. 상상할 필요도 없어. 이미 몇 번 말했지만, 이혼 같은 거 안 해."

"네."

연우 또한 미안해지는 마음으로 대답했다. 오순도순 아웅다웅하는 사이에 어느덧 트리 앞에 다다랐다. 꼭대기에 커다란 별을 매단 트리가 주위의 불빛과 어우러져 아름답게 빛나고 있다. 선재에게 크리스마스란 '백화점이 가장 바쁜 날'이었다. 마음이 여유롭지 못했기에 낭만을 가질 틈이 없었다.

"트리, 예쁘네."

그런 그가, 이런 생각을 한 것도 처음이었다. 눈에 보이는 반짝이는 것들이 모두 예뻤다.

"남의 백화점 앞에 있는 트리인데, 예뻐요?"

"난 마음 넓은 기업인이라, 이런 걸로 질투하진 않아."

"여국대 셰프는 질투하잖아요."

연우가 놀렸다. 그걸 알아채다니. 당황한 그의 눈에 옅은 동공지진이 일어났다. 그것을 보며 연우는 기분 좋게 웃었다. 오늘은 웃을 수 없을 줄 알았는데. 인상 쓰고 한숨 쉬고 눈물짓다가 잠들 줄 알았는데. 웃게 해줘서, 그에게 고마웠다.

두 사람은 트리 앞에서 시간을 보낸 후에 건물 안으로 들어가 건물 안의 트리와 도서관까지 구경하고선 집으로 돌아왔다. 즐거운 데이트였다. 데이트라고 부를 수 있을지 모르겠지만.

"오늘 고마웠습니다. 덕분에 되게 상쾌해졌어요."

그녀가 트리의 불빛처럼 반짝반짝 웃었다. 선재는 내내 붙어 있어 자신의 체온과 똑같아진 연우의 손을 놓는 것이 아쉬웠다.

"안녕히 주무세요."

'잘 자'라고 말해야 하는데 입이 떨어지지 않았다.

"앞으로 같이 잘까?"

그간 툭 내뱉었다가 이내 집어넣고 말았던 말을 이제야 제대로 그녀에게 보냈다. 연우는 뜻밖의 제안에 놀란 듯 보였다.

"네?"

"침실을 같이 쓰자고."

부부는 원래 침실을 같이 쓰는 거라고, 조금 억지를 부려볼까 하다가 에둘러 말했다.

"너 내가 살았나 죽었나 매번 확인하고 싶어 하잖아. 그래서 아침마다 내 방으로 뛰어오는 거 아니야?"

무덤덤하게 말했지만 단박에 거절당할까 싶어 긴장한 상태였다.

"그렇게 뛰어올 필요 없이 그냥 침실을 같이 쓰면 되잖아."

그의 제안에 한참 눈을 굴리며 고민하던 연우가 드디어 끄덕였다.

"그럴까요?"

몰래 긴장해 있던 표정이 풀릴 무렵.

"단."

그녀가 조건을 붙였다.

"선배가 절 절대 건드리지 않는다고 맹세하면요."

철벽도 이런 철벽이 없다. 선재는 허탈해졌다. 불과 몇 분 전까지 있었던 일들이 벌써 아득하게 멀어져가는 것만 같았다.

방금 전까지 우리 손잡고 있었잖아. 즐거웠잖아. 너도 많이 웃었잖아.

'맹세'를 하란다. 한 침실은 못 쓰겠다는 말로 거절당하는 것보다 더 큰 충격으로 다가오는 대답이었다. '맹세'라는 말을 내뱉은 연우의 표정은 굳세다. 내 부인이 이렇게까지 철벽녀일 줄이야. 내진설계가 어찌나 잘돼 있는지 무너지기는커녕 꿈쩍도 하지 않는다.

한 침실을 쓰자마자 달려들겠다는 게 아니다. 그래도 사람이 말이야. 희망은 갖게 해줘야지. 손은 잡게 해줘야지. 잠자리가 불편해지면 팔베개도 하게 해줘야지. 잘 자라, 하면서 머리도 좀 쓰다듬게 해줘야지. 맹세를 하면, 건드리지 않겠다고 맹세를 하면, 부부 사이에 의남매 맺자는 거랑 뭐가 다르냐. 부부 사이에 지킬 게 따로 있지. 어떻게 정절을 지켜…….

"그냥 따로 자자."

그런 맹세를 하느니 평생 독수공방을 하겠다.

"그냥 아침마다 뛰어와."

그녀의 요구에 따뜻함을 빼앗긴 선재는 싸해진 목소리로 말했다. 그의 대답에 연우 또한 실망한 표정으로 입술을 벌렸다.

"허."

연우는 한탄을 털어냈다. 건드리지 말라고 했더니 곧장 따로 자겠다는 대답을 해? 처음부터 그저 날 건드릴 생각이었다는 건가? 지금까지 손잡아주고 비위 맞춰준 것도 다 계산된 행동이었던 건가?

"왜."

그녀가 쏘아보니 그 또한 까칠하게 말을 툭 던진다.

"아뇨, 그냥 우스워서요."

연우도 지지 않는다. 함께 트리를 바라보던 낭만은 모두 떠났다.

"선배가 참 별거 아니라는 생각이 들어서요."

그가 눈을 무섭게 부라린다. 하지만 나도 이제 안 쫄아! 안 쫄아!

"그렇게 처다보지 말라고 그랬잖아요."

연우는 더욱 덤볐다.

"내가 뭘 어떻게 했다고."

"지금 싸납게 처다보잖아요."

"아니라고. 이건 그냥 이렇게 생겨먹은 거라니까!"

치. 이렇게 나온다면 나도.

"모래반지 빵야빵야."

"뭐? 너 지금 나한테 욕했어?"

"모래반지가 어떻게 욕이에요?"

그녀에게 이런 독기가 숨어 있을 줄은 몰랐다. 이 또한 참신하긴 하지만 박수 쳐주고 싶지는 않았다. 잘 흘러가던 분위기에 찬물을 끼얹은 그녀가 원망스러웠던 것일까, 그도 강선재답지 않은 심술과 고집을 부리게 되었다.

"너 앞으로 내 침실로 달려오지 마. 내 건강에 간섭하지 마."

허. 연우는 기가 막혔다. 뭐야, 뭐 이런 치사한 놈이 다 있어. 거기서 건강이란 말이 왜 나와. 건강 확인이 얼마나 숭고한 의식인데!

"싫어요. 그건 완전 다른 문제잖아요. 그리고 다 선배를 위한 건데."

"날 위한 거면 내가 알아서 해."

"알아서 할 수 있는 것도 좀 맡기고 그러는 거예요. 그러니까 부부죠. 부부 관계에선 이런 간섭이 당연한 거예요. 나쁜 간섭도 아니고 좋은 간섭인데. 불만이라면 선배도 내 건강에 간섭하세요."

따박따박 따져드니 선재의 눈매가 더욱 날카로워졌다. 그렇게 쳐다보며 아무 말도 안 하니 연우는 마른침을 삼키게 되었다.

"그래. 말 잘했네."

긴장된 가운데, 한참 후 그가 그녀의 말에 수긍해주었다. 연우도 냉큼 말을 받으며 고개를 끄덕였다.

"네. 건강 간섭이요. 그건 괜찮아요. 마음대로 하세요."

"그거 말고."

"……."

"부부관계."

그러나 그가 주목한 포인트는 달랐다.

허어억. 음산하게 다가오는 어둠의 기운.

"내가 그동안 너무 바빠서 못 말했던 게 있는데, 부부 관계에서 제일 중요한 건 '부부관계'라고 생각해."

그 기운에 걸맞게 그는 목소리를 쫙 깔아버린다. 연우는 그 목소리에 서서히 깔리는 것 같았다.

"가장 가까운 관계지. 정신적인 것과 육체적인 것, 모두."

허물 벗듯이 코트를 벗고.

"몸과 마음이 모두 가까운 게 부부라고."

슈트 단추를 하나하나 풀고. 천천히 벗어서 코트와 함께 절도 있게 내려놓고는. 그가, 한 걸음씩 다가온다. 연우는 저도 모르게 그가 다가오는 걸음만큼 뒷걸음질 치게 되었다. 이, 이게 아닌데. 이런 분위기가 아닌데. 내가 원하는 건.

"그리고 너와 나만 중요한 것도 아니지. 어느 정도 2세도 필요할 때가 되었어. 이 년이나 기다려줬고 이혼도 안 하기로 했고. 그러니 대를 잇는 문제에 대해서도 생각해봐야 되지 않겠어?"

두근두근.

"게다가 신기하게도."

두둥두둥.

"내 건강을 확인하는 가장 좋은 방법이."

둥둥둥둥.

"그거야."

아아아아.

"이해하지?"

이해하고 싶지 않아. 아무것도 이해하고 싶지 않아. 그녀의 당황한 표정에도 아랑곳없이 그는 희미한 미소와 함께 가늘어진 눈을 빛낸다. 그 미소에 몸이 마비되는 것만 같은 느낌. 몸은 마비되는 듯한데 심장은 마구 들썩들썩거리고.

"너한테도 괜찮은 일이겠네."

불리한데. 울어볼까? 울면 꼼짝 못 하던데. 연우는 몰래 끄응, 하며 목 안쪽으로 힘을 주었다. 하지만 뜻대로 눈물이 나오지는 않았다. 한 방울이라도 건지기 위해 눈을 꼭 감아보았다.

'아 눈물이 안 나와. 당황해서 감정 잡기가 너무 힘들어.'

솔직한 것 빼면 시체인 이연우는 거짓 눈물 따위 흘릴 줄 몰랐다. 셔츠의 단추를 하나씩 풀며 바짝 다가오는 그가 요염, 아니아니. 울대가, 아니, 쇄골이, 아니아니…… 대책 없이 섹시한 그의 외모는 더욱 그녀의 정신을 교란시킨다.

"둘 중에 하나 선택해."

"뭐, 뭘요……."

당황스러워 울상이 된 그녀에게 그가 잠잠히 대답한다.

"내 방. 아니면 네 방."

목소리처럼 내려앉은 눈꺼풀. 가늘게 뜬 눈으로 집요하게 그녀를 바라보는 눈길이 사악하게도 농염하다. 홀리겠다고 작정을 한 것이다. 연우는 숨이 턱 막히는 것 같았다. 겨우겨우, 저항하듯 힘을 주었다.

"두, 둘 다 싫어요!"

그리고 제대로 움직이지도 않는 몸을 좌향좌, 좌향좌 두 번 하여 뒤돌았다. 그러나 줄행랑을 치지는 못하고 그에게 바로 잡혔다. 선재는 그녀의 어깨를 한 팔로 감싸 잡았다.

"왜 도망가는데."

그의 목소리가 귓가를 간질였다.

"아, 아, 아직은 마음의 준비가……."

아무래도 2세 출산은 못 하겠으니 강씨 가문의 대를 끊어버리게 되겠다는 말을 할 수도 없고, 이 상황을 모면하기 위해 또 그녀는 궤변을 내보인다.

"이 년 동안 준비하게 해줬으면 충분하지 않아?"

그러나 그는 자비가 없다.

"십 분 줄게. 준비해, 마음."

눈물도 안 나오는 연우가 울먹이는 소리로 말했다.

"어떻게 그게 십 분 가지고 돼요. 천 배는 더 필요하다고요."

"천 배? 그럼 만 분?"

헐.

"백육십육 시간이네. 약 칠 일."

선재는 계산에 밝은 사람답게 뚝딱 만 분을 암산해 보였다.

그게 그것밖에 안 돼? 뼛속까지 문과생 이연우는 억울할 뿐이다. 으아아. 왜 난 계산력이 딸려가지고!

"아니, 그게 아니라, 오조 오억 배는 필요해요오오."

"말 바꾸지 마. 네가 한 말은 지켜."

그가 단호하게 말했다.

"네 말대로 일주일 뒤에, 좋은 시간 가집시다."

"……."

"잘 자라. 좋은 꿈꾸고."

그리고, 그 단호함과는 대비되는 그의 다정한 손놀림.

"오르골 좀 그만 듣고. 옥승혜는 걱정하지 말고."

그녀의 어깨를 감쌌던 팔을 푼 선재는 그녀의 머리를 찬찬히 쓰다

듣어주고는 나지막이 상냥한 말을 해준 후 떠났다. 자기 침실로. 연우를 등진 그가 몰래 미소를 짓고 있단 사실을 연우는 알 리 없다.

그가 떠난 뒤에도 연우는 한참 붙박이처럼 그곳에 그대로 서 있었다. 입술 사이로 기나긴 한숨을 파르르 흘려보냈다. 와아. 저 사람이, 와아. 뭐, 이런 미친 추진력이.

태풍이 지나간 것 같았다. 옥승혜고 뭐고. 강선재 때문에 오늘 잠은 다 잤구나.

* * *

한편. 승혜는 소동이 일어난 다음 날까지도 여전히 전날의 미스터리에서 벗어나지 못하고 있었다.

"내가 분명히 목걸이를 그 애 가방에 넣었는데 말이야……."

생각하고 생각해도 그게 이상했다. 어제 승혜는 연우가 자리를 비운 틈에 꾀를 생각해내 상희의 목걸이를 연우의 가방에 몰래 넣었다. 아무도 지켜보는 사람이 없었고 CCTV도 없었기에 쇼가 일어나기에 딱 좋은 상황이었다. 그런데, 연우의 가방에서 발견되어야 할 상희의 목걸이는 웬 남자의 손에 들려 있었다. 그 남자의 정체는 뭘까. 어디서 나타난 남자일까?

'이연우의 내연남 같은 건가?'

그렇게 생각하는 게 말이 되었다. 연우를 따라 숍에 온 남자가 모든 상황을 다 지켜보고 목걸이를 솜씨 좋게 빼돌린 후 연우를 위기에서 구해준 것일 게다. 직원이 거래처에서 온 사람이라고 했지만 원장은 남자에 대해 제대로 몰랐다. 그것은 또한 남자가 둘러대기 위해 지어낸 말일 수도 있다는 추측을 가능케 한다.

승혜는 드레스숍의 원장에게로 전화를 걸었다. 긴 통화대기음 후에 드레스숍의 원장이 전화를 받았다.

[네, 사모님.]

왠지 원장의 목소리가 달갑게 들리지는 않았다. 어제의 여파인가 싶은 생각이 들었지만 승혜는 개의치 않고 용건을 말했다.

"나 물어보고 싶은 게 있는데. 어제 우리가 연우랑 같이 있을 때 삼층에 올라왔던 남자 말이야. 어느 거래처 사람이지?"

[홍콩 쪽이에요. 그런데 거래 자체는 무산되었죠.]

"연락처 좀 알려줄 수 있나?"

[저희 쪽에도 남아 있는 연락처가 없어요…….]

"그게 말이 돼? 서로 명함은 주고받았을 거 아니야."

[그게…… 어제 처음 왔는데 어제 일어난 일을 보고서 불쾌한지 거래는 없던 것으로 하자고 하더라고요. 회사명이 있는 것도 아니고 그냥 개인사업자인 듯했어요. 명함도 남기지 않았고요.]

"서로 통성명도 안 했단 말이야?"

[저희 직원이 이름을 듣긴 했는데, 기억하지는 못 하겠다네요.]

"정말 거래하려고 온 사람이 맞긴 해? 그 정도로 자기를 노출시키지 않는 사람이라면, 사기꾼일 수도 있는 거 아니야?"

[그럴 거라고는 생각하지 않는데…….]

원장은 말끝을 흐렸다. 승혜는 회심의 미소를 지었다. 역시 뭔가 구린 구석이 있는 거군. 머릿속으로는 괜찮은 드라마 한 편이 만들어지고 있었다.

회사에서 업무를 보던 선재는 잠깐 짬을 내어 승혜를 만나기로 했다. 승혜가 회사로 직접 찾아온다고 하였다. 어제 연우에게 무례한 짓을 한 것에 대해 싹싹 빌며 사과를 한다고 해도 용서하고 싶은 생각은 없었다. 다만 찾아오는 꿍꿍이는 궁금했다. 과연 사과를 할지, 아니면 괴상한 핑계를 댈지.

실은 이번의 만남이 두 번째였다. 두 사람은 이 년 전에도 만난 적이 있었다. 연우의 결혼이 세간에 알려진 후, 승혜가 먼저 넙죽 엎드리러 온 것이다. 승혜는 선재에게 재차 고개를 숙이며, 연우의 뺨을 때린 일은 잊어달라고 했었다. 선재는 그런 승혜에게 다시는 연우의 앞에 나타나지 말라고 경고했다. 그런 일이 한 차례 있었기에, 승혜가 어제와 같은 일을 벌일 거라고는 생각지 못했다. 그동안 제 편이라도 많이 만들어둔 걸까? 그래봤자 옥승혜는 마진태의 아내다. 마진태의 회사 제이내추럴은 제이그룹의 작은 계열사로, 오십 프로 이상의 지분을 선재의 아버지 운호가 갖고 있다. 운호의 말 한마디에 남편의 생명줄이 왔다 갔다 하는 처지니 승혜 또한 선재가 어려운 입장일 것이다.

그런데 왜, 그의 아내인 연우에게 그렇게 개념 없이 굴었을까. 아무리 생각해도 어제의 일을 이해할 수가 없다. 그래서 만남을 수락한 것이었다. 궁금해서.

잠시 기다리니 승혜가 사무실에 도착했다.

"오랜만입니다. 부사장님."

"여기까지 찾아오실 줄은 몰랐는데, 일단 앉으시죠."

승혜는 약간 뒤틀린 미소를 머금고 있었다. 완전히 저자세는 아니었다. 첫인사는 그래도 예의를 차렸지만, 선재는 승혜의 얼굴을 계속 마주하고 있기가 불편했다. 그는 냉랭하게 다음 말을 내뱉었다.

"말씀하실 게 있어서 오신 거 아닙니까? 말씀하시죠. 제가 바빠서요."

"연우 얘기예요. 아주 조심스럽게 하는 얘기입니다. 제가 드레스숍에서 뭘 좀 본 게 있어서요."

아주 조심스럽게 하는 얘기라는 운을 띄웠지만, 조금도 조심스러운 표정이 보이지 않았다.

"혹시 연우에게 내연남이 있다는 거 알고 있으신가요?"

승혜의 입에서 나온 말에 무표정이었던 선재의 미간에 주름이 살짝 잡혔다. 승혜는 그 표정을 흥미롭게 살폈다. 그가 이 말에 어떻게, 얼마나 반응하는가. 그것을 알아보는 것이 승혜의 목적이었다.

"지금 이런 말을 할 때가 아닌데."

선재는 잠시 후 싸늘하게 입을 열었다.

"정말……."

……입을 찢어버리고 싶네.

"사실 어제의 일이 제 귀에 들어간 것에 놀라서 넙죽 사과를 하러 오신 거라 기대했는데, 독특한 방법으로 뒤통수를 치시네요."

선재는 비꼬아 말했다.

"이 년 전에 제가 좋은 말로 부탁을 드렸었죠. 제가 결혼할 사람에게 손대지 마시라고. 꽤 정중하게 말씀드렸던 것 같은데, 말이 통하는 사람이 아니었네."

승혜는 움찔했다. 선재의 말은 이연우의 내연남에 대한 부가 질문이 아니라, 대화를 원천 차단하겠다는 의지가 담겨 있는 것이었다.

'이런 반응을 보일 리가 없는데…….'

승혜의 예상과는 완전히 달랐다. 당황한 승혜에게, 선재가 말했다.

"그건 그렇고 따님이 미대를 나왔네요."

"……"

"주제에."

이번엔 선재의 공격이었다. 그의 눈초리는 적을 발견한 맹수처럼 매섭고 날렵하다.

"주제가 변변치 않아서 꽤 돈이 많이 들었나봅니다. 지금 돈을 받은 교수가 검찰 조사를 앞두고 있다고 하네요."

이어진 말에 승혜의 얼굴이 시퍼레졌다. 공부 못했던 딸을 대학에 보내기 위해 학과장급의 면접 교수를 포섭하여 억대의 돈을 쥐여주었다. 그 사실을 아는 사람은 아무도 없다고 생각했다. 남편도 모르는 일이다. 그런데, 그 교수가 조사를 받는다고? 언제? 왜 난 몰랐지? 아니, 이 남자는 어떻게 그걸 알았지? 섬뜩해진 승혜의 목 뒤로 식은땀이 흘렀다.

"저는 이제 아무 부탁도 드리지 않습니다. 제 아내가 옆구리 찔러서 절 받는 걸 싫어해서요. 그냥 알아서 하시고, 이만 나가시죠."

당황한 눈빛을 감추려는 승혜를 앞에 두고 선재는 먼저 자리에서 일어났다.

업무를 모두 마친 후, 연우가 보고 싶어진 선재는 학교로 가서 연우에게 전화를 걸었다.

[여보세요.]

연우는 금방 전화를 받았다. 그런데 꽤 소란스러운 곳에 있는 모양이었다. 주변의 소음 때문에 연우의 목소리가 잘 들리지 않았다.

"일 끝났어? 저녁 같이 먹어."

[헉. 저 먹고 있어요.]

그녀의 대답은 가볍기 그지없었다.

"어디서."

[학관이요. 거의 다 먹어가는데.]

배신자. 선재는 왠지 심술이 났다.

"학관 앞으로 갈게."

선재는 부지런히 발을 움직였다. 얼마 전 그녀가 '희진 선배'랑 자주 같이 밥을 먹는다고 했던 게 떠올랐다. 이번에도 신희진이라는 놈이랑 함께일까. 아내 일터의 이성 동료를 이해하는 너른 마음을 갖고 싶은데 신희진이라는 놈을 마주한 적 있기 때문인지 자꾸 심기가 불편해진다.

"안녕하세요. 자주 뵙네요."

그 불편한 와중에 놈이 말을 걸었다. 신희진. 학관 앞에 도착하니 득달같이 알아보고는 인사를 건넨 것이다. 그 인사조차 달갑지 않게 여겨지는 선재였다.

"네, 연우랑 같이 식사하셨습니까?"

"네, 일하다가 같이 밥 먹었습니다. 연우는 화장실에 들렀다가 나온다고 하네요."

"네."

역시 이 녀석이 함께였다. 심술은 났지만 점잖게 굴기 위해 더 이상 말을 섞지는 않았다. 그런데 놈이 먼저 말을 걸었다.

"실례인 줄 알지만, 한 가지 여쭤봐도 될까요?"

"말씀하시죠."

"연우 많이 사랑하십니까?"

선재의 한쪽 눈썹이 불쑥 들려 올라갔다. 이 새끼 뭐지?

희진의 질문에 선재는 인상을 슬쩍 구겼다. 이 녀석이 옥승혜랑 한 패는 아닐까 하는 생각도 잠깐 했다.

"대답은 할 수 있지만, 저도 이런 질문을 하시는 저의가 궁금하네요."

선재는 희진의 질문을 냉랭하게 받아쳤다.

"무례했군요. 죄송합니다."

역시나 희진은 짧게 사과할 뿐, 주눅 든 모습을 보이지 않았다.

"다음 주에 학회가 있습니다. 연우는 그 학회 준비를 두 달 동안 열심히 했었고, 기대된다는 말도 했었죠."

곧 희진은 그런 질문을 하게 된 경위를 차근히 털어놓았다. 희진을 쳐다보지 않으려 했던 선재의 고개가 희진에게 향했다. 연우에게 학회가 있다는 얘기는 듣지 못했다.

"그런데 며칠 전에 돌연 포기하겠다고 하더라고요. 중요한 집안일이 있다고 들었습니다."

중요한 집안일? 그런 것 또한 들은 적이 없다. 선재는 희진의 이야기가 미심쩍어지기 시작했다.

"그래서 좀 실망했거든요. 그 중요한 집안일이라는 게 연우의 오랜 계획을 꺾을 만큼 대단한 것인가 싶어서요."

뭔가 희진이 연우의 사정을 제대로 알지 못하고 오해하는 듯했다.

"제가 생각하는 사랑이란, 구속이 아니거든요. 서로 사랑하는 부부 사이에서는 상대의 일과 열의를 존중해주게 되지 않나, 하는 생각을 했습니다. 학회를 그렇게 열심히 준비해놓고 마지막에 손을 놔버리면, 연우 집안일이야 문제가 없겠지만 학교에서는 교수님들한테 미움을 살 수도 있거든요."

"연우랑 얘기해보죠."

선재는 희진의 설명을 가차 없이 잘라냈다. 그 이상의 이야기는 연우를 통해 듣는 것이 옳겠다는 판단이었다.

"하지만 연우가 혹시라도 다른 불편한 사정이 있어서 그러는 거라면, 굳이 보내고 싶지는 않습니다."

선재가 적절히 희진의 말을 끊어냈을 즈음에 연우가 학관 건물에서 나왔다. 반갑게 '선배'를 외치며.

"선배!"

저거저거. 곧장 당황하는 모습을 보아하니, 희진을 부른 게 아니라 선재를 부른 거였다.

"······희진 선배."

연우는 걸음을 줄이고 다가오며 기어들어가는 목소리로 선배 앞에 '희진'을 붙였다. 희진이 히죽 웃었다.

"왜 그렇게 반갑게 불러, 인마."

그건 널 부른 게 아니라 날 부른 거다, 인마. 선재는 해죽거리는 희진을 무섭게 쏘아보다가 연우에게도 곁다리로 눈치를 주었다.

네가 날 선배라고 부르는 게 버릇이 돼서 이런 일이 일어나는 거잖아. 어쩔 거야?

따끔하게 쏘아보니 연우의 입술이 다시 열렸다.

"여······보, 왔어요?"

음, 용서해준다.

"여보, 집에 가자."

선재가 승리자의 목소리로 그녀를 불렀다.

주차장 쪽으로 걸어가는 길. 연우와 둘만 남게 되자 선재는 연우에게 지청구를 댔다.

"연습 좀 해야 되겠다. '여보'가 그렇게 뻣뻣해서야 사람들이 우리를 사이좋은 부부로 생각하겠어?"

연우 또한 제 실수를 인정하는지 멋쩍은 표정을 했다. 뭐, 그래도 덕분에 '여보'라는 말을 듣게 됐으니 잔소리는 이 정도로 하고.

"학회가 있었어?"

선재는 희진에게서 들은 것을 물어보았다.

"희진 선배가 얘기해요?"

"언제야?"

"다음 주 목, 금, 토요일이에요. 근데 저는 안 가요."

"왜. 왜 안 가는데?"

"뭐 그냥. 가기 싫어져서요."

"두 달 동안 준비했다며."

"그래도 안 가도 돼요. 이제 다 아는 내용이라."

이미 '다른 미래'에서 한 차례 경험한 학회였기에 미련은 없었다. 다만 학회를 빠지면 교수님 눈 밖에 난다는 말이 무엇인지는 경험해본 적이 없어서 그것은 조금 걱정이 되었다. 그래도, 연우는 학회를 가볍게 포기할 수 있었다.

"뭐?"

알 수 없는 표현에 선재가 갸우뚱했다. 연우는 곧장 수습했다.

"아, 그런 게 있어요. 아무튼 안 가도 돼요."

"넌 또 뭘 숨기고 있냐?"

"숨기다뇨."

"혹시 누가 괴롭혀? 눈치 줘?"

연우가 진실을 말해주지 않아 선재는 더욱 심각하게 받아들이게 되었다.

"누가 학회 가지 말라고 그래?"

선재는 반드시 대답을 들을 생각으로 거듭 캐물었다.

"누구든 말해. 교수라도 상관없어."

"아유. 그런 거 아니에요."

"그런 거 아니긴. 집안일 핑계를 댔다며."

"아 그건 죄송해요. 근데 정말 별거 아니에요."

"두 달 동안 준비한 거라면서 어떻게 별게 아니야."

후우…… 선재의 집요한 추궁에 연우가 푸욱 한숨을 내쉬었다.

"정말로 안 가도 돼요."

남편이 이토록 진지하게 받아들이니 얘기를 하긴 해야겠는데, 제 의도를 순수하게 받아들여줄까, 그것은 걱정되었다. 그녀는 조심스럽게 진실을 털어놓았다.

"학회 장소가 부산인데요, 너무 멀어요. 게다가 이 박 삼 일이고. 그래서 가기 싫어요. 내 의도를 어떻게 생각하는지 모르겠지만, 나는 선배 건강이 세상에서 제일 중요해요. 학회 따위보다 선배 건강 확인하는 게 먼저라고요."

이 사람의 안위를 제때에 확인하지 못한다면 당연히 학회에도 집중할 수 없다. 아침에는 특히 그렇다. 그가 살아 있다는 것을 확인하고, 되도록 손으로 만져보아야 안심이 된다. 이제 남편의 존재를 확인하는 그녀의 아침 의식은 하루의 가장 중요한 일과가 되었다. 다행히 그는 연우의 대답을 의심 없이 받아들인 듯했다. 멍해진 표정으로 자신을 쳐다보는 그에게, 연우는 농담하듯 불평했다.

"근데 선배는 이 순수한 걸 하지 말라는 소리나 하고."

어젯밤의 말다툼에 대한 투정이었다. 진실을 알게 된 선재는 난감해졌다. 웃어야 할지 화를 내야 할지. 난감한 상황과는 달리 감정에는 큰 여울이 진다. 너는 대체 얼마나 더 나를 흔들 생각인 걸까.

"그깟 건강 확인 때문에 학회를 포기해?"

"그깟이라뇨! 두 달이 아니라 이 년 동안 준비한 거라도 포기할 수 있는데!"

이 정도의 눈물 나는 순정을 보이면 끌어안아주어야 딱 좋은 건데. 이토록 열정적인데도 그 마음엔 조금의 흑심도 없다 하니 그는 마음 가는 대로 그녀에게 손을 댈 수가 없다.

"선배가 그런 사고를 가지고 있으니까 나라도 챙겨야겠다는 생각으로 붙어 있어야 되는 거라고요."

"같이 가자."

입술을 삐죽거리는 그녀에게 선재가 제안했다.

"네?"

"학회 하는 호텔에 예약 잡을게. 나도 부산에 자주 가. 너는 모르겠지만 한 달에 두 번은 가. 그쪽에도 일이 많아서."

능력 있는 아내가 학회보다 내가 먼저라는데, 나 때문에 학회를 포기하겠다는데 그걸 알고도 어찌 가만히 있을 수 있단 말인가. 그렇게 사랑스럽게 말을 해버리니 일이 없으면 만들어서라도 따라가야 하는 것이다.

"서로 일하고 돌아와서 만나면 되겠네."

"아뇨. 그럴 필요 없어요."

"나도 부산 출장 일정 잡으면 돼."

"아니, 저 때문에 스케줄을 변경할 필요는 없다고요."

"부산에 자주 간다고."

"진짜 괜찮은데."

"나도 일한다고. 일."

올곧게 거듭 말하니 연우의 입이 다물어졌다.

"내일 가서 학회 갈 거라고 말해. 아, 지금 말해야 되나? 내가 말해줄까?"

"아. 아뇨. 제가 할게요."

연우는 곧장 휴대폰을 꺼내 누군가에게 전화를 걸었다. 신희진 녀석인 모양이었다.

"선배, 저 학회 갈게요. 번복해서 죄송합니다. 네. 내일부터 다시 준비할게요."

연우는 용건만 간단히 전한 후 바로 전화를 끊었다. 그리고 선재에게 말했다.

"준비하려면 바빠서, 내일도 학교 나와야 돼요. 계속 집에 늦게 들어갈 거고요."

"알았어."

얼떨떨한 표정을 짓고 있던 연우의 입술이 슬며시 길어졌다. 그녀가 만족스러워하니 선재 또한 기분이 좋았다.

"손."

선재가 손을 내밀며 말했다. 연우는 이번엔 망설임 없이 그가 내민 손을 잡았다. 두 사람이 꼭 맞잡은 손은 집처럼 아늑한 선재의 코트 주머니로 들어갔다. 내일부터 이런 여유가 없을지도 모른다고 생각하니 오늘의 체온이 무척이나 애틋하게 여겨졌다.

　서로 바쁘게 지내는 동안 시간은 쉼 없이 흘렀다. 어느덧 연우가 학회를 떠나는 날이 되었다. 이른 아침, 짐을 모두 챙겨 나온 연우에게 선재가 물었다.

"학과 사람들이랑 다 같이 움직이는 거지?"

"네. KTX 타고 가요. 금방이에요. 선배는 이따가 저녁때 오는 거예요?"

"응. 서울에서 할 일 하고 저녁 비행기로 갈 거야."

"그럼 내일부터는 선배도 부산 출장이에요?"

"응. 여기저기 다녀야지."

"둘 다 엄청 바쁘겠네요. 그래도 아침저녁으로는 볼 수 있죠?"

"그래. 이따가 저녁때 보자."

"네. 이따가 봐요. 조심해서 와야 돼요!"

연우는 손을 힘차게 흔들고는 먼저 떠났다.

"후우."

선재는 아내가 떠난 집에 한숨을 채웠다. 이제 선재도 움직여야 했다. 그의 바쁜 일정 또한 함께 시작되었다.

　연우와 연우의 동료들, 그리고 학과 교수들이 대거 참석한 학술대회는 강연과 포럼과 세미나가 이어지는 강행군이었다. 그러나 '다른 미래'에서 한 번 경험해본 적이 있는 연우는 누구보다도 똑똑하게 일정을 소화해냈다. 보너스로 얻은 인생을 오롯이 자신을 위해 쓰게 된, 뜻깊은 시간이었다.

그렇게 하루 일정을 모두 마무리 짓고, 밤이 되었다. 연우는 호텔 로비의 테이블에 앉아 다른 동료들과 함께 내일 있을 세미나 준비를 했다. 객실로 모이자고 했던 사람들과 로비로 모이자고 했던 사람들이 있었는데, 연우는 로비 쪽에 힘을 실었다. 선재가 언제쯤 호텔에 도착할지, 로비에서 일찍 확인하고픈 마음이 있었던 것이다. 그리고, 준비를 시작한 지 한 시간쯤 후, 모임을 마무리 지을 즈음에 로비에 들어서는 선재의 모습을 볼 수 있었다.

선재를 발견한 연우가 여기 좀 봐달란 의미로 허리를 꼿꼿이 세우고선 초롱초롱한 눈으로 선재를 보았다. 체크인 수속을 밟은 선재도 쉽게 연우를 발견했다. 연우가 동료들과 있었기에 다가가지 못했지만 그녀의 얼굴을 확인했단 뜻으로 지그시 미소 지어주었다.

"이제 내일 생각해서 간단하게 맥주나 한 잔씩…… 헉. 이연우, 신랑님이야?"

모임을 주도하던 선배 한 명이 연우의 눈빛이 향하는 방향을 따라 고개를 돌렸다가 멀어져가는 선재를 발견하고는 크게 말했다.

"와아. 신랑이 여기까지 따라온 거야?"

부럽게 여기는 동료들이 있는가 하면 불편함을 드러내는 무리도 있었다.

"신랑이 따라오다니."

아예 대놓고 불쾌한 티를 내는 사람도 있었다.

"연우 후배. 그래도 여기까지 신랑을 데려오는 건 좀 아니지 않아? 우리가 놀러 온 것도 아니고. 학회 준비하는 애가 마음이 콩밭에 가 있냐."

월례 회식에 계속 불참한 연우를 못마땅하게 여기던 감자 선배가 따끔하게 말했다.

"신랑은 그냥 조용히 투숙했다 가는 거예요. 마침 부산에 출장 올 일이 있어서 호텔을 잡은 것뿐이에요."

"너한테 맞춰서 출장을 잡은 게 아니고? 학회가 놀이터냐."

남들의 눈에 안 좋게 보일 수도 있다는 걸 알기에 연우도 아무 말 하지 못했다. 지켜보던 희진도 연우에게 조용히 제안했다.

"교수님들이 보실 수도 있는데 좀 눈치 보이긴 할 것 같다. 학회 끝날 때까지는 따로 만날 생각 접는 게 좋지 않겠어?"

그건 내가 싫은데. 연우는 풀이 죽은 얼굴이 되었다.

선재는 방으로 들어와 짐을 풀었다. 서울에서 부산까지는 비행기를 타고 간다고 해도 공항까지 가는 데 걸리는 시간이 있어 세 시간 정도를 잡아야 한다. 5시경에 서울에서의 일을 마무리 지었건만, 부산의 호텔에 도착하니 8시가 넘은 시각이었다. 호텔에 도착했을 즈음에는 기운이 많이 빠졌다. 그런데 생각지도 않게 로비에서 연우의 얼굴을 잠깐 확인할 수 있었다. 먼발치에서 얼굴을 확인한 것뿐이었지만 기운이 회복되는 느낌이었다. 연우에게뿐 아니라 선재에게도, 얼굴을 확인하는 것은 일상의 낙이었다.

씻고 나왔을 때쯤 연우에게서 전화가 왔다.

"여보세요."

[안전하게 왔어요?]

작은 소리 전문가 연우의 목소리는 너무나도 작았다.

"응."

[객실 몇 호예요?]

"3301호."

[후우. 멀구나. 나는 824호예요.]

귀에 대고 속삭이는 듯한 그녀의 목소리에 가슴이 간지러워졌는데, 그녀가 아쉬운 이야기를 전했다.

[죄송해요. 오늘은 그쪽으로 못 갈 것 같아요. 선배들이 눈치 줘가지고, 상황이 난감해졌어요. 움직이지도 못하게 해요. 역시 괜히 왔나 봐요.]

"그런 말 하지 마. 그래도 배울 거 많잖아."

선재는 서운해하는 연우를 어른스럽게 다독였다.

네에. 연우가 자그마하게 대답했다.

[내일 아침엔 얼굴 봐요. 십 초라도.]

하지만 그 말에는 마음이 저민다. 십 초. 십 분도 아니고 십 초라니.

[몇 시에 일어나요? 제가 선배 일어나는 시간에 맞춰서 그쪽으로 갈게요.]

"글쎄. 일찍 일어날 것 같은데. 한 6시쯤?"

[6시, 문제없어요. 방해 안 하고 십 초만 있다가 갈게요.]

더 있어도 되는데 왜 꼭 십 초여야 하는지.

[가만. 여기 카드키 없으면 엘리베이터 버튼도 안 눌리던데.]

그런데, 계획을 발표하던 연우의 목소리가 또 돌연 어두워졌다. 두 사람이 머무르는 호텔은 카드키로 엘리베이터를 작동시키는 시스템이었다. 공용층이 아니면 머무르는 객실층 말고는 아무 데도 갈 수 없었다.

"그럼 그냥 너 움직이는 시간에 맞춰서 로비에서 잠깐 봐."

[그래도 될까요? 그럼 내일 아침에 다시 문자 보낼게요.]

"그래. 잘 자고."

[선배도요.]

전화는 금방 끊겼다. 선재는 끊긴 전화를 한참 바라보다가 픽 웃었다.

다음 날 아침. 출근 채비를 하고 로비로 내려온 선재는 테이블 앞에 앉아 연우를 기다렸다. 얼마 안 있어 연우가 헐레벌떡 뛰어오는 것을 보고는 선재도 일어나 자리를 옮겼다. 건물 밖에서 보는 것이 더 안전했다. 선재를 따라 호텔 밖으로 나온 연우가 숨을 고르며 말을 쏟아냈다.

"아픈 데 없죠? 잠은 편하게 잤어요?"

분홍빛으로 상기된 뺨과 똘망똘망한 눈망울과 씩씩하고 맑은 목소리가 그의 아침을 개운하게 만든다.

"그래. 오늘도 건강하다."

그의 시원한 답변에 연우는 만족한 듯 진지하게 끄덕거렸다.

"선배들 내려올지도 몰라요. 오래 못 봐요."

정말 십 초 만에 떠날 생각인 건가. 아쉬워진 선재는 연우에게 한 가지 제안을 했다.

"그럼 내일은 학회 끝나고 나랑 놀아."

연우는 눈을 깜빡거렸다. 자신이 들은 말이 맞나 해서. 이 사람이 놀자고 했다. 이 사람도 놀 줄 알던가?

"같이 놀고 일요일에 같이 올라가자."

노는 게 뭐예요?

"안 돼? 서울로 돌아갈 때도 동료들이랑 같이 움직여야 되나?"

"아뇨, 아뇨!"

멍하니 있던 연우가 뒤늦게 손사래를 쳤다.

"학회 끝나면 다들 뿔뿔이 흩어져요. 괜찮아요."

"그래. 그럼 내일 놀아."

연우는 고개를 힘껏 끄덕였다. 그녀의 입술이 초승달 모양으로 길어진다. 선재는 저도 모르게 그녀의 얼굴께로 손을 올렸다.

"얼굴 확인시켜줘서 고마워요."

뺨이라도 만져볼까 했는데, 그녀가 선재의 어깨 너머를 확인하고는 움찔했다. 그의 등 뒤에 아는 사람이 있는 모양이었다. 선재는 아쉬운 마음으로 손을 거두어들였다.

"얼른 가."

"네. 그럼 이따가 밤에 봐요. 오늘은 볼 수 있을 거예요. 십 초면 돼요."

또 십 초냐. 연우는 인사를 하기가 무섭게 줄행랑을 치듯 건물 안으로 쏙 들어가버렸다. 그 허둥지둥 떠나는 뒷모습을 선재는 오래 바라보다가 길을 나섰다.

사실은 부산 출장을 강행하지 못했다. 서울 본사에 일이 많았다. 하지만 이 아침에 잠깐 얼굴 보는 십 초를 위해, 십 초를 예상했지만 일 분을 함께했음에 감지덕지한 마음으로, 서울에서 부산까지 왔단다. 그리고 또다시 부산에서 서울까지, 아득한 출근길이 기다리고 있지.

차 타고 비행기 타고 세 시간 남짓의 거리가 아무렇지 않게 되어버리는 것은, 이 십 초가 이 시간 이후 긴 하루의 에너지원이 되기 때문이다. 침실을 같이 쓰자고 했더니 건드리지 않겠단 맹세를 하라며 으름장 놓는 아내를, 십 초 보겠다고 서울에서 부산으로 얼굴도장을 찍는 자신이 우습지만 뭐 어쩌겠나. 아무도 탓할 수 없다.

그가 원해서 하는 일이었다.

이연우가 없는 서울은 시커먼 먹구름이 가득하다. 공기는 희뿌옇다. 아니나 다를까, 저녁 비행기를 예약하려고 하니 오늘은 결항될 확률이 높다고 하였다.

차를 타고 가야 되나. 차를 타고 움직이면 다섯 시간이 걸린다. 금요일이라 도로 사정도 좋지 않을 것이다. 비행기를 타고 가도 소요시간이 세 시간 가까이 되니 두 시간 추가되는 것뿐이긴 하지만 스케줄 하나는 제쳐야 한다.

'8시에 도착하려면 4시 전에 출발해야 하는군.'

비행기가 결항될 것을 대비하여 차선책을 생각한 선재는 전날보다 더욱 부지런히 움직이게 되었다. 오후 3시가 넘어가자 선재는 마음이 들떴다. 불금을 맞이한 직장인의 마음 그대로였다. 얼른 일을 모두 정리하고 연우와 뭘 하며 시간을 보낼지나 생각해야지.

그런데 그렇게 즐거운 일들만 떠올리는 선재의 마음에 찬물을 끼얹는 이가 나타났다. 옥승혜의 남편 마진태였다.

"부사장님. 오랜만입니다."

예고도 없이 선재의 집무실을 방문한 진태는 번지르르한 웃음을 띠고는 말인사를 했다. 선재는 마음이 찝찝하여 웃을 수는 없었다. 방문 사유가 뻔했기 때문이다.

"앞으로는 미리 말씀을 주시고 오셨으면 합니다. 저도 일정이 있으니까요."

"그래, 미안해요."

"일단 앉으십시오."

선재는 일단은 자리를 권했다.

"꽤 알고 지내는 사이인데도, 이렇게 마주 보고 얘기하는 건 또 거의 처음이군요. 그래도 나는 부사장님이 아주 어렸을 때부터 지켜봤었죠."

마진태의 회사 제이내추럴의 전신은 '성실클린'이라는 위생업체다. 그러나 십여 년 전 성실클린은 부도 위기를 맞았고 주저앉으려던 회사를 운호가 사들였다. 운호의 아버지와 진태의 아버지가 인연이 있는 사이였기에 운호는 진태의 위기를 도울 수밖에 없었다. 그렇게 성실클린은 제이내추럴로 사명을 변경하고 다시 일어섰다.

"얘기를 나눌 만한 인연이 없었으니까요. 같은 그룹이지만 서로 워낙 다른 일을 하니 뵐 새가 없네요. 그런데 오늘은 이렇게 갑자기 무슨 일이십니까."

선재는 인사치레는 집어치우라는 의미로 방문 사유를 물었다. 다행스럽게도 진태 또한 바로 본론에 진입했다.

"우리 애 대학 입학 때 있었던 일로 우리 애 엄마랑 말이 오갔다는 얘기 들었어요."

"말이 오갔다기보다는, 그쪽 교수가 조사를 받게 되었다는 정보를 여사님께 알려드리긴 했습니다."

진태는 오만한 태도를 보이는 선재가 거슬렸지만 상대를 구슬려야 할 입장이었기에 말을 함부로 내뱉지는 못했다.

"부사장님도 언젠가 아이를 키워보면 알겠지만, 자식이란 게, 정말 내 뜻대로 자라주질 않아요. 그 철부지를 지켜보는 엄마 마음이 오죽했겠나. 얼마나 답답했으면 교수한테 그렇게 통사정을 했겠어요."

사정을 이해해달라는 것이었다. 선재는 냉담하게 받아쳤다.

"그 말씀은 검찰에 가서 하시는 게 좋지 않겠습니까?"

"부사장님이 정보를 던져줬다는 거 어느 정도 알아요. 그러니 부사장님이 그만둬달라고 하면 그쪽도 그렇게 움직여주겠지."

"잘못 짚으셨습니다. 제겐 그런 힘이 없습니다. 하지만 설사 있다고 해도 사장님께서 원하시는 대로 해드리진 않을 겁니다. 뒤틀린 과거는 바로잡아야 되지 않겠습니까."

선재의 굳은 목소리에 진태의 안면이 한 번 비틀렸다.

"부사장님 처 때문에 그러는 모양인데, 드레스숍인가에서 우리 집 사람이 실수한 얘기는 들었어요. 하지만 그건 서로 오해했던 상황이었고, 그까짓 일로 이렇게까지 앙갚음을 할 것은 없지 않습니까. 우리, 연우 결혼할 때까지 연우랑 잘 지냈어요. 연우네 엄마, 아빠도 내가 이십 년 가까이 거두어준 사람들입니다. 부사장이 우리한테 이러면 안 돼요."

허. 선재는 입술 사이로 한숨을 흘렸다. 기가 막혔다.

"그리고 부사장, 우리는 같은 그룹 아닙니까. 나를 봐서라도 좀 사정을 이해해줘요."

진태의 말끝이 거셌다. 부탁을 하는 듯이 말했지만 말투는 다분히 격앙되어 있었다.

"내가 왜 그 사정을 이해해야 합니까."

선재는 더욱 단호한 반응으로 응수한다. 선재는 연우를 생각하고 있었다.

"사장님보다 훨씬 더 선량한 사람들, 훨씬 더 착실히 사는 사람들이, 사장님보다 훨씬 힘들게 사는 세상에서 왜 사장님을 도와야 합니까."

이연우. 너는 이 사람들을 용서할까? 그렇다면 우리가 타협하지 못하는 부분이 생길 수도 있겠다. 난 너처럼 참고 덮을 수 없어. 없었던 일로 여기고 넘어갈 수는 없어. 실은 아무도 모르게 없애버리고 싶은 마음도 굴뚝같지만 그들과 똑같은 사람이 되지는 않기 위해 참을 뿐이야. 하지만 참는 것 또한 한계가 있다. 난 당장이라도 바닥을 드러낼 수 있어.

"어떻게 사장님의 가족들 같은 사람들을 이해하면서 인생을 낭비하겠습니까."

그리고 이자들의 침몰을, 네가 지켜보게 해주고 싶다. 그럼 안 되나?

"이런 식으로 나오면 후회할 거요, 부사장."

이를 부득 간 마진태가 독기 서린 눈으로 말했다. 더 이상 대화를 나누는 게 의미 없을 것 같다고 판단한 선재는 자리에서 일어나 문을 열어주었다.

"안녕히 가십시오."

화가 난 마진태는 저벅저벅 선재의 집무실을 나가버렸다. 선재는 진태가 떠나버린 후 픽, 혼자 콧방귀를 뀌었다.

아, 시간 버렸네. 기분도 버리고. 이제 다 집어치우고 부인 만나러 갈 거다.

비행기 경로는 포기하고 일찌감치 길을 나섰지만 역시 부산까지는 다섯 시간이 걸렸다. 선재가 호텔에 도착한 시각은 8시 반. 다른 일이라면 못 해먹겠다고 짜증을 낼 텐데 해먹을 만하다는 생각이 드는 것이 신기하다. 그런 넉넉한 마음일 때 반가운 목소리 또한 단단히 한몫을 한다.

"선배, 선배!"

호텔 안으로 들어서려는 선재를 발견한 연우가 뛰어 다가왔다. '선배'라는 호칭은 달갑지 않지만 달려오는 모양새가 강아지 같아서 끌어안아줄 뻔했다. 연우는 그를 발견한 것이 신기하고 기쁜 듯 배시시 웃어 보인다.

"나와 있었어?"

"네. 밥 빨리 먹고 잠깐 나와봤는데 딱 만나네요. 대박."

"밥을 왜 빨리 먹냐. 천천히 먹어야지."

"훗. 저는 걱정 안 해도 됩니다."

자신에 대한 걱정은 제쳐두라는 말에는 수긍할 수 없어 그녀의 머리를 흩트렸다. 그래도 연우는 잘도 웃는다. 오늘따라 미소가 후하다.

"내일 아침에도 오늘처럼 만나요. 내가 선배 출근시간에 맞춰서 나갈게요. 내일은 몇 시에 나가요?"

"8시 반쯤에 나갈 거야. 그때도 괜찮아?"

"괜찮긴 할 텐데…… 오늘보다 늦게 나가네요?"

그야 오늘은 서울에 다녀온 거니까.

"토요일이라 별로 안 바빠."

"네. 그럼 내일 봐요. 얼른 들어가서 쉬세요."

연우는 먼저 올라가라며 손을 흔들었다. 만나자마자 이별이다. 견우와 직녀도 아니고. 선재가 서운한 마음을 내비쳤다.

"같이 올라가도 되잖아."

"선배랑 같이 올라가다가 다른 사람들한테 걸리면 또 한 소리 들어요."

사실 선재를 위한 것이기도 하다. 그가 여기 머물고 있다는 소문이 널리 퍼지면 오늘의 뒤풀이 자리에 선재를 불러야 할 수도 있기 때문이다. 아침 일찍 출근하여 열심히 일하고 온 남편을 자신의 일로 힘들게 할 수는 없었다. 두 사람은 서로의 입장을 신경 쓰고 있다.

"선배."

"왜."

"같이 출장 와주셔서 고맙습니다."

연우의 인사에 선재도 이내 표정을 바꾸어 미소 지으며 화답했다.

"내일 봐."

학회의 마지막 날. 전날 약속한 대로 8시 반에 맞추어 객실에서 내려온 선재는 먼저 나와 있는 연우의 모습을 발견하고 반갑게 걸음을 재촉했다. 그런데, 학회의 첫날처럼 정장을 입은 연우는 다가오는 선재를 보고는 주춤주춤 발을 뒤로 뺐다. 선재가 뾰로통하게 말했다.

"이리 와. 어딜 자꾸 도망가?"

어제까지만 해도 눈동자에 별을 담고 있더니, 이제 학회가 끝나가니 날 이용할 필요가 없어진 건가 싶어 서운해졌다.

"옷에서 냄새나기 시작했어요. 삼 일 동안 입었더니."

그런데 연우의 대답은 의외다. 선재는 어이가 없어 픽 기운 빠지는 웃음을 터트렸다.

"그거 하나 가지고 왔어?"

"정장 한 벌 추리닝 한 벌 가져왔어요."

"왜 그러고 살아."

"원래 학자들은 꼬질꼬질한 거예요."

"그건 어떤 개똥철학이냐."

"들고 올 게 많아서 옷 넣을 데가 없었다고요. 그래도 블라우스는 두 벌이라 이게 덜 꼬질꼬질한 거예요."

"세탁 서비스라도 맡겼어야지. 아니면 나한테라도 말하지."

"아아."

"내가 맡길 때 같이 맡겼으면 되었잖아."

"아아. 그러네."

이럴 때 보면 참 허당인데. 왜 나는 이 허당에게 매번 꼼짝 못 하게 되지?

"내가 냄새나도 나랑 놀 거예요?"

"나야 상관없지만 위생을 위해 옷은 갈아입자. 사놓을게. 내 취향껏 사면 되지?"

"아뇨! 제발 여자 직원한테 부탁해주세요!"

"알았어."

선재는 이번에도 고집 한번 피워보지 못하고 알았다고 하게 되었다.

부산 지점에서 간단한 업무를 보고 연우가 갈아입을 옷까지 챙긴 후 일찌감치 호텔로 돌아온 선재는 학회가 끝나는 시간에 맞춰 컨퍼런스룸으로 내려왔다. 학회의 마지막은 일반에 공개된 행사였다. 선재 또한 눈치 보지 않고 연우를 데리러 갈 수 있게 되었다. 선재는 멀리서 동료들과 사진을 찍는 연우를 발견했다. 멀찍이 서서 연우를 바라보고 있는 선재에게 희진이 다가왔다.

"지난주에 무례하게 굴어서 죄송합니다."

알긴 아네, 흥, 그렇게 생각했지만 덤덤하게 사과를 받아들였다.

"괜찮습니다."

"사실 너무 아까워서 그랬어요. 연우처럼 똑똑한 애가 별로 없는데, 두 달 동안 준비했던 학회를 집안일 때문에 포기한다는 게 동료로서 너무 안타까워서요."

"이해합니다."

"연우를 배려해주셔서 감사합니다."

"왜 연우에 대해 감사하다는 얘기를 그쪽에게 들어야 하죠?"

잘 흘러가는가 싶던 대화가 엇나갔다. 선재가 까칠하게 받아쳤다. 희진의 인사가 선재의 심기를 건드린 것이다.

"연우는 제 아내입니다. 그쪽은 학교 동료고요."

너는 딱 거기까지야, 똑바로 해.

배우자 동료의 인사 정도는 받아주어도 주제넘은 간섭까지 허용하고 싶지는 않았다.

"이만 실례합니다."

다행히 연우가 선재를 알아보는 바람에 두 사람은 신경전 없이 떨어질 수 있었다. 선재는 희진을 떠나 연우에게로 갔다.

"이제 다 끝난 거야?"

"네, 인사도 다 했어요. 다 잘 끝났어요."

"그래, 수고했어."

선재는 수고했다는 말과 함께 손을 내밀어 연우의 손을 잡았다. 이제야 제대로 된 주말의 시작이다.

연우는 선재의 손에 이끌려 삼십삼 층으로 올라가며 무언가 묘한 기분이 되었다. 생각해보니 함께 호텔에 머무는 것이 처음이었다. 두 사람은 사실 신혼여행도 가지 않았다. 연우의 대학교 졸업과 대학원 입학을 핑계 삼아 건너뛴 것이었다. 애정이 없는 결혼이었으니 이후에도 신혼여행을 찾아먹겠다는 생각은 하지 않았다. 그래서 오늘의 이 갑작스런 투숙이 어색했다. 묘하게 신혼여행 같다는 생각을 하니 학회를 끝낸 피곤함도 싹 달아나고 다른 긴장감이 찾아왔다.

"내 옷은 사 왔어요?"

"응. 방에 놔뒀어."

"스위트룸이죠?"

"그래."

연우는 조용히 안도의 한숨을 쉬었다. 선배는 침대에서 자라고 하고 나는 거실 소파에서 자야지. 호텔의 객실이라는 공간을 그냥 집의 축소판이라고 생각하자. 서로의 영역을 가지면 돼.

연우는 긴장되는 마음을 가라앉히려 노력하며 선재를 따라 객실 안으로 들어갔다. TV와 고급 소파와 셀프 바가 자리한 널찍한 거실, 그리고 거실 너머로 침실이 보였다. 탁 트일 만큼 넓은 공간이었는데 한 바퀴 둘러본 연우는 뜻밖의 사실에 경악했다.

"헐. 왜 저기가 유리예요?"

거실 옆 욕실의 벽이 반투명 유리였던 것이다.

"신혼부부 콘셉트라던데. 연인용이지 뭐."

"연인들은 인권도 없어요?"

"왜 날 노려봐. 내가 이 호텔 만든 것도 아닌데."

그것 말고도 문제는 또 있었다. 스위트룸이라고 들었는데 침실과 거실 사이에는 문이 없었던 것이다.

"방에는 또 왜 문이 없어요?"

연우는 울상이 된 목소리로 말했다.

"그러게. 내가 달아주고 싶네."

아내가 너무 노골적으로 싫은 티를 낸다. 기운은 빠지지만 그래도 선재는 그녀를 최대한 이해해주기로 했다. 자신이 고집을 부려서 하루 더 머물게 된 것이니.

"침대 옆 종이가방에 옷 있어. 나가 있을 테니까 옷 갈아입어. 저녁 먹으러 가자."

그는 연우를 달래듯 상냥하게 말해주고는 객실에서 복도로 나왔다. 그런데 잠시 후 문밖에 선 그에게로 전화가 걸려왔다. 연우에게서 온 연락이었다. 문 하나를 사이에 두고 두 사람은 통화를 하게 되었다.

"옷 다 갈아입었어?"

[아니요. 근데 이 옷 선배 취향이에요?]

연우의 음색은 약간 톤이 높았다.

"그냥 나쁘지 않던데. 왜?"

[이거 제 옷이 아닌 것 같은데요.]

아, 선재는 고개를 끄덕였다. 옷을 대신 사 준 직원이 했던 말을 떠올렸다.

"사이즈가 안 맞아서 그러지?"

[사이즈도 안 맞고…….]

"직원한테 대신 좀 사달라고 부탁했어. 그 친구가 옷이 좀 클 수도 있을 거라고 하더라. 그래도 크게 입어도 예쁜 옷이라고 하던데."

[글쎄요. 난 예쁜지 모르겠는데.]

"정 마음에 안 들면 다른 걸 사면 되지. 일단 입고 다른 거 사러 가자."

[근데 하의는 없어요?]

"원피스야."

[너무 짧잖아요.]

"내가 보기엔 길이도 적당하고 점잖던데?"

[점잖기야 하죠.]

"아무튼 입어봐. 의외로 입으면 괜찮을 수도 있어."

저편에서는 대답이 들려오지 않았다. 그가 보기에는 나쁘지 않은 옷이었는데, 연우는 마음에 들지 않는 듯했다. 이연우가 까다로운 여자라고 생각해본 적은 없기에 선재는 의외라고 생각했다.

"일단 입고, 다시 옷 사러 가자."

[헉!]

그런데 그때, 수화기 저편에서 별안간 외마디 비명이 들렸다

[헉!]

"왜. 왜 그래."

[뭐야 이거, 뭐야 이거, 뭐야 이거.]

이상한 말이다. 그녀의 목소리가 계단을 올라가듯 더, 더 높아졌다.

"왜 그래. 왜. 왜."

그 뒤는 '헉, 헉!' 하는 감탄사만 들릴 뿐 선재의 말에 대답하는 목소리는 없었다. 침대에 바퀴벌레라도 기어 다니나? 아니면 어디 괴한이라도? 선재는 갑자기 끊긴 대화에 놀라 급하게 카드키로 문을 따고 객실 안으로 들어갔다. 그리고 한달음에 달려가 침실에 들어섰는데.

"뭐야. 무슨 일……."

"으악!"

그다음은, 말을 잇지 못했다.

"왜 들어와요, 왜!"

그녀가 입고 있는 것은 어제 그가 세탁 서비스를 맡겼던 자신의 흰색 셔츠였다. 엉덩이를 겨우 덮는 그 아슬아슬한 길이에, 어깨선은 저 아래로 내려가 있고, 그래도 잘 입어서 소화해보겠다는 건지 팔을 걷

어붙인 모양새가 야무졌다. 뒤늦게 발견한 그녀의 진짜 옷은 그의 갑작스런 습격에 놀란 그녀가 침대 위에 흩트려놓은 상태.

그렇지. 내 셔츠도 종이가방에 들어 있었지. 침대 옆에 있었지. 그렇긴 했어.

"하아아……."

선재는 탄식 같은 한숨을 나지막이 쏟아냈다. 그 뜻을 알지 못하는 연우는 소리를 높일 뿐.

"실수한 사람 처음 봐요?"

아내는 억울한지 울먹이는 목소리를 내는데, 그는 입술 끝이 올라가려는 것조차 붙들고 있기가 힘들었다.

"그게 진짜 점잖은 옷인데."

그 평범한 옷이 이렇게 관능적으로 재해석될 수 있다는 사실이 정말 놀랍고도 신비할 뿐이다. 셔츠 아래로 드러났던 뽀얀 피부는 그녀가 붙잡아둔 이불 속으로 숨어버렸는데도 그의 눈에는 이미 모든 것이 각인되었다.

"네에, 함부로 입어서 죄송합니다."

연우는 그의 말 속에 숨은 의미를 알아채지 못하고 뽀로통하게 대답했다. 옷을 갈아입으라기에 갈아입었다. 그냥 시키는 대로 했을 뿐인데 왜 이리도 부끄러워야 하는 것인가.

"아니야. 계속 입고 있어도 돼. 강선재보다 잘 어울려."

"그렇게 놀리면 아무 데도 안 갈 거예요."

"그래. 아무 데도 가지 말자."

공기에 차곡차곡 그의 상냥한 음성이 쌓인다. 그러나 왠지 시선은 상냥하지 않다.

"근데 너 그거 알아?"

어쩐지 평소보다도 훨씬 뇌쇄적으로 빛나는 것만 같은 눈동자에 연우는 잠깐 마음을 빼앗겼다. 그녀는 뒤늦게, 한 번 숨을 머금고 되물었다.

"네?"

"지났어."

"뭐가요?"

"백육십육 시간."

허억.

연우의 움직임과 사고가 단번에 정지했다.

선재는 넥타이를 끌렀다. 숨을 좀 풀어내야 할 것 같아서.

일주일 전, '부부관계'에 대해 이야기했던 것은 계속 옥신각신하게 된 순간에 떠오른 농담이었을 뿐이다. 그녀가 원하지 않는 것은 절대 입 밖으로 꺼낼 생각도 없었는데. 아, 이 여자를 어떻게 해야 될지 모르겠다. 밖에 나가서 뭘 하고 놀든, 지금 여기서 너랑 노는 것보다 재미있지는 않을 것 같아. 술에 취하는 것처럼, 자꾸 내 정신머리가 도망가버려.

선재의 움직임을 보고는 연우는 역으로 숨이 턱 막히는 것 같았다. 야해. 너무 야해. 넥타이를 풀어버리는 손가락 움직임에도 19금 마크를 붙여버려야 할 것 같다. 영혼까지 빨아들이는 것만 같은 눈빛은 모자이크 처리해야 할 것 같다.

남편님, 남편님. 저는요. 마음만은 완전히 중딩이에요. 음악 시간에 「봄처녀」 노래를 부르던 게 아직까지 생각난다고요. 이러면 안 돼요. 나 죽어요.

"살……려주세요!"

결국 연우는, 셔츠의 윗단추를 툭 풀고는 허리를 굽혀 다가오는 그에게 절박하게 소리를 지르게 된다.

"내가 널 죽여?"

그러나 그는 그저 픽 웃을 뿐. 악마 같은 미소를 지으며 그 19금 손가락으로 그녀의 흐트러진 머리를 스르르 쓸어내린다.

"그래. 살려는 줄게."

끄아악. 거기에 더하여.

"연우야."

이 년 만에 처음으로 그가, '연우야'라고 불렀습니다…… 저 목소리 사기꾼의 목소리로.

"내 건강 확인 안 하고 싶어?"

심장은 왼쪽 가슴에 있어야 하는데, 이놈의 심장이 온몸 구석구석 뛰어다니는 기분이다. 미쳐요. 미치겠어요. 살려주세요.

"죄송해요!"

결국.

"제가 좀 깝쳤어요!"

그녀는 자세를 고쳐 무릎을 꿇고 두 손을 모으는 처지가 되었다.

"모래반지 빵야빵야, 다시는 안 할게요! 진짜예요."

연우는 과거의 과오에 대해 진심으로, 혼신을 다해 빌었다. 하늘은 스스로 돕는 자를 돕는다고 드디어 눈물도 나왔다. 물론 찔끔이지만.

"야야, 이놈."

그녀의 진심 어린 사과는 금방 먹혔다. 단박에 눈빛의 야함을 해제한 선재는 놀란 표정으로 침대에 털썩 앉았다.

"너, 무릎 꿇지 마. 이러는 거 아니야."

그리고 아이를 훈계하는 목소리로 급하게 다그쳤다.

"거기에 내 옷까지 입고 뭐하는 짓이야. 빨리 제대로 앉아."

흑, 나오지도 않는 콧물을 훌쩍거리던 그녀 또한 그의 당황한 표정에 얼떨떨한 마음으로 천천히 무릎 꿇었던 다리를 풀었다. 연우가 바로 앉자 선재는 푸욱 한숨을 쉬었다. 눈빛의 야함을 해제했으나 본래부터 타고난 완염함은 그대로다. 그래서 연우는 두근거림을 잠재우기가 쉽지 않았다.

"무슨, 장난도 못 치게 하냐."

"장난이에요?"

"아니. 장난 아니야. 네가 싫다고만 안 하면 뭐든 할 생각은 있어."

도무지 긴장을 놓지 못하게 하는 그의 말들. 연우는 슬그머니 고개를 흔들었다. 그의 유혹에 휩쓸려가고 싶지는 않았다. 그녀의 그런 반응에 선재는 다시금 한숨을 후우, 흘렸다. 안타까운 마음으로 다시 차분히 그녀에게 다가가 그녀의 뒷머리를 쓸며 목을 감쌌다. 가만히 앉아 눈을 슴벅거리는 그녀가 너무나도 연약해 보이고, 그래서 깨질 듯 무섭다. 두려운 마음으로 한 걸음 내뻗는다.

"대신. 이건 할 거야."

촉. 그녀가 입은 셔츠의 단추를 하나만 풀어버리고 싶은 마음을 참아내며, 그녀의 입술에 아주 짧게 입 맞추고 돌아갔다.

"이 정도는 허락해."

키스가 아니라 뽀뽀다. 이거 나한텐 진짜 엄청 건전한 거야.

"네가 예뻐서 했으니까."

그녀는 그러나 이 정도에도 충격을 받았는지 일시정지 상태가 되었다.

"얼른 옷 갈아입어."

선재가 그녀를 등지고 먼저 일어나 나가버리고, 연우는 방금 대체 무슨 일이 일어났던 건가 싶어 멍하니 있다가 뒤늦게 손끝으로 제 입술을 매만졌다.

뭐지? 이게 뭐지? 그의 노골적인 유혹으로 미친 듯이 쿵쾅댔던 맥박이 가라앉나 했더니 간질간질한 설렘이 생겨났다. 거기다가 그 말은…… 내가 했던 말이잖아!

"첫 번째는, 약간 수줍어하면서요. 음, 음, 미안, 네가 예뻐서 했어. 이렇게 해주시면 좋아요."

과거로 돌아와 이혼 위기에 놓였던 그날 밤. 궁여지책으로 그녀가 그에게 했던 말. 키스가 좋아서 이혼을 못 하겠다고 했던, 그 말, 그렇게 아무렇게나 내던졌던 말 그대로 그가 그녀에게 돌려준 것이다.

아아 미쳐. 이 남자는 역시 선수야, 선수.

옷은 그녀의 몸을 포근하게 감싸는 니트 원피스였다. 사이즈도 넉넉하게 맞았다. 옷을 제대로 갈아입고 나온 연우는 선재가 내미는 손을 잡고 길을 나섰다. 케이블카를 타러 가자는 선재의 말에 연우는 어린아이처럼 좋아했다.

"선배는 케이블카 타봤어요?"

"뭐, 있지."

"몇 번이요?"

"몇 번은 되겠지?"

"난 한 번도 없는데. 처음이에요."

또 너의 처음. 이런 말을 해버리면 선재 또한 그녀의 경험을 최고의 기억으로 만들어주기 위해 조심할 수밖에 없다. 오늘 하루를 망치지 말자. 그간 그녀와는 늘 끝이 좋지 않았다. 처음으로 아침에 같이 식사를 했던 날은 그녀가 다치는 바람에 심한 말이 나왔고, 부모님 댁을 방문했던 날엔 허락받지 않고 키스를 했다가 사이가 틀어졌다. 트리를 보고 돌아온 날도 이상한 말싸움으로 하루를 마무리했었다. 그녀의 앞에서는 평정심을 잃게 되는 자신의 문제였다. 부디, 오늘은 그런 일이 일어나지 않길.

두 사람이 택시를 타고 케이블카 탑승장에 도착하니 이미 날은 저물어 있었다. 그럼에도 불구하고 매표소는 사람들로 북적북적했다. 주말인 데다가 연말이라 다들 좋은 추억을 만들기 위해 나온 모양이었다.

선재는 연우를 엘리베이터 쪽으로 이끌어 위층 탑승구로 올라갔다. 사람이 많을 것을 예상하고 케이블카 캐빈 하나를 통째로 빌렸다. 줄설 필요 없이 케이블카를 탈 수 있는 서비스였다.

"우와. 바닥이 유리예요. 바다 위로 올라가면 얼마나 무서울까?"

케이블카에 오른 연우는 어린아이처럼 호기심 어린 표정으로 눈을 빛냈다.

"꽉 잡아. 바다로 떨어질지도 몰라."

그의 농담에 픽 코웃음을 치면서도 연우는 케이블카가 천천히 출발하다가 갑자기 빨라지는 구간에서 놀란 듯 손잡이대를 움켜잡았다. 그렇게 긴장해 있던 연우는 조금씩 고개를 움직여 바다를 내려다보았다.

"에이. 근데 밤이라 볼 수 있는 게 아무것도 없네요."

케이블카의 바닥이 투명해도 밤바다는 거대한 암흑 같아서 바닥을 통해 무엇을 볼 수 있겠다는 생각은 접어야 했다. 하지만 창문을 통해 보는 야경은 장관이었다.

"야경 멋있다! 우와!"

바닥이 유리라며 신기해했다가, 밤이라 바다를 볼 수 없다며 실망했다가, 야경을 보고서 다시 눈이 휘둥그레지는 그녀의 표정 변화에 선재도 덩달아 모든 것이 흥미로워졌다. 선재는 마음이 가는 대로 연우에게 다가갔다. 마주 보고 있던 자리에서 일어나 그녀의 옆에 앉았다. 관람차에서 키스를 하는 연인들의 마음을 알 것 같은 기분 좋은 밤. 그렇게 그녀에게 오늘의 두 번째 키스를 해주고 싶어 다가가는데.

드르르르.

"선배 전화 오는 거 아니에요?"

때아닌 휴대폰 진동 소리가 분위기를 망쳐놓는다.

"아니. 아닌데."

우리나라가 통신 강국이라더니 어째 바다 위에서도 휴대폰이 터지고 난리인가.

"맞는데요."

그가 시치미를 떼었으나 연우는 그의 주머니 안으로 손을 쑥 집어넣어 휴대폰을 꺼냈다. 선재는 그의 손에 휴대폰을 쥐여주는 친절한 아내를 바라보다가 망연히 휴대폰 화면으로 고개를 떨어뜨렸다. '아버지'라는 세 글자가 이렇게 원망스러울 수 있다니. 그래도 선재는 바로 전화를 받았다.

"네, 아버지."

[응, 바쁘냐?]

"네. 연우랑 부산에서 데이트 중인데요."

[그래? 할 말이 있는데 나중에 할까?]

몇 마디 대화를 나누는 동안에 케이블카는 상층 건물에 닿았다. 바다 위에서의 시간이 끝난 것이다. 선재는 통화를 유지하는 채로 한 손으로 연우를 붙들어 케이블카에서 내렸다.

[우리와 합작법인을 만들겠다고 한 헤븐이 다른 쪽으로 갈 거라고 한다.]

지상에 발을 디딘 선재의 걸음이 우뚝 멈췄다. 아버지 운호의 목소리가 무거웠다. '헤븐'은 글로벌 1위 온라인 쇼핑업체로 요 근래에 선재가 한국합작법인을 추진하기 위해 접촉하는 회사다. 그런데, 몇 번의 만남과 협의 내내 우호적이었던 기업이 뒤통수를 친 것이다.

연우는 한자리에 멀뚱하니 있는 선재를 먼저 잡아당겨 조용한 장소로 이끌었다. 그의 표정을 보니 아무래도 통화가 길어질 것 같아서였다. 연우에게 안내를 받은 선재는 잠시 양해를 구했다.

"미안. 잠깐만."

"괜찮아요. 편하게 통화해요."

남편이 바쁜 사람이라는 것을 잘 알고 있는 연우였다. 중요한 전화 같은데, 남편에게 얼른 전화를 받으라고 해서 다행이었다. 연우는 선재가 긴히 통화할 동안 자리를 비켜주기 위해 그의 손을 놓았다. 그리고 구경할 것을 찾아보려 주변을 두리번거렸다. 그 와중에 그녀의 시야에 걸린 사람이 있었다.

"저 사람……."

노랑머리의 남자. '다른 미래'에서 과거로 돌아온 그날, 결혼식이 열리던 저택에서 만났던 사람. 그리고 드레스숍에서 연우를 도와준 그 남자였다. 연우는 고개를 길게 빼고 남자의 모습을 쫓았다. 발이 절로 나아갔다. 남자는 많은 인파 속에서 모습을 비추었다 말았다 했다. 그래도 머리가 노란색이라 찾기 쉬웠다.

"저기요!"

숨이 차도록 쫓아가며 연우가 소리쳤다. 술래잡기를 하듯 바삐 걸음을 옮기던 남자가 그제야 발을 멈췄다. 인파가 많았고 여기저기에서 찰칵 소리가 들리는 곳이었다. 이 전망대의 핫스팟인 모양이었다. 어수선한 상태였지만 연우는 알아볼 수 있었다. 그때의 그 남자가 맞았다. 누렁이를 닮은 노랑머리, 맑은 눈, 그리고 남편과 비슷한 체격.

"맞죠? 저 아시죠?"

연우가 다가가며 물었다.

"또 보네요."

남자는 놀라지도 않고, 싱긋 미소 지었다. 아주 여유가 넘쳤다.

"어떻게 여기 계세요?"

독특한 장소에서 세 번 마주친 것이 신기하고도 이상하여 연우가 물었다. 저편에서는 그녀의 질문을 맞받아쳤다.

"그쪽은 왜 여기 있습니까."

"저는 일이 있어서 왔고요."

"저도 일이 있어서 왔죠."

"어떻게 여기서 또 만날 수 있죠?"

"그러게요. 인연인가?"

차분하게 여겨지면서도, 꼬마처럼 장난기가 보이는 눈빛이 묘했다. 세상 그 어떤 걱정도 없을 것만 같은 눈으로 간지럽게 말을 걸어오니 그녀는 기분이 이상했다.

"농담하는 게 아닌데."

"저도 진심으로 묻는 겁니다. 인연인가 해서."

"저는 유부녀예요."

"저는 상관없고요."

연우의 표정이 떠름하게 변하자 남자는 말을 수습했다.

"훗. 알겠어요. 그만할게요. 그런데 무슨 일로 저를 부르셨죠? 제가 그쪽을 잡은 게 아니라, 그쪽이 저를 잡았잖아요."

남자의 물음에 연우는 '아……' 하며 맹하게 눈을 굴리다가 대답했다.

"그때 드레스숍에서요. 도둑으로 몰릴 뻔했는데 도와주셔서 고마웠다는 말을 하려고요. 어떻게 그 절묘한 순간에 나타나실 수 있었는지. 그래서 저는 그쪽이 하늘에서 뚝 떨어진 분인 줄 알았어요."

하늘에서 뚝 떨어졌다, 그 말까지 하려던 건 아니었는데 흥분한 연우는 속을 그대로 드러내고 말았다. 남자는 그런 그녀를 지그시 바라보다가 한마디 했다.

"계속 조심하시는 게 좋을 것 같네요. 그때 그 아줌마, 많이 독해 보이던데."

"아줌마……."

연우는 남자의 말을 되새기며 픽 웃었다.

"왜요? 아줌마 아니에요?"

"아뇨, 맞네요. 아줌마네요."

승혜에게 아줌마라는 말을 했던 건 십구 년 전의 어렸을 때 단 한 번이었다. 그 뒤로 아줌마라는 말을 해본 적이 없다. 연우에게 옥승혜는 사모님, 여사님이었다. 어렸을 적부터 다 커서까지, 특정한 공포에 붙들려 주눅 들어 살았었다. 그 소심함은 버릇이 되어버렸고 선재를 대할 때도 그대로 나타났다. '다른 미래'를 겪어보지 않았다면, 아마 그녀는 계속 제자리걸음이었을 것이다.

"그 아줌마한테 맞서려면 힘 좀 많이 기르셔야겠어요."

남자의 말에 연우는 씩씩하게 끄덕였다. 곧 남자가 미소 지으며 인사했다.

"나도 결혼식 때 고마웠어요. 또 봅시다. 우린 또 만날 거예요."

남자를 따라 손을 흔들어 보이려 했던 연우는 허공에 손을 올린 채로 멍해졌다. 그의 목소리가 유난히 그녀의 귀 가까이에서 공명했다.

고마워. 우린 또 만날 거야.

또한 기억 속의 누군가가 말을 거는 것 같았다.

'뭐지? 이런 뉘앙스의 말을 어디선가 한 번 들은 적이 있는데.'

이상한 기시감이 느껴지며 몸에 오한이 들었다. 노랑머리의 남자는 그녀가 멍하니 있는 사이 저편으로 떠나버렸다. 그리고 그 자리를 곧장 선재가 채웠다.

"이연우!"

남자의 반대쪽에서 연우의 이름을 크게 외치며 선재가 달려왔다.

"찾았잖아!"

웬일인지 그의 눈동자에 물기가 있었다. 그는 그녀를 보자마자 미아라도 찾은 듯이 덥석 끌어안았다. 연우는 그가 왜 이리도 자신을 애타게 찾았을까 영문도 모르는 채로 그의 품에 안겨 들어가게 되었다. 갑작스럽게 들이닥친 듬직하고 따뜻하고 아늑한 남편의 품. 그리고 그 어느 때보다도 세차게 뛰는 남편의 심장 소리가 역으로 연우의 마음을 편안히 가라앉힌다.

'아. 심장 소리. 이거 너무 좋아.'

하지만 길게 그 소리를 감상할 여유는 없었다. 선재는 곧장 연우의 어깨를 떼어내고는 그녀를 타박했다.

"날 혼자 놔두고 그렇게 없어지면 어떻게 해."

"전화하면 되잖아요."

"너, 휴대폰 확인해봐."

선재의 핀잔에 연우는 입술을 샐쭉거리며 가방에서 휴대폰을 꺼냈다. 휴대폰 전원이 나가 있었다.

"어? 이게 왜 꺼졌지?"

"삼십 분 동안 대체 어딜 돌아다닌 거야. 건물에 방송이라도 해야 되는지 알았다."

"벌써 삼십 분이나 지났다고요?"

"그래."

이상한 일이다. 케이블카를 타고 내려온 지 기껏해야 십 분 정도밖에 안 된 것 같은데 벌써 삼십 분이나 지났다 하니 다른 세계에 있다가 온 것 같은 기분이었다.

"없어지지 마."

연우가 얼떨떨하게 고개를 갸웃거리니 선재가 연우의 머리를 흩트렸다.

"아버님께 전화 온 건 급한 일 아니에요? 괜찮아요?"

"다음 주에 서울에 가서 해결하기로 했어."

선재는 연우에게 괜한 걱정을 끼치지 않도록 가벼이 말했다. 연우도 끄덕이고는 편안한 목소리로 선재에게 제안했다.

"우리, 야경 보면서 밥 먹을까요? 이 층에 카페테리아가 있는 것 같던데."

두 사람은 카페테리아로 가게 되었다. 간식류부터 식사류, 주류까지 다양한 음식들이 있는 넓은 카페테리아를 보고 연우는 신이 났다. 선재도 카페테리아에서 식사를 해본 적이 별로 없는지라 신선하게 여겼다. 먹거리를 고르기 위해 메뉴를 쭉 훑어보던 연우의 눈이 주류 코너 쪽에 고정되었다.

"저게 뭘까요?"

그녀가 가리킨 것은 과일이 잔뜩 들어간 샹그리아였다.

"샹그리아 같은데. 와인에 과일이랑 과즙 같은 걸 넣어서 달게 만든 술이야. 마실래?"

"선배는 마실 거예요?"

"응."

그녀가 눈여겨보는 것 같아서 선재는 냉큼 대답했다.

"같이 마실까?"

"밖에서 술 안 마시는데. 취하면 안 돼요. 몹쓸 놈이 돼서."

"내가 책임질게."

선재는 거뜬히 말했다. 그녀가 술에 취한 모습은 한 번도 본 적 없기에 호기심도 일었다.

"맥주보다도 약할 거야. 달고 맛있을 테고."

선재는 와인을 한 잔 받아서 연우에게 넘겨주었다.

"맛만 봐."

"그럼 한 모금만 마셔볼까……."

연우는 그의 유혹에 힘입어 잔에 입을 댔다.

"와. 맛있다!"

한 모금 넘긴 연우의 입에서 탄성이 나왔다. 선재는 만족스럽게 미소 짓고는 상그리아 한 잔을 더 주문했다. 또다시 그녀의 처음이었다. 부산의 야경이 잘 보이는 창가에 마주 앉은 두 사람은 주문한 음식을 곁들여 상그리아를 마셨다.

"학회 이틀 동안 술자리 가졌을 거 아니야. 한 잔도 안 마셨어?"

"당연하죠. 내가 얼마나 자기관리가 철저한데요. 선배, 근데 이거 맥주보다 약한 거 맞죠?"

맥주보다야 약하겠지만 좀 천천히 마시는 게 좋겠다는 얘기를 하려던 선재는 입을 다물었다. 기분 좋은 표정으로 와인을 홀짝거리는 그녀가 너무 귀여워서였다.

"근데요. 나도 취하고 선배도 취하면 어떻게 해요? 내가 선배를 책임져야 되는데."

게다가 이런 재미있는 말을 하니, 선재는 그녀를 막고 싶지가 않았다.

"너랑 같이 있으면 내가 되게 귀한 사람이 된 것 같다."

"귀한 사람 맞아요."

"하지만 내 인생이 네 인생보다 먼저일 건 없어."

다만 이 말은 해주고 싶었다. 그녀의 이타적인 마음 씀씀이가 예쁘고 사랑스럽긴 하지만 그것이 자기희생으로까지 이어져서는 안 된다는 생각을 줄곧 하고 있었다.

"너한테는 네 인생이 중요하지."

그의 목소리를 들은 연우는 그가 더욱 애틋해졌다. 내 인생을 당신과 떨어뜨려서 생각할 수 있을까? 여섯 살 무렵부터 주인집 아줌마한테 맞았고, 고등학교 때는 묻지 마 폭행을 당하기도 했고, 사랑 없는 결혼을 했고 '다른 미래'에서는 이혼도 해봤지만, 내 인생에서 가장 큰 충격은 역시 당신이었다. 당신의 죽음. 내가 당신을 살리고 싶은 건 어쩌면 당신을 위해서가 아니라 날 위해서인지도 몰라. 당신이 내 앞에서 처참히 죽음을 맞이했던 그날의 그 기억에서 벗어나기 위해서. 그 죄책감과 이기심 때문에 당신을 구하고 싶은 것인지도 몰라.

사고를 생각하니 먹먹해졌다. 그녀는 가슴속의 멍울을 풀어내기 위해 샹그리아를 벌컥 들이켰다.

"아, 이거 진짜 되게 맛있어요."

달달한 것이 입안으로 흘러들어오니 기분은 금방 나아졌다. 행복한 것들을 생각하자. 오늘, 그가 선물한 하루를 감사히 여기자. 예쁜 옷과 케이블카와 맛있는 저녁. 중간중간 뜻밖의 사건도 있었지만 그로 인해 더욱 풍성하고 재미난 하루가 되었다.

"천천히 마셔."

그가 나지막이 말했다. 연우의 입술이 기분 좋게 길어졌다.

이제 당신을 믿어. 당신이 좋은 사람이라는 걸 믿어.

"선배."

기분이 좋아진 그녀가 맑은 목소리로 그를 불렀다.

"응?"

"그분이 오셨어요."

뭐? 누가 와?

"저는요. 삼십 분 뒤에……."

무슨 소리를 하나 싶어 고개를 돌려보던 선재는 연우의 목소리에 다시 그녀에게로 시선을 고정했다.

"취할 거예요, 아마."

연우의 눈이 고운 반달이 되었다.

"삼십 분 뒤에 취할 거야?"

아내가 이렇게 술에 약할 줄 몰랐기에 그리고 시간을 정해놓고 취하겠다는 그 말이 우스워서 선재도 기분 좋은 웃음을 머금었다.

"이제 좀 취할 마음이 생겨?"

취하면 몹쓸 놈이 된다고 했던가? 그 몹쓸 놈을 왜 꼭 소환해보고 싶은 건지 모르겠다.

"그분이 왔다, 하는 생각이 들면 삼십 분을 넘기지 않아요."

정말 그분이 오시려는 모양이다. 어느새 그녀의 뺨이 발그레해졌다. 잘 익은 복숭아 같아서 깨물어주고 싶은 충동이 생긴다.

"그러니까 얼른 집에 가야 돼요."

대체 어떤 술버릇을 가졌기에 이렇게나 스스로를 단속하는지. 궁금해서 계속 지켜보고 싶었지만, 또한 자신만 그녀의 취한 모습을 확인하고 싶은 마음도 컸기에 그는 부지런히 움직였다.

"택시 불렀어."

원래는 다시 케이블카를 타고 왔던 곳으로 돌아간 후에 택시를 탈 생각이었으나 거기에서 하차하기로 했다.

"일어날까?"

"네에."

연우는 선재가 내미는 손을 기분 좋게 잡았다. 그와 손을 잡고 다닌지 며칠 안 되었는데 이제 정말로 내 집처럼 편안하다. 연우는 잡은 손을 그대로 그의 코트 주머니에 먼저 넣어버렸다.

"손이 집에 들어갔어요."

"그래."

선재는 다정하게 대답하며 연우를 부축했다. 휘청거리지는 않았지만 그녀의 움직임이 빠른 듯하여 걱정이 되었다. 그런데, 연우는 좀 더 재빠르게 한 발 내디뎌 그의 앞을 가로막고서 그를 마주 보았다. 그리고 빈손으로 그의 다른 쪽 손을 잡고서 역시 그의 코트에 집어넣어버렸다.

"이렇게 하면 두 집 살림."

아아아아 연우야, 오빠 힘들다…… 삼십 분 뒤에 취하는 거라며. 벌써 이렇게 애교 동산으로 뛰어가버리면 네 남편은 머리에 있는 나사가 다 빠져버려.

"호텔로 빨리 가자."

얼른 둘만 있고 싶다.

"네."

연우는 꾸벅 대답하며 장난스럽게 잡았던 한쪽 손을 풀었다. 마음이 급했지만 선재는 연우가 휘청거릴 것을 염려하여 찬찬히 걸음을 옮겼다.

곧 택시에 오른 두 사람.

"A호텔로 가주세요."

기사에게 행선지를 밝힌 선재의 눈은 곧장 연우에게 향했다. 연우도 선재의 시선이 자신에게 향하자 기다렸다는 듯이 말을 걸었다.

"선배, 부탁이 있어요."

'선배'라는 호칭이 아직도 서운하긴 하지만. 눈만 마주치면 배시시 웃어버리니 벌써 가슴에 봄바람이 드는 기분이다.

"말해. 뭐든지."

뭐든 다 들어줄 테니까.

"짜증내지 마세요."

"내가 짜증을 왜 내."

"호텔까지 삼십 분 넘게 걸려서요."

정말 칼같이 삼십 분 후에 취할 작정인 듯했다. 이토록 삼십 분을 강조하니 대체 어떤 술버릇이기에 이러는 건가 하여 더욱 호기심이 생긴다. 호기심과 상관없이 지금 이 순간이 간질간질한 것은 말할 것도 없고.

"짜증 안 내."

촉. 결국 그녀의 동그란 이마에 입술이 닿아버렸다.

"흠흠흠."

열심히 운전하시던 기사님이 헛기침 소리를 내었다. '젊은 것들이, 호텔 가서 둘이 있을 때 할 것이지 어디 어른 앞에서 애정행각들이야' 하는 마음의 소리가 들리는 것 같아서 선재는 눈치를 보며 정자세로 돌아왔다. 큭큭큭. 나름 소리를 죽인 그녀의 장난스러운 웃음소리가 그의 가슴을 간질간질 계속 괴롭혔다. 차 안은 서서히 조용해지고. 묵묵히 달리던 차는 어느새 호텔 인근에 접어들었다.

"이제 거의 다 왔어."

"네에."

그녀의 대답 소리가 희미했다.

"자면 안 되는데."

"......"

"술버릇 확인시켜준다며."

대답은 한참 만에 힘겹게 돌아왔다.

"여기 있잖아요…… 술버릇…….

"…….

"안녕히 주무세요…….

헉. 연우의 목소리에 선재는 얼어버렸다. ……혹시 자는 게 술버릇?

"그걸 가지고 몹쓸 놈이 된다고 한 거야?"

이미 꿈나라에 진입한 그녀는 그림처럼 말이 없다. 이럴 수가. 푸슝
슝. 부풀어 오른 풍선에서 바람이 빠져나간다.

"안 돼…….

목소리가 절로 애절하게 흘러나온다. 아아 이연우. 나는 타락했어.
취하기 전부터 엄청 귀엽길래 본격적으로 취하면 신세계가 열리는 줄
알았어…… 그렇지. 내 아내는 원래 천성이 조용하고 순하지. 추측이
가능한 술버릇인데 그의 기대가 너무 높이 끌어올려진 것 같다.

"근데, 손님."

그 와중에 택시기사가 조심스레 그에게 말을 건넨다.

"참말 부인 맞습니꺼?"

기사의 질문에 선재는 마음이 상했다.

"맞습니다."

"아니, 아까 부인 분께서 선배라 카길래요."

"대학 선후배로 만났습니다."

연우가 잠드는 바람에 선재는 여자를 술 먹여서 호텔로 몰래 데려
가는 몹쓸 놈 취급까지 받게 된 것이다. 그래. 몹쓸 놈이 맞구나. 네가
몹쓸 놈이 된다는 게 아니라 내가 몹쓸 놈이 된다는 얘기였구나. 공허
해지는 마음이 한숨으로 조용히 흘러나왔다.

선재는 호텔 입구에서부터 업고 들어온 연우를 침대에 고이 내려놓

왔다. 아직 밤 9시밖에 안 되었다. 데이트를 시작한 지 네 시간 만에 돌아온 것이다.

'학회 준비하느라 피곤하기도 했겠지. 그러고선 술이 맛있다고 홀짝홀짝 마셨으니.'

아쉽지만 그녀를 이해할 수는 있었다. 선재는 체념하며 연우의 신발을 벗기기 위해 발목을 잡았다. 신발을 벗기는 순간 그녀의 입술 사이로 얇은 숨이 터졌다. 그녀의 숨소리에도 반응하는 간질간질한 속을 다스리며 이번에는 코트를 벗겨주기 위해 더 다가갔다. 그녀의 상체를 들어 올려 코트의 한쪽 어깨를 걷어내려는 순간 그녀가 몸을 뒤틀었다.

"안 돼……."

잠결에도 정신은 있는지 철두철미하게 제 몸을 지키고자 한다.

"코트만 벗기는 거야. 코트만."

어후. 속이 들끓지만 몹쓸 놈은 되지 않기 위해 의도를 정확히 밝혔다.

"내가 할 거예요."

미약한 목소리로 그녀가 말했다. 눈을 감고서.

"그래, 네가 해라."

그러나 코트의 단추에 닿은 작은 손은 일 분여가 지나도록 움직일 생각도 하지 않는다.

"어후."

그는 답답해 못 견디겠다는 듯 그녀의 코트를 재빨리 벗겨냈다.

훗. 또다시 그녀의 입술 사이로 작은 바람이 빠져나간다.

일부러 그러는 건가? 실은 깨어 있는데? 작은 기대를 가지고 그녀의 옆에 얼굴을 마주하고 누웠다.

"부인 주사를 이 년 만에 확인했다. 이걸 보여주는 게 그렇게 꺼려졌어?"

그녀는 대답이 없다.

"그래. 푸욱 자라."

선재는 그녀를 가벼이 토닥였다. 그리고 몸을 일으키려는 찰나에.

"그땐 선배를······."

그녀가 자그마하게 목소리를 내었다.

"못 믿었으니까."

버릇 그대로, 옹알거렸다. 선재는 다시 침대에 머리를 기댔다.

"이제 믿어?"

"······."

"나 믿을 거야? 내가 뭘 해도?"

사근사근한 목소리로 진심을 내보였다. 술에 취한 너에게 의견을 묻는 건 치사한 짓인 줄 알지만, 그는 사실 더 유혹하고 싶었다. 하지만.

"······맹세했잖아요. 안 건드린다고."

"맹세 안 했어!"

내진설계가 훌륭한 이 철벽녀는 그의 음성만 드높일 뿐이다.

"맹세 안 할 거야. 할 생각 없어. 나 착한 사람 만들지 마."

그가 다시 한 번 당부했는데도 그녀는 독야청청 제 길을 찾아 직진이다.

"선배. 고마워요······ 살아 있어줘서."

"그런 말 좀 하지 마!"

이 녀석이 정말.

"너 일부러 그러는 거지. 못 잡아먹게 하려고."

이 에로스의 무드를 아가페로 만들지 마. 내 세속적인 마음을 성스럽게 만들지 마, 제발. 그가 그렇게 괴로운 줄도 모르고서 조용히 실눈을 뜬 연우가 배시시 웃어 보인다. 그 표정에 선재는 또다시 긴장해버리고. 저도 모르게 숨을 참은 그에게 연우가 손 하나를 곱게 뻗는다. 그리고 그 손을 잡아 끌어와 꼭 잡는다. 세상이 조용해지면 들리는 그의 맥박 소리. 그 소리에 심취한 채로 그녀는 다시 눈을 감는다.

"붙잡고 잘 거야."

이른바 '손만 잡고 잘게' 스킬. 그걸 네가 할 줄은 몰랐다, 연우야.

간질간질한 곳을 더욱 간질이면 사람이 폭발하게 되는 것이다.

"잡지 마. 나는 인권도 없어?"

선재는 애절하게 따졌다.

"안 놓을 거예요."

그러나 연우는 이에 아랑곳없이 그의 손을 더욱 꽉 잡아버린다.

"같이 자자는 거지? 난 손만 잡고 자는 거 없어."

이 물음에는 또 대답이 없다. 자신이 유리한 쪽으로만 반응을 하겠다는 것인가.

"네가 같이 자자고 했어. 난 거절 안 해."

어느새 고요히 가라앉은 속눈썹. 희미하게 걸려 있던 미소도 사라지고, 그새 그녀는 다시 꿈나라에 진입한 듯하다. 그 꿈을 방해할 수가 없어서 건드릴 수 없었다. 꼭 감은 그녀의 눈에 떨림이 보일 때는 또 악몽을 꾸지는 않을까 걱정되는 마음이 생겼다.

하지만 그 악몽이 실은 고마웠어. 어쨌든 그 악몽 덕에 우리 사이가 이만큼이나 가까워졌으니.

그녀가 달라지기 전의 색채 없는 날들이 어느새 까마득하다. 어느
새 그녀가 제게 뛰어오는 아침을 매일 기다리며 잠들게 되었다. 선재
는 연우의 꿈속에 말을 걸듯이 고요히 속삭였다.

"왜 이혼을 하려고 했지?"

악몽 한 번으로 이렇게나 달라질 거였으면서. 이렇게 손을 안 놓을
거면서. 넌 왜 그랬을까. 왜 이혼신청서와 편지까지 써가며 그리 독하
게 이혼을 하려고 했을까. 그때는 아무렇지 않았던 문제가 이제는 신
경 쓰였다.

"왜 헤어지려고 했어?"

그 순간 까무룩 잠들어버린 줄 알았던 그녀의 눈이 다시 뜨였다. 그
러나 그 눈동자가 퍼올리는 진실을 확인하기도 전에 다시 감겼다. 그
녀의 잇새로 나지막이, 흐릿한 음성이 흘러나왔다.

"……잖아."

발음을 정확히 가늠할 수 없었지만 그의 귀에는 '알잖아'라는 말로
들렸다.

내가 알고 있는 게 뭐지?

결국 너는……

다음 날 아침. 부스스 눈을 뜬 연우는 평소와 다른 주위의 배경을 확인하고는 벌떡 몸을 일으켰다.

"헉!"

하지만 곧 제대로 정신이 들었다.

"아, 부산에 왔지."

학회가 끝나고 선재와 하루를 더 부산에서 보내며 놀기로 했었던 것이 기억났다. 그래서 선배가 케이블카를 태워주었지. 그리고 그다음에는 술을 마셨는데…… 그러고서 취했구나. 선배한테 업혀 온 거구나. 아아. 또 민폐녀가 되었다. 왜 나는 이 모양일까.

"헉. 근데 내가 침대에서 잔 거야? 소파에서 자려고 했는데!"

반성의 시간을 갖던 연우는 자신이 침대를 차지한 것에 놀라 후다닥 침대 밖으로 내려왔다. 침실 밖에서 소리가 들려왔다. 쏴아아, 물소리였다. 반투명유리벽으로 된 욕실에 불이 켜져 있는 것이 보인다. 그리고 유리벽 너머로 살색 형체가 뿌옇게 보였다. 연우가 크게 침을 꿀꺽 삼킨 그때 물소리가 뚝 끊겼다. 그리고 선재가 욕실에서 저벅저벅 걸어 나왔다. 맨몸의 피사체 그대로.

"으악!"

버버버벗고 다니는 남자…… 연우는 그 모습을 보자마자 그를 등지며 뒤돌았다. 쳐다보는 것만으로도 죄악인 것 같았다. 거기에 더하여 두 손으로 제 눈을 가렸다.

"아예 안대를 쓰고 다니지 그래."

정작 그는 여유롭다. 허리춤에 수건도 둘렀는데 호들갑을 떠는 아내가 이상하게 여겨질 뿐이다. 어젯밤엔 그렇게나 나를 괴롭게 하고서.

"내 알몸을 더듬던 패기는 다 어디로 갔냐."

"센스 있게 옷을 입고 나와야죠!"

"옷 젖어."

그녀의 타박에 아랑곳없이 그는 유유자적 움직였다.

"네가 눈 가리면 편하네."

선재는, 어깨를 웅송그린 채로 제 눈을 감싸고 있는 연우의 모습을 확인하고는 옷을 집어 들었다.

"계속 그러고 있어. 내가 옷 다 입을 때까지."

"네."

그러고는 느릿느릿 옷을 입었다.

"손 떼지 마. 아직 덜 입었어."

그녀는 눈을 가린 채로 얼음이 된 듯 부동자세다. 그 모습에 왜 그렇게 심술이 나는지 모를 일이다. 선재는 옷을 다 챙겨 입고서 소파에 앉아 턱을 괴고는 그녀를 빤히 바라보았다. 얼마나 오래 그러고 있을까 싶어서.

"……다 입었어요?"

"아니, 아직."

연우는 그제야 이상함을 느꼈다. 아까까지만 해도 미약하게 움직임 소리가 들렸던 것 같은데 어느 순간 모두 사라져버린 것이다. 연우는 두 눈을 꽉 막고 있던 손을 살그머니 떼었다.

"아직 아니야."

"으악!"

깜짝 놀라 다시 두 눈을 꾹 누르는 연우의 귀에 크흠, 하는 코웃음 소리가 들려왔다. 연우는 설마 하며 손을 내리고는 실눈을 떠 주위를 보았다. 그리고 옷을 말짱히 챙겨 입은 선재를 발견했다.

"다 입어놓고!"

연우가 원망스레 소리를 높였다. 그래도 선재는 미안해하는 것 따위 없이 가벼운 비웃음을 날릴 뿐이다. 어젯밤의 일을 가지고 빈정대며.

"난 네가, 그렇게 고옵게 취할 줄은 몰랐다."

"……침대를 장악해서 죄송해요."

눈치를 파악한 연우는 곧장 사과했다.

"죄송할 거 없어. 나도 거기서 잤으니까."

네? 뭐라고요?

"꿀잠 잤으면 집에 가자."

그는 그 충격적인 말을 대충 던지고는 태평하게 그녀의 곁을 떠났다.

두 사람은 짐을 정리한 후 대강 끼니를 해결하고 곧장 서울로 떠났다. 가는 내내 선재는 별말이 없었다. 연우는 어딘가 꼬인 구석이 있는 사람처럼 냉랭한 선재의 눈치를 보게 되었다.

"어제 취한 저를 호텔에 무사히 갖다줘주셔서 감사했어요."

"갖다났다니? 업어서 고이 모셔났는데."

그의 말투에는 가시가 뾰족뾰족 솟아 있었다.

"네, 데려다주셔서 감사합니다."

"됐어."

그의 반응에 연우도 슬그머니 기분이 상했다.

"근데요, 선배. 선배가 꿀잠 자야 할 침대 반쪽을 차지해서 되게 죄송한데요. 그렇게 불편했으면 저를 그냥 소파에 놓지 왜 침대에 눕히지고 이렇게 사람 마음을 불편하게 하시나요."

"그래서 네 마음이 지금 불편해?"

"선배가 삐쳐 있으니까 제 마음도 좀 그러네요."

"그래. 그럼 그, 좀 그런 마음으로 지내봐."

와아아. 어쩜 이렇게 속이 좁을까.

연우도 결국 픽 토라져버렸다. 열이 올라서 그런가. 차 안의 공기가 어색해지니 허기를 느꼈다. 연우는 가방에서 주섬주섬 사탕봉지를 꺼냈다. 학회에 참가하는 동안 당 충전용으로 비축해놓았던 간식이었다. 연우가 부스럭 소리를 내며 사탕을 꺼내 입에 넣으니 선재가 흘깃 쳐다보다가 다시 픽 고개를 돌린다.

"사탕 드실래요?"

"안 먹어. 싫어해."

"싫어해요? 왜요?"

"끈적한 거 싫어."

어떤 질문을 해도 돌아오는 대답은 까슬까슬하다.

"끈적해서 먹나? 달콤해서 먹지."

"뭐?"

"아니에요."

대체 내가 뭘 그렇게 잘못했기에 그러나. 이럴 거면 그냥 어제 돌아가자고 하지. 나랑 놀면 엄청 재미있을 거라고 생각했나? 나 원래 엄청 재미없는 사람이에요! 그를 따라 소리 없이 툴툴거리던 연우는 사탕 하나를 더 까서 입에 집어넣고 오도독오도독 씹어버렸다. 아무리 생각해도 좀 이상하다. 어렴풋한 기억 속의 그는 꽤 다정했는데.

'그래도 어젯밤에는 손도 잡아주고 업어주고 잘 때까지 같이 있어주고 그러지 않았나?'

그래도 사탕의 단맛이 그녀의 서러운 기분을 중화시켰다. 연우는 사탕 두 개를 더 꺼내어 포장을 뜯어버렸다.

"그걸 다 먹을 거야?"

한참 동안 연우를 외면하고 있던 선재는 그제야 고개를 돌려 그녀를 쳐다보았다.

"배고픈데 이거라도 먹어야죠."

연우가 사탕 두 알을 한 번에 입에 넣으며 대답했다. 선재는 배우자로서의 의무감으로, 제대로 된 식사를 제안했다.

"서울 가서 제대로 밥……."

"아, 저 오늘 수지 만나기로 했는데."

그러나 그녀가 대뜸 말허리를 채갔다.

"만나서 점심 먹을 거예요. 어쩌면 저녁까지 먹고 들어올지도 몰라요."

선재의 한쪽 입술 끝이 슬쩍 비틀렸다.

"나도 약속 있어."

왠지 자존심이 상해서, 그는 연우가 물어보지도 않은 이야기를 지어내 냉큼 불퉁스럽게 내뱉었다.

년 아쉽지가 않단 말이냐? 하나도? 그 밤이 그냥 그렇게 지나갔는데?

술에 취해서도, 같은 침대에 누워서도 흔들림 없는, 곧은 지조의 부인. 널 가만히 지켜보고만 있는 게 난 이렇게도 힘든데 말이다.

"아, 그리고."

하지만 그는 이를 악물고 남편의 역할에 최선을 다한다.

"밖에서 술 마셔도 돼."

"네?"

"술버릇 때문에 지금까지 밖에서 술 안 마신 거 아니야? 마시고 싶을 땐 마셔. 그리고 취하기 삼십 분 전에 연락해. 데리러 갈 테니까."

침대를 같이 쓰는 것 말고도 세상에 '이연우의 남편'밖에 할 수 없는 일이 있으니 말이다.

"선배는 바쁘잖아요."

"그래도 갈 수 있어."

"오는 데 삼십 분 넘게 걸릴 수도 있잖아요."

"술자리가 있으면 미리 얘기해. 그 근처에 있을 테니까."

선재의 말에 왕사탕처럼 동그란 눈이 된 연우가 잠시 후 담담히 고개를 끄덕인다.

"네, 말만으로도 고맙습니다."

"말만 하는 거 아니야."

그녀의 반응에 피식 실소가 나왔다. 그녀는 웬만해서는 신세를 질

마음도 먹지 않을 것 같다. 이것 또한 이 년 동안의 단절이 가져온 결과일 것이다. 우리는 이걸 극복해야 할 텐데. 아쉬움이 마음에 스미자 그는 어젯밤의 일이 다시 떠올랐다.

그 먹먹한 공기 속에서 네가 했던 마지막 말. '왜 헤어지려고 했어?'라는 질문에 이어진 너의 대답. 그 말은 또 어떤 의미였을까. 그는 조심스럽게 운을 띄웠다.

"그리고 어젯밤에……."

그러나 곧 망설이게 되었다. 다시 '이혼'이라는 말을 꺼내어 심각한 분위기를 만들 수가 없었다.

"아니야."

선재는 상념을 접었다. 그게 나으리라 판단했다. 그 말은, 그 생각은 그냥 묻어버리자. 현재가 중요하지. 이제 이혼하지 않기로 했잖아. 연우도 대화가 트인 것이 반가운 듯 다정한 사과를 해 왔다.

"어젯밤에 술에 취하는 바람에 많이 못 놀아서 죄송해요."

"괜찮아. 다음 주에 크리스마스니까 그때……."

"아, 크리스마스!"

그러다가 또 대화는 엇나간다.

"올해 크리스마스엔 학교에서 봉사활동 가기로 했어요. 선배도 바쁘죠? 어머님 말씀으로는 그때가 제일 바쁘다던데."

"그래. 제일 바빠! 눈코 뜰 새가 없다!"

우연인지 일부러 그러는 건지, 함께해야 할 시간을 요리조리 피하는 아내에게 자꾸 심술이 났다.

서울 강남. 수지는 약속 장소에서 연우를 기다리고 있다.

"형부도 같이 오는 건가? 하아, 또 쫄겠네."

선재와 함께 부산에서 돌아왔다는 연우의 연락에 수지는 긴장상태였다. 선재와 둘이 따로 만나 옛일에 대해 허심탄회하게 이야기를 나누었으나, 여전히 수지에게 그는 어려운 분이었다. 주변을 장악하는 그 존재감. 말없이 쳐다볼 때의 그 무시무시한 눈빛.

'연우는 어떻게 사귀고 결혼까지 하게 됐을까?'

아무리 생각해도 미스터리다.

'연우를 엄청 휘어잡았을 거야. 절대 한눈팔지 말고 자기만 바라보라고 했겠지.'

그래서 연우가 지금까지 남편에 대해서는 말을 아끼는 것일 게다. 그래도 연우에 대한 이야기를 나누기 위해 친구한테까지 찾아온 걸 보니 그가 연우를 엄청 아끼는 것 같긴 한데…….

그렇게 한참 연우와 선재에 대한 생각에 잠겨 있는 와중에 수지가 향한 방향으로 차 한 대가 섰다.

"허얼……."

그리고 수지는 그만 멍해지고 말았다. 먼저 차에서 내린 선재가 연우를 향해 손을 곱게 내미는 장면을 보게 된 것이다. 연우는 선재가 내미는 손을 잡고 차에서 내렸다. 차에서 내린 뒤에도 선재는 연우의 손을 놓지 않고, 미끄러운 길을 잘 걸어갈 수 있도록 잡아주었다.

"세상에……."

수지는 탄식을 길게 흘렸다. 지금 내가 보는 사람이, 지난주에 만났던 그 존재감 쩌는 남자가 맞단 말인가. 자신의 얘기를 듣고 분노한 눈빛으로 누구 하나 교살하고 말 것만 같던 그 카리스마의 남자가 맞나 싶었다. 멀리서도 확연히 보인다. 눈동자가 하트 모양만 아니다 뿐이지, 눈빛에서 꿀이 철철 흘러넘치잖아.

그렇게 멍하니 두 사람을 바라보는 중에 다가오는 선재와 눈이 마주쳤다. 그런데 돌연 선재가 제 검지를 입술에 재빨리 갖다 댔다가 떼었다. 수지에게 보내는 메시지였다. 지난주에 따로 만났던 것은 비밀로 해달라는 말이 틀림없었다. 수지는 홀린 듯이 끄덕거렸다. 두 사람의 비밀을 반드시 기필코 무덤까지 가져가야겠다는 의지가 샘솟았다.

"수지야, 오래 기다렸지? 미안."

다가온 연우가 환하게 반기며 인사했다.

"아, 아니야."

"선배, 아니 여보, 여기는 내 절친 수지예요. 김수지."

"안녕하세요, 강선재입니다. 연우랑 놀아주셔서 감사해요."

연우의 소개에 정중히 인사하는 선재는 천연덕스럽다. 그러면서도 여전히 연우를 향한 눈빛은 달달하고.

"나 이제 그만 가나?"

연우에게 질문을 던지는 목소리까지 말랑말랑하다.

"네. 이따가 밤에 봐요."

"그래, 수지 씨도 좋은 시간 보내시고요."

꺅. 부러워. 나도 결혼하고 싶다!

수지는 설레는 드라마 한 편을 본 것마냥 마음이 붕 떠버렸다. 선재가 센스 있게 떠난 후, 수지는 발을 동동 구르며 호들갑을 떨었다.

"네 신랑 완전 대박이다. 그때하고는 완전 딴판이야!"

"그때?"

연우가 수지의 표현에 눈을 깜빡였다.

"아아, 네 결혼식 때 말이야."

수지는 제 말실수를 재빨리 수습했다. 연우는 다행히 수상하게 여기지 않았다. 다만 시답잖게 웃었다.

"네 눈에는 그래 보여? 오늘은 좀 저기압이던데."

"아냐. 완전 스위트했어!"

역시 이 연극남. 연우는 속으로만 쓸쓸하게 빈정거렸다.

"이 부러운 것. 넌 이제 정말 다 가졌어."

연우의 뒤틀린 속도 모르고, 수지는 칭송하기 바쁘다.

"얼굴 예쁘지, 몸매 비율 대박이지, 똑똑하지, 남편이 훈남에 스위트하시지."

"하하하……."

연우는 수지의 입에서 반복되는 '스위트'에 어색하게 웃었다.

"넌 정말 애교 빼고 못 가진 게 없구나. 아니지. 멍천재의 매력도 되게 중독성 있지."

"야, 안 돼!"

제 별명을 들은 연우가 발끈했다.

"뭐?"

"혹시라도 우리 남편 만나면 절대 내 별명 말하지 마!"

학창 시절 연우는 '멍천재'로 불렸다. 멍청한데 천재라고. 바보 같은 말을 자주 하는데 공부는 탁월하게 잘해서 붙은 별명이었다. 고3이 된 3월에, 학급 반장을 맡게 된 그녀가 교탁 앞에서 '고생 끝에 놈이 온다는 말이 있듯이……'로 시작하는 인사를 하여, 결국 그 반의 급훈을 '고생 끝에 놈이 온다'로 만들어버린 사건은 아직도 곧잘 회자되는 이야기다.

"헐. 그럼 아직도 남편은 네 별명 몰라?"

"안 돼 안 돼. 말하면 안 돼."

연우는 진저리치듯 고개를 크게 저었다.

"지금도 날 갖고 노는데 얼마나 놀릴지 몰라."

"으와. 갖고 논대애!"

그러나 선재의 다정한 눈빛에 꽂힌 수지의 귀에는 모든 게 스위트하게만 들렸다.

"둘만 있을 땐 더 장난 아니겠지? 형부의 눈에서 꿀이 뚝뚝 떨어지겠지? 예쁜 말도 잔뜩 할 테고."

"아니야. 선배 그런 사람 아니야."

"아니긴. 근데 넌 왜 남편을 선배라고 불러?"

헉. 또 말실수를 해버린 연우의 눈동자가 핑계를 찾아 둥그렇게 굴러갔다. 다행스럽게도 좋은 타이밍에 휴대폰이 울렸다. 선재였다.

"여보세요."

[수지 씨랑 잘 놀고 있지?]

"네. 무슨 일 있어요?"

[하던 일에 문제가 생겨서 이따가 관계자를 좀 만나기로 했는데, 아마 많이 늦을 거야. 술자리라서.]

"네에."

[기다리지 말라고. 현관 앞에서 잠들지 말고.]

"⋯⋯그럼 침대에서 잘 테니까 잠깐 들러주면 안 돼요?"

이 와중에도 챙길 것은 제대로 챙기는 연우였다.

[알겠어.]

선재는 곧장 대답하고 전화를 끊었다. 수지는 연우의 앞에 턱을 괴고 앉아 핑크빛 미소를 짓고 있다.

"남편이 전화했어?"

"응. 오늘 늦는다고."

"흐흐. 지금까지 네 결혼생활을 하나도 몰라서 내가 괜히 불안했는데 오늘 뭔가를 좀 확인한 것 같아서 기분이 좋다. 참으로 바람직한 부부의 모습이야."

하하. 연우는 어색하게 웃어넘겼다. 그냥 그렇게 오해하게 두는 게 여러모로 좋을 것 같다고 판단했다. 그런데, 흐흐 웃고 있던 수지가 돌연 물었다.

"근데 어딜 들러?"

"응?"

"아까 전화에서, 침대에서 잘 테니까 잠깐 들러 달라고 했잖아."

"아아아. 그건 들르는 게 아니라 들려달라는 거야. 자고 있을 테니까 집에 오면 목소리를 들려달라고. 하하."

"그러니까, 알겠대? 목소리 들려준대?"

"으응."

"와아. 정말 대박 스위트하구나! 나랑 만났을 때랑 완전히 딴판이야!"

"응?"

이번엔 수지가 당황스런 순간을 맞이했다. 그를 만난 건 비밀인데 자꾸 실수를 하는 것이다.

"아, 아니, 결혼식에서 만났을 때 말이야."

수지도 둘러댔다. 한 남자에 대해 각기 다른 비밀을 간직한 두 여인이었다.

그날 밤, 연우의 침실.

"이연우."

잠든 연우는 자신을 부르는 감미로운 목소리를 들었다. 그러나 너무 잠에 깊게 빠져 눈을 뜨지는 못했다. 꿈결에 독한 알코올 향이 와락 달려들었다가 서서히 멀어졌다. 머리카락을 곱게 쓸어 넘겨주는 다정한 손길. 그 손길에 그녀는 더욱 깊은 꿈속으로 들어가게 되었다.

"잘 자."

다시 들려오는 감미로운 목소리. 그리고 발자국이 찬찬히 내려앉는 소리가 차분히 멀어져갔다. 꿈속에서 행복해진 연우의 입가에 미세하게 미소가 피어났다.

다음 날 아침.

'아아. 잘 잤다. 오늘은 며칠?'

전날에 이어 꿀잠을 잔 연우는 늘 그랬던 대로 날짜를 확인하기 위해 휴대폰을 찾았다. 이제 아침에 일어나 마음의 여유를 부릴 수 있을 정도가 되었다. 어제와 달라지지 않은 풍경이 연우를 행복하게 한다. 휴대폰으로 확인한 날짜는 12월 18일. 제대로 흘러가고 있는 것을 확인한 연우는 부재중 전화 표시에 눈이 갔다. 부재중 전화가 두 건이나 찍혀 있었다. 목록을 확인하니 다 시아버지, 운호였다. 연우는 곧장 시아버지께 전화를 걸었다.

[그래, 새아가.]

"아버님, 안녕히 주무셨어요. 지금 일어나서 전화 확인했어요. 죄송해요."

[응. 아니다. 저기 말이야. 선재 지금 집에 있지?]

"네에. 있을…… 거예요."

눈으로 직접 본 게 아니니 시아버지께 제대로 대답할 수가 없었다. 연우는 일어나 선재의 방으로 향했다.

[없니?]

"아니에요. 있어요."

시아버지가 걱정하시는 것 같아 연우는 있다고 말했다.

"아마 자고 있을 거예요. 어제 늦게 들어왔거든요."

[그러게. 어제 선재가 밤늦도록 접대에 애를 먹은 모양이야.]

"네에."

[근데 나도 급히 궁금한 게 있어서 말이다. 선재가 전화를 안 받아서. 미안하지만 선재 좀 깨워주면 안 될까? 깨워서 나한테 전화 좀 해달라고 해줬으면 하는데.]

"네. 그렇게 할게요."

[그럼 부탁한다.]

이렇게 아침에 몇 번이나 전화를 건 것을 보니 몹시 급한 연락인 듯했다. 연우는 사명감을 갖고 선재의 방으로 달려갔다. 반쯤 열려 있는 문을 지나 안으로 들어가니 침대에 누워서 자고 있는 선재가 보였다. 옷도 갈아입지 않은 채로 잠든 걸 보니 어젯밤 술자리에서 많이 시달린 모양이다. 깨우긴 해야겠는데 잠을 제대로 못 잤을 것 같아 미안해졌다.

침대 위로 올라와 그의 등 가까이로 바짝 몸을 붙였다. 그의 심장 소리를 확인하기 좋은 기회였다. 그의 등에 조심스럽게 귀를 갖다 댔다. 쿵, 쿵, 쿵. 묵직한 심장 소리가 기분 좋게 울렸다. 욕망을 채운 연우는 조용히, 그가 놀라지 않게 목소리를 내었다.

"선배, 미안한데요. 아버님이 깨워달래요……."

역시나 그는 반응이 없다.

"선배님……."

그 순간. 턱!

그녀의 팔을 억세게 잡은 그가 시야를 덮치며 몸을 일으켰다. 연우의 몸이 단숨에 반 바퀴를 굴러 선재의 아래 깔렸다.

"선, 선……."

이, 이것은. 과거로 돌아왔던 그날과 똑같은 상황이다! 아, 아니, 그가 맨몸이 아니라는 게 다행이지만.

아니다. 셔츠까지 입고 있는데도 그때보다 더 노골적으로 보이는 건 대체 뭐지? 그는 반쯤 풀린 눈을 가늘게 뜨고서 그녀를 고요히 응시하고 있었다. 육중한 무게감이 그녀를 짓눌렀다. 두 팔이 모두 붙잡혀 움직일 수 있는 것이 아무것도 없었다.

"선배……."

목소리라도 내보려고 했으나 금세 그녀의 입술은 그에게 먹혀들고 말았다. 혀끝을 괴롭히는 알코올 향에 그녀 또한 금세 취할 것 같은 기분이 되었다. 입술은 금방 떨어졌으나 마주한 눈에 기운이 훅 빨려들어가는 듯했다. 미쳐! 온 세상의 색기를 다 가졌어! 그의 눈동자에서 야성의 불꽃이 팡팡 터지고 있다. 그런데, 그 눈빛에 홀랑 넘어갈 새도 없이 어깨를 털썩 내린 그의 더운 숨이 그녀의 목덜미로 파고들었다.

"이연……."

목덜미에 끝이 뭉그러진 그녀의 이름이 닿는다. 그의 목소리로 발음되는 자신의 이름, 내뱉는 숨까지 너무 야릇해서 정신을 차릴 수가 없다.

"선배, 잠깐만요……."

겨우겨우 목소리를 낸 연우가 애절하게 그를 불렀다. 쿵쿵쿵쿵쿵쿵쿵쿵. 심장이 말도 못 하게 큰 소리로 뜀박질을 하는데 몸은 움직이지 않는다. 이 남자가 앞으로 뭘 할지 알겠는데, 알면서도 피할 수 없게 만드는 저 눈, 저 표정. 아아…… 유혹하는 듯이 요염하고 갈망하는 듯이 애절하다. 예상했던 대로 입술이 다시 찾아왔다. 그녀를 꽉 잡은 그는 거친 숨결로 파고 들어와 달보드레하게 휘감았다. 밀어내고 싶은 건지 잡고 싶은 건지 모르겠다. 괴로운데 흥분되는 이상한 상태로 연우는 거부할 수 없는 그의 마력에 빠져들고야 만다. 뇌가 징, 울려오며, 두피까지 저린 느낌. 그 아찔해지는 순간에 그녀를 잡고 있던 그의 팔 하나가 떨어졌다. 그럼에도 불구하고 연우는 꼼짝도 하지 못했다. 그녀의 손목을 놓은 그의 한쪽 손이 이번엔 그녀의 잘록한 허리를 배회했다. 배꼽까지 간지러워지는 것 같은 느낌이 그녀의 정신을 더욱 아득하게 만들었다. 그러나 다음 순간, 무릎 아래로 내려갔다가 서서히 위로 올라간 커다란 손이 허벅지를 감싸듯 덮치자 까무룩 놓을 뻔했던 정신이 반짝 돌아왔다. 그녀는 한 겹의 원피스 잠옷을 입고 있었다. 그 안에는 당연히 얇은 속옷뿐이다.

"하아, 선배, 이건 좀……."

고개를 옆으로 돌려 간신히 입술을 떼고는 참았던 숨과 함께 목소리를 터트렸다. 허벅지에 닿은 그의 손은 유유히 허벅지 안쪽의 여린 피부로 침범해가고 있다. 머리에서 위험경보가 크게 울렸다. 그의 입술을 간신히 밀어내고 겨우겨우 소리를 질렀다.

"야!"

"헉."

그 순간, 진짜로 '헉' 하고, 그가 소리를 냈다. 귀신이라도 만난 듯 크게 움찔 놀라며 그가 손을 떼고 몸을 번쩍 일으켜 주춤 뒤로 물러났다. 술에 잔뜩 취한 것처럼 요염하게 풀어져 있던 눈동자가 바짝 조여져 있었다. 연우는 그의 눈이 이렇게나 커진 것을 처음 보았다.

허어허어허어. 하아하아하아. 두 사람의 심호흡 소리가 방금 전 그 질척했던 공기를 찬찬히 채운다. 서로가 서로를 귀신 보는 양 바라보는 가운데.

"……꿈인 줄."

그가 먼저 말했다.

허. 이 남자. 사람을 참 다채롭게 황당하게 하시네. 연우의 눈에 대롱대롱 매달려 있던 눈물이 쏙 들어갔다.

한편, 선재도 연우 못지않은 충격에 멍해진 상태다. 미쳤다. 사춘기 애들 같은 꿈을 꿨어. 그것만으로도 얼굴이 화끈거리는데 지금 눈앞에 보이는 광경은 자신이 저지른 일이 꿈이 아니라는 것을 확인케 한다. 뭐 이런 굶주린 들개 같은 놈이 있나. 이 중요한 때에 내가 무슨 짓을. 침을 꿀꺽 삼킨 그가 버럭 소리를 냈다.

"아침에 건드리지 말라고 그랬잖아!"

"지금 나한테 소리 질렀어요?"

다시 그녀의 눈가에 이슬이 부풀었다. 씩씩대는 그녀의 표정만 보아도 이게 얼마나 엄청난 사안인가를 알 수 있다. 게다가 지금 그녀의 긴 원피스 잠옷의 옷자락 끄트머리가 허벅지까지 올라간 상태.

"미……안……한데."

닥치고 사과나 하라는 신의 음성이 들린다.

"아침에는 로딩시간이 필요해."

그럼에도 그녀의 눈에는 경멸의 불꽃이 번뜩인다. 그런데 정확히 자신의 몸이 뭘 했는지 사실 기억나지 않았다. 연우가 빽 소리를 질러 자신을 부르던 충격과 함께 모든 것이 증발해버렸다.

"혹시 내가 이상한 짓 했어?"

"방금 한 걸 기억도 못 해요?"

"아니…… 키스 말고 더 이상한 짓은, 안 했겠지?"

"그럼 키스는 이상한 짓이 아니에요?"

연우는 화가 머리끝까지 난 얼굴로 고래고래 소리를 질렀다.

"손이 불이 되도록 빌어야죠오오오!"

"……."

"……발."

아아아. 이 심각한 와중에 이연우 너 진짜…… 그래도 웃으면 안 돼…… 그러나, 확 풀린 마음은 뜻대로 조여지지가 않는다.

"픕."

아, 망했다…… 결국 선재는 웃음을 내뱉고야 말았다.

"아, 미안, 나도 이러고 싶진 않은데, 정말."

무안해진 선재는 커다란 두 손으로 제 얼굴을 감싸고는 표정을 가렸다.

"연우야, 내 손이 불이 되려면 내가 얼마나 빌어야 될까."

만지고 싶을 때 만질 수가 없으니 이런 꿈을 꾸고. 웃고 싶을 때 웃을 수가 없으니 이런 민망한 상황이 생긴다. 민망해 죽겠는데도 웃음은 사그라지지가 않고. 연우야, 나도 억압된 것을 좀 풀어야 하지 않겠니? 너 때문에 미치겠다, 진짜.

"흡. 너무 고통스……."

픽. 고통스러울 정도로 웃음을 삼키는 것을 힘들어하던 그의 소리가 그제야 뚝 끊겼다. 창피하여 열이 더욱 오른 연우가 베개를 그에게 집어던져버린 것이다. 겨우 얼굴에서 손을 내린 선재가 웃어서 빨개진 눈으로 연우를 바라보았다. 연우는 얼굴 전체가 붉게 물들어 있었다.

"미안해. 안 웃을게."

"됐어요!"

연우는 침대에서 펄쩍 내려와 성큼성큼 걸어 떠났다. 분이 풀리지 않은 듯 씩씩거리며. 그러다가 잠시 후 다시 돌아와서 다시 한 번 소리를 빽 질렀다.

"아버님이 전화하셨어요! 전화나 해요!"

선재는 웃음을 멈추기 위해 목을 크흠 가다듬었다. 큰일이다. 그녀의 화난 모습까지 너무 귀여워 보여서. 자꾸 화나게 만들면 안 되는데 말이다.

어제는 헤븐의 관계자를 만나 그동안 있었던 일의 전말을 확인하느라 술을 진탕 마시게 되었다. 집으로 돌아온 시각은 새벽 2시. 연우가 자기 방에 들러달라고 했었던 게 생각나서 그녀의 방에 들렀으나 곧장 나왔다. 술도 마셨겠다, 그녀의 곁에 가까이 갔다가 충동적으로 정신 나간 짓을 할 수도 있을 것 같았기 때문이다. 그렇게나 조심했는데 결국 아침에 일을 저지르고 말았다.

사실 선재는 아침에 약하다. 잠에 완전히 깨기 전까지의 그는 사납고 포악하다. 평소에는 욕도 하지 않지만 잠에서 깨어날 때만은 예외다. 왜 그런지는 알 수 없다. 그래서 연우를 신혼집에 데려왔을 때도 그렇게 말했었다. 아침엔 조심하라고. 몇 주 전 연우가 악몽을 꿨다며 그의 방으로 달려왔을 때는 잠에서 깬 뒤 침대 위에서 뒤척거리던 상태였기에 그나마 사나운 본성을 감출 수 있었던 것이다.

그렇게 조심하면서 살았는데 왜 그랬을까. 부산 호텔에서 그녀와 함께 자게 되었을 때, 충동을 너무 억눌렀던 탓일까. 아니, 왜 그랬을까가 문제가 아니다. 지금 난 정상이 아니야.

"후우우."

이연우가 싫어하는데. 싫다는데. 소리를 빽 질렀는데. 또 한 번 이런 상황이 닥치면 좋겠다고 생각하는 내 마음이 너무 더러워…… 큰일이다.

한편, 후다닥 침실로 달려간 연우는 가빠진 숨을 다독이며 가슴을 쓸어내렸다.

'나 미친 것 같아!'

미치지 않고서야, 십 분 전으로 타임리프하고 싶을 리가 없어! 가슴을 아무리 쓸어내려도 두근거림이 멈추질 않는다. 그의 눈에서 정염의 불꽃이 팍팍 튄 순간. 그가 뭘 어떻게 해도 상관없겠다는 생각이 그녀의 머리를 꽉 지배했었다. 작정하고 유혹하면 어떻게 함락당하는지를 생생하게 체험한 것이다. 그는 그저 꿈결이었다는데.

'이게 뭔 망신이냐.'

내가 그를 받아들였다는 건, 내가 한순간 욕정의 노예가 되었다는 건 비밀로 할 거야. 무덤까지 가져갈 거야! 연우는 나오지 않는 콧물을 훌쩍이며 마음을 다스렸다. 다시는 이런 일이 없어야 한다!

글로벌 온라인 쇼핑업체 헤븐이 제이그룹과의 협약을 깨는 사태가 벌어진 것은 누군가가 헤븐과 제이그룹의 협약 내용을 경쟁업체에 흘렸기 때문이었다. 어제 관계자를 만나 사태를 파악한 선재는 아버지 운호에게 이 일을 소상히 전하고 대책 협의를 했다. 다행히 헤븐에 선재에게 우호적인 경영진들이 많아서 마음을 돌려놓을 자신이 있었다. 그 자신감 때문인지, 선재는 아버지와 심각하게 대화를 나누는 와중에도 간간이 자꾸 웃음을 터뜨리게 되었다.

"풉."

"너 지금 내가 말하는데 웃냐?"

운호가 시큰둥하게 물었다.

"죄송해요."

일에 집중하고 싶은데, 연우의 '손이 붙이 되도록 빌어야죠오오오!' 가 계속 생각나서 미칠 것 같다. 수능 금지곡 수준으로 어른거린다. 아, 이연우. 정말 종일 데리고 다니면서 같이 있고 싶다.

"후, 그냥 집에 빨리 가고 싶어요."

이연우 보고 싶다. 집에 빨리 가고 싶다. 그 생각은 오늘의 강선재를 완전히 장악해버렸다.

"일은 손에서 놨어?"

"후우, 죄송합니다. 자꾸 웃겨가지고. 오늘은 일을 하기가 힘드네요."

흠흠, 목을 가다듬은 선재는 오늘 받은 국제 기사들을 아버지께 소개해주었다.

"헤븐과의 합작법인을 가장 성공적으로 안착시킨 나라는 프랑스예요. 프랑스는 내수기업이…… 푸흡."

그러나, 또 웃음을 터뜨렸다.

"이놈이 허파에 바람이 들었나."

운호가 야단쳤지만 선재는 웃음을 끊어내지 못했다. 아버지를 만나러 오기까지 심각하게 업무를 수행하느라 너무 힘들었다. 웃고 싶은데 웃질 못해서. 그렇게 고생하다가 아버지와 독대하게 되었다. 해방된 기분이었다. 그 놓아버린 마음을 다시 조여놓기는 힘들었다.

"아버지, 연우가 너무 웃겨요. 세상에서 제일 웃겨요."

그는 웃음을 참아내는 대신 아버지께 지금의 마음상태를 사실대로 고했다. 마음 편히 웃게 해달라고 청하고 싶었다.

"연우가 대체 뭐라고 했길래……."

멀뚱하니 아들의 웃는 얼굴을 바라보던 운호도 새로운 생각을 하게 되었다. 뜬금없이 웃는 아들. 제 아내가 우습다며 웃음을 멈추지 못하는 아들. 일이 중요하겠나 싶었다. 내 아들이 이렇게 웃고 있는데.

엄하게 키우려던 게 아니었는데, 혼자서 엄하게 자란 녀석이었다. 그렇게나 무뚝뚝해서 제 엄마도 함부로 말을 붙이지 못했던 그 아들 놈이 부인 잘 만나서 이렇게 웃는 녀석이 되었는데 그깟 일이 대수인가 싶었다. 결국 선재를 따라 운호도 픽 웃어버리고 말았다.

"너 혼자만 그렇게 좋아하지 말고 네 엄마도 좀 웃게 해줘라. 집에 좀 자주 데려와. 안 괴롭히고 잘해줄 테니까."

운호는 아들의 세상이 차츰 달라지고 있는 것을 짐작할 수 있었다.

후련한 마음으로 집으로 돌아갈 수 있게 된 저녁. 아버지 앞에서 많이 웃은 덕에 답답함은 많이 가라앉았다. 이제 연우 앞에서 눈치 없이 웃는 불상사는 일어나지 않을 것이다. 선재는 집에 불이 켜져 있어 반가운 마음으로 집 안에 들어섰다. 주방에서 설거지를 하는 연우에게 다가가니 연우가 '흥' 하며 콧방귀를 뀐다.

"혼자 밥 먹었어?"

연우는 대답이 없다. 이럴 줄 알았으면 트리 오르골처럼 그녀가 좋아할 만한 뭐라도 사 가지고 오는 건데, 하는 아쉬움이 생겨났다. 뾰로통하게 바라보던 연우가 잠시 후 말을 건넸다.

"밥 남았어요. 줄까요?"

그가 밥을 먹지 않은 것 같아서였다. 남편의 건강을 신경 써야 하니 마음 같지 않게 말을 붙여야 할 때가 있다. 선재는 좋다며 냉큼 대답한다.

"좋아."

"김치볶음밥도 괜찮아요?"

"어. 제일 좋아해."

네가 주는 거라면 뭐든 제일 좋아. 고개를 끄덕인 연우는 금방 뚝딱 밥을 차렸다. 원래 다 준비되어 있었기에 식탁에 차리기만 하면 되었다. 연우는 커다란 사발에 남은 밥을 모조리 쌓아올렸다. 아주 욕심껏.

"이게 보기에는 조금 많아 보이는데 김치랑 밥이랑 섞여서 그런 거예요. 먹으면 얼마 안 돼요."

"……."

"왜요? 너무 많아요? 남겨도 돼요."

"아니야. 다 먹을 거야."

선재는 크게 심호흡을 하며 식탁 앞에 앉았다. 이걸 맛있게 먹어야 점수를 딸 수 있겠다는 생각에 먹방 BJ라도 된 마음가짐으로 밥을 한 술 크게 떠 입에 넣었다.

"음. 맛있다."

"다행이네요."

그런데 정말 많긴 많다. 혼자서 거의 2인분을 먹었다 싶은데, 아직 반이 더 남았다. 연우는 계속 그의 앞에 앉아 있다.

"못 먹겠으면 진짜 남겨도 되는데."

"아니야. 나 지금 되게 잘 먹고 있는 건데?"

그제야 그녀가 미약한 미소를 지어 보인다. 반드시 먹어야 될 명분이 더욱 확실해졌다. 하지만 좀, 천천히 먹어야 될 것 같아서, 선재의 행동이 약간 굼떴다.

"왜요? 뭐가 이상해요?"

괜스레 그릇의 디자인을 살피는 척하던 선재의 행동에 연우가 물었다.

"아니, 그릇 좀 다시 살까? 그릇이 너무 노티 나서 그랬어."

"그거 엄마가 사 주신 건데. 신혼 선물로."

"아니다. 내가 제대로 못 봤어. 되게 한국적이고 고급스럽다. 우리 집에 딱 어울려."

점점 능청이 생겨나고 있다. 난감한 와중에 옆에 놓아둔 연우의 휴대폰이 울렸다. 그 화면에 '엄마'라는 글씨가 보인다. 뜨끔한 마음에 선재는 헛기침을 하다가 물을 마셨다. 그 모양을 보고 연우가 피식 웃고는 전화를 받았다.

"응, 엄마."

연우는 전화를 받으며 선재의 곁을 떠났다. 혼자가 된 선재는 한숨 돌리는 마음으로 천천히 숟가락을 움직였다. 저편에서 연우의 목소리가 들렸다.

"아빠랑 같이 오는 거지? 아무래도 태우네가 편하겠지? 거기 그래도 꽤 넓어. 하루는 괜찮을 거야."

이야기를 듣자 하니 시골에서 장인, 장모님께서 오시는 모양이었다.

"일정 정확해지면 다시 얘기해주세요. 응, 엄마. 아빠한테도 안부 전해줘."

여우 같은 딸답게 사랑스러운 목소리로 통화를 마친 그녀는 곧 다시 선재에게로 돌아왔다. 그리고 그의 밥그릇을 빼앗았다.

"그만 먹어요."

"아니야. 맛있게 먹고 있었어."

"선배 배탈 날 것 같아요."

"괜찮은데."

선재는 괜찮다고 하면서도 크게 만류하지는 않았다. 자신의 배탈을 염려해주는 연우를 은인으로 생각하기로 했다.

"무슨 일 있어?"

정리하려는 연우에게 넌지시 물었다.

"엄마 아빠가 서울 올라온다고 하셔서요."

"언제?"

"1월 초에요."

"그래서 처남 오피스텔에서 주무시라고 했어?"

"그냥 호텔을 잡아드릴까 하는 생각도 하고 있어요."

"그럴 게 뭐 있어. 여기서 주무시게 하면 되지. 방도 많은데."

"그럼 불편하잖아요."

"불편해?"

"선배 불편한 거 아니에요?"

"난 상관없어."

상관없다는 대답에 의아해하며 연우가 고개를 갸웃거렸다. 우리가 경계를 없앤 지 삼 주밖에 안 되었는데. 나도 이 년 동안 저 사람의 구역에 함부로 들어가질 못했는데. 자기 구역을 그렇게나 중요하게 생각하는 사람이 우리 엄마 아빠를 초대하겠다고? 무슨 변덕으로.

"진심이에요?"

"그럼 이런 걸로 거짓말을 하겠냐."

선재는 아무렇지도 않게 웃어 보였다. 연우는 얼떨떨하다.

"아버님께 내가 연락할게. 이쪽으로 오시라고."

연우가 무어라 다른 말을 꺼낼 새도 없이 선재는 휴대폰을 들어 장인의 전화번호를 눌렀다. 그러다가 그의 손이 별안간 멈췄다.

"아, 어머님 아버님 가정방문 때는 같이 자야겠네. 각방 쓰는 거 들키지 않도록."

그리 말하는 그의 눈이 왠지 빛난다. 왠지 우수에 푹 젖은 것 같다.

"어머님 아버님 걱정하시게 하면 안 되지."

오늘 아침 일이 다시 떠오르며 연우는 크게 침을 삼켰다. 불쾌해하며 소리를 질러야 하는데 어쩐지 그럴 수가 없었다.

"……그냥 호텔에서 주무시게 하는 게 좋겠습니다."

"어허. 이런 불효자식을 봤나. 넌 가만히 있어. 내가 연락드릴 테니까."

잠시 후, 세상 정중한 그의 목소리가 들려온다.

"네, 아버님, 안녕하셨어요? 1월에 서울 올라오신다고 연우한테 들었습니다."

정말정말 이 사람의 추진력은.

"물론 주무시는 건 여기서 주무셔야죠. 방도 많고, 집도 넓습니다."

가히 최고다.

"오래 계시다 가셔도 됩니다."

두근두근. 그의 통화하는 목소리를 듣는 것만으로도 심장이 콩닥거린다. 선재는 정중히 문안 인사까지 마치고서는 전화를 끊었다. 그와 함께 해야 할 일들이 점점 쌓여가고 있다.

"잠깐만. 자꾸 전화가 오네."

그런데 그의 추진력을 치하하며 한마디를 건네기도 전에, 그의 휴대폰이 다시 울렸다.

"어. 톱스타."

연우의 콩닥거리던 심장이 뚝 멈춘다. 이번엔 명치가 뻐근해졌다.

톱스타. 그와 연락하며 지내는 톱스타는 한 명뿐이다. 바라보는 연우의 눈에 그늘이 진다.

"한국 돌아왔어?"

그것도 모르고, 통화를 이어가기 위해 저편으로 멀어지는 남편. 연우는 가지고 있는 휴대폰으로 포털 사이트에 접속했다. 이미 실시간 검색어에 '유사라'라는 이름이 채워지고 있었다. 그녀가 돌아왔다. 설레는 순간들이 가득하여 잊고 있었던, 내 이혼의 진짜 사유.

* * *

"언니라고 불러요, 편하게."

유사라. 그녀가 연우에게 처음 했던 말이다. 그럼에도 연우는 편하게 그녀를 바라볼 수가 없었다. 큰 키에 늘씬한 몸매, 곧은 어깨, 그리고 당당한 미소. 그리고 남편의 어깨에 손을 올리는 자연스러움. 그걸 경계하지 않고 지그시 미소 지어 보이는 남편. 연우가 한 번도 상상할 수 없었던 그런 편안한 분위기. 연우는 TV 안쪽의 세상을 바라보듯 그들을 보았다.

늘 생각했다. 저렇게 예쁜 여배우를 친구로 둔 사람이 왜 나와 결혼했을까. 유사라와 남편, 두 사람은 정말 그냥 친구 사이일 뿐일까. 그리고 그 의문은 그로부터 이 년 후에 풀리게 되었다. 그날은 감기 기운으로, 연우가 학교에서 일찍 집에 돌아온 날이었다. 아주머니가 차려놓고 가신 죽을 먹고, 약국에서 받아온 약을 먹고 침실로 가서 쉬려던 참이었다. 띠띠띠띠. 현관문의 번호키 누르는 소리가 들렸다. 일하는 아주머니가 뭔가 놓고 간 것이 있거나, 아니면 남편이 집에 들를 일이 있는 모양이라고 생각했다. 그러나 예상과는 달리 현관문이 열리고 집 안으로 들어온 사람은 유사라였다.

그리고 당황한 연우의 앞에서 그녀가 했던 첫마디.

"아무도 없을 줄 알았는데."

사라는 조금도 당황한 눈치가 아니었다. 도리어 입가에 머금은 약간의 미소에는 여유가 묻어났다. 연우의 표정만이 굳어 있었다.

"여길 어떻게 오셨어요?"

"인사는 안 해요? 우리 오랜만에 봤는데."

그러나 연우는 반갑게 인사할 수 없었다.

"어떻게 비밀번호를 알고 있죠?"

"연우 씨, 나는 선재에 대해선 거의 대부분을 알고 있어요. 두 사람의 결혼이 가짜라는 것까지요."

사라는 가볍게 내뱉었다. 그건 연우와 선재의 비밀이었다. 연우는 누구에게도 이를 얘기한 적이 없었다. 부모님에게는 말할 것도 없고, 절친 수지에게도 이 이야기는 하지 않았다. 그랬는데, 남편은 그 중요한 비밀을 사라에게 모두 털어놓았던 것이다.

"그렇다고 우리 사이를 너무 예민하게 받아들이지는 말았으면 해요. 그것도 이 결혼생활에서 연우 씨가 감당해야 할 부분이 아닐까 해요."

사라는 계속 이야기를 이어갔다. 선재를 대변하는 듯이.

"옥승혜 여사님과 있었던 일 이후에, 선재에게 프러포즈를 받았죠? 선재가 그 결심을 하기 전에, 선재랑 내 스캔들이 터졌어요. 사진이 있어서 빼도 박도 못하는 경우였죠."

연우도 어렴풋이 기억이 났다. 사진은, 두 사람이 식당에 들어가는 순간을 포착한 것이었다. 선재의 손이 사라의 허리에 닿아 있는 순간을 찍은 사진이었지만 그걸 스캔들로 몰아갈 수는 없겠다고 판단했다. 연우의 시선에 둘 사이가 묘해 보이긴 해도 그 사진을 근거로 무언가를 넘겨짚고 싶진 않았다. 그런데 사라는 심각한 목소리로 그때의 이야기를 달리 전했다.

"그 당시 내가 중요한 시기였어요. 나도 선재를 소중하게 생각하고는 있지만 일단은 내 일이 먼저였으니 선재에게 양해를 구할 수밖에 없었죠. 선재에게 무리한 요구를 할 수밖에 없었어요. 어떻게 해서라도 막아달라고 했어요. 그리고 선재는 결혼 발표를 했죠. 그러니 연우 씨의 결혼에는 일정 부분 내 공도 있다는 걸 알아줬으면 해요."

연우는 조용히 나락으로 끌려들어가고 있었다. 비참한 것을 넘어, 자신이 소멸되어가는 느낌이었다.

"그래도 두 사람이 잘 살길 바랐는데, 생각대로는 되지 않은 모양이네요. 선재가 행복해지길 바랐는데 안타깝네요."

연우의 눈이 젖어 들어갔다. 강선재와 유사라, 두 사람의 인생에 소모품으로 사용된 느낌에 속이 욱신거렸다.

"일단은 갈게요. 내가 오래전에 선재에게 빌려준 음반이 있는데 그걸 가져가려고 왔어요. 선재가 너무 바쁜 것 같아서 그냥 물건만 찾아서 가려고 했는데 이렇게 만날 줄은 몰랐네요. 미안해요."

사라가 가뿐히 돌아서며 말했다. 그녀는 시종일관 당당했고 미안하다는 말조차 도도했다.

"아, 오늘 일로 선재를 너무 힘들게 하지는 말아줘요. 어쨌든 연우 씨는 늘 선재에게 감사해야 하는 사람이잖아요. 선재 덕분에 사모님이 되었으니까. 선재의 동정심 덕분에."

"……."

"훗. 그게 뭐라고. 그걸 받는 사람은 더 불쌍해질 뿐인데."

연우의 신경을 무참히 긁는 사라의 표현에도 연우는 입도 벙긋하지 못했다. 사라에게서 느끼는 연우의 열등감이 매순간 그대로 드러났다. 그래도 사라의 앞에서 눈물을 흘리지는 않았다. 마지막 남은 일말의 자존심 같은 것이었다.

"갈게요. 나중에 봐요."

참았던 눈물은 사라가 떠난 후에야 후드득 떨어져 내렸다.

그 일이 있은 후 연우는 굳이 결혼생활을 유지하려 애쓸 필요가 없다는 걸 알게 되었다. 그때부터 조용히 이혼을 준비하게 된 것이다. '다른 미래'를 겪기 이전의 이연우는 그랬다.

* * *

시간이 쏜살같이 흘러 크리스마스이브에 닿았다. 일주일 동안 연우와 선재는 서로의 일에 집중하며 시간을 보냈다. 일단은 선재가 너무 바빴고 연우 또한 학기의 막바지였기에 학교에서 머무는 시간이 많았다.

그래도 간간이 선재는 연우와 함께 시간을 보내고 싶었다. 그러나 어쩌된 일인지 연우가 자신을 피하는 것만 같았다. 피하는 것뿐 아니라 부쩍 말도 적어지고 표정도 안 좋아진 것 같다. 뭐가 문제인 걸까. 아버님 어머님 방문 때 방을 같이 쓰자고 너무 밀어붙여서 그러나?

'겁을 준 것처럼 되어버렸나?'

그녀가 겁먹길 원한 게 아니다. 아내가 원하지 않는 것을 강요할 생각은 조금도 없다. 어디까지나 그녀가 받아주는 선에서 요리조리 가능성을 시도해볼 뿐이다. 그녀 또한 그 정도는 유연한 사고를 갖고 있다고 생각했는데. 또 한 번, 자신이 너무 급했나 하는 생각을 하게 되었다. 그래도 오늘은 크리스마스이브인데. 함께 뭐라도 했으면 하는 마음으로 선재는 연우의 침실 쪽으로 향했다. 그리고 침실에 닿기도 전에 연우와 마주하게 되었다. 연우가 일찍 집을 나서게 된 것이다.

"아, 봉사활동 간다고 그랬나?"

"네."

선재의 질문에 연우가 건조하게 답했다. 그녀의 얼굴색을 확인한 선재는 다른 생각을 해보게 되었다. 여자는 한 달에 며칠은 몸이 좋지 않은 날이 있다. 그런 건 아니려나.

"안 가면 안 돼?"

선재가 그녀를 잡았다. 좀 쉬어야 하지 않을까 해서.

"요즘 너 계속 얼굴이 안 좋아."

"안 가면 안 돼요. 크리스마스 지나면 며칠 쉴 거라 괜찮아요. 선배나 신경 쓰세요."

다시 무심한 답변이 이어졌다.

"이연우."

그의 목소리 또한 이성적으로 가라앉았다.

"혹시 나한테 서운한 거 있어?"

이쯤 되니 그 역시 답답해진 것이다.

"그럼 그냥 말로 해. 난 말로 하지 않으면 몰라. 내가 스스로 깨닫길 바라지 마."

그녀에게 다소 냉정하게 들릴지라도 그는 꼭 말해야 했다. 무엇이든, 그녀가 속에 꽁하니 담아두지는 않았으면 했다.

"얘기할 마음이 생기면 연락해, 언제든지. 그리고 오늘 너무 무리하지 말고."

"······갈게요."

연우는 그 당부엔 대답 없이, 인사만 하고는 집을 나섰다.

울적함이 밀려왔다. 오늘은 배우 유사라가 원톱 주연으로 활약한 영화의 VIP 시사회가 열리는 날이었다. 그리고 시사회가 열린 건물의 근처에 위치한 호텔에서 크리스마스이브 디너파티가 이어진다는 것을 알고 있다. 남편은, 거기에 갈까. 사실은 그게 궁금했다.

하지만, '오늘 유사라 씨를 만나러 가나요?' 그 쉬운 말을 하지 못했다. '응'이라는 대답을 들을 자신이 없었다. 연우는 여전히 어른스럽지 못했다.

연우가 떠난 자리를 바라보며 선재는 한숨을 내쉬었다. 그녀가 악몽을 꾼 후 오늘에 이르기까지, 서먹서먹해진 적은 몇 번 있었지만 그래도 이유를 알 만한 뭔가가 있었다. 그런데 이번에는 그런 게 없었다. 여자를 쉽다, 어렵다로 생각해본 적이 없는데 이연우는 확실히 어려운 여자였다.

"혹시 크리스마스 선물 같은 걸 준비해야 되는 건가?"

드르르르. 생각에 잠겨 갸웃거리고 있는데 휴대폰 진동이 울렸다. 발신자는 유사라였다. 선재는 바로 전화를 받았다.

"어, 톱스타."

[톱스타는 무슨.]

"웬일이야? 바쁠 텐데."

[오늘 올 거지? 디너파티 말이야.]

선재는 그제야 일주일 전 사라가 전화를 걸어 했던 얘기가 떠올랐다. 오늘 VIP 시사회가 끝나고 디너파티가 있다고 했다. 사라는 선재에게 꼭 와야 한다고 당부했었다. 웬만하면 사라의 요청을 들어주겠지만, 오늘은 유사라에게만 특별한 날일 수가 없었다. 선재는 크리스마스이브 평계를 대기 전에 현실적인 말로 거절 의사를 밝혔다.

"글쎄. 연우가 몸이 안 좋은 것 같아서 나도 못 가지 싶은데."

[너, 연우 씨랑 같이 움직이는 사람이었어?]

"날이 날이니만큼."

그러나 사라는 포기하지 않았다.

[그럼 VIP 시사회는 올 거지?]

"음…… 그것도 모르겠다. 미안."

[안 돼. 꼭 와. 할 말이 있어. 중요한 말이라고.]

"얼마나 중요한 말이길래. 전화로 하면 안 돼?"

[안 돼. 디너파티는 못 와도 시사회라도 와. 꼭 와.]

사라는 최후통첩을 하는 사람처럼 단호하게 말하고는 전화를 끊었다.

연우가 학교 조교들과 봉사활동을 하기로 한 곳은 경기도의 한 보육원이었다. 성탄절을 맞이하여 보육원 아이들에게 선물을 나눠주고 식사를 준비하고 아이들과 함께 놀며 하루를 특별하게 보내는 것이었다.

"오늘 신랑이랑 뭐 하기로 했어?"

점심시간 후 설거지를 끝내고 강당으로 돌아가는 길, 함께 온 선배가 연우에게 물었다.

"크리스마스이브인데. 신랑이랑 뭐 하기로 했을 거 아니야."

"아…… 신랑은 크리스마스 때가 제일 바빠요."

"음, 그렇겠구나. 그건 좀 안타깝다. 그냥 평범한 연인들한테는 오늘이 제일 행복한 날일 텐데."

연우는 쓸쓸한 마음을 감추고서 웃어 보였다. 애써 잊으려 했던 것이 다시 떠올랐다. 남편이 유사라를 만나러 갈까, 가지 않을까. 망설이던 그녀는 선재에게 문자메시지를 보냈다. 그래도 조금은 용기를 내본 것이다.

―K호텔에서 디너파티가 있어요?

보내고 나서 약간 후회했다. 그러나 후회가 길어지기 전에 답문이 왔다.

―응. 가고 싶어?

그의 마음을 읽을 수는 없는 문자였다. 연우는 쌀쌀맞게 메시지를 보냈다.

―아뇨. 혼자 다녀오세요.

─네가 안 가는데 내가 왜 가.

또한 답문도 곧장 왔다. 거기에다가 그녀가 원하던 내용도 들어 있었다. 다행스러운 마음 반, 그리고 무거운 마음 반이 함께 자리했다. 또한 궁금증 하나가 더 생길 수밖에 없었다. '그럼 VIP 시사회는요? 갈 거예요?' 그걸 물어보고 싶은데 두 번째는 용기가 나지 않았다. 집착하는 여자처럼 보이고 싶지 않아서. 또한 간절히 바랐다. 내가 가지 말라고 직접 말하지 않아도, 남편이 스스로 가지 않았으면 좋겠다. 말로 하지 않으면 모르겠지만, 그래도 그 정도는 알아줬으면 한다. 부디.

하지만 금방 마음을 접었다. '그래도 그럴 수는 없겠지. 일 때문에라도 만날 수밖에 없겠지.' 오늘 시사회가 열리는 영화는 제이그룹이 PPL 협찬을 했다고 알고 있다. 그러니 연우는 가지 말라는 말도 함부로 할 수 없다. 체념하기가 무섭게 문자메시지가 도착했다.

─영화 시사회 갈래? 사라가 나온 영화야.

"후우."

어쩔 수 없는 거구나. 연우는 답문을 보내지 않은 채 휴대폰을 주머니에 넣었다.

시사회가 열리는 시각은 5시. 디너파티는 8시. 차라리 같이 간다고 하는 게 나았으려나 하는 생각이 들었다. 과거로 돌아와 새 인생을 산다고 생각했건만, 이런 상황에서는 회귀한 의미도 없이 소심한 성격이 그대로 나온다.

"지금쯤 영화 보고 있겠네."

집에 돌아온 연우는 오늘따라 더욱 공허하게만 보이는 커다란 집에
작은 혼잣말을 통, 떨어뜨렸다.

치. 영화 재미없었으면 좋겠다.

하지만 영화가 재미없으면 영화에 투자한 제이그룹도 손해를 본다
는 생각에 나쁜 마음을 또 금방 집어넣었다.

"산타 할아버지, 잘못했습니다. 나쁜 생각 안 해요."

반성의 순간에 현관 쪽에서 소리가 들렸다. 연우는 흠칫 현관 쪽으
로 고개를 돌렸다. 놀랍게도 현관문이 열리고 모습을 드러낸 사람은
선재였다.

"하아, 와 있었네. 언제 왔어?"

양손 가득 뭘 든 채, 힘겹게 문을 열고 들어온 선재는 연우를 발견하
곤 반갑게 물었다.

"시사회 안 갔어요?"

"내가 거기 간다고 했어?"

얼떨떨하여 조심스럽게 묻는 연우에게 선재가 고개를 갸웃거리며
되물었다. 선재는 연우에게 시사회에 간다는 말을 한 적이 없었다.

"아까 나한테 갈 거냐고 물었잖아요."

"그건 너 갈 거냐고 물어본 거지. 더 일찍 올걸. 기분은 괜찮아?"

오로지 그의 관심은 그녀의 기분상태. 이 사람이 날 중요하게 생각
해주고 있어. 그 낯선 추측이 가슴을 울렁거리게 한다. 그런데 이상하
게도, 조금의 미소를 보여도 되건만 그가 끌고 들어온 향이 신경 쓰여
그녀는 표정을 풀지 못했다. 연우의 눈길이 그의 등 뒤로 뻗어갔다. 그
가 약간의 미소를 머금고서 뒷짐 진 손을 내밀었다. 선물이 있었다.

"이거."

"뭐예요?"

"선물이잖아. 그냥 예뻐서 샀어. 네 생각 나서."

그것을 내려다보는 그녀의 심장이 저 나락으로 떨어져 내린다.

꽃다발. 분홍색 장미 꽃다발.

금세 주변을 장악한 장미향이 그녀의 처참한 기억을 건드린다. 꽃다발을 바라보는 그녀의 표정이 어두워지자 선재는 불안해졌다.

"왜 그래…… 무슨 안 좋은 일 있었어?"

"왜 분홍색이에요?"

상냥한 질문 뒤에 이어진 그녀의 음성에 눅진한 울음이 섞여들었다.

"내가 분홍색 장미 얼마나 싫어하는데."

그녀의 커다란 눈에 꽃잎같이 큼지막하게 고여 있던 눈물이 기다릴 새도 없이 뚝뚝 떨어져 내렸다. 선재는 당황하게 되었다. 의외였다. 아내가 몸이 좋지 않은 것 같으니, 게다가 봉사활동까지 했으니 피곤하리라 판단하여 크리스마스는 집에서 보내야겠다고 생각했다. 그런 마음으로 집에 오는 길. 빈손으로 가기는 아쉬운 생각에 케이크와 꽃을 샀다. 꽃집을 찾아가 예쁜 꽃으로 달라고 했다. 케이크의 디자인이 크리스마스 분위기가 물씬 나서 꽃은 좀 다른 특별함이 있었으면 했다. 플로리스트에게, '크리스마스라서 주는 선물인 건 맞는데, 꼭 크리스마스라서 주는 선물처럼 보이지만은 않았으면 좋겠네요'라고, 모호한 주문을 했다. 그렇게 고심하여 받은 꽃다발이 이것이었다. 플로리스트는 '분홍색 장미 싫어하는 사람이 어디 있어요' 하는 사족을 덧붙였다. 그러나 세상을 한결같이 생각하면 안 되는 거였다.

"분홍색 장미가 세상에서 제일 싫다고!"

그걸 싫어하는 사람도 있을 수 있다. 그녀가 이토록 분홍색 장미를 싫어하는 줄 몰랐기에 선재는 너무나도 당황스러웠다. 빽 소리를 지른 연우는 두 손을 들어 우는 얼굴을 감추었다. 당황스러워 잠깐 명한 상태였던 선재는 그녀의 앞에 내밀었던 꽃다발을 냉큼 뒤로 팽개쳤다. 그리고 한 걸음 앞으로 나아가 연우를 끌어안아 토닥였다. 그의 품안에서, 그녀가 소리를 내며 울었다. 엉엉엉.

"미안. 몰랐어."

제 실수에 대해 할 수 있는 게 아무것도 없었다. 시간을 돌릴 수만 있다면 억만금을 들여서라도 그렇게 할 텐데, 시간을 돈 주고 살 수도 없다는 것이 한스러웠다. 실수를 되돌릴 수 있는 방법 또한 떠오르지 않았다.

"버리자. 버릴게. 울지 마."

"어떻게 그걸 버려요. 돈 주고 사 온 걸. 십만 원은 하겠네."

그의 품에 파묻힌 연우는 앙탈을 부리듯 따졌다.

"그럼 바꾸자."

그의 상냥한 목소리가 그녀의 세계에 스민다.

"바꾸러 가자. 당장."

연우는 울음을 그칠 수가 없었다.

분홍색 장미가 얼마나 예쁜데. 손에 안아 들면 마음에 꽃물 드는 것처럼 봄이 피어나는데. 그런데 그 꽃이 이젠 세상에서 제일 싫어. 당신때문에. 나도 당신이 선물한 장미를 기쁘게 안아들고서 고맙다 말하며 좋아하고 싶은데. 이젠 그럴 수가 없어. 어두운 곳에서 들려오는 이명이 있어. 결국 너는 분홍색 장미 앞에서 울게 될 거야. 결국 너는 그와 멀어지게 되고 이혼을 하게 되고, 결국 너는 그를 다시 또 떠나보내게 될 거야.

"내가 몰라서 그랬어. 네가 좋아하는 걸로 바꾸자."

그녀의 심연에서 들려오는 이명을 누르며 선재가 차분한 목소리로 속삭인다. 아름다운 것들이 모두 아프다. 다시 돌아온 과거는 두 번째로 반복되는 아픈 꿈 같은 걸까. 그때의 나는, 이혼을 결심했던 나는, 내가 살아가기 위해 당신을 나쁜 사람으로 만들어야 했어. 당신을 미워했었어. 많이 원망했었어. 그런데 이젠…… 당신이 나에 대해 아는 것이 아무것도 없다고 해도 괜찮아. 당신이 내게 많은 것을 숨기고 유사라만 의지하고 있다고 해도, 그래도 괜찮아. 이젠 당신을 미워할 수가 없게 되었다.

미안해. 당신에게 욕심 부려서 미안해. 이상한 투정을 부려서 너무 미안해. 이제 그냥, 소원은 하나야. 당신이 애틋하고 애틋해서. 그저 살았으면 좋겠어. 건강하게. 그저 당신이 살아 있는 세상에서 살고 싶을 뿐이야.

사연에 닿다

연우가 뜻밖에도 너무 펑펑 울어서 선재는 그녀가 쓰러지지는 않을까 걱정되었다. 탈수현상이 오는 듯 연우는 몇 번 비틀거리면서도 굳이 꽃다발을 바꾸러 가는 길에 따라나섰다.

"죄송합니다만 꽃다발을 바꿔야 할 것 같네요. 아내가 분홍색 장미를 싫어해서요."

꽃집을 다시 찾은 선재는 플로리스트에게 당당히 요구했다. '분홍색 장미 싫어하는 사람이 어디 있어요'라고 말해 자신을 안심시켰던 플로리스트가 밉기도 했다.

"네? 꽃다발을 바꾼다고요? 하하⋯⋯."

분홍색 장미가 싫어서 꽃다발을 바꾼다는 고객은 처음이었기에 플로리스트도 당황한 표정을 보였다. 하지만 선재의 살벌한 눈빛에 꼼짝하지 못했다.

"그럼 다른 걸 한번 보시겠어요⋯⋯."

"여보. 마음에 드는 걸로 골라봐."

자신을 바라볼 때에는 냉각기라도 장착한 사람처럼 냉기를 내뿜던 사람이 세상 따뜻한 어조로 아내에게 말을 건네자 플로리스트는 소름이 쫙 끼쳤다. 그런데 아내는 더 독특했다. 크리스마스이브에 꽃집에 와서, 꽃을 고르라고 했더니 다육식물을 보고 있는 여인.

"다육식물은 잘 자라죠? 번식도 잘한다고 들은 것 같은데."

"네. 다 잘 자라기는 하는데요. 제일 번식력이 좋은 건 이거예요."

연우의 취향을 파악한 플로리스트는 냉큼 연우의 곁으로 가서 다육식물을 소개했다.

"'프리티'라는 이름을 가진 종인데요. 잎꽂이를 잘해요. 토양에 잎만 꽂아놔도 금세 커져요. 생명력이 대단하죠."

"이걸로 할게요."

거침없는 결단력에 플로리스트는 더욱 맹한 표정이 되었다.

"바꾸러 와서 죄송해요. 이게 꽃다발보다는 저렴할 것 같은데, 돈을 더 드려야 될까요?"

꽃다발은 십이만 원, 연우가 든 다육식물은 일만 오천 원이었다. 그야말로 화분값이 다라고도 할 수 있는 크기였는데, 이 여인은 꽃다발을 다육식물 화분으로 바꾸겠다고 한다. 꽃집의 입장에서도 손해될 것은 없는데 플로리스트는 기분이 묘했다.

"아뇨…… 괜찮습니다, 손님. 제가 돈을 드려야 할 것 같은데…….."

"저도 괜찮아요. 이미 사 간 것을 바꾼다고 와서 죄송하죠. 하지만 분홍색 장미는 정말 너무 싫어서요."

"하지만 그래도 가격이 너무 차이 나는데…….."

"정말 괜찮아요. 꽃다발 값을 돌려받으면 의미가 없어요. 꼭 바꾸는 거여야 돼요."

연우의 이상한 주장에 플로리스트는 아리송했다. 그러나 어쨌든 꽃집에 득이 되는 일이었기에 거기에서 타협을 끝냈다. 이렇게, 크리스마스이브의 밤나들이는 '꽃다발 바꾸기'가 되었다. 꽃집에서 분홍색 장미를 다육식물로 바꿔 나온 연우를 차에 앉힌 선재가 물었다.

"이제 좀 기분이 풀려?"

"아뇨."

그러나 아내의 기분은 좀처럼 나아지질 않는 모양이다.

"선배가 분홍색 장미를 사 온 시점에서 이미 잘못된 거예요."

"알았어. 앞으로 꽃을 살 때는 꼭 물어볼게."

"분홍색 장미만 아니면 되는데요, 뭐."

"그러면서 왜 열 배 가까이 가격 차이가 나는 다육식물로 바꾼 건데. 더 예쁜 꽃으로 바꾸지."

이 추궁에는 대답하지 않는다. 아내는 질문을 취사선택하여 마음에 드는 것에만 반응할 생각인 모양이다. 잠시 대화가 끊어진 후, 그녀는 조심스레 목소리를 냈다.

"오늘 시사회 안 갔어요?"

"응."

"왜요?"

"왜라니. 나 혼자 거길 무슨 재미로 가."

"그래도 선배 절친이 찍은 영화잖아요."

"그게 너보다 중요하진 않아."

연우는 그의 옆모습을 빤히 바라보다가 고개를 반대편으로 돌렸다.

"왜?"

"아니에요."

그녀의 목소리가 다시 작아졌다.

그 후로 연우는 정말로 아팠다. 감기 기운이 있었던 데다가 이틀 이어진 봉사활동이 몸에 더욱 무리를 주었다. 하지만 몸에 가장 무리를 준 것은 역시 분홍색 장미였다. 선재에게서 분홍색 장미를 받은 후 연우는 불안이 심해져 잠이 잘 오지 않았다. 나흘을 꼬박 앓다가 일어난 연우는 가장 먼저 맥주를 찾았다. 술은 그녀에게 수면제와 같은 거였다. 그런데, 때마침 퇴근을 하고 집으로 돌아온 선재에게 현장을 발각당하고 말았다. 그는 냉장고에서 맥주캔을 꺼내는 연우를 보며 소리쳤다.

"야, 너!"

눈에 불을 켜고 달려온 선재가 연우에게서 맥주캔을 빼앗았다.

"몸도 안 좋다는 애가 왜 맥주에 손을 대."

"잠이 안 와서요."

"그래도 안 돼."

선재는 부리나케 맥주캔을 다시 냉장고에 넣었다. 연우는 억울했다.

"그리고 감기약도 끊었다고요."

"안 돼."

선재는 피도 눈물도 없이 단호했다. 연우는 원망의 눈초리로 선재를 쳐다보다가 핑 토라져 떠나버렸다.

금주령이 풀린 건 한 해의 마지막 날이 되어서였다. 이제 연우는 꼭 잠들기 위해서가 아니라, 맥주가 그리워 원하는 처지가 되었다.

'오늘은 기필코 마시고 말리라. 선배 따위의 말은 듣지 않겠어.'

단단히 결심했으나 냉장고 문을 연 순간 선재와 눈이 마주치자 또

간담이 서늘해지는 연우였다. 저벅저벅 다가온 선재는 커다란 손으로 연우의 이마를 덥석 감쌌다.

"아직 열 있는 것 같은데?"

"원래 기초체온이 좀 높아요."

미열이야 있겠지만 그건 맥주 금단증상일 뿐이다.

"원래 내가 좀 더 열이 많지 않나?"

"그래도 난 마실 거예요."

이제 아무도 날 막을 수 없어! 눈을 부릅뜨며 맥주캔을 향해 손을 내뻗었다. 그러나 더 키가 큰 선재가 먼저 맥주캔을 잡았다. 그러고선 슬쩍 보여주는 악마의 미소. 아, 강선재 진짜 싫어. 내가 편의점에 가서 사 먹고 만다. 연우는 핑 돌아서버렸다.

"왜, 안 마셔?"

"사다 먹을 거예요."

그제야 그는 맥주캔을 건넨다.

"자."

그녀는 캔을 받아들며 그를 향해 눈을 흘겼다.

"사람이 건강해야지."

아무래도 이 남자는 그간 그녀가 건강 확인을 해왔던 것에 대해 앙갚음을 하려는 것 같다. 너도 건강 간섭당하니까 귀찮지? 약 오르지? 하고, 비웃는 것만 같았다. 속이 꼬인 연우는 새침하게 그에게서 떠나며 거실로 가 TV를 켰다.

"나랑 마시려던 거 아니었어?"

제 몫의 맥주캔 하나를 들고서 다가온 그가 물었다.

"아닌데요. 저는 꿀잠 자려고 마시는 건데요."

TV 속의 세상에서는 연말 가요대제전이 한창이다. 남자 아이돌들의 파워풀한 춤에 그나마 좀 토라진 마음이 씻겨 내려가는 듯했다. 그녀가 혼자 맥주를 홀짝이며 TV에만 집중하여 선재는 조금 서운해졌다. 오늘은 12월 31일. 한 해를 마무리하는 날인데, 그리고 집에서 처음으로 같이 맥주를 마시게 되었는데, 너는 나보다 TV가 먼저란 말이냐.

"꿀잠 잔다며."

"오빠들이랑 새해맞이 할 거예요."

거기에 뭐? 오빠? 선재는 기가 막혔다. 눈앞에 있는 진짜 오빠한테는 오빠라는 말 한 번 안 해주면서 파릇파릇한 남동생들한테 남사스럽게 오빠라니. 열이 훅 올라온 선재는 리모컨을 가져가 채널을 돌려버렸다. 많은 인파가 모인 보신각 현장이었다.

"허."

연우의 눈에서 불꽃이 튀었다.

"이제 조금 있으면 새핸데, 보신각 종 치는 걸 봐야지."

방금 오빠 대접을 해주고 싶은 멋진 아이돌 동생이 맨살의 등판을 보여줬는데! 이건 도둑질이다. 내 시각적 즐거움을 빼앗았어. 다시 냉큼 리모컨을 빼앗아 원래 채널로 돌렸지만 이미 눈에 좋은 장면은 지나가버린 후다.

"선배가 지금 무슨 짓을 한 건지 알아요?"

그의 콧방귀에 연우는 더욱 약이 올랐다.

"그리고 완전 옛날 사람! 완전 구려요!"

"뭐? 옛날…… 뭐?"

"옛날 사람이요!"

"내가 왜?"

"여기 잘생긴 오빠들이 가득한데 누가 보신각 종 치는 거나 TV로 보고 있나요?"

"거기 네 오빠가 몇이나 되겠나 좀 세어봐라."

선재는 '오빠'라는 말에 잠시 열 받았지만 냉정한 목소리로 현실을 직시해주었다.

"그리고, 너랑 나랑 다섯 살밖에 차이 안 나. 내가 옛날 사람이면 너도 똑같은 거야."

하지만 연우도 지지 않는다.

"설마요. 다섯 살이면 한참 옛날 사람이죠. 초중고 십이 년을 통틀어서 딱 일 년만 동일 집단이었단 소린데. 그것도 내가 꼬꼬마 초 1때 선배는 늙다리 6학년."

이럴 때는 말실수도 없이 또박또박 말도 잘하지. 얄밉게도.

"거기다가 나는 아직 새파란 이십 대고 선배는 노화가 진행되는 삼십 대죠."

"넌 나이 안 먹을 것 같아? 네 이십 대도 다 한때야."

"그래도 선배보다는 다섯 살 젊네요. 평생."

"어린 게 자랑이야?"

"당연히 자랑이죠."

이제 오 분 뒤면 새해가 시작되는 시점에, 이 두 사람은 서로의 나이를 가지고 옥신각신하기 바쁘다.

"넌 그래서 나보다 오 년 더 못 배운 사람인 거야. 너 초등학교 들어가서 가나다라 배울 때 나는 xy방정식 배웠다고."

"저 초등학교 들어가서 가나다라 배운 거 아닌데요. 한글은 다섯 살 때 뗐는데요."

"그래도 나보다 어리잖아."

"어린 거 빼고 뭐가 선배보다 못한데요? 내가 감정도 더 풍부하고 공감 능력도 뛰어나고 배운 거 잘 써먹고, 선배보다 떨어지는 건 돈 없는 것밖에 없는 거 같은데? 만약에, 내가 선배 같은 상속녀였다면 내가 더 훌륭한 경영인이 됐을 것 같은데요?"

"만약이라고 너무 함부로 말하신다."

"진심인데요? 멍석 깔아주면 누가 못 해요."

이제 아무리 눈에 힘을 주어도 아내는 기죽지 않는다.

"너 진짜 많이 컸다? 옛날에는 내 앞에서 웃지도 못했으면서."

"지금도 웃음은 안 나오네요!"

연우의 악다구니를 끝으로 감정이 상한 두 사람은 잠시 휴전상태가 되었다. 어느새 춤추던 아이돌들도 춤을 멈추었다. 채널을 가지고 싸울 것도 없이 가요대제전 도중에 보신각의 풍경을 생중계로 연결하여 보여준다. 그리고 보신각의 사람들과 가요대제전의 사람들이 다 함께 한마음 한뜻으로 카운트다운.

"십! 구! 팔! 칠! 육! 오!"

두 사람의 시선이 은근슬쩍 TV 쪽으로 향한다.

"사! 삼! 이! 일!"

와아아아아아! TV 밖으로 터져나가는 함성이 시끄럽다. 데엥! 보신각의 종소리가 온몸을 전율시키듯 묵직한 소리로 울리며 새해의 시작을 알렸다. 그리고 두 사람은 뻘쭘해졌다. 새해 인사는 해야겠는데 상황은 어색하고. 그렇게 몇 초의 시간이 힘겹게 지난 후.

"새해 복 많이 받……."

눈치를 보던 두 사람의 입에서 결국 동시에 같은 말이 나왔다.

"픕."

또한 동시에 웃음을 터트렸다.

"새해 복 많이 받아."

"선배도요. 새해 복 많이 받으세요."

불과 오 분 전까지 이어졌던 유치한 말다툼은 이렇듯 금방 잊힌다. 선재가 먼저 쿨하게 팔을 내밀었다.

"이리 와. 안아줄게."

하지만 연우는 도도하게 거절한다.

"선배가 오세요. 내가 안아줄 테니까."

그래. 네가 그렇게 나온다면 꽁꽁 못 움직이게 안아줄 테다. 선재는 기다림 없이 직진하여 연우를 품에 집어넣듯이 꼬옥 안았다. 둥둥둥. 선재의 심장 소리에 파묻힌 연우 또한 만족스럽게 미소 지었다. 올해의 특명은 이 심장 소리를 지켜내는 것이다.

벅찬 마음이 한가득할 때, 심장 소리 못지않게 저 멀리서 몸부림을 치는 휴대폰 진동 소리가 있다. 연우의 휴대폰 문자인 것 같은데, 연우는 바로 확인을 하러 가고 싶지 않아졌다. 그래도 타이밍상 지금 그에게서 몸을 떼고 휴대폰을 확인해야 하는데.

"가지 마. 나중에 봐도 되잖아."

다행히도 선재가 그녀를 안은 팔에 더욱 힘을 주었다. 못 빠져나가게. 선재 역시 그녀를 놓기가 싫었던 것이다. 게다가 문자는 뻔했다. 새해 복 많이 받으라는 말들이겠지. 또한 신희진 놈도 한마디 했을 거라고 예측해볼 수 있겠다. 그 녀석에게 밀리고 싶지 않아.

"적어도 말이야. 남자 중에선 나랑 제일 친한 걸로 해."

생각이 거기에 이른 선재는 솔직한 바람을 털어놓았다.

"선배도요. 여자 중에선 저랑 제일 친한 걸로 해요."

"난 처음부터 그랬어."

"거짓말."

"거짓말 아니야."

그는 아주 단호했다. 순간 선재에게도 전화가 걸려왔다. 문자메시지가 아니라 전화였다. 여전히 두 사람은 포옹을 풀지 않은 어정쩡한 상태. 연우가 조심스레 물었다.

"전화 안 받아요?"

"안 받아. 절대 안 받아. 유사라일 거야. 뻔해."

선재는 귀찮은 듯 말했다.

"걔는 꼭 그렇게 눈치가 없어."

불평하는 그의 말투는 꼭, 귀찮은 여동생의 험담을 하는 사람 같았다. 연우는, 여전히 또렷하게 남아 있는 기억 속의 유사라를 생각했다. 자신이 연우보다 강선재를 더 잘 알고 있다고 당당하게 말했던 유사라. 그게, 진짜였을까 하는 생각을 그제야 하게 되었다.

내가 스스로에게 자신감이 없어 물러났던 시간. 유사라는 그런 내 마음을 이용한 건 아닐까? 궁지에 몰렸던 내가 너무 쉽게 유사라의 말을 믿어버린 건 아닐까?

상념이 흐르는 중에 그가 물었다.

"올해 계획한 일 있어?"

"네."

"무슨 계획?"

"올해를 무사히 보내는 거요."

"음. 아무 계획이 없구나."

헐. 그 지적에 빈정 상한 연우가 그의 품에서 빠져나와 입술을 샐쭉
거렸다.

"선배는 날 너무 무시하네요."

내 깊은 뜻을 이 남자는 영원히 모르겠지. 영원히. 영원히. 하지만
괜찮다. 영원히 몰라도 된다. 그저 올해를 무사히 넘길 수만 있다면.

"내일은 뭐 할 거야?"

"일단 남산에 가서 일출을 좀 보려고요."

"일출을 본다고?"

"네."

태양신께 긴히 부탁할 생각이다. 사고무탈. 어떤 신이라도 붙들고
부탁하고 싶은 것이었다.

"꼭 남산에 가야 돼?"

"다른 좋은 장소여도 상관없긴 한데 남산에 가보고 싶었어요. 얼마
전에는 바다 위에 가봤으니까 이번엔 산 위로 올라가야죠. 선배도 가
실래요?"

"내일 사람 정말 많을 텐데."

"세상 사람들이 얼마나 부지런한지 확인할 수 있는 날이죠."

"사람들한테 깔려 죽겠다."

"정초부터 어떻게 죽는다는 얘길 해요! 재수 없게!"

특정 어휘에 예민한 연우가 버럭 소리를 질렀다.

"가기 싫으면 그냥 안 가면 되지. 그런 얘기 하는 거 아니에요."

"내가 언제 안 간다고 그랬냐!"

자신을 남산에 가기 싫은 사람으로 몰아버리는 연우의 언변에 억울
해진 선재가 따졌다.

"따지지 좀 마요! 정초부터!"

연우는 그런 선재를 한 번 더 타박했다. 올해도 시끄러운 한 해가 될 것 같다.

다음 날 새벽 6시. 어제 맥주를 마신 덕에 오랜만에 꿀잠을 잔 연우는 가뿐히 일어나 나갈 채비를 하고 거실로 나왔다. 창가에 놓인 화분의 다육식물들이 뽀송뽀송하게 그녀를 반겼다.

"프리티들아. 잘 잤어? 엄마는 등산 좀 갔다 올게."

분홍색 장미 대신 얻은, 번식력 짱에 생명력 짱인 아이들. 이름도 예쁜 프리티들. 올해 말에는 이 녀석들이 왕성하게 번식하여 밭을 이뤘으면 좋겠다.

"아빠는 자나보다. 너희들은 아빠처럼 크면 안 된다."

"내가 걔네들 아빠야?"

그때, 그녀의 독백을 비웃으며 저편 복도에서 선재가 등장했다. 두툼한 점퍼에 목도리까지 두른 그는 완전무장을 하고 나온 상태였다. 연우가 눈을 슴벅거리며 물었다.

"왜 나왔어요?"

"일출 보러 간다며."

"진짜 가려고요?"

"그냥 해본 말이었어? 너 안 가면 나도 안 가고."

"저야 갈 거지만……."

"그럼 가자. 사람이 얼마나 많은지 확인해 봐야지."

시크하기 짝이 없는 목소리로 그가 말했다. 굳이 따라나서지 않아도 괜찮은데. 왠지 선재가 등산을 하다가 짜증을 낼 것 같아 불안해지는 연우였다. 그런 연우의 속을 헤아리지 못한 채로, 선재는 다육식물 프리티를 내려다보며 히죽 웃어 보인다.

"이 번식력 좋은 애들이 내 애들이야? 아들이야, 딸이야?"

'아빠는 자나보다'라고 했던 그녀의 귀여운 대화를 들은 것이다. 그러나 연우는 정색을 하고는 식물에게 말한다.

"애들아. 부사장님 나오셨어. 인사드려."

"그럼 애네들 아빠는 누군데."

"태양신이죠."

"……."

"애들아. 엄마는 등산 가서 아빠 만나고 올게."

끝까지 모노드라마의 여주인공 행세를 하는 연우의 엉뚱함에 선재는 거듭 웃고 말았다.

아직 어둑한 새벽. 선재의 차가 남산 아랫자락의 극장에 닿았다. 역시 사람들이 많았다. 다들 새해 첫 일출을 보기 위해 집을 나선 것이다. '남산 N타워'라고 쓰인 이정표를 확인한 선재가 인파를 뚫고서 오르막길로 돌진하려는데 연우가 큰 소리로 막았다.

"안 돼요! 저쪽으로 가요. 뒤로 가서 주차해야죠."

"차 없이 가라고?"

"저기 안 보여요? 여기부터는 개인차량 통제구역이에요."

연우의 손이 가리키는 곳엔 '개인차량 통행금지'라는 팻말이 붙어 있었다. 하지만 선재는 아랑곳없이 움직였다. 이 날씨에 차를 놓고 갈 수는 없었다. 나는 괜찮다 하더라도 내 아내는 안 된다. 감기가 나은 지 얼마 되지도 않았는데. 돌진하려는 선재를 연우가 거듭 만류했다.

"미쳤어요? 왜 가요! 자가용 출입금지라니까!"

"관계자 매수하면 돼."

"아우 참! 큰일 날 소리! 빨랑 차 돌려요!"

식겁한 연우는 빽 소리를 질렀다.

"선배가 뭔데 남산의 질서를 무너뜨려요! 빨리 저쪽으로 주차해요!"

선배가 뭔데. 그 지적에 선재는 괜히 서러워지고.

"걸어가기 힘드시면 그냥 가도 돼요. 나 혼자 다녀올게요."

"됐어."

남편의 깊은 마음도 이해 못 하고, 그녀는 혼자 다녀오겠다고 한다. 선재는 연우의 말을 볼멘소리로 받아치고는 차를 돌렸다. 오르막길과 가까운 극장 주차장에 차를 댄 선재는 연우의 손을 잡고 움직였다. 연우는 점점 사위가 밝아지는 듯하자 마음이 급해졌다.

"벌써 어스름하게 빛이 보이네. 빨리 가야 될 것 같은데. 우리 버스 타고 가요."

마침 버스 승차장이 보였다. 한 차례 버스가 지나간 뒤라 기다리는 사람들은 얼마 없었다. 선재는 눈이 멍해졌다. 새해 아침부터 왠지 정신이 하나도 없었다.

"버스 탈 줄 모르죠?"

그가 맹하니 있으니 연우가 놀리듯 물었다.

"내가 바보인 줄 알아?"

"교통카드는 있어요?"

"……없어. 교통카드. 놓고 왔네."

교통카드를 써본 적 없는 선재는 능청스럽게 시치미를 떼었다.

"보고 배우세요."

픽 웃은 연우는 그의 손을 잡아끌어 마침 다가오는 버스를 탔다.

"두 명이에요."

연우가 운전기사에게 말하니 기사가 기기를 만졌고 연우는 휴대폰을 기기에 능숙하게 갖다 댔다. '다인승입니다' 하며 기기에서 소리가 났다. 난생처음 타보는 시내버스가 어색하여 뻣뻣하게 움직이는 그를 연우가 다시 잡아끌었다. 연우는 꼬꼬마를 어르듯 선재를 버스 뒷자리 빈 좌석으로 데려와 앉혔다. 그리고 자신도 그 옆에 앉았다. 선재는 엄마를 잃어버릴까 두려워하는 아이처럼, 그녀의 손을 꼭 잡았다.

내가 얘기했던가? 너에게만 처음이 많은 게 아니야. 내게도 너와 함께하는 시간은 온통 처음이다. 또 새로운 처음을 향해 가는 선재의 심장이 간질간질 뛰었다.

버스에서 내리니 눈앞은 요란한 풍경이다. 버스로 이동하는 사이에 조금 더 밝아진 세상엔 사람들이 가득했다. 케이블카 매표소에서 보았던 사람들의 수와는 비교도 할 수가 없다. 자칫하면 연우를 잃어버릴 수도 있다는 생각에 선재는 연우를 잡은 손에 더 힘을 주게 되었다.

"손 놓치지 마."

연우에게도 당부했다. 어쩜 이렇게 다들 부지런할까. 이 추위에. 제법 바람이 거세어 사람들은 바들바들 떨면서도 뭐가 그렇게 좋은지 밝게 상기된 얼굴들이다.

"선배, 저쪽이에요."

연우가 사람들의 눈이 향하는 방향을 가리켰다. 일출 직전인 모양이었다. 하늘이, 눈이 시리도록 붉다. 빌딩들과 산이 이루는 짙은 회색의 선 뒤편에 붉은 해가 자리하고 있다는 걸 짐작할 수 있었다.

그녀는 해가 떠오르길 기다리는데, 그는 그녀를 바라보고 있었다. 뭐가 마음에 들지 않는 듯 그가 미간을 찌푸리자 연우도 뒤늦게 선재를 바라보며 눈을 끔뻑거리다가 멋쩍은 듯 코를 스윽 닦고 웃었다. 자그마한 웃음과 함께 입김이 퐁 나와 공기 중으로 흩어졌다. 그 미소에도 가만히 바라보기만 하던 선재는 제 목도리를 거두어 연우의 목에 걸었다.

"아, 저는 괜찮습니다! 안 추워요!"

"콧물은 집어넣고 얘기해라."

"큼큼. 아니에요! 저보다는 선배가 더 따뜻해야……."

선재는 연우의 사양에도 아랑곳없이 목도리를 연우의 목에 돌돌 감았다. 이게 아닌데. 연우는 난감했다.

"선배가 건강해야……."

"말 좀 들어."

아닌데…….

"난 건강해."

선재는 그것으로도 마음이 내키지 않는지 이번에는 점퍼의 지퍼를 쓰윽 내렸다. 그가 무엇을 하려 하는지 짐작한 연우가 그의 옷자락을 잡고 만류했다.

"아니아니, 목도리면 됐어요!"

"나도 괜찮아."

그는 점퍼의 한쪽 팔을 쉽게 뺐다.

"어휴. 오바 좀 하지 말라고요!"

연우는 씩씩거리며 선재의 점퍼를 다시 제대로 입혔다. 두 사람이 서로의 건강을 염려하느라 옥신각신하는 사이에 누군가 '뜬다, 뜬다!' 하고 외쳤다. 하늘이 붉은 핏기운을 가득 담고 일렁였다. 그 가운데에서 노란 불덩어리 같은 해가 빼꼼 고개를 내밀었다. '와아아!' 저마다 새해 첫 해를 반기며 소리를 질렀다. 연우는 해를 바라보다가 저도 모르게 쓰으읍, 하며 추위를 이겨내는 숨소리를 냈다. 그 숨소리가 나기 무섭게 등 뒤에 벽이 하나 생겼다. 제 점퍼를 열고서 다가온 선재가 그녀의 등 뒤에서 그녀를 감싸 안은 것이었다. 예고 없이 찾아든 남편의 체온과 점퍼의 폭신함에 감싸인 연우의 마음은 하늘처럼 일렁거렸다.

"네가 추울까봐 해주는 거야."

"정말 괜찮은데요."

"시끄러. 움직이면 바람 들어. 가만히 있어."

그의 말에서 낭만 따위를 찾을 수는 없었지만 세상이 온통 감격스러웠기에, 연우는 몸이 둥실 떠오르는 기분이었다.

해가 떠오른다. 빨갛게 세상을 물들이며. 한데 뭉쳐져 있던 짙은 회색의 세상도 점차 제 빛을 내기 시작했다. 감상에 젖은 연우가 코를 훌쩍이며 말했다.

"해가 사탕 같아요."

"그래. 맛있겠네."

어후. 저 영혼 없는 말투. 연우는 구시렁거렸다.

"사탕 싫어하신다는 양반이."

"뭐?"

"아닙니다."

해는 고개를 내민 지 얼마 지나지도 않아 불쑥 온몸을 드러냈다. 저렇게 작은데도 너무나 강렬하여 눈을 감아도 잔상이 남는다. 눈꺼풀 뒤에서 눈동자에 박혔던 태양은 녹색점이 되었다. 연우는 그녀의 어깨를 감싸고 있는 그의 손등 위에 제 손을 올렸다. 연우가 그의 손등에 손을 올리기가 무섭게 선재가 그녀의 손을 제 손 안쪽으로 쏙 감싸버린다. 손 안쪽의 공기는 그의 체온만큼이나 따스했다. 주책맞게도 덜컥 울음이 차올랐다.

봐. 과거에 네가 놓친 하늘이 어떤 색이었는지. 이 사람은 어떤 사람이었는지. 네가 알려고 하지 않았던 것들이 얼마나 아름다운 것이었는지, 잘 봐둬. 다시는 잊지 않도록.

연우는 마음의 셔터를 몇 번 눌렀다. 마음에 고여 있던 것들이 그의 손등으로 반짝반짝 떨어져 내리며 제 존재를 알렸다.

"울어?"

눈물을 인지한 그가 포옹을 풀고 그녀의 앞으로 얼굴을 내밀었다. 그가 또 난감할세라 연우는 재빠르게 상황을 수습했다.

"아니, 이건 슬퍼서 그러는 게 아니고요."

"그럼 뚝 해! 얼굴 얼어!"

그는 감상에 젖을 여유를 주지 않고 으르렁거렸다. 헤헷. 그가 진지하게 자신을 걱정해주는 것이 연우는 마냥 좋았다.

"둘이서 보니까 너무 예뻐요."

그녀는 바보같이 웃어버렸다. 혼자 보든 둘이 보든, 온 동네 사람들을 다 불러서 보든 오늘 뜨는 태양은 똑같은 것일 텐데 지금 이 순간, 그와 둘이서 보기에 가장 아름다운 것이 되었다.

그 해맑은 웃음에 그는 웃지 않았다. 대신 허리를 굽혀 그녀와 키를 맞추고는 덥석 다가왔다. 사람이 너무 많아 도리어 아무도 신경 쓰지 않는 그 소란을 틈타서 사탕처럼 달고 해처럼 뜨거운 입술이 사냥감을 포획하는 데 가벼이 성공한다. 그녀의 인생을 바꾸는 사람은 어떤 고백도 없이 입술을 맞춰 온다. 연우가 놀랄 틈도 없이 일어난 일이었다. 도둑 키스를 하듯 날렵하게, 그러나 왔다 간 흔적을 제대로 남기며 선재의 입술이 연우의 입술을 쑤웁, 빨았다가 떠났다. 사탕 먹듯이. 그녀의 입술에 물기가 남아 반짝거렸다.

그 입술이 얼어버릴까 걱정되는지 선재는 그녀의 목도리를 입술 위로 끌어올려주었다. 그러나 무표정. 키스 전과 키스 후가 똑같은 무표정. 이걸 이번엔 어떻게 받아들여야 하나. 갑작스럽게 입술을 내주게 된 연우는 멀뚱하니 선재를 보았다.

"아니 뭐. 하늘이 예쁘네."

그 어처구니없는 설명을 끝으로 선재는 몸을 획 돌려버린다. 연우는 기가 막혔다. 그녀의 눈이 선재의 뒤통수를 찌를 듯이 번뜩였다. 이 사람은 키스까지는 괜찮은데 AS가 아주아주 엉망이야! 감정을 드러내질 않으니까 언제가 키스타이밍인지 도통 알 수가 없는 것은 둘째 치고, 하늘이 예쁘면 하늘에 키스를 뿅뿅 날리라고! 나한테 하지 마시고!

'혹시, 그냥 몹시 키스가 하고 싶은 타이밍이었는데 내가 마침 거기 그 자리에 있어서 한 것이냐.'

나는 그냥 걸려든 거야? 그저 그냥, 내가 쉽게 키스할 수 있는 상대라서? 키스도 쇼핑처럼 쉽고 빠르게? 생각을 하면 할수록 더욱 열이 뻗친다. 화가 난 연우는 뒤돌아선 선재의 앞을 막아서며 고개를 치켜들고 눈을 부릅떴다.

"앞으로는 마음대로 나한테 키스하지 마세요."

무섭게 경고했다. 나 화났다. 더 이상 내 입술을 네 입술처럼 건드리지 마라. 역시나 선재는 못마땅한 듯 미간을 구겼다.

"그건 지금까지 해오던 거잖아."

"잘못된 건 뿌리를 뽑아야죠. 앞으로는 아니에요. 허락받고 해요."

허. 그는 낮게 한숨을 툭 내뱉었다. 이 충격적인 선언을 인정하고 싶지 않았다. 키스로 갑질이라니. 이연우, 나 이거 항상 참다 참다 하는 거야. 원기옥 모으듯이 모으고 모았다가 터트리는 거라고. 그것도 아주 감질나게, 짧게.

"키스해도 돼? 이렇게 물어보라고요."

그러나 그의 이런 애틋 애절한 사연도 모르고, 그녀는 제 주장을 밀고 나간다.

"아예 못 하게 하는 것보다는 그게 나을 것 같은데요. 아니에요? 처음부터 이렇게 했어야 했는데 첫 바퀴를 잘못 끼웠어."

"바퀴가 아니라 단추."

"……."

"바보야. 넌 내가 본 똑똑하다는 애들 중에서 제일 바보 같아."

그는 엉뚱한 꼬투리를 잡아 분을 토해냈다. 신기하게도 은연중에 연우의 학창 시절 별명에 근접해가고 있다.

해맞이를 하며 옥신각신하긴 했지만 산에서 내려오는 내내 두 사람은 정다웠다. 다시 차에 오를 때가 되어서야 두 사람의 손이 떨어졌다. 연우는 그의 손에서 떨어져 허전해진 제 손을 주머니에 넣었다. 주머니 안에 있었던 휴대폰의 진동이 울리고 있었다.

확인해보니 친구 수지의 발신전화였다. 문자메시지도 와 있었다.

―너는 괜찮지? 그래도 혹시 모르니까 사람들이나 기자들 조심해.

무슨 소리인가 싶어 갸우뚱하며 수지에게 답문을 보냈다.

―무슨 소리야?

―아직 확인 안 했어? 포털 사이트 들어가봐.

연우는 휴대폰 화면을 움직여 포털 사이트에 접속했다. 왠지 손끝이 떨려왔다.

"왜 그래?"

차의 시동을 걸려던 선재가 연우의 표정을 살피며 물었다. 연우는 핏기가 사라진 얼굴로 선재에게 말했다.

"선배, 지금 검색어 말이에요……."

포털 사이트의 검색어 순위, 1위는 유사라. 그리고 2위가 강선재였다.

해맞이를 갈 때 선재는 휴대폰 전원을 꺼버렸다. 연우와 함께 일출을 보는 중요한 순간을 방해받고 싶지 않았던 것이다. 뒤늦게 휴대폰 전원을 켜 확인했다. 부재중 전화 건수는 열아홉 통이었다. 선재는 부재중 전화들을 확인하기 전에 인터넷 검색을 먼저 했다. 올해 1월 1일 첫 스캔들의 주인공은 유사라였다.

"누가 이런 쓰레기 같은 장난을 쳤지? 유부남한테 뭐하는 짓이야."

기사를 낸 곳은 신생 인터넷신문사였다. 연우와 선재는 이름을 들어보는 것도 처음이었다. 기사는 더욱 기막혔다.

지난 12월 15일 금요일. 영화배우 유사라의 귀국에 맞춰 공항으로 마중을 나간 인물은 다름 아닌 제이백화점 경영전략 부사장 강선재였다. 일본을 거쳐 김포공항을 통해 조용히 입국한 유사라는 강선재 부사장과 만남을 갖고 그 후 주말을 함께 보냈다…….

기사의 말미에는 선재가 김포공항을 나오는 사진과, 유사라가 같은
곳을 빠져나오는 사진, 그리고 유사라와 선재가 한 프레임에 담긴 오
래전의 사진들이 함께 실려 있었다. 그야말로 조잡한 편집인 것이다.
12월 15일 금요일은 연우가 부산에서 열린 학회에 참석한 날이었다.
연우는 그날 아침 부산 호텔에서 선재의 얼굴을 확인했다. 또한 저녁
때에도 선재를 만났다. 그리고 그 후 그와 주말을 함께 보낸 건 유사라
가 아니라 연우였다.
　"정말 너무하네."
　사실을 잘 알고 있는 연우는 분통을 터뜨렸다.
　"선배는 목요일 밤에 서울에서 부산으로 왔잖아요. 그리고 금요일
에 부산 출장으로 일 보고 토요일에 나랑 놀았잖아요. 대체 이 사진은
언제 적 거지?"
　아, 그게 말이다…… 선재는 난처해졌다. 그날의 비밀을 이런 식으
로 밝히고 싶진 않았는데.
　"사실 서울로 돌아왔어. 서울에 일이 많아서."
　선재는 솔직하게 털어놓을 수밖에 없었다. 분통을 터뜨리던 연우의
표정이 무겁게 가라앉았다. 그녀의 머릿속에 불안한 상상이 뭉텅이
졌다.
　"……그럼 부산 출장은 거짓말이었어요?"
　"미안해."
　"왜 그런 거짓말을 했어요?"
　"그냥…… 네가 아침마다 날 봐야 되니까."
　선재는 솔직하게 말했다. 이왕 이렇게 밝혀질 것을 좀 더 좋은 타이
밍에 먼저 말할걸 그랬다는 생각을 했다. 그녀가 오해할 수도 있는 상

황이었기에 말하기가 조심스러웠다.

"네가 학회를 꼭 가게 해주고 싶었어."

연우의 눈에 미약한 물기가 생겨났다. 그녀의 앞에는 갈림길이 놓였다. 스캔들 기사, 그리고 남편의 말. 갈림길의 성격이 완전히 달라 그녀는 혼란스러웠다. 하나는 절망이 될 테고 하나는 고마움이 될 터였다. 이 사람을 믿어야 되는가, 아니면 사진이 있는 기사 쪽에 손을 들어줘야 되는가. 오래전 유사라가 했던 말도 있었기에 그를 곧장 믿는 것이 힘들었다. 게다가 서울에서 부산으로, 부산에서 서울로 왔다 갔다 했다니. 겨우 아침저녁으로 얼굴을 보여주기 위해서.

"그럼 그렇게 부산 출장인 척하고 왔다가, 다시 서울로 갔다가, 또다시 부산으로 온 거예요? 비행기 타고 왔다 갔다?"

"금요일 저녁때는 비행기가 결항돼서 차 타고 갔지."

"허어……."

선재의 대답에 그녀는 탄식했다. 정말 사실이라면 고맙게 여겨야 하는 상황이 맞는데, 솔직히 어처구니없었다. 그녀의 속마음을 짐작한 선재가 그녀를 구슬렸다.

"귀찮게 생각 안 해. 비행기 타고서 눈 감았다 떴더니 부산에서 서울로 금방 날아갔어."

"금요일엔 차 타고 왔다면서요."

"일찍 퇴근해서 좋았어."

연우는 아랫입술을 꾸욱 깨물었다. 상황이 상황이니만큼 설레고 싶지 않은데. 그의 말과 눈빛에 진솔함이 가득 묻어나서 일출을 볼 때처럼 가슴이 또 일렁거렸다. 연우는 마음을 다잡고선 위기대처 자세로 돌아왔다.

"그 얘긴 나중에 해요. 일단 이 기사부터 어떻게 해야 될 것 같아요."

"혹시 아버지께서 확인하셨다면 움직이긴 하셨을 거야. 아버진 이런 거 싫어하시거든."

연우는 끄덕였다. '다른 미래'에서 선재가 사고를 당한 후, 연우와 선재의 이혼 사실에 대한 기사는 시아버지가 모두 정리해주셨었다. 이번에도 잘 처리될 것이다.

"그리고 이 기자는 당장 고소해야겠어. 반박 입장도 정리해서 내보내게 해야지. 얼른 다 정리할게. 걱정하지 마."

선재는 연우를 안심시켰다.

"얼마 전부터 유사라가 계속 그랬었어. 할 얘기가 있다고. 그리고 새해 정초부터 전화한 것도 있었어. 둘 다 무시했었어. 지금 생각해보니 사라는 낌새를 느꼈을 수도 있었겠네."

선재의 입에서 사라에 대한 이야기가 나오자 연우는 잠시 긴장 상태가 되었다.

"연락 안 해봤어요?"

"잠깐만. 지금 해볼게."

선재는 통화를 시도했다. 그러나 전원이 꺼져 있다는 안내가 나왔다.

"핸드폰을 꺼놨나봐."

여기저기서 전화를 해댈 테니 그럴 만했다.

"사라를 좀 만났으면 이런 스캔들에 대처할 수 있었을까 하는 생각도 드는데, 역시 안 만나길 잘한 것 같아. 만나는 장면이 누군가에게 또 미끼를 던져줬을 거야."

"……그럼 둘이 여태 안 만났어요?"

"만날 새도 없었지. 한국 왔다는 것도 며칠 전에 전화 받고서야 알았는데."

유사라를 만날 새는 없다고 하고, 날 만나러 오는 건 서울에서 부산까지도 괜찮다고 하고. 이 남자의 마음에 어떤 기준을 세워야 되는 건지 알 수가 없어 연우는 모호해졌다.

"아무튼 넌 오해하지 마. 이상한 생각한 거 아니지?"

"내가 왜요. 그때 선배는 나랑 같이 있었잖아요."

그래도 역시 남편을 믿는 게 좋겠지. 생각해보니 갈등이 있었던 순간에 그를 먼저 믿고 얘기를 들어보려고 시도해본 적이 없었다. 이제야 그녀 또한 한 걸음 나아간다.

"집으로 태워다줄게. 난 회사에 잠깐 갔다 와야 될 것 같아."

마침내 연우가 믿음을 보여주자 선재는 지그시 미소 지었다.

연우는 선재를 회사로 보내고 혼자 집으로 올라왔다. 현관문이 열린 후에 배터리 교체음이 났다.

"건전지 갈아야겠네."

건전지를 어디에 뒀더라, 생각하며 집 안으로 들어온 연우는 책상 서랍에서 건전지보다 먼저 노트를 꺼내 들게 되었다. 과거로 회기한 후, '다른 미래'에서의 일을 잊어버리지 않기 위해 중요한 사건들을 시간 순서대로 적어놓은 노트였다.

"새해는…… 아무 일 없이 지나갔었어. 스캔들도 없었고……."

'다른 미래'에서는 스캔들이 없었으니 선재의 말은 더욱더 믿음 있는 것이었다. 이번 스캔들의 소지를 제공한 사람이 연우라는 얘기다. 연우의 학회 때문에 선재가 비행기를 이용하게 되면서 벌어진 해프닝인 것이다. 그렇게 생각하고 이제 선재가 해결하기만을 기다리면 되는데, 왠지 뭔가가 계속 찜찜했다. 연우는 다시 한 번 스캔들 기사를 읽고 그 아래 댓글을 살펴보았다.

유사라는 건드릴 사람이 따로 있지. 유부남을 건드리냐.

유부남이랑 바람났네. 부인 불쌍해서 어떡해.

부인은 천억 대 위자료 청구소송하고 이혼해서 아무 걱정 없이 사는 거지.

텍스트와 편집된 사진으로만 정보를 받아들인 사람들은 함부로 떠들어댔다. 이혼이라는 말도 쉬웠다.

양심 없이 이런 허위기사를 쓴 기자는 제대로 쓴맛을 보게 될 것이다. 강선재는 기자가 상대하기에 만만한 사람이 아닐 것이다.

'왜 그랬을까? 신생 신문사 기자라서 그런 자각이 없나?'

연우는 이해가 가지 않아 계속 갸웃거렸다.

"아아아. 건전지. 건전지 갈아야지."

연우는 뒤늦게 제 임무를 떠올리고는 새 건전지를 가지고 방을 나섰다. 그런데 현관에 이르기 전에 차임벨 소리가 먼저 그녀를 불렀다. 연우는 모니터로 밖을 내다보았다. 그리고 집에 없는 척하는 것이 좋을까 잠시 고민했다. 주저하며 시간을 흘려보내다가 문을 열었다.

"집에 있었어요?"

초인종을 누른 손님은 유사라였다.

"오랜만이에요, 연우 씨. 새해 복 많이 받아요."

스캔들이 궁금해 연락해 오는 사람들을 피해서 칩거하고 있을 줄만 알았던 그녀가 직접 연우네 집을 찾은 것이다. 혼자서.

"선재 씨는 회사에 갔어요."

연우는 사라의 새해 인사에 화답하지 못하고 사실을 알렸다. 그녀를 반길 수가 없는 입장이었다.

"정초부터 차암 바쁘다니까. 나는 스캔들 때문에 핸드폰도 못 켜고 있는데."

그녀는 스캔들의 주인공이 된 인물치고는 꽤나 담담하고 여유로웠다. 오히려 연우가 더 불편한 모습이었다.

"그래도 잘됐네요. 연우 씨한테 할 말 있었는데. 연우 씨, 나한테 얘기한 건 어떻게 된 거예요?"

비웃는 듯한 사라의 쓴웃음이 연우의 확장된 동공에 가득 담겼다. 머리에서 발끝까지 빠른 속도로, 소름 돋는 한기가 연우의 몸을 쓸고 지나갔다.

이제 알았다. 유사라는 내 표정이 무너지길 기다리며 즐기고 있어. 보란 듯이 비위를 긁는 것이다.

"이혼하겠다고 했잖아요. 나한테."

그것을 통해서 이혼을 종용하기 위해서였다. 그 술수에 내가 바보처럼 또 넘어갈 거라고 생각하겠지만. 이제 나도 당하고 있지만은 않아.

* * *

지난해 11월 중순경, 다른 미래를 겪기 이전. 사라가 연우의 학교에 찾아온 적이 있었다. 사라가 신혼집에 불쑥 들어왔던 그 사건 이후 일주일 정도가 지나서였다. 연우가 한참을 앓고 난 후, 마음을 정리한 지 얼마 안 된 그때. 어떻게 번호를 알았는지, 사라는 연우의 휴대폰으로 전화를 걸었다. 그러고는 대뜸 연구소 밖으로 나오라고 했다. 그 요구에 연우는 한참을 고민하다가 밖으로 나갔다.

"늦게 나왔네요. 일단 안으로 들어와요."

사라는 주차해놓은 차의 문을 열어 연우가 들어가도록 해주었다. 새까만 선글라스에 모자를 꾹 눌러쓴 사라를 알아본 사람은 없었다.

"연우 씨 만나러 왔어요. 오래는 못 있어요."

편한 옷차림이었는데도 사라에게선 태생적 섹시함이 배어났다. 연우는 왠지 위축되었다.

"지난번에, 내가 너무 심하게 말했나 싶어서 마음이 무거웠어요. 미안해요."

말투가 나긋하여 상냥하다는 착각이 살짝 들긴 했지만 그녀는 미안하다는 인사까지도 당당했다.

"난 선재가 행복하길 바라요. 그래서 한마디 했던 거예요. 연우 씨가 선재를 행복하게 해주지 못하는 것 같아서."

사라는 강선재의 대변인이었다. 연우는 사라의 말에 계속 벼랑으로 몰려가는 기분이었다. 처절하게 어두워지는 연우의 표정을 보며 사라가 냉정하게 말했다. 선재와 비슷한 싸늘함이었다.

"연우 씨만 생각하지 말아요. 선재도 충분히 힘드니까."

"선배가, 아니, 제 남편이 저 때문에 힘들다고 하던가요?"

"직접 물어보는 건 어때요?"

사라가 제안했다. 연우는 다시 입을 꾹 닫았다. 유사라에게 모든 것이 읽히고 있었다.

"연우 씨도 참 안됐네. 내가 대신 얘기할게요. 힘들겠지만 연우 씨한테 잘하라고."

"아니요. 하지 마세요."

기어이 연우가 힘주어 말했다. 대신 얘기해준다는 사라의 그 말이 적선처럼 느껴졌기에.

"하지 마세요."

울음을 꾹 참고 말했다. 그리고 결국, 자존심 부리듯 은밀한 계획을 밝혔다.

"필요 없어요. 원래 끝내려던 거였어요. 제가 알아서 끝낼 거니까…… 언니는 내 얘기 하지 마세요."

처음부터 자신 없었던 자리였다. 강선재의 아내 자리는 내내 맞지 않는 옷이었다. 그 말을 속으로 몇 번이나 되뇌어왔음에도 억장이 무너지는 느낌이었다. 그때, 유사라의 입가에서 묘하게 미소가 생겨났던 것을 착각이라고 생각하지 말았어야 했는데. 그때는 눈앞이 흐릿해서 확신하지 못했다.

"이번에 태준 씨 결혼식 가죠?"

사라는 분위기를 전환하듯 물었다. 연우는 멀뚱히 그녀를 바라보았다.

"아, 태준 씨 모르나? 선재 육촌 결혼식이요. 들은 거 없어요? 선재는 아마 갈 텐데."

이번에도 연우가 모르는 이야기였다.

"선재랑 같이 오게 된다면 그때 봐요. 나도 가거든요. 하우스웨딩인데 집이 예쁘다고 들었어요. 나는 결혼식 끝나고 바로 미국에 가서 크리스마스 즈음에나 돌아올 거예요. 연우 씨 계획대로 된다면 결혼식 때 보는 게 마지막이겠네요."

마지막. 사라는 쿨하게 마지막 인사를 했다. 현실을 직시하는 것이 아주 빨랐다.

"연우 씨가 어떤 선택을 하든 응원할게요."

아니, 기다렸다는 듯이 대화를 정리했다는 걸 깨달았어야 했는데.

강하게 나오는 상대 앞에선 정신을 바짝 차려야 한다는 걸 다들 알고 있다. 그러나 막상 상황이 닥치게 되면 사람들은 빛나는 슬기로움을 잃게 된다. 연우 또한 그랬다. 벼랑으로 내몰린 감정은 이성적 사고를 차단시켰다.

* * *

스캔들 기사를 확인한 후, 연우를 집에 바래다준 선재는 회사로 가지 않고 부모님 댁으로 갔다. 선재의 아버지 운호가 회사가 아닌 자택으로 선재를 부른 것이다.

"새아랑 같이 오지 그랬어. 신정인데."

선재가 혼자 온 것을 알게 된 미현은 걱정스러운 투로 물었다.

"혹시 싸운 건 아니지?"

"어머닌 꼭 그런 쪽으로만 생각하세요?"

"스캔들이 또 터졌길래 하는 소리야."

미현도 아침에 보았던 기사가 마음에 걸렸던 것이다.

"두 번이나 같은 사람이랑 기사가 난다는 건 안 좋은 거야. 그런 스캔들에 가장 피해를 보는 게 누구일 것 같니? 너일 것 같아? 아니면 사라?"

미현의 목소리는 따끔했다.

"아니야. 네 아내야. 진실이 뭐든 가장 황당하고 난처하지. 새아가는 뭐라고 안 해?"

선재는 대답하지 못했다.

"뭐라고 하지 않아도 속이 많이 상했을 거야."

연우는 선재 앞에서 덤덤하게 반응했었다. 아내가 괜찮다는 말을 버릇처럼 한다는 것을 알고 있었는데. 역시 같이 있어야 되는 거였어. 뒤늦게 걱정이 되었다. 걱정이 시작되니 점점 초조해지는 것 같았다. 그 와중에 미현은 이야기를 더 늘어놓는다.

"네 아빠도 장동건 닮아가지고 젊을 때 한 인기 했잖니. 그래도 사람들 입에 오르내리는 소문은 없었어."

아, 어머니의 눈에 아버지는 장동건이군요. 찰나의 재치가 선재의 긴장을 약간 풀어주었다.

"너를 좀 돌아봐라. 혹시 사라한테 여지를 주고 있는 건 아니야? 너는 아니라고 생각하겠지만 사라는 다를지도 몰라."

미현도 사라를 잘 알고 있었다. 사라는 미현에게도 깍듯하고 애교 있게 굴었다. 연우보다도 훨씬 붙임성이 있었다.

"엄마도 사라를 싫어하진 않아. 얼마나 예쁘니. 가족 없이 잘 커서 성공한 것도 예쁘고."

충고를 이어가는 미현의 표정이 먹먹하게 가라앉았다.

"사라에 대한 네 죄책감도 알아. 지켜주고 싶겠지."

미현의 목소리는 선재의 기억을 건드린다. 아주 오래된, 슬프고 아픈 기억. 선재는 지그시 눈꺼풀을 내렸다. 아들의 표정이 어두워지는 것을 지켜본 미현은 그를 짧게 격려하는 것으로 이야기를 마무리했다.

"하지만 너도 그 책임감을 놓아야 할 때가 됐어. 넌 네 가정이 있으니까 네 가정에 충실해야지. 그리고 사라도 널 그만 의지하고 제 짝을 찾게 해줘야지."

"어머니 말씀이 맞네요."

미현의 긴 충고를 새겨들은 선재가 고개를 끄덕였다. 미현은 애틋하게 웃어 보였다.

"그리고 새해에는 좀 같이 다녀. 부부가 같이 다니는 거 보기 좋잖아."

연우는 일단 사라를 집 안으로 안내했다. 얘기가 길어질 것 같아서였다. 지금 눈앞에 있는 유사라는 연기를 하고 있다는 의심이 생겼다. 선재가 소중한 척하는 연기. 자신이 강선재를 더 잘 알고 있다는 연기. 연우는 그 의심에 무게를 실어 한 발 내디뎠다.

"일단 스캔들 기사가 났고, 소속사에서 입장을 냈다면 조용하게 있는 게 도움이 될 텐데요."

"난 이제 그런 거 별로 신경 안 써요. 스캔들을 좀 많이 겪었어야지."

"전 신경 써요. 두 사람이 아무리 친해도 스캔들이 난 당일에 스캔들 상대의 집에 방문하는 건 생각이 짧은 거라고 봐요."

사라의 태평한 모습에 연우가 반격했다.

"기자들한테 다른 떡밥을 던지려는 거예요? 어떻게 여길 올 수가 있죠? 그러고도 제 남편의 친구라고 할 수 있나요?"

"이봐요, 연우 씨."

"아니면, 이 기회에 스캔들을 진짜로 만들어버리려고 했나요?"

"연우 씨는 스캔들에 엄청 신경 쓰는구나."

사라는 이번에도 표정 하나 바꾸지 않고 연우의 신경을 날카롭게 긁었다.

"선재는 나 아니고도 충분히 큰 스캔들이 날 수 있는 사람이에요. 그렇게 소심해서 어떻게 선재와 살겠다는 거죠?"

그녀가 신경전과 포커페이스에 능한 사람이라는 것을, 연우는 이제 차츰 인지하고 있다.

"아니, 금방 이혼할 것처럼 굴더니 왜 아직 마무리를 못 했나요?"

그럼에도, 유사라의 다급한 마음이 말에는 그대로 드러난다. 역시 이 여자는 우리의 이혼을 확인받고 싶은 거였어.

"혹시, 제가 이혼하길 기다리시나요?"

연우의 질문에 사라가 움찔했다. 조금씩, 유사라의 진짜 얼굴이 드러나고 있다.

"감정 없는 결혼생활을 계속 지키겠다는 건가요?"

사라는 그 질문엔 답하지 않은 채로 자기 말을 했다. '감정 없는'이라는 말에 기분은 상했지만 연우 또한 표정을 바꾸지 않았다. 나는 이 결혼을 유지해야 할 의무가 있어.

"그때와는 생각이 달라졌어요. 그리고 오해도 있었던 것 같네요."

연우는 꿋꿋하게 말했다.

"그때는 언니 말을 믿었어요. 그리고 추측도 좀 보태어졌죠. 선재 씨가 언니를 좋아하는 게 아닐까 생각했어요. 그래서, 좋아하는 사람을 지켜주고 싶은 마음이 얼마나 간절하면 나하고 결혼까지 하려고 했을까. 그 생각을 했어요."

연우는 거짓말을 하지는 않았다. 감정 없는 결혼생활이었다는 것도 알고 있는 사람이니 속일 것도 없었다.

"그래서 헤어지려고 했던 거예요. 언니 말대로라면 나는 이 결혼으로 이득이 있었지만, 제 남편은 원치도 않는 결혼을 했으니까요. 나를 살려주고 언니를 스캔들로부터 지켜주려고, 스스로를 상처 냈겠구나 싶어서."

모든 걸 내려놓고 솔직하게 말했다. 사실 연우는 남편에게 미안했었다. 그가 행복하지 않아서 속상했었다.

"그 사람이 내내 아파하고 있었다면 얼른 치료해야 하니까. 그래서 결심한 거였어요."

아무 내색도 하지 않는 무표정의 가면 뒤에서 그는 내내 울고 있었을지도 모르니까. 그래서 내려놓았었다. 아프고 미안해서. 그때를 생각하는 연우의 가슴이 먹먹해졌다. 그때 그렇게 자신 없이 내려놓지만 않았어도 남편에게 그런 사고가 일어나지 않았을 텐데.

"그런데 왜 지금은 헤어질 생각을 안 하죠?"

사라는 연우의 진심 어린 고백에 흔들리는 일이 없었다. 그녀는 냉정하게 다시 따졌다.

"이 생활을 유지해야 할 의무가 생겼으니까요."

연우도 오래전의 감정에 빠져 있던 마음을 집어넣고 담대하게 말했다.

"그 이유까지 다 말할 수는 없지만, 이제 저도 이 자리를 지키고 싶어졌어요."

"허어."

사라가 비릿하게 웃었다.

"이삼 년 후에는 어떻게 될지 모르죠. 하지만 지금은…… 아니."

연우는 곧바로 고개를 흔들었다. 이삼 년. 그런 여지를 두고 싶지 않았다.

"이혼을 더는 종용하지 마세요. 나는……."

순간, 사라의 어깨 너머를 보게 된 연우의 목소리가 잠깐 흔들렸다. 그러나 금방 다시 힘주어 말했다.

"안 해요. 이혼."

단단히 결심한 연우의 눈이 반짝거린다.

"그리고 언니요. 제 남편을 좋아한다면, 언니도 제게 협조해주셔야 돼요."

"연우 씨 참 배짱도 좋아요. 나 같으면 이런 생활은 자존심 상해서라도……."

악담을 늘어놓으려던 사라의 목소리가 한순간에 지워졌다. 그녀의 어깨 위로 그림자가 드리웠다. 아무런 인기척 없이. 선재가 다가온 것이었다. 식탁에 앉아 통로를 등지고 있던 사라는 선재가 돌아왔다는 것을 몰랐다. 연우는 좀 전에 알았고, 사라는 지금에야 알게 된 것이다.

"선재야."

선재는, 여태껏 사라가 한 번도 보지 못한 낯선 표정을 하고 있었다.

"……언제 왔어?"

서슬 퍼런 기운을 내뿜으며 자신을 내려다보고 있는 차디찬 눈빛에 사라는 몸을 번쩍 일으켰다.

"나랑 먼저 얘기하자."

사라가 두 손으로 선재의 팔을 붙잡았다.

"아니. 넌 내가 묻는 말에만 대답하면 돼."

선재는 팔을 움직여 사라의 손을 쳐냈다.

"내가 널 보호하기 위해서 연우랑 결혼했다고 말했어? 무슨 착각을 얼마나 오랫동안 한 거지?"

선재는 화를 억누르고서 말했다. 사라에게 윽박지르고 싶지는 않왔다.

"유사라, 똑바로 들어. 난 널 지키려고 연우랑 결혼한 게 아니야. 넌 조금도 관여되어 있지가 않아. 털끝만큼도."

그러나 사실을 제대로 깨닫도록 가차 없이 말했다.

"이건 나와 연우의 문제야."

"하지만, 동정심 때문에 결혼했잖아!"

사라가 울음기 가득한 목소리로 우겨댔다. 선재의 앞에서 사라는 금세 떼쓰는 여동생이 되었다. 연우는 그저 바라보고 있을 뿐이다.

"옥승혜 여사한테 뺨 맞는 걸 보고서 결혼하려고 결심한 거잖아. 때마침 동정심이 움직여서."

"유사라."

순간 그의 눈이 날카롭게 가늘어졌다.

"옥승혜 얘기는 어떻게 알았지?"

목소리는 한층 더 무시무시했다.

"난 너한테 그 얘길 한 적이 없는데."

어머니의 충고를 듣고 바로 집으로 돌아온 선재는 현관문이 잠겨 있지 않아 의아하게 여기며 안으로 들어왔다. 현관에 낯선 구두가 놓여 있었다. 주방 쪽에서 소리가 들렸다. 연우의 목소리였다.

"그래서 헤어지려고 했던 거예요. 언니 말대로라면 나는 이 결혼으로 이득이 있었지만, 제 남편은 원치도 않는 결혼을 했으니까요."

연우가 누군가와 대화를 나누고 있었다. 그런데 얘기의 주제가 심상치 않았다. 선재는 자기도 모르게 발소리를 죽이게 되었다.

"나를 살려주고 언니를 스캔들로부터 지켜주려고, 스스로를 상처

냈겠구나 싶어서."

'스캔들'이라는 말로 사라가 왔다는 것은 짐작할 수 있었지만 연우
가 무슨 소리를 하는지는 당최 알 수가 없었다. 그 후, 사라의 목소리
가 다소 앙칼지게 들려왔다.

"그런데 왜 지금은 헤어질 생각을 안 하죠?"

그제야 상황을 조금은 파악할 수 있게 되었다. 믿기는 힘들었다. 사
라는 선재에게 이혼을 종용한 적이 없었다. 결혼생활이 재미있냐고
물어본 적이 몇 번 있지만 굳이 대답을 듣기 위한 질문이라고 여겨진
못했다. 그런데 연우와 마주한 유사라는 다른 사람이었다. 두 사람의
결혼생활을 응원하기보다는 두 사람이 헤어지기를 바라는 사람처럼
보였다. 연우는 그런 사라에게 야무지게 맞서고 있었다.

"이혼을 더는 종용하지 마세요. 나는…… 안 해요. 이혼."

마침내 사라의 어깨 너머로 선재를 발견한 연우가 심지 굳은 목소
리로 말했다. 사라와 대화를 나누는 상황이었지만 선재에게 들려주고
싶은 이야기라는 듯 눈동자가 멀리서 영롱하게 빛났다. 이혼을 종용
하지 말라. 나는 이혼을 하지 않겠다…… 그 말을 하기까지 연우가 숱
한 감정의 풍파를 겪었다는 걸 짐작할 수 있었다.

옥승혜에 대한 얘기를 어떻게 알았느냐는 선재의 지적에 사라의 눈
동자가 갈피 없이 마구 흔들렸다.

옆에서 지켜보던 연우는 탄식을 조용히 흘렸다. 역시 남편은 사라
와 비밀을 공유했던 게 아니었다. 대체 난 얼마나 어리석었던 건가. 내
오해가, 그 하찮은 오해가 '다른 미래'의 이 사람을 죽게 만들었다. 난
대체 얼마나 끔찍한 판단을 내렸던 건가.

연우가 눈물을 참아내고 있는 동안 선재의 추궁은 계속 이어진다.

"너, 옥승혜랑 알고 지내는 거야?"

사라는 바들바들 떨리는 턱을 숨길 뿐 아무 말도 하지 못했다. 선재는 길게 기다리지 않았다.

"그래. 됐어. 네 얘긴 나중에 들을게. 이제 우리끼리 할 얘기가 있으니까 이만 가."

"선재야……."

"가. 화 안 낼 테니까 당장 가. 집에 가서 쉬어."

사라의 눈에 눈물방울이 묻어났지만 선재는 그 눈물을 보고도 표정을 바꾸는 일이 없었다.

"나 너한테 화내기 싫어. 당장 나가."

"너, 나한테 그렇게 말하면 안 돼."

선재는 아예 사라에게서 고개를 돌려버렸다. 손등으로 눈물을 빠르게 훔쳐낸 사라는 곧장 두 사람을 등졌다. 자존심에 상처를 입은 톱스타의 뒷모습은 그 오래전의 연우와 다를 바가 없었다.

잠시 후, 집 안엔 두 사람만 남았다.

"네가 이혼하려고 했던 이유가 이거였어?"

선재가 먼저 입을 열었다.

"넌 누구 말을 믿는 거야. 유사라가 무슨 얘길 했지?"

그녀는 그를 원망스럽게 바라볼 뿐 대답하지 못했다.

"그 애 말을 믿었어?"

선재는 대답을 듣기 전에 먼저 또 물었다. 조용히 채근하고 싶은데 어쩌다 보니 또 추궁하는 것처럼 되고 있었다.

"어떻게 유사라의 언변에 휘둘릴 수가 있지?"

질문은 많았고 자신은 아는 것이 아무것도 없었다.

"나한테 그걸 물어볼 생각을 한 번도 못 했어?"

아무것도 모른 채 이혼을 당할 수도 있었다고 생각하니 아찔하고 끔찍했다. 또한 무슨 일이 닥치면 혼자서 해결하려 하는 아내가 답답하게 여겨졌다. 물론 이혼을 하지 않겠단 말을 들었기에 초조하진 않았지만, 이제껏 그녀의 사연을 조금도 몰랐다는 것에 마음이 아팠다. 스스로에게도 화가 났다.

"내가 네 남편이잖아. 유사라 말을 들을 게 아니라 내 말을 들어야지."

"그걸 어떻게 물어봐요."

잠자코 그의 타박 같은 질문을 듣고만 있던 연우가 처음으로 입을 열었다.

"내 눈으로 보이는 것만으로도 충분히 확인되는데."

그 목소리에는 역시나 원망이 가득 담겨 있다. 울음을 꾹 억누른 연우는 오랫동안 감춰왔던 마음을 쏟아냈다.

"나하고는 얘기도 하지 않는 선배가 유사라 씨와는 다정히 웃고 있었다고요. 늘, 매번."

늘, 매번, 유사라와 함께 있는 남편을 볼 때면 소외감을 느꼈다. 내게는 그런 웃음을 보여주지 않았으니까.

"유사라 씨나 선배나, 내겐 똑같은 거리였다고요."

둘 다 연우에게는 먼 사람들이었다. 그래서, 유사라에게 듣는 말이나 남편에게 듣는 말이나 똑같이 여겨졌다. 그래서 유사라에게 쉽게 속아 넘어갔다.

"유사라 씨 앞에서만 웃고 유사라 씨 가는 데로 가고, 전화 받으면 한밤중에도 뛰어나가고, 나한테는 가뭄에 콩 나듯 보여주는 다정한 표정을 유사라 씨 앞에선 매번 지어주면서."

그때의 내가 정말 바보였다는 걸 알아. 하지만 난 어디에도 손을 뻗을 수 없었는걸.

"그걸 내 눈으로 충분히 확인했는데 선배한테 어떻게 물어볼까요, 내가."

유사라를 볼 때마다 항상 자신이 초라하게 여겨졌다. 유사라는 자신의 커리어에 스캔들이 피해가 될까 하여 선재에게 막아달라는 요구를 했다고 말했다. 나와 완벽하게 대조되는 인물. 연우는 자신의 형편에서 벗어나기 위하여 선재가 베푸는 동아줄을 덥석 잡았다. 마진태 집안에서 벗어나기 위해 청혼을 받아들였다. 나는 누군가에게 의지하지 않으면 살아갈 힘도 없는 애, 그리고 유사라는 누군가에게 의지하지 않고 더 멀리 더 높이 날아가는 여자…… 그녀가 부러웠고, 그녀를 볼 때면 늘 위축되었다.

"유사라 씨를 좋아하냐고 물어봐서, 당신한테 그렇다는 대답이 나오면, 그다음은요? 나보고 그다음을 감당하라고?"

그래서 먼저 그를 버리겠다고 말하고 싶었다. 이혼하자는 제안은 먼저 하고 싶었다. 당신이 아니라 내가 버리는 거라고, 그것으로 위안을 삼으려고 했었다. 그게 오랫동안 숨겨왔던 진실이다.

그녀를 바라보는 그의 눈이 슬퍼졌다. 그 또한 마음이 닿지 않았던 과거를 원망하는 것일지도 모르겠다.

"그건 오래전의 얘기야. 내가 널 보면서 마냥 웃을 수는 없을 때."

마냥 웃을 수는 없었다는 말이 연우의 가슴을 다시금 짓눌렀다. 역시 당신은 동정심으로 나와 결혼했기 때문에 방관할 수밖에 없었겠지. 그걸 이해한다. 하지만 이해한다고 아프지 않은 것은 아니다.

"이제 우리는 점점 가까워지고 있잖아. 언제라도 털어놨어야지."

"가까워지다니."

아픈 마음에 연우는 다시 날을 세웠다.

"키스 횟수가 늘어나면 가까워지는 거예요?"

"그런 게 아니란 거 알잖아."

그도 답답한 듯 목소리를 높였다. 아내가 미간을 찡긋거리는 것이 바로 보였다. 그의 목소리는 금방 다시 잠잠해졌다.

"난 너한테 분명히 말했었어. 진짜 부부가 되자고."

소리를 높여서 바로잡아지는 일이 아니다.

"성욕이니 뭐니 오해가 생겨서 내 진심이 물거품처럼 돼버렸지만 난 다시 시작하고 싶었어."

진심이 전달되어야, 내 마음이 너에게 닿아야 오해의 얼룩이 조금씩 사라지겠지. 그걸 머리로는 아는데 자꾸 마음이 급해져.

"네 얘기는 뭐든 잘 들어줄 거라고 다짐했었어."

오해란 오르기 벅찰 만큼 높은 산 같은 게 아니다. 미세한 얼룩이 묻은 채로 옷장 속에 들어가는 옷가지 같은 것이다. 잘 보이지도 않는다고 생각하여 우습게 여겼던 그 얼룩이 옷장 속에서 시간을 보내며 벌레를 키우고 옷감을 상하게 하는 것. 그리하여 언젠가 그 옷을 다시 꺼냈을 때 이 옷을 한 번 더 세탁하느니 그냥 버리고 다른 걸 새로 사는 게 낫겠다 생각하게 하는 것. 그게 방치된 오해의 최후다.

"잠깐 생각을 좀 정리할게. 할 얘기가 많으니까."

선재는 지끈거리는 머리를 붙잡고 소파에 앉았다.

사실 어느 정도는 자신 있었다. 그녀에게 다정하게 대해주면, 성의와

열의를 보이면, 언젠가는 아내가 마음의 빗장을 풀고 자신을 받아줄 거라 생각했다. 하지만 이건 단 며칠 사이에 해결될 문제가 아니었다.

너를, 우리를, 이렇게 상해버린 옷을 어떻게 구출해야 할까.

"앉을래?"

한참 후에 그가 다소 침착해진 음성으로 그녀를 불렀다. 연우는 모든 것을 각오한 눈빛으로 그의 앞에 앉았다. 그가 어떤 말을 꺼낼지 가늠도 되지 않는다. 어쩌면 아주 오래전의 이야기부터, 그가 청혼을 하던 그날의 이야기부터 듣게 되겠지. 그리고 자신을 향한 그의 동정심이 어찌어찌 변해왔는지, 그 과정까지 알게 될지도 모르겠다. 받아들이기 힘든 이야기가 되겠지만 그래도 모두 들을 거야. 나도 사실 유사라에게서가 아니라 당신에게서 나오는 이야기를 듣고 싶었으니까. 연우의 심장이 욱신거리며 뛰었다.

자리에 앉은 연우의 표정을 확인한 선재가 조심스럽게 입을 열었다.

"이십 년 전에 유사라에게 쌍둥이 오빠가 있었어. 그 친구가 내 절친이었고."

연우는 그의 첫말에 다소 놀랐다. 이야기는 두 사람에 대한 게 아니었다. 게다가, 이십 년 전에 있었어, 과거형이었다.

"쌍둥이인데도 사라하고는 인상이 참 달라. 착하게 생긴 녀석이었어. 성격도 원만하고. 나는 학원에도 다니고 학습지도 하고 그러는데 그 친구는 아무것도 안 했는데도 공부를 잘했어. 그래서 내 학원 숙제랑 학습지를 대신 해주기도 했어."

연우는 선재가 왜 그 이야기를 꺼내는지 알지 못한 채로 이야기 속으로 차츰 스며들어갔다.

"그 친구는 보육원에서 자랐는데 그 애 집과 우리 집은 정반대 방향이라서 늘 헤어지는 시간이 아쉬웠어. 그 친구랑 놀고 싶어서 학원도 많이 빼먹었었어."

그의 표정은 추억을 되짚는 아련하고 행복한 표정이 아니었다. 그의 무거운 목소리처럼 연우의 마음도 가라앉아갔다.

"그러다가 어느 날은 그 친구가 자기 집 근처의 산에 가보자고 했어. 거기에 버려진 집이 하나 있는데 그 집을 청소해서 자기 집으로 만들고 싶다고 하더라고. 말도 안 되는 얘기라고 생각했지만 호기심에 따라나섰어. 정말로 버려진 집이 있었어. 우리는 거기 몰래 들어가서 놀았어. 그런데 거긴 버려진 집이 아니었던 거야. 술꾼이 사는 집이었어. 술꾼은 우리가 집 안에서 노는 소리를 듣고 집 나간 아내와 아들이 돌아온 줄 알았다고 해. 그래서 집 문을 밖에서 잠가버리고 불을 질렀어."

연우는 저도 모르게 두 손으로 입을 가렸다. 이건 선재가 자물쇠를 채워놓고 꽁꽁 숨겨놓은 어둠의 상자에 관한 이야기였다.

"우리는 문을 흔들고 소리를 질렀지만 소용없었어. 탈출할 곳을 찾다가 화장실 천장 가까이에 창문이 있는 걸 발견했어. 그 애가 날 위로 올려줬어. 먼저 나가라고."

그의 표정에는 거의 변화가 없었다. 오랫동안 연습한 것처럼. 그러나 연우는 그의 내면이 울고 있는 소리를 들을 수 있었다.

"난 나가서 그 애를 빠져나오게 하려고 했는데 술꾼이 빠져나온 나한테 몽둥이를 휘둘렀어. 그리고 잠깐 정신을 잃었다가 눈을 떴는데……"

꽤나 덤덤하게 이야기를 이어가던 목소리가 여기에서 끊겼다. 자각할 틈도 없이 자리에서 일어선 연우의 손이 그를 향해 움직였다.

그만. 말하지 마. 말하지 않아도 돼. 연우는 덥석 선재의 머리를 끌어안았다. 그가 그녀의 가슴에 응어리진 한숨들을 내뱉었다. 연우의 가슴이 그의 날숨을 따라 수차례 뜨거워졌다. 연우는 어떤 말도 하지 못한 채로 그렇게 그의 등을 쓸어냈다.

당신한테 말할 수는 없겠지만, 나도 그런 죄책감을 알아. 그때 그 시간으로 얼마나 돌아가고 싶었을까. 얼마나 자신을 원망했을까. 그 마음을 짐작할 수 있으니 더욱 가슴이 죄여들었다. 당신이 세상을 떠난 건 3월 2일, 당신의 장례식은 3월 4일. 난 그 사흘도 괴로워 미칠 것만 같았는데 당신은 어떤 마음으로 그 오랜 시간을 견뎌왔을까.

한참 뒤, 연우가 그의 표정을 확인하기 위해 몸을 떼었다. 그는 울지 않았다. 남에게 보이는 울음을 참기 위해 그는 숱한 날들을 홀로 연습해왔을 것이다. 오랜 시간 후에 목소리의 물기를 닦아낸 그가 다시 입을 열었다.

"그 이후로는 사라에게 꼼짝 못 하게 됐어. 보육원에서 오누이가 서로 의지하고 지내는 처지였는데 쌍둥이 오빠가 그렇게 허무하게 세상을 떠나서 날 많이 원망했을 거야. 그래서 나뿐만 아니라 아버지 어머니까지 사라를 챙겼어."

이제야 연우는 모든 의문이 풀렸다. 선재는 사라에게 오빠가 되어주고 싶었던 거였다. 사라의 친오빠를 대신해서.

"사라는 오빠 몫까지 잘 살아보겠다는 의지가 있었고 훌륭한 배우가 돼줬어. 그래서 난 사라에게 고마워하고 있어."

그렇게 말했으나 선재는 연우의 눈치를 보듯 말을 정정했다.

"물론 그렇다고 사라가 너한테 한 짓을 용서해달라는 건 아니야."

연우는 피식, 먹먹히 웃었다. 사라를 미워하겠다는 마음이 깡그리 사라져버렸다. 새언니에게 오빠를 빼앗긴 여동생처럼 여겨지니 안됐다는 생각도 들었다. 선재는 연우의 마음에 털끝만 한 오해도 남아선 안 된다는 듯 또다시 말을 보탰다.

"난 사라에게 아무 말도 한 적이 없어. 옥승혜 얘기도, 우리 결혼이 어떤 거였는지도. 그건 네가 믿어줘야 돼."

연우는 고개를 끄덕여 보였다. 그런데 선재는 거기에서 멈추지 않는다.

"한 가지가 더 있어. 이건 네 얘기야."

화제가 전환되자 연우의 표정도 변했다. 그녀가 눈을 동그랗게 해 보이며 그를 쳐다보았다.

"네가 고등학교 2학년 때 당한 일을 알고 있어. 그걸 옥승혜가 어떻게 이용해먹었는지도."

그의 고백에 연우의 얼굴이 붉게 변했다. 아니 세상에. 그걸 알고 있다니.

"그 얘길 꺼내서 미안하다."

선재 또한 무안한지 먼저 사과했다.

"옥승혜가 그랬다는 걸 알기 전에는 나도 남들처럼 네가 데이트폭력을 당했다고 생각했었어. 그래서 남자를 무서워한다고 생각했어."

"내가 남자를 무서워한다고요?"

"남자. 날 무서워했잖아."

선재의 대답에 연우는 안면을 쓰게 구겼다. 이것은 무슨 신선한 대유법인가. 당신이 남자 전체를 대변한다고 생각하는가.

"그건 선배를 무서워했던 건데요."

연우는 뚱해진 목소리로 말했다.

"그러게. 넌 왜 날 무서워했을까."

그는 아주 진지하고 심각하다.

"정말 이해가 안 가. 왜 날 무서워해. 왜. 나를."

……왜 모르지?

"그런 말도 했었지. 신체적인 이유가 있어서 날 잘 못 쳐다본다고."

답답해진 연우의 목소리가 번쩍 튀었다. 그러나.

"그건, 예쁜 남자는 쳐다보기 무안해서잖아요!"

아.

어휴. 이놈의 입. 어디 팔아먹고 싶다…….

물론 예쁘다는데 싫다는 놈은 없다. 그의 입가에 슬그머니 미소가 보인다.

"내가 예뻐?"

연우는 이를 무시하고는 야무지게 따졌다.

"선배는, 내가 선배를 무서워한 걸, 모든 남자를 무서워한다고 착각한 거예요?"

"너도 인정하다시피 내가 예뻐서."

아아아.

"어디 가서 비호감이란 얘긴 한 번도 들은 적이 없어."

아, 예…….

"날 꺼려 한다면 그냥 남자들은 얼마나 꺼려 하겠나 싶었던 거지."

"……한마디로 병에 걸리셨군요. 왕자병."

연우의 야유가 과했는지 그의 눈매가 가늘어졌다. 아직 농담이 먹히는 상황은 아니었던 모양이다. 눈치를 보던 연우는 금세 꼬리를 내렸다.

"……죄송해요. 진지한 상황에 제가 너무 심한 말을 했습니다."

그래서 그러는 게 아닌데. 선재는 몰래 웃었다.

어느덧 감정이 부딪치며 일렁이던 시간들이 달게 녹는다. 멀리 돌아와 엇갈렸던 마음이 이제야 같은 선에 놓인다. 내 이야기를 들어주고 품어주어서 고마워. 예쁘다고 해줘서 고마워. 옷에 묻은 얼룩을 받아들이고 네 색깔로 채색하는 재치를 난 따라갈 수 없을 거야. 그가 마음에 담아둔 말 하나를 더 꺼냈다.

"키스해도 돼?"

에엥? 연우는 움찔 놀라 주춤 엉덩이를 뒤로 뺐다. 역시 이번에도 타이밍은 뜬금없다. 이미 그의 눈동자는 우수에 폭폭 젖어 있다. 대체 이런 얼토당토않은 분위기 전환은 어디서 배워 온 기술입니까요. 연우는 바짝 긴장한 목을 뻣뻣하게 내리며 말했다.

"안 돼요."

"난 하고 싶어."

그러나 그에겐 키스를 반드시 하고자 하는 의지가 있다. 왜, 왜 상황이 이렇게 되죠? 터놓고 말해요 시간 아니었나요?

"키스 타이밍이 아닌 것 같은데요?"

"타이밍 같은 거 없어. 그냥 하고 싶은 거지."

새침하게 거절했음에도 물러나지 않는다. 단호한 주장과 함께 조용히 다가온다. 이미 두 입술 사이의 거리는 움직이면 닿을 상태. 그 간격을 채운 공기가 뜨끈해지고 있다.

손바닥 뒤집듯 표정을 바꿀 수 있는 이 남자는 바로 전, 아픈 과거를 차근히 고백하던 그때를 벌써 잊은 듯하다. 그녀를 내려다보는 눈빛은 노골적이고 고혹적이며 또한 집요하다. 입술을 맞추기 전에 반드시 눈을 먼저 맞추겠다는 의지로 그녀의 시선 안쪽을 파고든다. 한번 시선이 얽히자 감질나게 눈빛으로 웃어 보인다. 이건 허락을 받겠다는 게 아니라 또 유혹을 하겠다는 거다. 두근두근. 그녀의 심장이 먼저 반응했다.

"된다고 해."

그럼에도 그녀가 대답하지 않으니 그는 갈급하게 재촉한다.

"얼른."

유난히도 낮고 부드러운 목소리로 그녀를 어른다. 숨결이 입술에 먼저 닿아 속살거렸다. 조르는 건지 유혹하는 건지 헷갈리는 선재의 눈빛과 음성에 연우는 마음이 빨려들어가는 것 같았다. 그래도 거듭 정신을 바짝 차렸다.

"아……."

읍. 그러나, 입술을 벌려 한 음절을 내뱉기가 무섭게 그에게 삼켜졌다. 뜨끈한 공기와 물기가 밀려왔다. 아직 아닌데. 허락 안 했는데. 하지만 이미 심장은 뜀박질을 시작했다. 갈급하게 원하던 눈빛만큼이나 집요한 탐닉이다. 더는 말하지 못하게 혀로 옭아매는, 유혹 스킬 못지않게 키스 스킬도 화려하신 남편. 눈물이 찔끔 날 만큼 짜릿하고 설렜지만 곧은 지조의 여인 이연우는 안간힘을 써서 밀어냈다.

"그만."

엉거주춤 뒤로 밀려난 선재가 탁해져 있던 숨결을 거칠게 터트렸다. 그 흐트러진 표정 또한 뇌쇄적이다. 이 남자와 살려면 〈별주부전〉에 나오는 토끼처럼 간이랑 심장을 어디 따로 저장해놓고 다녀야 할 것 같다. 매 순간이 아찔해 아주. 떨리는 마음을 꿀꺽 삼킨 연우가 강철같이 말했다.

"허락 안 했잖아요."

그가 뚱하게 응수했다.

"'어'라고 그랬잖아."

와, 이 사람은 자기가 듣고 싶은 대로 듣는구나. 내가 '어'라고 그랬냐, '아'라고 그랬지.

"안 된다는 말 하려던 거였다고요."

"그럼 재빠르게 말했어야지. 내가 착각하지 않게."

어떻게 내가 신속 민첩한 당신의 행동보다 재빠르게 말할 수 있을까요.

"이럴 거면 허락 과정이 왜 있나요?"

"그럼 없애. 허락 과정."

그는 또 한 번 신속 민첩하게 대책을 제시했다.

"허락 싫다."

선재는 간신히 연우가 벌려놓은 간격 속으로 들어갔다.

"너무해요."

그의 기습이 이어지려 하자 연우는 울컥 목소리를 높였다. 말보다 행동이 먼저, 합의보다 진격이 먼저인 이 남자를 어떻게 상대해야 할지 모르겠다. 불과 몇 분 전, 그의 사연을 듣고 가슴 아파하던 시간이 우습게도, 그가 얄미워지려 하고 있다.

"왜 이러는데요?"

그녀는 다가오는 그를 피해 몸을 조금씩 뒤로 빼며 추궁했다. 그는 당당하다.

"키스하고 싶으니까."

"왜 하고 싶은데요?"

"하고 싶으니까 하고 싶은 거지. 하고 싶은데 이유가 어디 있어."

씨이, 강선재, 탈락. 나보고 바보라고 하더니. 당신은 초특급 멍충이야.

"안 돼요. 이제 안 할 거예요. 절대 안 해요. 절대, 절대."

앞으론 허락 과정 같은 것도 없어. 그냥 못 하게 할 거야. 역시 당장 키스가 급한 이 남자는 충격받은 듯 멍하니 보다가 어처구니없다는 투로 따져댔다.

"왜. 왜 안 되는데?"

그녀가 입을 꾹 붙이고 있으니 그는 씁쓸하게 질문을 툭 던진다.

"내가 그렇게 싫어?"

그러니까! 그 질문을 왜 스스로에게는 안 하는 건데! 연우 또한 복장 터지게 답답하다. 거기에 더해진 그의 무심한 언사.

"너, 날 말려 죽이려는 거지."

"누굴 죽여요오!"

그녀는 버럭 소리를 높이고야 말았다. 그가 움찔할 정도로 소리가 컸다. 센스 없는 남자 같으니. 내가 그런 말 싫어하는 거 알 때도 됐잖아.

"어떻게 재수 없게 그런 말을 해요!"

그러나 연우는 금방 열을 스스로 가라앉혔다. 자신이 너무 심하게 윽박질렀나 생각하게 된 것이다. 그게 문제다. 그의 무표정들이 보여주는 미세한 변화에 자꾸 마음이 약해진다. 젠장.

"한 번도 그걸 안 했잖아요."

그녀는 울며 겨자를 먹는 심정으로 그에게 힌트를 던져주었다. 씨이. 엉덩이 찔러서, 아니, 옆구리 찔러서 절 받고 싶지는 않았는데.

"뭐?"

그거? 하지만 그는 연우의 힌트를 바로 알아듣지 못하고 멈칫했다가 몇 번 눈을 깜빡거린 뒤에야 지그시 한숨을 흘려보냈다.

"그래. 그렇지."

파악하고 나니 조금은 웃음이 났다. 그거……. 역시 부부 사이니까 그거, 부부관계가 제일 중요하지. 모르는 바는 아니지만 우리 연우가 '그걸' 먼저 원할 줄은 몰랐는데. 천천히 하려고 했는데. 뭔가 순서가 참 이상한 것 같긴 하지만 그래도 이상하게 여기지 않을 것이다. 부인이 말하는 건 다 옳은 거라고 믿는다. 어쩌면 자신이 완전 구려서, 옛날 사람이라서 요즘 애들의 사고방식을 모르는 게 아닐까 생각해본다. 요즘은 다섯 살 차이도 정말 세대 차이가 나는구나. 그래. '그걸' 하고 나면 키스는 좀 편하게 하게 될 수도 있어.

"해야지, 그거."

물론 내가 더 많은 것을 원하게 되겠지만 말이다. 선재는 연우가 많이 부끄러워하지 않도록 진지한 자세로 임했다. 연우는 그의 목소리가 부드러워지자 힘차게 끄덕였다. 그런데.

"당장 해도 돼. 난 괜찮아."

에엥? 그의 말은 뭔가 이상했다. 진중하게 반짝 빛나는 눈동자도 어째 좀 의심스럽다.

"어디가 좋아. 내 방, 아니면 네 방."

헉! 세상에!

"난 어디든 괜찮아."

그러나 그녀가 놀란 마음을 표현할 틈도 없이, 그가 그녀의 손목을 턱, 잡고 자리에서 일어났다.

"네 방이 좋겠다."

"아니, 아니!"

연우는 끌려가지 않으려 엉덩이를 무겁게 끌다가 힘 있게 그의 손을 툭 털어냈다. 기가 막혔다. 그 또한 어리둥절한 표정으로 그녀를 바라본다.

"대체 무슨 생각을 하는 거예요!"

"네가 그걸 해야겠다며."

"그게 어떻게 그거냐고요!"

절망스럽다. 울고 싶다. 제이그룹 임직원 여러분, 그거 아시나요? 제이백화점 경영전략 부사장은 강선재라는 바보입니다.

"그게 아니라고?"

바보 선재는 정말로 까마득히 잊어버리고 있었다. 정말 중요한 것, 자신이 '그걸' 안 했다는 걸.

"그게 뭐지?"

정답을 깨우치지 못한 선재는 혼돈 상태가 되었다.

"됐어요!"

실망한 연우는 쿵쿵 발소리를 남기며 퇴장했다. 선재는 멍해진 채 그녀의 뒷모습을 눈길로 좇을 뿐이다. 뭔가 단단히 틀어졌다.

선재가 고민하는 사이에 하루가 지나고, 그동안 연우는 더욱더 냉랭한 상태가 되었다.

'그게 뭐지?'

선재는 계속 고민 중이다. 대체 '그게' 뭔데, 아내가 그토록 화를 내는 걸까. 주관식은 너무 어렵다. 빨리 생각해야 되는데.

"어이, 유명 인사."

그룹 본사의 신년 임원 시무식이 끝난 후, 제이홈쇼핑 본부장으로 있는 친구 기준이 선재에게 말을 걸었다. 어제의 스캔들 기사와 그 이후의 흐름에 대해 놀리는 것이었다.

스캔들은 그럭저럭 잘 정리가 되었다. 스캔들을 가라앉히는 데에 가장 큰 공헌을 한 것은 뜻밖에도 한 인기 BJ의 인터넷방송이었다. 부산의 케이블카 체험을 왔던 BJ의 방송에 선재가 연우를 끌어안는 장면이 우연히 찍힌 것이다. 익명의 제보자는 BJ의 방송에 등장하는 달달한 남녀가 제이그룹의 부사장과 그의 아내라는 것을 증명하는 글을 올렸다. 그 후 여론은 선재와 유사라를 마녀사냥 하는 것에서 기자를 비난하는 쪽으로 급물살을 탔다. 선재가 세기의 사랑꾼이 된 것은 말할 것도 없다.

"그나저나 연우 씨 얼굴이 너무 알려진 것 같다. 인터넷 게시판 댓글은 읽어보냐? 예쁘다고 난리도 아니더라."

걱정이긴 하다. 언론매체로부터 보호하고 싶었는데, 이런 식으로 아내의 얼굴이 알려지게 되어 안타까웠다. 선재는 불평스럽게 구시렁거렸다.

"이제 와서 야단법석인 게 참 웃기네. 그럼 안 예쁠 줄 알았나? 누구 부인인데."

"오오. 이제 세상에 알려지니 마음 놓고 사랑꾼 노릇 하는 거야?"

사랑꾼? 놀리는 기준의 말에 왠지 분하다. 사랑꾼 노릇을 하고 싶어도 할 수가 없어. 이런 속 타는 마음을, 소문난 잉꼬부부인 현기준 네가 알겠냐.

"넌 좋겠다."

불만덩어리가 된 선재가 심통 맞게 말을 툭 내뱉었다.

"응? 왜?"

"재수 없어."

평화롭게 사랑하는 것들은 다 재수 없어. 연우의 태도가 변한 후 한껏 삐뚤어진 선재였다. 기준은 선재의 말이 우습다는 듯 쿡쿡 웃었다. 한때 기준은 선재에게 '재수 없다'라는 말의 쓰임에 대해 가르쳤었다.

"야, 재수 없다는 말을 이렇게 뜬금없이 써먹으라고 가르쳐준 게 아니야."

"가르쳐줘서 말한 거 아니야. 마음에서 우러나와서 말한 거야."

"어디서 화풀이야. 그새 연우 씨랑 사이 안 좋아졌어? 어제 그 일로 싸웠어?"

"내가, 왜, 그 일로 싸워."

품. 기준은 그 반응에 웃음을 터트리고 말았다. 선재의 육촌이자 친구인 강태준의 결혼식 이후, 왠지 선재가 귀염귀염하게 변한 것 같았다. 밋밋했던 녀석에게 감정이 생긴 느낌이랄까.

"무슨 고민 있는지 형이 들어줄까?"

기준의 친절함에 선재는 잠깐 솔깃했다. 그러나 결혼 삼 년 차에 부인이랑 키스를 못 하고 있다고 말할 수도 없는 노릇.

"됐어."

선재가 거절했지만 기준은 친구를 아끼는 마음에서 조언했다.

"강선재. 너, 나한테 하듯이 부인한테 하면 안 돼. 알지?"

선재는 기준의 말에 계속 뚱한 표정이다.

"그리고, 내가 너보다 일찍 결혼한 선배 입장에서 한마디 하자면 솔직한 게 제일 좋다. 솔직하게 하고 싶은 말을 제대로 해야 돼."

흥. 누가 모르냐. 내가 얼마나 솔직하게 사는지 넌 몰라. 그런데, 키스하고 싶어서 키스하고 싶다고 솔직하게 말했다가 내가 이 꼴이 났다고! 내가 궁금한 건 그런 게 아니란 말이다. 대체 내 아내는 왜 솔직하게 원하는 걸 말하지 않는 것이냐. '그게' 뭔지 그냥 가르쳐주면 되잖아. 대체 '그것'이 뭐란 말이냐.

선재의 답답한 속을 알지도 못하고서, 기준은 귀여워진 선재를 놀리기에 바쁘다.

"너 같은 녀석이 이연우 씨 같은 사람을 어떻게 사귀었을까. 정말 세기의 미스터리야. 너 연우 씨 훔쳐 온 거 아니지? 고백은 제대로 한 거지?"

순간, 함께 걷던 선재의 걸음이 우뚝 멈췄다. 기준도 섬뜩 놀라 물었다.

"……훔쳐 왔어?"

선재는 기준의 낮아진 음성이 귀에 들어오지 않았다. 그제야 눈이 확 뜨이는 것 같았다. 아 어떻게 그걸 잊었지? 어떻게 그걸 생각하지 못할 수가 있지? 너무 기본적인 것이라 도리어 생각도 못 하고 있었다. 부인이 토라진 것도 이해가 갈 것 같았다. 돌이켜보니 그때, 결혼하자는 말을 꺼냈을 때에도 상냥한 말을 한 번도 한 적이 없었다. 깨달음을 얻은 선재는 마음이 바빠졌다. 친구와 더는 노닥거릴 시간이 없었다.

"현기준, 내가 성공하면, 내일부터 널 형님으로 모실게."

"성공? 내일? 뭐? 형님?"

선재는 어리둥절해하는 기준을 버려둔 채로 바삐 떠났다. 희망을 발견한 가슴이 두근거렸다.

학교에 들른 연우는 많은 사람들에게 위로받았다. 그녀가 허위 기사에 대해 상처를 받았으리라 생각한 것이었다. 선재가 연우와 함께 부산에 머물렀다는 것을 잘 알고 있는 동료들은 그녀 대신 분개해주었다. 또한 BJ의 방송에 잡힌 장면에 대해서는 찬사를 보냈다.

"그래도 그런 훈훈한 동영상이 떠서 다행이야. 그날 학회 끝나고 신랑이랑 케이블카 타러 간 거지?"

"둘이 너무 잘 어울리더라. 완전 영화 같았어. 정말 부러워."

사실 그때의 그 포옹은 미아 찾기 같은 거였는데. 그때의 진실에 대해 솔직하게 말하지 못하는 연우는 허허 웃어 보였다. 그래도 동료들의 위로가 나쁘지 않았다. 아니, 실은, '두 사람이 잘 어울린다', '두 사람이 예쁘다' 이런 평들이 기분 좋았다.

하지만 밖에서 듣는 말에 기분 좋아하면 뭐하나. 정작 남편은 아무것도 모르는 바보인데. 선재를 생각하자 다시 울컥하게 되었다.

'아니지. 내 소명을 잊으면 안 돼.'

연우는 마음을 고쳐먹었다. 고백을 받고자 하는 건 그냥 욕심이다. 여전히 마음은 그대로다. 사랑보다는, 그가 살아가게 하는 것이 먼저. 살아야 사랑도 하지. 연우는 선재를 원망했던 자신을 반성하며 집으로 향했다. 새해부터 한파가 몰아닥쳐 집 밖이 추웠다. 몸을 움츠리며 현관문을 여니 따뜻한 공기가 그녀를 맞았다. 또한 선재도 있었다.

"일찍 왔네. 더 늦게 올지 알았는데."

그녀가 하고 싶었던 말은 선재의 입에서 나왔다. 그가 이렇게 일찍 올 것이라고 예상하지 못했던 연우는 신발을 벗고 안으로 들어서서도 그에게 가까이 가지는 못했다. 거실 안이 낯선 풍경이었다. 프리티들만 알콩달콩 모여 지내던 거실엔 다른 식물들이 떼로 몰려와 있었다. 그야말로 넓은 거실의 반 이상 화분이 가득 찬 상태.

"이게 다 뭐예요?"

"선물."

그가 흐뭇하게 말하고는 그녀를 좀 더 안으로 안내했다. 연우는 선재가 대체 왜 이러는지 알지 못한 채로 그를 따라 걸음을 옮겼다. 그는 한 관엽식물 앞에서 걸음을 멈추었다.

"이건 파키라라고 하는 건데 햇빛을 많이 안 봐도 잎을 넓게 잘 키운대."

뜻밖에도 원예시간인가요.

"이건 무스카리. 포도송이처럼 보라색 꽃을 피우는데 오래간대."

선재는 그녀의 손을 잡고서 거실 안쪽을 누비며 화분들을 하나씩 가리켜 설명했다.

"이건 프리티 못지않은 국민다육 홍옥, 이건 카라솔, 이건 데비, 이건 백모단, 그리고 이건 국민선인장 비화옥, 등심환, 그리고 이건 아이비. 아이비 알지? 그리고 이건 회초리로 쓰라고 가져온 나무가 아니라 개나리야. 잘 심어놓으면 봄에 꽃이 필 거야."

뭐 이런 개나리. 그녀의 표정이 점점 멍해져가는데도 그는 설명에 심취한 모습이다. 이번에는 연우의 옆에 놓인 웬 까만 통을 열어 보인다. 그 안에는 웬 콩나물 같은 녀석들이 잔뜩 있다.

"그리고 이건 콩나물."

콩나물 같은 녀석들이 아니라 진짜 콩나물이었다. 콩나물들아, 너희들은 주방에 있어야지 거기 왜 있니.

"이것들의 공통점은 뭘까? 주관식인데."

도무지 이 상황을 이해할 수가 없다.

"내가 말해줄게. 다 네가 좋아하는 거야."

내가 얘네들을 좋아한다고요? 그녀가 맹하게 있었기에 선재는 대답을 재촉하지 않고 바로 말한다.

"번식력 좋은 식물들. 생명력 강한 애들."

그거였다.

"생각 있으면 더 사 줄게."

그녀가 분홍장미 대신 프리티를 택한 것이 작금의 사태를 초래한 것이다. 하나를 가르쳐주면 딱 하나만 아는 남자. 인형 귀가 예쁘다고 하면 온 세상의 인형 귀를 뜯어 올 것 같은 남자.

"하하하. 고맙습니다. 거실이 한결 따뜻해요."

연우는 텅 빈 웃음을 지으며 화답했다. 선재의 눈빛이 흔들렸다. 그녀의 반응이 시원치 않다는 것을 금방 알아차린 것이다. 다행히도 아주 바보는 아니었다.

"마음에 안 들어?"

"아뇨. 고맙고 좋은데요. 이걸 어떻게 다 돌볼까 싶네요."

연우도 솔직하게 말했다.

"이 번식력 좋은 애들이 우리 거실을 몽땅 차지할 텐데 선배는 괜찮아요?"

"난 너만 괜찮으면…… 아!"

그녀만 괜찮다면 뭐든 상관없다는 말을 하려고 했는데 일이 터져버렸다. 아내가 움직일 공간을 만들어주려다가 선인장을 밟아버린 것이다.

"헉!"

선인장의 가시가 그의 발바닥에 박혔고 연우도 놀라 주저앉았다.

"이것 봐, 이것 봐, 이것 봐! 내가 이럴 줄 알았어. 선인장은 왜 가지고 온 건데, 왜. 안 하던 짓을 하니까 이렇게 되는 거 아니에요오!"

선재의 부상에 흥분한 연우는 속사포처럼 말을 쏟아내면서 선재를 타박하며 그의 발바닥을 살폈다. 눈에 보이는 가시들을 뽑아내고 그의 양말을 벗기고 다시 그의 발바닥을 살피는 일련의 행동은 민첩하고도 세심하다.

"아파요?"

"아니……."

"선인장 이놈들 이름이 뭐라고요? 등신왕?"

연우가 분해 죽겠다는 듯 물기 가득한 음성으로 물었다.

"등심환."

"등신왕인지 등심환인지, 파인애플같이 생겨가지고 가시만 잔뜩 있고. 완전 예전 선배 같은 놈들이네. 진짜 싫다."

분홍색 장미꽃 이후로 진짜 싫다는 말은 듣지 않을 줄 알았는데, 또 들어버렸다. 그런데도 선재는 웃음이 났다.

"이제 괜찮아. 고마워."

"가시독 오를 수도 있어요."

계속 염려되는 듯 바닥까지 고개를 내리고는 그의 발바닥을 살피는 그녀가 너무 우습고, 좋고, 사랑스럽다.

상황이 참 이상하다는 것을 알지만, 불안한 마음도 있지만, 선물 공세에 실패하여 그녀에게 황홀한 감격을 안겨주지 못하는 가난한 고백을 하게 생겼지만, 모든 것을 체념하고서 벅찬 마음을 더 이상 가둬둘 재간이 없어 목소리를 낸다.

"이십 년 전에 있었던 일. 어제 얘기한 거 말이야."

내 이야길 들어줘, 연우야.

그의 잠잠한 음성에 연우도 고개를 들었다.

"사실은 그 일 이후로 친구를 만드는 건 좀 꺼리게 됐어. 감정을 억제하기도 했었고."

그녀의 눈동자엔 벌써 투명한 막이 생겨나고 있다. 이제 별것도 아닌 옛날 얘기인데. 슬픈 얘길 하려는 것도 아닌데.

"마음이 이상하다는 생각이 들면 머릿속에서 다시 한 번 생각을 정리하게 돼. 상처가 아프다는 감정이란 머리에서 나오는 거라고. 다치면 뇌에서 아프다는 신호를 보내주는 거니까. 그렇게 생각해버리면 감정도 무뎌지더라고."

그는 담담하게 제 약점을 고백했다.

"내가 다른 사람들보다는 좀 표현이 서툴지도 몰라."

이런 나를 받아달라고 청하기 위해서.

"하지만 많이 변하고 있어. 앞으로 더 변할 거야. 왜냐하면 네가 날 고쳐놓거든."

넌 처음부터 내 가슴을 뻐근하게 아프게 했다. 심장이 반응하는 속도를 머리가 버텨내지 못했다. 이성으로 억누르려고 해도 뜻대로 되지 않는 것, 그 마음을 따라가다 여기에 이르렀다.

"널 떠올리면 아프기도 하고, 들끓기도 하고, 우습기도 하고, 무섭기도 하고, 벅차기도 하고, 또 마냥 행복하기도 해."

더 이상 상처 입고 싶지 않아서 닫아놓았던 내 마음에 네가 들어와서 싹을 틔우고 꽃을 피웠다. 그 꽃 하나가 너무 소중해서 난 물을 마련하고 토양을 가꾸고 햇빛을 끌어들일 거야. 나비와 벌이 찾아들게 할 거야. 그 모든 게 내 마음 전체를 헤집어놓아도 난 또 마냥 행복할 거야.

"좋아하는 감정이 이런 거라면 난 널 한참 전부터 좋아했어."

그제야 그 사실을 제대로 말한다.

"내 마음은 이거 하나야."

늘 언제나 그 자리에 있었던 것을.

"다른 건 없어. 처음부터 없었어."

햇빛 눈부신 날 분수 앞에 나타나는 무지개처럼, 그의 눈이 고운 색 깔로 반짝거렸다.

좋은 꿈

남편의 눈동자에 오롯이 자신의 얼굴이 둥실 떠올라 있는 것을 본 연우는 새삼스레 울컥하게 되었다. 그녀의 마음을 얻기 위한 고백이라기보다는 그의 넘치는 감정을 표현하기 위한 고백이었다. 그래서 더 사랑스러웠다. 나로 인해 이 사람이 변하고 있다는 걸 알게 해줘서. 연우는 그다음 목소리를 내기가 힘겨웠다.

"정말이에요?"

말끝이 떨리는 것을 감추느라 목소리를 크게 내지 못했다.

"당연히 정말이지. 아직도 못 믿겠어?"

"성욕 때문에 그러는 거 아니고요?"

후우. 선재가 옅게 한숨을 내쉬고는 대답했다.

"이 감정이랑 성욕은 당연히 같이 가는 거야."

"늘 성욕이 먼저였던 것 같은데요."

"그래서 지금 바로잡고 있잖아."

연우가 따졌는데도 그의 목소리는 귀에 달게 감길 만큼 부드럽다. 마음이 흔들리지만, 바로잡아야 할 것은 또 있었다. 연우는 설레는 마음을 감추며 질문했다.

"다른 건 처음부터 없었다고요?"

"그래. 네가 처음이야."

"말이 되는 소리를 해요."

역시 그의 말은 믿기 힘들었다. 상식적으로, 누구라도 이해하기 힘든 말일 것이다.

"왜 그게 말이 되는 소리가 아니야."

"처음이면 그게 그…….."

그 키스 스킬이…… 아니, 키스 스킬뿐 아니라 며칠 전 그의 침대에서 잠결에 덮쳐졌을 때도 비슷했다. 처음 해보는 솜씨가 아니었다고.

"흐음. 알겠습니다."

연우는 그에게 더 유혹당하고 설득당할세라 그쯤에서 질문을 끝냈다. 어쨌든 받고 싶었던, 아니, 둘 사이가 흘러가는 데 꼭 필요하다고 생각했던 '그것'을 받았다. 그는 결국 정답을 맞혔다. 이제 화답해줘야 할 차례다.

"선배 마음은 알았어요. 고마워요…….."

그녀의 다음 말을 기다리는 선재의 눈빛이 다시금 빛난다. 아이참, 미안하게.

"하지만, 선배는 그동안 못된 말을 많이 했으니까, 하루에 한 번씩 예쁜 말을 해주세요. 그럼 언젠가 받아줄게요."

기대에 가득 차 있던 그의 얼굴에 핏기가 사라져가는 것이 보인다.

"뭐, 뭐라고?"

언젠가?

"하루에 한 번씩 예쁜 말을 해달라고요."

"아니, 그다음에."

"그럼 언젠가 받아주겠다고요."

선재는 이 충격적인 화답을 믿을 수 없어 고개를 가로저었다. 그녀를 촉촉이 응시하고 있던 올곧은 눈동자가 휘청거린다.

"예쁜 말은 할 거야. 하루에 한 번이 아니라 백 번이라도 할 거야."

"네에."

"그래. 예쁜 말을 듣고 싶으면 일단 받아들여."

아무래도 아내가 부끄러워하는 것 같아 단호하게 말했다.

"싫은데."

그러나 아내도 제법 단호하다.

"왜 당장 오케이가 아니야. 왜?"

급해진 선재는 따지듯 물었다.

"내 인생의 처음이자 마지막 선택일 텐데 신중하면 안 될까요?"

아니, 신중할 게 따로 있지.

"어차피 결혼도 했잖아요. 내가 그동안 한눈팔 것도 아니고."

그러니까 말이다. 우리 결혼했잖아. 결혼한 사이가 이래서는 안 되는 거야.

"그러니까 예쁜 말을 많이 해주세요. 오늘 고백 같은 거. 예쁜 말 수첩을 쓸 거예요."

고백에 맛 들린 결혼 삼 년 차 유부녀 이연우의, 인생 마지막 밀당이 지금 막 시작되었다.

강선재를 상대로 내가 또 언제 이런 갑질을 해보겠어. 그녀는 남편의 바짝 타들어가는 속도 모르고서 빙긋 잘도 웃는다.

"넌 진짜 여우 같아. 그 해맑은 얼굴로 사람을 무지 쥐락펴락하고 있어."

"예쁜 말이요."

"얼굴이 해맑다고 했잖아. 예쁜 말이야."

이러니까 말이다. 예쁜 말이 어떤 것인지부터 알려줄 필요가 있는 거다. 연우는 그를 더는 자극하지 않고 바로 자리에서 일어났다. 거실을 정리해야 했다.

"우리, 화분은 몇 개만 남겨두고 어디 기증해요."

"혹시 선물이 마음에 안 들어서 화풀이하는 거야?"

하지만 선재의 뒤끝은 아직 정리되지 않았다.

"아뇨. 선물은 선인장만 빼고 정말 다 좋았어요."

"그럼 선인장 때문에 그래? 선인장을 불태워버릴까?"

연우는 결과에 승복하지 않는 그가 새삼 귀엽고도 애틋했다.

이봐요, 강선재 씨. 당신한테만 넘치는 마음이 있는 게 아니잖아요. 나도 예쁜 당신에게 내 마음을 알려주고 싶다고요. 그때까지 조금만 기다려주면 안 되나? 아주 조금만. 내게도 마음의 준비가 필요하잖아. 진짜 부부가 될 준비. '선배'가 아니라 다른 말로 부를 준비.

연우는 아직 자리에서 일어나지 않은 선재의 목을 끌어안아 토닥여주었다.

"안아주지 마. 네가 거절해놓고 위로하는 척하지 마."

그는 삐뚤어져 있었다.

"거절한 게 아닌데요."

"그럼 고백을 받아들여. 당장."

"어떻게 사람이 이거 아니면 딱 저거인가요."

"난 어정쩡한 거 싫어."

"그럼 거절하는 걸로 끝내요?"

포옹을 푼 연우가 물었다. 선재는 억울함을 꾹 눌러 참는 얼굴이다.

"너 진짜 너무한다."

"화분이나 옮겨요."

먼저 일어난 연우의 표정은 그 어느 때보다도 밝다. 그녀의 모습을 좇는 선재의 눈빛은 슬프기 그지없다. 하나, 받아들일 수밖에 없었다. 내 아내가 이렇게 달라졌으니.

삼 년 전, 첫 키스를 하던 날. 호텔의 어둡고 구석진 자리에 인형처럼 앉아 있던 아내. 제 자존감을 챙기지 못하는 것 같아서 안타까웠던 그 아내가 이제, 자신이 사랑받을 만한 가치가 있다고 생각하는 마음을 갖게 되었다. 그 자신감 있는 모습에 고마워진다. 하지만 그건 그거고, 두고 보자 이연우.

너. 언젠가, 네가 허락해주는 날. 네 마음이 가득 차게 되는 날. 내가 많이 괴롭힐 거야, 아마. 그러니 지금 많이 웃어둬.

그 경고는 만일을 위해 감춰두기로 한다.

다음 날. 방학이었지만 진행 중인 프로젝트를 위해 어김없이 출근한 연우는 열심히 업무에 집중하던 중에 뜻밖의 전화를 받았다. 유사라였다. 이번에도 사라는 직접 학교까지 찾아와서 연우에게 연락했다. 연우는 다소 너그러워진 마음으로 사라를 만나러 나갔다. 선재에게 사라와의 사연을 모두 들은 터라 사라가 사무치게 밉지는 않았다.

선글라스에 퍼 코트를 입고 나온 사라는 오늘도 눈부시도록 아름다

왔다. 그러나 연우는 오래전처럼 기죽은 태도를 보이지 않았다. 사라의 태도는 그때와 비슷했다. 연우를 자신의 차 안으로 안내한 사라는 곧장 입을 열지는 않았다. 선글라스를 벗지 않아서 어떤 표정을 짓고 있는지는 제대로 알 수 없었지만 연우는 사라가 꽤나 망설이고 있다는 것을 눈치챘다.

"선재 많이 화났어요?"

연우가 먼저 얘기를 꺼내볼까 했는데 사라가 먼저 입을 열었다. 선글라스를 벗은 그녀의 눈이 조금 붉어 보였다.

"아뇨. 언니 얘기는 별로 안 했어요."

연우는 감정을 담지 않은 목소리로 대답했다.

"하. 새삼 웃기네."

사라는 허탈한 웃음을 털어냈다. 그녀의 눈에 눈물이 고이는 것 같았다.

"선재가 전화했어요. 연우 씨한테 사과하라던데."

사라는 연우를 찾아온 이유를 밝혔다. 그러나 역시 사과를 하려고 온 태도라고 보기는 힘들었다. 그런 사과는 받지 않느니만 못하기에 연우는 쿨하게 거절했다.

"아뇨. 괜찮아요. 속아 넘어간 제가 어리석었죠. 반성하고 있어요."

또한 연우는 사라가 자존심에 상처를 입어가며 사과를 하길 원하지 않았다. 물론 그녀 때문에 이혼을 하게 되어 선재에게 사고가 일어났던 것을 생각하면 가슴이 욱신거리지만, '다른 미래'에서의 일을 원망하여 사과를 받아낼 필요는 없다.

"그럼 정말 사과 안 해도 돼요? 난 하지 말라면 안 해요."

연우가 대답하지 않으니 사라는 다시 한 번 말했다.

"난 또 떠나요. 해외 일정이 많아요. 그러니까 사과 듣고 싶으면 지금 말해요."

사라의 목소리는 도도했다. 사라의 과거를 알기 전이었다면 그런 태도에 기분이 상했을지도 모르겠다. 그러나 지금은 아니다. 연우는 사라를 인간적으로, 애틋하게 보고 있었다.

또한 연우는 사라에게 말하지 못하는 게 하나 있었다.

사실은 난, 당신의 또 다른 모습을 알고 있어요. 그 사람이 죽었을 때, 그의 영정사진 앞에서 어린애처럼 울던 당신. 그리고 그가 가정법원 앞에서 차에 치였다는 사실을 알고선, 나를 원망하던 그 눈빛. 그것만으로도 난 당신이 얼마나 선재 씨를 좋아했는가를 알 수 있었어요. 어쩌면, 그때는 당신이, 그를 쉽게 포기한 나보다 더 그 사람을 좋아했을 수도 있겠네요. 그래서 미안합니다. 당신이 좋아한 사람을 그렇게 만들어서.

연우는 '다른 미래'의 사라에게도 마음의 메시지를 보냈다. 그리고 지금 옆에 앉은 사라에게는 작게나마 웃어 보였다.

"괜찮아요. 다음에 왔을 때는 편해진 얼굴로 봤으면 좋겠어요. 어디 가는지는 모르겠지만 건강히 다녀오세요."

그런데, 그 쿨한 반응을 확인한 사라의 눈빛이 흔들렸다.

"……들었구나? 내 얘기."

사라는 눈치가 빠른 사람이었다. 연우의 얼굴에 나타난 애틋한 표정을 보고는 그사이 선재가 연우에게 무언가를 말했다는 사실을 읽어낸 것이다.

"이십 년 전 얘기."

연우는 묵묵히 고개를 내렸다. 으흠, 사라는 차오르는 울음을 삼키려는 듯이 목을 가다듬었다. 그리고 힘겹게 물었다.

"선재가 그 얘길 어떻게 하던가요? 쌍둥이 오빠를 잃은 내가 불쌍했대요?"

사라는 울음은 감추었지만 말끝이 떨려오는 것까지 숨기지는 못했다.

"아뇨. 그런 말은 안 했어요. 선재 씨는 사실만 얘기했어요. 어떻게 언니와 가까워지게 됐는지."

연우는 사라의 심기를 거스르지 않도록 착실하게 답했다.

"언니에게 고맙다고 했어요. 훌륭한 배우가 돼줘서 고맙대요."

"고맙대요? 그저 고맙대요? 훌륭한 배우가 돼줘서?"

그러나 받아들이는 사라의 마음은 그게 아닌 모양이다. 사라는 울음기 어린 한탄을 툭 터트렸다.

"내가 얼마나 노력했는지 알아요? 선재에게 기죽지 않으려고. 선재랑 동등한 눈높이가 되려고."

이윽고 내뱉어진 고백의 목소리는 다소 격앙되어 있었다.

"난 정말 노력했어요. 죽도록 노력했어요. 선재가 좋아하는 걸 하려고, 선재의 마음에 들려고 최선을 다했다고. 바쁜 시간 쪼개가면서 선재의 친구들을 만나고 얼굴을 외운 것도 나예요. 선재와 어울리려고 얼마나 노력했는데."

그게 사라의 진심이었다. 선재와 어깨를 나란히 하기 위해 이십 년을 노력해온 결과, 지금의 유사라가 되었다. 선재는 그녀를 '톱스타'라고 불렀고, 그녀는 선재의 친구들이 자신에게 관심 있어 하는 것이 좋았다. 인정받는 것 같아서. 선재의 친구들과 어울리는 소탈한 모습을 보이면서 배우로서의 품격도 잃지 않기 위해 노력했다. 선재가 자신을 자랑스러워했으면 했다. 그렇게, 가장 친한 여자친구가 되었다고 생각했다.

그런데, 가장 친하다고 생각했던 남자친구는 그간 한마디 귀띔도 없이 어느 날 갑자기 결혼을 하겠다고 했다. 삼 년 동안 연애를 해왔다는 말도 덧붙였다. 그때의 상실감을 잊을 수가 없다.

"그런데 대체 연우 씨는 한 게 뭐예요? 그 자리를 지키려는 노력도 안 하고 팽개치려고 했으면서."

사라는 시원하게 내뱉었다.

"왜 그런 연우 씨에게 내가 고개를 조아려야 되죠?"

어느새 이연우라는 사람은 사라에게 가장 부러운 존재가 되었다. 그래서 마음속 깊이 미워하는 마음을 가졌었다.

"연우 씬 다 가졌잖아. 천사 같은 엄마, 아빠, 끔찍하게 챙겨주는 동생."

기어이 울먹이는 목소리가 나왔다.

"난 선재 하나밖에 없었다고."

연우는 사라가 눈물을 보이자 가지고 있던 손수건을 건네주었다. 사라는 도도하게 고개를 돌렸다가 끝내 손수건을 받았고 눈가의 눈물을 찍어 닦은 뒤 곧장 선글라스를 썼다. 연우는 사라의 마음이 정리될 때까지 묵묵히 있었다.

당신은 모르겠지만 그래서 나도 벌 받았어요. 그 사람이 애틋해질 때면, 어김없이 3월 2일의 그 사고가 플래시 터지듯 나타났다가 사라져요. 그건 내가 평생 짊어지고 갈 짐이겠죠.

잠시 후 연우는 차분하게 말했다.

"이제부터라도 노력할게요, 나도. 선재 씨 열심히 지킬게요."

그 고운 인사에 사라는 코웃음을 쳤다. 의외의 반응이었다.

"됐어. 너 가져요."

감정을 모두 분출하고 가벼워진 사라가 거침없이 말했다.

"강선재 따위 버려버릴 거예요."

그녀는 선재가 얄밉다는 듯 이를 갈았다.

"그래도 우리가 알고 지낸 세월이 이십 년인데, 제 부인한테 말 한 번 잘못했다고 절교하겠다는 놈. 부인한테 사과나 하고 오라고 윽박지르는 놈."

연우는 웃음이 툭 터져 나오려는 것을 힘주어 삼켰다. 선재가 윽박지르는 모습이 눈에 그려지는 듯 선했다.

"난 지금보다 더 대단해져서 두 사람이 나한테 감히 말도 못 꺼내게 할 거예요. 두고 봐. 나한테 함부로 한 걸 땅을 치며 후회하게 해줄 테니까. 내가 얼마나 높은 곳에 있는지 늘 보고 열등감을 느끼도록 해요."

알고 보면 참 멋있는 여자다. 다른 방식으로 만났다면 분명히 선망했을 여자. 이 여자가 정말로 더 빛나는 사람이 되었으면 좋겠다. 좋은 사람도 만났으면 좋겠다. 연우는 진심으로 빌어주게 되었다.

"나중에나 보겠네요. 이혼하지 말고 닭털 날리게 잘 지내고 있어봐요, 어디."

"네. 어디 가시는지는 모르겠지만 잘 다녀오세요."

"정말 사과 안 해도 돼요?"

"아, 궁금한 건 있어요."

거듭 묻는 사라에게 연우는 다른 질문을 했다. 급히 떠오르는 게 있었다.

"우리 집 현관문 비밀번호는 어떻게 아신 거예요?"

사라는 고개를 짧게 끄덕이고는 대답했다.

"옥승혜 여사."

사라의 대답에 연우는 차 밖의 한기가 안으로 몰아치는 싸함을 체험했다. 옥승혜. 왜 그 이름을 또 여기서 듣게 되는 거지?

"두 사람의 결혼이 가짜라고 얘기해줬어요."

모골이 송연해졌다. 옥승혜가 그 사실을 어떻게 알고 있는 걸까.

"미용실에서 메이크업 하다가 처음 만났죠. 날 알고 있다고 말을 걸더군요."

사라는 빼고 재는 일 없이 곧장 솔직하게 털어놓았다. 옥승혜와의 첫 만남에 대해.

"날 아는 사람은 많으니까 처음엔 그냥 웃어넘겼어요. 그런데 선재 얘기를 꺼내더군요. 그리고 바로 연우 씨 얘기가 나왔죠."

손끝이 떨려 왔다. 연우는 주먹을 꽉 쥐었다.

"결혼 전 이연우 씨네가 어떤 부잣집에 세 들어 살았었다는 건 알고 있었어요. 마진태라는 이름을 어렴풋이 기억하고 있었죠. 마진태의 부인이 옥승혜 여사라는 건 그때 알았고. 처음엔 선재와 연우 씨, 두 사람이 이상하다는 말로 꼬드기더군요. 그러다가 어느 순간 확신하듯이 말했어요. 두 사람의 결혼이 가짜라고."

연우는 작은 소리로 탄식했다. 옥승혜는 그걸 어떻게 눈치챘을까. 그래서 그랬던 거였다. 얼마 전에 드레스숍에서 만났을 때, 그토록 철면피였던 것은 그녀의 결혼이 가짜라는 것을 알기 때문이었다.

"옥승혜 여사가 자기의 주장이 사실이란 걸 입증하겠다며 연우 씨네 집 현관문 비밀번호를 알려주더군요. 번호는 몇 가지가 있었어요.

아마도 그중의 하나일 거라고 했죠."

그 당시 현관문 비밀번호는 연우네 집의 아주 오래전 전화번호 뒷자리였다. 옥승혜네 집의 반지하에 살 때 잠깐 그 비밀번호를 쓴 적도 있었으니 옥승혜라면 짐작할 수 있었을 것이다.

"그때는 화가 나서 눌러본 거였어요. 선재가 가짜 결혼이라는 끔찍한 일을 저질렀다는 게 화가 났었죠. 사실은 그때 눌렀던 번호가 안 맞길 바랐어요. 그런데, 첫 번째로 찍어준 번호가 맞는 것이더군요. 그렇게 안으로 들어갔어요. ……정말 미안해요."

사라는 진심으로 미안하다고 했다. 사과를 받을 생각이 없다면 하지 않겠다며 자존심을 세우던 그녀가 자연스레 사과를 한 것이다.

"그래도 안에 연우 씨가 없었다면 그냥 나왔을 거예요. 그런데 연우 씨와 마주치는 바람에 연극을 하게 됐어요. 뻔뻔해지기로 한 거죠."

사라 또한 그날의 일을 후회하는 듯 무겁게 목소리를 내었다.

"연우 씨에게 말해봤죠. 두 사람의 결혼이 가짜라는 걸 알고 있다고. 연우 씨 표정을 살피려고 한 말이었어요. 그런데 연우 씨가 너무 쉽게 무너져버려서 놀랐어요. 허탈하기도 했죠. 물론 화도 났고요. 내 친구 강선재가 그것밖에 안 되는 남자였나. 여자 마음 하나 얻지 못하고 결혼을 했단 말인가, 싶어서."

다소 지나친 참견이긴 했지만 연우는 그런 사라를 이해하기로 했다.

"솔직히 내 친구를 위해서 이혼시키고 싶은 마음이 있었어요. 하지만 뭐, 그 문제에 대해서는 이번에 확실히 알게 됐으니 더 이상 할 말은 없네요."

사라는 자신의 잘못을 인정하며 완벽한 백기를 들었다. 선재의 마음을 제대로 파악하게 된 것이다.

"연우 씨는 마음이 없었다고 해도, 선재는 결혼하기 삼 년 전에 홍보대사 촬영 때부터 연우 씨한테 집착했다고 노발대발하는 녀석이니 나름의 플랜이 있었겠죠. 독단적으로 결혼을 감행할 수도 있었겠구나 생각해요."

연우는 사라의 이어진 이야기에 미간을 살짝 구겼다.

"……집착이요?"

국어사전이 필요했다. 집착이 뭐더라? 그가 나한테 집착을 했다고? 결혼 삼 년 전에?

"선재 입으로 집착이라던데. 못 느꼈어요?"

연우는 고개를 갸웃거렸다. 아, 그러고 보니 홍보대사 촬영 때 그가 나한테 이상한 질문을 했었던 것 같은데. 그게 뭐였더라? 정말 뜬금없는 질문이었는데. 기억해보려 애썼지만 조금도 생각나지 않았다.

사라와 꽤 훈훈하게 헤어진 후, 연우는 다시 연구실로 돌아와 업무를 이어갔다. 담당 교수가 다음 주에 출장을 가게 되었다며 그 전에 일을 대강 끝내놓자고 했다. 조금씩 '다른 미래'와 어긋나고 있다. 한 번 해본 일이기에 업무에 능률이 생긴 연우는 많은 일을 제대로 해냈고 담당 교수는 그런 연우에게 더욱 의지했다. 오후쯤 시간을 빠듯하게 쓰고 있는 연우에게 또 전화가 걸려왔다. 이번에는 반가운 전화였다. 발신자는 그녀의 엄마, 순정이었다.

"엄마!"

연우는 반갑게 전화를 받았다.

[딸, 우리 오늘 서울 올라가게 됐어. 내일부터 일이 있어서 말이야.]

헉. 그러고 보니 그 중요한 것을 잊고 있었다. 엄마, 아빠가 서울에 올라오신다고 했었지. 집으로 초대하기로 했는데. 집도 안 치웠는데!

연우는 난감해졌다. 그 마음을 읽은 듯이, 순정은 곧장 목소리를 냈다.

[그래서 너랑 강 서방이 불편할 것 같아서, 오늘은 그냥 태우네서 자려고.]

"아, 엄마, 미안해. 내가 오늘 너무 바빠서."

연우는 아쉬운 마음으로 사죄했다.

[괜찮아, 괜찮아. 우리 딸 바쁜 거 누가 모르나. 신경 쓰지 말고 일해. 내일 잠깐 보면 되지.]

"내일은 우리 집에서 자."

[알았어. 너무 밤늦게까지 일하지 말고 밥 꼭 챙겨먹어.]

"응. 조심해서 올라오세요."

하아, 전화를 끊은 연우는 안타까이 한숨을 내쉬었다. 엄마가 보고 싶은데 일은 많고.

'빨리 마무리 짓고 가서 집 정리 좀 해야겠다.'

연우는 부지런히 자료를 정리했다.

저녁식사도 거른 채로 부지런히 움직였건만 일은 늦어졌다. 연우가 집으로 돌아온 건 밤 8시가 넘어서였다.

'괜찮아. 지금부터 정리해도 다 할 수 있어.'

다행히 며칠 여유롭게 보낸 덕에 기운은 좋았다. 연우는 몸에 기합을 넣고서 문을 열었다. 그런데, 문을 열자마자 맞이한 광경이 조금 색달랐다.

"딸! 우리 딸!"

"오올. 누나 일찍 왔네."

좌식 테이블에 가득 차려진 음식들, 그리고 그 앞에 마주 앉은 엄마, 아빠, 동생. 그리고 남편. 연우는 멍해졌다.

"우리 사위가 자꾸 이쪽으로 오라고 그래서 왔어. 톨게이트까지 마중을 나온 거야, 글쎄."

연우의 엄마 순정이 이리로 오게 된 경위를 말했다.

"너 일하는 데 방해될까봐 얘기 못 했어."

순정이 자리에서 일어나 달려와 연우의 손을 반갑게 잡았다. 엄마의 얼굴에는 함박 웃음꽃이 피어 있었다.

"엄마, 아빠, 어서 오세요…… 아니, 이미 오셨지만."

연우는 어벙하게 인사하고는 순정의 옆에 앉았다. 순정이 연우의 손을 애틋하게 매만진다. 연우의 아빠 명식도 인사를 건넨다.

"연우가 살이 조금 빠졌네."

허허허. 연우는 어색하게 웃어 보이고는 선재에게 물었다.

"이걸 다 누가 차린 거예요?"

테이블 위의 음식들이 맛깔스러워 보였다.

"아주머니 불러서 부탁했지."

선재가 대답했다. 순정은 자리에 없는 아주머니를 칭찬했다.

"아주머니 솜씨 좋으시네."

"어머님이 만드신 반찬이 더 맛있습니다."

"아유, 말도 이쁘게 하지."

선재가 몸을 기울여 연우에게 속닥였다.

"들었지? 예쁜 말 수첩에 적어."

그 와중에도 예쁜 말 수첩까지 챙기는 꼼꼼한 모습이다. 연우는 여전히 멍하고.

"근데 우리 딸은 밥 먹었어?"

"아, 아니……."

"가만있어봐. 엄마가 밥 퍼 올게."

"어머니, 제가 가져오겠습니다. 앉아 계세요."

순정이 일어나려고 하자 선재가 노련하게 움직였다. 연우는 남편의 싹싹한 모습에 좀처럼 적응하지 못했다. 혹시 주방에서 혼자 구시렁 거리고 있지나 않을까 하여 연우는 재빠르게 따라나섰다. 선재는 밥 그릇에 연우 몫의 밥을 담고 있었다. 한 번도 안 해본 일을 하는 모양 이 어색하지만 그는 투덜거리는 기색이 없다.

"괜찮아요?"

"아버님이 산삼주 가져오셨어. 마실래?"

"지금 산삼주가 문제가 아니라요."

연우는 모든 것이 걱정스러워 목소리를 낮추고서 말했다. 그럼에도 선재는 태평한 모습이었다.

"걱정 마. 방도 다 정리했어."

그사이에 방까지 모두 정리한 것이다.

"아버님, 어머님은 네 방에서 주무시게 할 거고 넌 내 방에서 자는 거다."

그의 입술이 찰나의 순간, 반짝 길어졌다. 그 미소에 연우는 온몸이 경직되는 것만 같았다. 연우는 정신이 없는데, 엄마, 아빠, 동생은 기 분이 좋아 보이고, 남편은 여유가 넘치고. 도무지 적응 안 되는 화기애 애한 분위기에서 연우가 탈출구를 찾듯 말했다.

"옷 좀 갈아입고 올게요."

옷을 갈아입으면서 마음을 정리하자. 평정심을 되찾자.

"여보, 어디 가?"

그런데 선재의 물음이 그녀의 발목을 다시금 잡았다. 연우가 눈치 껏 선재를 바라보았다. 선재는 턱짓으로 제 침실 쪽을 가리킨다. 어느 새 그녀의 옷까지 모두 옮겨놓은 것이다.

"아…… 옷이 저쪽에 있죠."

연우는 곧장 방향을 반대쪽으로 틀어 선재의 침실로 총총 뛰어가버 렸다. 선재는 그런 연우를 보며 흐뭇하게 웃다가 순정과 명식에게 말 했다.

"연우가 평소엔 정말 똑똑하고 똘똘한데, 가끔 저렇게 멍할 때 너무 귀엽더라고요."

어쩜, 귀엽다네. 순정은 그 표현이 마음에 드는 듯 선재를 흐뭇하게 바라보았다.

"멍천재죠."

그 흐뭇한 분위기를 깨며, 태우가 연우의 학창 시절 별명을 단숨에 폭로해버렸다. 연우가 남편에게 놀림당할까 하여 오랫동안 고이 사수 해왔던 그것을. 선재가 관심을 보이며 물었다.

"멍…… 뭐라고?"

"헉. 모르세요? 누나 고딩 때 별명이 멍천재였는데. 멍청한데 성적 은 좋다고요."

"이놈, 어디 누나 흉을 보고 있어."

명식이 태우에게 한마디 했다.

"아유. 아빠. 매형이 이 중요한 것도 몰랐다잖아요. 누나가 매형을 속였다니까. 여우같이."

태우는 반성의 기미가 없다. 이렇게 매형과 술을 마시게 된 오늘은 태우에게도 좋은 날인 것이다.

"누나가 명천재인 것도 모르고 결혼당한 거잖아요."

"풉. 명천재……."

"웃기죠?"

태우는 뿌듯하게 키득거렸다. 선재는 기분 좋게 태우에게 술을 따라주었다.

"처남은 술 잘 마셔?"

"네. 가족들 다 잘 마셔요. 누나만 빼고. 누나도 술을 좋아하긴 하죠. 못 마셔서 그렇지."

태우의 대답에 선재는 부산에서의 일이 떠올라 텅 빈 한숨을 내쉬었다.

"그치…… 연우는 술 진짜 못 마셔……."

"누나 술버릇 때문에 매형 고생 많으시겠어요."

그런 선재의 마음을 알고 있다는 듯 태우가 위로해주었다.

"어후, 대학교 다닐 때는 그런 악질이 없었어요. 도서관에서 공부하는 애한테 전화를 해서는, '동생몬, 누님이 삼십 분 후에 취할 예정이다. 빨리 튀어와' 그래버리면 그냥 만사 제쳐두고 뛰어가야 돼요. 정말로 삼십 분 뒤에 곯아떨어져버리니까."

"그랬구나. 그때부터……."

"그래도 저 군대에 있을 때는 나름 금주했더라고요. 모임도 안 나가고 마셔도 집에서만 혼자 마시고. 독하긴 독해요."

"그래. 독해. 연우는 독해."

"내 얘기 했어요?"

어느덧 옷을 갈아입은 연우가 재빨리 달려와 눈을 부릅뜨고는 물었다.

"이것 봐. 자기 욕할까봐 감시하려고 달려온 거 보세요."

태우가 연우를 옆에 두고 험담했다.

"넌 공부 안 해? 얼른 먹고 가서 공부나 해."

자신을 대할 때와는 또 다른 모습의 연우를 보며 선재는 기분 좋게 웃었다. 외아들로 조용히 자라온 그는 겪어본 적 없는 즐거운 소란함이었다.

두어 시간 후에 산삼주도 바닥을 드러내고 얼근하게 취한 명식이 먼저 침실로 들어갔다. 거실에 남은 연우와 순정은 오랜만에 얼굴을 보며 안부를 나누었다.

"살 빠졌어? 아빠 말마따나 어쩌 얼굴이 야위었어."

"별로 안 빠졌어. 원래 이 킬로 정도는 왔다 갔다 해."

"왜 살이 빠졌을까. 임신한 건 아니고?"

"어우. 임신은 무슨."

순결한 연우는 고개를 절레절레 흔들었다.

"내가 너 가졌을 때 음식을 못 먹어서 임신하기 전보다 살이 빠졌었어. 그게 너한테 늘 미안하지."

"어휴. 그게 왜 미안해."

두 사람이 한참 도란도란 얘기 중일 때 현관문이 열렸다. 태우를 택시 태워 보내고 집으로 올라온 선재가 순정에게 말했다.

"어머니, 피곤하실 텐데 이제 들어가셔서 쉬세요."

"응. 그래그래. 우리 강 서방 너무 많이 마신 거 아니야? 내일 출근해야 되는데."

"아닙니다. 적당히 마셨습니다."

"그래. 우리 사위 보기 좋아."

제법 사위를 대하는 것이 편해진 순정이 선재를 칭찬했다.

"아유, 피곤하겠다. 얼른 들어가 쉬어. 연우도 잘 자고."

"네. 이만 들어가보겠습니다. 안녕히 주무세요."

안녕히 주무시라는 인사가 연우의 심장을 덜컹 떨어뜨리는 것만 같다. 부모님을 만나 반가운 마음도 잠시. 우려하던 그 시간이 오고야 말았다. 연우는 조심스럽게 순정에게 청해본다.

"……엄마, 나 오늘 오랜만에 엄마랑 같이 잘까?"

"여보. 무슨 소리야, 어린애처럼. 두 분 피곤하신데."

그러나 선재가 냉큼 정색하며 연우를 타박했다. 순정도 한마디 거든다.

"그래. 내가 왜 너랑 같이 자. 너는 네 신랑이랑 자야지."

"어머니, 연우 정말 어리광쟁이예요."

"그러게. 그래도 강 서방이 너그럽게 봐줘."

"당연하죠."

아이고. 그새 둘이 쿵짝을 맞추는 사이가 되었구나.

"그럼 쉬세요."

"응, 그래. 잘 자. 우리 딸도 잘 자."

애타는 연우의 속도 모르고, 순정은 뿌듯한 마음으로 인사하고 돌아섰다.

"엄마…… 안녕히 주무세……."

"가자. 여보."

연우가 슬픈 인사를 끝내기도 전에 선재는 그녀의 손을 꽉 잡고서 제 방으로 이끌었다. 그 걸음이 바쁘게 느껴지는 것은 착각일 뿐인가.

순식간에 두 사람은 침실에 닿았다. 철컥. 문이 닫히는 소리가 연우의 귀를 유난히도 크게 울렸다.

"저, 저는 바닥에서 잘……."

연우가 말을 채 끝내기도 전에 돌연 선재가 연우의 어깨에 머리를 기대어 왔다. 그녀를 의지하듯이. 한숨을 돌리듯이.

아, 그렇지. 내가 너무 내 생각만 했구나. 그제야 연우는 남편이 자신의 친정 식구들을 상대하느라 얼마나 고단했을지 생각해보게 되었다. 당신도 긴장했겠구나. 미안했고 고마웠다.

"오늘 고마워요."

연우는 손을 들어 올려 선재의 머리를 쓰다듬었다.

"연우야."

그때 그가 그녀의 이름을 불렀다. 더없이 다정했다.

"나한테도 그분이 오셨다."

고마운 마음으로 그의 머리를 쓰다듬던 연우의 손이 정지했다. 뜬금없이 취했다는 것인가. 일 분 전 엄마한테 의젓하게 인사를 했던 남자가.

"챙겨줘야겠지?"

그의 질문이 의미심장하여 연우는 긴장한 채로 되물었다.

"이미 침실인데, 뭘 더 챙겨줄 게 있어요?"

"글쎄. 아직 안 씻었네."

꿀꺽. 이유 없이 마른침이 넘어간다. 연우는 선재의 곁에 코를 대고 한 번 숨을 들이마셨다.

"술 안 취한 거 아니에요? 술 냄새도 별로 안 나는데?"

"너 코 막혔구나."

그는 나른하게 쳐다보며 피식 웃음 지었다. 그 직후, 그가 입술을 맞춘 건 정말 순식간이었다. 심장이 준비, 땅 하며 마구 폭주하기도 전에 허락도 없이, 저항할 틈도 없이 입술 사이로 비집고 들어온 숨결이 제가 품고 있던 알코올 향을 그녀에게 담뿍 선사했다. 입술은 금방 떨어졌으나 그녀는 그 찰나에 취해버린 듯 멍해졌다. 심장은 뒤늦게 쿵쾅거렸다. 적진에 들어온 것을 실감했다.

"취했어. 술맛 나지?"

잔뜩 풀어진 섹시한 목소리가 머리에 경종을 울린다. 웃고 있으니 꼬집을 수도 없고 부모님이 계시니 소리를 높일 수도 없고. 그 진퇴양난의 틈을 공략하여 그가 파고든다. 난 오늘 어떻게 되는 것인가.

"안 씻어도 되겠어요. 그냥 주무세요."

어떻게든 상황을 넘겨보려고 허둥지둥 움직이는데 이번엔 그가 살그머니 뒤에서 붙잡았다.

"이연우."

그리고 달달해서 녹아버리도록 상냥하게 이름을 부른다.

"연우야."

이상하게도 그의 팔에 점점 힘이 실리는 것만 같았다. 폭 안긴 게 아니라 꽁꽁 결박당한 것처럼 그는 단단했다. 벗어나려고 몸을 틀어보는데 움직일 수도 없다.

"여보."

목소리는 이토록 부드러운데, 왜.

"연우야."

왜 몸은 철갑처럼 딱딱한 거죠? 어이없이 생포된 연우는 울상을 지었다.

"이연우가 왔네."

목소리가 피부에 닿을 때마다 마음이 흔들렸다. 정말이지 이 남자는 유혹의 귀재다. 떨리는 마음이 한가득일 때, 그가 입술을 느릿느릿 이동시켰다.

"기분 좋다."

마지막 말은 그녀의 귀 가까이에서 피어났다가 사라졌다. 그리고 촉. 귓바퀴 즈음에 입술이 닿는 소리가 아찔하게 울렸다. 그가 선사한 자극이 흠칫, 온몸의 전율로 이어졌다. 그러나 그에게 잡힌 몸은 꿈쩍도 하지 않는다. 취한 건지, 취한 척하는 건지, 어리광을 부리는 건지, 유혹하는 건지. 판단력이 흐려지고 있었다. 그는 무서운 남자다. 귀에 열이 오르는 느낌이다.

"귀가 빨개졌어."

남편은 연우가 부끄러움과 긴장에 속이 바싹바싹 타들어간다는 것도 모르고서 놀리기에 바쁘다. 손을 들어 올려 귀를 막고 싶은데 팔은 그에게 붙잡혀 움직이질 않고.

"팔 좀 풀어요. 움직이질 못하겠잖아요."

"미안. 취해서 힘 조절이 안 돼."

"조절하지 말고 힘을 빼라고!"

버둥거리던 연우는 결국 버럭 소리를 높였다. 덕분에 그의 팔이 떨어졌다. 소리를 지른 것에 민망해진 연우는 입술을 말아 감췄다. 뒤를 돌아보니 남편은 상처받은 강아지 표정이다. 왜 이러는지 모르겠다.

"일부러 그러는 거죠. 그런 표정으로 마음 사려고 하지 마요. 안 넘어가요."

말은 그리했지만 연우는 내내 흔들리고 있었다. 그래도 연우는 마음을 붙들어 매고서 눈에 강하게 힘을 주었다. 하지만 선재 또한 이에 불복하는 성격은 아니다.

"내가 너 취했을 때 업고 온 거 알지? 이 기회에 은혜를 갚고 싶지?"

"그럼 업어드려요?"

"네가 나를?"

"한번 도전해볼게요."

"안 돼. 허리 고장 나."

취했다면서, 그 와중에도 선재는 부인의 부상을 염려한다.

"선배 진짜 안 취한 거 같은데요."

연우가 거듭 의심의 눈초리를 하니 선재는 이마를 짚으며 침대로 직행한다.

"아, 머리 아파. 머리 아프다. 연우야. 머리 좀 만져봐."

후우. 나보고 어리다고, 오 년 더 못 배운 사람이라며 뭐라고 하더니. 그는 지금 온갖 어린애 짓을 하고 있다. 침대에 걸터앉아 그의 이마를 손으로 짚은 연우가 불퉁스럽게 말했다.

"열 하나도 안 나는데요?"

그러고선 바로 손을 내리려 하니 이번에는 그녀의 손을 덥석 잡는 이 남자.

"이쁘아."

아아아.

"네가 예쁘다고 소문이 났다."

하루에 한 번씩 예쁜 말을 해달라고 했더니 이런 말을 하고 있다.

"예쁜 말이야. 이것도 적어."

정말 아무 맥락도 없는 예쁜 말 대잔치. 낫 놓고 기역 자를 알아줘서 다행이라고 해야 하나. 하지만 역시, 예쁘다는데 어찌 싫다고 할 수 있겠는가. 연우는 피식 웃으며 눈을 흘겼다.

"예쁘다는 말만 들어가면 다 예쁜 말이에요?"

그 또한 멋쩍은지 흠흠 헛기침을 했다. 그의 마른기침 소리가 걱정스러워진 연우는 침대에서 몸을 일으켰다.

"어딜 가."

"물 좀 가지러요."

"가지 마."

그가 잡고 있던 손을 냉큼 당겼다. 조금 우악스러워진 걸로 보아 정말로 힘 조절은 잘 안 되는 모양이다. 아닌가. 힘 조절이 안 되는 게 아니라 이것도 역시 그의 계산인 건가.

"앗."

휘청거리던 연우는 그대로 침대로 착지했다. 그는 그녀가 자신의 품 안으로 안전히 떨어질 수 있도록 괜찮은 쿠션이 되어주었다.

"윽. 뭐예요. 다칠 뻔했잖아요."

"내가 널 다치게 하겠어?"

"내가 아니라 선배가 다칠 뻔했다고."

그 대답에 선재는 연우를 더욱 꽉 끌어안았다. 그의 심장 소리가 그녀를 감싸고서 둥둥 울린다. 연우가 가장 좋아하는 소리다. 온갖 예쁜 말들처럼 그의 심장 소리도 그녀의 마음을 약하게 하고 만다. 연우는 더 저항하려던 생각을 접고 가만히 그의 가슴에서 나는 소리에 귀 기울였다.

"이대로 자자."

그녀의 움직임이 잦아들자 그가 고요히 말했다.

"아, 아니, 전 바닥에서 잘게요."

심장 소리에 심취해 있던 연우가 뒤늦게 대답했다. 너무 오래 그의 가슴에 귀를 가까이 대고 있었던 것이 무안해졌다. 다시 그녀가 꼼지락거리자 선재는 꽉 붙잡았다.

"오늘은 나도 참을 테니까 너도 아무 데도 가지 마."

오, 오늘은?

"그럼 내일은요?"

"몰라."

좀 전까지는 그토록 어리광을 부렸으면서. 그는 금세 진지해졌다.

"당장 오늘이 걱정인데."

그가 몸을 떨어뜨려 그녀의 눈을 그윽이 바라보았다. 그가 먼저 참겠다고 말했지만 눈동자는 왠지 참아내는 자의 것이 아니다.

"그렇게 잡아먹을 것처럼 쳐다보지 말라고요."

"자꾸 생긴 거 가지고 뭐라고 하지 마."

"……."

"내가 잡아먹을 것 같아?"

"……."

"이렇게 예쁜 걸 어떻게 먹어."

으아아. 미치겠다. 예쁜 말을 해달라고 한 입장에서 그만하라고 할 수도 없고.

"예쁜 말 했어. 빨리 수첩에 적어."

그 또한 자신의 예쁜 말이 뿌듯한지 입술을 길게 늘이며 웃었다. 인생 마지막 밀당의 시간을 좀 오래오래 즐기고 싶은데 그가 자꾸 그녀의 다짐을 약하게 만든다. 이런 예쁜 말 대잔치를 하면서 유혹의 눈길을 보내는데 난 대체 어떻게 해야 돼. 그에게로 기울어지는 마음을 이겨내기가 힘겹다. 저도 모르게 손끝이 그의 가슴께로 다가간다.

그때, 똑똑, 침묵을 깨고 노크 소리가 들려왔다. 다행이라고 해야 하나. 연우는 손을 거두어들이며 몸을 움츠렸고 선재는 벌떡 일어나 문을 열었다.

"네, 어머니."

그의 장모, 순정이었다.

"아유, 피곤한데 미안해. 궁금한 게 있어서."

"네, 말씀하세요."

"저 방, 불을 어떻게 끄는지 모르겠네. 벽에 있는 스위치를 눌렀더니 자꾸 노란 불이 켜져서."

"제가 봐드리겠습니다."

취했다더니, 그의 태도는 순정의 앞에서 한층 점잖고 예의 바르다.

"연우야, 잘 자."

순정은 연우에게 가볍게 인사하고 선재와 함께 떠났다.

"응, 응, 엄마도요."

뭘 훔쳐 먹다 들킨 사람처럼 얼굴이 붉어진 연우가 더듬거렸다.

연우가 지내던 침실로 간 선재는 순정에게 조명을 끄는 법을 알려주고 다시 인사했다. 침실로 돌아가는 길에는 연우가 했던 말이 생각나서 주방에 들러 생수병도 하나 챙겼다. 그렇게 부지런히 걸음을 옮겨 침실에 닿았는데, 자신을 기다리고 있을 줄 알았던 아내는 미동도 없이 누워 쌔근쌔근 숨소리를 내고 있었다.

"자는 척하지 마."

맥이 쑥 빠지는 기분이었다.

곯아떨어지는 거, 그건 술버릇이잖아. 술은 마시지도 않았으면서.

"이연우."

자는 거 아니지?

"이쁘아."

그래도 정말로 잠이 든 거라면, 깨워서는 안 되는 일이기에 목소리는 점점 더 낮아진다. 하지만 안타까움은 금할 길 없고.

"왜 또 하필이면 그쪽을 보고 자는데."

게다가 아내는 그의 자리 반대편으로 누워서 새우처럼 등을 말고 잠이 들었다. 베개도 안 베고. 이불만 폭 뒤집어쓰고.

"후우우우."

번뇌의 한숨을 내쉬며 불을 끈 선재는 연우 위쪽의 베개를 끌어와 머리에 받쳐주고 이불 채로 그녀를 꼭 끌어안아 토닥였다. 그녀의 꿈에 찾아가듯.

"잘 자."

이 말을 못 했다.

오늘은, 우리가 침실을 같이 쓰게 된 역사적인 날이야.

번뇌의 밤이 지난 후, 아침이 밝았다. 이불에 폭 감싸인 채 눈을 뜬 연우는 굼뜨게 몸을 움직였다.

지난밤, 사실 연우는 오랫동안 잠을 이루지 못했다. 그토록 심장이 빨리 뛰는데 어떻게 편안히 자겠는가. 물론 선재가 순정과 명식의 침실에서 돌아와 그녀를 부를 때도 연우는 깨어 있었다. 그가 '연우야' 하고 부를 때에도, '이쁘아' 하며 다정히 예쁜 말을 할 때에도. 왜 반대쪽으로 누워 자냐는 투정을 부릴 때에는 몸을 움직여 돌아눕고 싶기도 했다. 하지만 그랬다간 그 밤이 사라지는 마법이 일어날 것만 같아서, 더 가슴 떨리는 일이 일어날 것만 같아서 꾹 참았다. 그가 의외로 순진한 구석이 있어서 다행이었다. 그는 금세 모든 걸 체념하고서 따뜻하게 토닥여주기까지 했다. 예쁜 말을 하라고 했더니 행동까지 예뻐지고 있었다. 그래서 더 미안한 마음이 드는 밤이었다.

침실 밖으로 나가니 주방에서 들려오는 소리를 들을 수 있었다. 선재가 주방에 있었다. 주방으로 간 연우는 시치미 뚝 떼고서 아무렇지도 않은 듯 인사를 건넸다.

"일찍 일어났네요?"

"응, 잘 잤어?"

"네, 선배는요? 몸 괜찮아요?"

선재가 후우우, 한숨을 쉬었다. 그 한숨 소리가 평소보다도 길게 여겨지는 것은 기분 탓일까.

"괜찮지. 아주 괜찮지. 아침엔 얼마나 건강했는지 몰라."

왠지 의미심장한 대답이었다. 연우는 흠, 헛기침을 하고는 바로 다른 질문을 했다. 주방도구들을 살피는 그의 모습이 새로웠다.

"뭐 하는 거예요?"

"아침식사 준비."

"해본 적 없잖아요. 안 하는 게 좋을 것 같은데."

"어제 아주머니한테 교육받았어."

"그냥 내가 할게요. 왜 안 하던 짓을 하고 그래요. 출근 준비나 해요."

"난 오늘 오후 출근이야."

선재는 장인, 장모님이 오신다는 소식에 스케줄을 조정했다. 오늘 오전 일정은 그다지 중요한 것이 아니었기에 빼는 데 무리가 없었다.

"걱정 말고 학교 갈 준비해."

그의 친절한 말에 연우는 고맙고도 미안해졌다.

"그냥 엄마한테 부탁하면 쉬운데."

"괜찮아. 내가 할 거야."

연우를 내보낸 선재는 냄비와 프라이팬을 찾고 밥통에 쌀을 부었다. 어제 아주머니가 아침식사 준비까지 마치고 떠났기에 밥만 짓고 음식들은 데우기만 하면 되었다. 냉장고 문을 열려고 몸을 돌렸다가, 그 옆에 앞치마가 걸려 있는 것이 보였다. 히죽 웃은 선재는 앞치마에 손을 뻗었다. 아내가 앞치마 매는 것을 도와주는 로맨틱한 장면을 떠올렸다. 욕실 문이 열리는 소리가 나서 연우가 씻고 나왔다는 것을 알게 된 선재는 타이밍을 잘 맞추어 소리를 냈다.

"앞치마 좀 하게 도와줄래? 혼자 못 하겠어."

도무지 앞치마를 어떻게 매야 할지 모르겠다는 투로 그녀에게 부탁했다. 그녀는 금방 다가와 그의 허리춤에 있는 앞치마의 끈을 잡았다. 그 틈을 기다린 선재가 덥석, 그녀의 손을 잡았다. 그런데, 어쩐지 손의 느낌이 아내와는 다르다.

"어어어머님."

흠칫 놀라며 돌아본 그가 한 발짝 뒷걸음질 쳤다. 당황하여 멈칫했던 순정이 뒤늦게 웃음을 터트렸다.

"미안해. 연우가 아니라서."

"아닙니다."

선재도 머쓱하게 웃었다.

"안녕히 주무셨어요?"

"응. 덕분에 잘 잤지. 고마워."

눈길을 돌렸다가 그가 뭘 하려는 건지 대강 눈치챈 순정이 물었다.

"내가 뭘 해주면 될까?"

"괜찮습니다. 이따가 준비되면 말씀 드릴게요."

선재는 의욕을 앞세워 대답했다. 하지만 밥에 물을 맞추는 것부터 헤맸다. 그 후 아주머니가 했던 말을 떠올리며 밥은 안쳤으나 전기밥솥을 작동시킬 줄을 몰랐다. 결국 가만히 지켜보고 있던 순정의 도움을 받게 되었다.

"고맙습니다."

"내가 하는 게 더 수월하겠어."

순정은 선재가 감을 잡지 못하는 대부분의 일들을 대신 해주었다. 두 사람이 분주히 움직인 덕에 아침상 차리기가 뚝딱 이루어졌다.

"역시 시간이 다 해결해주는 모양이야."

밥이 다 되길 기다리는 동안 순정이 조용히 말을 걸었다.

"연우가 삼 년 연애한 걸 숨겼다고 했을 때 너무 서운하더라고. 근데 그 시간이 지나니까 연우가 얼마나 힘들었을까 생각이 드는 거야. 요즘 애들, 누가 몰래 연애하나. 온 동네방네 떠들고 다니면서 100일이니 200일이니 만들어가지고 축하받고 자랑하고 그러지. 나한테까지 얘기 못 한 건 그래도 강 서방을 생각해서였을 거야. 혹시나 강 서방한테 누가 될까봐. 그렇지?"

"네, 맞습니다."

순정의 말은 착각이었다. 두 사람은 연애기간이 없었다. 선재는 맞다고 대답하기 뜨끔했지만 어쩔 수가 없었다. 순정이 흐뭇하게 웃었다.

"그렇게 제 사랑을 지켰다는 게 안쓰럽고 대견하더라고."

연우는 어머니보다 아버지를 훨씬 더 많이 닮았다고 생각했는데, 순정의 표정에서 연우가 희미하게 보였다. 연우는 순정의 온화한 성품을 그대로 물려받았을 것이다.

"아이고. 사위한테 너무 떠들었네."

"아닙니다. 어머님이 말씀해주시는 거 다 재미있어요."

"연우가 많이 어려서 모르는 게 많을 거야. 어른들 앞에서 실수하더라도 잘 챙겨줘."

벌써 결혼한 지 이 년이 넘었건만, 제 딸이 여전히 눈에 밟히는 순정은 부탁을 잊지 않았다.

서울에서 해야 할 일을 마무리 지은 연우의 부모님은 일찍 시골로 내려가셨다. 하마터면 아쉬운 마음을 남길 뻔했다. 순정과 명식이 이틀 머무를 것이라고 생각했기에 연우는 부모님을 초대하는 것을 하루 미뤘었다. 선재가 전날 부모님을 집으로 모시지 않았다면 오늘 얼마나 부모님께 죄송했을까 생각하니 연우는 모든 것이 다행스러웠다. 역시, 소중한 건 가장 먼저 챙겨야 한다는 교훈을 얻는다.

다시 연우의 집은 두 사람만의 오붓한 공간이 되었다.

"옷 가져가지 마."

일상으로 돌아가게 된 연우가 제 옷을 다시 가져가려는데 선재가 다가와 만류했다.

"언젠가 침실도 같이 쓰게 될 텐데."

침실을 같이 쓰게 될 거란 말에 연우의 두 뺨에 열이 올라왔다.

"그……래도 드레스룸은 따로 있는 게 좋죠."

"침실 옆 큰방을 드레스룸으로 하고, 거기 네 옷이랑 내 옷 같이 정리하자."

"같이 쓰자고요?"

"그게 좋겠어."

드레스룸을 같이 쓰면, 옷 갈아입을 때는 어떻게 하나요? 피팅룸 쓰 듯이 한 사람씩 들어가나요? 하지만 연우의 머릿속에는 드레스룸에 한 사람씩 들어가는 장면이 아니라 둘이 같이 옷을 갈아입는 장면이 그려지니 참 기묘한 일이다. 연우는 몹쓸 생각을 머리에서 쫓아내며 새침하게 말했다.

"좀 더 생각해보고요."

그러고 그에게 설득당할세라 냉큼 화제를 돌렸다.

"선배 덕분에 부모님 가정 방문을 잘 끝냈네요. 정말 고마워요."

다행히 선재도 연우의 대화 흐름에 협조해주며 미소 지었다. 그는 오늘 들은 이야기를 사근사근 풀어놓았다.

"어머님이 그러시더라고. 연우가 많이 어려서 아직 애기 같다고. 애 기 같은 게 시집을 갔다고."

"그래서 뭐라고 말했어요?"

"나도 나이만 많지 애기라고. 이뻐해달라고."

그의 이야기에 연우는 얼굴의 긴장을 풀고 피식 웃었다.

"징그러워요."

"그치. 네가 애기라는 건 납득이 가는데 내가 애기라는 건 징그러운 이유가 뭘까."

애기라고 생각하기엔 우습지만 그는 충분히 사랑스러운 사람이다. 두 사람이 가까워진 덕에 이제야 부모님도 선재를 예쁘게 여길 수 있 게 된 것 같았다. 이토록 행복하고 뿌듯해질 수 있었는데 왜 지금까지 노력하지 않았을까.

좀 더 욕심이 있다면 그에게 청혼을 받던 그때로 돌아가고 싶다. 이렇게 그가 살아 있는 세상으로 돌아온 것만으로도 감사할 일이었기에 더는 바라는 게 없지만, 정말 그녀에게 시간여행을 할 수 있는 권한이 있다면 그녀는 그때로 돌아갈 것 같다. 온전하게, 오해 없이 서로에게 가까이 갈 수 있었다면 우린 얼마나 좋은 사이가 되었을까.

"선배는요, 과거로 돌아갈 수 있다면 돌아가고 싶은 순간이 있어요?"

아쉬워지는 마음으로 그에게 질문을 던져보았다. 그에 대해 더 많이 알고자 하는 마음이 불쑥불쑥 움직인다.

"어. 있어."

의외로 그의 대답이 무척이나 재빠르다. 마치 오래전부터 생각해왔던 것처럼.

"언제요?"

"11월 25일."

선재의 대답에 연우의 심장이 철렁했다. 11월 25일. 그날은 연우가 실제로 과거로 회기한 날이다.

이 사람, 혹시 내 비밀을 알고 있는 걸까? 무언가 눈치채고 나를 떠보기 위해 이날의 이야기를 꺼낸 걸까?

모두 알고 있다면 나도 모든 것을 제대로 털어놓아야겠지. 두근거리는 마음으로 질문했다.

"왜…… 그날이에요?"

그런데 그의 대답은.

"그때 네가 '키스가 좋아서요' 하면서 해달라고 멍석을 깔아줬을 때.

내가 그걸 왜 안 했을까."

띠용.

"그게 천추의 한이다."

맙소사…….

"키스가 좋다는 네 말을 착하게 다시 물어보지 말고 그냥 기정사실
로 만들어버리면 되는 거였는데."

긴장했던 몸이 스르르 풀린다. 그럼 그렇지.

"근데 방법이 있어."

천추의 한을 이야기하며 원통한 눈빛을 보내던 선재의 표정도 금세
스르르 녹았다.

"지금이라도 그때로 돌아가는 거지."

쪽. 이번엔 연우의 기습이었다. 그녀가 발뒤꿈치를 들어 올려 그에
게 먼저 키스한 것이다. 키스라기엔 한없이 아쉬운 찰나의 순간이었
지만, 남자 강선재를 자극하기에 충분했다.

"천추의 한이라면서요."

그녀의 야무진 대답에 선재의 눈빛이 변했다. 그는 찰나의 순간을
다시 잡고 싶어졌다.

"제대로 해보자."

연우를 덥석 들어 올린 것도 찰나의 순간이었다. 그리고 또 눈 깜짝
할 새에 그녀는 침실의 침대로 이동했다. 그녀를 침대 위에 내려놓는
움직임이 재빨랐지만 휘청거리는 일은 없었다. 그야말로 그녀는 깃털
처럼 부드럽게 내려앉았다. 자신이 허락한 일이 아니었는데, 그럼에
도 연우는 귀한 대접을 받은 것만 같았다. 그 설레는 기분을 다스릴 새
도 없이 선재가 고개를 비스듬히 기울여 다가왔다. 속눈썹이 파르르

떨려왔다. 입술이 닿는 순간, 허공으로 떠올라 갈피없이 주춤하는 그녀의 손을 그가 지그시 붙잡았다. 그녀의 손가락 사이사이로 그의 손가락들이 들어가 자리 잡았다. 꽉 맞추어진 손처럼 두 사람의 숨결도 하나로 얽혀들었다. 편안한 자세였는데도 온몸이 꽉 조여지는 듯 긴장하게 되었다. 긴장한 그녀를 달래듯이 그는 그녀의 머리를 토닥이듯 어루만졌다. 그것으로 진정이 될 게 아닌데. 당신의 젖은 숨결이 내 가슴속을 홀랑 다 적시는데. 그의 손이 그녀의 머리와 뒷목을 지나 어깨로, 그리고 등선을 짚으며 조금씩, 조금씩 아래로 내려갔다. 애타는 듯한 그녀의 숨이 그의 안쪽으로 거듭 터졌다.

어디쯤에서 멈추긴 해야 할 텐데, 그녀는 무서워지기 시작했다. 다만 이게 계속되는 게 무서운 건지, 멈추는 게 무서운 건지를 알지 못했다. 자신의 척추뼈를 곧게 쓸고 내려온 선재의 손이 골반에 닿는 감각이 선명했다. 그가 힘을 주어 엉덩이를 받쳐 내리니 연우의 등이 털썩 침대 시트로 내려앉았다. 그 바람에 잠깐 입술이 떨어졌다. 그게 절호의 기회일 텐데 그녀를 향해 가늘어진 눈매와 내내 내뱉던 숨결처럼 탁한 눈동자가 지독히도 매력적이라, 연우는 목소리를 내는 것이 힘겨웠다.

"아직…… 고백을 안 받아줬잖아요."

사뭇 떨리는 목소리에 반응한 그의 눈동자가 흔들렸다. 선재는 갈등하게 되었다. 아내의 말을 들어줄 것인가 조금만 더 천국을 맛볼 것인가.

오늘은 무척이나 느낌이 좋았다. 그녀가 자신을 받아주고 있다는 걸, 자신의 갈망을 이해해주고 있다는 걸 짐작할 수가 있었다. 또한 먼저 키스를 선물받기도 했다. 여기서 조금 더 밀어붙여도 어쩌면 그녀는 못 이기는 척 자신을 받아줄지도 모른다. 그 희망이 유혹처럼 미련처럼 그를 물러나지 못하게 했다.

"나 할 말 있어요."

"이따가 하자."

욕심껏 말했다. 넌 내가 얼마나 참고 있는지 몰라.

"중요한 거예요."

사이의 거리가 점점 좁혀질 때쯤 연우가 절실하게 말했다. 결국 그는 몸을 일으켰다. 채 가라앉지 않은 정염의 불씨가 긴 한숨으로 터졌다.

이연우, 정말로, 언젠가, 두고 봅시다.

"말해."

정말 중요한 게 아니라면 혼쭐을 내주겠단 목소리로 그가 말하고는 연우를 일으켜주었다. 그의 손에 이끌려 침대에 앉은 연우도 길게 한숨을 풀어냈다. 그에게서 풀려난 해방감에는 이상하게도 안도와 아쉬움이 혼재한다. 연우는 자신의 아쉬움을 들키지 않으려 애쓰며 또박또박 말했다.

"유사라 언니가 우리 집 현관문 비밀번호를 눌러서 들어온 적이 있었어요."

아쉬움 반, 지우지 못한 흑심 반이었던 그의 눈빛이 일순간 사납게 변했다. 벌떡 일어난 선재는 곧장 휴대폰을 손에 쥐었다. 무얼 하려는지 알 것 같았다. 연우가 급히 만류했다.

"아니! 이젠 괜찮아요. 다 정리한 일이에요."

연우의 눈동자가 몹시도 귀엽게 또랑또랑했다. 화내지 말라고 다독이며 애교를 부리는 표정이었다. 선재는 화를 가라앉힐 수밖에 없었다.

"앞으로 그런 중요한 일은 바로 나한테 얘기해."

연우는 고개를 끄덕였다.

"아무튼 난 선배가 우리 집 비밀번호를 알려줬다고 생각해서 더 오해한 게 좀 있었죠. 그런데 그게 아니라, 옥승혜 여사가 알려준 거였대요."

"옥승혜가?"

"근데 사라 언니랑 얘기 나눈 거 아니에요?"

그녀의 질문에 선재는 머뭇거렸다.

"아, 그때는 좀……."

일단 연우에게 사과나 하고 오라고 윽박지른 뒤 전화를 끊어버렸다는 얘기를 하기가 무안했다. 연우는 어깨를 으쓱한 다음에 말을 이었다.

"어쨌든 사라 언니는 그 얘길 듣고 미심쩍은 마음으로 우리 집에 와 본 거였대요. 그때 언니가 확신하면서 말했었어요. 우리 결혼이 가짜라는 걸 알고 있다고. 거기에 내가 쉽게 걸려든 거죠."

연우는 회한이 섞인 한숨을 짧게 내쉬었다. 그때를 다시 떠올려보는 것이 아찔했다.

"옥승혜 여사가 사라 언니한테 접근했었대요. 우리 결혼이 평범한 게 아니라는 것까지 옥승혜 여사는 알고 있었대요. 현관문 비밀번호는 알 수도 있어요. 옛날 집 전화번호 뒷자리였던 때였거든요. 그건 그렇다고 치고, 우리 결혼이 가짜라는 건 어떻게 알았을까요?"

"지금은 가짜 아니야."

선재는 그 와중에도 진심을 챙기는 것을 잊지 않는다. 연우의 가슴이 새삼스럽게 또 콩닥거렸다. 농밀하고 짜릿한 키스도 물론 좋지만 이렇게 스쳐가는 순간에 보여주는 진심도 그녀의 마음을 크게 울린다.

"글쎄. 우리 둘을 스토킹했을까?"

선재는 그사이에 다시 심각해졌다.

"그럴 수도 있을 것 같고요. 사라 언니가 걸려든 게 아닐까 하는 생각도 들어요. 옥승혜 여사가 우리 사이를 의심하던 차에, 사라 언니를 꼬드겨서 현관문 비밀번호를 알려주고 확인을 받게 한 게 아닐까 해요."

연우의 추리는 그럴듯했다. 선재는 천천히 고개를 끄덕였다.

"사라 언니랑 얘기해보세요. 화해도 좀 하고요."

"무슨 화해야. 걔랑 싸운 적 없어."

"……."

"알았어."

선재가 자신의 요구에 따라주어 연우는 흐뭇하게 웃었다.

"어쨌든 나도 따로 알아볼게. 너도 조심해. 뭔가 이상한 낌새가 보이는 사람이 있다면 바로 알려줘."

"네."

"아파트 CCTV도 확인해봐야겠다. 외부인이 침입한 적은 없었는지."

"네."

"아, 심각한 얘기를 너무 오래했어."

대화를 매듭지은 선재는 침대에 털썩 앉았다. 매트가 움직이자 다시 방 안엔 재빠르게 긴장감이 찾아왔다. 연우는 숨을 조용히 들이마셨다.

"어디서 잘까. 이 방, 아니면 저 방."

조르는 듯, 채근하는 듯, 유혹하는 듯, 설득하는 듯. 그의 음성은 귀에 달게 감겨 들어온다. 부모님이 떠나셨는데도 합방을 이어갈 생각인 것이다.

"왜 얘기가 그렇게 돼요?"

"우리가 각방 쓰면 어머님 아버님이 슬퍼하셔. 효도는 못 해도 불효는 하지 말아야지."

"에이. 엄마 아빠가 지켜보시는 것도 아니고."

"아니야. 나 어머님께 솔직해지기로 약속했어. 근데 각방 쓴다고 말할 수는 없잖아."

"얘기를 아예 안 하면 되죠."

"사는 얘기 하다 보면 이것저것 다 나오는 거지 어떻게 그 얘기만 쏙 빼놓을 수가 있냐. 오늘 아침에도 말씀하시던데. 너 코 골면 머리 방향을 바꿔주면 된다고. 그런데 거기다 대고, 어머님, 저는 연우랑 잠을 같이 안 자서 개가 코를 고는지 이를 가는지 몰라요. 그럴 수는 없잖아."

차암 핑계도 좋아. 그가 자신에 대해서만 얘기한다면 어떻게든 반론해보겠는데, 불효를 거론하니 쉽게 빠져나갈 수가 없다. 그녀의 표정이 시무룩해지자 선재가 또 한마디를 던진다.

"부부는 같이 자야지."

잠시 고개를 내린 채 심각하게 생각에 잠겨 있던 연우가 결연한 표정으로 입을 열었다.

"약속해요. 아침에 또 그때처럼 덤비면 안 돼요."

"그건 제정신일 때 일어나는 일이 아니잖아."

"그럼 나도 안 돼요. 내 신변을 위해서."

그것만은 연우도 양보할 수 없었다. 또한 그게 선재의 버릇이라면 고칠 필요가 있다고 생각했다.

"알겠어. 그렇게 할게."

선재도 곧 그녀의 요구를 수락했다. 이것저것 가릴 처지가 아니었다.

이렇게, 두 사람의 합방이 결혼생활 만 이 년여 만에 성사되었다. 일단 두 사람의 침실은 선재의 방으로 하기로 했다. 선재 방의 침대가 제일 크기 때문이었다. 두 사람의 역사상 가장 길었던 키스가 있었고, 서로 조심하기로 합의를 봤기에 그 이후의 시간은 평화롭게 흘러갔다. 두 사람은 깔끔하게 각자 씻고 나와 잘 자라는 인사를 했고 사이좋게 나란히 침대에 누웠다. 그리고 잠시 후 불이 꺼졌고 고요한 잠의 세계로 흘러들어갔다.

……그래야 하는데. 여기 쉽게 잠들지 못하는 가여운 영혼 하나.

곧게 누운 아내의 입술이 반짝거리는 것 같아서, 잠이 오지 않았다. 여기서 더 바라면 안 되는 건데. 머릿속에 악마가 들어앉아 있는 건지 자꾸 나쁜 생각을 하게 됐다. 이러다가 뒤늦게 잠들면 아침에 정신머리가 가출해서 몹쓸 짓을 할 수도 있을 텐데.

근데, 아침에 덤비면 안 된다고 했지. 아침에만…….

결국 선재는 머릿속의 악마와 타협하고, 연우에게 조심스레 접근해 갔다. 하지만.

"나 안 자요."

"응."

급 제자리. 연우도 깨어 있었던 것이다. 그는 부끄러운 실패의 역사를 남기게 되었다.

"얼른 자."

"선배도요."

"근데 너, 유사라한테는 언니라고 부르고, 나는 선배야?"

서러운 마음에 귀에 걸리는 대로 트집을 잡았다.

"오빠도 아니고 선배?"

"……잘게요."

연우는 세상 졸린 목소리로 이불을 눈 아래까지 끌어올렸다.

그리고 다음 날 아침. 연우는 포근하고 안온한 느낌을 만끽하며 잠에서 깨어났다.

"잘 잤어?"

"헉."

그러나 자신이 뭘 베고 자고 있었던 것인지를 깨달은 그녀는 화들짝 놀랐다. 어쩐지 베개가 매끈 단단하더라니. 그녀가 베고 잔 것은 베개가 아니라 남편의 팔이었던 것이다. 남편의 건강책임자인 연우는 자리에서 벌떡 일어나 자신이 베고 잔 남편의 팔을 주물러댔다.

"팔에 감각 있어요? 피는 통해요? 괜찮아요?"

선재는 픕 웃으며 즐거운 얼굴로 그녀의 두 손을 잡아냈다.

"간지러워. 그만해."

흠칫 놀라면서 일어나 팔 좀 저리 치우라고 할 줄 알았는데, 그녀는 반응도 남달랐다. 자신의 팔이 잘못될까봐 깜짝 놀란 것이다. 그 반응이 너무 귀여워서 더 놀려주고도 싶은데 그러면 울 것 같아서 뭘 더 할 수가 없었다.

"좋은 꿈 꿨어?"

선재는 연우의 머리를 정리해준 후 침대에서 일어났다.

"나는 좋은 꿈 꿨어."

더없이 좋은 아침이었다.

선재와 연우는 일찍 집에서 나왔다. 선재는 아침 일정이 있었고 연우는 동생 태우의 집에 들르기 위해서였다. 태우는 집에 누나가 들어온 줄도 모르고 수면 중이었다. 연우는 집에서 가져온 반찬들을 냉장고에 든든히 채워놓고 간단하게 아침 준비도 했다. 대학교를 다니며 동시에 로스쿨 준비를 하고 있는 동생이라 혼자 지내는 것이 늘 안쓰러웠는데 이렇게 세상 걱정 없는 얼굴로 자고 있는 것을 보니 걱정했던 마음들이 우스웠다. 남편이 저렇게 자고 있으면 섹시하게 보여서 마른침을 꿀꺽할 텐데 동생 놈이 퍼져 자고 있으니 왜 저러고 사나 싶다. 태우가 알아서 깨기를 기다리던 연우는 결국 못 참고 태우를 툭툭 건드려 깨웠다.

"이노무 자식, 어째 지금까지 자고 있냐. 일어낫!"

"누나아. 나 새벽 4시까지 공부했어."

"낮에 얼마나 놀았으면 새벽에 공부를 해. 얼른 일어낫!"

투정을 부리던 태우는 결국 부스스 일어났다. 영혼이 탈출한 얼굴이다.

"누나 이런 이미지, 매형은 모르시지? 누나는 이중인격이야."

"됐어. 밥이나 먹어."

두 사람의 대화는 마냥 이런 식이다. 골리고 놀리고 갈구고. 어쩌면 이게 연우의 진짜 모습인지도 모르겠다. 언젠가 선재와도 편한 사이가 되면 이렇게 되려나.

"반찬은 일주일 안에 다 비워. 엄마가 해주신 거니까 감사하는 마음으로 다 먹어. 알았어?"

"어……."

잔소리를 마친 연우의 목소리가 낮아졌다. 이번에는 진지한 시간이었다.

"그저께 시간 내줘서 고마워."

부모님 서울 방문 때 자신의 집까지 와서 함께 시간을 보내준 동생에게 고마움을 표했다.

"누나 때문에 간 거 아니야. 엄마 아빠랑 매형 보러 간 거지."

"그래. 어쨌든 고맙다. 고맙다고 인사를 하면 달게 받아."

피식 웃은 태우는 밥을 수차례 입에 집어넣은 후에 시큰둥하게 말했다.

"누나는 진짜 엄마 아빠한테 감사해야 돼. 예쁨 유전자를 몰빵해서 가져갔으니까."

"뭔 소리여."

뜬금없는 얘기였다. 연우가 눈을 깜빡거렸다.

"단지 예쁘다는 이유 하나만으로 매형 같은 남편을 얻었으니 진짜 부모님한테 감사해야 돼."

"예쁘다는 이유 하나?"

"그래."

"야. 내가 뭐가 어때서."

"공부도 나보다 못해, 키도 나보다 작아, 나보다 힘도 약해, 성격도 나보다 안 좋아, 나보다 사회성도 떨어져."

"내가 어디 사회성이 떨어져!"

"누나는 잘 속아 넘어가잖아."

"아니거든!"

"그렇게 발끈하는 것부터가 누나의 모자람을 드러내는 거지. 누나는 외모 빼고는 정말 아무것도 없어. 얼굴 때문에 다른 건 가꿀 필요가 없는 삶을 사는 거지."

그래. 동생의 눈에는 그렇게 보일 수도 있을 것이다. 태우는 연우의 포악한 면에 대해 가장 적나라하게 아는 사람이었으니. 그래도 누나를 예쁜 사람으로 봐줬으니 그거라도 고마워해야 하나. 연우는 냉정하게 감평했다.

"너, 칭찬을 되게 욕처럼 한다. 재능 있어."

"진실을 적나라하게 밝히는 게 내 재능이지. 어때, 나 훌륭한 법조인이 될 것 같지?"

"법조인은 될 것 같지만 누구한테 존경받기는 틀린 것 같다."

"흥. 발끈하긴."

태우가 코웃음 친 후 말을 더 이었다.

"매형이 언젠가 그러던걸. 누나 어디가 좋으냐고 했더니 몰라서 묻느냐고. 예쁘지 않냐고. 너무 예쁘다고."

그냥 가만히 수줍게, 겸손하게 받아들여야 예쁜 그림이 나올 텐데, 기쁜 마음에 입이 움직인다.

"언제 그런 얘길 했어?"

"꽤 됐지. 작년 말쯤?"

예쁜 말 수첩 얘기를 하기 전. 그의 마음은 오래전부터, 예쁜 거였다.

"웃으려면 웃어. 뭘 우리 사이에 새삼스럽게 속을 감추고 그래. 방귀도 뿡뿡 잘 뀌면서."

방귀라는 말에 연우는 태우의 이마를 콩 때렸다. 그러고 나서 실실 웃는다.

"어후, 그런 얘기는 나한테 직접 해주지 왜 처남한테 하고 그럴까."

"아, 내숭. 완전 내숭."

태우는 맞은 이마를 문지르며 밥을 크게 떠 입에 넣었다.

그 후 연우는 학교로 출근하여 알찬 하루를 보냈다. 일을 빨리 끝내고 싶어서 점심식사도 대충 때웠더니 저녁때는 꽤나 허기가 졌다. 연우는 혼자라도 밥을 먹어야 될 것 같은 생각에 학관으로 갔다. 저녁 메뉴는 순두부찌개였다. 찌개에서 김이 몽글몽글 맛있게 피어올랐다. 연우가 찌개를 한 숟가락 뜨려 할 때 전화가 울렸다. 선재였다.

"여보세요."

[저녁 먹었어?]

그의 목소리가 다정하게 들렸다. 아무래도 아침에 태우가 말해준 것이 생각나서 더 그런 게 아닐까 싶다.

"이제 먹으려고요."

[학관에서?]

"네."

[누구랑?]

"혼자요."

[혼자 먹는다고? 나랑 밖에 나가서 다른 거 먹어.]

"이미 밥 받아서 자리에 앉았어요."

저편에서 아쉬움이 담긴 한숨 소리가 들려왔다.

[같이 먹어. 나 학관 근처야.]

"학관밥을 먹겠다고요?"

[왜. 안 돼?]

"아니, 학관밥 안 좋아하잖아요."

[오늘 메뉴가…… 맑은 순두부찌개네. 이건 좋아해.]

전화는 끊겼다. 연우가 멍하니 휴대폰을 바라보고 있는 사이에 저편에서 선재가 다가왔다. 꽤나 뛰었는지 숨이 거칠었다. 숨을 몰아쉬는 모습조차도 멋져 보이니 신기하기만 하다.

"왜 뛰어와요. 뛰어오다가 넘어지면 어쩌려고."

그는 연우의 타박에 대꾸 없이 걸치고 있던 코트와 슈트 재킷을 벗었다. 전화를 받지 않았던 아내를 찾아 캠퍼스를 뛰어다닌 것을 연우가 꼭 알 필요는 없었다.

"밥 가져올게."

"앉아 있어요. 내가 가져올게요."

"됐어."

선재는 자리에서 일어나려는 연우의 어깨를 꾹 눌러 다시 앉혔다.

"아니, 선배 배식 받는 거 못 할 것 같아서요."

"나도 해."

솔직히 학관에서 밥을 먹어본 적이 몇 번 없었다. 선재는 듬성듬성한 기억을 되짚어 식비를 결제하고 배식구로 향했다. 앞서 배식을 받는 사람이 있어서 눈치껏 그를 따라 반찬들을 쟁반에 담았다. 모든 것이 순조로웠다. 그리고 마지막. 작은 뚝배기에서 보글보글 끓고 있는 순두부찌개가 그의 쟁반 위로 툭 내려왔다. 쟁반이 갑작스레 무거워졌다.

"감사합니다."

선재의 훤칠한 외모를 보게 된 직원이 생글 웃으며 주의를 주었다.

"뜨거워요. 조심해요."

"네."

조금 긴장했는데, 모든 과정은 성공이었다. 선재는 매번 해왔던 것처럼 자연스럽고 능청스럽게 일을 해냈다. 멀리서 턱을 괴고 지켜보던 연우도 방긋 웃었다. 그러나 아직 끝난 게 아니었다.

"어? 연우 후배. 혼자 밥 먹어?"

감자 선배가 크게 소리를 내며 저편에서 연우 쪽으로 돌진하다가 선재의 쟁반을 쾅 쳐버린 것이다.

와장창창! 쟁반이 엎어지고 반찬과 밥이 쏟아졌다. 학관 전체가 일순간 조용해졌다. 모든 이목이 두 사람에게 쏠렸다.

"헉. 죄, 죄송합니다!"

선재의 얼굴을 뒤늦게 알아본 감자 선배가 얼굴이 하얗게 질려 사과했다. 가까이 있던 직원이 이 난장판을 수습하기 위해 다가갔다. 하지만 그게 문제가 아니었다. 뜨겁게 끓어올랐던 뚝배기 안의 찌개가 선재의 팔 위로 쏟아진 것이다.

혼비백산이 된 연우가 뛰어 달려왔다. 선재는 잇새로 숨을 들이마시고 있었다. 고통을 참아내고 있는 거였다. 연우는 그를 끌고 눈에 보이는 대로, 재빨리 식수대 쪽으로 가서 찬물을 틀어 응급조치했다. 상처를 제대로 확인해야 되는데 자꾸 눈물이 눈앞을 흐리게 했다.

'다른 미래'에서 시아버지의 회갑연 때 팔에 붕대를 하고 있던 당신을 기억한다. 당신은 이혼 당일, 그때의 그게 화상이었다고 말했었다. 그때 그 자리. 같은 자리의 화상.

"연우야."

선재가 침착한 목소리로 그녀를 불렀다. 그녀가 숨을 제대로 쉬고 있지 않았던 것이다. 그녀를 진정시킬 필요가 있었다.

"나 괜찮아."

그가 거듭 안심을 시켜주는데도 연우의 눈에선 눈물이 뚝뚝 떨어졌다.

"괜찮아. 정말 괜찮아."

아니. 당신은 괜찮지가 않아. 괜찮을 수가 없단 말이야.

선재는 하루 입원을 하게 되었다. 화상 부위는 연우의 손바닥 크기만큼이나 넓었다. 선재는 치료 내내 연우를 다독였다. 연우가 너무 많이 놀란 것 같았다.

"많이 안 다쳤어. 봐봐. 반지 자리도 하나도 안 다치고."

정말 반지를 낀 자리는 말짱했다. 하지만 그런 게 연우에게 다행스럽게 여겨질 리가 없었다. 부상의 자리가 그때와 같았기에. '다른 미래'에서 선재의 붕대 자리도 손목부터 팔꿈치 아래까지였다.

"많이 아프죠……."

불안과 걱정에 연우의 목소리는 기어들어갈 듯이 작았다.

"별로 안 아파."

선재는 웃어 보이며 대답했다. 그러나 상처를 치료할 때에는 어김없이 인상을 쓰게 되었다. 당연한 거였다. 화상 자리는 보는 것만으로도 아프게 느껴질 정도였다. 치료를 모두 끝내고, 선재의 팔에는 붕대가 감겼다. 의사는 며칠간 고통이 클 거라고 말했다. 연우는 더는 울지 않았지만 마음이 많이 약해진 상태였다.

그때 내가 밥을 받아오겠다고 했어야 했는데. 내가 대신 다쳤다면 더 나았을 텐데.

"엉뚱한 생각 하고 있지. 다 읽힌다."

연우의 눈빛을 살핀 선재가 핀잔을 주었다. 그는 연우와는 반대로, 자신이 다쳐서 다행이라고 생각하고 있었다. 그 자리에서 아내가 다쳤다면 정말 끔찍했을 것이다. 의사가 떠난 지 얼마 지나지 않아 병실에 다시 노크 소리가 들렸다.

"네."

연우의 대답에 문이 열리고 감자 선배가 들어왔다. 감자는 겁에 질려 부들부들 떨며 고개를 조아렸다. 저자세로 나왔지만 연우의 눈에 그게 달갑게 보일 리 없었다. 연우는 주먹을 꽉 쥐었다.

"정말…… 죄송합니다…… 하지만 그렇게 빨리 뛰지는 않았는데 어쩌다 그렇게 됐는지…… 그래도 정말 죄송합니다……."

감자는 어쭙잖은 변명을 더듬더듬 이어갔다. 굳이 자기 탓만은 아니라고 말하려는 것 같았다.

"괜찮아요. 걱정 말고 이만 가셔도 됩니다."

일을 저지른 사람이 연우의 선배라는 것을 알게 된 선재는 연우를 생각하여 괜찮다고 말했다. 그럼에도 감자는 몸을 움직이지 못했다.

"더 하실 말씀 있습니까? 좀 쉬고 싶은데요."

"아, 네. 알겠습니다. 그럼 쉬세요."

감자는 허둥지둥 뒷걸음질 쳐서 입원실 밖으로 나왔다. 문을 닫은 뒤에 한숨을 몰아쉬었다. 대기업의 부사장을 다치게 했으니 막대한 보상금을 요구할 수도 있겠다고 생각하여 겁을 먹었었다.

'후우. 십 년 감수했네. 뒤늦게 뭘 요구하진 않겠지?'

그래도 나중에 연우에게 물어보아 선물을 챙겨야겠다고 생각했다. 이것도 인연이라고, 그 기회에 서로 알고 지내는 사이가 된다면, 연락처라도 얻게 된다면 더 바랄 것은 없겠다. 안심하며 복도를 걸어가고 있을 때 뒤에서 연우가 부르며 다가왔다.

"선배."

"오, 연우 후배. 잘됐다."

연우는 무표정이었다. 감자는 연우에게 비교적 깍듯이 말했다.

"부사장님 연락처 좀 알려줄 수 있을까? 내가 나중에 직접 연락드려서 사과하고 싶어서 그래."

"엄청 방정맞네요."

그런데, 연우의 입에서 흘러나온 말은 의외였다. 감자는 제 귀를 의심했다. 여태껏 선후배들과 돈독한 사이를 유지하며, 물에 물 탄 듯 술에 술 탄 듯 참한 이미지였던 연우가 이런 말을 할 줄은 몰랐다.

"으응?"

움찔한 감자가 눈썹을 올리며 물었다. 뭐라고 한 거냐고. 연우는 분노를 참는 얼굴로 감자에게 다시 또박또박 말했다.

"선배 방정맞은 거 진짜 싫어요. 우리가 얼마나 친했다고 식당에서 나한테 그렇게 달려와요? 앞으로 나 아는 척도 하지 말아요. 누구 시켜서 부탁 같은 것도 할 생각하지 말고."

연우의 경고에 놀란 감자는 입을 다물지 못했다.

"여기 얼씬도 하지 말고 내 남편 귀찮게 할 생각도 하지 마요. 주접 떠는 사람 받아줄 생각 없어요."

연우는 살벌하게 말했다. 그간 감내해왔던 것들이 터졌다. 연우의 태도가 또 변한 것이다. 웬만하면 남편을 생각해서라도 타인들과 원만한 관계를 유지하고 싶었다. 그러나 그것을 빈틈이라고 생각하고선 덤비려는 사람들에게는 여지를 둘 필요가 없다는 것을 알게 되었다. 그녀는 지킬 것이 있는 사람이었다. 더 강하고, 더 똑 부러지는 사람이 되어야 했다. 남들이 우습게 보고 덤빌 수 없는 사람.

"행동 조심하세요."

연우는 싸늘하게 일러두고는 감자를 지나쳐 갔다. 그길로 식당으로 간 연우는 주방장에게 요청하여 음식을 챙겨왔다. 선재는 연우가 걱정할까 염려하며 밥그릇을 싹 비우고 잠이 들었다. 진통제에 수면제 성분이 들어 있어 선재가 잠드는 데는 얼마 걸리지 않았다. 그러나 그는 상처가 아린 듯 깊은 잠에 빠져서도 간간이 인상을 찌푸렸다. 그래서 연우는 오래도록 잠들지 못했다.

'내가 대신 아파주면 참 좋을 것 같다.'

그를 바라보고 있으니 또 눈물이 떨어질 것 같았다. 울지 마. 운다고 해결되는 게 아니야. 연우는 스스로를 다그쳤다. 그제야 사고 당시 자신이 울어버려서 그가 얼마나 당황했을까를 생각해보게 되었다. 자신이 너무 심하게 울어버려서 그가 아프다고 솔직하게 말할 수도 없었을 것이라 생각하니 새로운 자책감이 생겨났다.

'울면 안 돼. 일단 치료만 생각하자.'

연우는 약해지려는 마음을 다잡았다.

다음 날. 선재는 오전에 치료를 받은 후 바로 퇴원했다. 오후에 중요한 일정이 있어서 병원에 오래 머무를 수가 없었다. 씻고 옷을 갈아입기 위해 두 사람은 일단 집에 들러야 했다. 운전기사를 불러 차를 타고 집으로 가는 길. 연우는 선재의 표정이 어제보다 더 좋지 않아서 나직이 물었다.

"많이 아프죠. 오늘 일은 쉬고 하루만 더 입원하면 좋겠는데."

"아니야. 괜찮아."

선재는 미소 지어 보였다. 미소가 힘이 있어 보이지는 않았다.

"얼굴색도 너무 안 좋아요."

"꿈을 꿨거든. 산불이 나는 꿈이었어."

염려하는 연우에게 선재는 사실을 말해주었다.

"산불 나는 꿈은 좋은 꿈이라던데, 왠지 너무 생생해서 깨고 난 뒤에 좀 멍하네."

연우는 먹먹해졌다. 선재는 이십 년 전에 화재 사건으로 친구를 잃는 아픔을 겪었다. 어쩌면 산불이나 화상 같은 것은 그에게 트라우마일 수도 있었다.

"괜찮아. 아무래도 화상 자리가 따끔해서 그런 꿈을 꿨나봐. 이젠 꿈 내용도 기억 안 나."

표정이 어두워지는 연우에게 선재가 별일 아닌 듯이 말했다. 그의 꿈이 걱정스러워진 연우가 이어 질문했다.

"어제 좋은 꿈 꿨다고 했던 것도 불이 나는 꿈이었어요?"

"아니!"

그 질문에 선재의 목소리가 불쑥 튀었다.

"이만한 잉어를 잡는 꿈이었다고."

선재는 팔을 양옆으로 크게 벌리며 말했다. 그 바람에 선재의 목소리에 다시금 생기가 담겼다.

"어머니께 말했으면 태몽이라고 하셨을 거야."

선재는 아까와는 달리 눈에 힘을 담고 진지하게 말했다. 운전기사가 모든 이야기를 듣고 있어 연우는 얼굴이 화끈거렸지만 잠시나마 선재의 기운이 돌아오는 듯하여 다행스러웠다.

잠시 후 집에 도착한 두 사람. 선재는 부지런히 욕실로 갔다.

"나 씻을게."

"저기."

연우가 용기를 내어 불렀다.

"머리 감겨줄까요?"

연우는 그가 아픈 팔을 움직여 씻어야 한다는 것이 안타까웠다. 머리를 감겨주는 게 별건 아니겠지만 자신이 도움이 되었으면 했다. 방수 커버로 상처 부위를 감싼 선재가 뚱하게 대답했다.

"난 벗고 감는데."

난 벗고 씻어. 어쩔 건데? 각오하란 뜻이었다.

"내가 머리 감겨줄 동안만 옷 입고 있으면 되잖아요."

"네가 환자의 편의를 봐줘야지."

"치. 혼자 들어가서 씻으려고 했으면서."

연우는 입술을 샐쭉거렸다. 잠시 후 선재가 피식 웃었다.

"수건 두르고 있을 테니까 얼른 따라 들어와. 바쁘니까 빨리해줘."

그의 허락이 떨어졌다. 연우는 힘차게 고개를 끄덕였다.

"욕조에 머리 기대고 있으면 감기기 편할 것 같아요."

선재는 연우의 말을 듣고서 욕실로 들어갔다. 연우도 가벼운 반바지와 티셔츠로 갈아입고 욕실 안으로 곧장 따라 들어갔다. 욕실 문을 열자마자 마주한 그의 모습에 연우는 사명을 잊고서 잠시 멈칫했다. 허리춤에 타월을 두른 그의 몸은 완벽한 피사체였다. 넓은 어깨를 구성하는 올찬 근육들, 미세하게 오르내리는 것이 눈에 확 들어오는 탄탄한 가슴, 복근이 꽉 잡고 있으면서도 늘씬한 허리.

"오늘도 나만 벗고 있네."

그녀가 긴장한 나머지 무어라 말을 꺼내지 못하고 있으니 선재가 먼저 입을 열었다.

"바쁘다면서요. 얼른 감겨줄게요."

뒤늦게 연우가 말했다. 선재는 고분고분 욕조 안으로 들어갔다.

누군가의 머리를 감겨주는 것은 처음이라 서툴렀지만 연우는 힘들지 않았다. 그런데 그가 불편한 건지, 지그시 감고 있던 눈을 간간이 떠서 그녀를 바라보았다.

"왜요? 불편해요?"

"아니. 좋아."

그런데 그의 대답은 의외다.

"부인이 있는 게 좋고."

그의 낮은 목소리가 욕실 안에서 차분히 공명했다.

"네가 잘해주니까 좋네. 다친 게 새삼 행복할 수도 있구나 생각했어."

그의 속마음을 들은 연우는 울컥했다. 안 돼! 좋아하면 안 되는 거라고! 당신은 아픈 사람이잖아!

"행복하긴 뭐가 행복해요! 나는 속이 문드러지는데!"

연우는 밖으로 넘어오려는 울음을 삼키며 바락 소리쳤다. 비누 거품을 씻어내는 그녀의 손이 우악스러워졌다. 선재가 급히 주의를 주었다.

"야야야. 그렇게 포악하게 굴면 수건 벗겨져."

"허억. 뭐예요, 흉측하게!"

"너 흉측하다고 했어? 내 몸이 흉측하다는 거야?"

"움직이지 마요! 진짜 수건 벗겨져요!"

연우의 도발이 선재의 도발로 이어졌다. 연우가 들고 있던 샤워기가 흔들리다가 그의 가슴 아래로 쏟아지며 그가 두르고 있던 수건을 적셨다. 연우는 눈을 꼭 감은 채로 고개를 돌렸다. 그리하여 물은 계속 다른 곳으로 떨어지고.

"네가 내 몸을 보기나 했어? 한 번이라도 제대로 봤어? 제대로 봐. 봐. 흉측한지 아닌지 보고 판단해."

선재가 연우의 손목을 잡았다. 뿌리치려면 뿌리칠 수야 있었겠지만 연우는 그러지 못했다. 다친 사람의 앞에서는 움직임도 조심스러울 수밖에 없다. 결국 마음대로 쓸 수 있는 것은 세 치 혀뿐.

"아악. 왜 이래요, 진짜. 징그럽게!"

"뭐? 이젠 징그러워?"

"아 참, 다 젖잖아요."

"빨리 봐! 징그러운지 봐. 빨리 봐!"

"아악! 이럴 거면 혼자 감아요!"

홀러덩. 그녀가 소리를 높였음에도 결국 그는 허리춤의 타월을 풀어 팽개쳐버리고야 말았다.

"으아! 안 돼애!"

연우는 샤워기를 던져버리고 고개를 숙이며 새우처럼 등을 말았다. 샤워기가 사방에 물을 뿌렸다. 연우의 옷도 젖어버렸다. 난장판이다. 그런데 잠시 후, 그가 픽 웃는 소리가 들렸다. 천천히, 천천히 연우는 고개를 들었다.

헐…… 입었잖아…… 바지까지 다 입어놓고.

연우가 싸늘한 목소리로 따졌다.

"장난해요, 지금?"

"정색했어, 지금? 실은 내 몸 보고 싶은 거 아니야?"

"아뇨. 전혀요. 하나도 안 보고 싶네요."

"그런데 말투가 왜 그래. 되게 실망한 것 같은데?"

"아니거든요!"

연우는 또 바락 소리를 지르며 샤워기를 주워들었다. 바쁜 척하더니 장난할 시간도 있고, 참 여유롭구면. 그가 얄미웠다. 하지만 그 소란 덕분에 연우는 잠시간 속상한 마음을 잊을 수 있었다.

선재를 무사히 출근시킨 연우는 학교에 가서 일을 정리했다. 그녀는 맡은 일을 조금 덜어내기로 했다. 선재의 사고 이후 자신의 행동을 공연히 반성하게 된 것이다. 두 번째 인생이라 일에 능률이 올라 이전보다 많은 일을 맡게 되었는데 그러다 보니 남편에게 신경을 덜 쓰게 된 것 같았다. 어제의 사고를 전해 들은 동료들이 연우의 짐을 나누어 지기로 했다. 원래 그들이 해야 하는 일이었으니 이제 제대로 된 것이다.

수고를 덜어낸 연우는 오랜만에 일찍 퇴근했다. 학교에서 해가 떠 있을 때 여유를 부리는 것이 꽤 오랜만이었다. 그녀는 캠퍼스 벤치에 앉았다. 기사님이 올 때까지 시간이 남았다. 가만히 앉아 태평하게 다리를 흔들며, 기사님이 언제 오시려나 생각하는데, 뜬금없이 눈물이 뚝 떨어졌다.

"아. 왜 이러지."

그녀 또한 당황스러웠다. 이런 식으로 남편 앞에서도 갑자기 울어버리면 안 되는데. 연우는 소매로 급하게 눈물을 닦았다. 하지만 눈물은 멈출 생각을 하지 않았다. 결국 연우는 울음을 그치는 일을 포기하고 얼굴을 감춰 울었다.

남편은 오늘, 산에 불이 나는 꿈을 꿨다고 했다. 화상 부위가 쓰라려 같은 종류의 기억을 불러들인 것이었다. 그 어떤 것보다도 화상을 조심했어야 했는데 그러지 못했다. '다른 미래'에서도 그는 화상을 입었다고 했었는데.

"나 때문이야."

자책감을 어쩔 수가 없었다. 그가 잘해준다고 해서, 그가 편해졌다
고 해서, 본분을 망각하면 안 되는 거였는데. 내가 그 사람을 지켰어야
했는데. 그렇게 아픈데도 아내를 걱정하며 괜찮다고 웃어주는 그의
얼굴이 머릿속에 스치자 괴로워졌다. 눈물은 금방 그칠 것 같지 않다.
그때, 그녀의 눈앞에 누군가가 휴지를 내밀었다.

"그렇게 울면 얼굴이 얼지 않을까요?"

연우는 고개를 들었다. 휴지를 내민 상대가 서글서글한 눈매로 웃
었다. 흑흑 울던 연우의 표정이 굳었다. 노랑머리의 남자. 또 그였다.

"또 만났네요?"

그가 말을 걸며 연우의 옆에 앉았다. 연우의 머릿속에 많은 생각이
스쳤다. 그중 선재가 했던 말이 떠올랐다.

"혹시, 스토커예요?"

옥승혜가 누군가를 시켜 자신을 스토킹하는 것일 수도 있다. 그것
을 생각하니 뒷골이 싸했다. 남자는 연우의 물음에 미간을 찌푸렸다.

"내가 스토커 같아요?"

"그렇잖아요. 계속 이상하게 만나니까. 오늘 여기는 왜 오셨어요?"

연우가 따지듯 물었다. 어느새 눈물은 쏙 들어갔다.

"이름이 뭐예요? 대체 뭐 하시는 분이에요? 그때 부산엔 왜 왔던 거
죠? 민증 좀 보여줄 수 있어요?"

쏟아지는 질문에 남자는 품 웃어버렸다.

"호구 조사 하는 거예요?"

연우는 심각했다.

"옥승혜 여사와도 알고 지내는 거 아니에요?"

"그 사람은 또 누굽니까."

남자는 옥승혜라는 이름을 처음 듣는 듯 되물었다. 연우는 멈추지 않고 계속 따졌다.

"이름이 뭐냐고요, 이름이."

"말해주기 싫어지네요."

"그럼 누렁 씨라고 부를 거예요."

연우가 억지를 부렸다. 그러나 남자는 또 코웃음을 칠뿐이다.

"누렁 씨라니. 내 머리가 노래서요?"

"이것도 우연이라고 할 수 있어요?"

연우도 남자의 질문에 답하지 않고 밀어붙이듯 물었다. 남자에 대해선 궁금한 것투성이였다. 당신은 처음부터 이상했어. 왜 누렁이 대신 내 앞에 당신이 나타났을까. 의심이 가득한 눈초리로 자신을 바라보는 그녀에게 남자는 차분한 목소리로 말했다.

"모든 현재는 우연히 만들어진 거죠. 그중 사람의 마음에 드는 사건이 운명이 되고요. 사람이 사건을 엮어서 운명을 만드는 거예요."

이번엔 연우가 코웃음 쳤다. 그의 말이 그냥 개똥철학 같았다.

"무슨, 운명철학자예요?"

"비슷한 거라고 할 수도 있죠."

"드레스 수입 같은 거 하신다면서요."

"누가 그래요?"

"그때 드레스숍에서……."

연우는 드레스숍에서 들은 말을 늘어놓으려다가 입을 닫았다. 말을 섞을수록 미스터리가 쌓여가는 느낌이다.

"정말 이상해요. 그쪽을 만나는 타이밍은 늘 이상하다고요. 드레스 숍도 그랬고……."

지금까지의 인연을 떠올리니 오싹했다.

"생각해보니 부산에서의 일도 이상하네요. 그때 그쪽이 나를 거기로 쫓아가게 해서 결국 BJ의 카메라에 찍혔죠."

그때, 내가 당신을 쫓아가지 않았다면, 남편과 내가 BJ의 카메라에 찍히는 일도 없었을 거야!

"그게 제 남편의 스캔들 기사가 오보라는 데에 결정적인 기여를 했고요."

결국 당신은 또 날 도운 것이 되었다. 이 모든 게 정말 우연이라고? 등골에 소름이 쫙 끼쳤다.

"당신은 정말 대체, 누구죠?"

연우의 집요한 질문에 남자는 어깨를 으쓱하며 인상을 구겼다.

"무슨 얘기를 하는지 모르겠네요. 난 그냥, 울고 있는 사람이 있어서 와봤어요."

"난 그쪽이……."

연우는 믿을 수 없다는 듯 고개를 가로저었다.

"그쪽이 사람이 아닌 것 같단 말이죠. 생각해보니 그쪽은 정말 뭔가 이상해요."

무례한 말이다. 그것을 알고 있다. 하지만 연우는 추궁을 멈출 수가 없었다. 믿기지 않는 일은 이미 오래전부터 일어나고 있었으므로. 그녀는 끔찍한 미래에서 과거로 회귀한 사람이었고, 그래서 미래에 일어날 일들을 어느 정도 알고 있으며, 그 미래를 바꾸기 위해 안간힘을 쓰는 사람이었다.

나도 실은 여기 존재해서는 안 되는 사람이야. 그러니 당신이 무슨 말을 한다 해도 믿을 수 있어. 부디 내게 진실을 말해줘. 연우의 눈동자는 더욱 진지해졌다.

"내가 누렁이를 치료해준 적이 있었어요. 그리고 그 결혼식날도 누렁이를 치료해주러 갔었죠. 그런데 그 누렁이가 있어야 할 자리에 그쪽이 있었어요."

"……그러니까, 내가, 사람으로 변한 누렁이다?"

그의 표정은 읽기가 힘들었다. 웃음의 뒤끝도, 불쾌한 표정의 이면도 보이지가 않았다. 당신은 무엇을 위해 존재하는 사람이냐고 더 따져 물을 수가 없었다.

"……죄송해요. 제가 무례했네요."

연우는 결국 먼저 꼬리를 내렸다.

"불안한 일이 있어서 헛소리 좀 해봤어요."

"그러니 울었겠죠. 이해합니다."

그는 사과를 받아들이는 태도도 쿨함이 넘쳤다.

"내가 정말 사람 같지가 않아요?"

침묵 끝에 그가 물었다. 연우는 먹먹하고 막막해졌다.

"실은 그쪽이 내 수호천사 같은 거였으면 했어요. 사람이 아니라 신이었으면."

연우는 솔직하게 말했다. 이상하게도 다 털어놓고 싶어졌다.

"내가 무릎 꿇고 빌 수 있도록 신이 내 앞에 나타나준 것이었으면 했어요."

신에게 부탁하고 싶다. 이번 생은 부디 그 사람을 살려달라고. 신을 협박하고도 싶다. 날 과거로 보낸 건 당신이니 당신이 책임지고 내 뜻대로 하게 해달라고. 내가 그 사람을 지킬 수 있게 해달라고.

"절박하거든요."

매일이 절박하다. 그 사람이 사라질까봐. 내 인생에 파도처럼 들이 닥친 사람. 당신을 두 번 잃게 될까봐 난 늘 불안해. 밀물처럼 밀려왔으니 썰물처럼 빠져나갈까봐. 파도처럼 부서져버릴까봐.

모두 닦아낸 것이 우습게도, 남편을 생각하자 다시 눈물이 뚝뚝 떨어졌다.

"운명 앞에서 내가 얼마나 하찮은 존재인지 나도 잘 알아요. 나는 내 주제를 알아요."

어찌된 일인지 고해성사를 하듯, 주절주절 말하게 되었다.

"나 같은 거 하나를 위해 세상이 변하지는 않을 거예요."

엉엉, 울며.

"하지만 나 같은 거 하나를 위해서도 변하는 세상이었으면 좋겠어요. 신이 나타나서 좀 내 부탁을 들어줬으면 좋겠어요."

연우는 속에 묵혀놓았던 것들을 끄집어냈다. 정말로 신에게 호소하듯.

"그 사람을 꼭 구하고 싶어요."

남자는 묵묵히 들어주다가 궁금한 것을 물었다.

"그 사람이라면, 사랑하는 사람?"

"남편이요."

"그러니까, 사랑하는 사람이요. 절박할 정도로 사랑하는 사람."

남자에게서 신처럼, 천사처럼 자애로운 미소가 보였다. 연우는 왠지 그에게 보살핌을 받는 기분이 들었다.

"사랑하는 사람한테 사랑한다고 얘기해야겠네요. 그 사람이 운명을 뛰어넘을 의지를 갖도록."

그의 목소리는 가슴으로 곧장 전달되었다. 그녀가 꽉 닫아놓고 살펴보지 않으려 했던 내면의 방문이 열렸다. 연우는 크게 탄식했다.

맞아, 나는. 그 사람이 좋아. 정말 좋아해. 사랑해. 뭐라고 형언할 수없을 정도로.

애초부터, 그가 살아 있는 세상에서 살고 싶었던 마음은 그가 아니라 자신을 위한 것이었다. 당신이 좋아서 함께하고 싶은 거였어. 너무좋아서.

이 단순한 진실을 스스로 깨닫는 데 그토록 긴 시간이 걸렸다. 가둬둘 수 없는 감정이 툭 터져서 눈물과 함께 폭폭 쏟아졌다. 한참 뒤에야 연우의 속이 진정되었다. 비가 갠 하늘처럼, 눈물을 다 쏟아낸 연우의 눈동자가 맑게 반짝거렸다.

"이제 다 울었어요?"

옆에서 가만히 지켜봐준 남자가 물었다. 속이 후련해지고 나니 연우는 자신의 행동이 부끄러워졌다. 아니, 내가 외간남자를 옆에 앉혀놓고 뭘 한 거지? 내 속마음 이야기를 하고, 펑펑 울고.

"근데 내가 왜 그쪽한테 이런 얘기를 했을까요?"

도통 알 수가 없어서, 연우는 스스로에게 해야 하는 질문을 남자에게 던졌다.

"괜찮아요. 그런 사람 많아요. 내게는 상대가 자기 진심을 털어놓게 하는 능력이 있는 듯해요."

남자는 별일 아니라는 투로 어깨를 으쓱했다.

"그쪽의 능력에 비하면 아무것도 아닐 테지만."

엥?

"이만 가야겠네요. 또 봅시다."

"아니, 저기, 내 능력이라뇨."

"다음에는 밝은 얼굴로 봐요."

남자는 그녀의 의문을 제 말로 덮어버렸다. 연우가 맹하니 있는 사이에 남자는 축지법을 쓰는 사람처럼 빠르게 멀어져갔다. 연우가 그에게로 뛰어가며 외쳤다.

"이름이라도 알려주고 가요, 좀!"

오늘도 이름을 아는 데는 실패할까 하는 생각에 급하게 소리쳤다.

"사울."

잠시 후 그가 돌아보며 말했다.

"사울이에요."

사울? 이름이 참, 독특하다. '사울'보다는, '방울이'나 '누렁 씨'가 더 정감 있고 좋을 것 같은데.

"뭔가······."

연우는 이것도 허풍인가 하는 생각이 들어 피식 웃었다. 어쩌면 그의 진짜 이름은 내내 알 수 없을지도 모르겠다.

"영혼이 담긴 이름이네요."

하지만 그에게 고마웠다.

"그렇죠? 그런 얘기 많이 들었죠."

남자는 손을 흔들었다.

다음 날 아침. 연우는 전날처럼 선재의 머리를 감겨주었다. 선재는 어제와는 달리 그녀를 자극하지 않고 얌전히 도움을 받았다. 선재가 너무 조용하여 오히려 걱정스러워진 연우가 물었다.

"오늘은 불나는 꿈 안 꿨어요?"

"응. 오늘은 아무 꿈도 안 꿨어."

"통증은 좀 어때요?"

"어제보단 많이 괜찮아. 오늘 점심때 병원에 다녀오려고."

"나도 같이 가요."

"알겠어. 내가 연락할게."

머리 감겨주기 절차는 무난하게 끝났다. 그래도 선재가 손을 다친 게 아니라서 그나마 연우의 손이 덜 갔다. 하지만 한편으로는 그의 어려움을 자신이 몰라주는 것은 아닐까 걱정되기도 했다. 손을 다치지는 않았지만 분명 움직이는 데 무리는 있을 테고 가만히 있어도 아파서 에너지가 죽죽 소진되는 기분일 것이다. 문득 그가 평소와 다름없는 표정인 것이 대단하게 여겨졌다.

"넥타이 해줄까요?"

넥타이를 집어 든 선재에게 연우가 쪼르르 달려가 물었다.

"어."

생각 외로 그의 대답이 아주 빨랐다. 넥타이 매는 게 그렇게 버거웠으면 일찍 말하지, 연우는 속으로 미안해하며 선재의 넥타이를 쥐었다. 사실 선재는 스스로 넥타이를 매는 데 아무 문제가 없었다. 그저 연우가 넥타이를 매주었으면 해서 부탁했을 뿐이다. 넥타이를 매주는 연우를 보고 싶어서.

연우는 아주 능숙하게 넥타이를 맸다. 하지만 연우의 넥타이 매는 방식은 먼저 매듭을 지은 다음에 선재에게 걸어주는 것이었다. 넥타이를 이리저리 휘돌리며 그녀가 자신의 목에 손을 감는 장면을 상상했던 선재는 아쉬웠지만 칭찬을 아끼지는 않았다.

"나보다 잘하네. 언제 익혔어?"

"오래됐죠."

연우는 넥타이를 당겨 조이며 대답했다.

"마진태 사장이 부르면 아빠는 바로 정장 입고 뛰어나가야 했거든
요. 아빠가 옷 갈아입으실 동안 넥타이 묶어놓는 게 내 역할이었어요."

선재는 넥타이 매기에 열중해 있는 동안 흐트러진 그녀의 머리칼을
뒤로 넘겨주며 토닥였다. 열심히 살아가 몸에 배어버린 그녀의 습관
들이 애틋하고 사랑스러웠다.

"고마워."

인사한 선재가 사실을 털어놓았다.

"사실 넥타이는 혼자 맬 수 있어. 그냥 해줬으면 해서 부탁해본 거였
어."

그는 그녀의 앞에서 손을 흔들어 보였다. 왼손 약지에 끼워진 결혼
반지가 반짝 빛났다.

"보다시피 손은 하나도 안 다쳐서 생활엔 불편함이 없어."

"그럼 머리도 안 감겨줘도 되죠?"

"아니. 그건 내가 혼자서 절대 못 하지."

연우의 얌체 같은 물음에 선재가 야무지게 대꾸했다.

"그런데 출근 준비 안 해?"

이맘때쯤 같이 출근 준비를 했는데 자기 때문에 그녀가 늦게 출근
하게 된 건 아닌지 하여 물었다.

"오늘은 안 가요. 일이 너무 나한테 몰려 있었던 것 같아서 좀 덜어
냈어요."

"그래. 잘했어."

연우가 무어라 더 말을 하려고 했는데, 선재의 움직임이 그녀의 말을 덮었다. 선재의 입술이 연우의 이마에 쪽 내려앉았다가 떨어졌다. 역시 이번에도 피할 틈은 없었다. 피하지도 않았겠지만.

앞으로 다가올 일들을 생각하며 뜀박질을 시작했던 심장 박동이 조금 더 거세어졌다.

"다녀올게."

"근데, 나 할 말 있는데."

그녀가 용기를 내어 말했다. 돌아서려던 선재가 연우를 다시 바라보고는 크게 한숨을 내쉬었다.

"······알아."

선재는 이실직고 제가 간과한 일에 대해 속죄하듯 털어놓았다.

"어제 예쁜 말 못 해서 미안해."

잉? 그게 아닌데. 다른 것을 준비하고 있던 연우는 눈을 깜박이며 그를 쳐다보았다.

"하지만 늘 네가 예쁘다고 생각하고 있어. 그건 알아줘."

그는 알아서 모두 자백한다. 그게 아닌데.

"솔직히 말하면 어제 네가 머리 감겨줄 때 네 옷이 젖어서 난 좀 힘들었었어. 종종 네가 예쁜 게 넘칠 때가 있어."

품. 심각한 상황이었는데 연우는 웃음이 터져버렸다. 하루에 한 번씩 예쁜 말을 해달라고 했더니 그것을 계명처럼 여기는 그가 너무 우스웠다. 덕분에 긴장했던 마음이 조금은 풀렸다.

"내가 하려던 얘긴 다른 건데요."

"응? 이거 아니야?"

"네."

"그럼 뭐야?"

다시 바짝 긴장하게 되었지만 아까보다는 기분이 좋았다. 감정이 흐르고 넘쳐 내게 털어놓았던 당신의 마음을 이해할 수 있을 것 같아. 당신이 소중해서 말하지 않고는 버틸 수 없는 마음. 연우도 이제 하나씩 꺼내 보여주기로 한다.

"타이밍이 좀 구리다고 생각은 하는데요. 선배도 늘 타이밍이 구렸으니까 이건 아무렇지도 않을 것 같아요."

그녀가 무슨 화제를 꺼낼지 도통 예상할 수 없단 표정으로 그가 미간에 힘을 주었다.

"선배를 처음 봤을 때요. 너무 빛나서 내 옆에 있으면 안 된다고 생각했어요."

이건 뭐, 아이돌 오빠한테 팬클럽 말단 임원이 고백하는 느낌인데.

"그래서 오랜 시간 동안 선배를 무서워하긴 했어요. 지금도 그렇게 긴장되긴 한데…… 이게, 설레는 거라는 걸, 나도 알거든요."

선재의 눈동자에 지난밤 별들이 고이는 것 같다. 그를 바라보는 연우의 눈에도 그 별이 투영된다. 왜 근데 또 눈물이 날 것 같은지.

"내가, 그러니까, 그게요. 선배를……."

출근 시간에 바쁜 당신을 잡아서 정말 미안하지만. 우리의 시간이 소중하니까 더는 미루지 않으려고 해요. 기다려줘서 고마워요.

"더 많이, 좋아하는지도 모르겠어요."

그녀는 솔직하게 제 마음을 고백했다. 저편에서 번식력 좋은 식물들이 엄마의 고백을 숨죽여 지켜보고 있다.

선재는 조용히 탄식했다. 타이밍이 정말 구리긴 하다. 이 얘기를 왜 아침에 하니. 어젯밤에 하지. 그럼 더 완벽한 아침을 맞을 수도 있었을 텐데.

"아무튼, 내가 많이 좋아하긴 해요. 사, 사……."

하지만, 그럼에도, 그는 지금 세상에서 가장 행복하다.

"……정말 좋아해요."

첫 고백의 순간. 내가 사랑하는 사람이 내게 좋아한다고 말하는 순간. 가슴에 꾹 눌러놓았던 마음이 언어가 되는 순간. 그 예쁜 모습을 볼 수 있는 건 세상에 단 한 사람뿐이다. 내가 세상에서 가장 특별하고 행복한 사람이 되는 순간. 너의 이 예쁜 얼굴을 난 영원히, 영원히 가슴에 새겨둘 거야.

"여기까지!"

하지만 그 황홀한 고백은 한순간에 물러간다. 연우는 두 손을 올려 뺨을 감쌌다. 쑥스러워 얼굴에 열이 오르는 모양이었다.

"아무 말도 하지 말고 그냥 그대로 뒤돌아서 나가세요. 나가요. 출근하세요. 행복한 기분을 망치고 싶지 않아요. 요대로 간직해요. 우리."

오늘은 딱 여기까지. 지금이 딱 좋으니까. 그냥 우리 이대로, 멋있게, 세련되게 아침 인사 합시다.

"잘 다녀와요!"

그러나 선재가 그냥 물러날 리 없다. 선재는 뺨을 감싸고 있는 연우의 두 손을 제 손으로 덮었다. 연우의 고개와 두 손이 그를 따라 위로 들렸다.

"고마워."

입술과 입술이 포근하게 만나 아침의 체온을 확인했다.

"사랑해. 연우야."

화답한 뒤에는 더 사랑스러운 키스가 다녀갔다.

"갈게."

고맙다는 말, 사랑한다는 말, 그리고 두 번의 짧은 키스를 한 선재는 그녀의 요청대로 의젓하게 뒤돌았다. 딱 여기까지. 이대로 간직하면 딱 좋은 아침의 고백. 그것을 해낸 연우 또한 뿌듯했다. 연우는 두 손을 뺨에서 내리지 못한 채로 그가 떠나는 것을 지켜보았다. 현관문이 열렸다. 하지만 문은 그를 밖으로 인도하지 못했다. 선재는 곧장 뒤돌아 빠른 걸음으로 다시 그녀에게 돌아왔다. 두 손을 뺨에서 서서히 내리던 연우가 눈이 동그래져서는 선재를 바라보았다. 연우의 뺨, 그 두 번째 주인은 선재가 되었다. 선재는 따끈하게 열이 올라 있는 연우의 볼을 부드럽게 쓰다듬다가 고개를 내렸다.

"아, 가기 싫다."

입술이 닿기 직전, 입술 사이로 낮고 고요하게 새어나오는 음색이 지독히도 섹시했다. 진하고 달큰한 쾌감이 입술 안에서 툭툭 터졌다. 두 사람을 위해 존재하는 것만 같은, 벅차도록 완벽한 아침.

"이따 보자."

입술을 떼는 것이 영 아쉬운 얼굴로, 그러나 활짝 미소 지으며 그가 말했다.

시간을 되돌릴 기회

아내로부터 고백폭격을 받은 선재는 회사에서 계속 시각을 확인하게 되었다. 연우를 만날 수 있는 점심시간이 기다려졌다. 크게 내색은 하지 못했지만 선재는 내내 마음이 들떠 있는 채였다. 그나마 맡은 일들이 순조롭게 흘러가서 다행이었다. 길고긴 기다림 끝에 병원 예약 시간이 되었다. 병원까지 서둘러 간 선재는 병원 일 층에서 자신을 기다리고 있는 연우를 발견하곤 곧장 달려가 손을 잡았다. 의자에 앉아 있던 연우가 자리에서 일어났다.

"오래 기다렸어?"

"아뇨, 지금 왔어요."

연우의 뺨이 순식간에 분홍빛으로 물들어갔다. 여태 쑥스러운 마음인 건가 싶어 선재는 우습고 재미있었다.

"얼른 가요. 치료 받으러."

선재는 그녀의 어깨를 끌어당겨 안아주고는 작게 귓속말했다.

"보고 싶었어."

"우리 세 시간 만에 보는 거거든요."

"그러니까, 보고 싶었다고."

연우는 그의 능청에 피식 웃었다.

치료는 수월하게 이루어졌다. 의사는 오늘까지가 꽤나 아플 거라고 얘기했는데 선재는 힘든 내색을 보이지 않았다. 그가 자신에게 아파하는 모습을 보이기 싫어서 독하게 참고 있다고 여긴 연우는 붕대를 교체할 때 잠깐 자리를 피했다. 그러나 그녀가 떠났을 때에도 선재는 앓는 소리를 내지 않았다. 정말 신기하게도 마음에 행복이 가득하니 몸 또한 좋아지는 것 같았다. 다만 치료시간이 오래 걸려 둘만의 시간이 줄어든 것은 아쉬웠다.

"치료가 이렇게 오래 걸릴 줄 몰랐네."

1시가 훌쩍 넘어서야 병원 밖으로 나올 수 있게 된 선재가 말했다.

"그러게요. 점심 안 먹었죠? 저기서 김밥 먹을래요? 시간도 얼마 없을 텐데."

연우는 병원 앞의 분식점을 가리키며 말했다. 남편이 신속히 끼니를 해결하고 일터로 돌아가긴 해야 할 텐데, 분식점 김밥을 좋아할 것 같지 않아 조심스러웠다.

"그래. 그러자."

연우의 걱정과는 달리 선재는 흔쾌히 대답했다. 선재와 함께 분식점으로 들어간 연우는 부지런히 메뉴를 골라 주문했다. 다행히 음식들이 빨리 나왔다.

"분식점은 음식이 빨리 나오는구나."

"빨리 나오는 것만 시켰으니까요."

"그걸 딱 보면 알아?"

"어느 정도는요."

그건 경험으로 얻은 감이었다. 분식점에 와본 적이 별로 없는 선재에게는 그런 감이 없었다. 선재는 자신이 모르는 것을 알고 있는 연우가 신기하게 여겨졌다. 두 사람은 서로 마음을 확인했지만, 아직 공유하고 있는 경험이 별로 없다.

"여보."

"네?"

'여보'라는 호칭이 아직 어색한 연우는 흠칫 놀란 표정으로 대답했다.

"뭐 하고 싶은 거 있어?"

"네? 뭘요?"

"데이트 해야지."

그의 대답이 물 흐르듯 유유했다. 연우는 그 자연스러움에 새삼 설레게 되었다. 하지만 연우는 제 사명을 잊지 않는다.

"일단은 팔 좀 낫고요. 선배 너무 일을 열심히 해서 일 안 하는 시간엔 쉬어야 돼요."

말을 내뱉고 나서, 연우는 '선배'라는 호칭에 뜨끔했다. 이제 달리 불러야 된다는 것을 스스로도 알고 있는데 버릇처럼 선배라는 말이 나온 것이다.

"일을 줄일 거야."

"줄이는 게 가능해요?"

"힘을 써봐야지. 그러니까 생각해봐. 그동안 못 한 걸 하려면 바쁠 거야."

선재의 말에 연우의 눈에는 투명한 막이 옅게 생겨났다. 가슴이 먹먹하다. 이 년 동안 못 한 것들, 그리고 '다른 미래'의 당신이 평생 모르고 떠난 것들. 앞날에 대한 기대 이전에, 지난날들에 대한 아픔이 먼저 새겨지지만 연우는 아린 마음을 꾹 삼켜냈다.

"봄에 벚꽃 보러 가요."

벚꽃 흐드러진 길을 당신과 손잡고 걷는 것. 그게 지금의 내 소망이야.

"벚꽃이 피려면 4월까지는 기다려야 될 텐데."

"지금은 그것밖에 생각이 안 나요."

난 우리가 벚꽃을 함께 볼 수 있을 거라고 믿어. 내가 그렇게 해줄 거야.

"그래, 그러자. 벚꽃."

눈을 몇 번 깜빡이던 선재가 고개를 끄덕였다.

"그리고 다른 것도 천천히 생각해봐."

그의 눈빛은 한순간도 연우를 떠나지 않았다. 사랑에 빠진 남자는 너무나도 사랑스러웠다.

선재는 연우와 헤어져 회사로 돌아왔다. 선재의 인상이 변하여 직원들의 표정 또한 함께 밝아지고 있었다. 그런 행복한 오후, 선재에게 전화가 왔다. 검사 친구에게서 온 연락이었다.

[선재야.]

"응. 오랜만이야."

선재는 얼마 전 친구에게 옥승혜의 딸 마상희의 대입 비리에 대해 제보했다. 검사 친구는 대입 비리 사건을 담당한 다른 검사에게 이 일을 알렸고, 그리하여 청탁을 받았던 교수는 검찰 조사를 받게 되었다.

오래전 조사를 받았으니 지금쯤이면 어느 정도 진전이 있을 터였다. 선재는 곧장 물었다.

"일은 어떻게 되고 있어?"

그러나 선재의 기대와는 달리 친구는 말하는 데에 뜸을 들였다.

[그 윗선의 부장검사를 이용해서 빠져나갔어. 잠잠할 때 다시 터트려보자는 말로 넘어간 것 같더라고.]

"부정행위란 게 밝혀졌는데도 넘어갔단 말이야?"

[마 사장이 그렇게 접대를 잘한다더라. 위에서 접대에 넘어간 모양이야.]

"후우. 엉망이네."

선재는 조용히 이를 갈았다. 마진태 사장이 미꾸라지처럼 빠져나갈 거라고 생각했지만 조금의 고전도 없이 넘길 줄은 몰랐다. 한 가지는 어느 정도 알게 되었다. 마진태는 세게 치지 않으면 꿈틀하지 않을 것이다.

속이 쓸쓸해져 힐링이 필요한데 집에 일찍 들어가지 못하는 처지다. 오늘도 야근을 해야 했다. 집에서 자신을 기다리고 있을 예쁜 아내가 눈에 아른거렸다. 목소리라도 들어야겠다는 생각으로 연우에게 전화를 걸었다.

[여보세요.]

목소리를 들으니 더 달려가고 싶은 마음이다. 당장 집으로 갈 수 없는 것이 아쉽다.

"오늘 늦을 것 같아."

[많이 늦어요?]

"글쎄. 세 시간은 더 걸리지 싶어."

[힘들겠다…….]

자신을 염려해주는 그 음성이 그렇게 사랑스럽게 느껴질 수가 없다. 그의 목소리도 더없이 부드러워졌다.

"먼저 자."

[아뇨. 기다릴게요. 할 말 있어요.]

할 말? 무슨 할 말이지? 그녀의 말은 선재가 열심히 일해야 할 명분을 확실하게 만들어주었다.

"알았어. 최대한 빨리 갈게."

그리고 두 시간 후. 사랑의 힘으로 예상보다 한 시간을 앞당겨 퇴근한 선재가 현관문을 열고 집 안에 들어섰다. 집 안에 불이 환하다.

"나 왔어."

자신을 기다린다고 했던 아내가 총총 달려 나오는 장면을 상상하며 선재는 미소를 머금었다. 그러나 집 안은 고요했다.

"연우야."

선재는 다정히 아내의 이름을 부르며 복도에 진입했다. 침실에 다다르도록 아무 소리도 들리지 않는다. 침실에 도착해서야 아내를 발견했다. 그리고 선재는 눈이 멍해졌다. 기다리겠다는 말로 설레게 하고서, 침대에 누워 세상모르고 잠들어 있는 아내.

허. 입술 사이로 헛웃음이 빠르게 빠져나갔다. 기다린다는 말은 그냥 인사치레였나? 날 빨리 퇴근시키기 위한 계책이었나?

"연우야."

"……."

"여보."

불러도 대답이 없다. 포즈를 보아하니 잠든 척하는 것도 아니다. 잠옷 상의가 슬쩍 들려 허리의 하얀 피부를 빼꼼 드러낸 채, 커다란 침대의 중앙을 차지하고 있는 아내의 얼굴은 세상 평화롭다. 새근새근. 숨소리도 비교적 규칙적으로 들려왔다.

아, 난 너무 바르고 착해서 큰일이야. 곤히 자는 아내를 깨울 수 없는 착한 남편 선재는 이불을 끌어다 덮어준 후 조용히 욕실로 가 샤워를 하고 나왔다.

그래. 덕분에 내가 힘을 내서 한 시간이나 일찍 퇴근할 수 있게 되었으니 된 거지 뭐. 야근이 잘못이다. 잠 많은 부인과 간절히 대화를 하고 싶었다면 자신이 일찍 퇴근했어야 하는 거였다. 내일은 반드시 기필코 칼퇴를 하리라 마음먹은 선재는 아쉬운 마음을 다독이며 온 집 안의 불을 끄고서 침실로 돌아왔다. 그사이 아내는 이불을 반쯤 팽개쳤다. 꿈속에서 태권도라도 하는 모양이다. 그녀의 꿈속에 침입하고 싶은 욕심이 생겨난다. 다시 이불을 덮어주기 위해 이불 끝을 들어 올렸다. 그러나 그대로 멈칫. 그는 손을 멈췄다. 그녀의 하얀 목, 손등, 허리, 배꼽. 그 은은한 피부색이 주는 자극이 그의 심장을 콕콕 찔러댔다.

"참아?"

참아. 그러는 거 아니야. 이성이 잠시 그를 묶어두었다. 그러나.

"왜?"

내가 왜 참아.

"내 부인인데."

내 부인. 진짜 부부 사이의 진짜 부인.

그는 이불 대신 제 몸으로 그녀의 위에 그림자를 드리웠다. 몸이 닿는 대로, 그리고 마음이 닿는 대로 그녀의 이마에서 아래로, 입술에서 턱과 귀와 목으로 피부를 핥듯 키스를 이어갔다. 얼마 지나지 않아 움찔, 그녀의 눈꺼풀이 움직였다.

"깼어?"

연우는 잠이 영 깨지 않는 혼미한 목소리로 물었다.

"……언제 왔어요?"

"지금."

그는 그 틈을 놓치지 않고 그녀의 입술 사이로 비집고 들어가보았다. 잠에 취한 연우는 고개를 흔들어 그에게서 금방 벗어났다. 그가 뭘 어떻게 한다 한들 집중할 수가 없는 꿈나라에 있는 것이다.

"선배, 내가요. 좀 졸려서……."

"선배라니."

그가 따끔하게 지적했다. 그 후 한참 적막하더니.

"……여보……."

속삭이듯 간지럽게, 그녀가 새로운 호칭으로 그를 부른다. 긴 기다림 끝에 원하는 바를 이룬 그의 입가에 미소가 어렸다. 그러나 그는 시치미를 뚝 떼고서 다시 물었다.

"뭐라고? 못 들었어."

"여보오."

현실 세계가 아니라 꿈나라에서 대답을 하는 듯 목소리가 아득했다.

"응? 안 들려."

"여보오……."

잠결에 연우는 몇 번 더 대답했다. 어쩌면 이렇게, 잠결에 해주는 대답까지 순하고 사랑스럽지? 여기서 멈춰야 할 텐데, 자꾸 그녀의 목소리를 더 들어보고 싶은 욕심이 생긴다. 열기를 품은 커다란 손은 그녀의 드러난 허리를 덮으며 미끄러져 들어간다. 손끝에 닿는 모든 곳이 찰기 있고 부드러워서 신기하다. 금방 중독되겠어.

"할 말 있다며. 나 궁금한데."

그녀는 간지러운 듯 움찔하며 몸을 뒤로 뺐다.

"내일 해줄 거야?"

여전히 눈은 꼭 감고 있는 채였지만.

"지금 했잖아요……."

그래도 꼬박꼬박 대답은 해주는 착한 아내.

"뭐? 무슨 말?"

아무래도 대답은 꿈속에서 했나보다. 그녀가 우스워서 선재는 거듭 부추겼다. 한 번만 더 물어보고 재워줄게.

"나한테 무슨 말을 했다는 거야."

"여보라고요오……."

그의 집요한 질문에 그녀가 괴로운 듯 칭얼거렸다. 기어이 잠에 풀어진 그녀의 눈이 반쯤 뜨였다. 그러나 그의 눈동자에 흠뻑 담긴 욕망을 확인하지는 못했다.

"여보, 했잖아……."

그 귀여운 목소리가 그의 심장을 마구 흔들어댄다. 재워주진 못할 것 같다.

연우는 단잠에 폭 빠져 있었다. 그간 남편의 부상을 염려하느라, 남편의 운명에 불안해하느라, 그리고 어제는 고백의 타이밍을 잡지 못하는 바람에, 연우는 이틀 동안 선잠을 잤다. 그리고 오늘 드디어 제대로 잠이 든 것이다. 선재에게 고백을 한 후 긴장이 풀어지며 마음의 안정이 찾아온 것인지도 모르겠다. 그랬던 그녀를 아주 서서히, 유혹의 귀재 강선재가 다시 불렀다. 너무 졸린 나머지 그녀가 짜증을 냈는지도 모르겠다. 잠결에도 연우는 그게 미안했다. 그래서 웬만해서는 그를 받아주고 싶었다.

그래. 키스만 하는 거라면 그냥 넘어가려고 했다. 깨우려는 것인지 좀 더 깊게 잠들길 바라는 것인지 알 수 없는 상냥한 혀끝이 기분 좋기도 했다. 그런데 허리로 들어간 손이 쭉 미끄러져 올라와 목덜미를 어루만지는 느낌이 났다. 따끈한 것을 넘어 뜨거워진 숨결은 입술에서 목에서 쇄골까지 흘러내렸다. 눈을 감고 있고 정신 또한 없는 와중에도 이게 나쁜 손이라는 걸 빤히 알겠다. 나쁜 손을 넘어서 요망한 손이다. 그만하라고 제동을 걸지 않으면 이 남자는 오늘 끝을 보고야 말 것 같았다. 연우는 꿈속에서 밖으로 끌려 나오지 않을 수가 없었다.

"하아, 정말……."

의도치 않게 짙어진 한숨과 함께 겨우겨우 손을 뻗어 그의 옷자락을 쥐며 몸을 일으켰다. 희미하던 그의 윤곽이 점점 뚜렷해졌다.

"깼어?"

그가 능청스럽게 물었다. 여태껏 엄청 질척거렸으면서, 말투는 둘도 없이 쾌적하시다.

"자기가 깨워놓고."

"오. '자기'도 괜찮은데?"

"그런 게 아니잖아요오. 언제 왔는데요."

"얼마 안 됐어."

"잠들어서 미안해요. 근데 너무 졸렸어요. 지금도 졸린데."

연우는 솔직하게 모두 이야기하기로 했다. 그것이 설사 투정으로 들릴지라도, 이 욕망 넘치는 남편을 진정시킬 필요가 있었다.

"오늘 밤도 푹잠은 못 잘 것 같아요. 어제도 잘 못 자고 그제도 못 잤는데."

"자. 내가 재워줄게."

"선배가 옆에 있어서 못 잘 것 같다고요."

"왜 또다시 선배야."

"여보라고 하면 선배가 자꾸 흥분하니까."

잠결에 혼미한 와중에도 그녀의 건강감지 레이더는 귀신같이 제 역할을 해냈다. '여보'라는 말이 그를 얼마나 달아오르게 하는지 파악을 마친 것이다.

"알았어. 흥분 안 할게."

선재가 고분고분 말했다. 그 또한 자신이 조금 짓궂었다는 것을 인지하고 있었다. 하지만 연우는 거기에 더하여 다른 요구를 내걸었다.

"그리고, 팔 다 나을 때까지는 만지지 마요. 자꾸 만지면 저쪽 방에 가서 혼자 잘 거예요."

뭐? 그녀를 향해 애틋하게 반짝거리던 그의 눈동자가 중심을 잃고 흔들렸다. 그는 충격에 잠시간 말을 하지 못했다. 다친 것도 서러운데 만지는 것도 하지 말라니. 거기다가 저쪽 방에서 혼자 잘 거라는 협박은 뭐지?

"나 다 나았어."

그가 둘러댔다. 정말로 지금 이 순간 팔이 다 나은 것 같았다. 낫지 않았다고 하면 안 될 것만 같았다. 그러나 연우가 이를 받아들일 리 없다.

"다 나았다는 소견서 가져오면 인정해줄게요."

허어.

"다 나을 때까지는 무리하면 안 돼요. 알았어요?"

그건 내 건강을 염려해주는 게 아니라 날 고문시키는 거잖아.

"그거 무리하는 거 아니야."

"흥분하잖아요!"

"알겠어. 흥분하지 않고 적당히 만질 거야."

그는 십분 양보하여 타협점을 제시했다.

"선배는 적당히를 못 하잖아요."

"부인."

나긋한 목소리로 그녀를 부른 선재는 그녀의 허리를 끌어당겨 제 다리 사이에 가두어 안았다. 거리가 가까워지자 연우는 어김없이 움찔했다. 부끄럼 많은 그녀가 남편의 건강을 핑계로 자신을 지키고 있는 것이 아닌가 의심이 생겼다. 서로 사랑하는 사이에, 이 아름답고 사랑스러운 애정 행위를 가지고 옥신각신하고 싶지는 않았다. 그녀를 안심시킬 필요가 있었다. 또한 유혹할 필요도 있어 보였다.

"내가 무리하지 않는다면 무리하지 않는 거야. 나도 내 몸을 아낄 줄 알아. 널 만지는 게 나한테 더 도움이 돼. 기분이 좋아지니까."

연우가 '목소리 사기꾼'이라 놀리는 그 듣기 좋은 음성으로 차근차근 설득하니 그녀도 생각을 달리해보려는 듯 고개를 내렸다. 잠시 후 연우가 말했다.

"……알겠어요. 손은 잡아도 돼요."

뭐어? 선재의 눈이 매섭게 날카로워졌다. 슬금슬금 눈치를 보며 연우가 말을 이어갔다.

"……뽀뽀도 해도 되고."

"어디."

그는 거침없었다.

"네에?"

"네 허용범위를 얘기해봐. 어디까지 뽀뽀해도 되는지."

그, 그, 그게 '어디까지'가 필요한 건가요? 연우는 혼란스러워졌다. 뭔가 상식이 뒤집히는 기분이다. 뽀뽀는 되게 귀여운 거고, 되게 사랑스러운 거고, 그래서 뽀뽀뽀라는 것도 있었고, 그건 무척 건전하고 사랑스러운 어린이 방송이었는데.

"아아니, 뽀뽀는 아닌 것 같고요. 만지는 거요. 만지는 거. 손으로."

연우는 금세 말을 바꿨다.

"그래. 그럼 얘기해. 어딜 만져도 되고, 어딜 만지면 안 되는지. 최대한 네 뜻에 따라줄 테니까."

따라줄 테니까? 왜 내 몸인데 자기한테 지분이 있는 것처럼 얘기하지? 어째 좀 밀리는 것 같다…… 그녀는 선재에게 말려든 것 같은 기분이 살짝 들었지만 눈치껏 타협에 협조했다. 여전히 그는 그녀를 자신의 팔 안에 가두어놓고 있었다. 지금도 이렇게 긴장되는데, 이런 나한테 어떤 기준을 세우라는 거지? 연우는 더듬더듬 말했다.

"손. 얼굴. 머리……."

"노출된 곳 말고."

그가 그녀의 말을 가차 없이 가로막았다. 성인답게 얘기하라는 거였다. 그녀를 가두고 있던 팔이 내려와 또다시 옷 속을 건드렸다. 붕대에 감긴 팔이라 밀어낼 수도 없었다. 얼른 얘기하지 않으면 기준은 그가 세워버릴 터였다.

"배꼽 위……."

"알았어. 배꼽 위로는 다 괜찮지?"

선재가 냉큼 확답했다. 연우는 급히 그를 붙잡았다.

"아니, 아니! ……배꼽 위 오 센티."

허리띠냐. 그의 눈이 무시무시 부리부리하다.

"……팔 센티?"

"위아래 한 뼘."

안 되겠다 싶었는지 선재가 먼저 시원하게 제시했다. 양보 따위 없는 눈빛이었다.

"선배 손으로요?"

연우가 당황한 목소리로 물었다. 갑자기 그의 손이 어마어마하게 커 보였다. 두 척은 되는 것 같았다.

"그럼 다 닿잖아요!"

"뭐가 다 닿는데?"

"반경 한 뼘 안에 다 있잖아요."

"뭐가 다 있는데?"

황당해 죽겠는데 더 말을 할 수가 없었다. 표정을 굳히고 있던 그의 입술 끝이 슬며시 들렸다. 압박과 설득과 유혹을 적절히 버무려 원하는 것을 쟁취한 승자의 미소다. 잡아먹힐 것 같기도 하고 홀딱 넘어갈 것 같기도 하다.

"적당한 한 뼘."

"……."

"적당한 한 뼘으로 해."

적당하게 하지 않을 거면서. 연우는 입술을 샐쭉거렸다. 그는 긴장한 그녀를 목소리 사기꾼 음성으로 달랬다.

"뭘 걱정하는지 알아. 갑자기 놀라게는 안 해. 이것부터 넌 날 믿어야 돼. 날 좀 믿어."

이 년여의 형식적인 결혼생활에 안주하고 있던 부인은 세상에 둘도 없는 보수적인 사람이 되었다. 자신의 탓이 컸으므로 그녀를 원망하지는 않는다.

　　"널 강제로 끌고가려는 게 아니야. 네가 좋아하게 할 거야."

　　사랑하는 사람과의 신체적 교감이 좋은 거라는 걸, 그녀가 하루빨리 깨달아줬으면 좋겠다.

　　"잠 깨워서 미안해."

　　그가 그녀의 머리를 가지런히 넘겨주며 사과했다. 연우가 뾰로통하게 말했다.

　　"그걸 이제야 얘기해요?"

　　"그런데 네가 먼저 기다리겠다고 했잖아. 자기가 먼저 바람 집어넣어놓고는."

　　"근데 너무 졸렸어요. 지금도 졸리다고요."

　　"얼른 자. 안 괴롭힐게."

　　선재는 투정 부리는 아내를 고이 침대에 뉘였다. 또다시 괴로운 밤이 될 수도 있겠지만 상처가 다 나을 그날을 고대하며 다시 한 번 힘을 내보기로 했다.

　　다음 날 아침, 연우는 욕실에서 나온 남편의 젖은 머리가 찰랑찰랑 빛나는 것을 보고서 물었다.

　　"머리 혼자 감았어요?"

　　"응. 이제 그냥 내가 감을게."

　　"왜요?"

　　"통증이 많이 가라앉았거든. 다른 데 집중할 힘이 커져서."

으응?

"욕실에 같이 있으면 신체적인 문제가 생길 수 있어."

맹하니 눈을 깜빡이며 그의 말을 듣던 연우가 한참 뒤 입술을 벌리고 끄덕였다.

"아…….."

더 이상 알려고 하지 마, 라고, 그녀의 내면이 말했다.

"아…….."

"뭘 알고 아아 하는 거야?"

선재가 짓궂게 물었다. 연우는 재빨리 화제를 돌렸다.

"어젯밤에는 짜증내서 미안해요. 졸려서 너무 정신이 없었어요."

"그 정신없는 와중에도 챙길 건 다 챙기시던데요. 어찌나 야무지신지."

그의 지적에 연우는 할 말이 없었다. 선재는 입술을 길게 늘여 미소 짓다가 식탁 의자에 앉았다. 그가 의자에 앉으니 두 사람의 눈높이가 더 가까워졌다. 선재는 그녀의 손을 끌어와 제 앞에 세웠다. 그다음은 나쁜 손이었다. 사실 그녀가 허용한 범위 내에서 편하게 실컷 만지기 위해서 자리에 앉은 것이다. 어젯밤, 압박과 설득과 유혹 끝에 허가를 받은 손은 그녀의 티셔츠 안으로 들어가 자리 잡았다. 쓰읍, 연우는 저도 모르게 숨을 참았다.

"이 적당한 한 뼘."

그의 손이 너무 커서, 그 '적당한 한 뼘'조차 새삼 아슬아슬하게 느껴졌다.

"신기하네. 건드리면 자동으로 배가 들어가."

그는 놀리기에 바빴다. 연우는 눈을 흘겼다.

"숨 쉬어. 욕 안 해."

급기야 그는 그녀의 허리를 슬금슬금 간질였다. 연우는 '으악' 소리를 내며 몸을 뒤로 뺐다. 그러나 다시 잡혔다.

"긴장 좀 풀어."

선재는 '닿는다'는 것의 좋은 느낌을 아내에게 알려주고 싶었다. 연우는 그 정적인 분위기가 어색하여 부끄러웠지만 다시 벗어나지는 않았다.

"이건 뭐, 변태가 된 느낌이다."

그가 나직이 말했다. 자책하는 것처럼 말하면서 손을 뗄 생각은 조금도 없는 듯했다. 연우 또한 마찬가지로 묘한 기분에 휩싸였다. 자신과는 살짝 다른 타인의 온기가 아침부터 야릇한 설렘을 준다. 자신을 가까이에서 올려다보는 그의 눈빛 또한 그윽하고 야릇하다. 닿을 듯 말 듯 위태로운 입술로 그가 속삭였다.

"남편을 변태로 만들어?"

귓가에 닿기 전에 녹아내릴 듯 달콤한 음성이었지만 그 알맹이가 음험하다.

"농담이야. 피부를 만지는 느낌이 죽⋯⋯."

'죽여'라고 말하려다가 선재는 입을 냉큼 다물었다. 아내의 앞에서 써서는 안 되는 말이었다.

이 느낌이 너무 좋은데, 이제 얼른 준비를 하고 출근해야 했다.

"아직은 연애하는 것 같고 좋은데 딱, 팔 다 나을 때까지만이야."

선재는 의자에서 일어나며 단호하게 말했다.

"그 이후로는 안 돼."

대답이 들려오진 않았지만 부정 또한 하지 않았기에, 선재는 좋은 의미로 받아들이기로 했다.

"부인은 만지고 싶은 데 없어?"

기분 좋은 그가 넌지시 물었다.

"아뇨. 별로요……."

"난 쉬워. 어디든 마음대로 만져도 돼."

그녀가 먼저 만지는 것은 이제 그 또한 환영이다. 눈을 깜빡이던 연우의 표정이 자못 진지했다. 어디든 만져도 된다는 말이 그녀의 호기심을 자극시킨 모양이다.

"그럼 사양 않고……."

연우는 더 빼는 일 없이 그의 허리를 와락 끌어안았다. 귀를 그의 가슴에 꼬옥 붙이니 그의 심장 소리가 둥둥 기분 좋게 울렸다. 그의 심장 소리가 내 세계의 전체가 되는 기분.

"이거 너무 좋아요."

그녀의 행복한 목소리에 그 또한 감정이 일렁거렸다. 선재는 그녀의 어깨를 폭 안아 쓰다듬었다. 너무 예뻐. 하아, 너무 예뻐…… 그 채로 숨을 들이마시니 그녀의 향긋한 체향이 담뿍 밀려왔다. 취한 듯 잠깐 머리가 핑 돌았다.

"나 사표 내고 올게."

"무슨 소리예요? 나 공부시키려면 돈을 벌어야죠."

연우가 그에게서 몸을 떼고는 픔 웃으며 농담을 받아쳤다.

"아. 우리 부인 공부해야 되지."

"박사까지 하려면 돈 많이 들어요. 내가 나중에 돈 벌면 그때 사표 내요."

"알았어. 갑자기 일할 의욕이 샘솟는다."

매일 이런 식으로 아침을 맞이한다면 제이그룹도 몇 배 더 성장하겠다. 기운을 담뿍 충전한 선재는 연우에게 알찬 하루를 약속하고서 부지런히 출근 준비를 시작했다.

선재를 먼저 출근시킨 후 연우도 찬찬히 학교 갈 준비를 했다. 몸을 부지런히 움직이면서도 머릿속에는 계속 선재가 했던 많은 말들이 떠올랐다. 사랑받고 있다는 걸 충분히 확인시켜주는 그의 말과 행동은 몇 번을 생각해봐도 설레고 떨린다. 행복한 것들만 떠올리며 씻고 나왔을 때 현관문이 열리는 소리가 났다.

"아이구, 깜짝이야!"

문을 열고 들어온 이가 흠칫 놀라며 제 가슴을 쓸었다.

"오늘은 집에 계시네요."

연우네 집의 청소와 음식 준비를 도맡아 하는 아주머니, 남지순이었다. 지순은 연우가 결혼생활을 시작했을 무렵부터 줄곧 연우네 살림을 도와왔다. 일주일에 세 번 출근하지만 연우나 선재가 따로 요청을 하면 흔쾌히 부탁을 들어주는 친절한 아주머니다. 음식 솜씨도 좋아서 이제 연우는 지순이 만든 요리라면 믿고 맛있게 먹게 되었다.

"네, 오늘부터 늦게 출근하게 되었어요. 이제 준비하고 나가려고요."

"그렇군요. 얼른 준비하세요."

"오늘은 주방만 정리해주시고 음식 바꿔주시면 될 것 같아요."

"네, 알겠습니다."

지순은 깍듯이 인사하고는 연우의 뒷모습을 눈으로 따라갔다. 연우가 선재의 침실 쪽으로 걸음을 옮기는 것이 의아했다.

"그런데……."

"네?"

"다시 저쪽 방으로 옷 안 옮기나요?"

지순은 이전에 연우의 부모님이 방문하는 바람에 옷을 한꺼번에 선재의 방 쪽으로 옮겼던 것에 대해 말을 꺼냈다. 연우는 밝은 목소리로 대답했다.

"드레스룸을 같이 쓰기로 했어요."

"같이 쓰신다고요……."

"네, 남편 침실, 아니, 큰 침실 바로 옆방으로요."

"아. ……그렇군요."

"네."

상냥하게 대답한 연우는 곧장 침실로 들어갔다.

지순은 소파에 짐을 내려놓은 후 집 안을 둘러보았다. 집 안의 공기가 달라졌다. 아주 많이. 신혼부부가 살지만 싸늘하기만 했던 공간에 어느새 온기가 생겨났다. 지순은 거실 모퉁이에서 돌아가는 홈CCTV를 바라보았다. 연우와 선재가 집을 비운 시간에 작동하는 CCTV다. 물론 지순이 집 안에 머무르는 시간에도 어김없이 작동된다. 그러나 지순은 이 CCTV를 끄는 법을 알고 있었다. 연우의 예전 침실로 향하는 지순의 걸음은 무척이나 여유로웠다.

학교 갈 준비를 마치고 방에서 나온 연우는 주방에서 음식을 만드는 지순에게 인사했다.

"저는 출근할게요."

"다녀오세요. 저는 국만 해놓고 갈게요. 반찬은 만들어 와서 오늘은 얼마 안 걸리겠네요."

"그럼 부탁드려요."

지순은 맑게 미소 지으며 인사하는 연우를 현관문 앞까지 배웅한 후 주방으로 돌아왔다. 국을 끓이는 동안 냉장고에서 예전 반찬들을 꺼내 정리하고, 가져온 반찬들로 채워 넣었다. 냉장고 안은 지순의 꼼꼼한 성격처럼 차곡차곡 정리가 잘되어 있다. 실은 주방 전체가 그렇다. 선반들에 줄 맞춰 정리된 식기들과 조리 기구는 모두 반짝반짝 윤이 나 새것 같았고 조리대 또한 광고 촬영에나 등장할 법하게 깔끔한 위용이었다. 이 주방의 진정한 주인은 지순이었다. 지순은 연우보다 이 주방에서 더 많이 음식을 만들었고 더 오래 시간을 보냈다. 이렇게 친숙하니, 조금은 일탈을 해도 된다는 마음가짐. 그 관록 있는 여유로 지순은 조용히 차 한 잔을 마시고는 일어났다. 약속시간이 다가오고 있었다. 지순은 집을 나서기 전, 잘 정리된 집 안을 둘러보며 흐뭇하게 미소 지었다. 말을 잘 듣는 홈CCTV를 향해서도 미소를 잊지 않았다.

약속 장소에는 어김없이 차 한 대가 대기하고 있었다. 차 번호를 확인한 지순은 주변을 살핀 후 종종걸음으로 뛰어가 재빨리 차에 탑승했다.

"일찍 오셨네요."

차 안에는 옥승혜가 기다리고 있었다. 지순이 차에 올라 문을 닫자마자 승혜는 곧장 용건을 말했다.

"사진은 찍었나?"

사실 지순이 가져올 결과물이 궁금해서 애가 탄 상태였다. 지순은 여유롭게 웃어 보이고는 휴대폰을 꺼내 저장된 사진을 보여주었다.

"그때와 달라진 건 '팔 화상'이라는 부분에 체크가 되었다는 겁니다."

사진을 확인한 승혜의 눈이 희열에 빛났다. 승혜는 이전에 지순에게서 넘겨받았던 사진과 지금의 사진을 비교해 보았다. 연우의 노트를 찍은 사진이었다.

노트 안에 글씨가 빼곡히 적힌 글의 위에는 '다른 미래'라는 제목이 붙어 있다. 그리고 그 아래, 쭉 내려가다 보면 보이는 의아한 메시지들.

11월 25일 육촌 결혼식. ○

11월 26일 별거. ✕

1월 중순 왼쪽 팔 화상. 손목부터 팔꿈치 아래까지. ○

1월 20일 아버님 회갑연. 팔에 붕대

2월 1일 이혼신청서 제출.

2월 1일 이후 다리 골절. (불확실)

3월 2일 이혼확정. 사고.

처음에 지순에게서 이 사진을 넘겨받았을 때는 하도 어처구니가 없어 지순이 장난을 치고 있다고 생각했다. 그러나 함께 받은 사진, 이 엉뚱한 메시지의 옆면에 적혀 있었다던 다른 메시지들이 승혜의 의심 어린 마음을 금방 돌렸다. 거기에는 제이그룹의 큼직큼직한 사건들이 시간순으로 기록되어 있었다. 길게 줄글로 기술되어 있는 것도 있었고 짧게 뭉뚱그려 쓴 것도 있었다. 기록은 11월 25일부터 3월 2일까지였는데, 이 사건들의 진행은 마치 예언처럼 그대로 이루어지고 있었다. 정확한 날짜가 다를 때도 있었지만 어쨌든 일은 그대로 일어났다. 아직 일어나지 않은 일 또한 남편 마진태를 통해 확인받았다. 기록된 정보들 중에는 아직 외부엔 공개되지 않은 내용도 적지 않았다. 이 글 덕분에 제이그룹의 경쟁사에 정보를 흘릴 수도 있었다. 그리고 오늘, 강선재의 부상 또한 사실이라는 것을 알게 되었다.

"정말 화상을 입었더군. 왼쪽 손목부터 팔꿈치 아래까지."

승혜는 이곳에 오기 전 알음알음으로 선재가 최근에 다쳤다는 사실을 확인했다.

인생 계획표 같기도 하고 소설의 뼈대 같기도 하고. 마치 앞날을 내다보고 쓴 것 같은 신기한 기록. 대체 이 희한한 글들은 무엇이란 말인가.

지난해 11월 중순경, 승혜는 지순으로부터 연우의 협의이혼 신청서가 찍힌 사진을 건네받았다. 연우가 쓴 편지도 함께였다. 편지는 연우가 선재에게 쓴 것이었는데, 그 안에는 두 사람의 결혼생활이 어땠고 그간 연우의 심정이 어땠는지, 그리고 그녀가 얼마나 이혼을 원하는지에 대한 내용이 담겨 있었다. 그것을 통해 승혜는 두 사람의 결혼이 가짜였다는 것을 확신하게 되었다. 그러나 며칠 뒤에 승혜는 지순으로부터, 그 이혼신청서와 편지가 형체를 알아볼 수 없을 정도로 갈가리 찢겨져 쓰레기통으로 들어갔다는 이야기를 들었다.

그 후 나타난 것이 이 노트였다. 승혜는 이런 이상한 계획표를 만든 연우의 머릿속이 궁금했다. 분명 이 대략적인 계획표를 토대로, 이연우는 어떤 시나리오에 다가가고 있는 것이 틀림없었다.

그 시나리오대로 결국 이혼에 닿는다…… 뭘 위해서? 막대한 위자료를 받기 위해서? 그래서 일찍 이혼하려던 계획을 틀어 강선재를 꼬셔보기로 한 건가? 지금으로서 추측할 수 있는 것은 이 정도이다.

'이연우. 정말 소름 끼치도록 무서운 아이야.'

승혜는 이혼신청서 제출이 이루어진다는 2월 1일까지 기다리고 싶지가 않았다. 이 사실이 어떻게든 강선재에게 알려지면, 이야기는 더욱 재미있어질 것 같았다.

하루 일과를 마친 후, 연우는 잠깐 친구 수지를 만나러 갔다. '다른 미래'에서 이맘때쯤 수지가 업무 스트레스를 토로했던 걸 기억해낸 것이다. 수지는 예상대로 만나자마자 신나게 상사 험담을 했다. 연우는 때로는 함께 화내주고 때로는 깔깔 웃으며 수지를 위로해주었다.

"정말 딱 네가 필요할 때 왔어. 이 울분을 어디에 쏟아내고 싶어서 얼마나 답답했는지 몰라."

"진짜 힘들었었구나. 기운 내."

"후우. 내가 돈만 있었어도. 저금한 돈이 오천만 원만 됐어도 이 일은 때려치웠을 텐데."

수지는 한숨을 푸욱 쉬며 손에 쥔 로또 복권을 팔랑거렸다. 연우를 만나기 직전에 구입한 로또였다. 수지는 몇 년 전 그녀가 사랑했던 아이돌들의 아육대(아이돌스타 육상선수권 대회) 등번호로, 꾸준히 로또 복권을 구입하고 있었다. 대학교에 다닐 때는 일주일에 천 원어치만 구매했었는데 이젠 직장인이 되어 매주 이천 원어치 로또를 구입한다. 번호는 두 게임이 같다. 당첨되면 당첨금이 두 배가 되지만 꽝이면 영락없이 둘 다 꽝이 되는 것이다.

수지는 오천만 원만 있어도 일을 때려치우겠다고 했지만, 그렇게 하지 못할 것이다. 얼마 뒤에 수지가 로또 2등에 당첨된다는 것을 알고 있는 연우는 피식 웃었다.

"꼭 한 번호로만 하는 거지?"

"응. 내가 좋아하는 오빠들 아육대 옛날 등번호."

연우가 아무 말 없이 끄덕이자 수지가 연우의 눈치를 보다가 슬쩍 의견을 물었다.

"바꿀까? 이제 다른 걸로 할까?"

"아니. 그걸로 해."

연우가 단호하게 말했다. 실은 같은 번호로 스무 개는 더 만들어보라고 말하고도 싶었지만 그러지는 못했다. 사소한 하나를 섣불리 건드려서 또 다른 결과값이 나오게 될까 두려웠다. 좋게 흘러가는 것은 되도록 그대로 두고 나쁘게 흘러가는 것들만 건드려서 운명을 바꾸고 싶었다. 수지는 당첨금 수령액 팔천만 원으로도 충분히 행복해했고 돈을 더 모아서 집을 사겠다는 목표를 갖게 되었으니 그대로가 딱 좋았다.

"너는 물론 로또 당첨도 좋지만 네 오빠들의 성덕이 되고 싶은 거잖아. 이 조합으로 당첨이 되지 않으면 네 지금까지의 노력도 의미가 없는 거야. 반드시 그 번호로 해야 돼."

연우의 과단한 설득에 수지는 깨달음을 얻은 표정으로 고개를 끄덕였다.

"넌 가끔 보면 인생 두 번 사는 애 같아. 말을 정말 솔깃하게 한단 말이지."

수지의 감탄에 연우는 뜨끔했다. 물론 수지는 별 뜻 없이 한 말이었기에 아무 생각 없이 말을 틀었다.

"아, 그 얘기 알아? 옛날에 우리 할머니가 살아 계실 때 해주신 얘긴데, 인생 착하게 살면 신이 생의 마지막 순간에 뿅 나타나서 시간을 되돌릴 기회를 준대. 진짜로 인생을 두 번 살게 된다는 거야."

이번엔 연우의 귀가 솔깃해졌다. 심장이 쿵쿵거렸다.

시간을 되돌려 인생을 두 번 사는 기회.

"언제로?"

연우가 떨리는 목소리를 숨기며 물었다. 수지는 어깨를 으쓱했다.

"생의 마지막 순간이 닥치질 않아서 그것까지는 모르겠다."

생의 마지막 순간이라고? 근데, 나는 생의 마지막 순간에 이르지 않고 과거로 왔는데. 그럼 이건 뭐지? 혹시 내가 그의 장례식 후에 너무 슬퍼서 하염없이 울다가 죽을 위기에 처한 건가? 그래서 인생을 다시 살고 있는 건가?

연우가 진지한 표정으로 다시 물었다.

"할머니는 어떻게 그걸 아셨을까?"

"그게 진짜라고 생각하는 거야?"

수지는 픔 웃음을 터트렸다. 하지만 연우의 표정이 꽤나 심각하여 수지 또한 진지한 자세로 돌아와 대답했다.

"글쎄. 할머니는 내가 너무 못되고 말도 안 들어서 협박 차원에서 그랬던 거라고 생각해. 산타 할아버지가 우는 애들한테 선물 안 준다고 협박하는 것처럼."

"하지만 할머니가 정말 인생을 두 번 사셨던 것일 수도 있잖아."

"음. 그러고 보니 할머니가 그 오래전에 판교 땅을 사놓으신 게 신기하긴 하다. 암 발견 초기에 하신 것도 신기하고."

수지는 연우의 순수함을 그대로 받아주며 끄덕여 보였다. 어느새 수지가 회사로 돌아가야 할 시간이 되었다.

"으아. 쉴 시간이 없다. 우리 오빠들 회사로 복귀하는 시간이야."

"넌 눈앞에서도 오빠라고 불러?"

수지의 말이 우스워서 연우가 피식 웃으며 물었다.

"아니. 눈앞에서는 완전 오피셜하지. 근데 실제로 오빠라고 부르는 직원도 있어. 나보다 어린 애들. 어린 게 부러울 뿐이지."

연우가 끄덕이고만 있으니 수지가 슬쩍 눈을 흘겼다.

"넌 아직도 막, 신랑한테 선배라고 부르고 그러지? 그 버릇은 언제 고칠래?"

오랜 시간에 걸쳐 연우의 호칭 습관을 알게 된 수지가 지적했다.

"아니야…… 나 안 그래……."

양심에 찔리는 연우는 작은 소리로 대답했다.

"너도 오빠라고 불러봐. 완전 녹을 텐데, 왜 안 해?"

하하…….

"아닌가? 둘이 있을 때는 이렇게 저렇게 부르나?"

수지가 놀렸다. 연우는 거듭 하하 웃어넘겼다.

연우가 오빠라고 불렀던 오빠들은 사촌오빠 몇 명을 제외하곤 이십 년쯤 전에나 있었다. 주변에 오빠들이 사라지고 나니 연우 또한 오빠라는 호칭에서 멀어졌다. 그 오빠를 지금 다시 불러보려니 차마 입이 떨어지지 않는다. 원체 소심한 그녀는 이 말을 준비하는 데에 꼬박 하루가 걸렸다.

그리하여 다음 날 아침. 욕실에서 씻고 나온 선재를 멀거니 바라보던 연우가 한 음절을 내놓았다.

"오."

"응?"

"아니에요."

차마 입이 떨어지지 않는 연우는 고개를 푹 숙이고는 자리를 떠났다. 선재는 무슨 일이 있나 싶어 갸웃거렸다. 잠시 후 드라이어로 머리를 말리고 있는 선재에게 연우가 또 다가왔다. 그러나 멀뚱하니 보고 있을 뿐 말을 걸진 않는다.

"오늘은 집에 언제 와?"

의아해하던 그가 먼저 말을 붙였다.

"일찍 올 거예요. 이제 계속 되도록 일찍 오려고요."

"그래. 나도 일찍 올게."

그 후 또 대화는 끊겼다. 그리고 잠시 후.

"오."

응?

그녀가 무어라 말한 것 같았다. 그러나 쳐다보면 딴청을 하는 듯 고개를 돌리고. 선재는 드라이어를 귀에서 멀리 떨어뜨리고는 그녀의 목소리에 신경을 집중했다.

부우우웅.

"오."

어김없이 다시 그녀의 목소리가 들려왔다. 그러나 목소리는 또 그게 끝이었다. 발성 연습이라도 하려는 건가 하고 생각한 순간.

"빠."

그녀의 목소리가 다시 들려왔다. 흡. 선재는 못 들은 척 웃음을 삼키며 시치미를 뚝 떼고서 드라이어를 움직였다. 오. 빠. 끊어진 음절을 이어 만든 단어가 그의 속을 간질였다. 그래도 그렇지. 일 분의 공백을 두고 오와 빠를 말하면 나 빼고 누가 그걸 이어 붙일 생각을 하냐.

근데 이 귀여운 걸 어떻게 해야 되지? 항상 출근 직전에 이렇게 마음을 흔들어버리니 자꾸 회사에 가기가 싫어진다. 하지만 어쨌든 오늘 하루도 무척 즐거울 것 같은 예감이 들었다.

그러나, 예감과 실제는 달랐다.

"부사장님, 퀵이 왔는데요."

오후에 외근을 갔다가 돌아온 선재에게, 비서가 서류봉투 하나를 건네주었다. 봉투의 겉면에는 '이연우'라고 적혀 있었다. 연우가 갑자기 뭘 보냈을까. 아내에게서 회사로 뭘 보내겠다는 말을 들은 적도 없고 다른 연락도 없었기에 선재는 의아했다. 그리고, 봉투를 열어 내용물을 확인한 그의 표정은 금세 굳었다.

"이게 뭐야."

봉투 안에 들어 있는 건 몇 장의 사진이었다. 학교 캠퍼스로 보이는 곳 벤치에 앉아 울고 있는 연우의 사진이었는데 그 옆에는 노랑머리의 남자가 있었다. 그러나 그냥 그뿐. 노랑머리의 남자는 정면이 찍힌 사진 없이 흐릿했고 남자가 연우의 몸 어딘가에 손을 대는 사진은 없었다.

"어떤 미친 새끼가 보낸 거지?"

연우가 이걸 보냈을 리는 없다. 이런 사진을 몰래 찍어 보내는 놈의 의도가 궁금했다. 지금까지의 정황으로 보아 옥승혜 집안에서 보낸 것 같기는 한데, 뭐 어쩌라고. 선재는 집무실 밖으로 나와 비서에게 물었다.

"이거 누가 주고 간 거죠?"

"퀵 기사님한테 받았습니다."

"어디서 온 건지 주소랑 연락처 알아봐요."

"네."

선재는 일을 얼른 마무리하고 사무실을 떠났다. 일찍 집에 도착했으나 집 안엔 연우가 없었다. 연우 대신 소파 위에 덩그러니 조명등이 놓여 있을 뿐이다. 선재는 더 기다릴 것도 없이 곧장 연우에게 전화를 걸었다.

[여보세요.]

"보고 싶어서 빨리 왔는데 왜 없어. 어디야?"

[지금 가고 있어요. 얼른 갈게요.]

그가 원하는 대답이 돌아왔다. 선재는 피식 웃고는 궁금한 것을 물었다.

"거실에 있는 등은 뭐야?"

[아, 아주머니가 갖다놓으셨나봐요. 예전 침실등이 나가가지고 바꿔달라고 그랬거든요. 그냥 사놓기만 하셨나보다.]

"내가 갈아줄까?"

칭찬받고 싶은 마음에 더럭 질러버렸다. 그러나 그녀는 친절을 거부했다.

[아니에요. 내가 할게요.]

"등을 갈 수 있다고? 천장에 키도 안 닿을 것 같은데?"

[해본 적 있거든요. 선배야말로 갈아본 적이나 있어요? 경험 없는…… 여보가 하는 것보다는 내가 하는 게 나아요.]

아내가 일취월장하고 있다. 아침에는 오와 빠를 도무지 붙여 말하지 못하더니 이제 여보라는 말을 귀엽게 할 줄 알게 되었다. 부부 사이에 연애하듯 사랑하는 것도 꽤 재미있다는 생각을 했다.

"빨리 와."

선재는 흐뭇하게 일러두고는 전화를 끊었다. 아내가 몹시도 걱정하긴 했지만 선재는 칭찬받고 싶은 의욕이 앞섰다. 그는 연우가 올 때까지 기다리지 못하고, 조명등을 들고는 아내의 예전 방으로 갔다. 그리고 서랍장 테이블 옆의 원목의자를 끌고 와 올라갈 생각으로 의자에 다가섰다. 그런 그가 서랍장 테이블 위에 펼쳐진 노트를 발견하는 건 너무나도 쉬운 일이었다.

"뭐야, 공부하고 있었나?"

종이가 파들거리는 그 노트를 집어 들고도 처음엔 별생각이 없었다. 줄이 세로로 죽 그어진 웬 표 같은 것이 있었고 그 안에 깨알 같은 글씨들이 적혀 있어 그저 그녀가 지금 하고 있는 일이라고 생각했다. 그런데 '제이그룹'이라는 글씨가 눈에 들어왔다.

표에 빼곡히 적혀 있는 것은 그녀의 전공에 대한 메모가 아니라 그녀와, 그와, 제이그룹에 대한 내용들이었다. 대략의 날짜까지 적혀 있는 제이그룹에 대한 내용의 태반은 아직 언론에도 풀리지 않은 것이었기에 그는 소름이 돋았다. 그러나 그를 가장 충격에 빠뜨린 것은 역시 첫 번째 칸에 기록된 마지막 메시지였다.

2월 1일 이혼신청서 제출.
2월 1일 이후 다리 골절. (불확실)
3월 2일 이혼확정. 사고.

저 깊은 곳 어딘가로 심장이 툭 떨어져 내리는 소리가 들렸다.

(2권에 계속)

반드시 해피엔딩 1

1판 1쇄 인쇄 2019년 1월 25일
1판 4쇄 발행 2021년 7월 5일

지은이 · 플아다
삽 화 · 팻 녹
펴낸이 · 주연선

책임편집 · 이진희
디자인 · 이다은
마케팅 · 장병수 김진겸 강원모 정혜윤
관리 · 김두만 유효정 박초희

(주)은행나무
04035 서울특별시 마포구 양화로11길 54
전화 · 02)3143-0651~3 ㅣ 팩스 · 02)3143-0654
신고번호 · 제 1997-000168호(1997. 12. 12)
www.ehbook.co.kr
ehbook@ehbook.co.kr

잘못된 책은 바꿔드립니다.

ISBN 979-11-88810-96-3 04810
      979-11-88810-92-5 (세트)